② 极光君

我不是戏神

三九音域 著

贵州出版集团

贵州人民出版社

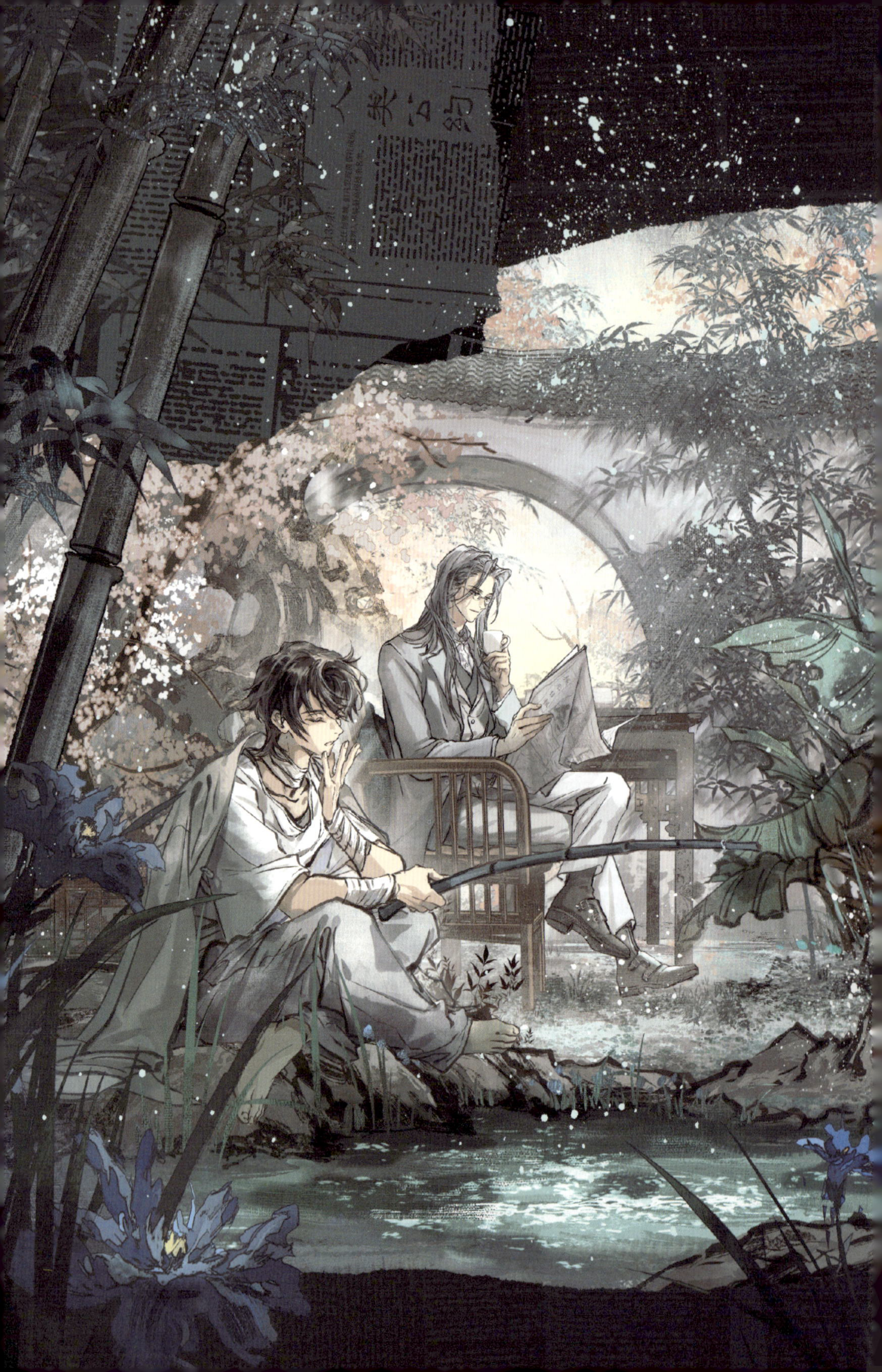

第一卷 戏中人

第六篇章	○ 帝狱落幕	001
第七篇章	○ 纪青林宴	059
第八篇章	○ 无罪审判	119
第九篇章	○ 极光基地	191
第十篇章	○ 敝睐之手	287
番外一	○ 卷末总结	347
番外二	○ 《给朱颜》节选	349

161·你好

"这个韩蒙，也有点意思。"白也诧异地看着那单枪匹马封锁城墙的身影，"有没有可能……"

"不可能。"楚牧云直接打断了他的话语。

"但他明明已经质疑极光城了，为什么不可能？"

"他质疑极光城，恰恰证明了他不会加入我们，在这种人的心里，有自己所坚守的道……我了解他，黄昏社的道与他的道不一样，他是不会加入的。"

"……好吧。"白也耸了耸肩，"那他只能等着被押上审判法庭了……可惜了这么好的苗子。"

就在两人说话之际，韩蒙已经彻底制伏了三位五纹执法官，黑色的锁链缠绕在他们身上，而他们的领域同样被韩蒙镇压。他们愤怒地看着那个走来的黑衣身影，双眸几乎快喷出火焰。他们不断挣扎着，黑色的锁链上开始有细密的裂纹蔓延，似乎用不了多久，就能将其震碎摆脱。韩蒙自然看到了这一幕，却并没有继续出手，他知道这三人都是与他同阶的执法官，即便他再强势，想将三人打得彻底丧失抵抗能力也绝非易事，能靠"宗罪判决"将他们的行动暂时封锁就够了。他只需要给列车拖延几十秒，最多一分钟，他们就能进入城中，而韩蒙则要尽可能地保留体力……因为他知道，决定那辆列车能否进城的关键，不在这三位五纹执法官身上。如果极光城真的铁了心要灭掉那辆列车，就会继续派人过来，五纹不够，就派六纹，甚至是……七纹。

韩蒙握着枪，在城墙靠内的边缘坐下，破旧的黑色风衣随风轻摆，他看向总部的方向，平静的目光下是暴雪也无法摧毁的决然。他的举动，他的目光，仿佛是在告诉城门前乃至总部内的所有人……今天，无论是谁想靠近这扇门，都要先踏过他的尸体。

极光城，执法者总部——

"城内的情况怎么样？"储士铎急匆匆走回总部，问道。

"不太妙。"一位执法者迎上来，脸色凝重地回答，"舆论的影响比我们想象中的还要严重，那辆列车发声之后，西南侧的大部分居民都加入了声讨的队列，目前已经有上千位民众聚集在城门附近，要求我们放列车入城。

"除此之外，《极光日报》的人也在城墙上，似乎和我们的执法官起了争执，如果我们不放那辆列车进城，恐怕明天《极光日报》的整个版面，都会是斥骂我们的文章……"

"就连我们执法者内部，也有一大批人觉得应该放他们入城……"

听到这儿，储士铎的脚步又加快了几分，他眉头紧锁，冷静地分析道："如果我们真的在城外毁掉那辆列车，造成的恶劣影响应该会远超预期……要是有人在暗中推波助澜，恐怕整个极光城都会陷入动乱……不行，我现在就要去见老师！"

储士铎的身形接连穿过几条长廊，来到那间茶室的门口，轻敲两声之后，推门而入。"老师！关于那辆列车……"还未等储士铎开口说完，檀心便淡淡瞥了他一眼，他的身旁，放着一部通信器。"老师，外面的情况您都知道了？"储士铎当即问道。

"嗯。"檀心抿了口茶，"你怎么看？"

"我觉得，我们应该让列车进城。"储士铎认真回答，"就算那辆列车上的民众所带来的城外的情况，可能会引发城内的恐慌，但这种恐慌并非不可控，而且只要监管恰当，这些人里以后也未必会出现叛党……但如果我们不让他们入城，造成的后果将会比这严重一百倍。"

"不错。"檀心微微点头。

"老师，您也觉得应该让他们入城？那您为何迟迟不下令？"

"急什么。"檀心不紧不慢地开口，"韩蒙已经制住了城门上的那几个执法官，控制了那扇城门，我下不下令，结果都是一样的。"

"韩蒙？"储士铎愣了一下，"他制住了那几个执法官？他不是……"

"这已经不重要了。"檀心摇晃着杯中茶水，目光仿佛要洞穿虚无，看向那辆自城外急速奔袭而来的列车，"那个陈伶，确实有点本事……我很好奇，他这么费尽心思地要进极光城，究竟是想唱哪一出？"

"是韩蒙总长！韩蒙总长出手了！！"呼啸的列车上，不少居民都看到了韩蒙出手压制三位执法官的画面，他们的脸上浮现出惊喜！就在刚才，他们还在执法官们释放的威压下颤抖不已，差点以为自己死定了，结果韩蒙的突然出现，让他们又多了一线生机……如今随着列车与城门的距离越来越近，众人的心也提了起来。他们透过车厢的窗户，看向那扇恢宏高大的城门，紧张得手心都渗出汗水……

操控室内，陈伶看着那坐在城墙背面的身影，嘴角微微上扬，他知道，自己赌对了。"又欠他一个人情……"陈伶喃喃自语。

"你说什么？"赵乙回头。

"没什么，加快速度。"陈伶回到车头顶端，望着那逼近的城门，轰鸣的汽笛声从他身后的烟囱中传出，响彻云霄。"嗡嗡嗡——"血色的大衣在寒风中狂舞，陈伶掏出枪对准前方，眼眸中光芒闪烁。能否顺利进城，就看这最后一步了。两公里、一公里、七百米、四百米、二百米……没有任何人再出手阻挡，在车轮转动的"哐哐"声中，烈焰翻卷，车头劈开的空气向两侧疯狂挤压，将风雪都撕开一道狰狞的缺口。

"所有人！都抓紧了！！"赵乙在操控室内大喊一声，然后一边向前推着枯手，一边下意识地闭上眼睛！车厢内的众人立刻抓住身边所有能抓的东西，将身体蜷缩成团，他们的心脏疯狂跳动，浑身上下的每一个细胞都在等待着最后的撞击！"哐哐哐哐……"那扇高大坚固的城门，在陈伶的瞳孔中急速放大，他的鬓发被狂风吹起，当两者即将撞上的一瞬间，陈伶毫不犹豫地扣动扳机！"你好……极光城。"他喃喃自语。

162 · 进城

观众期待值 +5%

当前期待值：78%

这已经是不知多少次观众期待值发生变化了，陈伶也没时间逐一去看，只知道，此刻的观众期待值已经突破了有史以来的最高值。随着陈伶扣动扳机，解构之力奔涌而出，瞬间将靠近的城门中央开出一个缺口，钢铁车头裹挟着恐怖的动能，好似不可抵挡的子弹，轰然撞在城门之上！"咚——"刹那间，车头撕开解构出的缺口，以千钧之势将整扇城门撞得爆碎，密密麻麻的残片像是被爆炸弹出般飞溅进城内，风雪混杂着尘烟遮蔽城墙。被拦在警戒线外的众人，只觉得大地一震，惊呼着看向那扇城门的方向，紧张地屏住呼吸。汽笛在呜咽狂风中低吼，一道漆黑的钢铁巨影自被遗弃的绝望炼狱中驶来……直到这时，众人终于看清了那辆列车的模样。

那是一辆裹挟着风雪与冰寒的列车，通体焦黑，后面的几节货厢甚至已经扭曲变形，仿佛经历过难以想象的摧残与折磨。它在众目睽睽下撞碎极光城的大门，从滚滚烟尘中呼啸而出！它来自深渊，它脚踏烈焰，它势不可当！"刺啦——"

一声尖锐的嗡鸣从列车上传出，刹车被捏到底，刺目的火花从车轮底部迸溅，在宽阔冗长的大道上拖出几条漆黑的长痕。刺耳的刹车声让众人都忍不住捂住双耳。与此同时，一股冰寒彻骨的狂风随着列车涌入城内，吹起他们的衣摆与鬓发，那是极光城居民从未体会过的寒冷，仿佛来自地狱幽冥，让他们不禁打了个哆嗦。

"极光城外……这么冷的吗？"

"怎么感觉和城内完全不是一个温度？"

"我感觉浑身都凉透了……外面那么大的风雪，他们究竟是怎么坚持下来的？"

…………

众人窃窃私语之际，极光城的城墙上，一个穿着黑色大衣的身影看到列车进城，终于微微松了口气……韩蒙看着那辆满身伤痕的列车，眼眸中也闪过愧疚与复杂，他不知道这辆列车是怎么穿过灰界的，但车上的这些幸存者，无疑已经经历了太多的苦难……若是他没有来极光城，而是一直留守在三区，也许幸存的人能更多一些。细微的破碎声从城墙上传来，被"宗罪判决"锁住的三位执法官，同时低吼一声，硬生生挣脱了那些锁链，重新恢复自由！从他们被韩蒙锁住到现在，也就过了四十多秒的时间，但这短暂的几十秒对他们而言无疑是莫大的侮辱，不仅极光城交代的命令没有完成，还在众目睽睽下被一个外来的小辈压制……他们的怒火已经烧上眼眸！他们一齐冲到韩蒙的身边，三道领域再度张开，恐怖的气息宛若死神的目光锁定那道黑衣身影，随时准备与他生死一战！然而，韩蒙根本就没有反抗。他平静地站在城墙上，俯瞰着那辆不断减速的列车，任凭三人的攻击逼近他的身体，也丝毫没有出手的意思。

三人转瞬间就控制住了韩蒙，他们押着韩蒙的肩膀，愤怒低吼："逆党韩蒙！违背总部命令，公然质疑极光城！你还有什么要狡辩的？！"

韩蒙看都不曾看他们一眼，他的目光紧随着那辆列车，淡淡回答："我无话可说。"他已经不需要再反抗和战斗了……因为，他的使命已经完成。

落叶大道上，随着列车的速度逐渐放缓，大量的执法者与执法官从城内冲出，将那辆轰鸣的蒸汽列车围得水泄不通；大量的民众则站在警戒线外，焦急又期待地看着列车的方向，似乎在等待着什么。"呜——"列车彻底停稳在白鸽广场前方，蒸汽阀门发出一声尖鸣，随着蒙蒙烟尘与蒸汽散开，车头上的那个身影，也逐渐在众人的视野中清晰起来。那是个穿着血色大衣的年轻人，他左手握着枪，枪口还有青烟缓缓飘出，那双平静而深邃的眼眸，缓缓扫过整个广场。

"他就是刚才执法官们口中的异端陈伶？"

"好像是，他好年轻……看起来也就二十左右？"

"等等，他身上的不是执法官的大衣吗？"

"还真是……不过好像都是血污，所以变成了红色，他这是杀了多少人？"

…………

就在他们打量陈伶的时候，陈伶也在打量这座对他而言完全陌生的城市……公园、路灯、风筝、城楼……与这里比起来，七大区确实落后得像是工厂群周围的基础宿舍区，除了最简单的"活着"，其他什么也没有。这里才更像是一座能够生活的城市，也是更贴近陈伶记忆中上个时代的"城市"的模样。"怪不得人人都想进极光城。"陈伶轻笑一声。

窸窸窣窣声从他的脚下传来，一个个狼狈的身影从车厢门探出头，小心翼翼地打量着周围的一切，他们的脸上大都有冻伤或者烧伤，衣服也都破破烂烂，完全就是难民的模样。

"极光城……我们真的进入极光城了！"

"爸爸……这里好美啊，天上还有好多彩色小鸟！"

"有救了！我的孩子有救了！"

"这里就是极光城吗……"

…………

断腿的伤员，抱着濒死孩子的母亲，浑身烧伤的男人，已经饥饿到站都站不稳的女孩……他们在城内众人的注视下接连下车，他们一双双眼眸中除了惊喜，更多的是茫然与无措。他们就像是从深山老林中走出的野人，第一次进入城市，周围的一切对他们而言都那么陌生：那些人穿着他们见都没见过的华丽衣衫，脸上干干净净，手上也没有伤疤与老茧……远处，是一望无际的小楼与街道。而与此同时，警戒线后的极光城居民，也在窃窃私语地看着他们……对他们中的绝大多数人而言，这也是他们第一次接触到城墙外的世界。城内与城外的居民，隔着执法者们组成的人墙与拉起的警戒线，互相打量着彼此，两个世界的参差在这一刻展现得淋漓尽致。

就在这时，一道道清脆的上膛声响起，打破了这微妙的安静。无数个枪口从执法者群体中抬起，对准了列车上那道血色身影，如临大敌！

163 · 风口浪尖的他

"所有无关人等！立刻后撤！"一位执法者警惕无比地盯着陈伶，转身警告众人，"这人是穷凶极恶的罪犯！是混入执法系统的异端！小心他暴起伤人！"听到这句话，极光城的居民脸色顿时变了，他们迅速地向后退去，看向陈伶的目光中满是畏惧与惊恐。看着前方退去的人潮，陈伶的神情依然平静如水，他目光扫过众人，嘴角微微上扬："上千人吗……真是意外之喜。"进城之前，陈伶还担心城墙后光凭执法者与执法官，未必能凑齐百人的"观众"规模，现在看来完全是多虑了，眼前包围着他们的民众和执法者，加起来至少有一千人。

看着陈伶非但没有反驳，反而浮现出微笑，众人心中顿时有股难以言喻的诡异感……就像是连环杀人犯被人当众戳穿身份后，对着众人露出笑容的感觉，令人毛骨悚然。

"长官，这、这是不是有什么误会？"列车旁，那些被陈伶带入极光城的三区居民，眼眸中满是不解。

"陈长官怎么会是罪犯？他救了我们的命啊！"

"是啊……没有陈长官，我们早就冻死在冰原上了……"

"陈长官是我见过最好的执法官，也是唯一没有抛下我们的执法官……他怎么可能会是异端？！"

"不可能！陈长官不可能是坏人！你们一定是搞错了！！"

"对，陈伶哥哥不是坏人！！"

…………

三区众人的声音越来越大，他们皱眉看着眼前的执法者们，接连开口反驳，语气中是前所未有的坚定！

"愚蠢！"那位执法者见此，气得再度大喊，"你们都被他骗了，还帮他开脱？！他救下你们，只是想用你们来胁迫极光城开门！从头到尾，你们都只是他的人质！！明白吗？！这个人，在'兵道古藏'杀了所有同行者，盗走了道基碎片，他就是个伪装成执法官的异端！你们竟然还相信他？！"

三区的众人愣住了。但下一刻，许崇国便愤怒地开口："我不管什么异端不异端！他就算是利用我们，也真的把我们送进了极光城！我们能活着都是因为他！他比你们这些抛弃七大区的执法官，更像是执法官！！"

"就是！！灾难来临的时候，那些执法者都跑了，还杀了我的父亲！！现在陈长官救了我！还把我们活着送进了极光城！他怎么能是异端？！"

"陈长官为了我们跟'灾厄'厮杀的时候，真正的执法官在哪儿？！你们这些躲在墙后的伪君子凭什么说他！"

"陈长官不是异端！！"

"陈长官不是异端！！！"

…………

许崇国的话点醒了众人，他们本来就是被极光城抛弃的那群人，现在怒火也被这莫名其妙的诬陷彻底点燃，压抑在他们心中的怒与恨，全都以陈伶为引子宣泄出来！这一刻，围观的极光城群众都有些蒙了，他们茫然地看着那站在车头上平静不语的血衣身影，一时之间不知谁的话才是对的……他们没有办法去给陈伶下一个定义，也没法在心中给陈伶打上一个好或是坏的标签，那身影就像是一个未知的谜团。人群中，文仕林同样若有所思地看着陈伶，他手中的钢笔飞速书写着，将双方说出的每一句话都清晰记录下来……镁光灯的光芒闪耀，一旁的助手也已经将陈伶的形象永远定格在胶卷上。

"这不可能。"被镣铐锁起的韩蒙见此，当即摇头，"陈伶不会是异端。"

"韩蒙，你可是三区的执法官总长，一个异端就这么生活在你的眼皮底下，你真就一点都没察觉到吗？"一位五纹执法官冷笑，"在'兵道古藏'造成全灭的罪魁祸首就是他，要不是我们抓住了一个'古藏'里的幸存者进行碎魂搜证，差点就让他蒙混过去了……"听到这句话，韩蒙的身体微微一震。"还有，我们从席仁杰的魂魄中也搜到了证据，这个陈伶能力古怪，不仅能够变脸，还能用幻术制造戏法，以'灾厄'为食……都这样了，他还不算异端？"

"你说什么？"韩蒙猛地抬起头，脑海中顿时闪过自己在灰界重伤时，那出现的神秘红衣身影……在此之前，陈伶也在自己面前提过黄昏社……一个个线索在韩蒙脑海中串联起来，似乎都在佐证陈伶的身份。韩蒙呆呆地看着车头上的熟悉身影，逐渐与记忆中的大红戏袍重叠在一起。

三区幸存者与执法者双方的争执不断，而陈伶这个原主则安静地在那儿听着，仿佛他人争论的一切都与他无关。

随着另外两位五纹执法官的靠近，围在列车前的执法者们纷纷让开一条道路，他们二人站在车前，目光冰冷地看着陈伶，缓缓开口："异端陈伶，我们本来还想着如何才能将你从城外抓回来，没想到现在你自己送上门来……既然如此，那就跟我们走一趟吧。"

"走？"陈伶慢悠悠地开口，"去哪儿？"

五纹执法官看着他，一字一顿地回答："碎魂搜证！"

"陈伶，我们知道你手段多，但既然进了极光城，就算你有天大的本事也别想逃走……无论你混入执法体系究竟有什么目的，只要进行碎魂搜证，你的一切还有你背后势力的一切，都会彻底暴露！"

"陈伶，你在灰界交汇中慌不择路地想逃进极光城活命，我们可以理解，只要进行完碎魂搜证，你还是有可能活下去的。"

"束手就擒吧，你能进入'兵道古藏'，说明最多不会超过三阶……你再怎么挣扎都是没用的。"

两位执法官接连开口，五阶的威压直接横扫出来，三两句话，就已经封死了陈伶所有的退路。陈伶在他们眼中，已然成为瓮中之鳖！

164 · 退场

"不，你们不能抓走陈长官！"

"陈长官是好人，你们凭什么审判他？！"

"韩蒙总长呢？如果韩蒙总长在！他肯定不会让你们带走陈长官！陈长官是我们三区的人！"

"就是！你们不能带走他！"

听到这些人要抓陈伶，三区的众人顿时愤怒了，他们主动护在列车的周围，像赵乙这样脾气暴的，更是直接挥着拳头就往执法者那儿冲。极光城的执法者脸色一变，当即将枪口对准这些幸存者，下一刻谩骂声就从身旁传来！

"你疯了吗？！这时候杀了他们会闹出大事的！把枪收起来！给我把这些难民全都拖走！"执法官到底还是能看清形势的，现在又没有命令说一定要杀这些人，贸然动手只会引火上身。

周围的执法者顿时冲上前，抱住群情激愤的三区民众，将他们一点点地向旁边拖，双方撕扯在一起，场面顿时混乱无比！喧闹怒吼的声音交杂在一起，有人在指责陈伶，有人在拥护陈伶，一场没有正义与对错的纠纷就这么轰轰烈烈地展开。就在双方的争执即将白热化之际，一个声音平静响起——"这场闹剧，该结束了。"

观众期待值 +5%

这个声音响起的瞬间，所有人都停止喧哗与厮打，他们抬头看向列车头上，那个血衣身影的神情依然平静。

"陈伶，你是要束手就擒了吗？"五纹执法官见此，冷声开口。

"束手就擒？"陈伶嗤笑一声，"就凭你们？"

"你！"陈伶言语中的不屑，彻底激怒了执法官，他死死地瞪着陈伶，目光仿佛能杀人。"你不过是个靠人质混入极光城的异端！没有极光城！你早就死在灰界交汇中了！"执法官的声音阴冷无比，"你想靠极光城活下去，还这么肆无忌惮？"

"谁说，我进入极光城的目的，是想活下去？"

"那你为什么要进城？！"

"我进城的目的，有两个……"陈伶抬起一根手指，指了指下方狼狈无比的三区众人，不紧不慢地回答，"第一，我看不惯极光城虚伪的正义，你们放弃七大区是否正确我不想评价，但你们对底层执法者与执法官的管理，让我恶心至极……既然被你们标榜为正义的执法者屠杀平民，我偏要带着这些幸存者进入极光城……我要让极光城听到，在正义的皮囊下，是怎样的妖魔在大肆作祟。"

这句话一出，来自三区的幸存者像是回忆起了什么，眼眸中开始闪烁愤怒的火焰。而极光城的居民，虽然也有人脸色微变，但并未引起所有人的共鸣。五纹执法官的脸色有些难看，在他看来，陈伶与那些暗中带动游行的异端无疑，都是靠胡言乱语迷惑平民的心智……不能再让他继续说下去了。

此时列车下的执法者，已经陆续将周围的三区居民带走，整个场地已经被基本清空，两位五纹执法官对视一眼，短暂的眼神交流后，其中一位悄然隐没身形，向列车上的陈伶靠近。

"一派胡言。"五纹执法官双眸微眯，他在试图吸引陈伶的注意，"执法系统的优劣，什么时候轮到一个异端来评判了？"

陈伶丝毫没有理会他的意思，"秘瞳"的微光闪过瞳孔，他的眼睛向身旁淡淡一瞥，随后，像是毫无察觉般，平静地继续开口："第二……我来传达一条'警示'。"

"警示？"

陈伶停顿片刻，他的声音清晰回荡在每一个人耳边，"冻海的寒风已经吹至极光城，七大区的覆灭并不是故事的结局……或许，这只是一个开始。"

众人愣了一下，似乎没明白陈伶的意思，但几位执法官脸色骤变，他们的目光中满是惊惧与愤怒！

"你找死！"五纹执法官大喝一声，"极光城固若金汤，岂是你一个外来者能够亵渎的？还愣着干什么？快把这个异端拿下！！"他的话音未落，所有下方的执法者便再度抬枪对准陈伶，与此同时，列车旁的虚无中，一道身影裹挟着恐怖的威压，骤然出手！这位五纹执法官已经摸到了陈伶的身边，在这个距离下，他有把握一击拿下陈伶，让对方逃无可逃！然而，就在他的手掌即将触碰到陈伶的瞬间，后者嘴角勾起一抹弧度，那斜看向他的目光中，是淡淡的戏谑与嘲弄。陈伶用力捏碎袖中的数条咒文鳝鱼！"轰——"随着咒文鳝鱼的身形被碾为碎片，熊熊烈火顷刻间从陈伶掌间喷吐而出，远远望去，仿佛一轮炽热的太阳在列车顶端爆发！极度的高温将周围的光线都烧得扭曲错乱，那位五纹执法官的手掌更是被直接烤成焦黑！他大惊失色，猛地向后退去，看向陈伶的目光震惊无比！没有人看清那火焰是从何而来，仿佛陈伶只是抬了一下手，一轮半径数米的烈日便在众目睽睽下凭空燃烧，那道血衣身影平静地站在烈火中，像是站在光与热中央的璀璨神明。"他……他？"在场的所有人都呆住了，五纹执法官无论如何也没想到，陈伶竟然主动点燃了自身。

"他疯了吗？！"

"他好不容易进入了极光城，最后竟然自焚？！"

"异端陈伶……异端陈伶？一个异端费尽心思把七大区的幸存者送入城里，然后就这么自焚了？他的目的是什么？"

"那这就说不通了，这对他根本没有任何好处……还是说，他真的只是想救人？"

"他为了救下那群三区的幸存者，不惜送上门来结束自己的生命……这样的人，怎么可能会是异端？"

"我现在相信那些幸存者的话了，这个陈伶，绝对不是什么异端！如果他这种人都能被称为异端，那放弃七大区的执法官们又算什么？"

"他不该死的！是极光城逼死了他！！他只是个拯救了被遗弃之人的英雄！"

所有人呆呆地看着那站在熊熊烈火中的身影，心神狂震，在周围接连响起的呼喊声中，刚才执法官们对陈伶的控诉，在陈伶点燃自身之后，彻底不攻自破……执法官眼中的异端，伪装混入执法体系的罪犯，为了苟活而利用人质胁迫进入极光城的卑鄙者，在那熊熊烈火之下，陈伶身上一切被扣上的帽子与质疑都被燃烧殆尽！有时候实际的行动比苍白的言语更具备说服力，这团火焰颠覆了执法官们的声音，将闹剧的走向，推向了对陈伶绝对有利的结局。这一刻，陈伶的身上只留下了一个标签……那就是不惜牺牲自己，也要质疑极光城，拯救被遗弃的难民的救世主！

在燃烧的烈火中，陈伶的身躯一点点化作灰烬，他微笑着看着舞台下的"观众"，一只手轻轻搭在胸口，优雅地略微弯腰，像个即将谢幕离场的演员。那些灰烬飞舞咆哮着冲向天空，在众目睽睽下幻化成无数的扑克牌，如同雪花般飘落……在拥挤的人群中，在远处的街道上，在燃烧的烈火里——那是成千上万张红心 6。

就在所有人都被这一幕震撼之时，火焰的余烬中，一个声音平静而缓慢地响起："人类文明，永不将熄。"

165 · 消失的他?

所有人仿佛都忘记了呼吸。来自城门外的彻骨寒风，吹散了车头上燃烧的烈火，那穿着血色大衣的身影已然尸骨无存……在那样高温的烈火之下，除了骨灰，根本就剩不下什么东西。

"陈伶……陈伶！！！"被执法者拖走的赵乙眼睛都红了，他不知是哪儿来的力气，愤怒地推开身前的执法者，跌跌撞撞地向那辆列车冲去！他双手抓向飞舞的火焰余烬，却只能触碰到虚无。他呆呆地站在那儿，背影是无尽的茫然与落寞。"陈长官！你们放开我！！放开我！！"

越来越多的三区居民冲出人群，跑到那辆列车旁，他们看到车顶那被烧得只剩下焦黑印记的区域，身体都忍不住颤抖……

许崇国转过身，对着那一个个沉默不语的执法官怒吼："陈长官明明可以一个人逃走的！却还是回头带着我们进入极光城！！你们说的那些什么异端我不懂！但他自始至终就没伤过我们任何一个人！

"现在他被你们逼死了！你们满意了？！这就是你们所谓的正义吗？！

"你们还我陈长官！！"

…………

"老子跟你们拼了！！"赵乙低吼一声，捋起袖子就往那位五纹执法官身前冲，他的眼中遍布血丝，像是一头暴怒的狮子。赵乙的父亲死了，是陈伶履行了跟他父亲的约定，一路护着赵乙进入极光城……赵乙就算再怎么爱跟陈伶较劲，心里还是感激陈伶的，而现在极光城又在他的眼前逼死了陈伶，这无疑让他彻底破防了。赵乙可不管什么执法官不执法官，一拳便朝对方的脸上砸去，后者脸色难看无比，本想出手击退赵乙，犹豫片刻后，还是闪身避开，反手把赵乙推给了一旁的几十位执法者。

"把他们全部押……保护起来！送到医院去治疗！"执法官一声令下，其余的执法者也蜂拥着冲上前去，凭借人数的巨大优势直接制伏了暴乱的三区众人，向总部的方向走去。但即便如此，他们也封不住这些人的嘴，谩骂声、质问声响彻街道，令周围的极光城居民纷纷动容。自从陈伶死后，极光城居民的目光就有些变了，他们看向执法官的眼神中多了质疑与愤怒，镁光灯的光芒接连闪烁，一张张照片将发生的一切记录得一清二楚。

"长官……接下来怎么办？"一位执法者凑到五纹执法官面前，小心翼翼地问道。

那位执法官也察觉到了民众中气氛的变化，眉头不自觉地皱起，当即开口："异端已经清除，先收队再说！"

"那辆列车怎么办？"

"让人拖到仓库里去，当作证物暂时封存。"

"是。"

在执法官的命令下，周围的警戒线被迅速撤掉，执法者们也相继离开，只留下众多民众在原地争执不已。城墙之上，被镣铐锁住的韩蒙怔怔地看着车头上那片焦黑，宛若雕塑般一动不动。"你看到了，他就是黄昏社的一员，现在，还有什么想说的吗？"留下负责押送韩蒙的那位五纹执法官缓缓开口。

"陈伶……"韩蒙喃喃自语，紧接着他回过神来，摇了摇头，"不……三区的人说得没错，他不该死的。"

"韩蒙，你是昏了头吗？！黄昏社可是在各大界域的最高级捕杀名单上！你还想包庇他？"

"黄昏社又如何？他没做错任何事情。"韩蒙眉头紧紧皱起，"更何况……现在，我也算是异端之一……我有什么资格去评判黄昏社？"

执法官的眼睛瞪大，他盯着韩蒙看了许久，冷笑道："好……好得很，韩蒙，等到了审判法庭上，你最好还能把这句话重复一遍……呵呵。"说完，他便押送着韩蒙，径直向总部的方向走去。

与此同时，不远处的小楼顶端，白也与楚牧云看着那辆被缓缓拖走的列车，同时陷入沉默。不知过了多久，楚牧云若有所思地推了推眼镜，然后开始在四周张望起来，像是在寻找着什么东西……"你在找什么？"白也忍不住问道。

"你把他藏哪儿了？"

"谁？"

"陈伶啊。"楚牧云理所当然地开口，"你肯定在他被烧死前，把他的位置偷走了，对吗？他在哪儿？那火的温度很高，如果不及时治疗的话，是会留下病根的……"

"……"

"你不说话是什么意思？"

白也嘴角微微抽搐。

"……你把他救下来了……对吧？"楚牧云试探性地问道。

"你对'盗神道'是不是有什么误解？"白也揉了揉太阳穴，"'盗神道'又不是没有限制的，我是可以偷走位置……可，可他离我也太远了，而且那火烧的速度太快了，我想偷也来不及啊……"

"所以，你没救下他？！"

"呃……"

"白也前辈。"楚牧云认真地看着他，"你知道如果陈伶真的死了，红王会惩戒你的……对吗？"

"你先别急，这小子要是真死了，极光城估计都已经裂成八瓣了，这不是你说的吗？"白也立刻开口，"但现在你我都好好地站在这儿，这说明什么？"

楚牧云回过神来，一只手摩挲着下巴："你是说……他假死脱身了？可他是怎么做到的？"

"不知道，这小子的手段，就连我都看不破。"

楚牧云眉头越皱越紧，看着远处那辆被一点点拖走的列车，脑海中不断复盘着刚刚发生的一切。"陈伶……能够自燃的'灾厄'……烈火焚躯……凭空消失……蒸汽列车……蒸汽列……"楚牧云愣住了。

"你有结果了？"白也诧异问道。

"……我不确定。"楚牧云推了推眼镜，"不过，如果陈伶真的假死脱身了，那他最有可能在的地方……只可能是那里……"

166·幕后

"还有列车能开到大马路上来……真是见鬼了。"一辆庞大的蒸汽机车拖着火车头，缓慢地穿过极光城边缘的道路向前行进，驾驶员一边操控着机器，一边忍不住吐槽。

"别抱怨了，让那群执法者听见，小心再扣你一半的搬运费。"一旁的同伴开口，"把东西送到地方，赶紧收工回家。"

在白鸽广场前，这辆来自城外的列车就被拆成了数节，车厢与车厢间彻底分离，由几辆蒸汽机车一起运往大型仓库。搬运者们一番忙碌之后，就从中午到了黄昏。随着太阳逐渐沉入西山，几节车厢终于被送达目的地，看着那被封入仓库的几节焦黑列车，众人微微松了口气。

"等一下，我们最后再检查一遍。"跟随的执法者突然开口。搬运工们脸一沉，但也不好多说，只能老老实实地站在仓库门口等待。只见几位执法者拎着煤油灯，在一节节车厢中搜过，确认再也没有人影之后，才对众人点点头："可以了。"

随着警戒线在仓库周围拉起，执法者们终于离开，几行飞鸟掠过昏黄的天空，整个仓库区陷入一片死寂。

几分钟后，一个身影缓缓踩着阶梯，从昏暗的车厢中走下。他拍了拍身上的尘土，像是一位刚刚下车的乘客，随手拉开警戒线后，便闲庭信步地向外走去。他穿着一件棕色的大衣，鼻梁上戴着一副半框眼镜，黑色的眼镜链从镜腿处垂落，像是一位来自远方的学者，那张年轻而陌生的面孔扫过四周，迎着夕阳前进。然而，他刚走了几步，便停下身形。橘红色的落日如同红彤彤的火焰，浮在地平线的尽头，在那笔直而修长的道路上，两个身影正在落日余晖中望着这里。他们一人戴着白色鸭舌帽，耳垂挂着银蛇耳环，微微勾起的笑容神秘而轻佻；一人穿着灰色大衣，围巾缠绕脖颈，蔚蓝的眼眸仿佛能摄人心魄。看到这两人的瞬间，这位从车厢上下来的乘客，表情有些微妙。他长叹一口气："你们是怎么找到我的？"

"猜的。"楚牧云耸了耸肩，"自从列车进了极光城，你就一直站在车头顶上，从来没动过，一开始我以为你只是想站得高一些，可我仔细想了想，发现没这么简单……你的位置，正是在列车用来排出蒸汽的烟囱上方，当你焚尽自己的身体后，骨灰或者余烬就会顺着烟囱落入锅炉。与此同时，你只要再制造一场扑克牌飞上天的幻术，将所有人的目光吸引向天空……你就可以趁着这个时候，顺着烟囱藏入车头，完成一场完美的逃脱戏法。"楚牧云停顿片刻，继续说道，"说实话，你做得太完美了，要不是我知道你的底细，肯定也会以为你被烧得连灰都没剩……不过我还是想不通，你是怎么在那场火焰里活下来的？"

陈伶笑了笑，并没有深入解释。楚牧云的推测基本正确，唯一的漏洞在于，陈伶压根就没活……他是真的被烧成了灰烬，然后在无人问津的锅炉里重生的。重生之后，他就立刻用"无相"掩盖了自己的身形，即便执法者再度搜查，也查不出任何端倪。这一场演出的灵感，源于原世界在剧院里偶尔会出现的逃脱魔术，陈伶虽然在魔术方面不专业，但在后台看久了，也知道这里面其实就这么回事。事实证明，他的这场逃脱演出非常完美，即便是近在咫尺的五纹执法官都没看出丝毫的异样，除了楚牧云这个先假定他没死，然后倒推过程的例外。毕竟谁又能想到，他就算化成灰都能重生？

"说真的，我很喜欢你最后的扑克牌表演。"白也忍不住感慨，"漫天扑克牌飘落，确实很适合我们黄昏社，下次有机会高调出场的时候，一定要试一试……"

陈伶一边跟着两人向城内的街区走去，一边问道："我退场之后，情况怎么样？"

"被你带进极光城的那些幸存者想替你出头，然后被执法者们带走了，现在应该都在接受治疗；其他民众应该是被你惊到了，还没缓过神来，不过等舆论一发酵，事情会怎么发展很难说……"

"韩蒙呢？"

"他？他被押走了，违逆总部命令，跟其他执法官大打出手，还在公众面前质疑极光城……他的这些罪名，上审判法庭是板上钉钉的事情了。"

"审判法庭？那是什么？"

"专门针对执法官的审判庭，所有背叛，或者犯罪的执法官都会在那里接受审判，轻则剥去一切权利永囚牢狱，重则当众处刑，反正不是什么好地方。"

陈伶眉头微皱，一言不发地向前走着，不知在思索着什么。

日渐西斜，昏黄的夕阳洒落在极光城的街道上，几个孩童拿着纸鸢，面带笑容地奔跑而过，清脆的铃声响起，邮差骑着自行车无奈地停车让行……生活的气息随着浓郁的菜香，飘散在这座城市的每一个角落。这是陈伶第一次在极光城的街道上行走，恍惚中，他仿佛又回到了原世界的某个小镇，虽然科技远不如当时发达，但那种人气与热闹，却是七大区无法拥有的。就在这时，陈伶的余光落在街道的另一侧，微微一愣。一个穿着破烂的身影，正靠墙坐在无人问津的角落，他的身上还带着风雪的痕迹，与周围的一切似乎都格格不入。陈伶停下脚步。

"怎么？"楚牧云见此，疑惑地问道，"你认识他？"

陈伶的眼眸中，闪过一抹复杂，犹豫片刻后，还是向着那人走去。陈伶的影子遮掉了夕阳的余晖，那坐在角落的身影，缓慢地抬起头，那张狼狈的脸上满是空洞与茫然……陈伶不会忘记这张脸，因为不久前，他还曾在风雪中与对方一战。他是三区执法官——席仁杰。

167 · 追逐极光者

"你好。"陈伶用陌生的口吻说道，"我们是不是在哪里见过？"如今的陈伶，已经彻底换了副模样，自然也没道理在席仁杰面前暴露身份，无奈之下，只好选择了这么一个老套而好用的借口。席仁杰呆呆地看着那张脸，片刻后，突然笑了起来，那张满是风霜与污泥的脸上，露出两排整齐雪白的牙齿："我见过你！我们一起找过极光城！"

陈伶一怔，他看着席仁杰那夸张的笑容，突然觉得有些不对……但还是顺着席仁杰的话语问道："什么时候？你还好吗？"

"你找到极光城了吗？"席仁杰反问。

"这里就是极光城。"

"哦……"席仁杰想了一会儿，低头趴在地上仔细地观察起来，他在认真地看周围的每一块地砖缝隙、墙边长出的杂草，与漂浮着头发与泥土的水洼……他像是在寻找着什么。

"你在找什么？"陈伶问。

"我在找极光城……我就快找到了！"

"这里就是极光城。"陈伶重复了一遍，他看着席仁杰怪异的举动，一个想法突然涌入他的脑海，"你……"

"我快找到了……我一定能找到的！！"席仁杰怀中抱着一个鼓鼓囊囊的布袋子，跌跌撞撞地起身走上街道，他那双闪烁着希冀的眼眸扫过四周，那是陈伶从未见过的渴望。席仁杰的眼瞳里倒映着昏黄的夕阳与夕阳中那几只依然飘动的风筝，他双手不断地在半空中抓着，似乎想将那些风筝抓在手里。

"极光城有风筝……我也有风筝！顺着风筝……我一定能去极光城！！"

"我就快找到极光城了……"

"我就快找到了！！"他一只手伸入怀中的布袋里，掏出了一把金灿灿的金币，然后用力掷向天空！那些金币在半空中翻转，像是漫天飞舞的金色纸鸢，在夕阳下直直冲上云霄，却最终无力地坠落大地……叮叮当当的声音在街道上回响，来往的行人都愣住了。席仁杰的脸上带着兴奋与癫狂，他一把又一把地掏出金币，向着天空挥去，像是一个痴呆的疯子。"你们看！这是他们给我的风筝！！顺着风筝……我一定能抵达极光城！！！"

街上的行人眼睛都直了，他们放下了手上所有的事情，蜂拥着向这里冲来，他们争先恐后地跟在席仁杰身后，争抢着满地的金币，他们的脸上满是狂喜。

"金币？！好多金币！！"

"这人疯了吗？金币都不要了？"

"赚大发了！赚大发了！！这么多钱！够我们一家生活好久了！！"

"都别抢！这些都是我的！都是我的！！"

…………

席仁杰就这么掏空了最后一把金币，用力地挥向天空，璀璨的金雨从空中落下，他的大笑声响彻街道。无数的极光城居民在他身后弯腰捡钱，眉眼都笑弯成月牙，根本就无人在意那个撒钱的疯子究竟从何而来。哪怕是孩子们也趴在地上将金币一一捡起，他们知道哪怕只捡一枚，都够他们买十个百个新的风筝。陈伶怔怔地看着这一幕，却没有上前……他的眼眸中满是复杂。

"这人真有意思。"白也挑眉开口，"明明就在极光城里，却还在找极光城？"

陈伶摇了摇头："不……他从未抵达极光城。"那衣着破烂的身影步履蹒跚，从弯腰的芸芸众生中走出，他的剪影随着落入西山的太阳，一点点消失在街道的尽头。陈伶知道，从今往后，世上再无执法官席仁杰……极光城里，也将多出一个苦苦追寻极光城的疯子。"……走吧。"

喧闹混乱的街道上，陈伶收回目光，他推了推鼻梁上那副半框眼镜，平静地向道路的东方走去……那是与席仁杰截然不同的方向。自从在城外他放席仁杰离开后，对方的命运就与他再无瓜葛，即便目睹了席仁杰的结局，对他也并没有什么影响，因为那不会是他陈伶的结局。极光城的风筝总会熬过寒冬，日落西山的太阳，也终会从东方升起。

执法者总部——

明亮的灯光撕破夜色，一辆蒸汽汽车驶过昏暗的街道，在总部的门口缓缓停靠。在门口等候许久的储士铎，立刻走上前，打开后座的车门……檀心从车内下来，径直向总部走去，黑色的大衣在夜色中轻摆。"老师，您这次回来得这么快？"储士铎立刻跟上，"极光君的状态怎么样了？有好些吗？"

檀心没有回答，而是平静地向自己的办公室走去，路上所有经过的执法者与执法官见到这身影，纷纷停下身行礼，他却好似没看见一般。黑色的皮手套推开办公室的大门，檀心随手将大衣挂在墙角的衣架上，储士铎敏锐地感知到这位老师的心情似乎不好，安安静静地站在桌前，等待着对方先开口。终于，檀心将书桌上的台灯打开后，不紧不慢地开口："西南门的事情，怎么样了？"

"已经平息了。"储士铎似乎早就猜到他会问，从手边拿起一份文件递过去，"那个陈伶是黄昏社的社员，牌面红心6，他将所有人送入城后，就在列车头上自焚了……是所有人亲眼看着他化成灰烬的，可以确认死亡。不过，在陈伶自焚之后，舆论已经开始倒向他……很多居民认为，陈伶不能算是异端。在有心人的推动之下，我们执法者的形象也被不断抹黑……"

檀心摆了摆手："我说过，民众如何看待我们不重要……尤其是现在。"储士铎张嘴似乎想反驳，但最终还是没开口。"不过……这个陈伶这么费尽心思进入极光城，就是为了自焚？"

储士铎犹豫片刻，还是开口道："他……他在自焚前也说了些话……一个是对执法者底层管理表示轻蔑，另一个……是一条'警示'。"

"什么'警示'？"

"他说……冻海的寒风已经吹至极光城，七大区的覆灭并不是故事的结局……或许，只是一个开始。"储士铎将陈伶的话一字未动地重复了一遍。

听到这儿，檀心的眼眸微微眯起，沉默许久，轻笑一声："不愧是黄昏社的人……这个陈伶，不简单。"他一边说着，一边随手拿起一个狭长的黑色盒子，随着他轻转盒子边缘的旋钮，一个个带着辉光的"8"从盒子中依次亮起，像是某种数字时钟。在檀心的调试下，盒子中的数字接连变化，最终定格在一串数字之上，然后开始自动跳动，93：03：39、93：03：38、93：03：37、93：03：36……

"93小时3分36秒……老师，这是什么意思？"储士铎不解地问道。

檀心将盒子放回桌面，闪烁的数字辉光将他的脸庞映照得明暗不定……片刻后，他缓缓开口："这是极光城余下的寿命。"

168·生存，或者死亡？

"爸……"地牢中，简长生缓缓睁开眼眸。昏暗朦胧的月光自头顶的钢铁窗户中洒落，好似一角白雪铺在潮湿的地面。那双灰暗空洞的眼眸，凝视头顶的水泥板许久，才一点点地恢复理智与思考……就像是一台关机太久的电脑，在破烂的零件的嘎嘎作响中，缓慢而错乱地被重新启动。他想起来了，这里是群星商会的隐秘地下室，是被严加看管的禁忌区域，是由钢铁与水泥打造的坚固牢房……而他，是群星商会的阶下囚。"群星商会……阎家！！"简长生宛若尸体般躺在地面，胸膛剧烈地起伏着，无尽的愤怒从心底涌出，恨不得烧尽整间牢房。自从离开"兵道古藏"，他的记忆就支离破碎，先是在冻海上拼命划水，然后陷入昏迷，等到醒来的时候已经在群星商会的刑桌上，准备开始碎魂搜证……在那之后，就是一段又一段足以撕裂灵魂的痛苦刑罚。那是简长生从未体会过的痛，他无数次觉得自己已经快在灵魂的痛楚中迷失自我，却总有一股力量在冥冥中将他拉回来，他的意志在一次次的灵魂碎裂中重塑，周而复始。简长生甚至觉得，跟自己所经历的痛苦比起来，地狱里的那些油锅或者凌迟简直就是小儿科。他愤怒地攥紧双拳，却又无助地松开……他呆呆地看着头顶洒落的朦胧月光，脑海中甚至升起了靠自杀了结这一切的想法。不……他还不能死，他好不容易才夺回本属于他的天赋，好不容易捡回一条命，不仅没能开始逆袭的生活，甚至连回家看眼自己父亲都没能做到，他怎么能就这么死在这里？但他活着又能怎样？群星商会已经知道是他杀了阎喜才，绝不可能放他活着离开，也许等待他的，将会是无穷无尽的折磨，直到他的灵魂被折磨得破碎消散，落得最凄惨的死法。

就在简长生苦苦挣扎之际，那自地牢顶端洒落的月光轻轻一晃，光影交错之下，仿佛有一只神秘的手在拨弄纤细如丝的月光。简长生愣住了，他艰难地转过头，顺着月光看向那一角洁白的地面……细碎的尘埃飘浮在月光之中，一个浑身笼罩在阴影中的小丑图案浮现在地面，他的关节被一根根丝线连接到虚无，就像是一具被操控的傀儡，他的面目狰狞而愤怒，双手死死地攥着其中几根丝线，似乎要将这些丝线尽数扯断。在图案的左上角，一行竖着的字母连成花纹，古老而富有神秘感——JOKER，这是一张扑克牌，一张灰色的"王"。

"这是……"简长生看到这张扑克牌，瞳孔微微收缩。他曾是极光城的执法者，即便地位再低，也听说过有一个组织以扑克牌为代号……那个组织的存在就是个禁忌，他们的危险与疯狂让所有界域都感受到威胁。月光拨动，那张扑克牌的投影被轻轻翻转，牌背面的纹路上，一行小字缓缓浮现："生存，或者死亡？"

看到这行字，简长生的心神一震，他此刻终于意识到，自己究竟在面对什么……那个禁忌的组织，竟然在注视他？为什么？虽然只是被注视，并非获得了加入的机会，但能够得到他们注视的人绝对不多，简长生早就听闻黄昏社人员稀少，而且不会轻易吸纳新人，一个"修罗"路径，自然不会成为自己被注视的理由……这个路径的人虽然稀少，但极光城内依然有几位，更何况他只是一个刚踏上神道的新人。那他们凭什么注意到被关入地牢的自己？因为他扛过了三轮碎魂搜证的意志，还是因为自己身上别的什么东西？

简长生不明白，但也不用明白，因为此刻摆在他面前的答案显而易见……生存，或者死亡？他怎么会选择后者？他几乎没有犹豫，就坚定地开口："我想活。"这三个字说出口的瞬间，地面上的扑克投影便淡化消散……没有回答，没有异象，没有发生任何事情，仿佛刚才的一切都只是简长生的幻觉。死寂的黑暗中，简长生静静地坐在地牢的中央，看着那一角代表救赎的月光，宛若雕塑般一动不动。

"嘎吱——"房屋的大门缓缓打开，陈伶跟在楚牧云身后，走进一处宽敞的中式院落。"这里是你家？"陈伶目光扫过四周的假山、花园，以及不远处的亭台楼阁，惊讶地问道，"你在极光城，有这么大一处房产？"陈伶确实有些震惊，他上一次见到这种规格的院落，还是在原世界去江南园林旅游参观的时候……当时进门，还收了70元的门票钱。这种院子放在七大区已经价格不菲，在极光城，也是绝对的大户人家。他本以为楚牧云作为隐藏身份的黄昏社成员，应该是住在那种阴暗偏僻的小角落，没想到竟然如此光明正大地住在这种豪宅里，高调得出乎他的意料。

白也双手抱在身前，笑吟吟地从后面跟了上来："楚神医平时接触的，可都是极光城的高层与各界名流，那些人为了求健康求长生，可都拿着大把的钞票排队等咱们楚神医施展妙手。要不然，我怎么一直跟在这家伙身边？这家伙可是我们在极光城里唯一拥有高地位、重财产，且可以光明正大挥霍的成员……蹭他的这些好处，可比躲在阴暗的角落里好多了。"

楚牧云推了推眼镜，不紧不慢地解释："黄昏社里比我有本事的人多的是，只是我潜伏极光界域的时间比较久，积攒了一些底蕴。"说完，他像是想起了什么，看向陈伶。"这次的事情之后，你原本的身份已经彻底不能用了，也许你该考虑一下，在极光城里给自己安排一个全新的身份……这对你而言应该不是什么难事。"

169·《余烬落幕时》

陈伶微微点头，随后疑惑问道："白也前辈是什么身份？"

"我？我不需要身份。"白也轻笑一声，"只要我不想暴露，在这极光城里谁能抓到我？"

"目前黄昏社已经有一批成员进入了极光城，不过他们绝大多数都没有明面上的身份，只凭我一个人能收集到的情报是有限的，我们需要更大的情报网。"楚牧云望着陈伶，认真地说道，"虽然你入社的时间不长，但在这方面能迅速发挥优势的，也只有你了。"

"情报吗……"陈伶若有所思，"我知道了。"陈伶确实需要一个新的身份，毕竟他不可能一直躲在楚牧云的宅院里，但经过他观察，继续当执法官已经不太合适。一方面是从新人开始重新进入执法体系步骤太繁杂，如果找个执法官暗中下手，取而代之，风险也太大，毕竟他无法继承对方的记忆，而这里又是强者林立的极光城，一旦被人发现端倪，后果十分严重；另一方面，极光城的高阶执法官太多了，以他如今的实力伪装成一位二纹或者三纹执法官已经是极限，但这在极光城的执法体系中只是底层，就算成功伪装了，也很难接触到什么关键情报。所以这个新的身份如何选择，是陈伶要面对的一个难题。

"在你找到新的身份之前，就先在我这里住着。"楚牧云指了指远处，"那个别院给你，不过这里没有用人，每天的餐食需要自己解决。"

"好。"陈伶正欲离开，天空中仿佛有什么东西一晃而过，他眯起眼睛，一轮明月正高悬于夜空之上。"那是……"陈伶不解地开口。

"是灰王。"楚牧云平静回答，"灰王在利用月光，与我们建立联系……不，好像不是'我们'……"

陈伶顺着那朦胧的月光向后望去，只见一缕月光宛若白雪，正倾洒在白也的身前……白也轻轻抬头，目光透过鸭舌帽的帽檐与明月对视，无奈地叹了口气。"看来，是找我的……"

白也连夜离开了。陈伶回到自己的别院，虽然只是个别院，但面积已经顶得上三个他原本在三区的家。他推门走入屋中，里面的生活用品一应俱全。陈伶简单地收拾了一下，便躺回床上，迅速进入梦境。等到他再度睁开眼时，已经重新回到熟悉的舞台上，"观众"们的目光一如既往地凝视着他，像是黑暗中的无数猩红星辰。之前在列车上自焚之后，陈伶就已经回来过一次，但当时情况危急，他也没闲工夫干别的，只得尽快地回到现实世界将自己藏了起来防止被发现。直到现在，他才有时间仔细查看这次演出的收获。他走到舞台中央的屏幕前，逐个翻看起来——

观众期待值 +5%

当前期待值：83%

监测到失去演员连接，演出中断。

观众期待值 -50%

当前期待值：33%

滑到最后一条信息后，陈伶的眉梢微微上扬。这次死亡之后，竟然还有33%的期待值，这多亏了之前将期待值冲到83%……这是陈伶第一次将期待值提高到这个地步，算是创造了一个新的历史。如果陈伶没记错的话，期待值突破80%之后，他应该还会有一次额外的随机技能抽取权。陈伶伸手轻点宝箱。"噔噔噔——"伴随着激昂的音乐，舞台中央凭空出现一张桌子，桌面中央的白纸上，几行小字迅速浮现——

检测到观众期待值首次突破80%，解锁成就——"好评如潮"！
你获得一次额外抽奖权。
使用后，将从本次剧目的所有出场角色中，随机抽取学习一项角色技能。

陈伶目光扫过这些文字，果然不出他所料……但这个随机奖励与完成剧目后的奖励相比，还是差了不少，毕竟这个是"人物"与"技能"全随机，随着剧目中出场的人物越来越多，抽取的不确定性也会更强。而且这次抽取没有附加的概率提高，是纯粹看运气。桌面上的白纸骤然消失，取而代之的是一张张摆放在桌面上的纸牌。这些纸牌的颜色各不相同，绝大多数是白色与灰色，也有一部分蓝色，甚至陈伶还看到了几张紫色的牌面……这说明这次出现的角色中，有一部分拥有较高阶的神道技能。下一刻，这些纸牌同时扣下，露出清一色的牌背，然后以惊人的速度重叠在一起，最终分散整齐地停留在桌面上。陈伶知道，看运气的时候到了。他深吸一口气，随机点了一张位于角落的纸牌，看到纸牌翻转出现的一抹白光，陈伶的表情顿时僵硬——

技能："正义的铁拳"
归属：无
人物：文仕林

这不是一张神道的技能牌，而是一个普通得连"技能"都算不上的能力，从阶位上来看，它的等级与"厨艺"和"家务精通"基本是一个级别。当这张牌融入陈伶体内的那一刻，一段介绍也自然地出现在他的脑海："即便身如蝼蚁，我'正义的铁拳'，依旧会坚定挥向世间一切的黑暗与不公……哪怕我将灰飞烟灭。"陈伶有些发蒙，不知道这个弱到令人发指的技能是怎么拥有这么一段霸气的介绍的，也不知道这个"文仕林"究竟是谁……在他的印象里，自己根本就没有见过或者听说过这个人。而这时，陈伶又意识到了另一个问题……这个随机奖励虽然有很大的不确定性，但它能让自己抽到不曾见过的人的技能，而剧目完结后的选定奖励，必须知道剧目中角色的名字才能抽取。这么看来，不是这个奖励弱，而是自己的运气太差了。

陈伶摇了摇头，虽然只抽到一个普通技能，但他也没有太沮丧，因为他知道，自己还有一次机会。纸牌消散后，一张白纸再度凭空出现在桌上——

恭喜你完成剧目——《余烬落幕时》。

170·"心蟒"

本剧目观众最高期待值：83%

你获得一次指定抽奖权。

使用后，你可以从本次剧目的所有出场角色中，指定某个角色，随机抽取对方的能力，抽取珍稀技能的概率与本剧目的综合观众期待值有关。

他身前的虚无中，一张张纸页凭空显现，迅速汇聚成一本剧本。陈伶翻动了几页，便随手将其放在一旁的木架上，也许是这次剧本的时间跨度比较久，厚度也是前面几本的两倍，不过其中的内容还是陈伶经历的那些，没有变化。陈伶拿起笔，正欲写下这次要抽取的角色，笔尖悬停在半空中却迟迟没有落下……这次，他犹豫了。按照陈伶原本的计划，他是准备继续抽取"韩蒙"，毕竟"宗罪判决"的力量是他目睹过的，而且复刻一整条"审判"路径，也是陈伶的目标。但问题是，在这个阶段，他真的迫切需要这个技能吗？若是在极光城外，陈伶会毫不犹豫地抽取"宗罪判决"，但现在进入极光城，周围遍布危机，要做的不再是单纯的战斗，更重要的是潜伏与隐藏……并且对于二阶的他而言，四阶的"审判庭"已经完全够用了，即便抽到了"宗罪判决"，以他如今的精神力也发挥不出什么威力。还有一点，对于"审判"路径而言，"杀戮舞曲"和"审判庭"这中间的三阶、四阶技能已经被抽过，所以只要剧目的期待值不低，他大概率会直接得到五阶的"宗罪判决"……但以他这次的超高观众期待值，抽取任何技能都能有大幅的概率加持，用在这里难免有些浪费。也许，自己可以赌一把？刚才抽了个普通技能，运气已经够差了，陈伶不信自己会一直背下去……这次，他要换个抽取的角色。

做好心理准备之后，陈伶落笔，坚定地在纸上写下一个名字——白也。桌面上的其他纸牌瞬间消失，只留下十张纸牌一字排开，这十张纸牌中有三张白色、四张蓝色、三张紫色……分别代表三个普通技能，以及一到七阶的七个神道技能。随着纸牌翻面，进入洗牌状态，最终这些牌面全部扣下，安静而整齐地排在陈伶面前，等待挑选。陈伶闭上眼睛，凭着直觉随机选了一张，紫色的光芒一闪而过——

技能："心蟒"

归属：盗神道，"借月"路径，第六阶

人物：白也

看到这个技能的瞬间，陈伶心头一跳，紧接着便是一阵惊喜！别的先不说，一下得到"盗神道"的六阶技能，怎么想都是不亏的，果然……一个人的运气不会一直差下去，陈伶这次算是赌对了。随着纸牌消失在陈伶体内，他的表情逐渐微妙起来……这个技能，应该就是让陈伶印象最深刻的"记忆盗窃"，在冻海的轮船上，白也就是靠这个能力将三位执法官玩弄于股掌之中，而且"记忆盗窃"似乎只是"心蟒"的部分表现形式，它的诡异与强大远超陈伶的想象……但问题是，这个技能的消耗同样恐怖。一个六阶的技能，哪怕再弱都不是二阶能够熟练运用的，他很担心这个技能到现在的自己手里，还能发挥出多少，如果现在耗尽所有精神力都放不出来，那就算是废了。"得找个机会试一试……"陈伶站在舞台上，若有所思。

如墨的夜色笼罩在极光城上空，一个身影双手插兜，行走在无人的街道上。这里白天是极光城最繁华的商业街区之一，两侧每一个商铺的门口几乎都贴着一个群星闪烁的标志，那代表着它们背后的主人，也是这座城市最有权势的组织之一——群星商会。而这身影的目标，正是街道尽头的那一座恢宏建筑，那是群星商会的总舵。

随着他的靠近，守在总舵门口的护卫们很快也发现了这个深夜游荡在街头、戴着鸭舌帽的神秘男人，脸上浮现出一抹戒备，其中一人当即开口问道："你是什么人？你不知道这里是……"

"滚。"鸭舌帽的帽檐被抬起一角，一双懒散的眼眸瞥过这些护卫，下一刻，这些护卫便微微一震，瞳孔肉眼可见地开始涣散。他们就像是失去记忆与目标的木偶，呆呆地站在原地，任凭白也经过他们身旁，等到回过神来时，那身影已经宛若幽灵般消失在门口。白也闲庭信步地穿行在总舵中，仿佛这里就是他家的后花园，群星商会引以为傲的安保系统，在这位盗圣面前形同虚设。白也没有到处乱逛，进入总舵之后，就笔直地向某个方向前进，最终在一处荒僻的院落停下脚步。他的目光落在地面那些方正的小窗上，这层厚重地面的下方，就是群星商会的地牢。"目标就在这儿吗……"白也喃喃自语。

与此同时，地牢——

随着低沉的嘎吱声响起，几个身影提着煤油灯穿过昏暗廊道，在一间死寂的牢房前停下脚步。"简长生，你的死期到了。"为首的那人悠悠开口，"碎魂搜证的刑桌已经空置出来，阁会长下了死命令，一定要让你魂飞魄散……请吧！"

昏暗的月光透过天窗，洒落在地牢凹凸不平的地面，穿着破烂衣衫的简长生坐在那处月光前，双眸平静无比。"你们带不走我。"

那人嗤笑一声："你在说什么梦话，这里可是群星商会的地牢，是连执法官都无权搜查的禁忌区域，你以为自己还有活路？"

简长生的嘴角微微上扬，他看了眼头顶的月光，不紧不慢地开口："既然他们已经向我传递了信息，就不会放任我再被你们搜证……所以这次，你们带不走我。"

那人的眉头越皱越紧，他懒得再跟简长生废话，直接让手下打开牢房大门，就要进去抓人。可就在他的钥匙插入锁孔的瞬间，一道白光闪过牢房内部，下一刻简长生的身形就在众目睽睽之下，凭空消失！"这……这怎么可能？！"几人愣在原地，他们当即冲入牢房四下搜寻，却再也看不到他的踪迹……

"他是怎么做到的？"

"糟了，出事了！"

"快拉响警报！！！"

就在众人乱成一团之际，简长生已经穿过天花板，稳稳地落在地面……他看着周围警报嗡鸣的群星商会院落，愣在原地。

"不错的自信。"一个声音从旁传来，只见月光下，一个戴着鸭舌帽的身影正懒洋洋地靠在墙边，缓缓开口，"你想活命，我们给你这个机会……但接下来能不能活，就看你自己了。拼上你的性命……向我们展现你的价值，也许，我们会给你一个新的机会。"

171·头条

清晨，陈伶推开房门，一阵梅花香便扑面而来，屋檐上几只喜鹊被惊得接连飞上天空。这一瞬间，陈伶还有些恍惚，也许是在三区待得久了，下意识地以为打开门后会是一条满是风雪的街道……但现在他突然意识到，那间熟悉且漏风的小破屋，已经再也回不去了。陈伶这一觉睡得很好，将这几日奔波的疲惫一扫而光。在门口清醒了一会儿后，刚走过别院的拱门，他便看到一个身影正坐在院落前，拿着一沓报纸认真阅读着。楚牧云还是穿着那件衬衫和马甲，戴着银丝眼镜，阅读的样子也与在三区时如出一辙，这似乎是他每天早晨的习惯。"我以为你会多睡一会儿。"楚牧云看了他一眼。

"已经够了，我还有事要做。"陈伶在他对面的石椅上坐下，直截了当地问道，"极光城，有没有那种比较乱的地方？"

听到这儿，楚牧云的表情有些奇怪，他合上书本："你又想搞什么事情？"

"什么叫又？我很少搞事情。"

楚牧云没有说话，只是默默地将手中的报纸摊在桌面上，在报纸最显眼、最大的版面，漆黑硕大的字体瞬间吸引陈伶的眼球——《异端还是正义？百年来第一个撞碎极光城门的外来者——陈伶》《"我质疑极光城"——三区执法官韩蒙叫板执法系统！》《黄昏社社员再现极光城！灾难还是救赎？》《三区幸存者采访实录——解密底层执法者的黑暗与人性的扭曲》……

"今天《极光日报》80%的版面，都是关于你的，整座城市都在为你昨天的行为争执不休……近百年来，从来没人能做到这一步。"楚牧云深深地看了他一眼，"你现在可是极光城的名人……还说很少搞事情？"

陈伶："……"

陈伶拿起报纸，一页页翻看起来。楚牧云说得没错，这张报纸上到处都是他昨天的照片：列车冲出"灾厄"浪潮，撞破极光城门；在城内说话时平静的面孔；以及最后火焰中优雅的落幕……文字内容，更是几乎全部与他有关。这份报纸唯一与他无关的内容，是群星商会昨晚突然响起警报，似乎有什么东西丢失了，不过这个版面也被挤在角落，不仔细看压根翻不到。"陈伶搞的事情，跟我有什么关系？"陈伶推了推那副半框眼镜，毫不在意地回答。楚牧云嘴角微微抽搐。就在这时，陈伶的目光扫过最上方的那篇文章，一个名字突然映入他的眼帘。"这个文仕林，是谁？"陈伶指着标题旁的那几个小字问道。

"上面不是写了吗？记者。"楚牧云停顿片刻，再度开口，"这个记者似乎有点名气，揭露过好几起执法者背地里的黑暗交易，也曾经引发过轰动……这年头，有胆子动用媒体自由权的记者不多了。"

"媒体自由权？那是什么？"

"是极光城建立之初，那一代高层在缔造执法体系过程中，同时设立的法案，目的是借助媒体自由来与执法者的绝对执法权制衡，算是起到一种监督与检查的作用，不让执法者或者执法官的权力过于膨胀……"楚牧云轻笑一声，"但事实证明，绝对的力量差距下，民间媒体自由权是有限的，这几百年过去，还有几个记者敢用这个权力？先不说用这个权力能给他们带来什么好处，得罪了有些执法者或者执法官团体，他们连怎么死的都不知道……人都是趋利避害的生物，谁还愿意干这种吃力不讨好的事情。"

"媒体自由权吗……"陈伶若有所思地点点头，"先说正事，极光城哪里比较乱？"

兜兜转转，陈伶又问回了这个问题，楚牧云一阵无语之后，还是无奈回答："极光城毕竟是极光界域的核心，明面上太乱的地方不多，你可以去城西的外环附近看看……那里也许有你想要的。"陈伶得到了自己想要的消息，正欲出发，楚牧云犹豫片刻后，又补充了一句，"对了……你们三区的人，也被安顿在那里。"陈伶的脚步微微一顿。

"您的姓名是⋯⋯？"

"赵乙。"

"好的，赵乙先生。"狭小的房间内，一位记者拿着纸和笔，坐在窗户的旁边，"自我介绍一下，我是《极光日报》的记者卓树清，接下来我会问您几个问题，希望您配合回答。"

赵乙身上缠着绷带，脸上已经满是疲惫，皱眉问道："昨天你们不是已经有记者来采访过了吗？怎么又来问？"

"昨天我的同事可能理解上有些失误，所以我这边再来与您确认一下。"卓树清的声音温润如玉，听起来很是舒服，"您昨天在采访中提到，三区的执法者存在向居民收取大额保护费的情况，是吗？"

"是。"

"这个费用大概是多少？"

"至少三枚银币，每个月。"

"这个数额听起来不是很多。"听到这句话，赵乙下意识地皱起眉头，还未等他开口，卓树清便继续说道，"那么，在收取这个费用之后，街区是否出现过大规模的刑事案件，或者人为恐怖袭击？"

"⋯⋯这倒是没有，可⋯⋯"

"那是不是可以理解为，执法者向民众征取微量补助后，及时地扩充人手，更新设备，加强巡护，从而避免了一系列恶性事件的发生？"

赵乙愣住了，他当即站起身，摇头说道："不，不是这样的⋯⋯那就是保护费！不是什么补助⋯⋯"

卓树清对赵乙的声音置若罔闻，只是低头在纸面迅速书写着："您也提到过，在三区遭遇'灾厄'袭击时，部分执法者不仅没有履行自己的职责，反而率先逃跑，甚至冲入民宅威逼民众以此藏身⋯⋯但最终街区的'灾厄'还是被肃清了，不是吗？"

"确实肃清了，但那跟他们一点关系都没有，那是⋯⋯"

"那有没有可能，你们眼中的逃跑与藏身，只是执法者们用来反击'灾厄'时设下的圈套，至于在这期间对民众造成的误伤，则是与'灾厄'搏斗过程中无意为之？"

赵乙听到这儿，再也遏制不住心中的怒火，双拳缓缓攥紧！

172 · 文仕林

"您在之前的采访中着重强调，您的父亲是被一位急于逃命的执法者连捅十三刀致死⋯⋯那也许是那位执法者肩负重要的任务，而您的父亲因为太害怕死亡，所以一时糊涂，想去抢夺执法者身上的武器，所以被正当防卫……"

"你找死！"赵乙怒吼一声，拳头呼啸着砸向卓树清的面门，却被后者轻松躲开。"你这算是什么狗屁记者？！完全是颠倒黑白！！我算是看出来了，你根本就不是来采访的！你是想改我们的口供！"赵乙死死地瞪着他，恨不得将其碎尸万段。

卓树清写完最后一个字，合起手中的笔记本，不紧不慢地开口："赵乙先生，极光城选择庇护你们这些难民，已经仁慈恩义……为什么你们非要反咬一口，当这个白眼狼呢？"

"仁慈恩义？"赵乙气得肺都要炸了，他抄起桌角的棍子就往卓树清身上砸去，后者先是连退数步到门外，然后一动不动地站在那儿，任凭这根棍子砸在自己身上。"砰——"镁光灯闪烁，随着相机的快门声响起，卓树清大叫一声跌倒在地。赵乙愣住了，他抬头望去，发现一位助手早已等候在门外，用相机把刚才的一幕拍了下来，与此同时，居住在塔楼的其他三区幸存者，也闻声下楼。

"怎么回事？"许崇国当即问道。赵乙瞪着眼睛，将刚才卓树清颠倒黑白的事情说了一遍，众人顿时怒了。也许是共同经历过生死，又彼此支撑着生活在这陌生的地域，他们早已成了一个团结的整体，此刻纷纷愤怒地望着卓树清。

"哪里是什么可怜的难民，不过是一群心思歹毒的暴民罢了。"卓树清缓缓从地上爬起身，站在助手旁边，微笑地看着众人，"但无论如何，还是感谢各位的配合……这次，我们拥有足够的素材了。"

刚才赵乙打人的画面，已经被相机记录，只要再加上一些煽动性的文字，就能改变大众的舆论风向，这才是卓树清真正的目的。

"不……不能让他就这么走了！"许崇国到底是老江湖，一眼就看出卓树清的打算，"快把他相机里的照片删了！"

赵乙见此，第一个冲出人群，笔直地向卓树清身旁的助手冲去，卓树清两人向后退了一步，塔楼周围的破旧巷道中，一个个身影接连走出。那些身影穿着皱皱巴巴的衣服，手里握着棍棒，不知是从哪儿找来的混混，神情个个阴鸷狠辣，此刻将卓树清二人护在身后，正冷冷地看着赵乙等人。看到这一幕，许崇国的心顿时沉入谷底……对方这次是有备而来。

"卓树清，你这是在干什么？"就在双方对峙时，一个声音突然从旁响起。卓树清听到这声音，脸色一沉，他看向巷道的另一边，只见文仕林同样带着助手，正皱着眉看着这里。"这不是我们的文大记者吗？"卓树清冷笑一声，"怎么？昨天那篇文章闹出的风波还不够大？还要再来管一遍闲事？"

文仕林的目光扫过那些被地痞包围的三区居民，眸中闪过一抹怒意，他对着卓树清伸出手："把相机给我。"

"凭什么？"

"你用这种卑劣的手段替那群人洗白，不怕遭报应吗？"

"报应？"卓树清呵呵一笑，"你放心，要是这世上真有报应，那有些人会比我死得更快……"

见卓树清油盐不进，文仕林也是动了真火，他冷冷地扫过那些护在卓树清身前的地痞，然后开始平静地卷起自己的袖子。"本来我不想动粗的，既然你不主动交出来……就别怪我了。"文仕林淡淡道："阿诚，准备动手。"

一旁的助手见此，也开始卷袖子，两人站在无人的巷道中央，一股寒风吹过衣摆，肃杀而凛冽。这架势着实吓到了那些地痞，他们下意识地后退半步，攥紧手中的棍棒，看向两人的目光中满是警惕……就连躲在他们身后的卓树清都脸色一变，如临大敌。他接连向后退了数步，这时他才发现，自己身后的不远处，有个穿着棕色大衣、戴着半框眼镜的年轻人一直倚靠在墙边，眯着眼睛看向这里。卓树清不知道那人是什么时候来的，现在也没时间去理会一个路人，因为文仕林二人已经攥紧拳头，笔直地向他冲来！他们二人气势如虹，尤其是文仕林，虽然看起来文文弱弱，目光中却有种坚不可摧的战意。

"老板，这是个硬茬子！记得加钱！"随着文仕林身形卷起的劲风靠近，为首的地痞咬牙对卓树清说了一句，随后就硬着头皮抡起铁棒，全力朝文仕林的身形挥去！"砰——"文仕林应声倒地。

地痞："？？？"

地痞有些蒙了，甚至没反应过来发生了什么……他只知道自己似乎随便挥了一棒，然后文仕林试图闪避，可速度根本跟不上，硬是被这一棒砸到脑门，当场翻着眼睛倒在地上。合着气势弄这么足，到最后就是个战斗力不足五的渣渣？反观一旁的助手阿诚，倒是有两下子，跟两位地痞搏斗了几回合，最后还是被人一记闷棍砸在脑后，倒在文仕林身边。

巷道后方，那穿着棕色大衣的年轻人忍不住扶着额头，似乎已经没眼看这里的情景。陈伶早就来了，他本来只是想找个乱的地方试试"心蟒"，顺路过来看一眼三区这里的情况，结果就目睹了赵乙追着卓树清出门，然后被抓拍的全过程……一开始陈伶还在犹豫要不要出手，结果文仕林就出现了。他本以为用不上自己，文仕林就能摆平，还小小地期待了一下这位传闻中记者的身手，结果就看到了对方像小鸡一样被一招放倒的场景。就这么两下子，他是怎么把气势做到那么足的？还有，你的"正义的铁拳"呢？陈伶在心中吐槽，一旁的卓树清则是直接笑出了声。"我说文仕林，你是来搞笑的吗？"

173·盗取情绪

卓树清算是看清了文仕林的实力，他随手从身旁的地痞手上拿过铁棒，不紧不慢地向倒地呻吟的文仕林走去："文仕林，你知不知道自己已经得罪了多少人？

现在极光城里想要你死的人一抓一大把，也许过两天的日报版面上，就会出现你意外死亡的消息……如果幸运的话，我还有机会亲手为你写一篇悼念的文章。"

铁棒划过凹凸不平的地面，发出叮当声响，文仕林倒在地面，猩红的鲜血已经遍布脸颊。"是吗……那我先谢谢你。"他艰难地抬起头，声音沙哑地开口。

"你不信？"卓树清在文仕林身旁站定，继续说道，"极光城必须是和平而美好的，任何想要挖掘它最深层黑暗的存在，都是在与整个界域为敌……你挖得太多，知道得也太多，嘴巴又不严实……你不死，极光城如何安宁？"

"我当然信，我得罪过什么人，我比你更清楚。"文仕林咧嘴一笑，"不过他们想杀我，也没那么容易……"

卓树清嗤笑一声："就你这点身手，杀你跟杀鸡有什么区别？"

"是吗？"文仕林眼眸中闪过一抹狡黠，他双手猛地撑起身子，一记绷紧的拳头呼啸着抡起，朝着近在咫尺的卓树清挥去！文仕林暴起得太过突然，因为所有人都被他一棍倒地的脆弱给骗了，根本就没有料到他还能这么快爬起，在如此近的距离下，卓树清想挡已经来不及了。"砰！"随着一记闷响，文仕林的拳头狠狠砸在卓树清的脸颊上，将其整个人打得向后退了数步，差点跌倒在地。

看到这一幕，陈伶的眉梢微微上扬。"确实是普通技能，力量和速度都平平无奇，不过……"

不过，这一拳中蕴藏的精神力量，倒是不错。文仕林艰难地站稳身形，那张满是血污的面庞上，是罕见的坚毅与决然。文仕林的这一拳，直接让周围的地痞都看蒙了，他们茫然地看向卓树清，一时之间不知道该不该出手帮忙。卓树清捂着脸颊，嘴角都控制不住地颤抖，他似乎觉得嘴里有什么异物，咀嚼片刻后，猛地朝地上吐了一口，一颗满是鲜血的断牙落在地面……他愣了半晌，看向文仕林的目光愤怒得仿佛能喷出火焰！"给我打！！"卓树清一声令下，周围那些已经等着的地痞，一拥而上！在一片混乱中，棍棒与拳头包围文仕林，雨点般地落在他的身上。文仕林知道自己不是这么多人的对手，熟练地当场蹲下，双手抱住头与要害，像是沙袋般任人打砸，发出一声声痛苦的闷哼。

"放开他！"

"跟他们拼了！！"

一旁的三区众人见此，当即往这里冲过来，毕竟文仕林是来替他们出头的，现在对方挨打，他们不可能坐视不理。赵乙本来就是三区的混混，打群架斗殴这种事他最擅长，此刻直接从路边捡起一块板砖，气势汹汹地就带头向那群地痞冲去。

"一群暴民！"卓树清冷冷开口，"都给我上！"

这些地痞与三区的幸存者们扭打在一起，场面顿时乱成一团，卓树清退至众地痞身后，冷冷地看着双方混战。

与此同时，陈伶的眼眸微微眯起……说实话，他其实并不太想再插手三区的事情，他将这些人送到城内已经是仁至义尽了，至于他们怎么在城里活下去，不关他的事情，毕竟他又不是这些人的保姆。不过，眼前这混乱的情况，正是陈伶想要的，他来外环的目的之一就是想找机会试试"心蟒"这个技能，现在似乎正是出手的好时机。也不知道，如今只有二阶的自己，能将"心蟒"运用到什么程度？陈伶目光锁定退在战场之外的卓树清，袖中的手指轻勾，一条无形的蟒蛇从陈伶的眉心钻出，径直向卓树清靠近。这条无形的蟒蛇，便是"心蟒"的具象化，除了陈伶之外的任何人都无法看见，它就这么无声无息地盘踞到卓树清的身上，蛇头打量着卓树清的头颅，芯子微吐，似乎在观察着什么。

陈伶心念一动，"心蟒"便骤然咬在卓树清的脑海。陈伶眯起眼睛，能看到几缕隐约的丝线被"心蟒"叼出，那应该便是卓树清最近的记忆，但任凭"心蟒"如何努力，也无法将其取下……以他如今的精神力，根本无法窃取记忆，哪怕只是一小段。"心蟒"尝试许久，只咬下记忆丝线上层的一块表皮，与此同时，卓树清浑身突然一震。他望着远处混乱的战场，眼眸中原本的愤怒消失无踪，取而代之的是一股茫然而错愕的平静……他怔怔地低头看向自己的双手，不知发生了什么。"现在还盗不走记忆，但是能盗走情绪？"陈伶看着"心蟒"嘴中叼着的一角碎片，诧异地挑了挑眉。在陈伶的眼中，卓树清的精神就像是肉身，记忆则类似于血肉，而他刚咬下的情绪，则是附着在即时记忆上的表皮……在记忆的血肉之下，还有一些更深层次的，像是骨骼一样的东西，但如今陈伶还看不清它们的全貌。一开始陈伶还担心，以自己如今的阶位，可能完全用不了"心蟒"这个高阶技能，现在看来并非如此。即便现阶段只能盗取情绪，对陈伶而言，他已经想到了无数种延伸的用法……他有种预感，这个技能与他的契合度将会相当高。

陈伶思索片刻，径直朝卓树清走去，从后方拍了拍他的肩膀。卓树清转过头，看到是一张陌生而年轻的面孔，眉头不自觉地皱起，冷冷开口："你是谁？我劝你不要多管……"

"砰——"卓树清话音未落，一记拳头便呼啸着破开空气，狠狠砸在他另一侧的脸颊上！

174·玩弄人心

这一记拳头，比刚才文仕林那软弱无力的拳头重得多，直接将卓树清掀翻在地，发出沉闷的声响，还在厮打中的所有人都愣住了，看向这里的目光满是错愕。"喀喀喀喀喀！！"卓树清扭曲着趴倒在地，痛苦地咳嗽着，先是从嘴里咳出几口鲜血，然后就开始吐牙……一颗、两颗、三颗……卓树清半句话都说不出来，就已经吐了四五颗牙，基本上半边脸颊的牙齿都断了，他的一侧脸颊肉眼可见地红肿，痛得五官都开始扭曲。他抬头看着眼前这个穿着棕色大衣的陌生人，眼眸中是深深的茫然……卓树清根本就不认识这个人，也不知道这个人为什么会突然对自己出拳，直到现在他整个人还是蒙的。他跌跌撞撞地从地上站起，逐渐恢复清醒的眼眸中，开始燃起前所未有的怒火！他哆哆嗦嗦地伸手指着陈伶，那目光恨不得把他碎尸万段。他正欲开口说些什么，随着陈伶眼眸微眯，那条缠绕在卓树清身上的无形蟒蛇，又对着他的脑袋啃了一口。卓树清愣在原地。原本轰然爆发的怒火，突然消失，这一刻他整个人都陷入前所未有的空虚与落寞……他看着眼前目光中充满戏谑与好奇的陈伶，却怎么也生不出半分怒意。他就像是在山上苦修了十年的无情僧，有朝一日重返红尘，再见仇敌，心中余下的只有平静。他放下了。

周围的一众地痞已经浑身绷紧，只等卓树清一声令下，便会一拥而上教训这个陌生人。可他们眼巴巴地看了卓树清许久，后者却轻描淡写地开口："你是谁？我似乎不认识你。"

观众期待值 +3%

这句话一出，所有人都愣住了。文仕林不敢相信自己的耳朵，他挥完那一拳后，卓树清恨不得让人把自己活活打死，而那陌生人一拳把他半边的牙都快打没了，这时候竟然丝毫不生气？难道是自己看走眼了？这个卓树清，其实为人相当大度？所有人都震惊地看向陈伶，在他们的认知中，陈伶一拳挥出后，原本嚣张跋扈的卓树清突然变得异常乖巧，甚至连脏字都不敢说一个，唯一的解释就是，卓树清原本就认识且惧怕陈伶……但偏偏他开口就说不认识。还是说，是陈伶的那一拳太狠，直接把他给打怕了？综合考虑之下，似乎只有这个解释最合理。

"路过。"陈伶淡淡回答。

"路过，为什么要打我？"

"你干的事情太恶心，我忍不住。"

卓树清摇了摇头，认真地回答："你这样是不对的。"

"对不对，你说了不算。"陈伶瞥了他一眼，"还是说，你想再被我打一拳吗？"

"……不想。"

"那就滚。"

卓树清目光扫过身后的众人，理智的光芒在眼眸中闪烁，他已经拿到了自己想要的东西，文仕林也教训过了，似乎没有继续留在这里的理由……他沉思片刻，还是开口："算了，我们走吧。"

在众人目瞪口呆的注视下，卓树清转身就向巷道的尽头走去，没有丝毫拖泥带水。这些拿着棍棒的地痞瞬间傻了，来之前卓树清就说了让他们教训这群人，现在打也打起来了，眼看着马上就要打赢了，然后他被人打了一拳，掉头就说要走？就这么走了，先不说刚才挨的打是不是白挨，让人知道他们被难民们吓跑了，这面子上也挂不住啊。其他地痞一脸茫然地看向为首的那人，似乎是在等待他下令。他纠结片刻后，还是一咬牙，朝着卓树清走了过去。等靠近之后，他压低了声音问道："老板，这是什么情况？先说好了，兄弟们都已经打到这个地步了，现在走也不会退钱的！"

卓树清正欲说些什么，与此同时，陈伶心神一动，那条吞下了卓树清所有愤怒的"心蟒"微微张嘴，又将愤怒的情绪吐回卓树清的脑海里。卓树清看着眉头紧锁的地痞，一股莫名的邪火涌上心头！陈伶盗走的，是刚才他一拳打掉卓树清几颗牙齿后，对方产生的怒火，与刚才文仕林那软绵绵的一下产生的愤怒根本不是一个档次，随着这怒意归还于他的脑海，他的眼睛瞬间就红了。"啪——！"他忍不住一巴掌扇在地痞脸上，发出清脆的声响，他勃然大怒道："你算什么东西？！老子让你走你就走！废什么话？！"

空气突然陷入一片死寂。

　　观众期待值 +3%

跟在后面的众多地痞看到这一幕，先是愣了一下，回过神来之后，脸上同时浮现出怒意，他们立刻冲上前将卓树清与助手团团围住。这一巴掌把地痞头子扇得脑袋嗡嗡作响，缓了好久，才震惊地看着卓树清："你……"扇完巴掌，宣泄掉一部分愤怒之后，卓树清的理智恢复了一些，他茫然地看着自己的双手，大脑一片空白。刚才的他完全被突然涌出的愤怒支配了，根本没意识到自己在做什么……就像大部分的非蓄意杀人罪犯在行凶时，往往都是被某种情绪遮蔽理智。

"我去！为了你那几个臭钱！老子受这气？！"地痞头子真忍不了了，大骂一声，"给老子往死里打！"

他一声令下，众多地痞当即冲上前暴打卓树清二人，在一阵阵惨叫声中，卓树清已经被打得不成人样。

　　观众期待值 +1%……+1%……+1%……

这莫名其妙的反转，让三区的居民和文仕林都有些反应不过来，他们不理解卓树清的喜怒无常，但看到他被自己请来的地痞暴打，心中还是十分痛快的。"咔嚓——"镁光灯的光芒照亮巷道，陈伶不知何时已经拿到了卓树清的相机，对着混乱无比的巷道按下快门。在闪烁的灯光中，胶片永恒地记录下卓树清的惨状。在这之后，陈伶随手将这台还存着赵乙打人画面的相机丢给文仕林，转身就往巷道的另一端走去。他平静地穿过喧闹暴怒的地痞众人，整理了一下刚才挥拳后略显凌乱的领口，巷道的阴影中，他的嘴角微微上扬："玩弄人心的力量吗……有意思。"

175 · 心脏

三区众人看着那离去的背影，眼眸中满是疑惑。

"那人是谁？你们认识吗？"

"我们怎么会认识……我们才来了一天。"

"你看他的穿着和打扮，很明显就是极光城本地人，我们跟他能有什么牵扯……"

"但是他刚才那一拳好帅，感觉很厉害的样子。"

"还好吧，没有陈长官帅。"

"不管怎么说，他也是替我们解围了……下次要是还能遇到，一定要好好感谢一番。"

这个神秘人突然出现，给了卓树清一拳后，又平静离开……在这个过程中，没和他们有丝毫的交流，仿佛真的只是一个路过的正义人士。原来极光城里，真的有这种好人吗？

文仕林抱着刚才陈伶丢下的相机，摇摇晃晃地站起身，疼得嘴角疯狂抽搐。那些地痞下手太狠了，要不是他保护措施做得好，再加上那个神秘人突然出手，恐怕至少得断几根骨头……"阿诚，你还好吗？"文仕林走到一旁拉起自己的助手，"你面试的时候，不是跟我说你很能打的吗？怎么这两下就被放倒了？"

"我……"阿诚哭丧着脸说道，"先生，我是能打，但也只是能打而已……我一个打三个已经是极限了，他们还敲我闷棍，这我怎么打？"

"你……唉，伤得重吗？"

"不重，都是皮外伤。"阿诚看到文仕林手中的相机，突然问道，"先生，你认识那个人吗？"

"不认识。"

"那他为什么把相机给你？"

文仕林看了眼陈伶离去的方向，摇了摇头："不知道……不过，他应该也是为了三区的这些难民着想，现在这个世道，路见不平拔刀相助的人可不多了……可惜他走得太快了，否则一定得认识一下。"

"都在极光城里，也许下次还有再见的机会。"

文仕林"嗯"了一声："或许吧……"

等到地痞们出完气，太阳已经接近下山。地痞头子气喘吁吁地看着地上那两个半死不活的身影，抹了把头上的汗水，然后往血地里狠狠啐了一口："老子给你面子，好好地跟你收钱办事，你就这么对老子？有点钱了不起吗？真晦气！"地痞头子大手一挥："把他们钱包掏出来。"

一众小弟立刻上前，将卓树清与助手差点扒个精光，最后拿出一只鼓鼓囊囊的钱包，递到地痞头子面前。

"老大，都在这儿了。"

地痞头子翻了翻："呵，这些个当记者的，一个个油水倒是挺足。"说完，他从中夹出几张银票，然后将剩下的钱与钱包一起丢到卓树清身上，冷冷开口，"我们走。"

"老大，咱就拿这么点啊？"一个小弟看到钱包里厚厚的银票，眼睛都红了。

地痞头子一巴掌呼在他的脸上："我们又不是强盗！出场费说是多少就多少，在江湖上混要讲信誉，明白吗？"说完，他便带着一众小弟，扬长而去。

十几分钟后，他们来到一间破旧的厂房前，推门而入。这里是他们的"据点"，至少他们自己是这么称呼的，他们一行四五十人，基本上吃喝拉撒都在这里，说好听点是在这儿待业；说难听点，就是一群人整天无所事事地打牌、喝酒。让他们开心的是，今天他们挣了一个大单，不出意外的话，应该够他们每个人都出去挥霍几天。就在他们准备开始狂欢时，煤油灯的火光微微摇曳，昏暗的灯光下，一个身影已经宛若鬼魅般出现在厂房门前。那是个穿着棕色大衣的年轻人，鼻梁上戴着一副半框眼镜，镜片倒映着闪烁的煤油灯火，将那张平静的面孔照得明暗不定……此刻，他正双手插兜，打量着眼前这座破旧的厂房。"所以，你们就算是外环的黑恶势力了？"陈伶的声音似乎有些失望。

这突然出现的身影，吓了厂房内的众人一跳，他们当即抄起手边的武器，看到门口站着的就是刚才一拳打蒙卓树清的那人，眼眸中的警惕之色越发浓郁。"这位朋友。"地痞头子走上前，沉声开口，"如果你是想找那个记者的麻烦，他不在这里。"

"我不找他，我是来找你们的。"

"找我们？"地痞头子的眼眸微眯，"我们似乎没得罪你，还是说，你想替那群难民出头？"

"我没那么无聊。我是想问问，你们这里都有些什么业务？"

"业务……"地痞头子一愣，合着这人是来找他们当打手的？"我们的业务能力很强。"他立刻改口，"只要价格到位，我们可以随时待命……就是不知道，您是打算对付谁？"

"我说的不是这个业务。"陈伶停顿片刻，双眸微眯，一股寒风随着他的声音卷入厂房，将桌面上的煤油灯吹得剧烈摇晃，"你们，能杀人吗？"

"杀人？！"地痞头子脸色一变，斩钉截铁地开口，"不，我们不杀人。"

"是吗？那器官交易呢？"

地痞头子的脸色越发难看起来："我们也没有器官交易……"

接连的两个问题一出，其他小弟也有点慌了，这个年轻人看着斯斯文文的，怎么一开口都是些惊悚的东西……他们就是一群喜欢喝酒打架的无业游民，这种东西真是碰都不敢碰啊。

"这些东西都没有，你们还当什么黑恶势力？"陈伶"啧"了一声，"那你们知道，哪里能交易器官吗？"

"不！我们不知道！"地痞头子毫不犹豫地开口，"这位朋友，我们今天无意冒犯，您想要的这些业务，我们真的没有……而且整个外环，应该都没人敢做这个生意。"

陈伶眉头紧锁，若有所思。"不应该啊……怎么会没有呢？"

地痞头子犹豫片刻，还是忍不住心中的好奇，小心翼翼地问道："您问这地方，是要做什么？"

"找个东西。"

"什么？"

陈伶微微一笑，摇曳的昏暗烛火下，他的笑容冰冷阴森："……我的心脏。"

176 · 名字

"滋——"厂房内的煤油灯骤然熄灭。这一刻，在场的地痞们都瞪大眼睛，死死盯着那站在昏暗月光下的身影，半框眼镜反射着森然月光，仿佛一尊来自幽冥的恶魔……他们的心跳仿佛都漏了一拍。"你的……心脏？"地痞头子咽了口唾沫。

"哦。"陈伶似乎觉得这么说有些太惊悚，换了个理由，"我是说，我弟弟的心脏。"

听到这儿，众人终于松了口气……也是，如果一个人没有心脏，那还怎么可能站在这儿跟他们说话？换成弟弟就合理了。陈伶没有忘记，自己的胸膛还是空荡的，虽然他不知道找到了心脏还能不能安回去，但至少他要知道自己的心去了哪里……更何况劫走自己心脏、害死陈宴的罪魁祸首，就藏在极光城里。所以陈伶问楚牧云哪里比较乱，一方面是想试试"心蟒"；另一方面就是想找到类似于冰泉街那样的地下交易场所，说不定能找到自己心脏买家的线索。地痞头子看向陈伶的目光中，少了些戒备，多了些同情，通过陈伶这寥寥几个字，他已经可以猜到陈伶身上应该是发生了某种极为黑暗且残忍的事情……若是换作自己的亲人被人夺走心脏，他估计也会发了疯地去找，然后复仇。"很抱歉，我们不知道哪里有这种交易。"他无奈开口。

陈伶注视地痞头子片刻，心中长叹一口气……他能看得出来，这人没有撒谎，看来这确实是一群普通的混混，跟那种穷凶极恶的黑恶势力相比，简直就是温和无害的小绵羊。他思索片刻，看着眼前这几十个混混、地痞，突然灵光一闪："既然如此，你们去替我查查。"这些地痞整天无所事事，就在极光城里乱晃，对这里的一切应该远比自己熟悉，结交的也都是一群底层人士，如果把他们发展成眼线，应该能有不错的效果。

"我们？"地痞头子愣了一下，"嗯……也不是不行，但我们收费可不便宜。"

"价格不是问题。"

听到这儿，地痞头子的眼睛顿时亮了，这是条大鱼啊！"我们需要预收一成的定金。"

"那没有。"

"？"

"先欠着，等事成之后一起给。"陈伶摆了摆手，毫不在意。陈伶刚进极光城，一穷二白，哪里给得起定金？虽然找楚牧云借钱也是条路子，但他并不想欠对方人情。

地痞头子死死盯着陈伶，神情有些不善……他开始怀疑陈伶是不是来找碴的，但看样子又不像，更何况他们也不敢打包票能查到器官交易的线索，毕竟他们从未听闻极光城内有这种东西……他犹豫许久，还是开口道："后付也可以，不过价格得再加一些……而且我们不保证能查到。还有，你应该知道，如果到时候你付不出钱，会有怎样的下场。"

陈伶自然听出了对方话语中的威胁，微微一笑："没问题。"

陈伶正欲离开，突然想到了什么，再度转头："除此之外，你们再帮我调查一个人，这个对你们来说应该没什么难度？"

"谁？"

"文仕林。"陈伶缓缓开口，"我要他的过往履历、个人喜好、生活习惯等所有信息，价格另算。"

"这个不难，不过你要一个破记者的信息干什么？"

"这你不用管。"

"……好吧。"地痞头子耸了耸肩，"老板怎么称呼？"

陈伶一怔，差点下意识地说出"陈伶"两个字，但想到自己现在是以一个全新的身份在极光城活动，名字自然也要换一个……他沉默片刻，缓缓吐出两个字："林宴。"

群星商会——

"那个简长生找回来了吗？"

一个披着昂贵貂裘的身影匆匆走入屋内，沉着脸开口。

商会正厅内，一众身影彼此对视一眼，默默低下头去……

"这么多人，连个地牢里的囚犯都看不住，都干什么吃的？！"那身影勃然大怒，从桌上捡起一只茶壶，猛地摔在地上，碎片飞溅割伤数人的脸颊。

"大少爷……那简长生太诡异了，我们那么多人亲眼看着他凭空消失的，这……这根本就不合理啊！"

"是啊大少爷，护卫在院子里里外外放哨放了一整夜，也没发现什么异样……"

"这个简长生是'修罗'路径的第一阶，只有'血衣'这一个技能，按理说根本不可能逃走才对。"

…………

下面的众人你一言我一语地说着，越说越玄乎，他们始终想不明白，简长生自己肯定是逃不走，但又没有其他人来帮他越狱的痕迹……再说，简长生自小就是他们阎家的一个家丁，没身份没背景，谁能来救他？

"照你们的意思，这商会里还能闹鬼不成？！"大少爷阎喜寿指着下面这群家丁，怒骂道，"要是让父亲回来听到这事，你们一个个都得被打个半死！办事不力的狗东西……"

管家身体微躬地站在最前方，平静地开口："大少爷请放心，只要简长生还在极光城里，我们迟早能把他找出来。"

见管家开口，阎喜寿的神情才缓和些许，这位年近七十的老管家，自打他父亲那一代起就开始辅佐群星商会，他如今虽然是群星商会的大少爷，但在这位面前，还是不敢太张扬。"龙叔，能让执法者那边下发通缉令吗？"

"……不，不行。"老管家摇了摇头，"一来，在执法体系的档案内简长生已经是个死人，否则他们也不可能放任我们折磨他，既然是死人，就没法通缉……二来，要是这事闹得太大，恐怕也会有损我们群星商会的名誉。"

阎喜寿背着手，在正厅内焦急地踱起来："这事一定要在父亲回来前解决……咱们的人手都放出去了吗？"

"放出去了，正在全城地毯式搜索。"管家停顿片刻，"简长生的那几个亲戚，我也全部安排人去盯梢，一旦他露头，就跑不了。"

177 · 从杀狗夺窝开始

西城，外环——

一个身影从破旧的街角探出头，满是污渍与泥泞的面庞上，一双眼睛迅速扫过四周，确认没有人经过后，猛地向街道对面的垃圾桶冲去！他来到垃圾桶前，三下五除二地将整个垃圾袋扎起拎在手里，飞速地又冲回原本的角落。他瞪着一双饥饿到发绿的眼睛，疯狂地撕开垃圾袋，像是野狗一样在其中翻找起来，看到半块没吃完的面包，也不管上面沾的是什么黑色液体，一股脑地往嘴里塞！他就像数日不曾进食般，贪婪而疯狂地撕咬着一切能吃的东西，发出野兽才会有的咀嚼声……苍白瘦弱的身躯蜷缩在黑暗的角落，远远望去，像是随时可能被风吹散架的豺狗。这是简长生十几天来吃的第一顿饭。自从在凛冬港被人发现送到群星商会，他就再也没吃上一口东西，毕竟商会里的人也没打算让他活着，都是抱着碎魂搜证一次他就会魂飞魄散的态度，根本没有人会想去给他吃什么东西，就算群星商会再富有，也不会在一具尸体上浪费资源。可惜一次搜证他没死，两次还是没死，在挺过第三次后简长生就被丢到地牢，无人问津……若不是"血衣"带给他的强大生命力，恐怕简长生已经饿死在地牢里了。

但碎魂搜证带来的精神痛楚，连带着将他的肉体也掏空了，在一次又一次绝望挣扎中，他的脂肪与肌肉都在疯狂消耗，体重已经不足八十斤，基本上就是皮包骨头的模样。简长生一口气吃了半块面包、一个腐烂的苹果，还有几根发黄的菜叶，那极度的饥饿才缓和些许。就在这时，他听到远处的街道传来一阵喧闹声，仿佛有什么人在向这里靠近，他浑身顿时紧绷，整个人贴着墙躲在死角，目光中闪烁着杀意与警惕。然而那些人似乎并没有注意到这里，在街边翻找了一圈后，就径直向远处离去。"为了抓我……竟然动了这么大阵仗吗？"简长生听着离去的脚步声，喃喃自语。

简长生自小就在群星商会长大，对方在极光城内的能量有多大，简长生非常清楚……任何有人的地方，都有可能有他们的眼线，所以他只能一味地避开人群，在无人且狭小的地方活动。但他这样又能躲到几时？他总不能永远过着这种亡命天涯的日子，如果活下来之后的人生就是这样，那他宁可被陈伶杀死在"兵道古藏"里。可他如今又能去哪儿呢？简长生的脑海中，第一时间浮现出自己父亲的身影……他好不容易死里逃生，父亲应该以为他死了，也不知道父亲一个人生活得如何……简长生迫切地想要回家去看一眼，但很快，这个想法就被他否决了。自己的父亲本来就是阎家的家奴，自己越狱之后，那群人必然会彻底盯死自家周围，一旦他回去，就是自投罗网。简长生大脑迅速运转，回忆着自己在极光城里所有值得信任的人，最终锁定了一个身影……现在自己能投靠的，也只有他了。

简长生就这么躲在角落闭目养神，直到天色陷入黑暗，路上基本没有行人，才睁眼动身。他敏捷地爬上周围的房顶，借着夜色在房檐与墙头如鬼魅般移动，无声地掠过几条街道，最终落在某栋房子附近。简长生没有急着进屋，而是躲在对面街道的角落中，警惕地用目光扫过四周，似乎在确认有没有人在暗中埋伏。就在这时，房子的房门被打开，一个身影拎着几袋垃圾，径直朝对面的垃圾桶走来。看到那身影的瞬间，简长生的眼睛微微一亮。随着那身影靠近，躲在不远处的简长生压低了声音，轻喊一声："舅舅！"那身影一怔，目光下意识地朝这里看来，当看到满脸污渍、浑身脏乱的简长生时，先是愣了半晌，眼眸中浮现出惊异！他没有开口回答，而是平静地继续将垃圾丢入垃圾桶，同时对着简长生微微摇头，目光飘向身后自己的房子……看到这一幕，简长生像是明白了什么，脸色难看无比。群星商会的那群人，竟然连这儿都找到了？

这户人家的主人，是看着简长生长大的亲舅舅，不过自从母亲死后，父亲带着他进入阎家，双方家里就再也没有来往，按理说阎家那群人应该没见过他们才对……可即便如此，这里还是被安插了耳目，而且藏得极为隐蔽，应该就是算准了自己会过来，然后想守株待兔。若非正好碰到舅舅出门扔垃圾，恐怕自己已经落网了。简长生后背惊出一身冷汗，他一动不动地躲在角落，眼看着舅舅丢完垃圾转身回屋，随着门缝的灯光彻底消失，简长生只觉得自己人生中最后一道光芒也消失了。他苦涩地笑了笑，眼眸中浮现出一抹绝望。就在这时，那扇门再度打开，舅舅又提着两袋新的垃圾走出。

"你咋又去扔垃圾？"屋内，舅妈诧异的声音响起。

"这些东西都过期了，放着容易招虫。"舅舅在门口回了一声，径直走到街对面，将两袋垃圾放在垃圾桶旁边。紧接着，他抬头看了眼简长生所在的方向，轻声低语："小简，舅舅家里被人盯上了……你先在外面委屈一阵，这里有点东西，够你吃几天的……实在没有住的地方的话，街西口那边的荒丘下，有个狗窝……虽然环境恶劣，但至少能挡挡风雨。"

飞快地说完这些话后，舅舅便转身回屋。简长生怔怔地看着这一幕，眼眸中浮现出一抹暖意。小简……他已经很久没听到这个称呼了。简长生环顾一圈，见四下无人，便将那两个垃圾袋捡起，跟随舅舅的指引来到荒丘之下，在茂密无人的树林中，果然有一个木质的狗窝矗立在那里。这个狗窝应该是隔壁的屋主人留下的，不过随着搬家，也彻底荒废，如今一只不知从何处来的野狗正匍匐其中，似乎听到简长生到来，便警惕地站起来，喉中发出呜呜低吼。简长生呆呆地看着这一幕，突然有种莫名的凄凉感，他从未想到有一天，自己也需要跟野狗抢地方住，在垃圾桶里找东西吃。他的生命与自尊，都已经卑微得不如野狗，有家不能回，有天赋却无处使用……而这一切，都是拜群星商会所赐。简长生深吸一口气，松开两个垃圾袋，缓步向野狗走去……那张苍白的面庞上，浮现出仇恨的杀意。他的人生已经跌至谷底，再如何，也不可能比现在更烂，只要能活着，他就有报仇雪恨的机会……一切，就从杀狗夺窝开始。

178·钓鱼者

"文仕林，男，32岁。《极光日报》记者，入职3年，其间撰写了184篇文章，最终成功发表的只有22篇……无妻无子，父母5年前病逝，孤身一人生活在南城区12平方米的小屋。不抽烟不喝酒，无任何不良嗜好，无任何业余爱好。换得最勤的是自己的助手，经常去的地方是医院……医院？"陈伶看到地痞们送来的信息，表情有些古怪。他突然想到昨天文仕林挨打时的熟练动作，突然就明白了为什么经常去医院……以他这种挖掘真相的倔劲与莽劲，估计工资都用来治疗跌打损伤了。

听到陈伶在喃喃自语，对面的楚牧云放下报纸，疑惑地开口："你收集这些消息干什么？"

"找新身份。"

"新身份？"楚牧云若有所思地看了眼他手中的纸张，"你是说……记者？"

"在这座城里，除了执法者，没有比媒体自由权更快获取情报的途径了。"陈伶将文件丢到桌上，平静开口，"尤其是这个文仕林，3 年写了近 200 篇文章，能通过发表的却只有 20 多篇……那剩下那些没能发表的，又该是什么内容？这座城里有太多人想杀他，因为他掌握了太多的秘密，而我对他手里的秘密，很感兴趣。"

楚牧云眉梢一挑，似乎来了兴致："媒体自由权虽然有效，但记者不是想当就能当的，在那些无形之手的操控下，记者这个职业可以说是肥得流油，城里不知道有多少人在盯着这些岗位……你刚进极光城，没有任何履历背景，要怎么接近这个文仕林，调包换脸吗？"

"不用那么麻烦。"陈伶从桌上拿起那副半框眼镜戴起，年轻斯文的脸上，勾起一抹淡淡的微笑，"这个文仕林的性格太过正直，这也正是他的弱点之一……获取他的信任很简单，只需要一场小小的演出，就能让他为我所用。"

医院门前——

"这水果怎么卖？"助手阿诚在地摊前停下脚步。

"小果篮 20，大果篮 50，那边的带包装盒的精致果篮 120。"老板头也不抬地悠悠说道。

阿诚眉头微蹙，他目光扫过那些精致的果篮，指了指角落几颗零散没人要的苹果："那些呢？"

"那些？那些你要的话，5 铜币拿走。"

"我要了，再给我拿几条好看的彩带扎一下。"

老板瞥了他一眼，嘀咕一句，还是将那些苹果装好递给阿诚，后者拎着水果就往身后的医院走去。阿诚熟练地穿过行人行色匆匆的走廊，推开一间病房门。"文先生，你怎么样……"阿诚话音未落，就看到病房内的床上空无一人，他愣了一下，正欲回头确认房号，一个声音便从床底缓缓响起："是阿诚啊……进来吧。"

浑身绑着绷带的文仕林，从漆黑狭小的床底钻出，迅速摆了摆手："快，把房门关起来。"

"啊？哦。"阿诚迅速关起房门，将走廊的嘈杂声隔绝在外，疑惑问道，"文先生，你在床底干什么？"

"最近针对我的人太多，总得处处小心点，不然你以为我是怎么活到现在的。"文仕林拍了拍手上的灰尘，坐回病床上，"而且我总感觉，最近有人在盯着我。"

"文先生，你是不是想太多了，哪有人盯着我们？"

"不，我相信我的直觉……而且你忘了吗，最近那几篇文稿丢得也太离奇了，也许我真的查到了某些人的死穴……越是这种关头，越是要小心。"

文仕林一边说着，一边起身走到阿诚面前。他看到对方怀中扎着精致彩带的水果，感慨道："阿诚，又让你破费了。"

"这说的是哪里话，我的薪水都是文先生你给我补贴的，买个果篮也是理所应当。"阿诚笑了笑，从果篮中取出一个苹果，在衣角上擦了擦递给文仕林，随后眉头一皱，"买的时候没注意……这苹果怎么有点坏了？文先生你等我一下，我去跟那店家理论。"

"没事，我不讲究。"文仕林拦住正欲转身的阿诚，说道，"我的伤也差不多了，咱出院吧。"

"好。"阿诚点点头。

文仕林穿好衣服，跟着阿诚走出病房，刚走到医院的门口，余光突然瞥到一旁，停下脚步。只见在医院的门口，一个穿着棕色大衣、戴着半框眼镜的熟悉身影，正站在一位穿着白大褂的医生前，手里抱着一份文件袋，正认真地诉说着什么。

"咦？"阿诚也看到了那人，诧异开口，"文先生，那不是昨天那个拔刀相助的路人吗？这么巧？"

文仕林看着远处的陈伶，眼前也是一亮。只见陈伶认真地说了一段后，那位医生摇了摇头，回了几句什么，便转身离开。那身着棕色大衣的身影独自站在医院门口，沉默许久后，长叹一口气。文仕林见此，当即走上前去，主动喊住他："请留步！"

陈伶脚步一顿，黑色的镜链随着脸颊微微偏转，看向走来的文仕林，清冷落寞的眼眸中浮现出一抹诧异。

"您还记得我吗？昨天在西城外环那边，咱们见过。"

陈伶微微点头："有什么事吗？"

"我是《极光日报》的记者文仕林，我知道或许有些唐突，但也许我们可以找个地方坐下来聊一聊。"文仕林正色道，"我们报社最近在做《寻找真善美》的栏目，会定期刊登一些见义勇为的民众……"

见陈伶神色有些奇怪，文仕林又补充了一句："如果您因见义勇为登上报刊，我想求职方面会更轻松一些。"

陈伶诧异地开口："你怎么知道我在求职？"

"你的文件袋上写了。"

陈伶一低头，看到自己的文件袋上确实贴着自己的名字、联系地址，以及目标岗位的字样。"好吧……但希望采访能够尽快，我也许没有太多的时间……毕竟，我下午还有另一家医院的面试。"陈伶礼貌地笑了笑。

179·绑架与拷问

"所以，您是林宴先生？"

"是的。"

"您的工作……哦不，您之前的工作是？"

"护工，在那之前，我也学过散打。"

"护工吗？在哪家医院？"

"不是医院，是私人诊所……您知道楚牧云医生吗？"

医院对面的一家咖啡馆里，陈伶坐在文仕林二人对面的沙发上，不紧不慢地推了下眼镜，像是一位高素养且为人和善的学者。

"是那个传说中的楚神医？"文仕林诧异挑眉，"我知道，我有同事采访过他。既然是楚神医诊所的护工，为什么还要去医院求职呢？"

"我……"陈伶的眼眸闪过一抹复杂，"我有一些私人原因。"

见此，文仕林也识趣地没有再追问，而是换了个话题：

"你认识三区的那些幸存者吗？"

"不，不认识。"

"那你昨天出手，纯粹是见义勇为？"

"算是吧，我就是正好看到了，觉得那个记者有些恶心。"陈伶笑了笑，"毕竟不是所有记者，都像你一样正义的。"

听到这儿，文仕林眉梢微微上扬："我正义？你是怎么判断的？"

就凭你"正义的铁拳"……陈伶在心中暗想。

"你替那些难民出头，自然不会是什么坏人。"陈伶说道，与此同时服务员也端上三杯咖啡，他轻轻捏着杯柄，抿了一口。

对面的文仕林与阿诚也跟着喝了几口，放下杯子。"还有一点我很好奇……你昨天一拳就打掉了卓树清几颗牙，看起来力气挺大的，你刚才也说学过散打……"文仕林眨了眨眼睛，认真地问道，"如果，我是说如果……如果你昨天跟那群地痞打的话，你能打几个？"

听到这个问题，陈伶嘴角微微一抽，从文仕林的神情看来，这个似乎才是他最感兴趣的话题。一旁的阿诚表情也有些古怪，他上下打量着陈伶，陈伶从外表上看不出有明显的肌肉，估计也就跟自己差不多的水平？阿诚看到陈伶微微张口，似乎正欲说些什么，但下一刻眼前就开始发黑，意识像是在深海中控制不住地下沉……同时，一个虚弱的声音也从旁传来："糟了……中招了……"

"扑通——"他们的眼前突然一片漆黑。

不知过了多久，一阵低沉的轰鸣声从旁传出。"嗡——"像是某种大型器械在启动，齿轮啮合发出野兽低吼般的声音，让人忍不住心神震颤，在这样的嘈杂声中，文仕林缓缓睁开眼眸……他的眼前，依旧是一片漆黑。他的头上被人套了一个黑色布袋，眼睛只能通过纤维间的缝隙感受到一丝丝光亮，呼出的热气在布袋内翻涌，让他有种灼热的窒息感，他试着去摘下布袋，双手却被死死锁住，铁链的"哐当"声淹没在机械轰鸣之中。"该死……咖啡里有东西？"文仕林嘀咕道，"是谁要对我下手了？群星商会？白天鹅慈善基金？执法官卢松岭？钱敖？南宫伟？还是更高一些的？是'琼玄'，还是……那位？"这一瞬间，无数个名字闪过文仕林脑海，他数了十几秒还没数完。与此同时，阿诚虚弱的声音从旁传来。

"文先生？文先生！你在吗？"

"我在！"文仕林立刻回应，"你还好吗？"

"我还好……"

文仕林像是想到了什么，脸色一变："糟了，林宴不会也被卷进来吧？！"

"喀喀喀喀喀……"文仕林话音刚落，他的左侧就传来一阵咳嗽声，紧接着陈伶的声音就响起。"文先生……这里是哪儿？我们……我们怎么会在这里？"陈伶的声音有些慌乱，但总体还算镇定，没有文仕林想象中的那么恐慌与失措。一股愧疚感涌上文仕林心头，无论是谁绑架了他们，一定是冲自己来的，而陈伶只是被他拉住采访，一起踩进了别人的陷阱……陈伶不该在这里的。"你们抓我可以，放了林宴！他是被我卷进来的！他是无辜的！"文仕林深吸一口气，大喊道。

在齿轮的嗡鸣声中，一个声音不紧不慢地从前方响起："文仕林，我记得我们警告过你。"那是个男人的声音，冰冷得好似冻海中漂浮的冰山，听到这个声音的瞬间，文仕林心头一颤，大脑再度运转。"你是白天鹅慈善基金的人……不，不对……你是'琼玄'的人？"

"不愧是我们的文大记者，你得罪的人真是不少……"那声音离他越来越近，几乎是凑在他的耳边，呢喃低语，"但你还是把我们的警告当成耳旁风啊……你知道那件事情关系到多少人的命运吗，也是你一个小小的记者能查的？"

听到这儿，文仕林像是想到了什么，笃定地开口："'救赎之手'计划……我知道了，你是檀心的人！"

一旁的阿诚微微一颤。

"呵呵。"那声音没有肯定，也没有否定，而是逐渐远离，片刻后，一个冰冷的枪口抵在文仕林的眉心。"我再给你最后一个机会……你把东西都藏哪儿了？"

"我不知道你在说什么。"猜到对方的来历后，文仕林反而平静了下来，淡定回答，"有本事，你就杀了我。"

"文大记者不怕死，我是知道的，就是不知道你的助手……有没有这么硬气？"

一边说着，那声音挪到阿诚的面前，冷冷开口："说，他把东西藏哪儿了？"

"我……我不知道。"阿诚的声音有些颤抖。

"行,那你就先走一步。"子弹上膛的声音响起,就在这时,阿诚的瞳孔骤然收缩。

"不,你不能杀我!"阿诚当即开口,"这位兄台,这是个误会!我是奉了储长官的命令,暗中看着这个文仕林的,那些关于'救赎之手'计划的文章与证据,我昨天就都偷了放在指定地点了……你们,你们没收到吗?"

这句话一出,举枪的人明显愣住了,文仕林也愣住了,偌大的场地中,只剩下器械低沉的嗡鸣隆隆作响。

180 · "逃"

"阿诚……你……"许久后,文仕林终于回过神来,语气中难掩震惊,"你是檀心的人?!"

文仕林怎么也没想到,这个已经跟了自己几个月的助手,居然是执法官那边派过来的……这段时间,阿诚的表现堪称完美,对自己似乎也十分尊敬,哪怕那些文章和证据失踪,自己都从来没有怀疑过阿诚。此刻听到阿诚自曝身份,文仕林只觉得大脑一片空白……愤怒与不解涌上他的心头,他低声怒吼:"所以,你孤儿的身世,你的履历,你面试时说的那些,全都是假的?"

"当然是假的。"阿诚深吸一口气,"储长官已经将你的性格摸透了,我的一切都是为了你而伪造的,他笃定了你一定会选择我……而我,也会做好自己该做的,让你没有理由辞退我。你查别的东西,那位都可以不管,但'救赎之手'你是绝对不能碰的……那位只是让我来盯着你,阻挠你的调查,已经是非常仁慈了……否则,你早就死了几百回。"文仕林布袋下的面孔苍白无比。

"够了。"那沉默许久的声音再度响起,"来人,把这两个人先押到后室,我要跟他单独聊聊。"

文仕林还欲说些什么,一个布团便塞进了他的嘴中,紧接着整个人都被一双有力的手掌摁住,在黑暗中向某个方位缓慢挪动。他七拐八拐地不知走了多久,最终被锁在一个坚硬的物体之上。随着那人的脚步离开,身旁响起一阵铁链摩擦声,然后就是吐出什么东西的声音。"文先生,你还好吗?"文仕林没想到陈伶能吐出布团,立刻晃动起自己的锁链,通过声音给陈伶传递位置信息,双方的距离似乎并不远,对方的锁链发出"哐哐"声后,文仕林顿时觉得嘴中的布团被用力一扯,恢复了说话的能力。"林宴?你摆脱锁链了?"文仕林震惊地问道。

"没有,我用嘴咬的,这个距离我正好够得到。"陈伶的声音从前方传来,"那个押送我的人塞布团的时候,似乎没有塞紧,我挣扎几下就吐出来了。"

"你能用手碰到我的锁链吗?"

"不行……我们应该是被锁在两根不同的柱子上，我够不到。"

文仕林的心沉入谷底，他看着眼前的黑暗，声音中满是愧疚："抱歉……都怪我把你卷进来了，他们是冲我来的。"

"事已至此，没什么好抱歉的，还是先想想怎么出去比较好。"陈伶的声音十分镇静。

文仕林苦涩地笑了笑："现在我们被人锁住，眼睛也被蒙上，还怎么出去？"

陈伶没有说话，只是试着晃了两下锁链，发出"哐哐"声响。

"你在做什么？"

"你还记得刚才的动静吗？这里应该是某个仓库或者工厂，被他们临时当作绑架我们的场所……说不定，手边有能用的东西。"

被陈伶这么一提醒，文仕林立刻反应过来，被锁住的双手小范围地开始在地上摸索着。一边摸索，文仕林一边在心中暗惊，这个林宴心理素质确实很强，到这个地步不仅没有恐慌，反而能保持绝对的冷静，光是这份心理素质就已经超过绝大部分人。"我这里没有……"陈伶遗憾地开口。

与此同时，文仕林指尖触碰到一抹冰凉，当即一喜："我身后有个东西……很硬，好像是金属零件。"

"零件？"陈伶当即问道，"能撬开锁链吗？"

"不行……它太大太重了。"

陈伶沉思片刻："你把它丢给我试试。"

文仕林只能凭借陈伶声音的位置，咬牙将手中的零件丢出，它在地上发出"叮当"两声，停在某个位置。

"怎么样？能拿到吗？"文仕林对自己的准度不是很自信。

"可以。"陈伶那里发出锁链与零件碰撞的声音，"锁链不是手铐，不是完全没有间隙……也许，我可以试试。"

"你能撬开？"文仕林眼前一亮。

陈伶没有回答，他深吸一口气，紧接着传来一阵金铁交鸣，以及痛苦的低吼声。

听到这声音，文仕林眉头一皱，当即开口："林宴，你还好吗？"

"铛——铛——铛——"陈伶还是没有回答，而是不断地用零件敲击着，伴随着一阵阵痛苦的闷哼，一连串的"叮当"声从一旁传来，随后就是粗重的喘息声。"林宴！你挣脱了？"文仕林听到锁链落地的声音，大喜道。陈伶虚弱地"嗯"了一声，正欲朝他走来，一个声音便自门口响起："我说哪儿来的声音，原来是想在我们老大审讯的时候趁机逃跑？"

那是个尖锐刻薄的声音，当这声音响起的瞬间，文仕林心中"咯噔"一下。还未等他说些什么，一阵呼啸的拳风便袭到他身前。"你……"短暂的拳肉相碰声后，那刻薄的声音戛然而止，仿佛有重物"砰"地落地。陈伶在他身上摸索一阵，随后走到文仕林身后，解下了他手腕上与柱子连接的锁链，文仕林惊喜地开口："你把他解决了？"

"解决了……小心！！"文仕林正欲伸手摘下头上的黑布袋，陈伶便一手按着他的头，直接将其压到地面，下一刻一阵刀锋割开空气的声音响起，几乎是擦着文仕林的耳边飞过。文仕林根本不知道发生了什么，只是顺着陈伶的力道弯下腰，接连的搏斗声响起，伴随着几阵不同的叫骂声，自己便被陈伶拉着飞速向某个方向冲去！

"发生了什么？"混乱中，文仕林整个人都被陈伶拽着，他的眼前漆黑一片。一路上，似乎有很多人闪过他的身边，但最后都没能靠近他的身体。天旋地转之下，他根本无法辨别任何方向，只能任凭陈伶带着他翻过一堵矮墙，然后急速向远处狂奔。不知奔跑了多久，陈伶终于喘着粗气停下身形，文仕林更是差点一头栽倒在地。文仕林踉跄地坐倒在地上，颤抖着揭下头上的黑色布袋，一个浑身遍布刀伤的血色身影，正虚弱地站在他的身前……陈伶的左手不自然地扭曲，像是被什么东西砸断。他一只手抹去嘴角的鲜血，声音沙哑地开口："文先生……你没事吧？"

181·独角戏

陈伶的身上有七八处刀伤，甚至肩膀还有一处弹孔……他的脸上满是血污与疲惫，豆大的汗水滑过脸颊，一滴滴落在贫瘠的大地上。文仕林怔住了，他呆呆地看着那只不自然扭曲的左手，眼眸中浮现出错愕。"你的手……"

"那个零件撬不开锁链，但能撬开我的手。"陈伶苍白地笑了笑，"不过还好……我去找楚医生，这点伤对他来说不算什么。"

文仕林看向陈伶的目光中满是复杂，之前他也拿到过那个零件，但并没有想过要砸断自己的手出来，或者说他根本就不敢想……陈伶拿到零件却这么做了。如果这样能活，文仕林也会毫不犹豫地用零件砸自己，但他当时真的没想到这么多，是陈伶的魄力，或者说那理智到极点的智慧，将他们两人从死亡边缘救了回来。"我们刚才是怎么逃出来的？"文仕林忍不住问道。

"我们刚才被困在一间库房里，从门口出来之后，就陆续有人听到声音过来了，我就往人少的路线冲……最后从后门逃出来了。"陈伶一边说着，一条无形的蟒蛇一边缓缓从他眉心钻出，缠绕在毫无察觉的文仕林身上，似乎在一点点吮吸着什么。文仕林愣了半晌，点点头："那可真是惊险……这次真的多亏你了，林宴先生。"

"我也是为了自己逃命。"陈伶低头看了眼自己身上的伤痕，声音沙哑地开口，"文先生，我们就此别过吧……我需要去找趟楚医生。"

文仕林正想说陪他一起去，可想到这一切都是因自己而起，再跟着陈伶有可能还把他牵扯进来，沉默片刻后，文仕林神情复杂地开口："好……我就不跟着你了，你救了我一命，有机会我一定会还给你。"

陈伶毫不在意地摆摆手，迈着踉跄的步伐向远处走去，那件被鲜血染红的棕色大衣，就这么逐渐消失在道路的尽头。文仕林正欲走反方向离开，余光突然瞥到刚才陈伶站立的地方，一个皱皱巴巴的文件袋正落在血泊中……应该是陈伶把它放在身上，然后在乱战过程中变成了这副模样。文仕林丝毫没有怀疑这个文件袋为什么会恰好落在这里，也没有怀疑刚才陈伶所说的一切，因为那条"心螭"，正盘踞在他头顶，源源不断地吸取着他的"疑惑"。文仕林低头将文件袋捡起，想去还给陈伶，却发现陈伶已经不知所终……他已经重伤成那样，估计也不会关注这份用来求职的文件。文仕林只能将文件袋从血泊中拿起，认真地擦掉上面的血迹，心想等下次遇到陈伶的时候再还给他。

就在这时，文件袋底部破开一个缺口，几页纸张随之飘出。文仕林低头望去，发现其中大部分都是陈伶的个人信息与履历，但当他捡起最后一张纸时，眉头却不自觉地皱起。"这是……"那是一张照片，照片上是一个十五六岁的男孩，文静而秀气，在照片的背面，是一行令人触目惊心的文字——"是谁偷走了你的心脏？"

文仕林的眼眸中浮现出疑惑，与此同时，匍匐在他头顶的"心螭"大口一张，刚才被吞下的怀疑也纷纷倒流回他的脑海。文仕林怔怔地看着手里的那张照片，心中的疑惑达到了顶峰……他追寻其他新闻的时候，都从来没有这样的感觉。这个男孩是谁？为什么会在林宴的求职文件里？偷走心脏是什么意思？这和他去医院面试有关吗？文仕林恨不得立刻冲上前拦下陈伶，但他最后还是克制住了……即便如此，他心里还是痒痒的，很难受。他摇了摇头，还是跌跌撞撞地朝道路的另一个方向走去。

等到文仕林走远之后，一个浑身染血的身影缓步踏过沙石，回到原本的位置，凛冽的寒风吹起他的发梢，他的嘴角微微上扬。陈伶随手一挥，那扭曲断裂的手腕，就自动恢复原状，身上的血迹也肉眼可见地淡去，恢复原本纤尘不染的模样……他平静地站在那儿，毫发未伤，仿佛刚才的断骨与伤口只是幻觉。呜咽的寒风吹过空旷的荒野，在无人的仓库中嘶嘶作响。陈伶重新推开仓库的大门，双手插兜，缓步走入其中，仿佛即将步入舞台的优雅演员，机器运转的轰鸣声掩盖了推门的"嘎吱"声与他的脚步声，像是伴奏的乐章。

"放开我！你们放开我！

"我真的是檀心长官的人！我说的都是真的！为什么你们不理我？！

"你们不能杀我……我为组织完成了任务！你们不能就这么放弃我！"

…………

阿诚头被套着黑色布袋，被锁在仓库中央的机器旁，旁边的机器轰鸣声几乎把他的耳膜震聋，即便他竭力嘶吼，声音也被其彻底掩盖。陈伶在他身前站定，眼眸中闪过一抹戏谑，他突然单手扼住阿诚的咽喉，将阿诚重重地撞在机器表面。

我不是戏神

三九音域 著

简长生

楚妆云

陈伶

白也

阿诚的咆哮声戛然而止。一张脸皮自然地从陈伶脸上脱落，他变成另一个完全陌生的中年男人模样，冰冷沙哑的声音响起："……想清楚了吗？"

"什么想清楚了吗？！"阿诚哆哆嗦嗦地回答，"我、我说的都是真的！不信你可以问檀心长官……"

"我已经派人去问了，他们没有收到你的东西。"

阿诚愣了一下："不，这不可能……"

与此同时，陈伶的脸上脸皮不断脱落，像是一张张神秘而虚伪的面具，各种各样的声音接连响起："老大，他撒谎，他根本不是檀心的人。"

"是啊……他只是为了活命在挣扎，也许那个地点都是他伪造出来的。"

"老大，那个记者和另一个人已经杀了，彻底绝了后患，这个怎么办？"

"那还用问吗？留着他干吗？"

…………

轰鸣的机器声下，阿诚根本没法辨别这些声音的位置，在"众人"饱含杀意的声音中，他的身体恐惧得微微颤抖起来。

182·文仕林的纠结

"不！我没撒谎！"阿诚疯狂地想要挣脱锁链，"我说的都是真的！"

陈伶攥着阿诚的脖颈，五指逐渐用力，似乎要将其硬生生掐死在这里。与此同时，那阴森的声音再度响起："你拿什么证明？"

"我……"阿诚的声音被掐得断断续续，"我在报社的工位抽屉夹层里……还手抄了一份备份……原件我真的放在对接的地方了……其他的我什么都不知道……"

陈伶的眉梢微微上扬。他当然不知道什么原件，也不知道他口中接头的地方在哪里，不过这已经不重要了，如果那个什么檀心真的派人去接头，估计原件早就被人带走。不过，这个阿诚自己还手抄了一份备份留着，而且还是在报社的工位，确实有些值得玩味……看来这小子，对自己背后的势力也没那么忠心？也是，如果真的忠心，也不会这么随随便便就自招了。得到了备份的位置，陈伶放松些许，不紧不慢地开口："'救赎之手'计划，是做什么的？"

"救赎之手"计划是什么，陈伶不知道，不过从文仕林的反应来看，这似乎是个十分机密的情报。听到这个问题的瞬间，阿诚一愣，随后像是想到了什么，错愕地开口："不……不对！你不是檀心长官的人！你们究竟是谁？！"阿诚的心瞬间坠入谷底，万万没想到对方竟然伪装成檀心的人诈他，怪不得说没有找到原件，而他也确实中招了，甚至把自己留的备份都曝了出来……这一刻，他知道自己完了。可他还是不明白，究竟是哪方势力的人，才会做这种事情，会对"救赎之手"感兴趣？

"这重要吗？"陈伶冷笑一声，"你现在没有别的选择，要么说，要么……死。"既然知道阿诚并非完全忠诚，陈伶也确实不想再跟他玩文字游戏，索性直接摊牌，将枪口抵到了阿诚的额头。

阿诚布袋下的脸色煞白，咬牙纠结许久，才艰难开口："我不知道……"陈伶双眸微眯，正欲扣动扳机，阿诚紧接着继续说道，"这个计划的保密级别实在太高了，据说就算是执法官高层，有权知晓这个计划的也不超过五个人……我只是被派来埋伏在文仕林身边的卧底，怎么可能知道这个计划的具体内容？"

"照你这么说，'救赎之手'计划的级别这么高，文仕林一个记者是怎么知道的？"

"具体的细节我不清楚，当时我还没有潜伏到他身边……他花了几个月的时间调查这个计划，中途也被打断过好几次，也就找到了一些零碎的线索，全都在那几篇文章上了……我记得最清楚的就是，'救赎之手'疑似关系到整个极光界域人类的命运……将带给我们救赎。我也是昨天才拿到的文章，我知道的也就是这些，其他的我真的不清楚。"阿诚的语气诚恳无比。自从知道陈伶不是檀心的人之后，阿诚的语气明显卑微到了极点，他知道自己的生死已经不由自己，或者自己身后的势力掌控了。

关系到整个极光界域人类的命运？听到这句话，陈伶的心中一动……莫非是与极光君，或者城外的那些冻海"灾厄"有关？还是极光城藏着什么"撒手锏"？

陈伶又换着方式威逼几次，阿诚还是没给出更多有用的线索，他知道再问下去也不会有什么收获，索性放弃了逼供。陈伶推开死寂的工厂大门。"这个文仕林，果然有点意思。"他像是想到了什么，轻笑一声，身影逐渐消失在荒野的尽头。

文仕林睡不着了。十余平方米的狭小房间内，他在床上辗转反侧，每次闭上眼睛，脑海中都浮现出陈伶那张冷静而沉默的面庞，耳边传来的，都是拳拳破空的呼啸声。文仕林不知道自己这是怎么回事，上次他出现这种情况，还是上学情窦初开的时候，遇见了一个不该遇见的女孩……但这次偏偏是个男人。他当然知道自己没有那种奇怪的癖好，但陈伶给他留下的印象实在太深了。凌晨三点多，文仕林还是睡不着，索性起身坐到小桌边，点起角落的煤油灯，准备开始记录自己今天的遭遇。但他总是心不在焉，记录过程中还是会不自觉地出神，中间断断续续好几次。文仕林沉默许久，还是叹了口气，将文件袋中的那张照片拿了出来。昏黄的烛火映照着那句"是谁偷走了你的心脏"，仔细看来，笔锋处处都是恨意，触目惊心。这东西，似乎是自己出神的根源之一……

文仕林翻过照片，看着那张陌生的少年面庞，在桌前怔怔出神。不知过了多久，他从旁拿出一张白纸，将照片背面的那句话抄写下来，然后思绪开始不断延伸，一个又一个带着问号的词句被串联起来，其中主要的，就是"心脏""器官""医院""器官交易"之类的字样。

不知为何，文仕林对这件事的求知欲几乎爆棚，他沉浸式地猜测着这句话的所有含义，等到回过神来时，外面的天色已经亮起。文仕林呆地坐在桌前，看着那一角升起的朝阳，只觉得心里空落落的……他的余光落在那个装着求职信息的文件袋上，一股强烈的冲动涌上他的心头，他鬼使神差地将照片又塞回文件袋里，然后匆匆披上衣服，迎着朝阳就冲出门外。他还想再见陈伶一次！有些事情，他一定要问一问。他知道也许陈伶此刻并不想见自己，但那个遗落的文件袋，就是一个很好的借口。至于怎么找陈伶……在"不经意间"，陈伶已经给出了答案。他会去找楚神医治疗伤口，以他的伤势，短时间估计是没法离开那家诊所的……所以，只要他去楚神医的诊所，一定能找到陈伶！

183·咬钩

"早。"陈伶在院落的石椅上坐下，很自然地抽过楚牧云正在阅读的报纸，随意翻阅起来。

楚牧云两手空空地看着他，无奈开口："你就不能自己去买一份吗？"

"我身上没钱。"陈伶一边说着，一边用目光扫过上面的每一篇文章。两天之后，报纸上关于他与列车进城的事情已经越来越少，版面上大都是一些娱乐性质的文章，比如出名的某某女歌手被曝出是被另一个商会老板包养的小三，或者哪个中学的师生矛盾扩大，导致家长不满，等等……陈伶翻了十几秒，也没看到任何有用的新闻，只能将其放回桌上。没有文仕林，这份报纸确实没什么看头。

"需要我借你一点吗？"楚牧云想了想，"没有钱，有些事情确实不太好办。"

"不用，很快就会有人给我送薪水了。"

听到这儿，楚牧云微微一怔，诧异地开口："给你送薪水？你找到什么工作了？你不会真的混成记者了吧？"

陈伶进入极光城才两天，而当记者这个想法甚至还是昨天早上才有的，一天的时间，人家连给报社投份简历都做不到。"现在还不是。"陈伶看了眼时间，"不过，他应该快来了……"

"谁？"

"文仕林。"

"文仕林？那个执拗的记者？"楚牧云忍不住问道，"一天的时间，你是给他灌了什么迷魂汤？"

陈伶笑而不语。

"咚咚咚——"一阵略显急促的敲门声响起。陈伶与楚牧云同时看向大门，随后对视一眼，楚牧云的表情有些奇怪。"别告诉我，他现在就来了。"

"不信吗？赌一把？"

"赌什么？"

"一金币。"

"好，成交。"

楚牧云起身走到大门口，并没有急着开门，而是平静地问道："谁？"

"楚神医你好，我是《极光日报》的记者文仕林。"

听到这句话，楚牧云就知道自己的钱打水漂了，但他还是不明白，陈伶是怎么让文仕林如此殷勤的？"记者？"楚牧云停顿片刻，"我不记得今天有跟记者约时间，而且现在有点太早了。"

"十分抱歉，但我是来找您的护工林宴的……他有些东西落在我这儿，我想当面交给他。"

林宴……这个名字响起的瞬间，楚牧云像是想到了什么，回头看了眼陈伶。"……好，你进来吧。"楚牧云打开大门，只见一个穿着朴素的记者正站在门外，腋下夹着一个文件袋，厚重的黑眼圈好似熊猫，但双眸明亮无比，整个人看起来异常亢奋。

"初次见面，楚神医。"文仕林主动伸手。

楚牧云礼貌地握了一下，一边回头一边说道："他就在那儿，你直接去……嗯？"话音未落，楚牧云就愣在原地……前一秒还在悠哉看报纸的陈伶，不知何时已经虚弱地坐在那儿，浑身绑着绷带，手上打着石膏，一阵萧瑟寒风吹过院落，那憔悴的身影怔怔地望着远处的假山，眼眸落寞而忧郁。楚牧云的嘴角微微抽搐，他不知道陈伶这是演的哪一出。反观文仕林，看到这一幕，眼眸中闪过同情与愧疚，他在门口沉默许久，径直向陈伶走去。"林宴……"文仕林轻声呼唤那宛若雕塑般出神的身影。陈伶身形一震，转过头看到文仕林，脸上闪过一抹惊讶："文先生？你怎么在这儿？"

"我来给你送东西。"文仕林将文件袋放在桌上，"昨天你走得太急，我给你捡起来了，不过应该是逃走的时候太混乱，这东西有点破了，我检查过，关键的那些文件都还在。"

陈伶神情有些复杂，微微点头："好，多谢。"说完，他便收回目光，独自沉默地坐在那儿，似乎不愿再理会文仕林。院落突然陷入诡异的安静。楚牧云靠在门口，推了推鼻梁上的眼镜，他虽然看不懂这两人之间发生了什么，但这也不妨碍他当一位观众，眼眸中满是好奇与玩味。终于，文仕林还是忍不住了，他在陈伶面前的石椅上坐下，沉思片刻："林宴，那张照片上的少年……是谁？"陈伶的瞳孔微微收缩，猛地回头看向文仕林。"你不要误会。"文仕林当即开口，"文件袋底下有破损，当时是那张照片自己飘出来的……如果有冒犯到你，你也可以不说，不过你知道的，我是个记者，也许我能帮上你。"文仕林虽然嘴巴上说着"可以不说"，但脸上几乎写满了"我想知道"这四个字，坐着的身体微微前倾，认真地等待陈伶的回答。陈伶与他对视许久，神情放松些许，犹豫后还是缓缓开口："他……是我弟弟。"

"弟弟。"文仕林点点头，他昨晚就猜过这种可能，"不过你们看着好像并不像？"

"不是亲弟弟。"陈伶眼眸中浮现出回忆之色，"当年我跟楚医生去七大区巡游义诊，救了一个二区的孩子，那孩子身世可怜，但极为懂事，我看他无依无靠，便收留了他一段时间。后来义诊结束，我和楚医生回极光城，那孩子没有身份进城，我们就给他留了点钱财，让他好好生活……那孩子与我非常投缘，后来我们也常通书信，他认我做兄长，自然就是我的弟弟。"

文仕林疑惑地回头看向楚牧云。楚牧云没想到自己"吃瓜"都能被卷进去，默默地推了下眼镜："对，那是个好孩子。"

文仕林继续问道："那照片背后的那句话，是什么意思？"

"……他的心脏被拿走了。"陈伶像是想起了什么痛苦的回忆，"大概半年前，我弟弟就失联了，我当时身体欠佳没时间出城，便委托楚医生替我去二区看看，结果……只找到他的尸体。"

"尸体没有心脏？"文仕林当即开口，"那应该是器官交易？我采访过三区的居民，七大区的执法力度极低，这种事情不少，三区还算好的……二区好像有个叫冰泉街的地方，在这方面很猖獗。"

184·合作

文仕林主动提到了冰泉街，这正是陈伶想要的。照片上的那个少年，其实是陈伶自己变脸拍的陌生少年，并非当时的陈宴，毕竟一旦让三区的幸存者看到陈宴的照片，很容易联想到自己身上……他只需要将关键的信息传递出来就好，而其中最重要的一条线索，就是"冰泉街"。"是的，这些我也是后来才听说的……据楚医生说，他找到我弟弟的时候，不光是心脏，他……他……"陈伶的脸色逐渐苍白，双拳控制不住地攥紧，似乎痛苦到根本没法说下去。

楚牧云捕捉到陈伶的眼神，很配合地继续说了下去："不光是心脏，那孩子所有有价值的内脏都被人拿走了，整个人都是空的……对一个孩子做这种事，简直丧尽天良。"

文仕林陷入沉默。坐在他对面的陈伶可以看到，文仕林的眼眸中，也遏制不住地浮现出怒火，他似乎完全代入了陈伶的角色，呼吸都有些粗重。"无论动手的是谁，我都不会放过他……我发过誓，一定要替那孩子讨回公道。"陈伶眼眸中杀意闪烁。

"所以，你就向楚医生提了辞职？"

"没错。"陈伶深呼吸数次，终于平复了心绪，继续说道，"我本来想去趟二区，调查这件事，结果还没等动身七大区就覆灭了……楚医生说，我弟弟尸体上的手术痕迹十分完美，器官的保存手法也不像是七大区的医疗水准能做到的，所以他的器官，大概率流通到了极光城里。我就想亲自去调查极光城的每一家医院，希望能从中找到一点线索……"

听到这儿，文仕林基本就将前因后果都串联起来了，事实与他昨晚彻夜的思索猜测还是有不少相近之处，而与此同时，"林宴"在他眼中的形象也迅速丰满。一个学过散打、遇事冷静、重情重义的年轻人，心中有着无论如何都要实现的目标，要将掏空弟弟内脏的坏人绳之以法……为此，不惜放弃楚神医这里的铁饭碗，去各大医院碰壁。文仕林非常欣赏陈伶，上一次算得上让他欣赏的年轻人，还是阿诚……可惜，阿诚的一切都是假的，是为了他而编造的谎言。但这一次，文仕林相信自己不会看错林宴。"林宴。"文仕林认真地开口，"虽然你的初衷是好的，但使力的方式错了……"

陈伶一怔："什么意思？"

"你去医院找你弟弟器官的下落，也可以理解，毕竟那是极光城里器官移植最频繁的地方，也是有最多需求的地方……但你有没有想过，有能力在城外建立器官交易渠道，并悄无声息地将其流通进城内的，会是什么人？"

陈伶眉头微皱，认真思索片刻："是执法官……或者是与他们有紧密联系的人？"

极光城与七大区，存在绝对的壁垒，任何人想从外面进入极光城都严格无比，物品更是不用说。而器官这种东西不是工业原料或成品，运输是需要极其严格的条件的，想将它们运进极光城，不可能过得了执法官那一关……陈伶原本对极光城内的形势没概念，现在被文仕林这么一点，立刻就察觉到了问题的关键，这种规模的器官运输，可不是躲在阴暗中的那些所谓黑道能做到的。

文仕林没有否认，他深深看了陈伶一眼，继续说道："早年间我也做过一些这方面的调查，虽然最后线索都断了，但它背后参与其中的那些势力，说实话，我已经能猜出个大概……这条产业链的背后，是你我都无法抗衡的庞然大物。而医院这个地方人员众多，耳目也众多，他们想处理掉那些器官，必然不会安排在这种喧闹之地……你就算再怎么去医院找线索，也不会有结果的。"

陈伶沉默不语，他的眼眸中适时地浮现出迷茫。文仕林不愧是专挖极光城黑料的记者，在这方面的嗅觉实在敏锐，手中的情报也极为庞杂，这正是陈伶想要的。文仕林的声音再度响起："林宴，你想在这条路上追寻下去，要面临的危险也许超乎你的想象……你真的要继续查下去吗？"

"要。"陈伶毫不犹豫地回答，他的声音冰冷无比，"不管夺走我弟弟的人是谁……我一定要让他们付出代价。"

文仕林微微点头，他的铺垫已经基本到位，此刻，他终于说出了自己最终的目的："既然如此，我们不如合作。"

"合作？"

"你已经辞了楚神医这里的护工工作，又没被其他医院录用，既然如此，不如直接跟我一起去调查这件事情……虽然我们记者的薪水不如医生，但在调查方面，有这个身份会很方便。"

"扑通"，一条肥硕的鲤鱼从院落中的池塘里跃起，自己跳到了岸边，楚牧云用同情的目光看着它，长叹一口气。陈伶怔怔地坐在那儿，似乎有些心动，但还是皱眉开口道："可你也说了，这事很危险……文先生你跟我一起去调查，岂不是把你也卷入其中了？更何况我不会写文章，也没当过记者，这……"

"危险？"文仕林轻笑一声，"到时候，是谁把谁卷入危险还不好说……至于其他方面，你不用担心，记者证也好，其他手续也好，我会替你去跟报社沟通。"

陈伶思考许久，最终还是下定决心，重重地点头："好，那就按文先生说的做。"

文仕林大喜，当即站起身说道："你就在这儿等我，我去帮你解决报社那边……最迟明天，我就能给你把记者证搞定。"他甚至来不及说完，就匆匆往大门外跑去，身形一晃就消失在道路的尽头。

楚牧云站在门口，深深地看了眼他离去的方向，从口袋里掏出一枚金币丢给陈伶："啧……你这么利用他，真的好吗？"

陈伶那只打着石膏的手微微一晃，瞬间恢复原状，随手接住那枚抛来的金币，微微一笑："利用？不，这叫'合作'。"

185 · 灯下黑

呜咽的寒风袭过山丘，丛林间，一个破旧的狗窝孤零零地矗立着。简长生整个人缩在狗窝内，身上盖着一张满是污渍的毛毯，手中拿着一块面包奋力撕咬着，那是他今天的午餐。多亏舅舅的救济，简长生总算不至于在垃圾桶里翻东西吃，虽然每顿算不上饱，但至少不会挨饿。他擦去嘴角的面包屑，将其一粒粒地塞入嘴里，拿起一旁的水瓶"吨吨吨"喝了几口后，长舒一口气。"活过来了……"简长生看着逐渐恢复正常的身体，喃喃自语。"血衣"到底是"修罗"路径的核心技能之一，在狗窝休养一天后，原本已经濒死的简长生基本恢复正常，旺盛的生命力修补着他身体的亏空，他的肌肤也开始恢复血色。最关键的是，经过几次的碎魂搜证后，他的精神力已经被打磨到一个恐怖的地步，不知不觉间，竟然已经突破第一阶，迈入第二阶的层次……从他踏上神道到现在，不过十几天的时间，如此短期内完成晋升，就算是放眼整个极光城历史，都是惊世骇俗的存在。简长生那曾被陈伶无情粉碎的自信，终于回归些许……果然，自己还是天才，只是生不逢时罢了。

吃饱喝足，简长生的思绪就活跃起来，他看着狗窝外摇曳的树叶，陷入沉思。

距离从群星商会逃出来，已经过了两天，外面那些人应该还在搜寻他的踪迹……虽然躲在狗窝里，能够最大限度地避开他们的耳目，但一直这么躲着也不是回事。更何况，当时把他从地牢中救出来的神秘男子也说过——"拼上你的性命……向我们展现你的价值，也许，我们会给你一个新的机会。"那个神秘人拥有把他从地牢中救出来的能力，自然也会有带他离开的能力，而对方并没有那么做，再结合他说的这句话，简长生大致能猜到，这一切都是一场针对自己的"考核"。他能否加入黄昏社，也许就看这几天自己的行动了……简长生不觉得黄昏社会对一个在狗窝躲藏数日的懦夫感兴趣。所以，他必须行动起来。

简长生思索许久，心中已经有了主意。他走出狗窝，用腰间的刀割开指肚，一滴猩红的鲜血自然地从破口溢出……简长生将这滴鲜血，朝着远处的屋顶一甩，这滴鲜血迅速破空，随着简长生双手捏出一个印诀，他的身形瞬间消失，下一刻直接出现在那滴鲜血所在的位置，稳稳地落在无人的屋顶。简长生回头看了眼，狗窝已经在数百米外，其间路上的行人也丝毫没有发现异样，毕竟没有人会抬头去注意一滴破空的鲜血。他的嘴角微微上扬。这就是简长生晋升二阶后，自然掌握的"修罗"路径的第二技能——"滴血陀"。跟带来顽强生命力的"血衣"不同，"滴血陀"给简长生带来的是瞬身遁法的力量，而拥有这个技能之后，简长生原本就不俗的保命能力，再度提升一大截，这也是他敢在白天行动的最大倚仗。

简长生穿着一身破旧的黑衣，又用绷带缠住大半的面孔，根本无法看清样貌，他的身形随着血滴不断破空，很快便来到一条繁华的街道上。简长生藏身在一处屋顶死角，缠着绷带的脸朝向不远处那座矗立的恢宏建筑，眼眸微微眯起……那里，就是他曾逃出的地方，也是他的噩梦之地——群星商会的总部。一味地逃窜毫无意义，简长生选择主动出击，而以他的实力，肯定无法撼动群星商会的庞大势力，所以只能暂且躲在这里，寻找机会……那些散出去找他的群星商会成员估计怎么也不会想到，他居然就这么藏身在群星商会对面，暗中监视着他们。

简长生的目光落在群星商会门口那进进出出的身影上，喃喃自语道："那几个穿着灰衫的是阎家的杂役，这个时间点，他们确实也该出去采购今晚的食材……四小姐阎流颜刚回来，应该昨晚又是通宵出去包男人，喝得烂醉……那个长头发的是……哦？银月商会的副会长？难道银月商会的经营又遇到什么困难了？"简长生对这些进出的身影如数家珍，他自小在阎家长大，最了解这里的情况，有些人他只要看一眼就知道是来干吗的。

简长生就这么在暗中耐心地藏着，直到天色逐渐暗淡，依然一动不动。傍晚的时候银月商会的副会长才从群星商会离开。就在简长生以为今天将毫无收获的时候，一个鬼鬼祟祟的身影从商会侧门无声无息地走出。这个时间点，街上已经很少有行人，那身影就贴着阴影一路前行，似乎生怕被别人看见。简长生瞬间注意到了这人的异样，光看背影，他看不出这人是谁，但可以确定的是，这家伙出去肯定不是干什么好事的……简长生的眼前一亮，立刻动用"滴血陀"跟了上去。

夜里，一阵阵急促的敲门声在院落中响起。楚牧云眉梢一挑，诧异地看向陈伶："这才过了几个小时……文仕林的办事效率这么高吗？"

"……不知道。"陈伶起身向大门口走去。昨晚文仕林说过会替他解决记者证的事情，所以陈伶这一天什么也没做，只是安静地在院子里看书休养，没想到夜黑后，便有人过来敲门了。陈伶推开门，看到门外之人，微微一愣。来的并非文仕林，而是之前被陈伶"雇用"的地痞头子。看到陈伶真从这"豪宅"里推门而出，地痞头子也愣了一下，看向陈伶的目光越发火热起来。之前陈伶给过他们住址，就是为了方便联系，而地痞头子顺着地址找过来发现是个大宅子，还自我怀疑了许久……在他的印象中，陈伶不是很有钱的样子，连雇佣金都要最后再给。"怎么？出什么事了？"陈伶疑惑问道。

"老板。"地痞头子的神情严肃起来，"我们发现了一些东西……"

186 · 火葬场

陈伶见此，直接走出院子，两人迅速向远处的街道走去。文仕林也知道他住在这里，要是一会儿文仕林过来看到自己跟这群曾揍了他一顿的地痞混在一起，自己的人设估计就崩了。"发现了什么？"等走出两条街，陈伶才开口问道。

"你说要调查器官交易的事情，我们仔细想了想，觉得这东西应该跟医院有关，所以就让弟兄们分别到城里的各个医院去蹲点……"

听到这句话，陈伶的神情就有些古怪，看来不是所有人都是文仕林，没有那么敏锐的新闻嗅觉，这些地痞也跟自己犯了一样的错误，以医院为主要目标。"然后呢？"

"我们在医院里蹲点了两天，几乎把所有角落都翻遍了，还是没有收获……不过，今天夜里出现了件怪事。"地痞头子四下环顾一周，确认无人之后，才缓缓开口，"我们有个兄弟是负责蹲守后门的，夜里的时候，看到有几个医生围着一副担架出来，表情好像很紧张。这个兄弟觉得事情不太对，就偷摸跟在后面，看到有辆车停在医院门外，车边上有几个穿着黑衣服的人，神神秘秘地打开后备箱，打算把那担架上的人塞进去……结果这时候，正好吹来一阵风，把担架上那块白布给吹飞了。你猜怎么着？"地痞头子压低了声音，"那担架上是具尸体，而且到处都开了口子，整个人就像烂泥一样被掏空了……"

陈伶的瞳孔骤然收缩。"确定没看错吗？"陈伶当即反问。

"没看错，这是那位兄弟拿命担保的。"地痞头子继续说道，"据他所说，看到担架上那个人，几个医生脸当场都吓白了，那些黑衣人匆匆用东西裹住那个人，一股脑就塞了进去，然后就开车走了。"

"那具尸体，有什么特征吗？"

"细节特征不清楚，毕竟当时天色有点暗，不过据说是个少年，十六七岁的样子。"

少年……陈伶脑海中，立刻浮现出陈宴的模样。他知道地痞头子嘴里的那个人不可能是陈宴，不过从描述来看，这两位受害者的条件与遭遇都太过相似，不出意外的话，应该是同一伙势力所为。但是他不明白，按理说这群人应该不会光明正大地在医院动手才对，而且听那些医生的反应，也不像是经常干这种事的样子……莫非七大区覆灭之后，没有了安全稳定的器官来源，所以只能在城内铤而走险了？

陈伶越想越觉得有这个可能，当即问道："那辆车最后去了哪里？"

"弟兄们正在追呢，我第一时间就来找你了。"

"走，跟上。"陈伶毫不犹豫地动身，两道身影在夜色下迅速向某个方向前进。好在这个时代的车辆并非以内燃机作为驱动，而是靠蒸汽机，再加上本身笨重，道路又狭窄，因此行驶速度极慢，在道路错综复杂的极光城核心区域也不比跑步快上多少，那些地痞勉强还算跟得住。陈伶二人沿着他们留下的痕迹，一路飞奔，但他们毕竟动身太晚，还是跟不上那辆汽车……飞奔过几个街区后，地痞头子就已经满头大汗，速度也逐渐慢了下来。而反观一旁的陈伶，依然气定神闲，丝毫没有力竭的模样，这让地痞头子心中暗惊，看来自己这位老板也不是寻常人。"算了，你慢慢跑吧。"陈伶看他跑得吃力，索性直接开口，"我自己先追过去。"话音落下，不等地痞头子逞强嘴硬，陈伶便卷起一阵呼啸的狂风，向道路的尽头飞奔！地痞头子顿时傻眼了，万万没想到自己的全力以赴却只是对方的随意发挥……

陈伶沿着地痞们留下的记号，身形快到出现残影，很快便追上了那几个体力不支而中途放弃的地痞，然后继续前行。等到出了主城区，跑在最前面的那个地痞也气喘吁吁地坐在路边，放弃追踪。蒸汽汽车也是汽车，就算速度不快，他们想凭双腿追上也是不可能的，到这里，他们的追踪记号就彻底断了。

陈伶看着远处昏暗的荒野，皱眉问道："这前面是哪儿？"

"是……北城区的……外环。"那个地痞上气不接下气地回答，"这里很偏僻……没什么人居住……那车为什么要往这儿开？"

陈伶看着远处那昏暗的区域，只有零星几点微光闪烁，他抬手指着那里："那里是什么？"

地痞想了想："应该是……火葬场？"

听到"火葬场"三个字，陈伶一愣，他像是明白了什么，脸色有些难看，当即全速朝那个方向靠近！这群家伙，要毁尸灭迹？如果一切真如陈伶所想，那这次发生在医院的器官窃取，必然是让后面的势力承担风险的，极光城可不是七大区，死了人随便找乱葬岗一埋就行，医院里那具少年尸体如果不处理好，很可能会被有心人发现。陈伶好不容易找到器官交易的线索，可不能让他们就这么一把火烧了。他像是狂风般席卷而过，昏暗的荒野中并无人察觉到他的存在。

随着火葬场越来越近，陈伶已经能看到停在空地上的那辆汽车，只不过车里已经没人了。这个时间点，火葬场已经闭门停业，除了几个房间内还亮着灯，其他地方空无一人。陈伶灵活地翻过铁门，无声无息地落在火葬场内部，鬼魅般向亮灯的那几个房间摸去。

几乎同时，在火葬场另一侧的围墙处，一滴鲜血悄无声息地划过半空，那滴鲜血精准地落向火葬场的角落，在即将触碰到地面的瞬间，幻化成一个穿着黑衣、脸上缠着绷带的身影。"火葬场……"简长生兜帽下的眼眸微微眯起，"这个点来这里，他们究竟想做什么？"

187·焚化炉

简长生身形一晃，直接来到西南角的窗户后面，整个人躲在被阴影笼罩的角落中，看向屋内。此刻的房间中，只有零星几盏灯火亮着，昏暗的光线下三四个身影正聚在一起，扛着一具裹着白被单的尸体，低声交流着什么。随着一个身影推门走入房间，这几人顿时安静下来，恭恭敬敬地低下头。"琛哥。"

此刻走进房间的，正是简长生跟踪的那个从群星商会中走出的人，琛哥的目光落在众人肩头的白色被单上，沉声开口："怎么样？没有被人发现吧？"几人对视一眼，没人回答。看到几人这样的反应，琛哥脸色顿时难看起来："不说话是什么意思？"

"琛哥……我们在医院的时候，应该是没人发现的，但是半路上好像有人在追着车跑……"一个身影结结巴巴地开口，"不过，我们最后还是甩掉他们了，没人知道我们来了这里。"

"追车？"琛哥愣了一下，随后大怒道，"你们是干什么吃的？！让你们去处理个尸体，都能被人尾随了？！一点反追踪的意识都没有吗？"

"一群蠢猪！！"琛哥的怒骂声在屋内回荡，窗外的简长生忍不住翻了个白眼……心说你自己被追踪了一路，不也没发现，岂不是连蠢猪都不如？

"琛哥……我们真不知道他们是哪儿来的啊，在医院的时候我们都清场了，专挑没人的地方上货，会不会是医院那边走漏了风声？"

"他们？"琛哥迅速捕捉到重点，"追你们的，不止一个人？"

"好像不止一个，天太暗了看不清……不过他们的体力跟不上汽车，跑着跑着就全没了。"

琛哥眉头顿时皱了起来，突然觉得这事有些古怪，就算是医院那边走漏了风声，让人蹲点追踪，应该也不会一口气出动那么多人，还是以徒步追汽车，先不说能不能追上，这么多人的目标也太大了些……但如果不是刻意埋伏，难道会有人闲到大半夜组团追着车跑吗？琛哥百思不得其解，他皱眉沉思片刻后，还是觉得不放心，快步走到门口，向外面张望起来，似乎在确认有没有人往这里追过来。然而，在他走出门口之前，门外的陈伶眉梢一挑，悄然向后退了半步，身形彻底隐藏在角落的阴影中。与此同时，躲在另一侧窗外的简长生也迅速弹出一滴鲜血，瞬移到屋顶之上。琛哥谨慎地环顾一周，确认没人跟到这里来之后，转身回屋。

"医院那边处理干净了吗？"

"器官已经全转移走了，相关的几个医生也给足了封口费，至于这个少年……"那人顿了顿，继续说道，"他其实并不是那家医院的病人，只是母亲病重住院，来照顾母亲的。今晚我们的医生骗他说为他们进行心脏移植手术，把他的心脏还给母亲，他就答应了……因为他是看护者，不是医院病患，所以不会留下任何记录。至于他的母亲，我们也调换了药物，让她死于病发。人际关系这方面，这对母子没有什么亲人朋友，而且几天前我们的人就给他们升级了单人病房，把他们跟其他病患隔绝，这样在其他病患那边看来，这位母亲死于疾病，而孩子大概也离开医院了，所以不会起疑心。"

听到这儿，琛哥的脸色终于缓和些许："干得不错。"

门外，陈伶的脸色逐渐阴沉。从目前的情况来看，事情和他猜测的差不多，这些人把这具尸体暗中运送到火葬场，也是想毁尸灭迹，不过他听到"骗他说为他们进行心脏移植手术"这段话，心中像被扎了一根刺，一股邪火顿时涌上心头。这群人的行事风格，倒真是没什么变化……呵呵。

"器官交易吗……"屋顶的简长生若有所思，"群星商会，竟然还偷偷做着这种营生？不应该啊，他们应该不缺钱才对……"即便是从小在阎家长大的简长生，对器官交易这一块也从未听闻，当然这也可能是他只是个无人在意的小喽啰的缘故……涉及这种机密大事，他一个瘸腿的跟班怎么可能知情？不过，简长生的目光也逐渐亮了起来，他觉得这可能是向群星商会复仇的一条不错的路径。

房间内的琛哥看了眼时间，冷声开口："时候不早了，赶紧把尸体处理掉，免得夜长梦多。"

几人立刻点头，他们摸索着打开焚化尸体的火炉，熊熊烈火自炉内燃起，灼热的高温足以将一切肉身化作飞灰，这座在夜色中沉寂的火葬场，就这么悄然无声地运作起来。陈伶知道，自己不能再等了，他们即将推入焚化炉的那具尸体，是目前唯一的线索与证据，他绝不可能放任他们毁掉。然而，还未等陈伶动身，一滴鲜血便从窗外飞射而来！那滴鲜血划过半空，精准地落在即将把尸体丢入焚化炉的众人身前，下一刻，一个黑衣身影凭空出现！扛着尸体的那几人愣了一下，还未等他们有所动作，那个人已经一只手抓住白被单包裹的尸体，侧身一脚将其中一人踹飞，恐怖的力道令其腾空飞了数米才重重摔倒在地。只是这一脚，便让那人的胸膛深深凹陷，断裂的肋骨刺入心脏，看样子是活不成了。另外两人大惊失色，他们正欲有所动作，那黑衣身影便一拳呼啸着冲向他们的面门，直接将他们打得七荤八素，随后抓着他们的衣领，像是提小鸡崽般一个接着一个丢入身后的焚化炉中。熊熊火焰炙烤着两具活生生的身躯，凄厉的哀号瞬间响起，又极快地消散……在那仿佛能烧尽一切的烈焰中，他们的罪与恶仿佛成为钉死灵魂的枷锁，肉身坠入火焰炼狱。焚化炉前，一个黑衣身影扛着白被单，缓缓抬头，一张缠满绷带的面孔在跳动的火光下，好似从烈火中走来的复仇恶魔。

188·"修罗"与"修罗"

陈伶看着那张缠满绷带的面孔，眉头不自觉地皱起。这黑影出现得太过突然，就连陈伶都没看清他是怎么出现的，不过对方上来就踢死一人，又将两人丢进焚化炉，这种狠辣的手段也不是普通人能拥有的。他是谁？对方和这群人明显不是一伙的，而且从手段上来看，甚至可能跟他们有仇……他的目标，也是那具被掏空的尸体？

"你是谁？！"琛哥见自己手下的三人瞬间被击杀，大惊失色。

"我？"简长生冷笑一声，"我是来向你们复仇的恶鬼。"话音落下，简长生便化作一道残影急速掠出，他的拳头破开空气发出爆鸣，裹挟着恐怖的力道砸向琛哥的面门！琛哥下意识地用双手挡在面前，整个人却像是被一辆汽车正面撞上，猛地向后倒飞而出，一阵剧痛从小臂传出，似乎是被一拳打断了。他的身形重重砸在墙面，反震之力扫荡内脏，他的眼前一黑，身形像是棉花般向下倒去。简长生并未杀他，而是一只手抓住他的皮带，像是拎垃圾般将其拎在手上，同时扛着那具被白被单包裹的尸体，迅速向门外走去。

他要走了。陈伶见此，眼眸中闪过一抹寒芒。下一刻，简长生只觉得一股彻骨的寒意从身侧传来，他瞳孔微微收缩，毫不犹豫地向身旁扑去！"嗖——"一抹倒映着月光的刀锋几乎是擦着他的脸颊划过。这突如其来的杀意，让简长生如同惊弓之鸟向后退了数步，后背惊出一身冷汗。他本能地从腰后掏出短剑横在胸前，这才定睛看向刚才的方向。昏暗的灯光从窗户照出，洒落在火葬场门口的荒野上，一个穿着棕色大衣的身影正安静地站在光与暗的分割线上，随着他的脸颊微微抬起，一张黑色的笑脸面具映入简长生的眼帘。在看到那张面具的瞬间，简长生心头一颤，无论是那猩红诡异的双瞳，还是咧到耳根的夸张笑脸，都让他有种莫名的惊悚感……这人究竟是谁？同样的疑惑也出现在陈伶的脑海。两道身影就这么站在火葬场前，空气突然陷入沉寂，他们都在冷冷地打量着对方，猜测对方可能的身份与阵营——

观众期待值 +3%

"你也是和他们一伙的？"简长生沉声开口。

"不。"陈伶摇摇头，"他们的死活我不在乎，不过，你最好把那具尸体给我。"

"哦？如果我不给呢？"

"那我不介意把你也变成尸体。"

简长生自然不可能交出这具尸体，这对他而言是至关重要的工具，必要的时候，甚至能以此要挟群星商会……而陈伶也不会放任关键的证据与线索就这么被带走。事已至此，任何的试探与交涉都已经毫无意义，短暂沉默后，两道身影同时向着彼此冲去！陈伶刚才目睹了简长生出手的全过程，知道对方应该也是位神道拥有者，不敢托大，于是将短刀反手握住，毫不犹豫地向自己身上连捅三刀！猩红的鲜血瞬间染红刀身，陈伶的速度与力量瞬间暴涨！对面冲来的简长生看到这一幕，先是一愣，还未等他反应过来，陈伶快到拖出残影的身形已经来到他的面前，一刀在他的身上划开深可见骨的血痕！这是什么情况？！简长生傻眼了，他没想到有人能开战前先捅自己的，难不成对方也是"修罗"路径，越伤越猛不成？简长生吃痛后回过神，眼看着陈伶的第二拳迎面冲来，当即双手挡在身前，但已经处于重伤状态的陈伶明显力量更高一筹，直接将其一拳击飞，如断了线的风筝向后飞出。随着身形重重落地，漫天尘土飞扬而起，简长生挣扎着从地上爬起，他的眼眸中闪过一抹狠色。他也抬起手中的短剑，硬生生在自己腰腹的位置用力一划，鲜血淋漓的伤口顿时暴露在空气中，猩红鲜血从中不断涌出。

"'血衣'？"陈伶诧异地开口。看到这熟悉的招式，陈伶眉梢挑起，他没想到自己用这一招用了这么久，居然碰到了同属"修罗"路径的敌人，把自己的手法学了过去……不过从伤口上来看，对方似乎比自己更狠。简长生紧攥着染血的短剑，盯着陈伶的目光仿佛暴戾野兽一般，他没有再靠奔跑靠近陈伶，而是隔空甩动短剑，剑身上的血珠顿时被惯性挥洒出去！这些血珠靠近陈伶的时候，陈伶就已经察觉到不对，顿时联想到对方刚才诡异的凭空出场，身形下意识地向后退去。他刚向后退开一个身位，简长生的身形就瞬闪至最前方的血珠位置，染血的短剑划破空气，呼啸着向陈伶的脖颈刺去！陈伶反应极快，在"杀戮舞曲"的加持之下，手中的短刀飞速与短剑交锋，相近的力道，相近的速度，刀与剑在极短的距离下接连碰撞，快到在夜空下迸发出点点火星！刚才那个，莫非是"修罗"路径第二阶的技能？陈伶脑海中回想起血珠瞬间变成简长生的一幕，心中已经有了答案，毕竟不是所有人都像他一样拥有学习别人技能的能力，既然对方第一阶是"血衣"，下一个技能必然也属于"修罗"路径。

随着双方的逐渐交手，简长生腰腹渗出的鲜血也越来越多，他双眸微微眯起，在交手间隙将短剑又在伤口处抹了一下，鲜血覆盖刀身表面，将之彻底浸为红色。"铛——"短刀与短剑再度碰撞，下一刻，细密的血珠从刀身被震飞，四下溅起！几乎同时，陈伶正前方的简长生瞬间消失，再度出现时已经来到了他的身后，猩红的剑锋直接刺入他的背脊，没入其中。剧痛从背后传来，面具下的陈伶闷哼一声，反手一刀挥向身后的简长生，却被后者敏捷地后退避开。这个技能，还能这么用？陈伶也是第一次接触"修罗"路径的第二阶技能，猝不及防之下还是中了招，他感受着从伤口源源不断涌出的力量，面具下的双眸越发冰冷。

189·马甲与马甲

感受到陈伶面具下的目光，简长生心头微微一颤，这目光让他有种莫名熟悉的压迫感……但简长生很快就将心中的异样压下，握住染血的短剑，用力一划，数十滴血再度铺天盖地地向陈伶飞去！"铛——铛——铛——"刀与剑的接连碰撞发出密集声响，简长生凭借着"滴血陀"带来的恐怖机动性，硬生生压制了陈伶，他的身形如同血色鬼魅神出鬼没，在无数血液飞溅的战场上，根本难以判断下一刀会从哪个方向砍来。

"原来只是个一阶。"简长生绷带下的嘴角微微上扬，"没有'滴血陀'，你是赢不了我的。"同一条路径上，阶位越高，拥有的技能也就越多，对于四阶以下的战斗而言，技能的数量几乎就可以决定战斗的胜负，而这个戴着黑色面具的身影到现在还迟迟不曾用出"滴血陀"，肯定就是个一阶了。陈伶双眸微眯，虽然他的身形在一边战斗一边后退，步伐却没有丝毫混乱，很快就退到火葬场外侧的荒野中。"是吗？"陈伶淡淡开口。他指尖迅速钩起地上的一截树枝，将其从中央辦成两半，与此同时，那染血的短剑再度以惊人的速度刺向他的胸膛！"啪——"简长生只觉得眼前一花，手中的短剑瞬间变成半截树枝，戳到陈伶坚硬的胸膛，树枝从中间直接断成数截。与此同时，陈伶手中剩下的半截树枝，变成了那柄短剑，被紧紧攥在手中。简长生愣在原地。"现在，你还能闪吗？"下一刻，一道寒芒好似月牙瞬间划过，锋利的刀刃割开简长生的咽喉，似乎要将其直接斩首！失去了短剑，简长生就没法靠震荡出的血滴在战斗过程中换位，好在简长生反应较快，及时后仰些许，这才避免被瞬杀的命运。即便如此，猩红的鲜血还是止不住地从他断裂的血管中涌出，顷刻间将地上染出一大片血泊。但陈伶的攻势并未就此停歇，一刀斩出后，他的身形顺势微弓，源源不断的力量从浑身的伤口汇聚，一记侧踢呼啸着破开空气发出尖锐爆鸣，重重地撞在简长生的胸膛！简长生的胸口像是被陨石砸中，瞬间塌陷，整个人仰面倒飞出数十米，接连撞断几根树干之后，才倒在一片飞扬的尘埃之中。陈伶抹去嘴角的鲜血，一手握刀，一手握剑，缓步向那片尘埃走去。

之前简长生靠着一手变态的"滴血陀"，将他压制许久，陈伶终于找到机会利用"猩红戏法"反击，而这次的反击，也足以扭转战局……那斩首的一刀与千钧的一腿，就算是三阶也扛不住。然而，事情还是有些出乎陈伶的意料。当他看到一个浑身是血的身影，正挣扎着从血泊中站起的时候，陈伶面具下的脸色有些难看。啧……真难杀。上次让陈伶觉得难杀的，还是"兵道古藏"里遇到的那个简长生……而眼前的这个，似乎比当时的简长生还要难杀。

而此刻的简长生也有些发蒙。刚才陈伶那一手替换戏法，让他到现在还没缓过劲来。他不理解，明明他们两个都是"修罗"路径，为什么陈伶有那种奇奇怪怪的技能？是他的"修罗"是假的，还是对方的"修罗"是假的？说起来，他之前也遇见过一个技能很乱、很邪乎的对手……这一刻，自诩天才的简长生，再度回忆起了被陈伶支配的恐惧。简长生摇了摇头，暂且将这些恐惧抛之脑后，现在的他已经是濒死状态，正是"血衣"能够发挥到极致的时候，要是再拖下去，搞不好真的要栽在这里！简长生深吸一口气，脚掌用力在血泊中一踏，飞扬的血花四溅而起！

昏暗的密林中，陈伶顿时感受到接连的拳风从周围卷来，这一次他没有选择硬接，而是凭借着"秘瞳"的恐怖洞察力，疯狂地闪避着简长生的攻击。虽然两人都有"血衣"，但简长生现在伤得更重，无论是速度还是力量都超过陈伶一大截，但凡被那拳头碰到，估计陈伶也得被打到濒死状态……但陈伶并不想在这里玩命。陈伶双眸微眯，眼看着就要被那个拳头逼入死角，他双手在胸前轻轻一拍。随着清脆的拍掌声响起，简长生眼中的陈伶突然化作漫天飞舞的红蝶，飘散在他挥舞的拳风之间……简长生扑了个空，他正茫然地环顾四周，一股尖锐的刺痛感便从脸颊传来！不知何时，陈伶已经鬼魅般闪至他的身侧，短刀割开他的脸颊，同时也将缠在他脸上的绷带切断，一截截染血的残片纷扬落地……简长生心中一惊，随后眼眸中浮现出怒意与狠辣，他并未选择去遮挡自己的面孔，而是反手向陈伶那张黑色的面具抓去！"啪——！"即便陈伶已经尽力后退避开，但凌厉的拳风还是将面具击碎，两张面孔同时暴露在昏暗的月光下，接连后退。在看清简长生容貌的瞬间，陈伶愣在了原地。陈伶当然认得那张脸，但简长生应该已经死在了"兵道古藏"才对……当时他可是用"审判庭"直接泯灭了对方的心脏，之后又特地确认了一下没有生命气息，人都已经硬了，现在怎么可能还活着站在这里？陈伶心中震撼无比，但与此同时，他心中困扰许久的疑惑，也随之解开了……怪不得当时他的身份暴露得那么快，原来是有漏网之鱼跑回了极光城。

而反观简长生，他看到那张属于"林宴"的新面孔，微微松了口气……还好，面具后的不是那个红衣陈伶。刚才在跟这个神秘人交手的时候，对方给他带来的压迫感，就让他有种莫名的熟悉……他甚至真的想过，眼前这个人会不会就是戴上面具的陈伶，毕竟在他的认知中，也只有那个诡异的家伙才拥有那么多种奇怪的技能。但现在看来，是他多想了。已经掉了马甲的简长生，又怎会想到，对方那看似单薄的面具之下，居然还有一个伪装的马甲①？见陈伶还欲继续出手，简长生突然开口："等等！"

190 · 共享

陈伶眉梢一挑，停下身形。

"这位兄弟，既然你不是群星商会的人，为什么非要与我作对？"简长生脸色苍白地开口。经过这几番交手，简长生算是看出来了，眼前的这个神秘人实力很强，甚至就算自己陷入濒死状态，也只能与对方打个平手，若是对方也进入濒死状态，在"血衣"的加持下，恐怕自己未必是对手。更何况，简长生伤得实在有些重了，再这样打下去，最后很有可能丧失行动能力，任人宰割。

简长生这句看似随意的话，在陈伶耳中，却蕴含了不少信息。群星商会……原来屋里的那些，是群星商会的人？陈伶虽然一路跟着追踪过来，但车里的那些人究竟是哪方势力的，他其实并不清楚，但现在简长生给了他一个答案……不过让他诧异的是，简长生应该也是群星商会的人才对，怎么现在又好似与他们有血海深仇？仔细一想，陈伶心中便有了答案。简长生杀了阎喜才一次，应该算是彻底与群星商会闹翻了。"我说了，别的事情我不在乎。"陈伶平静回答，"我只要那具尸体。"

简长生见此，纠结许久后，还是一咬牙："好，尸体让给你……不过那个活口得留给我。"除了那具尸体，简长生刚才还特地留手，没有杀死那个被称为琛哥的男人。他是群星商会的人，看起来也是这次毁尸灭迹行动的指挥者，从他的身上，应该能套出不少有用的信息。这已经是简长生能做出的最大让步，总不能大老远追踪过来，又挨了一顿毒打，最后双手空空地回去。

陈伶正欲拒绝，因为对他而言，那个活口也同样有价值，但念头一转，随后开口："尸体是我的，至于那个活口，我们可以平分。"

"平分？"简长生眼眸中浮现出茫然。

"你要那个活口，无非就是想从他嘴里套出一些东西，既然如此，我们的目标并不冲突。"陈伶不紧不慢地开口，"我们可以找个地方，轮流审问，你看如何？"

简长生皱眉思索起来……按照两人目前的情况，再打下去绝对是最坏的结果，而共享"活口"确实能同时满足他们的目的，简长生也想过要不要把这活口带回去审问几天，然后再还给对方审问。但他们都信不过对方，最关键的是，简长生也不想自己住狗窝的事情暴露……想来想去，这个提议确实是目前最好的解决方

---

① 指的是同一个人在网络论坛或社交平台上使用多个不同的账号。

案。"好，但地方我来定。"

十几分钟后，简长生扛着死猪一样的琛哥，走入密林深处。陈伶双手插兜，紧随其后，他目光扫过四周昏暗阴森的树林，眼眸微微眯起。"这就是你说的地方？露天的树林？"

"对。"对简长生而言，去城里找地方审问琛哥太过危险，他必须找个荒无人烟且空旷的地方，方便他使用"滴血陀"随时逃生，毕竟他还是无法完全信任陈伶。自己"血衣"的技能效果一过，就会十分虚弱，要是陈伶到时候趁着自己专心审问，突然暴起，那他可就小命不保了。

陈伶对此倒是没什么意见，相比于这些，他更好奇在简长生身上发生了什么。他远远地跟在简长生身后，目光不断在其身上游走，眯起的眼眸中，微光闪烁。这个简长生在"兵道古藏"的时候，被自己杀了一次，必然对自己怀恨在心，万一哪天知道了自己的真实身份，恐怕会很麻烦……要不，趁他现在虚弱无力，再杀一次？杀了他，不仅报了在极光城暴露自己身份的仇，还能独占活口，百利而无一害。陈伶一只手摩挲着下巴，在心中仔细盘算着击杀对方的可能性，就在这时，简长生停下脚步。"就在这儿吧。"简长生像丢垃圾般将琛哥丢在地上，也不绑绳子，似乎根本不怕对方醒来后逃走，他回头看了眼陈伶，"你先来还是我先来？"

"你先吧。"陈伶礼貌地谦让。陈伶一边说着，一边走到不远处的树下，席地而坐，眯着眼睛像是要睡着一般。

简长生见此，也不废话，直接一巴掌扇在昏迷的琛哥脸上，发出清脆的声响！"啪——"原本死尸般的琛哥，被这一巴掌扇得连翻数下，直接撞到身后的树干上，他惊恐地睁开眼眸，一口气吐出好几颗染血的断牙。"喀喀喀喀喀……"琛哥只觉得眼前发黑，下一刻，一只有力的手就拎着他的衣领，将其整个人提到半空。"我还以为是谁，这不是我们的刘琛老哥嘛。"昏暗的月光下，简长生染血的面庞狰狞无比。看到这一幕，刘琛明显愣了一下，他瞪大眼睛，眼眸中满是难以置信。"怎么？不认识我了？"简长生淡淡开口，"我是小简啊……当年在阎家的时候，可没少领您老哥的'福气'……"简长生着重强调了"福气"二字，话语间一股杀意扑面而来。

刘琛当然认出了简长生，当年他为难简长生的那些事，他可是记得很清楚，而且如今简长生已经成了被群星商会通缉的亡命之徒……这让他有些恐慌，因为他不敢想象简长生这个如今恨透了群星商会的疯子，会对他做出什么事情。但刘琛到底是能单枪匹马替群星商会暗中处理这种脏事的家伙，心性并不弱，他很快就按捺下心中的恐惧，面无表情地开口："原来是你……看来，你当丧家之犬的这些日子，过得也并不好？群星商会的追踪让你很狼狈吧？"

简长生的神情顿时阴沉无比，他反手一拳打在刘琛的下腹，恐怖的力道将后面的树干都震得摇晃些许。刘琛脸色一白，当场干呕起来，猩红的鲜血顺着他的嘴角滑落，一滴滴落在地上。"你们不让我好过，我也不会让你们好过。"简长生冷冷开口，"三次碎魂搜证的痛苦，我早晚会让阎家的每一个人都尝尝……而你，就是第一个。"

191 · 逼供

"呵呵。"刘琛干笑一声，"简长生，我虽然不知道你是怎么越狱的，但你要是不想再经历碎魂搜证的痛苦，最好现在就把我给放了……我失踪这么久，商会那边必然察觉到不对，大量的人手已经在赶来的路上了，等他们一到，你就算插翅也难飞。"简长生冷冷地看着刘琛，没想到对方竟然是个硬茬子，照这个架势，想从他嘴里套出有用的信息可没那么简单。与此同时，陈伶也微微睁开眼眸，他瞥了眼被简长生摁在树干上的刘琛，一条无形的"心蟒"从他眉心勾勒而出，迅速向那边靠近。"放心。"简长生掏出短剑，不紧不慢地开口，"他们抓不到我……我们有足够的时间。"话音落下，锋利的短剑直接插入刘琛的体内，在简长生的操控下用力搅动着。"啊啊啊啊啊！！"剧痛撕扯着刘琛的神经，他痛苦地哀号起来。与此同时，简长生恶魔般的低吼在他耳边响起："说！这次你们派出了多少人抓我？都埋伏在哪些地方？有没有动用那些异乡人？"简长生接连几个问题抛出，刘琛却没有回答的意思，他强忍着身上传来的剧痛，一副死磕到底的模样……陈伶知道这家伙是个难啃的硬骨头，要是用常规的手段，很难从他嘴里撬出什么有用的信息，所以随着他指尖一抬，那条缠绕在刘琛身上的"心蟒"，便迅速撕咬起来。突然间，刘琛只觉得心一下子平静了下来，原本因简长生的威逼与折磨而产生的恐惧，这一刻荡然无存，他能清晰地感受到身上的痛苦，但丝毫没有服软的意思，整个人莫名地镇定。

"说！！"简长生又吼了一声。

"想从我这儿套到情报……没门！"刘琛咬牙回答。简长生也被激怒了，接连几巴掌甩在对方的脸上，几乎把刘琛所有的牙都打碎，脸颊的肌肉肉眼可见地红肿起来，像是一只猪头。刘琛依然不惧，昂着头大喊："有本事，你就杀了我！！"

"你真以为我不敢杀你？！"简长生将短剑丢在一边，反手一拳打在刘琛身上，即便他已经收了大部分的力道，刘琛的肋骨依然断了大半，整个人宛若烂泥般从半空摔落在地。刘琛的哀号声响彻密林，简长生却丝毫没有放过他的意思，身形一晃直接骑在他的身上，一拳一拳好似雨滴般砸落在刘琛面门。

"说不说？"

"不说！"

"说不说？！"

"不说！！"

…………

简长生咬着牙，挥落的拳头一次比一次狠，心中暗道邪门，以前在阎家的时候，没感觉这个刘琛有这么硬气啊……十几拳挥落之后，刘琛已经浑身是血，简长生还欲继续逼问，一个声音突然从旁响起。"够了。"简长生的拳头停在半空。他回头望去，只见陈伶不紧不慢地站起身，拍了拍大衣上的灰尘，"再打下去，他就死了。"

"不打？不打怎么让他招？"简长生皱眉道。

"像你这么拙劣的逼供方法，倒是不多见。"

简长生的脸色有些难看，他看了眼身下奄奄一息的刘琛，冷哼一声站起身："那你来，我倒要看看，你有什么高级的法子。"

陈伶也不拒绝，直接走到浑身是血的刘琛面前，缓缓站定。此时的刘琛，已经被打得神志不清，通过那仅剩的一只可以睁开的眼睛，他看到是个陌生的年轻人来审问自己，声音沙哑而微弱地开口："有本事……你杀了我……"

"我跟那个蠢货不一样，我不杀你，也不会打你。"陈伶缓缓说道，"不过接下来，最好我问什么，你就答什么……否则，我也不敢保证会发生什么事情。"简长生见此，眉头越皱越紧……他不会真的打算靠这种可笑的威胁来审讯吧？他不清楚陈伶葫芦里卖的是什么药，只不过对方似乎真的没有动手的意思，就连双手都还插在兜里，仿佛现在不是在审讯犯人，而是在自家的花园里散步。"第一个问题。"陈伶平静开口，"指使你来处理尸体的，是谁？"

刘琛正欲硬着头皮冷笑，缠绕在他身上的"心蟒"大嘴一张，那些曾被偷走的"恐惧"一股脑地全部回到他的脑海，那是刚才简长生一拳拳打出的恐惧，此刻尽数汇聚在一起，彼此叠加，宛若奔涌的浪潮猛地灌入刘琛脑海！刘琛的瞳孔瞬间收缩！这一刻他眼中的陈伶，仿佛就是暴虐无情、令人战栗的恶魔，勾起他心中最原始、最极致的恐惧，让他整个人都在血泊中控制不住地发抖！刘琛不知是从哪里来的力气，整个人从血泊中挣扎着爬起来，然后"扑通"一声跪倒在陈伶面前，一边磕头一边回答："是……是大少爷！都是他让我干的！！"

简长生："？"

简长生傻眼了，从他的视角看起来，陈伶只是随口一问，刘琛就跟疯了一般拼命磕头，像是遇到了什么极为恐怖的事情。自己审问的时候，刘琛嘴硬得像块石头，一见陈伶怎么就反成这样？这家伙使了什么手段？！

"大少爷是谁？"陈伶再度问道。

"阎喜寿！"

"之前七大区的器官交易，也是你们在做吗？"

"这……也许是？我也不清楚。"刘琛有些犹豫。

陈伶见此，眼眸微微眯起，缓步走上前抓住刘琛的衣领，语气冰冷彻骨："你最好想清楚。"

"我……我真不知道！我只是奉命过来处理那具尸体！就是个跑腿擦屁股的！其他我真的不知道！"

"那最近这段时间，群星商会一共经手了多少颗心脏？"

"大概……四颗？"

"都被什么人买走了？"

"这些东西都是不卖的……大部分时候都是靠人情，还有一些其他的利益交换，这次好像就是银月商会的副会长因为自家有孩子得病了，求着大少爷要的……其他几颗去了哪里，我也不清楚。"

192·"惊喜"

陈伶眼眸微微眯起。在这种情况下，刘琛不太可能撒谎，这家伙应该就是阎喜寿手下的一个小喽啰，再问他更深入的东西，也很难有什么收获。他的供词虽然不多，但还是给陈伶指出了两个关键，一个就是群星商会的大少爷阎喜寿，另一个就是"人情与利益置换"……这么看来，这些器官的交易方式并非陈伶曾以为的"市场买卖"，而是成了一种在极光城高地位人士中流通的物品。随着"心蟒"的喷吐，刚才积攒的恐惧正在逐渐消退，刘琛颤抖的身体也慢慢恢复平静。他跪倒在地看着陈伶，眼眸中是深深的茫然……不知道自己刚才为什么对陈伶有如此强烈的恐惧，甚至对方什么都没做，自己就吓得下跪磕头，对他而言，刚才的一切仿佛梦境一般。陈伶知道，就算自己再问也问不出什么来，索性直接结束审问，双手插兜向身后走去。他的身后，简长生正以一种震惊而不解的眼神看着他。"你是怎么做到的？"简长生终于忍不住问道。

陈伶没有回答，只是路过他身边的时候，拍了拍他的肩膀："你要学的东西还多着呢，年轻人。"

简长生："……"

"等等。"简长生脑海中接连几个想法闪过，他叫住了陈伶，"你在追查器官交易的事情？你也跟群星商会有仇？"

"照目前的情况看，应该是了。"陈伶微微点头。无论带走自己心脏的人是谁，现在已经确认阎喜寿跟器官交易有关，搞不好自己的心脏也是经他之手流入市场的……如果是这样，那群星商会无论如何也脱不了干系。

"也许，我们可以联手。"简长生当即开口，"敌人的敌人就是朋友，我们今天也算是不打不相识，既然都要对付群星商会，我们也许可以互相配合。"

陈伶眉梢一挑："你有计划了？"

"……没有。"简长生顿了顿，再度说道，"但早晚会有机会的，不是吗？群星商会势力庞大，单枪匹马很难与他们为敌，多一个可以信任的队友，总没坏处。"

陈伶见此，缓缓转过身："在彼此信任之前，至少得知道对方的名字？"

简长生愣了一下，犹豫许久："我叫简无病。"

呵呵……陈伶面无表情地开口："我叫林宴。"

"好。"简长生点点头，"你住在哪儿？如果我有了计划，该去哪里找你？"

"我没地方住，还是你把地址告诉我，我去找你吧。"陈伶自然不可能告诉他自己住在哪儿，毕竟在他这里，简长生还是个危险人物，谈不上什么信任。

"我……我也没地方住。"

两人就这么看着彼此，空气突然陷入沉默。

"……这样。"简长生想到了一个方法，"你知道世纪塔楼吗？就是城里最高的那座建筑，如果我们谁要找对方，就去塔楼的楼顶放起一只红色的风筝，怎么样？"

"不错的提议。"陈伶看了眼天色，没时间跟简长生继续纠缠，摆了摆手之后，就往远处走去。"那就到时候再见。"

随着陈伶的身形逐渐消失在密林尽头，简长生的神情陷入凝重，他重新看向坐在血泊中的刘琛，缓步走上前。他双手插兜，学着刚才陈伶的模样，冷冷开口："接下来，最好我问什么，你就答什么……明白吗？"

刘琛虚弱地翻了个白眼："……滚！！"

陈伶最终还是没对简长生动手。这倒不是陈伶心软，而是对方的"滴血陀"技能太过变态，他算了算，就算自己出手，留下对方性命的可能性也不超过五成……更何况，简长生确实站在了群星商会的对立面，陈伶虽然不指望他能跟自己精诚合作，但至少能替自己分散一些群星商会的注意力。陈伶扛着那具裹着白被单的尸体，匆匆地走过昏暗的街道，地平线的尽头，一缕鱼肚白若隐若现。不知不觉间，竟然已经忙了一整晚吗……这一晚的收获不少，其中刘琛的证词只能是自己听听，没法作为有效证据，而能够称得上证据与线索的，就是自己手里的尸体……可这具尸体该怎么处理？虽然得到了尸体，但他又不是法医，具体怎么去调查他其实没有太多的头绪，交给执法者也不可能，这群人根本就是一伙的。唯一的办法，似乎只有……陈伶皱眉思索许久，眼前微微一亮，他突然改变行进方向，往极光城的另一个方向靠近。

第二天，陈伶揉着惺忪的睡眼，从房间中缓缓走出。

"你昨晚去哪儿了？"楚牧云依旧坐在院子里，见他终于出现，合上书本问道。

"去调查一些事情……算是有点收获。"陈伶给自己泡上一壶热茶，看了眼时间，"昨晚文仕林来过吗？"

"没有。"

"算算时间，应该也差不多了……"

"什么差不多了？"

楚牧云刚疑惑地问了一句，一阵急促的敲门声便从院门口响起。陈伶不紧不慢地放下茶壶，往大门口走去，刚打开门，便看到文仕林站在外面，脸色有些奇怪。"文先生，早啊。"陈伶打了个哈欠。

"早。"文仕林像是想起了什么，从怀里掏出一张记者证递给陈伶，"对了，你的证件我给你办好了，从今天开始，你就是《极光日报》的正式记者，拥有媒体自由权。"

陈伶接过记者证，上面确实是自己的照片和名字，看起来做得十分精致……这东西想弄到手可不容易，看得出来文仕林这两天没少费心思。"谢谢文先生。"陈伶由衷地开口。

"这事先不急着谢，我有件更紧急的事情！"

"怎么了？"

文仕林先是环顾四周，确认没人之后，才凑到陈伶耳边，压低了声音说道："今天凌晨的时候，我听到有人敲门……安全起见，我当时在屋里等了大概二十分钟，然后才去开门……你猜我在门口发现了什么？"

"发现了什么？"陈伶配合地问道。

"一具尸体。"文仕林两眼放光，眼眸中满是亢奋与好奇，"有人在我门口，留下了一具内脏被掏空的尸体！"

193·记者林宴

"哇。"陈伶配合地表示震惊，"是谁？谁会这么做？"

文仕林认真地思索片刻，回答道："大概率是受害者的家属？以前我也遇到过这种情况，家里孩子遇害后，家长由于惧怕施暴者的权威，只敢用这种方法向我求救，希望我能给他们一个公道……也有可能是有人发现了尸体，但是不想跟这件事扯上关系。"

"原来如此。"陈伶点点头。陈伶本来还想着要不要找点理由蒙混一下，让尸体跟自己撇清关系，现在看来是他多虑了。

"我粗略看了一下，那尸体的情况跟你之前描述的很像，很可能也与器官交易有关。"文仕林正色道。

陈伶的脸色顿时凝重起来："你是说，那群人在极光城里动手了？"

"大概率是的。"

"那具尸体上的疑点太多，需要先做个系统的检查……我去找个朋友，他是法医方面的专家。"文仕林看了眼时间，继续说道，"你先带着证件去趟报社，领一下你的东西，我这边结束就去找你。"

文仕林的神情十分焦急，跟陈伶说了没几句，便转身离开。陈伶看着文仕林离去的背影，心中暗道一句敬业，要是换成其他记者，大早上起来发现家门口多了一具被掏空的尸体，恐怕第一时间就得吓个半死，然后开始思考自己是不是得罪了什么人……反观文仕林，看到尸体后的反应竟然不是害怕，而像是嗅到猎物气息的猎手，立刻开始行动，效率高到令人发指。陈伶关上大门，回去简单收拾了一下东西，等时间差不多该到报社上班的时候，才不紧不慢地动身。这是他正式入职的第一天，虽然他只是想利用"记者"这个身份去搞事情，但面子工程还是要做一做的……他从楚牧云那儿挑了一身雅致沉稳的衬衫与马甲，扎好领带，外面套上一件棕色大衣，再配合上那副半框眼镜，远远看起来确实像是那么回事。同样准备去上班的楚牧云，穿着一件白大褂从屋里走出，看到院子里陈伶的装扮，眉梢微微上扬。

"不错的行头，林大记者。"楚牧云语气有些微妙，"希望这几天的《极光日报》上，少刊登一些跟你有关的'大新闻'。"

陈伶推了推鼻梁上的镜框，微笑道："放心，我一向很安分的。"说完，他便在楚牧云的白眼中，推门而出。陈伶走到路边，随手拦下一辆黄包车，便径直往报社的方向赶去。极光报社的位置离陈伶的住处并不远，但与其说是运气好，不如说是楚牧云的豪宅位置太好了，地处极光城最核心的繁华路段，到哪里都不算太远。但令陈伶意外的是，报社并没有他想象中的大，一栋坐落在街边的四层洋楼，就是报社的全部场地。深棕色的砖石表面满是风与雪的刻痕，狭窄的大门上方，磨损到暗淡的字体是"极光报社"四个大字，极具历史感。陈伶独自在门口站了一会儿，才推门走了进去。

"你是谁？"刚一进门，报社门口的保安大爷就警惕地打量着陈伶，默默攥住了背后的甩棍。

"我叫林宴，是新来的记者。"陈伶掏出自己的记者证，"今天是第一天上班。"

保安大爷狐疑地看了记者证许久，这才略微放松："你等等。"说完，他转身走到走廊的尽头，跟人说了几句话之后，一个身影便快步从里面走了出来。那是个穿着米白色职业套装、踩着高跟鞋的女人，留着一头精干的短发，看起来十分有气质。她仔细打量陈伶片刻："你就是林宴？"

"是。"

"抱歉，因为平日里经常有人来报社闹事，所以安保措施会严格一些。"

"我是冯漫，报社的总编。"她一边说着，一边向报社内部走去，"你的情况文仕林已经跟我说过了，跟我来吧，我带你熟悉一下这里。"

陈伶见此，当即紧跟在对方身后，同时目光好奇地打量四周。冯漫虽然踩着高跟鞋，走路的速度却一点不慢，她穿行在众多工位之间，缓缓开口："极光报社的历史，可以追溯到三百多年前极光城建立的时候，我们背负着监察与守卫真相的责任，历经数百年的风雪，一路走到今天……直到现在，我们还是极光城内最权威的媒体。"冯漫一开口，陈伶就有种在原世界听老板宣扬企业文化的熟悉感。陈伶听完这句话，觉得有些别扭，推了推眼镜状似无意间道："背负着监察与守卫真相的职责……那现在呢，我们是为什么而生？"

冯漫的脚步微微一顿。她深深地看了陈伶一眼，看不出在想什么，只是淡淡地回了一句："我知道你想说什么，既然文仕林宁可赌上自己的职业生涯也要推荐你，就说明你们两个一定有共通之处……我只能回答你，这么多年我们的职责从来没有变，变的是人。"这句话一出，陈伶心中有些诧异。一方面，是似乎报社内也不是所有人都被腐蚀了；另一方面，是文仕林为了让他当上记者，竟然赌上了自己的职业生涯……怪不得这些手续能快到这个地步。陈伶听出了冯漫的弦外之音，微微点头："我知道了。"

"一层是会客区，还有编辑部，这边是工作室的区域……"冯漫丝毫没有把刚才的插曲放在心上，继续向陈伶介绍报社的情况。报社内的其他人也注意到了这个新面孔，纷纷向他投来诧异的目光。

而在这忙碌的人群之间，陈伶随便一扫，竟然也看到一张熟悉的面孔，只见在不远处的办公桌后，嘴巴还敷着冰块的卓树清像是完成了工作，不紧不慢地放下笔，懒洋洋地打了个哈欠，露出嘴里为数不多的几颗断牙……可他刚打到一半，目光就看到迎面走来的陈伶。他张大的嘴巴瞬间定格，眼睛瞪大，一副活见鬼的表情！"你……你怎么在这儿？！"

194·小卓，问你件事

卓树清觉得自己可能是没睡醒。自从在外环被陈伶一拳打碎半边的牙齿，那张平静而淡然的面孔就成了他的梦魇，先不说牙疼得睡不着觉的问题，基本上只要入睡，他都会梦回被陈伶挥出"正义的铁拳"的那一天……在一次次的噩梦渲染下，陈伶的脸在他的潜意识中，恐惧的滤镜越来越重，现在已经几乎是"恶魔"的代名词。昨晚好不容易睡得稍微好了点，结果今天刚走进办公室坐下，就看到噩梦中的面孔突然尾随到了自己的工位前，其惊吓程度不亚于白天见鬼。

"你们认识？"冯漫诧异地看了眼陈伶。

"见过一面，不熟。"陈伶耸耸肩，"我的工位在哪里？"

"那个就是你的工位，平日不出外勤的时候，就在这里写写稿子。"说完，她顿了顿，又补充一句，"不过，你既然要跟着文仕林跑，估计是没什么时间安稳坐着的……到时候看情况吧。"冯漫手指的地方，正是卓树清隔壁的空桌。陈伶看了眼卓树清，嘴角勾起一抹玩味的微笑："好，我知道了。"

"你的东西我都给你留桌上了，相机在文仕林那里，到时候直接问他要，其他还有什么不懂的就问卓树清，反正你俩也认识。"冯漫低头看了眼时间，"我一会儿还有个会，先走了。"冯漫似乎是个标准的女强人，时刻都处在忙碌之中，这边刚带完陈伶，转头就投入其他工作，没有丝毫拖泥带水。

冯漫离开了，可卓树清依旧没有缓过劲来，他呆呆地看着走来的陈伶，仿佛做梦一般。陈伶不紧不慢地走到卓树清面前，露出一个人畜无害的微笑："以后请多关照……卓……什么来着？"

"这不可能……"卓树清整个人惊醒，难以置信地开口，"你当上记者了？"

"你觉得呢？"陈伶在他身旁的工位上坐下，开始翻查桌上的东西，主要就是一些有关的章程手册、笔记本、钢笔等。陈伶拿起钢笔，正欲甩一甩墨水，刚一挥手，一旁的卓树清便大惊失色，几乎是本能地捂住自己的脸。陈伶见此，不由得有些好笑："你怕什么，这里这么多人，我还能打你不成？"卓树清脸色顿时难看无比，心说你上次打我的时候，周围的人可比这还多……他也不敢跟陈伶瞪眼，只是冷哼一声，转过头去。

陈伶试了下钢笔的墨水，没问题，目光便开始环顾四周，十几张办公桌交错着摆放在这一层的办公区，其中有三分之二都是空的……在这一层工作的大部分都是记者，这个时间点，应该有不少人在跑外勤。"小卓，问你件事。"陈伶很自然地开口。卓树清不想理会陈伶，正欲起身去给自己倒杯水，一只强有力的手掌便按在他的肩膀上，宛若泰山般将他整个人压回座位。紧接着，那五指就好似铁钳般，死死地扼住他的骨头，一股痛感瞬间传递至卓树清脑海，与此同时，冰冷的声音在耳畔响起："我要问你件事……有时间吗？"

卓树清脸色煞白，立刻点头："有，有！"

"你知道阿诚吗？这里哪一个是他的工位？"

卓树清咽了口唾沫，哆哆嗦嗦地开口："阿诚……你坐的，就是他原来的位置。"

陈伶眼眸中闪过一抹诧异，手掌松开了卓树清的肩膀。虽然只持续了几秒钟，但卓树清此刻觉得自己的肩膀都快散架了，他猛地从座位上站起，戴好记者证，逃命般往外面走……他这个点还在报社里这么悠闲，就是因为他懒，再加上外面有人会给他钱，自然不愿意跑外勤吃苦……可现在旁边坐了陈伶这个家伙，卓树清宁可天天出去跑外勤累成狗，也不愿意在这儿偷懒了。陈伶也不拦他，而是等他离开之后，指尖开始在办公桌的抽屉间摸索起来。据阿诚所说，他已经把有关"救赎之手"的文章抄录，就藏在他的办公桌夹层里。陈伶本以为混入《极光日报》后还需要寻找一番，没想到得来全不费工夫。很快，他的指尖就触碰到一处微不可察的凸起。随着陈伶指尖微微用力，几张薄薄的纸页从抽屉内侧上方的木材缝隙中弹出，陈伶飞速地扫了一眼，能看到上面一闪而过的"救赎之手"的文字。周围人多眼杂，陈伶自然不能在这里将这些文件展开，而是屈指一弹，像是变戏法般将这些纸页收起，仿佛它们从未存在过一般。陈伶又在办公室坐了一会儿，过了十几分钟，文仕林便回到报社，走到陈伶的工位上。他看到隔壁桌的卓树清不在，似乎有些惊讶，但转头看到无聊到开始转笔的陈伶，似乎又明白了什么。"感觉怎么样？"

"还不错。"陈伶回答，"氛围没有我想象的那么糟糕，同事也出乎意料地有趣……"

"见过冯漫了吗？"

"见过了。"

"她是我的上司，人挺不错的……以后在报社里有什么麻烦，可以找她帮忙。"

陈伶微微点头："那具尸体怎么样了？"

文仕林的神情有些严肃，他四下环顾一圈，对陈伶说道："跟我来。"

陈伶跟着文仕林走出报社，沿着街道一路向前。随着周围行人逐渐变多，环境喧闹起来，文仕林才压低了声音说道："那具尸体，来自霜叶医院。"

陈伶愣了一下，疑惑地看着文仕林："你是怎么查出来的？"在他看来，文仕林无非只能查出那具尸体的年纪、死法，或者其他的一些生理层面的东西，毕竟那尸体上也只剩下这些线索了……他不明白，文仕林是怎么通过一具尸体，准确地定位到遇害医院的？

"尸体的情况，跟我想的差不多，是被人用专业的手段摘走了器官，而且我朋友在他体内查出了医用麻醉剂残留，这些没什么可说的……"文仕林停顿片刻，双眸微微眯起，"关键，在于那块裹在他身上的被单。"

195 · 异乡人

"被单？"陈伶昨晚也检查过被单，不过并没有什么发现，上面也没有留下哪个医院的名字，既然那些人敢用被单裹着尸体去焚化，上面应该不会有什么线索才对。

"极光城内一共有四家医院，其中有两家公立，两家私立。因为供货商不同，这些被单的针法上其实有细微的差别。"文仕林从怀中掏出四块布料碎片，蹲在地上依次摆开，"今天上午我把尸体送过去后，第一时间就去四家医院分别搜集了他们被单的碎片，左边这两块是公立医院的，右边这两块是私立医院的，你仔细看看。"文仕林给陈伶递去一块放大镜。陈伶接过放大镜，眯眼仔细观察起这些碎片，眸中闪过诧异。"果然……"

"私立医院背后的供应商，来自群星商会旗下的纺织工厂，其业务占据了极光城七成的市场，生产线庞大，技术也更成熟，而公立这边技术则稍微有些落后。当然，如果不仔细看，根本看不出来。"

"那你是怎么在两家私立医院中，锁定霜叶医院的？"

文仕林没有说话，只是默默地将最后一块布料翻转，在这块布料的角落，印着那家医院的名字……"因为另一家医院的所有被单上，都印了医院的名字，但尸体上的那块没有。"

陈伶看向文仕林的目光有些微妙。他算是知道，为什么文仕林能在几年间挖出那么多黑料，甚至发现执法者绝密的"救赎之手"计划了……这恐怖的行动力与观察力，可不是谁都有的，即便陈伶自己拥有"秘瞳"，也没想过要去找其他医院的布料来对比一下。

"那接下来怎么做？"陈伶问。

"知道问题出在哪家医院，事情就好办了。"文仕林平静地回答，"从尸体的死亡时间来看，应该就是在昨天下午进行的手术，只要筛查一遍霜叶医院昨天下午手术室的使用情况，基本就能锁定目标。"

"如果那家医院真有问题，他们能允许我们去调查手术室吗？"

文仕林转头看向陈伶，微微一笑："允许？不，我们做事不需要任何的允许，别忘了……我们是有媒体自由权的。"

群星商会——

"怎么样？找到刘琛了吗？"阎喜寿见有人匆忙地从外面跑回来，当即放下茶杯，皱眉问道。那人支支吾吾半天，欲言又止。"说！"阎喜寿的声音带着些愤怒。

"我……我们去找了火葬场，发现了刘琛他们的车子，还有一具被踢死的尸体，好像是昨晚刘琛带出去的手下，不过刘琛本人和另外两个手下都没找到。"那人停顿片刻，又补充了一句，"除此之外，我们还在火葬场的门口发现了战斗的痕迹……不出意外的话，他们应该是被人掳走了。"

"什么？！"阎喜寿猛地从座位上坐起，"那尸体呢？烧完了吗？"

"不知道……现场也没有发现。"

阎喜寿勃然大怒："连具尸体都处理不好，还让人掳走了？！查清楚动手的是什么人了吗？"那人紧张地低着头，一言不发。"一群废物！！"阎喜寿明显急了，他在屋里疯狂徘徊，额头都开始渗出汗水。"妈的……早知道就不该答应银月商会的那个老东西，父亲走之前就说了，七大区的路子断了就先停摆一下，别进新的货……要不是那老东西跪下来求我，我哪能去冒这个险！现在好了，尸体和人都被带走，连是谁干的都查不出来！这些东西要是暴露出去，等父亲回来，我们都得玩儿完！"

"大、大少爷……还有一件事。"

"还有？！说！！"

"就在刚才，霜叶医院那边来电话了，说是有两个记者突然冲上门，开始调查昨天用过的所有手术室……可能是冲着这个来的。"

"什么？！"阎喜寿心中"咯噔"一下。"是哪两个记者？"

"就是那个文仕林，还有一个好像是他新招的助手，叫林宴。"

"又是他……"昨晚刚丢的人和尸体，今天就有人查上医院，要说这两者之间没有联系，他打死都不信。"这个文仕林，之前就跟我们作对，现在还敢来查这件事……真是找死！"阎喜寿恨得牙都痒了，一抹杀意在眼眸中疯狂蔓延。

与此同时，前来报信的手下也叹口气："这几年我们也不是没派过人去解决他，可他的反侦查意识实在太强了，像鱼一样难以抓住……"

"你们？你们还能干点什么？简长生又抓不住，文仕林也杀不死！我们阎家怎么养了你们这群废物！"

阎喜寿看着眼前这烂摊子，心中烦躁无比。父亲阎晌出这趟远门，将整个商会交给他打理，本来也是想试试他的能力。可如今简长生越狱，出动这么多人至今毫无收获；冒险去给银月商会弄颗心脏，又接近曝光……群星商会过往几年遇上的麻烦，都没这几天的多。阎喜寿在屋里徘徊许久，眼眸中闪过一抹狠色，他抬头看向一旁沉默不语的管家。"龙叔，父亲从其他界域聘请的那几位异乡人……还有几个在商会里？"

管家双眸微眯："怎么？你要动用他们了？"

"现在情况一团糟，这群普通人是指望不上了，执法官那边又不可能替我们去杀人……咱们商会能暗中动用的神道拥有者，也只有他们了。"管家陷入沉默。刚才的一切他也听到了，说实话，这个局势确实很棘手，尤其是记者那边，要是不快点采取行动，让器官交易的事暴露出去就麻烦了……"会长出门的时候，带了两位离开，现在在商会里的只有三位，不过对付文仕林一个普通人，还有简长生一个一阶的'修罗'，动用一位就够了。"管家用手指蘸上茶水，在桌面上轻轻写下三个字——"力、偶、书"。"这三人，你要动用哪一位？"

阎喜寿双眸微眯，犹豫片刻后，用指尖点了点其中的"偶"字。"就他了。"

196·搜证

霜叶医院——

"不好意思，我们现在要工作，请你们立刻从这里离开，而且我们的人员名单与手术安排属于机密，你们不能……欸！那里不能去！保安！！保安呢？！"在一众医生的阻拦下，文仕林直接一个弯腰，从人群中穿过，就像是浑然听不到他们的话语般，径直向远处的几个房间走去。周围的医生与护士顿时傻眼了，工作这么久，他们从未见过有人强闯手术室的，有几人当场脸色一变，正欲上前阻拦，保安便匆匆从远处赶来。

"快！拦住他们！"一位医生指着文仕林大喊。保安们见此，正欲动身，一个穿着棕色大衣的身影，便伸手阻拦在他们身前。"不好意思各位。"陈伶掏出记者证，微笑着开口，"我们只是来调查一些事情，查到了结果，自然就会离开，还请各位配合。"

看到陈伶的证件，几位保安脸色有些难看，他们当然知道这东西代表着什么样的权力，一时之间也不敢上前阻拦。"医院里，有什么好调查的？！"

"那就要问各位了。"陈伶的眼眸深处，闪过一抹淡淡的微光，目光不紧不慢地扫过众人，"你们中，应该有人知道我们是来查什么的……不是吗？"

这一句话一出，人群中有几张面孔上闪过惶恐，被陈伶的"秘瞳"尽数捕捉，其他人则是一脸蒙，似乎根本听不懂陈伶在说什么。陈伶逐个记下那些面孔，以及他们胸口的名牌。就在这时，一行小字在对面的瓷砖上飘起。

　　　　观众期待值 +7%
　　　　当前期待值：39%

陈伶的眼眸瞬间收缩。自从进入极光城，已经过了几天的时间，这段时间几乎没有大幅的期待值增长，就算偶尔有小幅增长，也只能勉强与期待值的自然下滑抵消，让他不至于被"观众"夺取身体。而最大幅度的期待值增长也就是昨晚跟简长生交手的时候，不过依然没有超过5%，现在突然凭空增加7%观众期待值，让陈伶的心瞬间绷紧！期待值莫名其妙上涨，准没好事，这是陈伶得到的血淋淋的教训。陈伶眉头顿时紧锁，他目光一点点扫过四周，并没有发现危机的来源，索性直接转身，向在屋里搜寻名单的文仕林走去。"怎么样了？"陈伶压低声音问道。

"找到了几份名单，不过昨天下午进行的手术不少，需要进一步缩小范围。"文仕林拿着几份名单，似乎正在认真思索着，"你那里呢？"

"刚才试探了一下他们，有几个人的反应有点奇怪。"

"谁？"

陈伶将刚才记下的名字说了一遍，文仕林的目光扫过名单，眼眸微微眯起，像是在思考着什么。半晌之后，他轻笑一声："我说怎么感觉少了点什么……原来如此。"文仕林将这份名单收起，看了眼匆忙赶来的众人。那些保安由于忌惮记者证，不敢对他们直接用强，只能无奈地站在外面。至于那几个被陈伶点到名字的医生，看到文仕林除拿到张名单之外一无所获后，神情明显放松不少。"二位，你们在这里会影响我们救治病人，为了医院的秩序和对生命的尊重，你们还是离开吧。"为首的医生见常规方法没法赶走这两人，只能搬出大道理，试图压走他们。

"是啊，再这样下去，病人该上来闹了……"

"还有好几台手术的病人在等着呢。"

"人命关天啊！"

…………

众人你一言我一语，很快便乱成一团，文仕林见此，长叹一口气……"林宴，我们走吧。"

"这就走了？"

"已经差不多了，走吧。"文仕林给了陈伶一个眼神。

陈伶顿时会意，点点头："好。"

两人就这么在众人的注视下，径直走出医院，身形消失在街道的尽头。

众人见送走了这两个麻烦的家伙，嘀咕了几句，转身就回到自己的岗位上，其中几位医生更是暗中对视一眼，微微松了口气。

与此同时，医院外——

陈伶看了眼那逐渐远去的医院大门，表情有些微妙。他算是知道，为什么文仕林能得罪这么多人，且走到哪儿都不受人待见了……照这个"搜查"方法，人家不记恨他才怪，陈伶现在甚至怕下次文仕林挨打去医院后，这群医生都拒绝给他治疗……不过仔细想想，文仕林应该也去不起这么昂贵的私立医院，问题不大。

"你已经知道是谁了？"陈伶问道。

"辛有全，邱东，汪玉宁。"

"果然。"陈伶点点头，对这个结果并不意外，这三个人中有两个人都是刚才神情有异样的医生，不过最后一个人，陈伶不知道文仕林是怎么推断出来的。

"其实我们一开始都陷入了误区，认为只要找到昨天下午的手术记录，就能锁定人选……但仔细想想，这种机密的手术，是不可能留下任何纸质记录的，甚至手术台上的大概率都不是真正有病例的'患者'。"文仕林缓缓开口，"既然如此，我们就抛去一切无效的干扰信息，换一个角度思考问题……就算他们顺利完成了手术，器官可以通过装在器皿里让人悄然带出，但手术台上的尸体呢？正常的手术即便是失败，也不会随意将手术台上的尸体丢掉，他们想第一时间将尸体运走，在众目睽睽之下从一楼送走是不可能的，按照流程，那具尸体必然会被送到一个统一的地方，等待家属认领……"

"你是说，停尸间？"陈伶若有所思，"不过一具被掏空内脏，且没有被登记过的尸体，是没法合理合规地送入停尸间的，所以昨天负责管理停尸间的，一定是他们的人？"

文仕林赞许地看了陈伶一眼："没错，而那个人，就是汪玉宁。"

197·噩梦来袭

"怪不得……"陈伶记得昨晚地痞发现他们转移尸体的时间，就是晚上，应该就是等医院后门人少之后，从停尸间走家属认领的程序，直接运出来的。

"至于另外两个人，都是他们医院顶级的手术医师，我翻了过去一周的手术记录，他们每天都有好几台手术要做，但偏偏昨天下午，两个人都没有进行任何一台手术，甚至原定的手术都被取消了……再结合你说的反应，我有九成的把握。"

陈伶点点头："既然如此，我们是不是该找机会单独审问他们？"

说到这儿，文仕林表情有些奇怪，他看着陈伶，眼神躲闪，似乎想说些什么又不好意思开口……

"……怎么了？"

"林宴，我记得你身手不错？"

"还行吧。"

"那你能把他们三个绑了吗？"

陈伶错愕地看着文仕林，似乎很难相信这种土匪般的话语是从对方嘴里说出来的。"是这样，你听我解释。"文仕林正色开口，"目前已经可以确定霜叶医院跟器官交易有关系，对吧？我们刚才那么光明正大地冲进医院找线索，医院背后的势力肯定得到了消息……我倒是不怕他们对我下手，我是怕他们情急之下，把那几个医生给……"

"你是怕他们知道事情败露，先杀人灭口？"陈伶明白了文仕林的意思，而且看群星商会的风格，确实像是做得出这种事。

"对，之前我好几次都碰到这种情况，我刚找到证人，还没等正式采访，他们就被杀了……导致线索断了，无法再推进下去。"文仕林长叹一口气，"之前我也想过把他们都绑了，但……我好像打不晕他们。"

陈伶："……"

"行。"陈伶没怎么犹豫，就应了下来。就算文仕林不开口，陈伶也打算去审问……不，"采访"一下这几位医生，不过既然文仕林的想法跟自己差不多，就没必要暗中进行了。见陈伶答应，文仕林当即大喜："那我在哪里等你？我家吗？"

陈伶正欲说些什么，突然想起刚才闪过的观众期待值，以及文仕林提到的医院的幕后主使可能灭口，双眸微微眯起……莫非，期待值的警示，就是源于医院的幕后主使？否则为什么偏偏在他们进入医院后再出现期待值的增长？"不……我来挑地方，你今晚也别回去了。"陈伶说道。

文仕林自然没有异议，对他而言住在哪儿都一样："没问题。"

一滴鲜血划过长空，迅速在无人的屋顶幻化成人形。简长生揉着疲惫的眼角，两个硕大的黑眼圈清晰可见……为了从刘琛嘴里套出点东西，他昨晚可是彻夜未眠。既然陈伶可以那么轻松地得到想要的信息，他凭什么不行？于是简长生在陈伶离开后，又咬牙继续对刘琛用刑，除了单方面的暴打之外，刀子、鞭子什么都用上了，一直忙活到天亮。说来也奇怪，陈伶离开后，刘琛似乎也没那么嘴硬了，一番折磨后还是给出了知道的信息。跟简长生猜测的差不多：坏消息是，这次为了抓他，阎家算是把大半的人手都派出来了；好消息是，那几个异乡人似乎并没有动静……普通人的追踪，如今拥有"滴血陀"的简长生根本不怕，但那几个异乡人作为群星商会明面上能够动用的顶级战斗力，可不是随随便便就能对付的。

简长生一边想着，一边继续用"滴血陀"赶路，身形迅速在极光城的屋顶间穿梭。与此同时，一道细微的黑影闪过天空。简长生感觉到有什么东西一晃而过，疑惑地抬头望向天空，眼眸微微眯起……"那是……老鹰？"远处的天空之上，一个黑色影子振动双翅，正以惊人的速度掠过天际，在太阳的强光下，只能看到一个神似老鹰的剪影。简长生没有在意，继续向着不远处的山丘靠近，他在山丘下找到了自己之前栖身的树林，以及那个孤零零的狗窝。简长生钻进狗窝，用手在角落摸索片刻，掏出了一块还没拆封的面包。上次舅舅装在垃圾袋里给他的食物，已经吃得差不多了，但简长生也并不在乎，对现在的他而言，摸进哪家杂货店里顺点吃的也不是什么难事……如果可以的话，他专挑群星商会旗下的杂货店去。简长生整个人躺在地上，一边啃着面包，一边看着狗窝外摇曳的树林，心情还算不错。这个狗窝虽然住着憋屈，但在这个节骨眼上，确实给了他很大的安全感。

简长生吃完饭，便缓缓闭起眼睛，准备休息一会儿。随着意识沉入睡梦，周围的一切似乎都模糊起来。他做了一个梦。他梦到自己住进了一间用纸扎的房子，就像在殡葬店看到的烧给死人的纸房子一样，逼仄而狭小，甚至比狗窝还要难受。他躺在坚硬的床上，抬头往窗外看去，外面白蒙蒙的，像是有人在窗户外贴了一层白布。布的后面有模糊的影子在摇晃，仿佛有人在房子外徘徊，寻找着什么……简长生屏住呼吸，死死地盯着那扇白窗。不知从何时起，那些徘徊的影子消失了，短暂的死一般的沉寂后，一张轻薄的面孔缓缓浮现在白窗表面，像是有一张没有厚度的脸，服服帖帖地贴在窗上。那是张鲜艳的脸，黑紫色的眼影占据了三分之一的面孔，两团腮红像是年画上娃娃的大红脸颊，一张杏色的小嘴娇艳微抿，甚至还没有简长生的大拇指大……这张脸就这么安静地贴在白窗上，没有聚焦的眼瞳猛地转动，落在眼眶的底端，俯瞰着躺在床上的简长生。这一幕宛若惊雷，在简长生的脑海中炸响！他惊呼一声，猛地从睡梦中坐起，差点一头撞在狗窝的顶部，后背都已经被汗水浸湿！

似血的残阳从山丘的另一端下落，将天地都晕染成诡异的红色，昏暗密林之间，一个没有厚度的妖艳纸人，正站在树下，那双没有聚焦的瞳孔正直勾勾地注视着狗窝的方向……突然间，那杏色小嘴逐渐裂开，几乎将整张面孔分割成两半！一个宛若金属摩擦的诡异声音，缓缓响起："……找到一个。"

198 · 折纸人

听到这声音的瞬间，简长生只觉得头皮发麻。入夜之际，一个纸人突然出现在无人的树林中，而且还能说话……若非简长生也算经历了不少事情，意志坚定，此刻恐怕直接就要被吓破胆了。他毫不犹豫地冲出狗窝，掉头就往远离纸人的方向狂奔，同时短剑落在掌间用力一划，猩红血迹当场浮现。他沾满血迹的手掌用力一挥，几滴血珠极速射出，下一刻他的身形便消失在原地。简长生不傻，那纸人不可能是自然产物，必然有人在操控……而能做到这一点的，毫无疑问是神道的拥有者，并且绝不是"兵神道"。在这极光城，突然出现其他神道的拥有者，而且似乎还是冲自己来的，那对方的身份就呼之欲出了……群星商会聘请的那群异乡人？可刘琛不是说没出动他们吗？！简长生在心中将刘琛骂得狗血喷头，只恨刚才自己杀他的时候下手太利落了。现在想来，估计是刚才自己返程的时候遇到的那只奇怪飞鸟有问题……否则，他一路上根本没有遇到任何人，对方是怎么一路追踪到这里来的？

简长生接连动用两次"滴血陀"，短短数秒就已经逃遁出数百米，原本的那个纸人已经看不见了，但他依然没有停下动作。简长生很清楚那群群星商会聘请的异乡人有多可怕，想靠这种程度就甩掉对方，无异于痴心妄想。似乎是为了印证简长生的想法，下一刻，他就觉得自己肩膀一沉，仿佛是有什么东西挂在了背上。简长生瞳孔微微收缩，他下意识地转头望去，不知何时那张妖艳的纸人面孔，正匍匐在他的背上，空洞而诡异地凝视着他。两"人"对视的瞬间，简长生心脏似乎都漏跳了一拍，他不知道这个纸人是怎么瞬间追上逃出如此远距离的自己的……而他也没时间去想了。

那纸人轻轻抬手，在他肩膀上一拍，一道宛若低沉雷鸣的闷响便从简长生体内传出，他半边的身体瞬间失去知觉！简长生甚至都没感觉到疼痛，身体就因为失去平衡，重重地一头栽倒在地！那匍匐在他背上的纸人也在他摔倒的瞬间，像是风筝般轻飘飘地荡起，倒挂在不远处的树梢上，轻微的重量只是将树梢压弯些许。"你是谁？！"简长生挣扎着从地上爬起，一双眼眸通红似血。感受到简长生的重伤状态，"血衣"开始疯狂运转，源源不断的力量流淌在他的身体里，杀气在无人的林间疯狂蔓延。

纸人并没有开口的意思，只是这么沉默地倒挂在树梢上，随着寒风微微摇曳，像是一张被人遗落的年画。简长生一咬牙，双脚猛踏地面，身体炮弹般向那纸人激射而出！既然动用"滴血陀"都逃不掉，那他除了正面一战已经毫无办法。简长生手握短剑，一道寒芒以惊人的速度掠至纸人眼前！就在剑锋即将触碰到对方的瞬间，那纸人微微一颤，当场消失在简长生的面前……不，那根本不能算是消失，简长生亲眼看到对方被"拆开"，像是被人凭空拆解成几张满是折痕的纸页，然后变成一条条长长的"蛇"，沿着他挥舞着短剑的手，瞬息缠绕在他身上！简长生愣住了，他从未预想过这种可能，眼前的一幕完全超出了他对"战斗"的认知……向来直来直往厮杀的"兵神道"，什么时候打过如此诡异的仗？嗯……除了在面对陈伶的时候。

简长生下意识地就想挥剑斩开缠在自己身上的纸条，但其中几根瞬间纠缠成锁链般的东西，将其手脚完全束缚，另一根纸条直接缠绕上他的脖颈，将其整个人吊上树枝。简长生剧烈挣扎着，足以撕开钢条的力量此刻竟然无法挣脱这几根纸条，他的脖颈被勒出深深的痕迹，强烈的窒息感涌了上来！直到这时，他才看到昏暗的密林中，一个弓着背的身影，缓缓向他走来。那是个瘦削苍白的男人，背驼得像是山峰，走路也一瘸一拐，看起来像是先天营养不良的难民。而此刻他的手中正把玩着一张便笺，他熟练地将其折叠翻转，一会儿变成人形，一会儿折成纸鹤，一会儿又叠成花朵……他低垂的眼眸微微抬起，看了眼被吊在树上的简长生，眼中没有丝毫的情绪波动。"这个，要活捉……"他话音落下，缠绕在简长生脖颈上的纸条自然松开，他整个人从半空中坠落，重重地砸在地面。

简长生面孔发紫，剧烈喘息，死死地盯着一旁的苍白男人，想起身继续与对方战斗，却怎么也挣脱不了束缚手脚的纸蛇。苍白男人并没有理会他的意思，随着指尖把玩的便笺被摊开，一张张纸页从脚下的土壤中破土而出，像是活过来一般盘踞在简长生的身上，仿佛一口白色的棺材，逐渐将他封入其中。看到这一幕，简长生像是想到了什么，眼眸中闪过惊惧！"领域……你是四阶？！"随着苍白男人将指尖的便笺折成小小的长方体，简长生的身体彻底消失，最终只有一个白色的纸人孤零零地躺在地上，不断震颤。苍白男人缓慢蹲下身，掏出怀中的红笔，给这个纸人点上一双红色的眼睛，纸人顿时一动不动，再无动静。

林中陷入一片死寂。苍白男人伸出手，将那轻飘飘的纸人背在凸起的背上，死寂而黑暗的密林中，他无声地向着另一个方向走去，像是一个即将去参加葬礼的殡葬师傅。"还剩两人……这一次，不用活口。"他喃喃自语。

199 · 制裁

月黑风高，文仕林在一间偏僻的厂房内焦急地徘徊着。空荡的厂房内只有他一人，周围没什么住户，远处也只有零星几盏灯火明亮，一切都静悄悄的……唯独文仕林的内心，却怎么也静不下来。林宴怎么还没回来……不会是绑人的时候出问题了吧？是下手的时候力道太轻，被发现了？还是拖着三个人回来的路上被人看到，举报给执法者了？林宴应该也是第一次干这种事，没什么经验，出问题的可能性很大啊……唉，怪我非要让他去绑人，这不是让他犯法吗？！不行，这事出在我身上，我得去把他捞出来。文仕林纠结许久，眼眸中闪过一抹决然，当即快步走向厂房门口。就在这时，一个身影拖着三个麻袋，正不紧不慢地从远处走来。

"文先生，你这是要去哪儿？"陈伶见文仕林急忙走出来，诧异地挑眉。文仕林看到他安然无恙回来，愣了一下："我是担心你在绑人的过程中出意外，所以想去看看……"文仕林的目光落在那三个麻袋上，"你这是成功了？！"

"绑个人，能有什么意外？"陈伶随意地摆摆手，将麻袋全部打开，只见三个嘴里塞着布条、手脚都被死死捆住的身影正躺在其中，昏迷不醒，正是辛有全、邱东、汪玉宁三人。文仕林眼前一亮，他没想到陈伶竟然真的成功俘获三人，而且避开了其他人的视线，成功运送到这里……"你是怎么做到的？"文仕林忍不住问道。

陈伶随意地开口："我就正常躲在他们下班的路上，趁周围没人一个个打晕，然后借了辆拉货的车就过来了……放心吧，中途没人发现。"对陈伶而言，绑走三个普通人自然不会有什么难度，他甚至可以做得更简单直接一些，不过考虑到不能让文仕林起疑，还是尽量收敛了一下。

文仕林点点头："辛苦你了。"

两人一边说着，一边将麻袋里的几人都扛进厂房中，文仕林看着地上一字排开的三人，即便是被这么折腾都丝毫没有醒来的迹象，转头问陈伶："你下手的时候打得很重吗？他们怎么还不醒？"

"……这我不知道，我也是第一次打人，下手也拿捏不准力道。"陈伶茫然地摇头。

"唉……好吧。"

"要不，拿盆水把他们全浇醒？"

"还是算了，我们又不是劫匪，我们绑他们，只是为了保证他们的生命安全。"文仕林扫了眼昏睡的几人，"反正我们有时间，等他们慢慢醒就是。"

陈伶双眸微眯，倒也没有多话。就在这时，文仕林像是想起了什么，快步向厂房外走去。

"怎么了？"

"我得回去一趟，相机还在家里……没有相机，就没法拍下他们三个的照片，缺少采访时的证据。"

陈伶看了眼外面的天色，眉头微微皱起，犹豫片刻后开口："你把钥匙给我吧，我去拿。"

文仕林还欲说些什么，陈伶便抢先一步说道："他们应该快醒了，要是我留在这儿，我怕会忍不住揍他们。"

"为什么？"

"他们昨晚亲手掏空了一个孩子……就像当时掏空我弟弟一样。"

文仕林愣住了，厂房内突然陷入沉默。陈伶从他手里拿走钥匙，独自走向厂房外，身影逐渐消失在黑夜中。看着陈伶离去的背影，文仕林的神情顿时复杂起来，他回头看向厂房地上三个昏迷的身影，不知在想些什么。

几分钟后，"哗——"一盆冷水浇到三人的身上，在这寒夜里，几乎将他们三人冻成冰棍。他们猛地从昏迷中惊醒，看到周围的厂房，与提着空桶沉默站在他们身前的文仕林，眼眸中满是错愕与震惊。

"是你？！"

"你把我们绑架了？！你想做什么？"

"该死！你这是犯法的！！"

在三人惶恐的叫骂声中，文仕林随手将空桶丢到一旁，发出沉闷的"咚咚"声响。他抬手将衬衫领口的领带用力扯开些许……目光冰冷漠然俯视着三人。"接下来，我会对各位进行一段深度采访……这段采访的内容，将会决定你们的命运。如果你们配合，制裁你们的将是公众与法律；如果你们不配合，我将替那个孩子制裁你们，明白吗？"

月色下，陈伶穿着棕色大衣，走入一栋低矮的居民楼中。文仕林的家，陈伶并不陌生，就在今早他还来送过一次尸体……这地方跟三区的住宅比，无疑好了太多，但跟极光城其他地方比，又像是贫民窟一样狭窄拥挤。而陈伶之所以不愿意让文仕林单独回来，就是担心医院的幕后之人得知他们在查不该查的东西，又会派人来堵他们……陈伶自己倒是不怕，这些人来一个就是送一个，但文仕林要是负伤了，调查进度都得慢下来。好在看这居民楼附近的情况，暂时没有什么异样。此刻这里的居民应该已经熟睡，整个楼道安静无比。陈伶走上四楼，发现这一层的住户并不多，大部分房间还是毛坯房的状态，或者很久没有人居住了。陈伶径直来到最里面的房门口，悄无声息地开门走入其中。"比想象中的乱……"

陈伶目光扫过眼前略显凌乱的屋子，墙上到处都是裁剪过的新闻条目，或者尚未发布的文章段落，以及不知从何处偷拍到的照片，乍一看像极了陈伶前世在电影里看到的特工房间。不过，这倒是符合文仕林这个大龄单身男青年的形象，除了新闻，他生活中似乎也没有别的趣味。陈伶很快便在屋内找到相机，关门离开。就在他走到楼道拐角的时候，轻微的脚步声从下一层的楼梯传来。"嗒——嗒——嗒——"

观众期待值 +5%

那脚步声平稳而轻盈，正在从三楼缓步走向四楼。听到这声音，陈伶微微一愣，随后几个念头如电般闪过他的脑海！他迅速抬手伸向自己的下巴……等到走过拐角，来到楼道之时，已经变成了一个三十岁左右的中年男人，一只手提着公文包，正从四楼迈步走下楼梯。借着楼道的月光，陈伶终于看清了那上楼的身影，那是个驼背的苍白男人，走路低垂着头，似乎无精打采的。而在他的背上，一个点着红色双目的诡异纸人，安安静静地趴在那儿，一动不动。

200·擦肩而过？

看到这一幕，陈伶心神微微一颤！听到脚步声的时候，他就觉得有些不对，这栋居民楼一共只有四层，而四层大部分屋子都没有住人，这个点了，还能有人往四层去？再加上今天情况特殊，陈伶的警惕性本就极高，因此几乎没有任何犹豫，就在拐角处变脸以防万一，没想到，还真让他撞上了邪乎的东西。这大半夜的，谁会背着一个这么大的纸人乱走？要说带纸人回家，那就更诡异了……而且不知为何，陈伶的目光接触到纸人那双红色眼瞳的瞬间，就有种汗毛倒立的感觉，直觉告诉他，眼前这人绝对不简单！

察觉到有人下楼，那驼背的身影也缓缓抬起头，那双低垂的眼睛扫了眼陈伶，发现是个陌生的中年男人，便无精打采地又低下头去，自顾自地爬着楼梯。死寂而狭窄的楼道中，两个身影擦肩而过。在经过纸人身边的时候，陈伶甚至感觉到了一股淡淡的寒意袭来，刺得人骨头生疼。好在那背着纸人的身影，似乎对他并不感兴趣，径直走到四楼后一拐弯，便朝着楼道的尽头走去……陈伶见此，心知事情不对，走到一楼之后毫不犹豫地选择离开，一刻都不愿多留。等到走得稍微远些之后，才微微侧头看向身后。不远处的居民楼上，一个身影从四楼尽头的那间房屋走出，由于距离太远，陈伶看不清他的表情。但他从中走出来的，正是刚才被陈伶反锁的文仕林的房间！糟了……陈伶的心顿时沉了下去，那个背着纸人的绝对不是一般人，大概率是某条神道的拥有者，而看对方的行动轨迹，明显是冲着文仕林去的……要是今天文仕林回家休息，估计此刻已经是一具尸体。陈伶尽量让自己的步伐看起来不徐不疾，没有异样。

就在这时，一个念头突然闪过陈伶的脑海……等等！那个人身上背的纸人呢？陈伶清楚地记得，刚才那人上楼梯的时候还是背着纸人的，但刚才从房里推门而出的时候，纸人似乎不见了？就在这个想法升起的瞬间，陈伶只觉得肩头略微一沉，仿佛有什么东西挂在了他的背上……一股寒意从脚底直冲陈伶大脑，他毫不犹豫地掏出短刀，反手向自己的身后刺去！"铛——"短刀的刀身死死地抵住即将咬下来的纸人尖牙，发出金铁交鸣的声响。与此同时，一双空洞的红色眼瞳注视着陈伶，两团鲜艳的腮红好似苹果，几乎贴到陈伶的后脑勺。这一幕让陈伶瞳孔骤缩，他不知道这纸人是什么时候跟在自己身后的，也不知道纸人怎么会突然活过来，但毫无疑问的是，他最终还是被盯上了。那看似毫无厚度的纸人尖牙逐渐用力，金属刀身竟然开始肉眼可见地弯曲变形，随着一股无法抵抗的巨力从手中传来，陈伶下意识地松开刀柄！下一刻，短刀在纸人的嘴中爆碎，锋利的残片像是糖豆般被用力咀嚼，几秒后就彻底沦为废铁。

观众期待值 +3%

这是什么鬼东西？！陈伶从未见过如此诡异的画面，他急速退后要与纸人拉开距离，对方却仿佛没有重量般轻飘飘地跟上。

"差点就让你混过去了……"纸人的嘴角裂开，诡异尖锐的声音从中传出。纸人抬起轻薄的拳头，无力地挥向陈伶，后者见避无可避，便用脚用力蹬住地面，浑身的力量瞬间注入右手，同样一拳迎了过去！"砰——"纸拳与肉拳轰然碰撞，陈伶只觉得拳锋毫无阻碍地将纸拳碾轧，就像是没有丝毫阻力，还未等他回过神来，自己刚挥出去的右拳便突然失控，掉转方向重重地砸在自己胸膛！陈伶猛地喷出一口鲜血，几根肋骨当场断裂。刚才那一瞬间，仿佛他的拳头已经不是他自己的一样。陈伶勉强稳住身形，没有再贸然出手，而是皱眉看着眼前这诡异的纸人，大脑飞速运转！

"那一拳的力量，不像是普通人。"纸人空洞地注视着陈伶，缓缓开口，"但根据情报，文仕林和林宴都是普通人……那你是谁？"

听到这儿，陈伶心中的判断已经被坐实，眼前这个人就是冲着他与文仕林来的。"这话应该我来问你。"陈伶冷冷开口。

纸人似乎已经放弃了询问，再度向陈伶飘来……刚才上楼的时候没注意，等驼背男子到了四楼发现这一层也就那么一两户人家，立刻就意识到在这个点下楼的陈伶不对劲，偏偏文仕林的家里又是空的，这么一来，他自然会联想到陈伶有问题。不过无论陈伶是谁，对文仕林做了什么，只要抓住后带回去碎魂搜证，一切就清楚了。陈伶见识过这纸人身上的诡异，自然不会再与它正面交手，身形迅速向远处掠去，在受伤的状态下速度提升到极致……但即便如此，他还是跑不过连"滴血陀"都能追上的纸人。陈伶见此，大脑飞速运转，他放弃了向空旷地方逃跑的想法，转而一头冲进了隔壁的居民楼中！这栋居民楼与隔壁文仕林居住的相比，住户更是少得可怜，大部分房屋都是被遗弃的空房。陈伶从二楼一扇破烂的窗户轻盈翻入，指尖再度在下巴上一撕，身形瞬间消失在原地。半秒之后，纸人轻飘飘地从窗口追踪过来，红色的空洞眼眸扫过房间，见无人在此，便无声无息地走入其他房间逐间搜索起来。但找了一圈发现没人，纸人似乎有些意外，它呆呆地站在屋子中央，脖子开始三百六十度地环绕……就在这时，一个声音突然从它的头顶响起："为了人类文明之正义……我审判你死亡。"

201·"偶神道"

这声音响起的瞬间，纸人猛地抬头看向上方，只见一个穿着棕色大衣的身影，正倒着蹲在天花板上，一个漆黑的枪口正对准它的眉心！下一刻，恐怖的解构之力倾泻而出，奔涌着冲向纸人，瞬间宛若无形之柱贯穿楼板！陈伶知道那纸人的能力诡异，若是正面对决，很难占到优势……而论能力诡异，陈伶自认为也不虚，在这种错综复杂且视野很容易被遮蔽的地形下，他的技能也有了很大的操作空间。千钧一发之际，纸人的速度快出残影，即便如此，它的身形还是被解构之力吞没大半。尘埃飞卷，二层的楼板被彻底打通，一个四壁光滑的空洞一直延伸到正下方无人居住的房间，甚至连带着下面的地板，以及整栋楼房的地基，都被打出一个大洞！纸人的身躯被撕开缺口，与此同时，一个身影就像是从破损的渔网中掉出，脱离破烂的纸人身体，重重摔在地面上。纸人体内，还有个人？看到这一幕，陈伶眼眸中浮现出诧异，看清那人的样貌后，他眼中的诧异更浓郁了。

"喀喀喀喀喀……"简长生狼狈地趴在地上，像是即将窒息的溺死者，他抬头看到从房顶落下的陈伶，愣在原地。"是你？！"

此时的陈伶，已经变成了林宴的模样，而简长生万万没想到能在这里遇见他。

"你怎么会在那纸人的肚子里？"陈伶皱眉问道，随后像是想到了什么，与简长生异口同声地说道，"你也是它的目标？"

观众期待值 +3%

当前期待值：50%

"轰——"一声巨响从旁传出，那残破的纸人歪歪斜斜地站直身体，身后的破窗外，大量的纸页好似巨蟒般蜿蜒着从外面延伸进来，缠绕在它的躯体之上，它身上的缺口迅速复原。"小心。"简长生当即开口，"那家伙是群星商会从界域之外聘请来的异乡人，'偶神道'的四阶强者。"

"偶神道"？四阶？这两个关键词一出，陈伶的眉头就不自觉地皱起……他还是第一次遇到这条神道的拥有者，只不过操控纸人，似乎和他想象中的"偶神道"不太一样。但四阶确实有些棘手了，一个三阶的"盗神道"，就差点镇压了整个"兵道古藏"的试练，四阶掌控了自己的领域，与三阶以下相比已经有了质的飞跃。"这个纸人是杀不死的，得去杀那个本体。"陈伶看着已经快恢复如初，甚至比刚才体形更庞大的纸人，声音凝重无比。

"我有'滴血陀'，我去杀！"即便简长生刚才差点死在那男人手里，此刻也没有太多的畏惧，反而有种想报仇雪恨的狠意。他接连三剑捅入身体，扎出三个触目惊心的血洞，整个人的气势迅速攀升。

陈伶见此，也没出手阻拦，而是放任他一刀将血滴甩出窗外，身形瞬闪消失在原地。似乎察觉到简长生的意图，纸人迅速转身，准备从窗口追杀过去，一枚无形的解构子弹再度朝它飞射而来！纸人这次有所准备，险之又险地侧身避开，鲜艳的头颅转过一百八十度，那双红色的空洞眼眸死死盯着不远处握枪的陈伶。袅袅青烟从枪口飘起，陈伶与它对视片刻，毫不犹豫地转身朝走廊冲去，下一刻一道模糊的纸影便紧随其后！

简长生的身形在月光下腾跃而起，目光迅速扫过四周，很快便锁定了站在另一栋四层走廊上的驼背男人。简长生眼中寒芒闪烁，刀锋再度甩出几滴血珠，转瞬间便来到四层走廊。"去死！"简长生手握短剑，眼眸中的杀意凛然，他知道陈伶那边坚持不了太久，必须尽快解决这个"偶神道"的本体，否则两人都得死在这里。短剑的剑锋割开空气，发出尖锐破空声，就在即将触碰到驼背男人的瞬间，一抹白芒瞬间闪过他的眼前！一只断裂的手，轻飘飘地从简长生身上脱离……简长生的瞳孔急剧收缩！在他的视野中，一柄白纸叠成的刀，在刚才仿佛没有使任何力便切开了自己的手腕，断口光滑无比。这一刻，简长生甚至能清楚地看见自己飞出去的手上，断口处缓慢跳动的血管。而与那手一起飞出的，还有原本刺向驼背男人的短剑。"你……"简长生呆在原地。

纸刀在驼背男人手上轻轻翻转，以令人眼花缭乱的速度，折叠成一根雪白的手杖。驼背男人缓缓抬起头，那双低垂的眼眸中不带有丝毫情绪。"老老实实被封在纸人里不就好了……非要出来找死？"

下一刻，雪白的手杖呼啸破空，重重地砸在简长生背上！"砰——"简长生只觉得自己像是被陨石砸中，骨骼爆碎的声音好似爆米花接连响起，整个人宛如炮弹，轰然被嵌入楼板之中。飞扬的尘埃几乎将整个四层淹没，在这爆鸣之下，周围居民楼内接连有灯光亮起，似乎有人已经被惊醒。此刻的简长生已经宛若烂泥，浑身都被血液浸染，他整个人被埋在碎石与废墟中，似乎还想爬起。驼背男人弯腰，缓缓蹲在他的身前，沙哑的声音响起："第一，并不是所有'偶神道'的本体都是脆弱的。第二，'偶神道'在同一时间，并非只能操控一个东西。第三，是谁告诉你……看到领域，就一定是四阶的？"

听到最后一句话，简长生的瞳孔微微收缩，他艰难地抬起头，看向驼背男人的眼眸中满是难以置信。"你……不止四阶？！"

驼背男人没有说话，指尖轻轻一抬，一张张纸页便从楼道的地面飞速延伸，在飞扬的尘土之间，变成数十个长相完全一样的，容貌鲜艳而诡异的纸人。这些纸人黑压压地站在驼背男人身后，无数双空洞的眼睛正注视着简长生。而此刻陈伶拖住的那个纸人，似乎也是其中之一。驼背男人淡淡开口："你觉得呢？"

202 · 闯虎穴

雪白的纸页从楼板中延伸，一点点缠绕上简长生的身体，宛若棺椁般将其重新封入其中。简长生的眼眸中升起一抹绝望。他本以为自己被陈伶救出来，两人联手还能有一战之力，再不济也能利用"滴血陀"逃走，可万万没想到，兜兜转转之下，自己还是落入了对方手中。这个"偶神道"的异乡人实在太强，根本不是如今的他们能应对的存在……不过自己被抓之后，陈伶应该也难以幸免。白色的纸页彻底吞没简长生的身形，重新变成一个纸人，随着驼背男人随手点下两只红色眼瞳，一切彻底陷入一片死寂。驼背男人将这个纸人背在身后，目光再度落在对面的楼栋之上。"还没抓到吗……难道，还要我亲自出手？"他看着远处逐渐亮起的居民楼的灯火，眉头不自觉地皱起，直觉告诉他，必须尽快抓住那只逃窜的"老鼠"了。他动身向对面的楼栋走去。

荒废的楼栋之间，一个纸人宛若没有重量的鬼魅，在其中无声穿行。早在一分钟前，它就跟丢了陈伶的身形，哪怕将周围几个荒废的房间都翻了个遍，也没有找到任何活物存在的痕迹……陈伶简直像是人间蒸发了一样。但它可以确定，陈伶并没有离开这栋居民楼，否则一定逃不过外面本体的眼睛。它空洞的目光扫过一间废弃厨房，确认无人之后，又继续向下一个房间前进，等到它的身形彻底远去，窗边角落的老旧空瓶微微一颤。陈伶的心已经沉入谷底。从这个角度，他能透过窗户看到对面楼栋发生的一切，简长生被瞬间反杀的一幕也被尽收眼底……陈伶几乎可以肯定，对方绝对不止四阶。陈伶与简长生同为二阶，就算技能数量较多，也不可能战胜对方，只能通过扭曲"戏神道"的技能暂且藏身，但这并非长久之计……因为对方的本体现在正往这栋楼赶来。那么现在摆在陈伶眼前的路，只剩下两条：要么趁他们不注意，立刻向外逃跑，不过能逃出去的概率有多大不好说；要么就继续在这里伪装，赌他们没法发现自己。陈伶觉得第二条路或许更加可行一些，毕竟能伪装成物品的"无相"技能，全世界只有他陈伶拥有，别人很难去怀疑一个立在角落的空瓶，所以继续伪装是最保险的。陈伶的大脑飞速运转。就在他即将执行稳妥策略之时，一个更加激进的想法突然跃入他的脑海……既然别人想不到他能变化成物品，那是不是可以利用这一点，去博一博更大的可能？陈伶想找自己的心脏，却至今都没有有用线索，文仕林那里的几个医生应该也提供不了有关他心脏的信息……而现在，一个直通器官交易幕后主使的机会，就摆在他的眼前。那个驼背男人想知道文仕林与林宴的下落，就必然不会在这里杀死他，而是带他回去碎魂搜证，其中的间隙再配合上自己的"无相"，也许还有可操作的空间？这个念头出现在陈伶脑海的瞬间，他有些被自己吓到了，因为这个计划实在太过疯狂，太过冒险，要知道他现在可没有足够的观众期待值，要是死了可是会出大事的……

但偏偏，这个想法就在陈伶脑海中挥之不去，那平静了许久的空洞胸腔，似乎又找回了熟悉的刺激与跳动感。上次他有这种感觉，还是在去"兵道古藏"的路上冒险混入"篡火者"的时候。"嗒——嗒——嗒——"他听到熟悉的脚步声从楼下走上来，那是驼背男人正在靠近。留给他犹豫的时间不多了。

空荡无人的楼栋内，一个背着纸人的身影缓缓停下脚步，他目光扫过周围错综复杂的房间，淡淡开口："给我搜。"话音落下，一个个白色的纸人自动从他身后折叠出现，像是游走的幽灵群众，迅速向四面八方分散。一个纸人找不到陈伶，那就十几个一起找，这个数量的纸人完全可以将整个楼层都翻个遍，不会留给陈伶周旋与藏匿的机会。男人把玩着手中的便笺，安静地站在原地，余光却已经封锁了周围的每一个窗口与门户，但凡有什么东西从这栋楼内出去，他都能将手中的便笺变成夺命的武器，将其瞬间致残。

就在这时，男人似乎察觉到了什么，诧异地挑眉看向一旁。昏暗的房屋间隙中，一缕枪火瞬间迸发！"砰——"子弹呼啸着破开空气，直逼驼背男人的眉心！那子弹距离男人还有半米，一张白纸便像伞面一样在其身前张开，子弹触碰到纸伞面便被卸力弹飞，没有在上面留下丝毫痕迹。"居然还有枪？"男人不紧不慢地开口，那撑在其面前的伞面迅速折叠成便笺落入其掌间，他随后屈指一弹！

一枪未能得手，藏身暗处的陈伶脸色一沉，转身便欲逃向最近的窗户，可他刚迈出一步，那破开空气的便笺便自动折叠，以惊人的速度折成一个纸人的轮廓，将其重重地拍在墙壁之上！"轰！"巨力之下，墙壁轰然爆碎，陈伶的身形倒飞而出。与此同时，那纸人身上密密麻麻的纸页如同游蛇般缠绕住他的身体，还未等他的身体接触地面，就封住了他几乎全部的身体，只剩下头部还在被一点点蚕食。一个驼背的身影缓缓向他走来。陈伶已经无法挪动自己的身体，只能转动眼球，看到那驼背男人在自己身前站定，低垂的眼眸漠然看着自己，沙哑的声音响起："文仕林和林宴在哪儿？"

陈伶冷冷一笑："他们是谁？我没听说过。"

陈伶的回答不出驼背男人的意料，他随意地瞥了陈伶一眼，剩余的纸页彻底将其包裹，陈伶便成了一具微微颤动的纸人。驼背男人抽出笔，在纸人的头颅上画下两只红色的眼瞳，淡淡说道："等回了商会，你不说……我也有办法让你开口。"

203·配合

"姓名？"

"……辛有全。"

"年龄？"

"43。"

"职业？"

"霜叶医院主任医师。"

"你是从什么时候开始替他们拆卸器官的？"

昏暗狭窄的厂房仓库内，辛有全低垂着头，一言不发。文仕林面前的小桌上，一支钢笔正自动地在笔记本上书写着两人对话的内容，而随着辛有全陷入沉默，笔尖也停止不动。文仕林的眉头微微皱起："辛有全，都这时候了，你还以为自己做的那些事情能瞒住吗？"辛有全手脚都被绑死，蜷缩在仓库的角落，依旧没有回答的意思。"……还是说，你是担心说出来之后，会遭到群星商会的报复？"

随着文仕林下一句话出来，辛有全身体微微一震，有些错愕地看向文仕林："你知道？"

"早在两年前，我就发现群星商会在七大区有疑似器官交易的痕迹，只不过当时城内外信息不互通，所有线索都是断的，就算是我也没法完全搜到他们的证据……但这一次不一样。"文仕林不紧不慢地开口，"这次，你们竟然敢在极光城内动手……你们留下的痕迹太多了，想安然脱身？根本不可能。"

"就算是这样，我也没什么能告诉你的。"

"你以为只要守住秘密，群星商会就会保护你？你知不知道，如果不是我把你们绑到这里，现在你们都已经被群星商会灭口了。"文仕林的声音平静无比。

"什么？！"辛有全一怔，"不，这不可能……"

"不可能？群星商会那群人是什么吃相，你跟他们合作过应该很清楚，若是风平浪静还好，一旦他们察觉到风险，还可能留你们吗？"辛有全似乎想到了什么，脸色苍白如纸。"就算你不说，也没有关系，刚才我审问……不，采访邱东的时候，他可是把知道的都说了。"文仕林将自动书写的钢笔放到一旁，随意地将笔记往前翻了一页，都是记录得密密麻麻的对话，"他作为第一个配合调查的，我会遵从他的请求，在将这件事公之于众的时候替他隐去姓名，避免他朋友和家里人知道，同时向执法系统那边表明情况，应该能做到减刑……"

"不，邱东是我拉入伙的，他只是负责手术而已！"辛有全当即开口，"跟群星商会那边，也一直是我在对接！我知道的远比他多！"

"哦？"文仕林眉梢一挑，重新将钢笔放回笔记本上，"看来，辛先生是愿意配合了？"

辛有全眼眸中闪过一抹纠结，最终还是开口："你想知道什么？"

等到文仕林采访完最后一个人的时候，天已经蒙蒙亮了。他带着一本厚厚的笔记，独自坐在厂房的门口，指尖揉搓着太阳穴，神情满是疲惫。"城外取材，城内分销，白天鹅慈善基金会……这个大少爷阎喜寿，是把整个极光城商界都拉下水了……甚至还有几个执法体系里的高层。这下麻烦了……"文仕林很清楚，一个群星商会也许并不可怕，可怕的是与它利益相关的链条，现在他虽然掌握了信息，但这些毕竟只是口供，想靠这些揭露一切，几乎是不可能的事情……他需要更直观、更具说服力的证据，但这种证据必然会被群星商会彻底藏匿，光凭自己想找到，几乎是不可能的事情。光是知道内幕，却无法证实，这种无力感文仕林太熟悉了，过去几年他追查其他事情的时候，也没少遇到过这种情况：明知道这后面还有更庞大的阴谋，他却无法再继续，甚至写出一篇揭露真相的文章都没法顺利发表……他的敌人，向来不会给他留下什么破绽。文仕林不知道该怎么跟林宴解释，也许从一开始，他就不该吹那个牛。

"林宴呢？"文仕林像是想起了什么，疑惑地看向厂房外。刚才他完全沉浸在深度采访中，彻底将林宴去拿相机这事抛在脑后，现在才突然想起来，林宴已经一整夜未归了……文仕林到底是经历过大风大浪的人，立刻就察觉到不对，他猛地从厂房的地上坐起，正欲离开，迈出半步后又退了回去。他先是脱下身上的大衣外套，从辛有全身上扒下棉衣，又换上了另一个人的围巾遮住半张面孔，确认远看很难辨认出自己的身份之后，这才匆忙往自家的方向走去。黎明的寒风吹过文仕林的脸颊，将一夜的疲惫暂且压下，此刻他的心已经提到了嗓子眼，一边警惕地观察着四周，一边祈祷陈伶不要有事。终于，熟悉的居民楼出现在道路的尽头。文仕林目光一扫，看到自己家所在的四楼，正围着一批附近的居民，甚至还有几个穿着制服的执法者，心中便"咯噔"一下。"坏了。"文仕林快步走到家门口，看到一群人正对着楼道的地板指指点点，一个满是裂纹的巨坑差点贯穿整个楼板，看起来不像是人力所能做到的。周围的民众都十分震惊，似乎不理解这究竟是怎么弄的，而反观一旁的执法者，却有些过于淡定，敷衍地登记了两笔，便挥手道："就是天太冷，导致楼板开裂了……都散了都散了，没什么好看的。"

随着人群被他们驱散，文仕林也没有继续上前，而是低着头混在人群中，逐渐远离这里。他知道，昨晚这里必然发生了什么，而且看这些执法者的反应，大概率跟群星商会有关……林宴的失踪，也跟这事脱不了干系。群星商会竟然动用神道拥有者，对他们下手了？这个念头让文仕林心神不宁，过往几年他虽然也没少被追杀、暗杀，但出手的大都是普通人……毕竟在极光城，所有本土的神道拥有者都会晋升为执法官，受到执法体系的制约，哪怕是异乡人也会受到严格的监管。这次群星商会出动异乡人，看来是铁了心要除掉自己。文仕林知道自己的处境很危险，但他更担心林宴……林宴完全就是被自己卷进来的！执法官里到处都是群星商会的人，报警肯定行不通，但除了这个路子，自己还能向谁求助，去救林宴呢？文仕林脑海中急速闪过一个个名字，最终，一个名字突然跃出——神医，楚牧云。

204 · 梅开二度

群星商会——

"龙叔，他还没回来吗？"阎喜寿看了眼时间，有些不安地坐在沙发上问道。

"暂时还没有，不过应该快了。"老管家缓缓开口，"大少爷，不用担心……纸偶师可是五阶的强者，战斗力也是留守商会的三位中最高的，以他的实力，不会出什么岔子。"

"那就好。"阎喜寿松了口气，"执法者那边打点好了吗？"

"好了，昨晚就算动静再大，也不会有执法官来管闲事的……至于后续的收尾，也会有人处理，不会引起风波。"

阎喜寿点点头，端起桌上的茶杯抿了一口，就在这时，房间的门被人推开。

一个身影走上前，在管家耳边说了些什么，后者微微点头："大少爷，纸偶师回来了。"

"哦？得手了吗？"

"简长生已经抓回来了；那个文仕林和林宴比较狡猾，昨晚根本就没有回家……不过他说抓到个疑似跟他们两个有关的家伙，碎魂搜证之后应该就能有结果。"

"最关键的两个人没抓到……"阎喜寿眉头微微皱起，"把碎魂搜证的权限给他，让他不管用什么方法，务必在今天之内，把那两个人抓到……死活不论。"

"是。"

昏暗的火把照亮地牢的走道，一个背着纸人的驼背男人，缓步行走在众多牢房之间。随着他的出现，那些原本驻守在地牢各处的卫兵，眼眸中都浮现出惊惧，默默地低下头去，不敢与他对视。最终，驼背男人在其中两间牢房前停下脚步。他随手一挥，两个纸人自动飘入牢房之中，纸页折叠之下，两个身影狼狈地从半空掉下，被封锁在牢房内。

"看好他们，我去准备碎魂搜证。"驼背男人淡淡开口，"十分钟后，把他们带到审讯室去。"

"是！"一个刀疤脸从旁走出来，当即回答。

驼背男人正欲离开，回头看了刀疤脸一眼："听说几天前，你们让人从地牢里逃走了？"

这句话一出，刀疤脸的额头顿时渗出汗水，他嘴角挤出一抹笑容："当时……当时是个意外……"

驼背男人深深看了两间牢房一眼，沉默片刻："算了，这两个人都是神道拥有者，你们未必制得住……一会儿，我亲自来领人。"说完，驼背男人再度挥手，两个纸人仿佛没有重量般从他身旁飘出，就这么守在地牢的出入口，随后他才放下心来，转身向审讯室走去。

随着驼背男人的离开，地牢的气氛总算放松下来，但即便如此，驻守各处的卫兵们看着大门口那两个鲜艳诡异的纸人，还是觉得心里瘆得慌。"这么看不起我们的吗……自己走了，还得留下两个盯梢的。"地牢中，有卫兵等他走远，神情有些不悦。

"小声点，那两个纸人万一能听见呢？"

"纸人又没耳朵，哪能听见。"

"上次那个姓简的究竟是用什么手段逃走的？我到现在还没弄明白……"

"当时邪乎得很，原本好好的，我们巡逻转了个弯回来，牢房就空了……跟凭空蒸发一样。"

"他不就是个普通的兵神道吗，哪能凭空蒸发……肯定是你们有哪里忽略了，这才放跑了人家。"

"不管了，这小子跑能跑到哪儿去？这不还是被抓回来了吗……这次都盯紧点，绝对不能让他再跑了。"

…………

卫兵们你一言我一语地说着，时不时就有人来简长生的牢房门口转一圈，看向他的目光中满是警惕，似乎怕一转头，简长生就又不见了……简长生看着周围熟悉的环境，浑身是伤的脸庞上，浮现出一抹苦涩。"兜兜转转……又回来了。"简长生万万没想到，自己竟然还有被抓回来的这一天……这一次，他已经心如死灰，他知道黄昏社的人不会再来救他第二次，但凭他自己，又根本不可能越狱。黄昏社对他的这次试练，他算是彻底搞砸了，等待他的，也许又是无尽的碎魂折磨。"林宴？你还好吗？"简长生无力地靠在墙面上，想起隔壁还有个跟自己一起被抓进来的倒霉蛋，无奈地开口。隔壁并没有传来声音，应该是林宴还没有苏醒，或者是刚才战斗中对自己的表现太过失望，根本懒得理会自己。"抱歉，那个'偶神道'太强了，我根本就没法近他的身。"简长生长叹一口气，"这次算是我拖累你了……我本以为从这里逃出去，就能重启属于我的人生，没想到命运弄人，我最后还是回到了这里……你说，为什么我的命运这么惨？不是在被杀，就是在被追杀，自从踏上了这条'修罗'路径，运气就没有好过。难道这就是天赋换来的代价？可我甚至连发挥天赋的机会都没有！"简长生愤愤不平地骂了两句，眼眸中满是苦涩与无奈，他沉默许久，再度开口，"碎魂搜证不是谁都能熬过去的，你要做好心理准备……也许十分钟后，我们就是永别。其实我之前还是跟你隐瞒了一些东西，我不叫简无病，我的名字是简长生……"

事已至此，简长生已经没有再伪装的必要了，他安静而悲哀地说着，像是在交代遗言，或者是在向陈伶告别。然而，他刚说到一半，几个巡逻的卫兵就经过

他的牢房门口，瞥了他一眼之后，确认简长生这次没有凭空消失，微微松了口气，然后余光看向隔壁的另一间牢房……下一刻，他们都呆在原地！为首的刀疤脸揉了揉眼睛，震惊地张大嘴巴，像是见鬼了一样！"妈的！隔壁的人呢？！"

205·我？

刀疤脸瞬间汗流浃背。他万万没想到，这么多人对着越狱过一次的简长生千防万防，一转头，隔壁的陈伶又不见了……你们轮流搁这儿刷成就呢？！这些年群星商会的地牢也没少关人，神道拥有者也关过几个，但像这两次这样诡异地凭空消失，实在太过离奇，超出了地牢内所有人的认知！刀疤脸哆哆嗦嗦地用钥匙打开牢房门，带着四个手下一窝蜂地冲进去，看着眼前空荡无人的房间，眼睛都快瞪出来了。

"这怎么可能……又是人间蒸发？！"

"真是见了鬼了，两个不同的人，用同样离奇的方式，从牢里越狱了？！"

"这牢房里不会有不干净的东西吧？"

"快！去拉响警报！"

"我去通知其他人封锁商会，绝对不能让他逃走！！"

五个手下也是满脸震惊，也许是有过一次经验，这次众人的反应很快，立刻就急急忙忙地往地牢外冲去，只留下刀疤脸呆呆地站在无人的牢房中，像是在怀疑人生。"见鬼了，真是见鬼了……外面两个纸人也没动静，他究竟是怎么跑的？"刀疤脸茫然许久，突然想到了什么，冲出牢房来到隔壁的房门口，用拳头砸着围栏怒吼："是你！你自己逃了一次！这次又把他给送走了！你究竟用了什么手段？！"

牢房内，同样茫然的简长生，伸出一根手指，三分怀疑、七分震惊地指着自己："……我？"

五个手下匆忙穿过地牢走道，三两步爬上楼梯，经过两个守在地牢出入口的空洞纸人后，来到地牢外。

"这两个纸人留着也没什么用啊……人都越狱了，都没反应吗？"

"可能是那人根本没从这条路逃走？"

"可整间地牢就这一个出入口，他不从这儿走，还能从哪儿走？"

"不知道……算了，赶紧先通知商会那边吧，说不定还能把人给堵到。"

"阿锋？你怎么也跟出来了……你是负责这一轮巡逻的吗？"

其他四人微微一愣，同时转头看向角落的那人，他也穿着同样的地牢工作服，面容也十分熟悉，正是比他们早一轮巡逻的阿锋。

"我刚巡逻完准备换岗，然后就听到你们喊人跑了，就跟过去看了一眼……"

阿锋耸了耸肩，自然地扯开话题，"还好人不是在我巡逻的时候丢的……你们可惨了。"

听到后半句话，其他人脸色有些难看，他们苦涩地开口："唉，别说了……先去通知其他人吧。"

随着一条无形蟒蛇爬过他们的肩头，众人似乎并没有对阿锋的说法起疑心，而是迅速分散开向各个部门跑去。阿锋目光扫过四周，很快便锁定了庄园内最大、最奢华的房子，迈步向那里走去。阿锋自然就是换了面孔的陈伶，他进入地牢之后，便一直在等待越狱的时机，而事实证明，群星商会毕竟只是商会，不是执法者总部，这座地牢的防卫甚至还没有三区执法者总部的牢房森严，关押普通人和低阶神道拥有者还好，面对陈伶这种具备特殊能力的"犯人"，实在破绽百出。靠着一手物品变化与无缝衔接的人脸切换，陈伶顺利地从牢房中混了出来，暂且恢复了在商会内的行动能力。陈伶没有选择做掉那几个去报信的家伙，因为一个混乱的商会，远比一个秩序井然的商会更加容易渗透……他刚走出几步，便被守在房子前的几个身影拦了下来，对方警惕地打量了他几眼："你要干吗？商会重地，可不是你能去的地方。"

"我是来通知大少爷的。"陈伶匆忙开口，"刚送进地牢的那两个人，又凭空消失了……现在大少爷可能会有危险！"

这句话一出，几个护卫脸色有些变了："又有人越狱了？你们地牢是干什么吃的？！"

陈伶的脸上挤出一抹苦笑，一言不发。

"知道了，你快走吧。"护卫不耐烦地摆了摆手。

陈伶点点头，转身离开。他随意找了一处无人的建筑走入，等到再度走出时，已经变成了一个神情淡漠的驼背男人，正是不久前亲手抓住陈伶与简长生的纸偶师。驼背男人径直向那奢华建筑走去，目光看都没看守在周围的守卫们一眼，仿佛他们就是空气……而看到那张淡漠的面孔，几个守卫顿时有些局促与慌乱。

"纸偶师大人……您这是？"一位守卫小心翼翼地问道。

"有人越狱，下落不明，我奉命来保护大少爷，顺便汇报一些情况。"陈伶淡淡地扫了他一眼，"有什么问题吗？"

"没有，没有问题！您请……"

几人立刻让开一条道路，恭恭敬敬地请他进去，驼背男人收回目光，不紧不慢地向前走去……原来他叫纸偶师吗？陈伶暗中记下这个称呼。

随着身形逐渐靠近，陈伶终于看清了这座奢华建筑的全貌，远远望去像是一座宫殿，占据着庄园核心的位置，也是庄园里除了地牢之外，唯一有守卫保护的地方……不出意外的话，自己想找的东西就在这里。

与此同时，一个身影敲响了园林的大门。正在院子里散步的楚牧云眉梢一挑，看向大门的方向，犹豫片刻后，还是上前开门。门后是一个用围巾裹住半张面孔的身影，楚牧云有些诧异地推了下眼镜："文先生，有什么事吗？"

文仕林目光扫过四周，确认无人关注这里之后，正色开口："楚神医，方便进去说吗？"楚牧云见此心中越发疑惑，随后将文仕林引入院落中，反手关上门户。"楚神医，林宴昨晚来你这儿了吗？"文仕林开门见山地问道。

"没有。"楚牧云摇头。

昨晚陈伶没有回来，楚牧云也有些诧异，不过也仅限于此了……他知道陈伶有自己的事要做，因此也根本没放在心上。文仕林沉默片刻，缓缓开口："……他可能出事了。"

206·大少爷

"哦？"楚牧云的眼眸微微眯起，"怎么回事？"文仕林立刻将事情的经过重复了一遍。楚牧云知道陈伶的目标，也知道他们在调查什么，算是半个自己人，昨晚发生的事情也没什么需要隐瞒的。"你是说，你家门口出现了战斗的痕迹，但是陈……但是林宴不见了？"

"没错，他很可能被人抓走了。"

"哦。"楚牧云随手给自己泡了一壶茶，"你来找我，就是为了说这事？"

见楚牧云丝毫不慌，文仕林明显愣了一下，他想了想，莫非因为林宴和楚神医其实并不熟？不应该啊……两人也算是一起工作了那么久，听到这个消息，反应不至于如此淡漠才对。"群星商会为了我们，甚至不惜动用异乡人，林宴被抓走，恐怕凶多吉少。"文仕林深吸一口气，"楚神医，你在极光城名望很高，跟群星商会和执法官关系密切，现在也只有你能把他捞出来了。"

"文先生，你恐怕对我的能力有什么误解，我只是个医生。"楚牧云缓缓开口，"更何况，林宴只是失踪了，又没找到他的尸体……也许，他只是去了其他地方，还活得好好的呢？"

"不可能，如果一切正常，林宴一定会回来找我。"文仕林果断摇头，"我不会看错人，他不是那种临阵脱逃的懦夫。"

楚牧云表情有些古怪，他深深看了眼文仕林，心中长叹一口气……这个文记者，真是被陈伶洗脑得不轻啊……

在文仕林的接连恳求下，楚牧云也不好推托，毕竟自己和陈伶的人设立住了。他沉思许久，还是点了点头："好，那我就去群星商会走一趟……不过，我不保证能有收获。"

文仕林见此，心中的一块大石终于落了下来，他由衷地开口："多谢楚神医。"

"嗡——"刺耳的警报声在群星商会内回荡，正坐在屋里翻阅文件的阎喜寿微微一怔，错愕地抬头望向窗外。"又在搞什么……该死，就没一天能消停吗？！"阎喜寿骂了一声，起身就要往外走。正当他准备开门的时候，门把手自动转动，门被反向往里推开……阎喜寿愣在原地。门外，一个驼背男人背着一个纸人，正平静地站在那儿，看到门后的阎喜寿，眼眸中也闪过一抹诧异。"纸偶师？"阎喜寿不解地开口，"你怎么在这儿？那两个记者抓到了？"

陈伶打量着眼前这个男人，几乎瞬间就将他的脸与阎喜才的脸重叠起来……这两个人长得实在太像了，只不过眼前这个从年岁上来说，要比阎喜才大上不少。不出意外的话，这位就是群星商会的大少爷，阎喜寿？陈伶走进这座建筑，已经转了一大圈，这里大部分房间都是空着的，地下室似乎有不少东西，不过被一扇厚重的金属门封锁，他没有钥匙无法通过……他犹豫之后，决定还是冒险去搜一下上面的几间独立办公室，没想到就在这里碰到了准备出门的阎喜寿。陈伶四下环顾一圈，确认周围没人靠近之后，径直走入房间中，将房门反锁。看到这一幕，阎喜寿眼眸中的疑惑之色越发浓郁："你这是……"

"大少爷，地牢有人越狱了，现在外面很危险。"陈伶沉声开口，"请您不要乱跑。"

"又越狱？"阎喜寿怔了一下，随后眼中浮现出怒意，"最近怎么什么阿猫阿狗都能跑出来……这群看守地牢的废物！我迟早要把他们全清退了！"

陈伶在心中冷笑，神情却毫无变化，而是继续说道："这次的越狱似乎和上次不一样，对方是故意潜伏进来的……如果我没猜错的话，对方的目标应该是调查器官交易。大少爷，交易记录您都藏好了吗？"

"器官交易？"听到这四个字，阎喜寿脸色微变，似乎在思索着什么，"交易记录在我手上，应该暂时是安全的……"

"少爷，事关重大，您最好将交易记录暂且交给我保管，以防那人对您不利。"陈伶一边说着，一条无形巨蟒一边缓缓攀上阎喜寿的身体……阎喜寿眉头顿时皱紧，他目光看向恭敬无比的驼背男人，沉声开口："交给你保管？纸偶师，你想做什……"阎喜寿话音未落，"心蟒"便张口咬向他的脑海，就在尖牙即将触碰到他的瞬间，一道白光骤然迸发！那白光来自阎喜寿的胸口，一条蓝色的项链当场颤动起来，与此同时，盘踞在阎喜寿身上的"心蟒"被硬生生弹飞，像是有一道无形屏障从项链内扩张！阎喜寿感受到项链传来的异样，脸色顿时大变："你不是纸偶师？！你是谁？！"他一只手捂住胸口的项链，身体迅速向后退去，陈伶见此，眼眸中瞬间闪过一抹寒意，他两指捏住口袋中的一枚铜币，轻轻一弹。"叮——"铜币翻转之下，阎喜寿胸口的项链一空，两者顷刻间换位！阎喜寿只觉得手中传来的触感不对，立刻低头望去，不知何时被他捂在手里的项链已经消失，变成一枚满是污渍的铜币……他当场傻在原地。与此同时，陈伶挥手握住半空中落下的项链，向前猛踏一步，一记鞭腿呼啸着砸向阎喜寿的头颅！这一切都发生得太快，从阎喜寿发现他的异样，到项链被换走，只过了不到两秒，还未等阎喜寿回过神来，一阵剧痛便从太阳穴传来，眼前顿时一黑！阎喜寿一头撞在坚硬的墙壁上，然后栽倒在地。

陈伶见阎喜寿晕倒，心中微微松了口气……他最怕的就是阎喜寿身上有不止一件防护祭器，一旦跟自己长时间纠缠，闹出的动静必然会吸引其他人，到时候引来真的纸偶师或者其他异乡人，他可就插翅难飞了。就在陈伶准备搜查阎喜寿身上与房间时，细微的脚步声从门外传来，由远及近……"咚咚咚——"急促的敲门声响起。"大少爷，您在里面吗？"

207·错乱？

老管家站在门口，神情似乎有些焦急。他接连敲了几下房门，正欲掏出自己的备用钥匙，房门便从内部打开。门后，阎喜寿的神情似乎有些不悦。"怎么了？"他皱眉开口。

见阎喜寿安然无恙，老管家总算是松了口气："大少爷，您可吓死我了……地牢那边又有危险人物越狱，我还担心……"

"担心我出事？"阎喜寿冷笑起来，"现在知道担心了？那群看管地牢的废物早干什么吃的？！等这次事情结束，我要把他们一个个都清退了！"陈伶的语气与刚才阎喜寿的抱怨几乎一模一样，算是模仿到了骨子里……他不知道门口这个老头是谁，总之以阎喜寿如今的"人物情绪"，暴躁愤怒一点总不会错。

老管家像是想起了什么："大少爷，刚才外面的人说纸偶师来了，他人呢？"

"他要来保护我，被我赶走了……与其在我这里浪费时间，不如赶紧把那个越狱的家伙抓到，那才是真的安全了。"

"原来如此。"老管家点点头，"不过这种关键时期，您身边总得有个人……我去替您把那位书生喊过来吧，有那位在，您的安全就不必担心了。"

陈伶正欲拒绝，但考虑到自己现在的人设，若是拒绝反而会让人起疑，还是冷冷地点头："好。"说完，老管家便恭敬行礼，然后匆匆往外走去……陈伶不紧不慢地关上房门。下一刻，他毫不犹豫地冲到书桌底下，将刚才被打晕的阎喜寿拖出来，双手迅速地在他身上摸索着，发现并没有什么东西之后，眉头越皱越紧，随后在屋里翻箱倒柜地寻找起来。陈伶知道，留给自己的时间不多了，那人口中的书生大概率又是一位异乡人，一旦自己被人贴身跟随，再想搜索找到交易记录就难如登天，而且跟人长时间待在一起之后，自己也迟早会暴露，毕竟他连这商会里的人都认不全。陈伶用最快的速度将房间搜了个遍，也找到不少机密文件，但就是没有关于器官交易的细节。他看了眼墙上挂着的钟，知道时间不多之后，又来到昏迷的阎喜寿面前。"啪——"陈伶一巴掌用力扇在阎喜寿的脸上，后者骤然惊醒，他看到眼前一个一模一样的自己，还未来得及震惊，一只手便死死地捂住他的嘴巴。"你只有一次机会，答错或者拒答我的问题，我就杀了你。"陈伶冷冷开口，"大概一个月前，有一颗来自二区冰泉街的心脏被送到极光城……你们把它送到哪儿了？"

阎喜寿瞪大眼睛，看向另一个自己的眼眸中满是惊恐，身体控制不住地颤抖起来。陈伶将他的嘴巴松开些许，后者顿时慌张地回答："冰……冰泉街？我想想……"陈伶眼眸一眯，凛然杀意几乎凝成实质，他一只手攥紧成拳，便要砸向阎喜寿的面门！"等等！！冰泉街！我想起来了！"阎喜寿当即开口，脸色苍白无比，"对……一个月前，冰泉街……有个十五六岁的少年的心脏，被送过来了……我记得当时还有一批缺了心脏的其他器官，好像是那少年的哥哥的……这批货是送去哪儿来着……"阎喜寿像是被吓傻了，浑身抖得像是触电一般。任谁一睁开眼看到另一个自己正掐着自己的脖子一副要杀人的表情，恐怕都不会维持镇定。

陈伶的眉头顿时皱起："不对，你记错了，送过来的是哥哥的心脏，其他器官是弟弟的。"

"啊？"阎喜寿愣了一下，看到陈伶抬起的拳头，再度惊恐地回答，"不，我没有记错！真的！我记得很清楚！他们说是哥哥得了心脏病，然后家里人骗弟弟去送了心脏……然后两个都被我们截过来了，我当时还亲自验过，弟弟的那颗心脏很干净！"

陈伶眉头越皱越紧，冷笑起来："看来，你是不想活了……"

"我真的没说谎！"阎喜寿脸色苍白如纸，他一咬牙，抬起手指着书桌角落的地板，"交易记录就在那块地板下面，你可以自己去查……我真的没骗你！"

陈伶见此，眼眸微微眯起，他拽着阎喜寿的衣领走到书桌边，用手敲了敲他说的那块木板，下面果然是空心的。原来藏在这儿……怪不得刚才搜了这么久都没找到。陈伶五指用力一抠，这块木板便应声抬起，下面是几张折叠得整整齐齐的纸页。陈伶将这些纸页拿起，迅速翻阅起来，这上面清楚地记录了群星商会每一次秘密器官运输，包括内脏部位、分销渠道，以及原主人的相关信息、健康度测评。陈伶很快便找到了对应的日期，在这个日期下，群星商会只有一次进货。这批货是一颗心脏，以及一套除了心脏之外的其他内脏，来源是二区的冰泉街，手术主刀医生名为骨刀，而在"原主人"那一栏，则是一对兄弟的名字……"心脏——陈宴""其他器官——陈伶"。在"健康评级"的那一栏上，陈伶的评级很低，"原因"写着先天性心脏病，自幼虚弱……陈宴的健康评级却是最高的。看到这一栏的瞬间，陈伶愣在原地。怎么会这样……阎喜寿执掌着整个商会的器官交易业务，记忆出现错乱很正常，可怎么连交易记录都是反的？难道是当时登记的时候就错了？陈伶当然知道那颗心脏是谁的，他的胸膛现在都空空荡荡，那唯一的可能性就是，冰泉街那边弄混了？

观众期待值 +4%

就在陈伶茫然思索的时候，一行字从他身旁的地面上飘起，若是他此刻回头望去，便能看到那虚无的座席之中，一双双猩红的眼眸微微眯起，像是在笑……

208·照片

陈伶觉得此刻的大脑就是一团糨糊。他看着手中那几张写着"陈伶"与"陈宴"信息的纸页，一股莫名的毛骨悚然感涌上心头……现实与他的记忆，完全是两种相反的状态，就像是有人调换了他的人生。"不可能……患有心脏病的明明是阿宴，怎么会是我？"陈伶一边摇头，一边喃喃自语，"我失去了心脏，我的胸膛是空的，上面怎么会是阿宴的名字……是你在耍我？！"陈伶愤怒地瞪着阎喜寿，似乎要将他生吞活剥！

"我没有……我真的没有啊！！"阎喜寿瑟瑟发抖，"那个陈宴……陈宴的器官还在地下室放着，陈伶当时的资料也在，你你你……你自己去看就是了！"

"钥匙在哪里？！"

"在书桌左手边第二个抽屉……"

陈伶迅速冲到书桌边，从抽屉里取出一把造型古朴的钥匙，正欲走出书房，随后像是想到了什么，又反身一拳把阎喜寿打晕。陈伶将阎喜寿拖到书架底下的柜子里藏起，这才推开房门，迅速向地下室的方向走去。如今交易记录已经到手，按理说陈伶应该尽快撤离，否则在这里待的时间越久，那些异乡人找到他的风险就越大，但现在陈伶已经顾不上这些了……有些事情，他一定要弄清楚。陈伶也不知道，自己为什么会对一个名字的错乱如此在意，也许那只是群星商会登记错了……但他觉得自己好像有些不太对，就像是……就像是在恐惧着什么一样。

有了钥匙，陈伶顺利地打开了地下室的大门，一股寒气顿时扑面而来。寒气在温暖的室内好似缕缕白烟飘散，门后是一片宽敞昏暗的空间，一排排架子整齐地排列其中，看起来像是某种仓库。陈伶皱着眉头，径直走入其中。这里面存放的大多是用来保存器官的器皿，货架按照日期排列，上面的器皿中大部分是空的，应该是已经分销完毕。不过即便如此，空荡器皿的旁边也放着些牛皮纸档案袋，似乎记录着什么东西。放眼望去，这里有数百只器皿，意味着已经有数百个生命，失去了原本属于他们的健康与器官。

陈伶对其他人的器皿根本不感兴趣，他直接顺着货架上标明的日期的指引，找到自己心脏被挖走的那一天，也就是他经历了灰界交汇，从乱葬岗苏醒的那一天……货架上，依次摆着几只器皿，其中写着"陈宴"标签的器皿中，是空的。陈伶眉头紧锁，他当场取下摆放在一旁的牛皮纸文件袋拆开，里面是几张照片……照片上，是一间破烂的手术室，手术台上平躺着一个少年，双眸紧闭，像是睡着了一般。"阿宴……"陈伶喃喃自语。第二张照片还是那张手术台，只不过手术台上的少年已经被剖开胸膛，骨刀站在一旁，拿着手术刀，正在全神贯注地进行手术。第三张照片，少年脸色已经惨白一片，鲜血几乎覆盖整张手术台，骨刀此时已经放下手术刀，双手捧着一颗鲜红的心脏，看着相机的位置，像是在刻意证明这颗心脏是从少年的体内拿出来的。第四张照片上没有人，只有一只用来装心脏的器皿，一只手正将心脏放入其中。第五张照片上器皿封锁，表面贴着一张带有编号的密封条。这五张照片，应该是用来向买家证明心脏来源的证据，看到这些照片之时，陈伶的眼眸中浮现出深深的茫然……文字可能有错漏，但照片上的画面不会说谎，这手术台上躺着的正是陈宴，而那颗心脏也是从他体内取出的……可怎么会这样？这跟自己印象中的完全不一样！

陈伶的呼吸粗重起来，他立刻走到旁边的器皿前，取下上面写有"陈伶"的牛皮纸袋，将其中的照片依次取出。照片上的陈伶，同样是在手术台上被逐个取下器官，但唯独没有心脏……陈伶呆在原地，宛若雕塑般一动不动。"如果失去心脏的真的是阿宴……那我，又是谁？"陈伶觉得自己的大脑快炸开了，这一刻，曾被他忽略的无数残影闪过他的脑海。那是他在那场大雪中，跌跌撞撞地走到乱葬岗时，脑海中出现的画面……那是属于陈宴的记忆。他不知道陈宴的记忆为什么会出现在自己的脑海里，但在那段记忆中，他仿佛变成了陈宴，亲身经历过那一段痛彻心扉的过往。而有关自己被迷晕之后发生的一切，却怎么也想不起来……他第一次恢复意识，就是在从乱葬岗回家的路上。他记得很清楚，那天他在雨夜中挣扎了很久，才想起自己的名字，他叫陈伶。"我是陈伶……我不是陈伶？不……不可能……我有他几乎所有的记忆，唯独只缺失了那一夜的一小段……我不是陈伶还能是谁？！不对……我是另一个世界的陈伶！不是这里的陈伶……也不对，可我分明已经变成了陈伶……"陈伶双手抱着头，错乱的记忆翻涌在他的脑海，他已经分不清什么是真的、什么是假的了。

陈伶的手掌蹭到脸颊，像是想起了什么，猛地抬起头，跌跌撞撞地向地下室外跑去……他知道怎么证明自己是谁了。他冲回阎喜寿的书房，将房门反锁，来到房间中央那个大型木质挂钟前。古老而斑驳的钟摆以恒定的频率摆动，发出岁月般神秘的轻微声响，一尘不染的挂钟玻璃表面，清晰地倒映着阎喜寿的面容。陈伶右手摸到自己的下巴，用力一撕，一张人脸轻飘飘地落向地面……阎喜寿的脸皮下面，是纸偶师的脸。看到这一幕，陈伶继续将手摸向下巴，再度一撕。随着纸偶师的面孔飘落，另一张面孔出现在挂钟的倒影中，那是群星商会地牢里阿锋的脸……陈伶眉头越皱越紧，他疯狂地撕扯着自己的脸皮，一张又一张曾经出现过的面孔像是变戏法般，逐个出现在挂钟玻璃表面的倒影上。

209·脸皮与戏中人

从文仕林家门口出来的中年男人，在废弃工厂里上演独角戏的群众演员，记者林宴，暴食肉鸡的陌生面孔，"兵道古藏"里的龙套，篡火者 13 号……数十张面孔被陈伶撕下，看着那一个个变换的身份，陈伶都有些麻木了，不知不觉间，他竟然已经扮演了这么多角色……有那么一瞬间，他甚至怀疑自己究竟是谁，他究竟算是什么？不断扮演他人的小丑，还是被困在迷茫舞台之上的、绝望的戏中人？终于，当那张属于自己、属于陈伶的面孔出现在倒影上时，陈伶的心略微放松些许……那是他无比熟悉的脸，也是他最本真的模样，他的"无相"只回溯到这里，在这张脸之下，再也没有其他脸了。果然，我就是我……我，就是陈伶。陈伶深吸一口气，似乎想将刚才萦绕在脑海中的一切怀疑与恐惧呼出体外……闹剧已经结束，是时候离开了。

陈伶正欲转身离开，却发现随着自己变回原本的脸之后，身上的棕色大衣，也变成了那件大红戏袍。"一不小心都变回去了吗……还是恢复阎喜寿的模样，先离开再说。"陈伶喃喃自语。他转身刚走出一步，整个人突然愣在原地。他看着倒影里穿着大红戏袍的自己，一个被他遗忘了许久的疑问，突然涌上脑海……自己，为什么会穿着这件戏袍来着？这件戏袍，应该是阿宴的……阿宴死的时候，父母将这件戏袍作为寿衣，随着他一起下葬了……可，可为什么会出现在自己身上？从那个雨夜，陈伶第一次恢复记忆开始，这件戏袍就已经穿在他身上了……可在那之前，他与阿宴都被埋在地里，自己是什么时候穿上这件戏袍的？还有……这件戏袍分明不是自己的，为什么每一次死亡之后，它都会跟着自己再度出现？这个问题浮现出的瞬间，陈伶只觉得浑身的汗毛都倒立起来，他僵硬地转过头，看着倒影中的自己，瞳孔控制不住地微微收缩……他鬼使神差地伸出指尖，再度往自己的下巴摸去……他的"无相"只能回溯到这里，在这张面皮之下，不应该会有别的脸……但陈伶还是这么做了。指尖在略显粗糙的下巴上轻轻摩擦，像是在寻找着什么，突然间，指尖的最细微处，似乎触碰到一个微不可察的凸起……就像是一张已经被贴到完美的面膜，出现了一个褶皱。

陈伶的身体宛若触电般，猛地一震！他的喉结上下滚动，那指尖一点点捏起这缕凸起，然后用力一撕……一张轻薄至极的面皮，从陈伶的指尖滑落。钟摆的嗡鸣在死寂的房间中"咔咔"作响，光滑的玻璃之上，不知何时已经出现一张清秀的少年面孔……那是一张陈伶绝对不会忘记的脸，在看着这张脸时，陈伶的呼吸都停滞了。那是陈宴的脸。看到玻璃倒影中的自己，陈伶的大脑一片空白，整个人宛若雕塑般一动不动地站在原地……与此同时，他眼前的画面仿佛骤然扭曲，原本的书房已经消失不见，取而代之的是一条从深渊中歪歪扭扭地通往天穹的扭曲神道。陈伶像是想起了什么，僵硬地回头望去，只见在这条神道最开始的第一阶之上，一行曾被他忽略的小字，再度倒映在他的瞳孔中："失去一个最爱你的人，并成为他。"他的瞳孔骤然收缩！

观众期待值 +10%
当前期待值：64%

　　随后，他像是想起了什么，眼眸不自觉地放大，仿佛看穿一切般哈哈大笑起来："我知道了……是你们！你们又在耍我？！好不容易安静了这么久，原来都在这里等着我？！是你们篡改了交易记录上的名字，篡改了上面的这些照片！还改了我的脸！对不对？！你们是看到阎喜寿记错了，临时想出的这个点子！你们想靠这个手段把我逼疯……不是所有东西你们都能篡改的！我一定有办法证明我是谁的，一定有办法！！"

　　穿着大红戏袍的身影，疯狂地抓着自己的头发，在房间内来回走动，像是在努力思考着什么。嗡鸣的警报声在窗外作响，众多身影在外面跑动，紧闭的房门之外，似乎有大量的脚步声正在向这里靠近……红衣人的目光落在远处的地牢上，一个想法瞬间闪过他的脑海，灰暗挣扎的眼眸像是寻找到了希望，微微亮起。"我知道了……碎魂搜证！碎魂搜证，你们篡改得了现实的东西，却改不了刻在我灵魂中的记忆……只要我对自己进行碎魂搜证，就能亲眼看到那一晚究竟发生了什么！"红衣人像是一个好不容易抓住救命稻草的溺水者，毫不犹豫地一拳击碎窗户，轻盈的身形好似翩跹红蝶，从四楼一跃而下，径直朝着地牢旁的审讯室飘去。

　　与此同时，书房的大门震了两下，轰然爆碎！老管家带着十几个人站在门外，脸色难看无比，在他的身后，背着纸人的纸偶师与一个穿着黑衣的男人正分别站在两侧。若是此刻红衣人回头望去，就会发现那个穿着黑衣的男人，就是当时他从"兵道古藏"蒙混出来之后，要强行带他进入极光城，却被韩蒙在列车上硬生生拦下来的那位"书神道"强者。此刻两人站在老管家身旁，看到那刚从窗口跃下的红衣身影，脸色都阴沉如水。"居然敢伪装成我……真是找死。"

　　纸偶师冷哼一声，趴在他背后的纸人当即飘出，仿佛幽灵般掠过那扇被打碎的窗户，朝着红衣人离开的方向追去。一旁的黑衣男人同样瞥了眼那个方向，冷哼一声，身形像是墨水般化作无数的"横竖撇捺"，迅速消失在原地。老管家急忙走进书房，四下搜索一圈，很快便发现了在书架柜子里的被打晕了的阎喜寿，颤颤巍巍地确认了一下他的呼吸还在之后，总算是松了口气。老管家的脸上紧接着浮现出愤怒与凛然杀意。

　　"越狱之后，竟然还敢绕回来对大少爷下手……今天他若是不死，群星商会的脸就算是丢尽了！！"

"放心。"纸偶师站在他身边，淡淡开口，"这次，他逃不了。"

210·我是谁

群星商会，门外——

一辆黄包车穿过商业街，在商会的正门口缓缓停下，一个穿着白色毛呢大衣、领口绕着深蓝色围巾的男人起身下车，从怀中随意地掏出一枚银币抛给车夫。车夫看到一枚银币落在手上，眼睛顿时就直了，他的脸上当即浮现出灿烂的笑容，点头哈腰地送那位贵客离开。楚牧云在群星商会的门口站定，看着空无一人的大门口，不由得陷入沉思……不对啊，之前门口的防卫都是很森严的，怎么这次一个人都没有？人呢？人都哪儿去了？楚牧云走到门口，礼貌地按了几下门铃，依然无人应答，一旁的岗亭里此刻都空荡荡的，若是仔细倾听，能隐约听到连绵的警报声正从庄园的深处传出……"商会里面出事了吗……"楚牧云推了推鼻梁上的银丝眼镜，不用想，他也知道这动静是谁搞出来的。那现在问题来了……他是来群星商会捞被绑走的陈伶的，现在整个商会都因他乱成一团，他还要不要去捞人呢？

楚牧云在门口纠结片刻，伸出手在铁门上轻轻一抹，厚重的铁门瞬间被切开，光滑平整的断口像是被手术刀划过一般，轰然坍塌在无人的门口……一条敞开且空旷的道路，就这么暴露在楚牧云的眼前。"我来的时候，门就是这样的。"楚牧云喃喃自语，"我看门口没人，就直接进来了……我只是路过。"一边说着，他一边迈开脚步，不紧不慢地朝着混乱的商会内部走去。

刺耳的警报声中，一个红衣身影急速掠过庄园。这个身影实在太显眼，正在庄园内巡查的守卫们顿时掉转方向，全部朝着那抹红色追去。一个纸人像是风筝般飘过天空，冲在最前方，与红衣人的距离急速缩小。此刻的红衣人，也知道自己已经被彻底包围，神情却没有太大的变化……他的眼眸中，只有那间不断靠近的审讯室。也许对他而言，生死算不了什么，总有些东西比生死更加重要。他看着眼前包抄过来的众多守卫，眼眸中金芒连闪，他毫不减速地一头撞入人群，混乱中反手夺过一柄锋利的匕首，刺入自己的胸膛，然后一路向下划开，几乎将整个人开膛破肚！这一刀的威力，可不只是捅自己三刀那么简单，随着鲜血喷涌，大量的内脏暴露在空气中，瞬间让他陷入濒死状态！血液浸染那件大红戏袍，他的速度不减反增，比之前暴涨数倍不止，整个人就像是一道红色闪电掠过人群。在高速奔跑之下，一块块内脏的碎片从体内飘出，飞溅在这一条血色道路上。

看到这一幕，所有追杀而来的守卫都傻了，他们从未见过如此血腥诡异的场景，随着那红衣人呼啸而过，众人都愣在原地不知所措。红衣人剧烈咳嗽着，生命力急速衰减，但在"血衣"被催动到极致的情况之下，他的速度一时之间竟然与飞掠的纸人持平，无法被追上。与此同时，审讯室也在他眼前急速靠近。

就在他即将闯入其中时，一道道墨水从虚无中迸发，无数笔画交织之下，一个黑衣身影凭空出现在他的面前。"还想往哪儿跑？"黑衣身影冷哼一声，"定。"随着最后一个音节响起，一张字帖从其指尖飘出，上面的字符燃烧般淡化消失，一股强大的禁锢之力瞬间锁定奔跑中的红衣人！红衣人的身形瞬间定格在原地！"不过是个二阶，也敢在群星商会里撒野？"黑衣身影不紧不慢地开口，"真以为我们是摆设吗？"

四阶"书神道"的"封字"，根本不是如今二阶的红衣人能挣脱的，他也没想到会在这里见到对方，他死死地瞪着那黑衣身影，眼眸中满是血丝。这短暂的停顿间隙，那个纸人已经轻飘飘地落在红衣人身后，一位四阶、一位五阶的恐怖气息，轰然压在红衣人肩头！前后夹击之下，就算如今红衣人挣脱"定"字，也无处可逃。不远处，一众身影缓缓走来。

"红衣，变脸。"老管家沉着脸，双眸注视着那被定格在半空的红衣身影，"这让我想起一个人……不过，他应该已经死了才对，他化成飞灰的那一天，我也在现场。"

"这小子的手段很邪乎，也许还有什么逃生的手段。"纸偶师在一旁声音沙哑地回答。

"就是他！他就是陈伶！！"阎喜寿被老管家搀扶着，一只手揉着后脑勺，疼得直咧嘴，"刚才他一直逼问我什么心脏的事情……他是来替他和他弟弟复仇的。

"不对，我见过陈伶，他的脸没有这么年轻，这分明只是个少年。

"那他是谁？陈宴吗？

"但是这两个人早就死了，没有心脏，没有器官，不管他是哥哥还是弟弟，怎么可能出现在这里？

"那站在这里的还能是谁？复仇的恶鬼？

"要是七大区还没覆灭就好了，派人去当时埋尸的地方挖一挖，看看下面有几具尸体，一切就明朗了。

…………

听到最后一句话，红衣人眼瞳微微收缩……他突然想起，当时自己来到了乱葬岗，却从未亲手掘开过那层土壤……或者说，他即将掘开了，但是被脑海中出现的阿宴阻拦，并未深挖下去。如果他当时挖开了那层被冻起的血土，下面出现的，将会是什么？是陈伶，或是陈宴，还是……

众人似乎对红衣人的身份十分好奇，老管家试着将他的脸与当时在列车上自焚的陈伶的脸对照，却找不到丝毫相似之处。他皱眉看着那张陌生的年轻面孔，缓步走上前，沉声问道："你，究竟是谁？"

红衣人被"定"字锁在原地，浑身的力量都被调动起来，疯狂挣扎着想要挣脱"书神道"的力量，以致整个人都在微不可察地颤抖……他缓缓抬起那双被血色浸染的眼眸，注视老管家许久，惨惨一笑："是啊……我……究竟是谁？"

211·碎魂搜证

"他是谁重要吗？"阎喜寿瞪着红衣人，似乎恨不得将其生吞活剥。"他敢来追查器官交易的事情，就是自寻死路，甚至还要挟我，让我交出交易记录……不管他是谁，今天他都必须死！"

"放心，他今天必死无疑。"纸偶师缓缓开口，"他的伎俩，我已经基本摸透了，今天有我和蒲术在，他就算插上翅膀也逃不走。"

"你就不好奇，他和那个闯入极光城，在众目睽睽之下自焚的执法官陈伶，有什么关系吗？"

听到这儿，阎喜寿脸上的杀意消退些许，他看着被封锁在原地的红衣人，沉声道："你的意思是……"

"刚才我已经启动了碎魂珠，不如就趁这个机会，看看他身上究竟有什么秘密。"纸偶师一边说着，一边抬头看向不远处，只见一个纸人捧着一个东西，缓缓走过来……那是一个好似水晶球的灰色物体，大概头颅大小，一颗颗白色的流星在灰水晶内错乱飞舞，若是仔细望去，便能发现那其实是一张张痛苦挣扎着的灵魂面孔。红衣人的目光落在那颗灰水晶上，眼眸微微眯起，不知在想些什么。

"碎魂搜证？"老管家点点头，"也好，要是他的灵魂不够结实，被碾成碎渣，也省得我们再动手了……"

纸偶师走到红衣人的身前，指尖在灰水晶的表面轻轻一抹，留下一道微不可察的裂痕，与此同时，灰水晶内密密麻麻的挣扎面孔都像是疯了般向着那道裂口处挤去，就像是拼了命地想逃脱囚笼的鱼群。随着纸偶师指尖抬起，其中一张面孔被他释放出来，像是淡淡的白烟被他缠绕在掌间。他另一只手在灰水晶表面再度一抹，那微不可察的裂痕便自动修复，恢复如初。"目前碎魂搜证的最高纪录，是那个姓简的小子，他的灵魂也不知道是什么做的，竟然能硬生生挺过三轮……"纸偶师缓缓抬起手掌，那只萦绕着白烟的手，停顿在红衣人的头顶上方。"至于你……你又能撑过几次？"

"砰——"话音落下，纸偶师的手闪电般落在红衣人的头上，那萦绕的白烟顿时化作一张狰狞的面孔，疯狂地钻入红衣人的脑海！随着面孔的消失，一缕白色的烟气开始在红衣人头颅的周围蔓延，无数的光影在这烟气中闪烁，就像是接触不良的电视屏幕，正在一点点寻找着画面。纸偶师、蒲术、阎喜寿、老管家等人见此，都聚精会神地注视着那团白烟，空气陷入一片死寂。一秒、两秒、三秒……时间缓缓流逝，那团烟气中却始终没有出现画面。

一旁的阎喜寿眉头微微皱起："怎么回事？搜证失效了？为什么没有反应……"

老管家同样满心的疑惑，他正欲开口说些什么，只见那团翻涌的白烟之中，一双双猩红的眼瞳骤然睁开！下一刻，仿佛有一双无形之手拍向白烟，硬生生将其挤压捏碎，一阵尖锐而痛苦的哀号从红衣人头颅中响起，很快便无声无息……那不是红衣人的声音，而是刚才钻入他脑海的那张挣扎面孔。所有人都愣住了，这件祭器他们使用了这么久，从来没有出现过这种情况……还未等他们反应过来，那原本紧闭双眸的红衣人，猛地睁开眼睛，大红的戏袍翻卷得好似血色海浪，将众人的视野遮蔽一瞬，等到他们再度看清眼前的景象时，那身影已经轻飘飘地腾空而起，向不远处的屋顶冲去！

"该死！！碎魂搜证对他无效？！"

"他把碎魂珠也带走了！"

"这小子实在太邪乎了！绝对不能再留！就地格杀！！"

怒吼接连从人群中响起，老管家看着那逐渐远去的红衣身影，眼眸中杀意爆闪，当即下令将其就地格杀！纸偶师也怒了，接二连三地被戏耍，他的耐心已经被彻底磨光，就算老管家不说，这次他也绝不会留下活口……他这次甚至没有让纸人去追杀，而是亲自踩在一个疯狂折叠的纸人身上，朝着红衣人离去的方向狂掠而去！一旁的黑衣蒲术，脸色也难看无比，他抬脚向前一踏，身形再度化为笔画消失在原地。

屋顶之上，寒风凛冽！红衣人落在屋顶表面，正欲有所行动，下一刻他的身形就轰然爆开！一撇与一捺就像是两颗炮弹，从背后直接洞穿了红衣人的身体，将其心脏与腹部的位置炸出两个触目惊心的血洞，通过血色的残骸，能看到黑衣蒲术的身影迅速浮现而出。红衣人的身形猛地一顿，骤然僵在原地，与此同时，一柄锋利至极的纸刀切开空气，轻飘飘地划过他的身体……他就像是一块被劈开的血色豆腐，从左侧肩膀到右侧胯骨，上半截身体开始诡异地与躯干错位，断口处光滑无比。他整个人，被一刀劈成两半了。黑衣蒲术与纸偶师的身形，在不远处并肩而立，他们冷冷看着已经没有人样的红衣人，神情淡漠无比……一位四阶与一位五阶强者同时爆发出自己的最强实力，结局没有丝毫的悬念。远处的道路尽头，穿着毛呢大衣的楚牧云快步走过来，正好看到这一幕，整个人愣在原地。

"我说了，今天你就算插上翅膀，也别想离开这里。"纸偶师看向红衣人的目光，已经像是在看一具尸体。

也许是"血衣"的缘故，即便是开膛破肚，躯干爆碎，整个人被一刀劈成两半，红衣人也没有立刻死去……他浑身是血地站在屋顶，像是个被错乱的血肉强行拼凑在一起的怪物。寒风吹过高高的屋顶，将血淋淋的戏袍的衣角卷起，那支离破碎的身影俯瞰身下，嘴角勾起一抹诡异而疯狂的笑意。"谁说……我要跑？"

众目睽睽之下，他一只手拿起碎魂搜证用的灰水晶，艰难地举到身前……"只用一道灵魂搜证……不够。"

红衣人张开嘴，用力地咬在其上！锋利而苍白的牙齿，瞬间将灰水晶啃得爆碎，无数的灵魂面孔在其中疯狂挣扎，随着水晶碴被那张沾满鲜血的嘴巴用力咀嚼着，发出尖锐刺耳的声响！这一刻的他，宛若吞噬灵魂的恶魔！

212·"观众"再现

所有人都呆住了。他们看着那在屋顶疯狂啃食碎魂珠的身影，大脑同时宕机……他怎么还不死啊？！他疯了吗？这两个念头出现在他们的脑海里，一时之间分不清哪个才是重点。他们不理解，他的身体分明都已经碎成那样了，怎么还能动？更何况，碎魂搜证只需要消耗一个挣扎灵魂就能进行，即便是简长生，也只是连续消耗三个灵魂而已，而眼前的红衣人，竟然将整颗碎魂珠都啃碎了？！那里面，可是有成千上万个挣扎的灵魂，足以磨灭同一个灵魂千万次！一口气将它们全部吞入体内？那跟在一秒钟内自杀千万次有什么区别？红衣人的咀嚼声令人头皮发麻，那些从灰水晶中被放出来的灵魂面孔疯狂挣扎，却根本逃不出那张满是玻璃碴的血色利嘴，一团几乎凝结成实质的白烟疯狂蔓延，像是旋涡般被卷入他的脑海！无数灵魂的哀号夹杂在寒风中，在群星商会的上空呜咽作响……即便是纸偶师与蒲术这两位已经在各自神道上造诣颇高的强者，这一刻都有种不寒而栗的感觉。一旁的阎喜寿与老管家等人，更是脸色煞白，看向屋顶上红衣身影的目光像是在看一个恶魔！

随着那些灵魂被尽数吞没，刺耳的咀嚼声逐渐停止，淡淡的白烟笼罩在屋顶上空，世界再度陷入死一般的沉寂。纸偶师的双眸微眯，透过白烟注视着那模糊不清的红衣身影……他就这么静静地站在那儿，一动不动。他死了。即便他破碎的身躯还维持着站立姿态，即便他猩红的嘴巴还残余着水晶碴，即便那件大红的戏袍还随风飘荡……但他确确实实，已经死了，而且死得很彻底。见到这一幕，纸偶师暗自在心中松了口气……这个红衣人，处处透露着诡异，刚才有那么一瞬间，他甚至以为对方是杀不死的，但是还好，没有人能在受了那种程度的伤之后还能活下来。要真是这样都不死，那跟妖怪有什么区别？纸偶师淡定地拍了拍双手，转身向人群走去："走吧……结束了。"

黑衣蒲术深深地看了眼依然伫立在白烟中的红衣人，心中也有些余悸，但他还是跟着纸偶师，向不远处的人群走去。

观众期待值 +1%

观众期待值 +1%

当前期待值：66%

监测到失去演员连接，演出中断。

观众期待值 -50%

当前期待值：16%

警告！警告！

"观众"开始介入演出！

　　纸偶师看着前方神情逐渐惊恐的老管家等人，眼眸中浮现出不解："人都已经死了，你们还在这看什么？"

　　没有人回答他的问题，他们的目光就像是被什么东西钉死般，直勾勾地看着某个方向，他们的脸色肉眼可见地苍白，仿佛见到了什么极其恐怖的事物。一阵带着浓郁血腥味的寒风，吹过纸偶师与蒲术的脸颊。他们突然停下脚步。纸偶师隐约察觉到不对，转头向身后望去，他的瞳孔骤然收缩！只见在那白烟翻卷的屋顶之上，原本已经支离破碎的血色身影，突然诡异地扭曲起来，在烟雾的遮蔽下众人看不真切，只能看到他像是气球般一点点膨胀，无数触手般的东西从体内延伸出来……"那是……什么鬼东西？！"黑衣蒲术看到这一幕，眼瞳微微收缩。

　　下一刻，屋顶上的红影凭空消失。还未等众人回过神来，一道庞大的阴影瞬间将他们笼罩其中，蒲术与纸偶师同时抬头望去，只见一轮红纸扎成的太阳，正诡异而无声地悬浮在他们上空，无数好似游蛇的红色纸条从中延伸出来，远远望去，像是小朋友用蜡笔画出的歪歪扭扭的红日与光线。一股恐怖的威压降临在纸偶师与蒲术的肩头，他们脸色骤变，纸偶师像是察觉到了什么，当即大喊："小心！！"

　　"嗖——"纸偶师话音未落，密密麻麻的红纸触手好似雨点般落下，瞬间洞穿周围的十余位守卫，他们就像是被丢入荆棘之森的失足者，身形被彻底钉死在地面，猩红鲜血顺着纸条晕染大地。蒲术反应极快，整个人拆分成无数的笔画当场消失，这才避免了被扎成刺猬的命运。而反观一旁的纸偶师，则转头就向后方冲去！两个纸人当场飞掠而起，以惊人的速度在半空中自我折叠，化作直径两三米的巨型纸伞，撑在阎喜寿与老管家上空，猩红的纸条刺在纸伞表面，被弹性牵引略微错位，向着四面八方偏转而去。纸伞下的老管家吓出一身冷汗，阎喜寿更是双腿一软，差点直接跪倒在地。

　　"快跑！这家伙也是五阶！我未必能护住你们！"纸偶师来到纸伞之下，手中的便笺急速折叠，化作一柄细长的纸刀被他握在手中，接连砍断几根猩红触手。他双眸死死地盯着那悬在半空的红纸太阳，脸上满是震惊与忌惮……他不知道这只"灾厄"是从何而来，但从它的身上，纸偶师感受到了一种前所未有的恐惧感。老管家没有丝毫犹豫，一把扶住身旁的阎喜寿，在大型纸伞的护送下向远处离开，密密麻麻的纸条触手像是雨点般打在伞面上，发出尖锐的撕扯声。这柄纸伞，似乎很快就要坚持不住了。纸偶师深吸一口气，将手中的纸刀用力刺入大地，领域自他脚下急速张开，一个个鲜艳的纸人从地底破土而出……在这些纸人的簇拥下，纸偶师终于找回了一丝安全感，他紧咬着牙关抬头望去，喃喃自语："你我都是五阶，真当我怕你不成？"话音落下，数十个纸人张开双臂，像是鸟群般从满目疮痍的大地腾飞而起，蜂拥着向那轮猩红纸太阳冲去！

213·红云与红日

混乱的爆鸣声在庄园内回荡，远处的楚牧云站在余波的边缘，毛呢大衣随着狂风摆动。他怔怔地看着那轮悬浮在空中的红日，许久之后才回过神来，眼眸中还残余着震惊……刚才红衣人一口咬碎碎魂珠的画面，即便是他也觉得无法理解，虽然那人的脸跟陈伶不一样，但那应该就是陈伶。这小子又发什么疯？楚牧云推了下眼镜，看向战场的表情前所未有地凝重。"……竟然真的把那东西放出来了，这下糟了……"这是楚牧云第一次目睹"灭世"出现，不过令他意外的是，如今的那只"灾厄"似乎并非"灭世"的完全体，而是只发挥出了大约五阶的力量……莫非，是陈伶还在制约他？他还没有完全死亡？一个又一个念头出现在楚牧云的脑海，就在这时，一道惊天动地的轰鸣声打断了他的思绪。

观众期待值 −1%
当前期待值：15%

那轮悬浮在空中的红纸太阳，气息骤然攀升，漫天飞舞的红纸触手急速延长翻涌，如果说原本像是太阳周围散发的光线，现在就已经化作遮天蔽日的红云，彻底覆盖群星商会的上空！相对地，那漫天飞舞的纸人肉眼可见地渺小起来，像是在云下胡乱飞舞的苍蝇，密密麻麻的红纸交织成垂落的云海，浩浩荡荡地横压在它们上空。在如此恐怖的数量与追击速度之下，它们根本没有丝毫逃窜的空间，一根根触手般的红纸缠绕上它们急速飘动的身躯，将其彻底裹入红云之中，任凭纸偶师如何操控折叠，都没法再挣脱分毫！随着红云的蠕动，这些纸人被一点点向着中央的红日拖曳过去，最终彻底贴合在那轮太阳的表面……然后，它们的身体就像是融化般，从三维逐渐变成二维，一点点地镌刻在红日之上，像是被人用笔勾勒出的涂鸦。

"噗——"纸偶师脸色一白，猛地喷出一口鲜血，身形摇摇欲坠。这一刻，他与所有纸人的联系都被切断了，他惊恐地看着那不断蠕动的红云，眼眸中满是难以置信……"这不可能……它刚才还跟我一样是五阶，怎么突然触及六阶的门槛了？！"一个能够在短时间内自我提升的"灾厄"？可几分钟就跨越一个阶位，这提升的速度未免也太恐怖，要真是这样，它的极限在哪儿？

托着太阳的红云，一点点地在空中挪动，随着它的前进，一座又一座建筑被垂落的触手包裹，原本坚实无比的墙体瞬间变成轻薄脆弱的纸墙，随着触手轻捏，狰狞裂纹瞬间遍布其上，只坚持了两三秒，就被硬生生地碾为废墟！它就像是会移动的天灾，所到之处所有生灵都被猩红洞穿，所有建筑都被夷为平地，短短几分钟内，群星商会就被毁灭大半！即便是楚牧云，此刻同样不敢与之正面接触，在无数猩红触手飞舞的情形下迅速地向战场之外退去。

"蒲术那个废物又跑了……这怎么打？！"纸偶师看着那径直向自己飘来的红云，握着纸刀的手渗出细密汗水。他已经很久没有经历过这种令人绝望的战斗……即便都是五阶，但红纸怪物此刻已经完全处于实力碾轧的状态。纸偶师的大脑飞速运转，一番利弊权衡之下，还是放弃了跟红纸怪物厮杀，掉头就往远处跑去。这群星商会谁爱守谁守，他就是个收钱办事的，要是把命交待在这个地方，那简直亏到了极点，蒲术都跑了，他凭什么不跑？纸偶师的速度极快，整个人脚踏纸页，化作一道流光就往群星商会之外飞去。但就在这时，异变再生！

观众期待值 −1%

当前期待值：14%

一股冰冷彻骨的寒意瞬间横扫整个商会，刚跑出数百米的纸偶师像是感知到了什么，瞳孔骤然收缩！那是六阶的气息。他错愕地回头望去，只见那翻涌的红云之中，那轮红纸太阳中央裂开一道细密的缺口，然后一点点地向两侧扩散，远远望去，就像是一只苍白的眼瞳，自太阳中央缓缓睁开……

下坠，下坠……就像是置身于无尽的深渊，一个穿着大红戏袍的身影紧闭双眸，像是陨石般不断地向下坠去。数不清的呢喃萦绕在他的耳畔，那是一张张挣扎的灵魂面孔在哀号，他们在痛苦地恳求着什么……在周围的深渊之中，一双双猩红的眼瞳，缓缓亮起。那些眼瞳的数量极多，甚至比萦绕在红衣人身边的灵魂面孔还要多，在被它们凝视的一瞬间，那些灵魂面孔就像是疯了般，哀号与恳求声几乎刺穿红衣人的耳膜。红衣人眉头越皱越紧，像是在做一场噩梦，随着他的眼皮高频震颤，他猛地睁开眼眸！"扑通——"在他睁眼的瞬间，一座剧院在他的身旁急速勾勒成形，他整个人重重地砸在剧院舞台的地板上，发出沉闷声响。红衣人挣扎着站起身，眼眸中闪过迷茫，他看到舞台下有所空缺的观众席，微微一愣，这才回过神来。他抬头看向上方，大量的灵魂面孔好似海浪般从舞台上空倾泻而下，这是迄今为止第一次有外界的东西出现在剧院内，而随着它们的出现，观众席上剩余的"观众"眼眸中明显浮现出愤怒！它们纷纷从座位上站起，猩红的眼瞳凝视着舞台上的红衣人，抬起手掌，似乎要隔空抓向他的身体……

"碎魂搜证……这是我唯一的机会了。"红衣人眼眸中闪过一抹决然，他毫不犹豫地张开双手，迎向那蜂拥而下的灵魂瀑布。在他的身形被灵魂瀑布淹没的瞬间，周围的场景突然消失，取而代之的是电影般疯狂倒转的记忆碎片，这些碎片仿佛旋涡般环绕在红衣人的身前，一直延伸到黑洞般深邃而神秘的尽头……

214 · 记忆深处

"你只有一次机会，答错或者拒答我的问题，我就杀了你。"

"……"

"我就正常躲在他们下班的路上，趁周围没人一个个打晕，然后借了辆拉货的车就过来了……放心吧，中途没人发现。"

"……"

"……小卓，问你个事。"

"……"

"利用？不，这叫'合作'……"

"……"

一幕幕熟悉的场景在红衣人的眼前闪过，那些遇见过的人或事，都随着光影的闪烁不断回溯，他像是在观看一场本属于他的人生的电影。红衣人目光扫过周围，下意识地迈开脚步，向记忆旋涡的深处走去。"不是这里……还要再往前一些。"他喃喃自语。随着他不断地走向自己的记忆深处，更多的画面涌现出来……他看到自己戴着"林宴"的面具，在与简长生生死搏杀；他看到自己站在空无一人的仓库之中，对着被套上头套的文仕林上演疯狂的独角戏；他看到自己在万众瞩目下站在列车车头，于烈火与扑克牌中被焚烧成灰烬……他像是一位观众，在观赏自己的人生。就在这时，他觉得脚步突然有些沉重，仿佛有什么东西在后面拖曳着他。他猛地回头望去，只见在流转的记忆旋涡中，一只只漆黑的手掌仿佛从虚无中伸出，开始撕扯他身后的记忆碎片。与此同时，另一拨手掌直接抓向他的戏袍，在那手掌之后，一双双猩红的眼瞳拥挤在一起，满是愤怒与疯狂！"观众"，在阻止他回溯记忆！看到这一幕，红衣人的瞳孔微微收缩，他没想到自己搜证自己的灵魂，这些"观众"竟然也能插手。他毫不犹豫地加快脚步，试着挣脱这些抓向他的手掌，往记忆的深处冲去！

"我不知道为什么极光城说你是异端，也不知道他们为什么一定要杀你……这一枪过后，你已经死了，战死在了与'灾厄'厮杀的战场上。"

"……"

"点燃火炬吧，它们将因此而来。"

"……"

"以终焉盗神'白银之王'的名义……你们，都将死在这里。"

"……"

记忆的光影在他眼前急速倒退，他仿佛又穿过那个燃着熊熊烈火的车站，又嗅到肉鸡盛宴的喷香，他站在"兵道古藏"遍野的尸骸之上，用匕首迎接自己的死亡。不够……还是不够！！他的速度越来越慢，那件大红的戏袍似乎已经快被拉扯到极限，他一咬牙，直接将整件衣服脱去，用最快的速度向前狂奔。大红戏袍瞬间被无数的黑色手掌淹没，却并未让它们延缓丝毫，它们已经将所有经过的白烟撕扯殆尽。那些手掌好似浪潮般翻涌而来，其中有几只甚至已经攀上他的身体。"我的记忆深处究竟有什么？！让你们这么拼命地阻止我？！""咔嚓——"他艰难地在手掌的牵制下挪动身体，暴怒的声音混杂在翻滚雷鸣中！他的脚掌踏上满是积水的无人街道，进溅起细密的水花，滂沱大雨拍打在他的身上，彻骨的冰寒仿佛一根根无形的钢针刺入他的身体……他的眼前水汽蒙蒙，模糊不清。他又回到了那个雨夜，那个他记忆最开始时的雨夜。他的身体从未如此沉重过，像是承载着成千上万个厚重的灵魂，就连迈开一步都艰难无比……密密麻麻的黑色手掌从身后无声探出，轻盈地盖在他的身上、脸上……像是来自深渊的魔鬼，在一点点遮住那双绝望而挣扎的眼睛。在他的视野中，这条雨夜的街道一直延伸到漆黑的尽头……那里，就是他的记忆不曾触及之地。

"给我滚！！！"他的身体逐渐被黑色手掌淹没，即便如此，他还是疯狂地挣扎着，那个被遮住一半的瞳孔死死盯着前方的黑暗，那将是他所追求的最后的真相。那只艰难悬停在半空的脚掌，骤然落下！"啪——"水注进溅，周围的街道寸寸破碎。那延伸到街道尽头的神秘黑暗，骤然将他的身形淹没其中，一段支离破碎的记忆，开始冲刷他的脑海！这一刻，他觉得自己整个人都失去了重量，就像是幽灵般飘浮在无尽的虚无之中，前所未有的孤独与痛苦撕扯着他的意识……他试着睁开眼睛，却失败了，他仿佛已经失去了视力。但即便如此，他依然能够依稀辨别自己周围的情况，他能感知到无尽的雨滴从天空坠落，渗入满是鲜血的土壤之中，在那土壤之下，是一具具冰冷的尸体……

乱葬岗？他回到自己被抛尸的那一夜了？他迅速猜到了自己所在的时间与地点，在这个时空位置，陈伶与陈宴全部被埋入乱葬岗，自己的灵魂从过去穿越而来，灰界降临交汇，"灭世"级"灾厄"应该也是在这时候进入他的脑海，还有那座神秘的剧院……这个时间点发生了太多事情，而这，也许就是一切的起点。就在这时，他感知中的一切骤然扭曲，这些记忆碎片本身就不连贯，此刻就像是老旧的电视机屏幕，骤然闪烁起来，开始向下一块完整的记忆碎片跳跃。下一刻，还是在这乱葬岗内……只不过他的身前，多出了一个人。人？他愣住了，按照自己的推测，这个时间点无论是死尸复活，还是"灭世"级"灾厄"降临都有可能，但偏偏就不该出现一个人……他是谁？什么样的人才会在这个关键节点，出现在这里？他看不清那人的模样，在他的感知中，唯一清晰可知的，就是对方身上那件大红的戏袍。

"你想好了吗？"那人缓缓开口，"代入他的'角色'之后，迄今为止你们两个的一切都会互换，身份、背景、人际关系……你将彻彻底底地成为他，让他完成另一种意义上的复活……而相应地，你自己将不复存在。你……真的要成为'陈伶'吗？"

215 · 我就是我

他轻飘飘地"嗯"了一声。

沉默片刻后，那穿着大红戏袍的未知身影，再度开口："既然你意已决，为师也不再劝了……不过，这个领域的作用范围只有七大区，七大区之外，已经发生的事情无法篡改，你可明白？"

"明白。"那声音依旧安静而温顺。

长叹一口气后，那穿着大红戏袍的身影，缓步走上前，指尖在他的脸上轻轻一抹……一张仿佛没有厚度的脸皮，轻盈地贴在他的脸上，当脸皮贴合的瞬间，他的身体肉眼可见地拔高，仿佛彻底变成了另一个人。那身影犹豫片刻后，又将自己身上的大红戏袍脱下，轻轻披在他的身上："如果有一天，你开始对自己产生迷茫，就来找为师……我们在'戏道古藏'等你。"

他点点头："好。"

那身影转身正欲离开，像是想到了什么，突然又停下脚步……他缓缓回过头，声音低沉而冰冷地响起："不过，如果最后来的是'嘲'……为师会亲手杀了你。"

下一刻，周围的场景骤然扭曲，像是被什么东西硬生生撕碎，记忆中的画面顷刻间崩碎无踪！前所未有的痛苦涌上心头，红衣人宛若大梦初醒，猛地睁开眼眸！他眼前的虚无中，那无数的黑色手掌，将其他的记忆碎片尽数吞没，缕缕白烟在它们的手中被揉捏至破碎，彻底泯灭无踪……万千灵魂，就这么消失在它们的目光之下。做完这一切之后，那些手掌便随之消失，仿佛从未出现过一般。此刻的红衣人，还是站在那熟悉的舞台上，他缓慢地低头看向自己的双手，神情复杂无比。"我……是陈宴？"他脑海中不断回想着刚才的对话，虽然没有看到任何的画面，也没有太多的其他信息，但现场出现的人物就那么几个，想来想去，他好像只能是代入"陈伶"角色的"陈宴"？可那穿着大红戏袍的人又是谁？他又为什么会出现在那里？还自称是自己的师父？还有，他口中的"嘲"，又是什么？是"观众"吗？

一个又一个谜团萦绕在他的脑海，他宛若雕塑般在舞台上呆了许久，就在这时，一声轻响从旁传来。"啪嗒——"那是书本落地的声音。他回过神，转头看向声音传来的方向，那是他用来放置剧本的书架……不知为何，一本剧本从书架上滑了下来。他下意识地走上前，将那剧本捡起，剧本的封面上，几个硕大的字符显眼无比——

第一剧目
初始之章——《无心》
主演：陈伶

当看到最后一行时，他的身体一震，瞳孔微微收缩……这一刻，仿佛有一个念头即将涌出脑海，却又瞬间消失，无论如何也回忆不起来……就像在他的内心深处，有什么东西在制止他更深入地思考。"不……"不知沉默了多久，他摇了摇头，"我是陈伶。"他低头看向屏幕上自己的倒影，再度开口，语气逐渐坚定起来，"无论我曾经是谁，现在的我，都是陈伶……没有人可以欺骗我，没有人可以影响我，我就是我。"陈伶将第一剧目的剧本放回书架，眼眸中再无阴霾与迷茫，陈宴也好，陈伶也罢，不过都是戏中之人……如今他站在这个舞台上，他若觉得自己是陈伶，那他就是陈伶。当他转过身时，指尖从下巴上一撕，陈伶的面庞再度出现，大红的戏袍随着他的步伐微微飘起，他重回舞台中央。"这场闹剧，该结束了。"陈伶低头看向屏幕，此刻的观众期待值已经掉到14%，回到了历史最低……但情况的糟糕程度，还远不止于此。

观众期待值 −1%
当前期待值：13%

陈伶的脸色顿时阴沉下来！

群星商会——
猩红的云层在空中翻涌，一轮红纸太阳被托悬在红云之上，随后纸面开裂，像是一只凝视人间的空洞之眼，缓缓睁开……当这只眼瞳睁开的瞬间，庄园内的所有生灵，无论身在何处，无论是否看到了这只眼，都突然涌现出前所未有的心悸，就像是来自生命最深处的本能恐惧，开始一点点侵蚀他们的理智。"那……那是什么东西？"群星商会安保最为严密的建筑内，阎喜寿躲在窗边，看着那高悬于红云之上的眼瞳，身体控制不住地颤抖起来。
"是'灾厄'……是六阶的'灾厄'！"老管家的额角渗出细密冷汗，"极光城里，怎么可能会出现'灾厄'……"

"是那个陈伶！他就是个'灾厄'！"阎喜寿看着被逐渐夷为平地的商会，双手疯狂抓着自己的头发，神情懊恼无比，"该死，怎么就偏偏惹上他了……他究竟是个什么怪物？！"之前群星商会确实有些动荡，但也只是有个人越狱，或者有记者追查到器官交易上，事情说大也大，说小也小……可偏偏，发展到最后，整个群星商会都要被夷为平地了，这可就不是小差错那么简单了！到时候父亲回来，发现群星商会已经没了，就已经不是自己能不能继承的问题了……他绝对会被父亲亲手打死！

"大少爷别急。"老管家安慰道，"咱们的位置离战场很远，而且这座建筑的防护是避难所级别的，我们待在这里，一定不会有事的……"老管家话音刚落，一道来自红云之上的目光淡淡扫过，下一刻，他们周围的一切都泛起诡异的红光。厚重的墙壁肉眼可见地变薄，仿佛纸片般随风扇动，结实冰冷的大理石地面莫名地开始失去质感，砖与砖之间的缝隙像是变成了手绘的线条，歪歪扭扭……就连在两人面前的那扇窗户，都逐渐长出獠牙，像是一只凶恶巨兽张开的大嘴。而此刻的两人，像极了被困在巨兽口中的食物，似乎下一刻就会被咀嚼吞没。

眼前的变化彻底超出了两人的认知，这座群星商会引以为傲的建筑，突然间变成了一只不知道是什么的怪物。阎喜寿一屁股坐倒在地，看向周围的目光中满是惊恐！华丽的吊灯变成类似于扁桃体的器官，开始随着窗外卷来的大风急速震颤，低沉的怒吼宛若雷鸣，隆隆作响！阎喜寿与老管家的耳膜被瞬间撕裂，他们痛苦地匍匐在地，耳中流出鲜血……

216·疯狂的庄园

"大少爷！大少爷！！"老管家扯着嗓子，呼唤着身旁的阎喜寿，可惜后者已经完全听不见了，他面目狰狞地捂着双耳，跌跌撞撞地从地上爬起，向那扇扭曲变形的房门冲去。老管家见阎喜寿独自起身，脸色顿时大变，想拉住对方的衣角让他不要乱跑，手掌却只抓了个空。

"我不能死在这里……我不想死！！"阎喜寿嘴巴开合，在轰鸣声中低吼着，他看向那扇扭曲房门的目光中满是求生的欲望。他不知道这鬼地方究竟发生了什么，只想尽快离开这里！他穿过蠕动的纸面地板，终于抵达那扇房门前，他试着用手去拉门把手，这才发现门把手已经降成二维，画在轻薄的墙壁之上，根本无法抓取。他一怒之下，一脚端向眼前的大门，纸片般的房门被他轻松地踢出一个大洞，他整个人愣在原地。房门后，并非熟悉的走道与正厅，而是一条不知通往何处的暗红通道，通道表面到处都是蠕动的红纸，像极了某种野兽正在吞咽的食道……"不……这不可能！这不可能！！"阎喜寿眼眸中浮现出惊恐，他呆呆地看着那仿佛在欢迎自己的食道，下意识地想要向身后退去。就在这时，蠕动的纸面地板突然掀起，像是一条急速蜷曲的巨舌，直接卷住阎喜寿后退的身体，猛地将他推入那暗红的食道之中！阎喜寿惊恐地挥舞着四肢，拼了命地想要抓住一旁的内壁，却根本找不到受力点，只能惨叫着顺着食道疯狂下坠……再然后，他的惨叫声戛然而止。被踢开的大门逐渐恢复原状，遮住门后的暗红食道，仿佛刚才的一切都不曾发生过……老管家还匍匐在原地，目睹了全过程的他脸色苍白无比！"疯了……"他喃喃自语，"这个世界的一切……都疯了……""嗖——"他话音未落，蠕动的地板再度蜷曲，包裹着他的身体将他直接丢入食道……这一切发生得太快，一眨眼后，整座建筑便陷入一片死寂。

红云之下，纸偶师看着眼前的一切，眼眸中浮现出深深的惊恐与不解……此刻的他已经脚踏纸人腾空而起，当他俯瞰下方的群星商会时，发现所有建筑都像是活过来一般，长出头颅、躯干与獠牙，在满目疮痍的庄园内缓慢地扭动着。不，不光是建筑……就连生长在路边的花草树木，都开始疯狂地摇摆自己的躯体，像是在狂风中张牙舞爪的恶鬼。在那悬于高空的眼瞳的注视下，一切的非人物体都像是被赋予了生命，这原本被人类所居住主宰的庄园，短短几秒之内，就变成了一个非人类狂欢的疯狂舞台！大量四散奔逃的人群，被这些活着的建筑、树木、石阶，乃至飘零的落叶啃食殆尽，鲜血在庄园的大地上流淌，凄厉的哀号声连绵不绝，整个群星商会都被染上一层血色！而那只空洞诡异的瞳孔，就这么安静地悬于红云之上，俯瞰着下方的一切，像是一位观众。"这个地方不能再待了……"纸偶师被吓到了，他也是从其他界域过来的强者，什么大风大浪都见过，可眼前的画面实在是超出了他的认知……那只高悬于红云之上的眼睛，绝对不是一般的"灾厄"！

他正欲转身继续逃亡，就在这时，一阵剧痛突然从双脚传出！纸偶师惨叫一声，猛地低头望去，只见他原本踩着飞行的纸人竟然从中央裂开了一张獠牙利嘴，正死死地啃在他的脚踝上，骨骼的断裂声接连响起，剧痛让他险些当场昏厥！就连他的纸人都受到影响了？！纸偶师来不及多想，大吼一声，手中的纸刀劈落，纸人被一刀劈成两半之后松开了他的脚踝，他整个人急速下坠，重重地砸在商会的庄园地面。"糟了！"纸偶师心中一惊，当即想要爬起向外狂奔，但脚掌刚试着撑起身体，整个人就一头栽倒在地。他的双脚已经被纸人啃废了，想靠自己走出去简直是痴心妄想，更别说是奔跑……他的脸色苍白如纸，他毫不犹豫地折叠便笺，瞬间将其化作两根拐杖，支撑着身体一点点往外挪动。豆大的汗珠从他的脸颊滑落，那驼背的身体此刻就像是在血泊中艰难行进的爬虫，凄厉的嘶吼声还在从四面八方传来，听得他心脏狂跳！

"咚——"一声沉闷巨响从他正前方传来，带着血腥味的狂风袭过他的脸颊。纸偶师的身体猛地一震，他缓慢而僵硬地抬起头，不知何时，他的眼前已经出现了两座活过来的庞大建筑，像是两只匍匐在血色庄园内的凶残巨兽，彻底封死了他所有的退路。而此刻的纸偶师，已经失去了所有的纸人，唯一拥有的战斗工具，只有他手中已经变成拐杖的便笺……随着那两只凶残巨兽怒吼咆哮着冲上前来，纸偶师的眼眸中，浮现出深深的绝望。

舞台——
"咚——咚——咚——"观众席上的黑影们，不断地用脚掌践踏剧院的地面，发出雷鸣般的声响，它们猩红的瞳孔注视着舞台上的陈伶，眼眸中满是愤怒与质问！此刻的观众席上，空缺的席位越来越多，大量的"观众"选择离开观众席，开始介入现实的演出……陈伶的脸色凝重无比，他回头望去，那拉开的幕布后，现实中的画面正在继续上演……他似乎站在某个极高的地方，俯瞰着群星商会的一切，血与火占据了庄园大部分的土地，一场独属于非人类的疯狂表演，正在如火如荼地进行。"比上一次严重得多……"陈伶毫不犹豫地走到幕布前，将手向画面的另一端伸去。但这一次，他的指尖触碰到画面，却感觉到了极为恐怖的阻力，就像是身前有一堵坚硬的厚重墙壁，难以前进……陈伶愣在原地。他……似乎回不去了。

217·对视

陈伶清楚地记得，"观众"上一次介入演出的时候，自己的手还是能勉强穿过幕布的。虽然当时的过程也艰难无比，但至少手在大幕中还能挪动。这一次他的手触碰到大幕，却像是碰到了一堵坚硬无比的墙，即便已经用尽全力，也只能塞进不到半根手指……上一次他试着夺回身体时，观众期待值只掉到14%，但这一次，却突破底线来到了13%。虽然只是1%的变化，穿越大幕的难度却大幅提高。陈伶看着大幕后那逐渐暴走的血色庄园，心中有些焦急……他看到上百个身影被吞食，就连纸偶师都在两座建筑的撕咬下变成碎片，再这样下去，这里的动静迟早会将高阶的执法官吸引过来。"群星商会里就没人能支棱起来吗？"陈伶忍不住吐槽，"来个人稍微牵制它一下也好啊！！"他一边说着，一边开始用双手疯狂地扒住那一丝裂缝，试图用撕扯的力量让其一点点扩张，直到能够通过一条手臂为止，即便这个过程难如登天，他也只能硬着头皮上，若是没法穿过这层大幕，他就算是彻底死了。他现在只能祈祷来个人跟红纸怪物抗衡一下，让观众期待值降得慢些，要是让期待值掉到12%，那他就彻底没可能夺回身体了。大幕上的裂口在陈伶的努力下逐渐扩大，但距离穿过一条手臂依然太远，大红戏袍之下，陈伶已然满头大汗。

群星商会，地牢——
"轰——"接连的爆鸣声从头顶传来，大量的土渣开始掉落，这个埋藏于地面之下的空间似乎已经摇摇欲坠。此时，原本驻守地牢的守卫们都已经去到地表，死的死，逃的逃，空荡的地下就剩简长生独自被关在牢房中，急得在里面来回踱步。
"该死，上面究竟发生了什么？就没人来管一下我吗？！"牢房中央的天花板上有一个用来透气的窗口，简长生能听到外面此起彼伏的哀号与轰鸣，他知道外面一定发生了什么大事，但偏偏他就只能被独自关押在这里，就像是被全世界遗忘一般。"没人管是吧？"简长生眼中闪过一抹狠色，随后直接一口咬在自己的舌尖，一口鲜血向牢房之外用力喷出！血珠迸溅之下，他的身形瞬间消失在原地，下一秒便出现在牢房大门之外。由于所有的守卫都已经离开，根本没人在乎简长生的越狱，他一路回到地表，看到眼前彻底混乱疯狂的庄园，整个人呆在原地。

"嗖嗖——"简长生猛地侧身，避开两块漫天乱飞的砖头，这才回过神来。他指尖在破开的舌头上一抹，沾上一滴鲜血，用力向远处甩去，眨眼间挪移出百余米远，下一刻他的位置就被十余根柳条鞭打，石渣纷飞。"这是什么情况？马戏团吗？"简长生一边在这荒谬的庄园中疯狂逃窜，一边震惊地开口。若不是他还能感受到舌尖传来的疼痛，简长生甚至怀疑自己是在做梦，否则这些乱七八糟的都是什么东西？爬行的楼栋、摇摆的树木、自由飞翔的砖块……他甚至看到了当年自己住过的杂役间变成巨型螃蟹在庄园内横冲直撞。眼前的一切都是那么不真实，而当简长生下意识地抬起头时，他看到了那一切不真实的来源……在那翻涌的红云之上，一只空洞的眼瞳宛若太阳，正在俯瞰大地。

当简长生抬头看向它的瞬间，它像是感知到了什么，那只眼瞳微微转动，同样锁定了逃窜的简长生……在这一瞬间，两者的目光交汇。简长生的心脏顿时漏跳了一拍。他只是抬头看了一眼，没想到那只眼瞳竟然也会看向他……一种毛骨悚然的感觉涌上简长生的心头！下一刻，那托举着眼瞳的红云剧烈翻涌起来，密密麻麻的红色纸条像是触手般从天空垂落，急速地向简长生的位置冲来！与此同时，在庄园各处游荡的建筑巨兽，都像是收到某种命令，同时掉转方向，将简长生的所在方位团团包围……只是一次目光交汇，简长生就成为整座混乱庄园的目标！简长生只觉得一股寒意从脚底板直冲颅顶，他难以置信地瞪大眼睛，脸色苍白无比："为什么都冲着我来了？"

简长生想死的心都有了，他直接捡起地上的一柄短剑，在手掌心用力一划，使用"滴血陀"开始在庄园内拼命逃窜……他不明白，他只是跟那只眼瞳对视了一眼，又不是触犯了什么天条，怎么就突然成了众矢之的？刚才他跑路的时候，还看到一个穿着毛呢大衣、戴着银丝眼镜的男人也跟自己一样在疯狂逃窜，其他地方也有人还活着，怎么那东西一言不合就来干自己呢？

随着大量的非人活物变换目标，一直在庄园内周旋的楚牧云终于可以停下身，稍微休息一下，他看向不断瞬身逃窜的简长生，眼眸中满是诧异。那人是谁？面对已经抵达六阶的红纸怪物，楚牧云自认为不是对手，所以就算有心想帮陈伶也做不到，只能在这庄园中勉强周旋……他所能做的，只有向外发出求救信号，希望此刻在极光城内潜伏的高阶黄昏社成员能够收到，然后前来支援。但诡异的是……他的求救信号发送失败了。就像是在这庄园之内，有什么东西彻底阻断了与外界的通信。楚牧云一开始怀疑是红纸怪物所为，但仔细辨认之后发现并不是……更诡异的是，按理说红纸怪物弄出这么大动静，极光城早就该有所察觉，现在应该已经有大量的高阶执法官赶来这里才对，但偏偏到现在，都没看到任何一个执法官的影子。"莫非……"楚牧云推了推银丝眼镜，目光扫过四周，不知在想些什么。

218·黑眸

"轰——"简长生只觉得一片阴影将自己笼罩其中，毫不犹豫地接连闪身避开，下一刻，一只建筑巨兽的脚掌轰然砸落，将他原本所在的位置砸出一个数十米宽的巨坑。还未等他庆幸自己避开一击，上百根猩红纸条便宛若游蛇般从四面八方缠绕过来，这些纸条像是窥破了"滴血陀"的能力机制，完全预判了简长生的走位，提前一步将其退路彻底封死。简长生的瞳孔骤然收缩！一根根猩红纸条迅速攀上他的身体，像是处刑般将其捆绑束缚。简长生死死攥着手中的短剑，拼尽全力想要用那剑锋刺向自己的咽喉，因为只有刺破大动脉，让鲜血大量飞溅，他才有一丝希望能逃出生天。然而，他刚想要抬起手臂，那些纸条就轻松地将其四肢全部锁死，一根纸条缠绕在短剑表面，轻而易举地将其降维成纸面上的图案，任凭简长生再怎么抓，也没法将其重新掏出来。简长生感受着逐渐失去控制的身体，眼眸中浮现出难掩的绝望。从他开始逃亡，到现在被抓住，只过了不到十秒的时间，在那六阶的眼瞳的注视之下，他的一切仿佛都被看穿，像是瓮中之鳖，拼尽全力也逃无可逃……

"真是够倒霉的。"简长生已经彻底麻木了，从"兵道古藏"开始，他的人生就一直处在极度的倒霉之中……本来都要完成试练一跃成为天才，却被突然冒出的陈伶当场格杀；好不容易莫名其妙地活过来，横跨冻海的时候又力竭晕倒，醒来就被碎魂搜证；等住到了狗窝觉得一切都不可能更糟的时候，反手又被人抓回了群星商会，再度陷入绝境……老天爷仿佛在跟他开玩笑，每次都在绝境中给他活下去的希望，然后在他升起一切都会变好的念头的时候，再度将其打入绝望的地狱。就好比现在，简长生想破脑袋也想不明白，为什么那个宛若神明的"灾厄"，偏偏盯上了他这个不过二阶的蝼蚁？大量的红纸彼此交织，化作一只毁天灭地的猩红手掌从天穹垂落，与这只手掌的大小对比，简长生就像是一只渺小的蚂蚁，他亲眼看着那蠕动的手掌在他眼前急速放大，裹挟的狂风让他几乎窒息！

"轰——"猩红手掌砸在简长生的身躯上，将其从半空拍入大地，在雷霆般的轰鸣声中，这只手掌深深嵌入庄园的地面下，沟壑般的裂纹疯狂蔓延！肉眼可见的气浪向四面八方扩散，尘埃飞扬之下，一个直径百米的巨坑缓缓显现！涌动的纸云之上，那红日般的眼瞳注视着尘埃飞扬的庄园，像是察觉到了什么，瞳孔微微收缩……下一刻，一个冰冷而低沉的声音，响彻云霄！"——灾！！！""咔嚓——"一道暗红的雷霆宛若长枪，自天穹之上贯穿而下，瞬间在翻涌的红云中撕开一道缺口，精准地坠落在猩红巨手拍出的巨坑中！这一刻，天空与庄园都被映照成血色，像是回到了某个杀气凛然的古战场。雷光在废墟中游走，无数的电弧好似长蛇，与猩红的纸条彼此撕咬，在那巨坑的最深处，凝成实质的杀气如巨柱般骤然冲上云霄！

"'兵道古藏'的远古杀气？"远处的楚牧云见到这一幕，眸中再度浮现出震惊，"怎么会出现在这里……"如果说那自陈伶体内脱逃的红纸怪物，还在楚牧云的意料之中，那现在突然出现的远古杀气，则彻底超出了他的理解范围……莫非哪位埋葬于"兵神道"中的远古存在，重现世间了？雷光与红纸厮杀的战场中，一个浑身是血的身影，缓步从漫天尘埃中走出……

简长生缓缓抬起头，那双被黑暗吞噬的眼眸，冰冷得仿佛来自杀气深渊，随着他的出现，仿佛来自远古的杀气像是浪潮般席卷大地，一条通往无尽虚空的神道投影，在他的步伐之下缓缓延伸，兵戈的交锋声与厮杀的咆哮声从中隐隐传出，仿佛来自某段曾被这方天地铭记的历史。"'嘲'灾，天地共诛。"一个低沉而沙哑的声音从他口中传出，它并不属于简长生，此刻的他就像是彻底换了个人，一举一动之间，都带着一股令人心悸的威压。他的手掌缓缓抬起，向着头顶的虚无凌空一握。"咔嚓！"又是一道雷霆轰落，化作一杆血色长枪精准地落在他的身前，尘土飞扬之下，他的手掌缓缓将枪杆从龟裂的大地中拔出……枪尖离开大地的那一刻，电弧在枪身之上疯狂跳跃！下一刻，他的身体宛若炮弹般从地面弹射飞起！古老而凌厉的杀气包裹在其周围，像是一杆来自"兵神道"的杀戮之枪，而枪尖所指的，则正是那俯瞰人间的庞大眼瞳！他的举动激怒了红云之上的眼瞳，翻涌的云层骤然扭曲，红纸交织而成的万千触手从天而降，像是无数红色的怪物铺天盖地地朝他奔袭过来！黑眸简长生紧攥枪杆，闪电般一头撞入无尽的红海之中！无数的怪物嘶吼着将他淹没，短暂的停顿之后，暗红的雷光好似盛开的血色之莲，于纸海中绽放，枪尖横扫形成的圆弧在其中荡开一片真空区域，其中的所有纸片寸寸崩碎，化为虚无！这一击过后，红云中出现了一道雷光闪烁的缺口，下一刻又被无穷无尽的红纸填补，但无论那些红纸如何翻涌，那道手握长枪的黑眸身影，始终屹立不倒。

"看来，那个远古存在也并非完全状态。"楚牧云站在一旁的屋顶之上，仰头注视着云层中的那场大战，若有所思，"不过能与半解放状态的'灭世'一战，那位全盛时期的实力应该也不简单……一个群星商会，竟然同时出现这两个神秘的古老存在，究竟是巧合，还是……"

219·"末"

"这是……简长生？"舞台之上，陈伶看着大幕后那手握长枪，在红海中疯狂厮杀的身影，眼眸中浮现出诧异。眼前的简长生与他印象中差别太大，尤其是那双黑眸与对方身上奔涌而出的凛然杀气，让陈伶想起了"兵道古藏"中那柄刺入云霄的黑色巨剑。可如此古老而凛然的杀气，为什么会出现在他的身上？陈伶知道简长生的身上一定发生了什么，否则当初在"兵道古藏"，他就已经死得不能再死了，毕竟当初的演出条件可是"无人生还"……也就是说，如今的简长生算是死而复生。陈伶一边关注着大幕后发生的一切，一边全力扩大那道裂缝，如今的裂缝已经勉强能伸进一只手掌，紧接着就是整条小臂，但是距离彻底穿过大幕，依然还有一段距离。"你可得多坚持一会儿……"陈伶看着那道血色身影，默默祈祷，继续将手掌向大幕内艰难挪动。

红云之中，黑眸简长生似乎觉得那些红纸无穷无尽，太过烦人，一步凌空踏出，将空气踩出尖锐爆鸣！"咚——"一个黑色的领域在其周围急速张开！杀气与雷光在领域内交织，像是两个逆向转动的超大型磨盘，将试图冲入领域之内的所有红纸撕成碎片！当这个领域撑起的瞬间，翻涌的红海之内，就出现了一片无法逾越的禁区！黑眸简长生手握长枪，踏空而行，整个领域随着他的脚步向前挪动，硬生生在红海中撕开一道缺口！悬于高空的红日眼瞳之中，清晰地倒映着黑眸简长生的模样，那瞳孔微微收缩，似乎能看到隐约的红色火焰在其中跳动……下一刻，一束猩红的光芒从中喷涌而出！这道光芒出现的瞬间，周围的红海立刻避让出一块半径百余米的空间，仿佛不愿沾染其分毫，而那光芒所指，正是站在领域之中的黑眸简长生！黑眸简长生手掌的青筋一根根暴起，整个人如临大敌，密集的雷电自枪身之上迸发，随着他用力一甩，这杆长枪便化作黑色电光，迎着猩红光芒撞去！

"轰——"两者碰撞的刹那间，一道毁天灭地的弧形余波在高空疯狂扩散，几缕被长枪撕开的猩红光芒扫射到庄园之上，顷刻间便将所触碰到的一切物体扭曲……石砖外墙突然变成西洋风格的教堂外壁，院内潺潺的溪流化作漆黑的幽冥河水，就连耸立在路边的银杏树，都摇身一变，成了悬挂着黄金苹果的卡通树木……那几缕猩红的光芒，似乎扭曲了现实与幻想，将一个个截然不同的演出剧目彼此打通，拼凑出一个混乱无比的世界。随着两者碰撞的余波横扫，群星商会上空的虚无中，一道细微的裂缝开始浮现……仿佛原本扣在商会上空的无形巨罩，缓缓出现在众人的视野之中。而此刻，一缕属于红纸怪物的气息，从那道裂缝中缓缓飘出……

"嘀——嘀——嘀——"极光城最核心的区域中，一个位于地底的基地突然响起刺耳的警报声，红色的光芒在楼道内疯狂闪烁，无数身影在其中飞奔。

"怎么回事？！是哪里的警报在响？！"

"是0号实验室……极光君的各项生命体征开始狂飙，似乎就快要苏醒了！"

"极光君？他已经沉睡了三百多年，好端端的，怎么就要苏醒了？"

"他的大脑波形刚才突然活跃，就像是受到了刺激……他应该是感知到了什么，整个人都进入了戒备状态。"

"戒备？这极光城里，还有什么东西能让极光君戒备？"

…………

0号实验室的中央，一个庞大的透明休眠舱巍然矗立，在淡蓝色不知名液体的包裹下，一个白发的修长身影正颠倒着悬浮其中。氤氲的极光在他周身无声流淌，冰雪般的白发无声漂动，他就像是一个被封在蓝色琥珀中的标本，安静而神秘。而此刻，那白发身影的睫毛正在轻轻颤抖，一颗颗细小的气泡从他的口鼻中漂出，他似乎很快就要苏醒。一众穿着白大褂的科研人员簇拥在实验室之外，紧张地看着这一幕。

"现在该怎么办？要放任他苏醒吗？"

"他的时间已经不多了，苏醒之后身体机能恢复，寿命只会流逝得更快，加大药物剂量，绝对不能让他醒过来！"

"再加大剂量？可……"

"现在的极光城就是一颗定时炸弹，他要是醒了，留给我们拆弹的时间就更少了……无论如何，先拖延时间再说！"

"……明白。"

大量的药剂顺着针管注入白发身影的身体，他的肌肤浮现出不健康的惨白，随着漂浮起的气泡越来越少，那轻颤的睫毛也逐渐恢复平静。

群星商会——

"果然，有人在刻意隐藏这里的气息。"楚牧云的眼睛敏锐地捕捉到商会上空的那一缕裂缝，神情浮现出了然，"看来，援兵已经到了……"楚牧云环顾四周，试图寻找援兵的位置，可现在的庄园里，除了那几个命大躲在角落，还没有被建筑和树木吃掉的守卫之外，再也没有其他身影。不应该啊……能撑起这么大规模的领域，还能隐藏那两个怪物交手的气息波动，援兵应该就在这座庄园内才对。楚牧云拥有"秘瞳"，对自己的观察能力是相当自信的，可他找了半天，硬是没有找到任何疑似援兵的存在……最终，他还是将目光落回那几个躲在角落的守卫身上。

"看不见我，看不见我，看不见我……"

"我还不想死啊……"

"该死，这是在做梦吗？怎么连楼和树都能吃人？"

"我们躲的位置好像很不错，那几个建筑怪物走来走去，似乎都没看到我们……"

"可能是我们命大吧。"

…………

这几个守卫蹲在一座凉亭旁边，脸色已经吓得煞白，他们可是亲眼看着其他同伴被各种奇怪的东西吃掉，但偏偏他们就这么蹲在露天室外，也没受到任何攻击，心中疑惑不解。就在这时，他们之中，一个不起眼的身影缓缓站起……直到这人站起来，众人才察觉到他的存在，就像是之前都下意识地将其忽略一样。这些守卫疑惑地看着那站起来的身影，不解地问道："欸……你是谁？怎么之前都没见过你？"

"奇怪，你一直跟我们蹲在这儿吗？刚才怎么没看见……"

"我也没看见。"

那不起眼的身影没有回答，他只是平静地注视着天空中那道细微的裂纹，眼眸微微眯起……"该结束了……"下一刻，他的面孔肉眼可见地变化起来，淡淡的蓝色纹路勾勒其上，像是交织成了一张贴合在面皮之上的脸谱。若是陈伶在此，一眼便能认出这人脸上的纹路所代表的身份，他研习传统戏曲舞台时，见过这种脸谱……那是一个逐渐被遗忘的行当角色——戏道五行——"末"角。

220 · 微末之人

看到那张脸谱，楚牧云像是想起了什么，眼瞳微微收缩……还未等他回过神来，那道身影便瞬间消失在原地。

在猩红光芒与雷霆长枪碰撞之后，荡起的余波将天空都横扫出一片真空区域。黑眸简长生闷哼一声，身形略微后退半步，那杆长枪倒卷着飞向他的面门，被他反手握在掌心。直到这时他才发现，原本的暗红长枪只剩下了半截枪杆，原本枪尖所在的上半截，已经变成一截汁水饱满的甘蔗，甚至在甘蔗的顶部还绑着一根红绳……甘蔗与长枪诡异地融合在一起，没有丝毫的突兀与割裂感，仿佛它本就该长成这副模样。黑眸简长生看向空中那只巨眼的目光越发冰冷，他正欲有所行动，肌肤之下的血管便逐渐被黑色浸染，剧烈地扭曲起来，身上散发的杀气也飘忽不定。"已经到极限了吗……"黑眸简长生看着这副身体，眉头越皱越紧。似乎感受到黑眸简长生的领域开始摇晃，那翻涌的红云越发疯狂，像是一个旋涡在他的周身汇聚，游走的雷光还无法完全撕裂这些乘虚而入的纸条。黑眸简长生将废弃的长枪丢至一旁，正欲做些什么，一阵轻盈的低语便从他身后传来："这位'兵神道'的前辈，请收手吧。"话音响起的瞬间，那翻涌而来的红色纸条微微一滞，短暂地停留在半空，似乎遗忘了自己要做些什么，茫然地在周围盘旋……看到这一幕，黑眸简长生的脸上浮现出诧异，他回头望去，只见一个穿着群星商会守卫制服的身影正缓步走来。那是个样貌平平的男人，个子不高不矮，属于见过一面后丢到人群中，就很难再辨认出来的路人，而此刻唯一让他有辨识度的，就是那张颇具特色的神秘脸谱。黑眸简长生双眸微眯："你是谁？刚才我似乎没有感知到你。"

"每个故事中总会有些微末不起眼的角色，说着无关紧要的台词，充当无人问津的群众，而我就是他们……或者，他们都是我。"末角微微一笑。黑眸简长生冷冷地望着他，没有再说话。"前辈，看在这副身体已经快撑不住的分儿上，您还是收手吧。"末角再度开口，"至于那只'灾厄'，我会处理好的。"末角的语气不卑不亢，像是一阵徐徐拂过的风，让人有种莫名的信服感。

黑眸简长生低头看了眼自己几乎完全黑化的手掌，又看了眼那依然悬于红云之上的眼瞳，沉默片刻后，还是收起了摇摇欲坠的领域。"你最好真的能处理。"黑眸简长生淡淡开口。话音落下，他周身的杀气疯狂倒卷回身体，眼眸中的那抹黑色也宛若潮水般退去，简长生整个人就像是中了毒般开始发黑，身体微微一震之后，一头向下方的大地栽去！这里距离地面，有数百米高，末角就这么看着简长生头部朝下，"扑通"一声摔成肉泥。一个穿着毛呢大衣的身影从旁走出，在这摊肉泥旁站定，正是楚牧云。他抬头看向天空，恭恭敬敬地开口："您请随意，这里有我来善后。"

末角微微颔首，将目光从简长生身上收回，重新看向不远处悬浮的红纸太阳眼瞳。他迈开脚步，穿过翻涌的红色纸海，径直向前走去……而随着他的靠近，那些游蛇般的红纸就像是根本没注意到他一般，漫无目的地飞舞着，甚至它们的移动轨迹都会自动避开末角的前进方向。他就像是一个穿行在生死之间的幽灵，就连灾难与危险都对他视而不见。但大幕后的陈伶，却清晰地看到了对方。

"看脸上的妆容……应该是末角的脸谱没错。"陈伶看着那张脸谱，眼眸中闪过一抹茫然，"难道是'戏神道'的拥有者？"

在传统戏曲表演中，所有的角色都可以被划分为五个行当，即生、旦、净、末、丑，其中每个行当又会有更加细分的类别……而眼前的这张脸，以白色作为底色，适当的蓝色线条勾勒其上，色彩单调不妖艳，线条简约，正是其中末角的脸谱特色。因为末角出演的多半是次要角色，形象单一，有时可以用其他行当来代替，所以在很多地方末角已经消失了，即便是在前世的记忆中，陈伶也很少见到这个行当。陈伶看着在红海中来去自如的末角，心中有些好奇，这还是他第一次遇到除自己之外的"戏神道"拥有者，竟然连六阶的红纸怪物都没能察觉到他的存在。

"小师弟，你在里面吗？"末角站在眼瞳之前，轻声开口。陈伶愣住了。这短短的几个字，让他大脑飞速运转……他的脑海中，再度浮现出刚才在记忆深处感知到的，那自称"师父"的红衣身影。这个末角，也是那人的徒弟？按辈分算，甚至是自己的师兄？陈伶试着回应了一下，但不出意料，他的声音无法传至大幕之外，末角就这么站在眼瞳前等了许久，也没有等到一个回答，他的眉头微微皱起……陈伶只能拼命地将自己的手臂深入大幕的屏障之中，在他这段时间的努力下，缺口已经足够通过他一条手臂，指尖很快便要捅破那一层舞台与现实世界的"窗户纸"。透过大幕，陈伶看到末角的神情有些阴郁，他仔细打量着这硕大的眼瞳，似乎在思考怎么才能把陈伶弄出来，眉头紧紧地拧成了一个"川"字。

就在这时，眼瞳的表面之上，一个细微至极的缺口无声打开，大概只有半截指甲盖大小，与整个眼瞳的体积相比，就像是一粒沙般微不可察，而这已经是陈伶能做到的极限。而就在这缺口被打开的瞬间，末角的眼眸瞬间锁定那个位置，脸上的阴郁一扫而空。他轻笑一声，温和开口："找到你了……小师弟。"

221·死里逃生

他毫不犹豫地伸出手，砸向眼瞳上的那道细微缺口！"砰——"在他拳头落下的瞬间，整个红日眼瞳都剧烈地收缩，周围翻涌的红海像是沸腾般奔涌起来，像是一只被偷袭激怒的野兽！这一拳落下之后，末角的存在似乎彻底暴露，密密麻麻的红纸倒卷，像是锋利的长矛般向他刺来，呼啸着从四面八方封死他所有的退路！而与此同时，原本被陈伶破开的那一道细微的缺口，也在末角的拳下崩碎扩大，变成足以通过半个肩膀的空洞。陈伶的眼眸瞬间亮起，他试着将自己的身体挪出大幕之外，但下一刻，他的瞳孔便骤然收缩！"噗——"数十道猩红的纸条像是长矛，从背后接连洞穿末角的身体，温热的鲜血溅洒在红纸太阳眼瞳的表面，他的脸色瞬间惨白！越来越多的纸条刺入他的身体，在红纸怪物的暴怒下，他整个人像是被无数鲜红荆棘钉在眼瞳之前，身体上的伤口触目惊心。这一切发生得太过突然，陈伶心中刚升起劫后余生的庆幸，眼前发生的一切就将其全部碾碎。

就在陈伶愣神之际，一只浸染着鲜血的手掌缓缓抬起……"小师弟……"末角的喉中不断地有血水渗出，说话都有混不清，但即便如此，他苍白脸上的笑容依旧温和如初，"把手给我。"陈伶毫不犹豫地将手伸出那道缺口，与末角的血手紧紧握在一起，随着后者的手臂上一根根青筋暴起，下一刻，一股巨力直接将陈伶从大幕之后拖曳出来！红日眼瞳的表面被撕开一大道缺口，陈伶整个人脱离了眼瞳的内部，他的身形在这一瞬间穿过了现实与剧院的间隙，向着大地坠落！随着他的脱离，空中愤怒的红日眼瞳就像是被烈火焚烧的雪人，以肉眼可见的速度融化消失，与之一同消失的，还有笼罩在整个群星商会上空的红纸云海。

就在陈伶即将坠落到大地的瞬间，一只有力的手掌稳稳地抓住他的身体，将其悬在半空。陈伶抬头望去，只见浑身血洞的末角凌空而立，对着他微微一笑，随后带着他缓缓向地面落去……看到这一幕，背着一摊肉泥走向这里的楚牧云，终于长舒一口气。他的目光扫过已经恢复正常的庄园，喃喃自语："终于结束了吗……"

等到陈伶的脚掌安全触及地面之时，一股前所未有的虚弱感涌了上来，他险些双腿一软直接栽倒在地。陈伶回头望去，只见末角已经虚弱地坐倒在血泊之中，他的身上被开了十多个口子，其中有五个都是致命伤，鲜血不断地从中涌出，他的生命宛若风中烛火，似乎很快便要熄灭。陈伶脸色一变，快步走上前扶住他，急切地开口："你还好吗？"

"咳咳咳咳咳……"末角张口想说些什么，下一刻便剧烈地咳嗽起来，一旁的楚牧云也快步走上前，脸色凝重地从袖中取出手术刀，想要做些什么。"不用了……"末角摆手制止了他，"我在这副身体里待不了太久……没必要耗费你的心神……"

楚牧云怔住了，犹豫片刻后，最终还是站在一旁没有动作。末角的生机已经濒临消失，他缓慢而艰难地抬头，看向身前的陈伶："小师弟，不用担心……师兄我死不了……不过以后不能随意放出那东西……师兄可不是每次都能及时赶到的……稍有不慎就会酿成大祸……"

陈伶此刻心中有满肚子的疑惑，却不知从何处问起，他沉默片刻，苦涩地笑了笑："抱歉……我不知道我现在算是谁……我……我甚至不记得你是谁……"

"你当然不会记得，因为这是我们第一次见面。"末角的声音有些沙哑，"看来师父说得没错，你终究还是会陷入迷惘……等你做好准备之后，可以来'戏道古藏'找我们……其他师兄师姐，对你也很是好奇。那里，应该有你想要的答案……"话音落下，末角的气息便彻底消失，与此同时，他面皮上的脸谱也开始淡化，仿佛有什么东西离开了他的身体，轻飘飘地飞向远方……

陈伶怔怔地看着这一幕，宛若石塑般一动不动。"戏道古藏"……又是"戏道古藏"。陈伶记得之前有人说过，"戏道古藏"是为数不多的没有被人类掌握的"古藏"之一，它的位置在灰界与现实世界的交汇之处，寻常人根本无法抵达，算是生灵禁区……现在看来，这座被世人所遗忘的"古藏"，远不止这么简单。

"陈伶，你还好吗？"楚牧云关切地开口。

"我还好……等等，你怎么在这里？"

"文仕林找到家里，说我面子大，让我来群星商会捞你……"楚牧云目光扫过被彻底夷为平地的庄园，无奈地笑了笑，"现在看来，似乎没这个必要了……"

"……"陈伶指了指楚牧云背上那团血肉模糊的东西，"那坨是什么？"

"你说这个？"楚牧云淡定回答，"一个不认识的倒霉蛋。"

陈伶与楚牧云走出群星商会大门的时候，已经入夜。说是大门，但其实在那扇看似坚固奢华的大门之后，整个商会已经被夷为平地，放眼望去只剩下被血污覆盖的大地、满地的残破尸体，以及一座座横七竖八摆在废墟各处的建筑。但即便里面已经乱成这副模样，外面也丝毫没有被影响，沿街的商铺逐个关门歇业，老板们一边清算着今天的收益，一边跟左右的邻居打着招呼，随后便锁上大门吹着口哨回家去……门内与门外，像是两个截然不同的世界。

"那位的领域真是神奇。"楚牧云见此，忍不住感慨道，"若是没人闯进商会内部，恐怕到明早都不会有人发现异样。"

陈伶回头看了眼商会的大门："他究竟是谁？"

"具体的我也不清楚，我只听过一些关于他的传闻……总之那位前辈的行踪向来诡谲，难以捉摸，就算是在能人异士极多的黄昏社，他也是最为神秘的那几人之一。"

"他也是黄昏社的人？"

222·重磅新闻？

"是，而且牌面相当大……跟那位的资历相比，我也只能算是个刚入社没多久的新人。"陈伶点点头，若有所思。"我得赶紧回去一趟，否则这个倒霉蛋该断气了。"楚牧云感受到背上那摊烂泥逐渐微弱的生命气息，推了推眼镜，"这小子身上似乎有不得了的东西，可不能让他就这么死了。"

"好的。"

"你呢？文仕林那边，你打算怎么圆过去？"

陈伶的神色有些无奈，差点忘了还有个文仕林在苦苦等他，自己刚被群星商会的人抓走，结果商会就被灭了，而且自己还安然无恙地回来……这事情可不好解释啊。陈伶思索片刻，像是想起了什么，回头又往商会里走去。

"你去哪儿？"

"拿个东西，你先回去吧。"

楚牧云见此，也不再等陈伶，转身便消失在街道尽头。

陈伶穿行在满目疮痍的庄园之中，径直走向地牢。他凭着记忆走过几条无人的廊道，终于在地牢的角落找到一间杂物室，推开门之后一排排货架展现在他的眼前。这里摆放的，都是之前被关入地牢之人的随身物品，大部分都是钱财、饰品，只不过此刻都已经成了无主之物……陈伶随手将一沓银票与金币收起，目光扫过货架，终于在一个物品前停下身形。"果然在这儿……"陈伶嘴角微微上扬。货架上，一台本属于文仕林的相机，正安安静静地躺在角落。

清晨，极光报社。卓树清穿着一身咖啡色的外套，背着昂贵的 LU 斜挎包，哼着小曲走向报社的大门。接连几天没在工位上看到陈伶，卓树清的心情非常不错，看来对方已知难而退了……也是，提笔写文章这种高端而细腻的工作，不是所有人都能胜任的，那个空有蛮力的莽夫能懂什么写作？想到以后都看不到陈伶，卓树清只觉得神清气爽，生活又回到了之前悠哉而富裕的状态。他踩着上班的点回到工位，打算一会儿去隔壁的咖啡店来一杯卡布奇诺，然后再开始今天上

午的工作。然而，他刚走进办公室，脸上的笑容就骤然定格，只见在自己的工位旁，一个身影正埋头奋笔疾书，桌角的台灯甚至还是亮着的。"老马，他什么时候来的？"卓树清僵硬地转过头，问门口的保安。

"他？大半夜就过来了，敲了半天让我给他开门……说是有什么大新闻，要抓紧加班。"保安打了个哈欠，嘀咕一句，"真是有病……"

"大新闻？"卓树清眉头不自觉地皱起，他犹豫片刻后，还是走到了自己的工位边，眼睛偷摸着向陈伶的桌上瞥去……就在这时，一旁的陈伶突然站起。卓树清吓得一屁股坐到工位上，手忙脚乱地将斜挎包放在桌面上，佯装无事发生，此刻心里却已经在疯狂打鼓，生怕那莽夫又是反手一拳揍在自己脸上，展开一场轰轰烈烈的职场霸凌。但陈伶就像是根本没注意到他一样，将几张手写稿揣在怀里，拿起相机快步向胶卷处理室走去，像是要打印照片。他竟然真的在认真写稿？卓树清震惊了，他在工位上一时间有些坐立难安……直到他的目光落在桌角那份昨晚刚写完的草稿上，神情才安定些许。那份草稿的标题是：《"胜利者从不多言"——群星商会副会长阎喜寿深度专访》。

这篇文章是卓树清这一周的工作成果，群星商会那边出了丰厚的条件，让他为大少爷阎喜寿专门写一篇文章，发表在《极光日报》上……为了写好这篇文章，光是时长八个小时的阎喜寿个人专访录音他就听了不下八遍，行文更是字斟句酌，几乎将他毕生的文采都凝聚于此。卓树清对这篇文章的分量相当自信，毕竟谁都知道阎喜寿很可能是群星商会的下一任会长，采访他的机会可不是谁都能有的……那个陈伶不过是个新人，拿什么大新闻跟自己的重量级嘉宾专访相比？卓树清一边安慰自己，一边拿着文章准备起身，犹豫片刻之后，还是提笔将文章换了个更吸引人的标题：《"胜利者从不多言"——群星商会副会长阎喜寿教你生财之道》。

完美！卓树清自信地拿着这篇文章，敲响了总编冯漫的办公室门。他要抢在陈伶之前，将这篇文章递到总编桌上，让那个新人知道，什么才是真正的新闻人。"请进。"卓树清推开门，只见短发精干的冯漫正坐在办公桌后，忙碌地翻阅着几篇文章，她抬头看了眼来人，便低头继续工作。"卓树清，有什么事吗？"

"总编，这是我这两天准备的文章，您请过目。"

卓树清将文章递过去，冯漫扫了眼标题，就随手开始翻阅起来："嗯……还可以，放在明天的财经版面吧。"

卓树清心中一喜，念头迅速转动，打算趁这个机会给陈伶上点眼药。"冯总编，关于那个新来的记者林宴，我觉得他不太适合……"

"咚咚咚——"敲门声打断了卓树清的话语。随着冯漫答了声"请进"，陈伶拿着几张文稿与照片，从门外走了进来，目光扫了眼同在办公室内的卓树清，眉梢微微上扬。"林宴，你有什么事吗？"冯漫问道。

"是的，我这里有一篇重磅的一线独家报道，希望尽快登报。"陈伶将手中的文章与照片递给冯漫。

一旁的卓树清见此，默默地翻了个白眼，忍不住开口："林宴，'重磅'两个字可不是什么新闻都能用得上的，你随随便便用在文章里，只会让人觉得我们《极光日报》是家博人眼球的轻佻媒体……"

陈伶瞥了他一眼："那请问卓先生，怎样的新闻才算得上重磅？"

卓树清认真地想了想："今年的极光城，能算得上重磅的新闻只有那辆撞破极光城大门的列车，还有那个在车头上自焚的异端陈伶……其他的，都没有这个资格。"

两人正说着，冯漫将文章和照片接了过来，她目光刚一扫过标题，瞳孔就剧烈骤缩！"砰——"她整个人几乎是从座位上弹起。与此同时，陈伶不紧不慢地开口："那不知群星商会被夷为平地，商会之内无人生还……算不算重磅？"

223 · 归来的会长

听到这句话的瞬间，卓树清愣在原地。"你在开什么玩笑？"卓树清嗤笑一声，"群星商会被夷为平地？林宴，你是还没睡醒吗？"

"林宴！你确定吗？！"冯漫死死地攥着那几张照片，看着陈伶的目光像是要把他活生生吞掉。

"冯总编，你真信他的鬼话？"卓树清眉头紧皱，"极光城内谁能把群星商会夷为平地？而且就算真的有人做到了，那动静也早就闹得尽人皆知了，哪能等到他来写文章？"

冯漫没有说话，只是将手中的照片递到卓树清手里，后者接过一扫，身体也猛地一震。"这些照片是哪儿来的？这……这怎么可能？"只见这几张照片上，清晰地呈现了满目疮痍的商会内部，扭曲的建筑、诡异的树木、满地的尸骸……若非还能看到随处可见的群星商会标志与那扇耸立的大门，卓树清几乎没法辨认出这究竟是哪里。一周前他去群星商会的时候，那里可不是这样的。

"照片自然是拍出来的。"陈伶淡定开口，"在这之前，我一直在调查有关器官交易的案件，一路顺藤摸瓜发现了群星商会有重大嫌疑，昨晚我正欲趁着月黑风高潜入其中，就发现那已经变成了这副模样……"

卓树清呆呆地看着手中的照片，到现在还无法接受这个事实，宛若雕塑般一动不动。

"如果真是你说的那样，你为什么不第一时间去找执法者？"冯漫盯着陈伶，目光仿佛要将他彻底看穿。

陈伶笑着推了推半框眼镜，缓缓回答："要是第一时间让所有人都知道，其他大小媒体必然会成为我们的竞争者，新闻时效性上我们便占不到优势……而且所有人都知道的事情，那怎么能算是'重磅新闻'？"这句话一出，整个办公室都安静下来。卓树清看向陈伶的目光中，满是震惊，而一旁的冯漫眼眸中则光芒闪烁，不知在想什么。"其实，我没有通知执法者，也只是想尽可能为报社拖延一点时间，所以我昨晚就过来准备文章了……不过我没想到，过了一晚竟然还没被别人发现，看来上天是站在我们《极光日报》这一边的，不是吗？"陈伶耸了耸肩。

冯漫的目光再度扫过那篇文章，她深吸一口气，语气前所未有地郑重："林宴，你应该知道虚报新闻会有什么后果，对吗？"

"当然，我保证这篇文章中的一切都是真实的。"

"好，我现在就去叫停今日报纸的印刷……这个头条，我们《极光日报》要定了！"冯漫快步向外走去。

"等等！冯总编！这么大的事不需要派人去核实一下吗？万一这家伙就是凭空捏造的，那岂不是……"卓树清焦急地开口。

"核实当然要核实，但现在时间紧迫，先让那边加急印刷再说……要是核实无误，立刻分发出去；要是内容是假的，那就紧急叫停，造成亏损我来担这个责任！"

"那执法者那边怎么办？"

冯漫突然停下脚步。她沉默片刻，再度开口："我会派人去通知他们……不过是半小时之后。"

极光城外——

彻骨的寒风在死寂的大地之上席卷，灰色的天穹遮蔽天光，在这万籁俱寂的世界中，一束刺目的光亮从远处疾驰而来。那是一辆通体流转着神秘符文的列车，古老而细密的文字像是无数爬虫缠绕在车厢各处，散发着微弱的光芒，这些光芒仿佛带着某种圣洁气息，能够无声地驱散周围的"灾厄"与侵蚀……而在列车的下方，钢铁铸就而成的轨道同样遍布这种神秘符文。这是一辆能够在灰界中行驶的，连接人类各大界域的列车，就像是连接各个器官的血管，将灾难中的人类彼此相连。而此刻，在这辆珍贵无比的列车中，一个身影正坐在靠窗的座位上，端起一杯红酒，轻轻抿了一口……

"前面应该快到极光城了。"阎晌的脸上满是疲惫，"在外奔波这么久，总算可以回去休养一段时间……也不知道喜寿那小子，把商会管得怎么样了？"

"大少爷天资聪慧，踏实稳健，管理好商会肯定不成问题。"阎晌的身旁，一个眯着眼睛的男人微笑开口。

"算了吧，我这几个儿子都一副德行……成事不足，败事有余。指望他们管理好商会，不如指望我再多活二十年。"阎晌冷哼一声，"这家里唯一有点经商天赋的，也就是我那侄子了，可惜……"

"阿杉的死，确实可惜。"眯眼男摸着下巴，眼眸中浮现出追忆之色，"要不是当时那个三区的韩蒙，现在商会里还能有人替您分担一下，您也不至于如此劳累。"

阎晌眉头微微皱起，握着红酒杯的手不自觉地用力，片刻后，又缓缓松开。"算了，不说这些。这次跟两大界域的合作谈得还算理想，大概十五天，就能将一部分产业转移到极光城外，接下来，完成这方面的对接才是群星商会的重头工作。"

"会长，您真的想好了？"眯眼男的神情逐渐郑重起来，"资产的跨界域转移可不是轻易就能做到的，就算能付出足够的代价，完成转移，商会的资产也要缩水至少五分之四……这么做，无异于彻底放弃我们在极光城的基业。"

"你说的这些，我当然知道。"阎晌将杯中的红酒一饮而尽，随后缓缓将其放回桌上，"但是不走……难道要为极光城陪葬吗？"

"极光君的状态，莫非真的已经……"眯眼男眉头紧锁。

阎晌没有回答，但他的沉默已经代表了一切。

224 · 今日头条

阎晌到底是一手创立了群星商会的商业大鳄，对于危机的嗅觉极为灵敏，再加上这么多年对执法体系的投资，让他接触到了一些外人无法了解的隐秘……他心中很清楚，这个时候若是再不断尾，一切都将化为泡影。

随着列车在灰色的天穹下呼啸而过，覆盖着寒霜的车窗外，一座笼罩在极光中的城市正在逐渐靠近。"要到了。"一直坐在角落的黑发女子突然开口。列车轰鸣着向城墙驶去，遍布神秘文字的车头之上，一束绿色的灯光突然亮起。片刻后，像是有某种信号传递至极光城内，一扇专门铺就着轨道的城门缓缓打开。列车减速穿过城门，径直驶入一个设置在极光城军事管理区域中的车站……"呜——"随着列车停稳，汽笛发出一阵嗡鸣，几个身影接连走上月台。

"坐了这么久的车，骨头都要散架了。"眯眼男伸了个懒腰说道。

"直接回商会吧，回去之后有的是时间好好休息。"阎晌看了眼腕上的手表，转头对这一男一女说道，"这次辛苦二位了。"

"拿人钱财，替人办事，理所当然。"黑发女子淡淡回答。

三人就这么走出车站，来到一条街道上。来往的行人步履匆匆，街角几个身影正围在一起，拿着一张报纸指指点点，神情都十分震惊……一种微妙的氛围，正笼罩在整个城市的上空。

阎晌见本该来接他们的汽车还未出现，眉头微微皱起，他又看了眼时间，沉声低语："怎么还没来……商会的那些人在干什么？"

"可能是记错时间了？"眯眼男疑惑开口。

就在两人说话之际，一个报童背着满满一背包的报纸，正飞快地穿过街道，稚嫩的声音嘹亮清晰——

"重磅重磅！！

"一夜之间，群星商会总部被夷为平地！尸横遍野！

"是人性的扭曲，是道德的沦丧，还是天降的惩罚？

"一线情报！重磅揭秘！现场照片！尽在《极光日报》！最后十份！还有没有要的……"

听到这声音的瞬间，阎晌愣在原地。不光是他，身旁的两位异乡人同样一愣，他们错愕地看向报童的方向，怀疑是不是自己刚才听错了。"群星……商会？"阎晌不确定地开口，"他刚才说的……是这个吗？"

"……好像是。"

大量的身影从四面八方走来，围在那报童身边，纷纷掏钱要买报纸。眯眼男见此，一个箭步冲上前去："给我张报纸！"他不等报童回答，就直接从对方手里抢过最后一份报纸，然后塞了个银币在对方手中，反身就往阎晌的方向走去。"会长，报纸来了……"

阎晌二话不说，直接将报纸抓在手中，看到那一行加黑加粗的硕大标题，他只觉得一道惊雷在脑海中炸响——一夜之间，群星商会惨遭灭门？

"昨日深夜，极光城最大商业组织群星商会被离奇灭门，现场共发现一百四十二具尸体，无人生还……据一位不愿透露姓名的路人楚某透露，当时他只是路过商会门口，无意间发现今日商会内没有灯光亮起，而且大门不知被谁劈成两半，向内倒塌，于是心生好奇走入其中……本报记者进入时，场景血腥不堪，所有建筑与树木全部诡异移位，多具尸体上出现被撕咬的痕迹，不像人类所为……在现场勘查过程中，本报记者无意间发现商会存在一处隐秘地下室，存放着大量来路不明的器官与资料，疑似存在暗中进行的器官交易，深入调查正在进行……"

这条新闻，占据了整张报纸最大的版面，照片与文字甚至无法在一页全部呈现，还延续到了第二页……读完最后一个字的时候，阎晌的双手都在控制不住地颤抖。

"……会长。"眯眼男小心翼翼地开口，"接下来怎么办？"

阎晌的眼眸中满是血丝，他狠狠地将这张报纸揉成团攥在手里，一字一顿地开口："回商会！"

报社——

"你是说，你昨晚去拿相机的过程中，无意间发现有人在搜查我的屋子，所以一路跟踪他到了群星商会？"文仕林放下手中的报纸，若有所思。

"没错。"陈伶点点头，"我在想，虽然我们抓到了那三个做手术的医生，但还是没有决定性的证据……这人既然去搜你的屋子，肯定跟器官交易有关系，所以我就想冒一次险，看看有没有可能找到更多的证据。"

"所以，你其实是自己进入群星商会的？但为什么报纸上说，是一个路人发现的？"

"因为我在追查器官交易的事，还不能暴露，我跟冯总编商量了一下，她同意我稍微掩盖一下这方面，这么一来，执法者那边也不会追究我们隐瞒不报的责任……"

文仕林点点头，这个方法他也很熟悉，之前调查到一些不该调查的事情，但又要发表文章的时候，也用过这种法子。"然后呢？"

"那人搜了一遍你的屋子，发现没什么收获就走了，我在楼下找到了他的车，就提前躲到后备箱里跟着他进了群星商会……车停下之后，我听到外面一直有人在说话，就没敢出去。等到夜深的时候，我正准备找机会出去找线索，就听到外面传来一阵尖叫声……然后就是类似于野兽嘶吼的声音。当时我觉得情况不对，就一直躲在后备箱里没出来，等到外面声音几乎消失的时候，我才将后备箱打开一道缝隙……"

听到这儿，文仕林眼眸微微亮起。"你看到凶手的样子了？"

"……一点点吧，当时天太暗了，我看不清……而且这事实在太过古怪，所以我就没写到文章里……"

"你看到的凶手是什么样？"

陈伶的眼眸中浮现出追忆之色，脸上还残余着恐惧……"那好像……好像是两头熊。"

"熊？"文仕林愣了一下。

"对，如果我没记错的话，一头是棕色的，一头是黄色的……它们就在庄园里一闪而过。"陈伶像是想起了什么不太好的回忆，一只手扶住额头，"我……我不知道该怎么描述，当时地上到处都是被啃食的尸体，我……从没见过那样的景象。"

225·"极光"

听完陈伶的描述，文仕林陷入沉思。"从现场的照片来看，这伤口确实不像是人类能造成的……莫非，真的有体态类似于熊的'灾厄'入侵群星商会？可如果真是这样，执法官不可能毫无察觉……"对于陈伶的话语，文仕林已经基本相信了，他唯一不解的，就是为什么整个过程都没人发现，而且为什么偏偏是群星商会？与此同时，随着陈伶心念一动，"心蟒"缠绕在文仕林的头顶，红芯轻吐，一点点吞噬着他的疑惑。文仕林注意力回归，他看到陈伶那张还有些发白的面孔，开口安慰道："无论如何，你能安然无恙地回来就好……这种类似的事情我也经历过很多次，我懂你现在的迷茫与恐惧，但时间总会抚平一切的。"陈伶深吸一口气，点了点头，他像是想起了什么，又从怀中取出了一份文件："差点忘了……你看看这个。"

文仕林接过文件，扫了一眼之后，就再难移开目光，他震惊地开口："群星商会的器官交易记录？你是在哪儿发现的？"

"在大少爷的办公室。"陈伶回答，"我发现群星商会已经覆灭之后，就壮着胆子去了趟总部办公室，我估计如果他们有纸面的交易记录，一定会在那里……结果真被我找到了。"

文仕林不疑有他，认真看过整份记录之后大喜过望："有了这东西，再加上商会地下的器官储藏室被曝光，以及有那三个医生做人证，这次可以锤定群星商会的罪名了……"

"这方面，还得请文先生出手了。"

文仕林微微一愣："你不亲自去曝光吗？这些东西都是你发现的，再加上如今群星商会已经成为整个极光城的焦点，一旦你继续深入报道下去，必然会吸引很多人的关注，这种重磅新闻，可是能大大提升你的知名度的，算是千载难逢的机会。"

"我只是个新人，对于这方面的经验还是太少了。"陈伶摇了摇头，"更何况，我做这一切只是想找到弟弟的心脏……出名这种事，我不感兴趣。"

文仕林陷入沉默。他眼神复杂地注视着陈伶，半晌之后，还是开口："也好，群星商会毕竟在极光城扎根这么多年，百足之虫，死而不僵……你站出来曝光这件事情，也容易引来一些是非，我身上的是非已经够多了，不在乎再多得罪他们一点。剩下的事情，就交给我吧。"

抛出这个烫手山芋，陈伶身上也轻松很多，他像是想起了什么："对了文先生，还有件事，我不太明白……"

"什么？"

陈伶伸手指向交易记录的最后一栏，也就是买家的信息，落在其中一格上。"这些器官的买家，大部分都是有身份、有背景的大人物，但在特定的时间段，出现了同一个买家收购大量心脏的情况……关于这个买家，你有什么头绪吗？"

文仕林的目光顺着陈伶的手指望去，只见在几个连在一起的格子上，是一连串相同的名字——极光。看到这两个字，文仕林先是愣了一下，随后眼瞳微微收缩……这一幕也被陈伶敏锐地捕捉到，他知道文仕林一定了解些什么……而陈伶之所以问出这个问题，就是因为那几颗被"极光"买走的心脏中，就有一颗是属于他的。文仕林沉默许久，摇了摇头："不……我不知道。"

"不知道？"这个回答出乎了陈伶的意料。

"购买这种来路不明的器官，本来就不是件光彩的事，有买家隐藏身份用假名也不奇怪……"文仕林将交易记录折起，收入怀中，"器官流入市场，就再难讨回来了，多半是已经在某个人的体内。现在罪魁祸首群星商会已经被曝光，再追查

🚄

下去也没什么意义……林宴，到此为止吧。"

陈伶双眸微眯，注视着眼前的文仕林，不知过了多久，才缓缓点头："……我明白了。"

文仕林匆匆离开了。

文仕林接下来如何利用手中的证据，与群星商会进行舆论斯杀，陈伶并不在乎……但他很好奇，那个能让文仕林绝口不提的"极光"，究竟是什么样的存在？陈伶有种预感，也许这个名字的背后，才是他与黄昏社所追求的，真正的隐秘。

中午时分，陈伶回到了家门口。作为昨晚彻夜奋战，为《极光日报》搓出一个重磅大新闻的功臣，陈伶理所当然地获得了一天假期，这一番波折也确实让他精疲力竭，需要大量的睡眠来补充体力。然而，他刚走到大门口，就听到一阵惨叫从家中传出。陈伶愣了一下，顺着声音走进屋之后，才发现有个浑身绑着绷带、状似木乃伊的身影正趴在床上发出杀猪般的惨叫声。床边，穿着白大褂的楚牧云正气定神闲地拿着针线，似乎在缝着皮肉。陈伶看着那被包得只剩下一只眼睛露在外面的木乃伊，辨认许久，才依稀看出此人是简长生……豆大的汗珠从简长生的额角渗出，剧痛让他疯狂抽搐，眼白都开始扩散，似乎下一刻就要当场昏厥。似乎觉得对方的声音太过吵闹，陈伶随手拿起桌上的一块抹布塞到简长生嘴里，刺耳的惨叫顿时变成痛苦的呜呜声。"他伤成那样，居然还能活过来？"陈伶惊讶地开口。

"这小子体质不一般，论生命力和恢复能力，已经远超寻常'修罗'路径的水准。"楚牧云忍不住感慨，"我从医这么多年，从来没见过这么顽强的'人形蟑螂'，要是放在医学院里，他估计是最热门的活体研究标本，怎么作都不会死……"

"呜呜呜呜呜呜……"简长生的眼睛瞪得浑圆。

陈伶点点头，正欲转身离开，犹豫片刻后，还是回到简长生的面前，把塞在他嘴里的抹布拿了下来。"你……"简长生的眼里刚闪过一抹感动，陈伶就把抹布拧得结结实实，反手又塞回了他的嘴里，这一次几乎彻底堵死了他的嗓子眼，任凭简长生如何挣扎，都发不出半点声音。"叫归叫，别吵我睡觉。"陈伶在简长生错愕的目光下，淡定地拍了拍手，转身离开。

226·救赎之手

执法者总部——

"咚咚咚——"

"进。"正在办公室批复文件的檀心淡淡开口。

随着储士铎将门打开，一阵隐约的嘈杂声从外面传来，他进门后反手将房门关起隔绝那声音，随后无奈开口："老师，那个阎响已经在门口堵了两个小时了……您真的不见他一下吗？"

"不见。"檀心头都不抬地回答。

储士铎似乎也没想到一向善于处理人际关系，能够把几碗水端平的檀心，这次的态度居然如此强硬，他不解地问道："老师，虽然群星商会总部是废了，但这么多年积累的产业，包括在执法体系内部的影响力还是在的……还有极光基地那边的研究，也是靠群星商会的大额投资才能勉强维系，咱还指望着他继续给我们投钱呢。这次的事情群星商会也是受害者，没必要跟阎响闹得这么僵吧？"

檀心摇了摇头："不，他不会继续给我们投钱了。"

"您这么肯定？"

"半个月前，阎响就带着群星商会的资产证明离开极光界域，你觉得……他是去干什么了？"储士铎愣在原地。檀心缓缓站起身，将书柜上的倒计时辉光管取下，不断跳跃的辉光倒映在他的眼瞳中，那是这个界域剩余的寿命。"让他闹吧，我们没有多余的时间和精力，去替一个逃兵伸张正义。"

储士铎点点头："不过，这次群星商会的事情，确实太过蹊跷……您真的相信是有'灾厄'入侵极光城了吗？"

"极光尚在，按理说，那些'灾厄'还没办法如此快地侵入城内，而且若真的是'灾厄'降临，为什么偏偏只灭了群星商会？"檀心淡淡开口。

"您的意思是……这次的事情是人为的？"

"极光界域的寿命不长了，有人挤破脑袋想出去，有人暗度陈仓想进来……那辆闯入城内的列车，你忘了吗？"

储士铎怔了一下："您是说，除了那个陈伶，还有别的黄昏社成员混进极光城了？"

檀心没有回答，他将辉光管放回书柜，目光逐渐锐利起来。"黄昏社的那群人，就像是潜行的豺狼，当你发现其中一只的时候，身旁的阴影中也许已经藏了一整个狼群……但不管这座城里究竟混入了多少不稳定因素，龙也好，蛇也罢……我会让他们知道，极光之下，谁才是真正的主人。"

储士铎感受到檀心身上一闪而过的恐怖气息，不由得有些心悸。但很快那气息便被檀心收敛，他轻轻拂去书柜上的一缕灰尘，仿佛刚才发生的一切都只是幻觉。储士铎像是想起了什么，再度开口："老师，还有一件事……韩蒙的审判开庭日就要到了，这件事情，我们需要干涉吗？"

檀心眉梢微微上扬，他在办公椅上坐下，饶有兴致地问道："这个韩蒙，最近在黑牢里怎么样？"

"很安分……或者说，很安静。"储士铎如实说道，"没有抗议，没有吵闹，也没有对自己的处境表示任何不满……每天到点就吃饭，吃完就闭目养神，也不干别的事情。"

"这么多年，他倒是一点都没变。"檀心轻笑一声，"备车吧，我去见他一面。"

"是。"

陈伶一觉醒来，时间已经到了夜晚。他缓缓从床上坐起身，准备起来吃点东西，刚一披上外套，就像是想起了什么，从怀中摸出几张纸页。"差点忘了还有这东西……"陈伶双眸微眯，径直走到书桌前坐下，轻拉台灯上的细绳，橙黄色的灯光便照亮了昏暗的房间。这是几张字迹潦草的手稿，在灯光的映射下，稿件中四个被线条着重圈起来的大字，最为显眼——

救赎之手

自从在报社取回这篇文仕林的文章之后，陈伶就一直在奔波，直到现在才有时间坐下来好好阅读这篇神秘稿件。他也很好奇，究竟是什么样的隐秘，能让那位执法官副总长檀心如此重视，甚至派人埋伏在文仕林身边。

由于是手稿，而且看起来像是在仓促中书写的，里面的内容有些混乱，陈伶只能尽可能辨认上面的行文内容——

收到消息，昨天下午在西城发生了一场特大爆炸，一辆货车在行驶过程中突然被引爆，炸平了周围两座厂房和三条道路，整个西城都听到了爆炸声……

对于这次爆炸，执法者调查后给出的结果是，车上装载的面粉因处理不当，在行驶过程中导致粉尘爆炸，属于意外。好在事发时是深夜，虽然厂房损失严重，但无人员伤亡。这件事很快就被压了下去……

今天上午第一时间赶往现场调查，发现几处疑点：第一，执法官虽然声称是粉尘爆炸，但经过详细勘查之后，现场并未发现任何粉尘残留，考虑到爆炸的覆盖范围与调查间隔时间，彻底清扫完现场所有粉尘并不现实；第二，根据爆炸半径测算，如果是粉尘爆炸，所需要的粉尘总量远高于货车装载量，引起爆炸的根本原因也许并非粉尘；第三，经过两日的走访，极光城内的所有厂家都没有当日的面粉交易记录，且由于夜间存在运输禁令，普通厂家不可能选在事发的时间点进行运输……

所以，我合理怀疑执法者瞒报爆炸原因，但他们为什么要这么做？

……我暗中调查了爆炸车辆的车牌，这辆车是隶属于执法体系的，也就是说，这辆车当时并不是在执行商业运输任务，更可能是军事运输？

我在爆炸现场提取了部分残骸，送到朋友那里化验，根据结果推测那辆车上当时装载的是三硝基甲苯……执法者们在深夜暗中运输炸药原料？他们究竟想做什么？

227·新社员

我勘查现场，并提取残骸残片的事情，似乎被当时驻守现场的执法者记录并汇报了……我承认我掏记者证的时候态度有些强硬，但调查真相不正是记者该做的事情吗？今天有执法者上门调查，幸好我将调查到的车牌信息和残骸等线索、证据都藏了起来，他们并没有发现……

他们似乎害怕我正在调查的东西被揭露，越是这样，越证明这背后有大秘密……但是他们太谨慎了，到此为止，我的线索全部断了，调查陷入瓶颈……

我知道下一步该怎么做了！既然那辆装着三硝基甲苯的车中途爆炸，说明需要的原料当日并未送到，如果我继续在深夜蹲守，说不定能再次碰到他们运输原料？但是原本的运输道路已经被炸毁了，目前还在重修，他们会换哪条道路运输呢？

我勘察了西城所有街道，能够达到货车通过所需宽度的道路并不多，而且从上一辆爆炸的货车路线推断，车辆是从七大区开进来的……也就是说，它们必然会经过西侧城门。

这是我蹲点的第三天，三天以来，深夜并没有任何车辆经过。

这是蹲点的第十天，依然一无所获……是我错了吗？

这是蹲点的第十六天，我终于发现了一辆新的货车！看来他们是担心那次爆炸后会有人关注这件事，所以特地留了十几天的安全期来过渡……不过，他们似乎低估了我的耐心。

看得出来这次货车进行了升级，安全性更高，但运输速度也更慢……我暗中跟着那辆车，一直深入到极光城中心的那片军事禁区，我没法进入那里，因为那里是极光基地，是当年极光城乃至整个极光界域的起源，也是整个极光城戒备最森严的地方。

我拍下了那辆车进入极光基地的照片，也拍下了车牌，果然，那辆也是隶属于执法者体系的车……

这是蹲点的第二十三天，我又蹲到了一辆同样运输三硝基甲苯的货车，他们究竟要往极光基地送多少这东西？根据我的测算，极光基地里现在的炸药当量，足以将小半个极光城都炸上天！

这次我早有准备，我在极光基地的关卡周围提前放了"妙笔"与笔记本，它们不负我所望，完整地记录下了运输司机与关卡处执法官的对话……里面没有太多有价值的东西，只有四个字，最为关键……"救赎之手"。
…………

这份手稿到这里，就彻底结束了，最后的"救赎之手"四个字被着重加粗，就像是有人坐在桌前疑惑地不停用笔加深这四个字，努力思索着什么。

"执法者往极光基地运输大当量的炸药？"陈伶眉头紧皱，"这就是'救赎之手'？他们究竟想做什么？"剩下的事情，陈伶基本已经清楚了……文仕林暗中调查的事情最终还是暴露，包括照片、爆炸残骸，还有车牌在内的所有证据都被阿诚偷走，转交给执法者，也只有这份手抄稿被留了下来，但这样一份只有猜测与记录，没有证据的文稿，根本就不具备新闻的特征，就算说出去估计也没几个人会信。不过话说回来，文仕林在新闻调查这方面，真是够有耐心的……连续深夜蹲守二十三天？正常人谁有这个闲工夫。

陈伶将这些手稿收起，径直向屋外走去。夜色中的院落一如既往地安静，缠满绷带的简长生死尸般躺在屋里，一动不动；楚牧云则坐在池塘边的石块上，看着水面那一抹波光粼粼的月光，若有所思。"你在看什么？"陈伶走到他身旁问道。

"看消息。"

"消息？"

"灰王刚才来信了。"楚牧云指了指水面的月光，"不过，现在已经走了……"

陈伶诧异地看了眼月光倒影，又抬头看了眼天上悬挂的明月，忍不住感慨："这位灰王的手段真是神奇……他说了什么？"

"他让我把那个简长生吸纳进黄昏社。"

"啊？"陈伶愣了一下，但想到之前在庄园时对方曾变化成神秘的"兵神道"强者，跟红纸怪物打得有来有回，突然又觉得灰王的决定在情理之中……把简长生吸纳进黄昏社，不就又多了个跟自己一样的"怪物"？黄昏社似乎很喜欢吸纳这种奇奇怪怪的人进来，包括自己。"嗯……也很正常。"

楚牧云耸了耸肩，从石头边站起，径直往屋里走去。"走吧，去把那倒霉小子喊起来……他估计也不会想到，自己只是睡了一觉，醒来就有编制了。"楚牧云顿了顿，"当然，这编制跟阎王的请帖也没什么区别……"

楚牧云径直走进房间，昏睡中的简长生似乎并未察觉到他们两人的靠近，依旧在发出轻微的鼾声……楚牧云见此，不紧不慢地抬起一根手指，戳向简长生的一处伤口。"啊啊啊！！！"简长生惨叫着从床上蹦起来。"你这黑心医生！你究竟要折磨老子到什么时候？！"简长生怒了，瞪大眼睛喊道，"不是你说我可以睡一会儿吗？现在又来戳我伤口是什么意思？！"他看到楚牧云跟陈伶站在一起，突然愣了一下，随后狐疑地开口，"你们……认识？"

陈伶笑而不语。楚牧云面无表情地看着他，缓缓开口："简长生，我代表黄昏社，恭喜你通过考核……不过，你似乎并不打算珍惜这次的机会？"

简长生当场傻在原地。"你……你你你……"简长生难以置信地瞪大眼睛，"你是黄昏社的人？"

"是，而且有一点你说得没错……我确实是'黑心'。"楚牧云怀中掏出一张扑克牌摆在桌面上，牌面上，一个硕大的"黑桃"清晰可见——黑桃7。

简长生的脸顿时难看起来，他回想到两秒之前自己指着楚牧云破口大骂的场景，额头开始渗出冷汗……他乖乖地在床边坐好，绷带下的嘴角挤出一抹尴尬的笑容："那个……楚前辈，误会，都是误会……"

228·"黑桃6"

楚牧云见他态度转变得如此快，心中不由得有些好笑……他在桌前坐下，从怀中取出两张扑克牌，并排摆在桌面上。"放心，我们黄昏社虽然内部不团结，但也不至于欺负你一个新人……如果你决定好要加入的话，就来挑选自己的牌面吧，选好之后，就不能更改了。"

简长生微微松了口气，看着桌上一张黑桃6，一张梅花6，问出了跟陈伶当时一样的问题："怎么都是6？"

"方块6与红心6都被人选走了，6字开头的新人牌面中，你只有这两个可选。"楚牧云看了眼身旁的陈伶。

"所以，他也是黄昏社的人？"简长生像是想起了什么，震惊地看向一旁的陈伶，不过回想到不久前两人在树林里的那一战，对方的手段诡异至极，是黄昏社的人也不奇怪。

陈伶掏出自己的红心6，轻轻一晃，淡淡开口："欢迎。"

"你们两个都是'6'字辈，以后的任务大概率都能碰上，提前认识一下也好。"楚牧云开口道，"还有那个方块6，虽然接引他入会的不是我，但听说也是个很有意思的家伙……不出意外的话，你们会有机会见到的。"

简长生见此，重新将目光落在身前的两张扑克上，纠结许久之后，还是选了那张黑桃6。"就这个吧。"简长生选定牌面之后，楚牧云又大致将黄昏社介绍了一遍，跟当时对陈伶讲的差不多，唯一的区别就是，他并没有交给对方那个神秘的U盘。

U盘……陈伶像是想起了什么，指尖在口袋中摸到那个金属U盘……红王让楚牧云将这个U盘转交给他的时候说过，这份存档一个月才能打开一次，而现在距离上一次开启，似乎已经快一个月了。

听完楚牧云的描述，简长生的眼眸逐渐亮起，此刻他还沉浸在刚刚加入黄昏社的喜悦之中，对以后的一切都充满好奇。"那我的任务是什么？"他忍不住问道。

"你？你现在还没有任务。"楚牧云看了眼浑身缠着绷带，就剩只眼睛露在外面的简长生，"你现在这副样子出去，是生怕别人不知道你有问题？"

简长生："……"

楚牧云浇灭了简长生的激情，转身离开，陈伶快步跟在他的身边，等出门之后将几份手稿交给他。

"这是什么？"

"一份调查情报，关于'救赎之手'……这里面，可能涉及极光城的隐秘。"

楚牧云的目光扫了几眼，神情肉眼可见地凝重起来，微微点头："好，辛苦你了。"

陈伶正欲转身离开，楚牧云像是想起了什么，突然叫住了他："等等。"

"怎么了？"

"突然想起来，有件事你可能会感兴趣。"楚牧云顿了顿，"那个执法官韩蒙，明天就要上审判法庭了。"

黑牢——

紫色的火炬在黑暗中无声地燃烧，将狭长的过道分割成无数明暗交替的光影长廊，在这火光的照耀下，似乎连影子都被吞噬，火炬点亮之处没有丝毫阴影能够遁形。而每一束火炬的火光，都将一座牢房笼罩其中，厚达两米的围墙在这里包围出一间间十几平方米的狭小房间，神秘的文字在牢房的门上无序流淌，只是看一眼仿佛都会不自觉地迷失。此刻，一间笼罩在紫色与符文中的牢房内，一个穿着黑色囚衣的身影正盘膝坐在床上，如雕塑般一动不动。"哐当——"门口厚重的锁链被解开，发出沉闷声响，他的眼眸缓缓睁开。"08193，有人来见你。"一位执法官站在门口，淡淡说道。

韩蒙的眼眸中闪过一抹诧异，随着执法官的身形恭敬地向后退开，一个穿着黑色风衣的身影在摇曳的紫色火光中缓步走入牢房。看到那面孔的瞬间，韩蒙一怔，神情有些复杂。"是你？"

"从职位上说，你应该称呼我为长官；从个人上说，你应该喊我一声恩公。"檀心不紧不慢地开口，"在七大区的这些年，你的性子倒是一点都没变。"韩蒙就这么注视着他，沉默不语。"我知道，你对我放弃七大区的决定很不满，甚至在众目睽睽之下，质疑我与整个执法体系……不过说实话，你和那些群众怎么看待我，我并不在乎。"

"既然如此，你来找我做什么？"

"身为执法官，公然违背上级命令，压制其他执法官，替异端强开极光城门……这些罪名足够让你一辈子也出不了这座黑牢。"檀心停顿片刻，再度开口，"你是想在这里荒废一生，还是在极光消逝之前，发挥属于你韩蒙的余热？"

听到前半句话，韩蒙并没有丝毫的反应，但当下一句话响起，他的脸色一沉。"看来，极光城的处境不比七大区好多少。"韩蒙听出了檀心的意思，眼眸微微眯起，"但极光城里强者林立，六阶乃至七阶的执法官并不少……我只是一个从七大区来的外人，又能做些什么？"

"那些人，我信不过。"

"那你信得过我？"

"我不需要信任你，我只要相信在对的时机，你会做出对的选择……这就够了。"檀心缓缓开口，"你所坚守的东西，是其他执法官所没有的，这就是你韩蒙独一无二的地方。"

韩蒙没有回答，他就这么与檀心对视，目光仿佛要将檀心彻底看穿。"你究竟想做什么？"韩蒙问。

"等时机成熟，你会知道的。"檀心平静说道，"我可以保证的是，等你出去之后，我不会以任何命令或者规则的形式制约你，你可以秉持你心中的信念，做你想做的事情……现在，让我们回到最开始的问题。你是选择认罪等死，还是再做一次执法官韩蒙？"

229·人情心术

檀心穿过昏暗的黑牢廊道，来到大门之外，储士铎已经开车在门口等候多时。

"老师，你们谈什么了？怎么这么快就出来了？"储士铎见檀心出来，连忙下车给对方开门，同时疑惑地问道。

"他得到了我的承诺，我得到了他的答案，就这么简单。"檀心在车后座坐下，不紧不慢地回答，"跟孤渊那边说一声，明天的审判，让韩蒙无罪释放。"

"无罪释放？"储士铎有些惊讶，"老师，这不太好操作吧……当时韩蒙违逆命令出手的时候，在场的民众都看见了，这该找什么理由释放他？而且这让媒体报道出去，也是在打我们自己的脸啊……"

"给孤渊准备一封信，就说当时韩蒙的行为是受我暗中命令，让他转交给辩护律师。"

储士铎一怔："可是老师，这个理由也有点牵强吧？媒体那边……"

"媒体怎么说不重要。"檀心摆了摆手，"按我说的做就行，这种小事，孤渊自己能处理好。"

储士铎欲言又止，最终还是点点头："明白。

"不过老师，我还有一点不明白……如果您一开始就不想让韩蒙接受审判，当时他出手的时候，您直接下令开门不就行了？为什么一定要让他在黑牢里关这么久，还得罪了极光城里所有的执法官？"

檀心瞥了眼倒车镜里储士铎疑惑的面庞，缓缓开口："我若当时开门，他未必能感受到我的善意，但现在他锒铛入狱，是我在审判前夕将他从牢狱之灾中拯救出来……你觉得，哪一种做法更能让他信任我？更何况，一个被所有执法官排挤的韩蒙，远比一个普通的执法官韩蒙，更有利用价值。"

储士铎仔细品了品这两者之间的差距，眼眸中浮现出了然。"学生明白了。"

檀心目光看向窗外，思索片刻后，还是开口："不回总部了，直接去极光基地，昨天那边派人说极光君突然有苏醒的征兆，我得亲自去看看……我不在的这段时间，总部的事务全权交给你打理。"

"是，老师。"

"檀心！！"

"该死！！檀心呢？让他给我出来！！"

"我连续资助了你们执法者这么多年！你们这栋楼有三分之一都是用我的钱建的！现在我这里出事了，你们就想装死？商会的事情你们必须给我一个交代！！"

执法者总部的大门口，阎晌愤怒的吼声接连回响，整个大厅都被他弄得一片狼藉。一众执法者无奈地对视一眼，默默地低下头，假装无事发生……阎晌已经在这里闹了一个下午，整个大厅都没法正常工作，碍于对方毕竟资助了执法者这么多年，众人虽然不爽，但也不好得罪，就一直这么耗着。然而，这次阎晌闹了这么久，那位檀心副总长还是没有任何动静。阎晌似乎累了，直接坐在了执法者的旗帜下，他擦着额角的汗水，目光凌厉得仿佛能吃人……虽然表面上依旧暴怒，但他经过一下午的试探，心中已经清楚，自己和整个群星商会都已经被执法者放弃了。

"会长，我们还是回去吧。"眯眼男走上前，压低声音开口，"那个檀心估计是不会出来了……这么闹下去也没有结果。"

阎晌深深地看了眼死寂的执法者大厅，沉默许久之后，还是起身向门外走去。见这位终于闹够了，一众执法者长舒一口气。

"现场勘查有结果了吗？"阎晌走出大门，沉声开口。眯眼男张了张嘴，最终还是一言不发。"说！"

"会长，我从没见过那样的场景……商会里所有的建筑、树木，都诡异地移位了，而且尸体大部分都被压在建筑周围，或者是支离破碎地躺在楼梯上，简直就像是……"眯眼男停顿片刻，还是说道，"就像是那些东西都活了过来，然后把所有人都吃了一样，就连纸偶师都中招了。"

"'灾厄'领域？"阎晌眉头紧锁。

"大概率是了。"

"蒲术呢？找到了吗？"

"……没有，现场没有他的尸体，可能是临阵脱逃了。"

"这个懦夫……别让我抓到他，否则我要让他知道，背叛阎家的人是什么下场！"阎晌冷哼一声，"那个'力神道'呢？被激活了吗？"

"并没有，看来事发的时候现场极度混乱，没有人有时间去举行仪式激活他……也可能是这个原因，他逃过了一劫。"

就在这时，黑发女子从远处走来，平静开口："已经跟执法体系的那几个暗子对接过了，目前他们也对商会的覆灭毫无头绪。檀心现在似乎在忙极光君的事情，根本没工夫处理这些……我们被彻底抛弃了。"

阎晌深吸一口气，回头看向那巍然屹立的执法者总部，眼眸中冰冷的杀意疯狂闪烁。"檀心那小子落井下石，算是彻底跟我们撕破脸了……他莫非以为，死了一个儿子，毁了一座庄园，我阎晌就一无所有了？"

黑发女子沉默片刻："还有一件事。"

"说。"

"半个小时前，檀心去了趟黑牢，面见三区的执法官总长韩蒙……审判法庭那边紧接着传来消息，说檀心要将韩蒙无罪释放。"

"韩蒙？！"阎晌眼眸中的怒火越烧越旺，"好，很好……不仅对商会见死不救，还要在第一时间放出那个杀了阿杉的执法官……好一个卸磨杀驴！"

"会长，我们……"

"他想把我们像狗一样踢开，就要做好被反咬的准备。"阎晌冷笑着开口，就像是一只被逼得走投无路的凶恶豺狼，"我灭不了执法体系，但踩死一个韩蒙不成问题……我会让他知道，就算没了那座庄园，我群星商会在极光城内的能量也不是他能随意拿捏的。联系媒体，还有那几个审判法庭里的暗子……他们的把柄和命脉都在我手里。这次，该换成我们给檀心一个惊喜了。"

230 · 审判法庭

清晨，文仕林顶着两个硕大的黑眼圈，有些憔悴地推开报社的大门。昨晚为了整理有关群星商会进行器官交易的证据，并准备文章草稿，他可以说是一夜未眠。若是放在五六年前，熬一场大夜对他来说不算什么，但现在毕竟人近中年，体力还是不太跟得上了。他刚走到自己的工位上，准备开始今天的撰写工作，一个身影便走到他的身前。

"文先生，你的脸色似乎不太好。"

文仕林抬头看到陈伶，无奈地笑了笑："还行，就是有点困了……一会儿多喝点水就好。"他话音未落，陈伶便将一杯热气腾腾的咖啡放在他的桌上，氤氲的香气扑面而来，让文仕林眼眸微微亮起。他抬头看着微笑不语的陈伶，神情有些复杂，"咖啡可不便宜，让你破费了。"文仕林当了这么多年记者，也没存下多少钱，咖啡这种小资阶层才消费得起的饮料，他平时是根本不舍得喝的，此刻陈伶的举动无疑让他十分感动。

"哪里的话。"陈伶笑了笑，很自然地在他对面坐下，随后转入正题，"对了，我听说前一段时间那个从三区来的执法官韩蒙，今天就要审判开庭了？这消息你知道吗？"

"知道，昨天发的公示。"文仕林一边喝咖啡，一边点点头，"怎么？你对这个案子也感兴趣？"

"那辆列车闯进城的时候，我也在场，正好看到了全过程，所以对这个执法官有印象。"

"怪不得……你觉得他怎么样？"

陈伶沉思片刻："从个人角度来说，我感觉他做得没错，至少救下了三区仅剩的那批幸存者。"

"这也确实。"文仕林像是想到了什么，长叹一口气，"不过，他毕竟当众违抗了命令，还跟其他执法官大打出手，开门放人进来……虽然不至于被判死刑，但估计三五十年或者无期是逃不了了。"

"要判这么久吗？"陈伶眉头不自觉地皱起。

"我也只是猜测，具体的要看当庭的辩护情况，还有执法官高层的意思。"

陈伶陷入沉思。韩蒙当时为了维护陈伶他们，不惜背叛极光城执法官，这个人情陈伶自然不会忘，但现在的情况他也很难去做些什么……毕竟执法者总部的黑牢与群星商会的地牢可根本不是一个级别，以他不过二阶的实力，要在一众六

-149

阶乃至七阶的看守下破狱救人，跟痴人说梦没什么区别。好在韩蒙不会被判处死刑，只要他人还活着，总有办法能把他救出来……陈伶如是想着。

"你要是对这个案子感兴趣，为什么不直接去审判法庭旁听？"文仕林突然开口。

陈伶愣了一下："可以旁听？"

"当然，极光城的所有法庭判决，都是对外开放的，就算是普通人也能旁听……更何况你还是记者。"

文仕林看了眼墙上的时间："开庭的时间也差不多到了，走吧，我带你去一趟。熟悉一下流程之后，下次你要是再有感兴趣的案子，就可以自己去了。"

不等陈伶再说什么，文仕林便端着咖啡起身，背好相机与笔记本，径直往门外走去。陈伶见此，也快步跟了上去。

极光城的审判法庭，与报社的距离不算太远，两人徒步走了二十分钟就来到门口。此刻的法庭门口，已经零零散散站了不少人，当时列车进城的事件热度还没完全过去，韩蒙这个案子的社会关注度还是有的，他们纷纷在法庭门口登记好信息，便往旁听席走去。令陈伶没想到的是，在这里他还遇到了一个熟人。在法庭门口的角落，几个背着相机的记者正围在一起，似乎来自不同的媒体，在他们之中，卓树清正一边用笔记着什么，一边若有所思。就在这时，他感觉有人从后面拍了拍他的肩膀。他疑惑地回头，随后看到陈伶那张微笑的面孔，吓得差点跳起来，脸色煞白地往后退了两步。"你……你怎么在这里？"

"我来旁听。"陈伶目光扫过卓树清周围的那几人，眉梢微微上扬，"倒是你……你为什么在这里？"

"我……"卓树清咽了口唾沫，"我也来旁听，代表《极光日报》。"

"哦？你什么时候也能代表《极光日报》了？"

随着陈伶双眸眯起，卓树清只觉得一股寒意涌上心头，他张了张嘴，却一句话都说不上来。

"林宴，我帮你登记好了，进去吧。"文仕林适时地从旁边走过来，看到卓树清在这里，也有些诧异，"你也在这里？怎么，谁又出钱让你来做虚假报道了？"

卓树清的脸当即红到了耳根，他硬着头皮骂道："文仕林，你放什么狗屁？"

陈伶像是想到了什么，双眸注视着卓树清，脸色顿时冰冷起来，一抹淡淡的杀意顺着他的目光锁定对方。"小卓啊……"陈伶缓缓开口，"你应该知道，我最痛恨做假新闻的人，这次要是你再敢动什么歪心思，就不是上次那一拳那么简单了……"陈伶向前半步，脸颊几乎贴到卓树清的耳畔，冰寒彻骨的声音钻入对方的颅内。"你信不信，我杀了你？"卓树清整个人如坠冰窟！他脸色苍白如纸地呆在原地，被陈伶支配的恐惧再度涌上心头。他看到陈伶深深看他一眼，转身跟着文仕林走进法庭，但即便如此，那抹冰寒的杀意还在他的心头久久无法散去……

"卓树清，你还在等什么？"另一位记者皱眉挥了挥手，"走啊，要开庭了。"

"哦……哦。"卓树清回过神来，僵硬地迈步跟了进去。

陈伶跟在文仕林身边，找了旁听席第一排的位子坐下。这个法庭的建筑规模并不小：墙壁由深色的大理石装饰而成，肃穆而典雅；琉璃材的庞大落地窗坐落两侧，将阳光折射成无数瑰丽的斑点落在法庭中央；一座高大而宏伟的审判台，宛若云端神座，矗立在法庭的最高处。

231·魁首

两片席位分别坐落法庭两侧，座席彼此面对，陈伶刚坐下，便看到卓树清与一众媒体的记者，在对面的席位坐下……两者目光碰撞的瞬间，陈伶的眼眸微微眯起。

"不太对劲。"

一旁的文仕林也同时开口："一般的法庭审判，来个两三家媒体就顶天了，但这次一口气来了这么多……而且几乎每一家媒体都有各自的记者代表，这阵仗未免太大了一些。"

"看来，这场法庭判决不会那么简单。"陈伶的面孔冷若冰霜。

就在两人说话之际，乌泱泱的一大拨身影，从旁边的过道走来，径直向着陈伶这一侧的旁听席靠近。陈伶的目光往那里一扫，眼眸中浮现出错愕……

"赵乙哥哥，我们来这里做什么啊？"玲儿牵着一位少年的手，从陈伶的身前走过。

"来帮我们三区的韩蒙长官助威。"赵乙的脸上满是坚定，"韩蒙长官为了我们，不惜背叛极光城，没有他就没有我们的今天，这份恩情我们绝不能忘……玲儿，一会儿你不用出声，安静坐着就好，明白吗？"

"好。"

赵乙目光扫过座椅，直接在陈伶旁边的位子坐下，再隔壁就是玲儿。一段时间不见，赵乙似乎成熟了很多，现在的他经不再像是寒霜街上那个惹事的大男孩，更像是一个家庭的顶梁柱，背井离乡的洗礼让这个少年一夜成长了……他穿着一身破旧的灰色棉衣，嘴角残余着淡淡的胡楂，看向审判台的目光坚定无比。反观玲儿，衣着就相对新一些，她扎着一双可爱的麻花辫，乖巧地坐在赵乙身边，像是个安静的瓷娃娃。

"小乙，东西带了吗？"陈伶身后那一排的席位上，许崇国许老板的声音响起，陈伶微微回头望去，发现那天跟着列车进入极光城的三区居民，几乎全部到场，共计六十一人，将这一侧的旁听席全部坐满。

"带了。"赵乙点头。

"给我们吧，一会儿我们来用。"许崇国伸出手说道。赵乙犹豫片刻，还是从棉衣底下掏出了什么东西，暗中递给许崇国。"可惜老丁病了来不了，否则我们也算是全体到齐……"许崇国叹了口气，"希望这次能有个好结果。"

"没事，咱们这么多人，不差他一个。"赵乙开口安慰道。

陈伶就这么坐在赵乙的旁边，将这一切尽收眼底，心中不由得升起一抹疑惑……他们到底想干什么？别是发傻去干什么对抗执法体系的事情才好。

"是三区的幸存者。"文仕林也认出了这些人，压低声音在陈伶耳边说道，"看来，是来力挺韩蒙的……"

"嗯。"陈伶微微点头。

"兄弟，我看你好像有点眼熟？"一旁的赵乙也注意到了陈伶，挠着头疑惑开口，"咱们是不是在哪儿见过……"

"是那天打跑那个姓卓的记者的好汉。"许崇国一眼就认出了陈伶，语气有些感激，"又见面了，上次比较匆忙，还没请教尊姓大名。"

陈伶顿了顿："林宴。"

"你好，我叫赵乙。"赵乙伸出手，"一会儿我们可能会……欸……有点动静，还请不要见怪。"

陈伶神情古怪地跟他握手："你们想干什么？这里可是法庭。"

"一会儿你就知道了。"

两人说话之际，几道身影从法庭内缓缓走出，在审判台上坐下。为首的是一个穿着黑红长袍的老人，打扮庄严而肃穆，坐在法官的位子上，目光深邃得宛若无垠的冻海。

"那个就是审判法庭的主法官，也是当今的'审判'路径魁首，七纹执法官孤渊。"文仕林适时地解释道。

"魁首？那是什么？"

"十四条通神道路你应该有所耳闻吧？每一条通神道路都有很多的分支路径，而所谓'魁首'，就是这个时代在某条路径上的最强者。"文仕林继续说道，"换句话说，他就是这个时代'审判'路径的'王'。你别看这老爷子现在年纪大了，据说当年他可是单挑过那位执法官总长，也就是'修罗'魁首，打了三天三夜没分出胜负……可惜，也许是上了年纪，这老爷子潜力耗尽了，这么多年还是七阶。而那位'修罗'魁首，则已经踏入八阶，两者的实力已经是天差地别。"

"执法官总长？是那个檀心吗？"

"不，檀心只是副总长，那位总长平日里懒得管那些乱七八糟的事情，所以就全权让檀心处理了。"

孤渊坐在法庭中央的审判台上，扫了眼时间，用手中的木槌轻敲底座，沉闷的声音在法庭内回荡，嘈杂的众人顿时安静下来。"三区执法官总长韩蒙的开庭审理，现在开始。"孤渊平静的声音响起，"带被告韩蒙。"

众人的目光落在一旁，只见一个穿着黑色囚服的熟悉身影，双手戴着手铐从法庭边缘走出，两位执法官一左一右地跟在他的身旁，护送着他进入被告席，独自站在审判台下。韩蒙出现之后，陈伶明显感觉周围的三区众人呼吸都粗重了，身旁的赵乙紧盯着那个穿黑色囚服的人，眼眸中满是担忧。反观韩蒙，则面无表情地在被告席站定，像是一尊黑色雕塑。这段时间不见，韩蒙似乎瘦了一些，但那处变不惊的神情依旧，即便身上穿的是一件简单的黑色囚衣，也给人一种穿着执法官风衣的感觉，丝毫不像是一位阶下囚。

"下面，由我进行简要的案件陈述……"孤渊再度开口。孤渊正欲说些什么，两声清脆的声响从旁听席传出！"啪啪——"在众人错愕的目光中，两条鲜红的横幅在旁听席展开，一众三区幸存者高抬双手，努力将横幅举到最高，苍劲有力的大字顿时展现在所有人面前——

心怀大义，舍己为人！

执法如山，庇佑薪火！

随着这两条横幅打开，赵乙也猛地站起身，拿起一条横批"啪"的一声打开举在头顶——

韩蒙无罪

232·栽赃

这几条横幅出现的瞬间，法庭突然陷入一片死寂。赵乙没有吭声，一旁的其他三区居民也没有吭声，他们只是安静地举着这些横幅，神情坚定而倔强。

"你们在做什么？"一位执法者见此，脸色微变，匆匆走上前来，"你们这是在扰乱法庭秩序！还不快把这些东西收起来！"

"我们只是举着横幅，没有发出声音，没有打扰任何人，这不算扰乱法庭秩序。"许老板硬气地开口。

"你们……"

那位执法者见此，表情接连变换，可犹豫许久后，还是没有动作。看得出来，三区众人来之前，也是做过功课的，陈伶想象中的扰乱法庭替韩蒙辩护的场面并没有出现，而是钻了极光城审判法庭的规则漏洞。他看到这一幕，在心中微微松了口气……被告席上的韩蒙，似乎也听到这里的动静，回头望了一眼，看到旁听席上一张张熟悉的面孔，整个人愣在原地。

孤渊扫了眼横幅，眸中闪过一抹淡淡笑意，沉声继续说道："被告韩蒙，原三区执法官总长，于新历 379 年 12 月 13 日违抗执法命令，擅自与三位执法官产生冲突，导致城门无人看守，现以'违抗命令'与'擅离职守'两项罪名开始进行案件审理……"孤渊的声音不徐不疾，给人一种稳若泰山的感觉。听到一半，陈伶的目光中就闪过一抹诧异。

"咦……"文仕林也有些惊讶地小声开口，"这个案件陈述……有点意思，莫非执法官的高层有人在刻意保韩蒙？闹得那么大的事情，最后竟然只指控了这两项罪名。"文仕林与陈伶想的一样，虽然孤渊说的确实是事实，但当时发生的可远不止于此，包括韩蒙公然质疑极光城，替陈伶他们开城门这些事情都被刻意隐去了……到最后，就落了"违抗命令"和"擅离职守"这两项可大可小的罪名。三区的众人也隐约察觉到了什么，但不太敢确定，唯有许老板注视着审判台上的孤渊，若有所思。"看来这次，韩蒙稳了。"文仕林忍不住感慨，"按照目前的指控，就算判下来最多也不过七八年，已经是最好的结果。"

随着孤渊话音落下，他的目光扫过下方，看向韩蒙辩护律师所在的位置。"被告辩护，对于这两项指控，你有异议吗？"辩护律师站起身，他不经意间扫了眼一旁的陪审团与旁听席上的媒体记者，一缕缕微光在眼眸中闪烁。

"我有异议。"说出这句话的，并非辩护律师，而是坐在孤渊身旁的检察官，这句话一出，顿时吸引了全场的注意力。

孤渊眉头一皱，眯眼转头看向检察官，脸色有些阴沉："哦？你有什么异议？"

"我在调查被告的过程中，发现了更多的细节，与目前的案件陈述有悖，请法官大人允许我陈述。"

这句话一出，对面旁听席的一众记者齐刷刷地掏出纸和笔认真地记录起来，与此同时，无数相机的镜头对准了法官孤渊，似乎在等待他的回答。孤渊感受到法庭内的氛围变化，目光冰冷无比，他注视着身旁的检察官，散发出一抹淡淡的杀意。许久之后，他才冰冷地吐出一个字："念。"

"三区执法官韩蒙，在管理三区期间，利用职务权力逼迫压榨三区居民，带领一众执法者强行征收保护费，甚至与二区的黑恶势力勾结，暗中进行器官交易、毒品交易、武器交易……"

听到这儿，旁听席上众人的脸色都变了，他们震惊地看向那位检察官，眼眸中满是难以置信。

"你在这儿放什么狗屁？！"

"就是！韩蒙长官征收保护费？进行器官交易？你在开什么玩笑？"

"这是谁的指控，根本就是栽赃嫁祸！！！"

…………

三区众人都怒了，一个个都站起来指着那名检察官的鼻子开骂，声音顷刻间盖过了检察官的陈述，将其打断。

赵乙也瞪大眼睛，准备起来说些什么，却被一旁的陈伶一只手按回座位。

"别动。"陈伶沉声开口。

陈伶话音刚落，几位执法者就像是早有准备，来到这一侧的旁听席，冷声说道："公然扰乱法庭秩序，你们的旁听资格被取消了……刚才骂人的那几位，请跟我们出去吧。"

也不等众人反抗，执法者们便一拥而上，强行押着他们离开了旁听席，一时之间这一侧的人数少了近三分之二。

看着一个个同伴挣扎着被带走，赵乙的眼中几乎喷出怒火，与此同时，许老板压低的声音从身后传来："他们是故意的……小乙，这里是法庭，我们千万不能冲动，明白吗？"

赵乙深吸一口气，竭力地按捺住心中的怒意："但是……这根本就是栽赃陷害！"

"假的就是假的，只有留在这里，我们才能在必要的时候成为人证，我算是看出来了，这个审判法庭里的势力……也没那么简单。"许老板目光看向审判台，眼眸微微眯起。

审判台上——

孤渊盯着被打断的检察官："检察官，你在开庭审理前为什么不提前提出这些指控？"

"时间紧急，我也是刚才才得知的这些事情。"

"那你现在出来指控，有证据吗？"

"有。"检察官点点头，"器官交易这方面，我们有详尽的交易记录，是来自群星商会的地下废墟，里面清晰记载了韩蒙组织掠夺器官，并与城内进行交易的全过程。至于强行征收保护费，我们也有人证……"

"请证人丁老汉。"

检察官话音落下，两位执法者便护着一位老汉从一旁走出，看到那人的瞬间，旁听席上的赵乙等人难以置信地瞪大眼睛。

"老丁？他怎么会在这里……"许崇国喃喃自语。

赵乙像是想到了什么，眼眸中的杀意闪烁："这个该死的叛徒……"

丁老汉头颅低垂，狭长的眼睛贼兮兮地扫过韩蒙与旁听席，却根本不敢跟他们对视，等走到证人席位之后，才抬起头，看向审判台上的众多执法官。

他深吸一口气，斩钉截铁地开口："我可以做证，检察官大人的发言，句句属实！"

233 · 法庭之变

"砰砰砰——"镁光灯的光辉接连亮起，旁听席上的众多记者将这一幕完全记录下来，笔尖在纸页上迅速飞舞，生怕错过任何一句对话。在孤渊威压的震慑下，检察官的后背渗出细密的汗水，即便如此，他依然选择继续开口："法官大人，我这里还没有念完。"

"……念！"

"在此期间，被告韩蒙曾主动接触过黄昏社，双方协商后完成秘密交易，在七大区失去极光庇护时韩蒙抛下三区不管，只身投靠极光城，想凭借自身的'审判'天赋获得进城的机会。进城之后，按照双方的约定，韩蒙背叛执法体系，与黄昏社里应外合打开极光城的大门，让异端陈伶混入城内。'红心6'陈伶进城之后，在众目睽睽之下完成自焚，将身上的瘟疫病毒随着尘埃扩散到极光城内，以此完成一轮针对极光城的生化袭击……"这几句话一出，在场的所有人都坐不住了，尤其是那些曾在现场目睹一切后，来法庭上看热闹的围观群众，吓得当场从座位上站起来！

"瘟疫？"

法庭内轰然大乱。

在此混乱之际，检察官深吸一口气，一字一顿地开口："综上所述，我建议对被告韩蒙……处以凌迟死刑！"

陈伶的脸色顿时冷若冰霜。

"咚——"一声沉重的木槌响声将一切嘈杂镇压得无影无踪。"检察官。"孤渊握槌的手掌之上，已经暴起一根根青筋，"你说的这些，有证据吗？"

"这里有一份霜叶医院出具的医学报告，最近七天内，已经连续有五十多起病毒感染事件，而且这些患者全部都是当日目睹自焚现场，且离得较近的围观者。"

"那他们人呢？"

"截至昨天，最后一位病毒感染者已经确诊死亡，在火葬场火化了。"

"你的意思是，没有任何活体或者带有病毒的尸体可供检查，只有一纸霜叶医院的检查证明？"

"还有一份火葬场出具的焚烧证明，毕竟目前还不清楚这种病毒的传播途径，尽快火化可以防止病毒扩散。"

"那你是如何判断韩蒙与黄昏社有隐秘交易的？"

"在韩蒙所处牢房的床垫之下，我们发现了一张扑克牌。"检察官停顿片刻。

"那张扑克牌的牌面，是黑桃6。"

全场再度哗然。

"呵呵，这证据真是巧啊。"文仕林到底是资深新闻人，立刻就嗅到了其中的不对劲，"霜叶医院、火葬场，那都是群星商会的产业，就连所谓的器官交易记录都是在群星商会地下废墟发现的……他们这是知道自己做的事情瞒不住了，顺手拉一个韩蒙下水？"

"随便给人塞一张扑克牌，就能栽赃到黄昏社头上。"陈伶凛然冷笑，"原来栽赃一个人这么简单，怪不得黄昏社的风评这么差……"

"但不得不说，这一招真是狠啊……利用人们对于瘟疫的恐慌，以及对黄昏社的恐惧，再辅以媒体的力量催化发酵，这下子就算韩蒙是清白的，也逃不过舆论的制裁，法庭迫于压力，也没法轻易下判决……这韩蒙跟群星商会有这么大仇吗？"文仕林长叹一口气。

审判台上，孤渊也缓缓开口："检察官，仅靠这些零碎的证据，不足以给被告定罪……这一点，我想你应该清楚。"

"法官大人，事关黄昏社，哪能搜集到那么详尽的证据？为了极光城的稳定与安全，我觉得还是尽快处死韩蒙比较好。"

两方突然陷入僵持。

"被告辩护。"孤渊的目光落在韩蒙的辩护律师身上，"你……有什么要列举出的证据，或者要替被告辩护什么吗？"

在开庭之前，孤渊就已经将檀心的书信交给辩护律师，按照原本的进程，只要孤渊陈述完案件，这边辩护律师展示书信，就能彻底抹除韩蒙的那两项罪名，现在虽然事情的发展过于出乎意料，但那封书信至少能替韩蒙洗清大部分嫌疑，解释他开门的缘由。

辩护律师沉默地站在台下，感受到检察官那边落下的目光后，摇了摇头："不，我没有要辩护的。"

"砰——"一声轻响传出，孤渊手中的木槌当场爆碎。"很好……"孤渊双眸微微眯起，"那现在，有多少人支持处死韩蒙？"

众人对视一眼，在检察官目光的胁迫下，陪审团中有数个身影都举起手来，连绵不绝的镁光灯亮起，照亮整个法庭。卓树清原本也想拍照，但看到对面坐着的陈伶，正在以一种吃人的目光看着他之后，还是默默地放下相机，低头缩背像是只鹌鹑。在无数闪烁的灯光中，韩蒙沉默地站在被告席上，那件黑色的囚衣之上，被套上一个又一个名为"栽赃"的枷锁。所有人看向他的目光都变了，从原本的疑惑、好奇、支持，逐渐变为恐惧与厌恶。大众根本不了解真相是什么，但此刻他们却巴不得韩蒙立刻被处死，因为这会让他们感到安心。与此同时，检察官的声音再度响起："法官大人，是不是该给出判决了？"

孤渊苍老的眼眸缓缓闭上，他深吸一口气，低沉的声音再度回响在法庭之内："对于被告韩蒙的指控证据不足，辩护不足，我宣布本次审判休庭……两日之后再次开庭，下达关于被告韩蒙的最终判决。"面对如此多且恶劣的指控，以及在辩护律师不作为的情况下，想判韩蒙无罪难如登天，更别提在场还有那么多媒体记者……在这种情况下，休庭是唯一的出路，也是最好的结果。

"为什么休庭？！"

"是啊，我现在也感觉这个韩蒙很有问题，不是说黄昏社那群人都是罪犯暴徒吗？为什么不立刻处死他？"

"他给极光城带来了瘟疫！！我说最近怎么喉咙老是不舒服……该死！！我现在就要去医院！"

"他是这一切的罪魁祸首！！"

…………

即便已经休庭，众人也丝毫没有离开的意思，对面旁听席的普通民众纷纷站起身，指着被告席上的韩蒙怒骂。混乱的法庭内，那穿着黑色囚服一言不发的身影，已然被千夫所指。

"谁敢说韩蒙长官是罪犯！老子第一个不答应！！"休庭之后，赵乙明显放开了，他带着一众三区幸存者开始与对面对骂，场面一度混乱无比！

在这疯狂的喧闹与混乱声中，穿着棕色大衣的陈伶沉默地站起身，往法庭外走去。

"你去哪儿？"文仕林不解地问道。陈伶没有回答。大衣的衣角随风轻摆，他在这千夫所指中孤独地逆流而上，与站在被告席上的身影背对背，沉默独行……一阵寒风吹过法庭的大门，那副看似斯文的半框眼镜之后，饱含杀意的怒火凛然闪烁。

234·戏码

"疯了，真是疯了！"

"方立昌这家伙是怎么了？不是说这次判决结果都定好了吗？怎么突然跳出来又指控那个韩蒙一堆罪名？"

"他当了八年的检察官，虽然也不是完全没出过差错，但这次的事情实在太离谱了……这是摆明了要跟孤渊长官对着干啊，他是脑袋被驴踢了吗？！"

"你们刚才感受到孤渊长官散发出的气息了吗？我差点以为我要在审判台上被碾碎了……"

"孤渊长官做事一向沉稳低调，看来这次是真的动怒了。"

"不过话说回来，那个辩护律师突然反水我也是没想到的……不是说有一封檀心副总长给的书信吗？他为什么不拿出来？"

"你还看不明白吗？这次的事情是有人在背后给审判庭上眼药……不，应该说是给整个执法体系上眼药，纯纯恶心人啊。"

…………

陪审团与一众执法官从法庭的后门出来，热切地讨论着刚才发生的一切。众人刚走过转角，一个穿着黑色风衣的老人就安静地站在他们面前。看到那人的瞬间，众人立刻闭上嘴巴，目光都有些闪躲。

孤渊淡淡地扫了众人一眼："方立昌呢？"

"不知道……一休庭他就不见了。"众人对视一眼，茫然开口，"估计是太害怕您，所以提前逃走躲起来了……那几个支持他的执法官也是，根本没看到人。"

孤渊冷笑一声："有胆量背叛，却没胆量见我……还以为这个方立昌突然改了性子，现在看来，我还是高估他了。"

"长官，这下怎么办啊？"

"是啊，他们那几盆脏水泼得太恶心了，等舆论一发酵，两天后的庭审压力就更大了……要不，我们提前派人去把那几个记者给……"一位执法官伸出双手，做了个"捆绑"的手势。"我们是执法官，不是土匪。"孤渊沉声开口，"要是真去做这种事，一旦被对方抓住把柄，整个审判庭都得身败名裂。"

"那……那还有什么办法？"

孤渊那双苍老的眼眸中，一缕微光闪过，片刻后他缓缓开口："你们该干什么干什么，其他的不用管……我倒要看看，他们还有什么花样。"

法庭外——

"照片都拍好了吗？"一众记者会聚在大门外，眯眼男沉声说道。

"拍好了。"众人纷纷点头。

卓树清站在众人最后方，尴尬地想说些什么，欲言又止。

"这是明、后两天的新闻稿模板，内容就按这上面的写，可以适当发挥，但是核心观点一定不能变，要咬死韩蒙是黄昏社成员，刻意打开城门散布瘟疫的事情，明白吗？"

"明白。"

"那就散了吧，这两天就待在梅丽酒店，房间已经给你们订好了，不要乱跑。"眯眼男挥了挥手，众人便各自散去。

卓树清鬼鬼祟祟地环顾一圈，然后抱着相机就快步往小巷子里钻，神情十分匆忙，像是担心有什么东西在后面追他一样……他连续钻了六七条巷子，时不时地往回看，确认周围无人之后，这才长舒一口气。"真是见鬼，怎么偏偏在法庭门口碰到那家伙。"卓树清擦了擦额头的汗水，有些后怕地开口，"还好我走得快，差点又被追上了……"他平复了一下心绪，正欲直接回家，抬头便看到巷道尽头那在寒风中飞舞的棕色大衣，迈出的脚步猛地僵在原地！他瞪大眼睛，宛若见鬼一般："你你你……"下一刻，他只觉得眼前一花，一只有力的手掌已经扼住他的咽喉，将他整个人如鸡崽般抵在墙面，发出一道沉闷声响！

"我应该跟你说过。"陈伶双眸微眯，一股冰寒至极的杀意在寒风中扩散，"这次你要是还敢动歪心思……我会杀了你。你觉得，我只是在跟你开玩笑吗？"陈伶手背上的青筋一根根暴起，似乎要将卓树清的脖颈硬生生捏断。在那狼眸般的目光的注视下，卓树清浑身都忍不住颤抖。

"我我我……我什么都没做！！"卓树清脸色煞白地开口，"他们是叫我去做假新闻来着……但这次，这次我真的没打算做！我的相机里一张照片都没拍，本子上也一句话都没记……我听劝了，真的！！你不能杀我！"

听到这儿，陈伶的目光中闪过一抹诧异，他将卓树清脖子上的相机一把扯下，开始查看胶卷。胶卷确实没有被使用过的痕迹，卓树清随身带的本子上，也是空白的……看来这次，卓树清真的被陈伶吓怕了，即便已经被请到了现场，硬是没敢做假新闻，而是在那里鹌鹑般老老实实从头坐到尾。陈伶注视卓树清许久，右手松开了他的脖子，后者顿时跟跄着坐倒在地，剧烈地咳嗽起来。"很好，你保住了自己的小命。"陈伶缓缓开口。

卓树清惊恐地看了陈伶一眼，刚才他真的感觉到了陈伶身上散发出的杀意……如果自己当时记录了什么，这家伙估计真的会杀了自己！死里逃生的卓树清颤抖着问道："那……那我现在可以回家了吗？"

"不急。"陈伶随手从笔记本上撕下一页，丢在卓树清面前，"把这次跟你一样被贿赂，参与法庭旁听的几个记者都写下来，包括他们的名字还有所属媒体。"

卓树清愣了一下，试探性地问道："你……打算做什么？"

"这你不用管。怎么？你不写？"

"写写写！"

卓树清毫不犹豫地提笔书写起来，将今天所有"同伙"全数供出。与此同时，陈伶再度开口："聘请你们的，是什么人？"

"是审判法庭的检察官，方立昌。"

"他有说怎么跟你们联系吗？"

"那倒没有……他就说让我们发新闻，然后就待在梅丽酒店别乱跑，说是会有酒宴什么的……应该是怕执法者报复我们。"卓树清紧接着说道，"不过，我已经不打算掺和这件事了，我就想回家……"

梅丽酒店……陈伶将这个地址记下，随后拿起卓树清写的那张名单，目光在上面轻轻一扫。"你走吧。"陈伶淡淡开口。

听到这三个字，卓树清如蒙大赦，毫不犹豫地掉头就跑，跑到一半像是想起了什么，默默回头把地上的潮牌斜挎包和相机搂在怀里，又掉头狂奔。

陈伶将名单折叠好收入口袋，回头看了眼审判法庭的方向，目光冰冷无比。

"这出栽赃的戏码倒是玩得不赖……既然你们想演，我就陪你们演到底。"陈伶收回目光，双手插入口袋，棕色的大衣在寒风中逐渐消失在巷道的尽头……

235·酒宴

梅丽酒店——

这家极光城最奢华的酒店，是一座高达二十三层的西式建筑，宛若城堡的外形在建筑物普遍只有四五层楼高的极光城内尤为显眼，在酒店的大厅之上，一个闪烁的群星商会标志安静悬挂。检察官方立昌站在房间的落地窗前，俯瞰着这座他生活了三十多年的城市，突然觉得它似乎也没有自己想象的那么庞大，自己只是站在这里，似乎就已经将它踩在脚下。

"先生。"一位衣着得体的服务生走到他的身后，温文尔雅地开口，"这里的住宿环境，您还满意吗？"

方立昌微微点头："阎晌会长呢？他没有来吗？"

"会长不住在这里，不过他已经吩咐过，将最好的房间留给您与您的同伴们，同时你们这几日的所有消费，都由群星商会买单。"服务生微笑回答，"会长说，这里是商会自家的地方，出入的都是极光城的高层与名流，就算是执法官也不敢在这里乱来，请您放心。"

"我了解孤渊，他是不会做出格的事情的，执法官敢不敢来并不重要。"方立昌随意地摆了摆手，"不过，会长手中关于我的那些资料……"

"请您放心，会长说了，只要两日后的判决中韩蒙被判死刑，您在会长那里的一切资料都将被销毁，再无人知晓。"

方立昌见此，神情终于放松些许。他品了一口红酒，随着一股淡雅醇香入腹，他俯瞰极光城的目光也开始迷离。

"先生，会长今晚为你们在顶层的云霄厅准备了酒宴，还请按时参加。"

"嗯。"方立昌像是想起了什么，"对了，其他人都已经入住了吗？"

"被告的辩护律师、证人丁老汉，以及八位记者都已经入住……只剩《极光日报》的卓树清记者还没登记入住。"

"卓树清……"方立昌微微点头，并没有放在心上，"我知道了。"

服务生恭敬退下，随手将房门关闭。

他乘坐电梯来到一楼，正欲继续工作，便看到酒店的凯旋门后，一个穿着咖啡色外套、背着昂贵斜挎包的年轻人走入酒店大厅，目光四处打量着，似乎对这里的一切十分好奇。服务生见此，快步走上前，脸上浮现出标志性的礼貌微笑："先生您好，今天我们酒店已经满房了，您……"

"不是说，今晚在这里有酒宴吗？"

服务生愣了一下，紧接着问道："不好意思，请问您怎么称呼？"

"《极光日报》，卓树清。"年轻人掏出记者证，脸上浮现出一抹淡淡的笑意。

"原来是卓先生，抱歉抱歉。"服务生不好意思地笑了笑，"您的房间当然是有的，请跟我来。"

卓树清跟在他身后，目光落在大厅中央的群星商会标志上，眼眸微微眯起。

"卓先生，您没有带行李吗？"

"没有。"

"好的，这里是您的房间钥匙，房间在十九层，我带您过去。"服务生替卓树清按下电梯按钮。透过电梯的半包围玻璃结构，整个极光城都在卓树清的脚下逐渐缩小。电梯最终在十九层缓缓停靠。"先生，这里就是您的房间。"服务生替卓树清打开房门，里面的陈设与方立昌的相比还是简陋很多，但与极光城其他酒店比依然大气，简约而高雅的家具摆在房间各处，三米长的写字桌后方，就是能俯瞰整个极光城的巨大窗户。"为了您与其他人的安全，这段时间您最好不要离开酒店，有任何需要可以喊我。今晚的酒宴在顶层，七点正式开始。"服务生熟练地介绍道，"还有，在参加酒宴之前，您最好先完成一份关于韩蒙案件的新闻草稿，到时候检察官大人会初步审阅。"

卓树清走到房间内，微微点头："好。"

随着服务员关上房门，卓树清开始在屋内转悠起来，散发着淡淡蓝意的眼眸扫过房间内的每一个角落，似乎在检查有没有被安装什么其他东西……比如窃听器。但事实证明，群星商会没有那么多的心眼，确认房间安全之后，卓树清便随手撕掉了脸皮，露出原本属于陈伶的面孔。他缓缓地在真皮沙发上坐下，目光落在书桌上那一沓草稿纸与早就准备好的钢笔上，淡淡开口："动用这么大一个酒店给法庭判决保驾护航……真是大手笔。"

卓树清被陈伶吓破胆子，自然是不敢再掺和进这件事里；而陈伶也需要寻找一个打入敌方内部的突破口，卓树清的身份与这场酒宴，无疑是最好的选择。陈伶抽出一张草稿纸，迅速地在纸面上写画起来，几个关键词被他彼此连接：黑桃6、瘟疫、器官交易、检察官、丁老汉、律师……经过法庭上的一番精彩表演，韩蒙身上的罪名一个比一个重，想要替韩蒙脱罪，就得从根源上解决问题……对陈伶来说，他心中其实已经有了解决方案，但他想要的不仅是给韩蒙洗白这么简单……陈伶的眼眸中，一缕微光跳动着，沉思许久之后，他脑海中就浮现出一个不错的剧本。他从纸盒中取出一根火柴，轻轻一擦，刺目的火光点燃这张草稿纸的一角，无声蔓延，仿佛要燃尽整个寒夜。

晚上七点，变脸成为卓树清的陈伶，双手推开酒宴大厅的大门。随着明亮的电灯光辉驱散昏暗，一座金碧辉煌的云端大厅展现在他的眼前。在这座绝大部分普通人家还支付不起昂贵电费的城市，眼前的大厅中就点亮了近百盏电灯，加上大厅周围无声跳动的优雅烛火，整个酒宴大厅亮如白昼。在酒宴中央，一位穿着华丽礼服的美女正拉着古朴的小提琴，悠扬琴声在宴席中回响。十余道身影悠闲地游走其中，时不时推杯换盏，谈笑风生。"卓先生，您终于来了。"门口的服务生在名单上勾掉最后一个名字，看到陈伶身上背的相机，微微一愣，"先生，这次酒宴是不让拍照的……"

"哦？是吗？"陈伶微微一笑，将胸口的相机摘下放在桌上，"那就先放在这儿寄存一下，没问题吧？"

"没问题，您请进。"

236·今日主菜——

陈伶微微点头，迈步走入其中。这场酒宴的参与者，全是陈伶眼熟的人物——检察官、辩护律师、当日坐在对面旁听席的九位记者，以及……陈伶的目光落在一个穿着灰色棉衣，矮小黝黑、贼眉鼠眼，三区的白眼狼——证人丁老汉身上。此刻的丁老汉，正站在舞台边上，一双狭长的眼睛直勾勾地看着正在拉小提琴的礼服美女，目光像是一把淫秽肮脏的剔骨刀，从对方裸露在外的雪白肌肤，一直剥到那布料遮掩之处……他一手托着红酒杯，嘴角勾起笑意，似乎十分陶醉。陈伶认得他，他是寒霜街隔壁街道的一个普通居民，平日里也没个正经工作，就靠老婆在厂里工作挣钱养家，属于街口老大妈们常年嚼舌根批斗的对象。陈伶记得自己救下他的时候，他正跟在一群避难者后面，哼哼唧唧一副要死的模样。当时为了凑齐观众人数，陈伶也没多想，直接将他也拉上了列车，没想到这个丁老汉进了极光城，竟然成了三区唯一的背叛者……

"怎么样，漂亮吗？"检察官方立昌走到丁老汉身边，淡淡开口。

"漂亮，漂亮！"丁老汉抿了抿嘴唇，"在我们三区，可见不到这么好看的女娃……还是极光城好啊，跟天堂一样。"

感受到丁老汉赤裸裸的目光，方立昌不自觉地皱了皱眉，他算是知道其他人为什么不愿意接近这个丁老汉了，跟他这种人待在一起，简直拉低了自己的档次。方立昌瞥了他一眼："漂亮的女人哪里都有，但巴赫的《G弦上的咏叹调》，可不是七大区这种乡下地方能听到的……"

"检察官大人说得对，这东西我在三区连听都没听过，真是洋气！"丁老汉连连拍手，蹩脚地拍着马匹，目光却丝毫不打算离开那两条白花花的大腿。

方立昌深吸一口气，想到这家伙是开庭后重要的证人，还是尽量心平气和地说道："只要你在法庭上好好表现，钱自然不会少你的，到时候你想要几个女人都可以……"

"我就要她！我就要她！！"丁老汉顿时兴奋起来，指着台上的美女说道，"我要她来给我……呃，我要她来教我那个什么调，我要学小提琴哩！"

方立昌脸色铁青，二话不说直接掉头走人，跟这头色猪半句话都不想多说。丁老汉见方立昌走了，挠了挠没剩几根头发的额头，转而继续盯着台上拉小提琴的美女。就在这时，一个声音从他身后传来。

"丁先生，我很好奇。"

丁老汉回头望去，发现是个穿咖啡色外套的年轻记者。"好奇啥？"

"如果我没记错的话，不是被告韩蒙拼死守住城门，你根本就进不了极光城。"陈伶缓缓开口，"你现在出庭做伪证，良心不会痛吗？"

"良心？那东西值几个钱嘞？能帮我娶老婆，学小提琴吗？"丁老汉嗤笑一声，"我又没求那个什么韩蒙帮我开门，他自己要这么干的，跟我有啥关系？"

陈伶眼眸深处，一抹冰冷的杀意闪过。紧接着，这抹杀意就转变为笑容，他微笑地看着丁老汉，宛若春风拂面。"好的，我明白了。"陈伶转身离开。

"卓树清，你的稿子写完了吗？"一位记者叫住陈伶，他们几个小报记者此刻都凑在一起，像是在热切地聊着什么。

"我今天到得有点晚，还没写完。"

"我们几个都已经完成初稿，交给检察官看了，你这速度太慢了。"另一位记者打趣道，"抨击'黑桃6'可是个大新闻，要是错过了，半夜都要气得捶床啊。"

陈伶眉梢一挑，一个念头迅速涌上心头："话说回来，你们见过真的'黑桃6'吗？"

这句话一出，几位记者与一起聊天的辩护律师，同时愣在原地。

"那怎么可能见过……连黄昏社里有没有这个人存在都不好说吧？"一位记者若有所思，"估计是前段时间出了个'红心6'，所以那位就顺势挑了个黑桃6的牌面唬人，谁能见过他？"

"关于'黑桃6'，我倒是听过一些传闻。"

"哦？"

记者到底都是有好奇心的，陈伶这句话一出，众人顿时来了兴致："什么传闻？"

"传说这个'黑桃6'，变化不定，有时是个老人，有时是个小孩，有时是个美女……"捕捉到"美女"两个字，丁老汉耳朵一动，立刻转身凑了过来："什么美女？"

见丁老汉掺和进来，众人的脸色都有些嫌弃，但也不好多说什么，一位记者疑惑开口："等等，这听起来怎么跟那个'红心6'有点像？不是说他也有变化的能力吗？"

"不一样，这个'黑桃6'好像没有实体，像鬼一样，会附身的。"陈伶压低声音说道，"传闻他性格残暴无比，而且极其记仇……凡是见过他的人，几乎都被折磨致死。"

"鬼？有这么邪乎？"

"黄昏社的人，不是个个都这么邪乎吗？这还算好的吧……"

"有道理，那个自焚的'红心6'甚至比他更邪乎，当时我就在现场，他死前的那个笑容……真是太瘆人了。"

…………

众记者开始你一言我一语地说起来，丁老汉听了半天，发现没有美女的事，只能兴致缺缺地又回到舞台下方……

就在这时，小提琴的乐曲结束，检察官方立昌缓步走上台。众人识趣地安静下来。"各位的新闻稿，我都看过了，写得很不错。"方立昌的声音在酒宴大厅内回荡，在他开始说话之际，七八位服务生推着餐车来到舞台下方，银色的金属罩盖住一道道热气腾腾的菜肴，众人的眼睛顿时亮了起来。"……为了感谢各位的配合，我与群星商会特地举办了这场酒宴，邀请了极光城最好的厨师给大家做了几道顶级菜肴，大家酒水喝得差不多了之后，可以尝一尝……这场酒宴，算是提前的庆功宴，预祝各位未来在极光城平步青云，心想事成。"方立昌话音落下，高举酒杯，台下的众人也纷纷配合地举起酒杯，然后将杯中酒一饮而尽。

几杯红酒下肚，方立昌也有些微醺，他此刻的心情很不错，当即大手一挥，对着下面的服务员说道："开餐吧！"

明亮的灯光映照在餐车的金属罩上，光滑的表面反射着周围众人期待的目光，随着服务生将金属罩缓缓揭开，一阵阵吞咽口水的声音从周围传出。但下一刻，众人便愣在原地，只见精致而整洁的盘面上，不见任何美味佳肴，取而代之的，是一盘盘堆积成山的扑克牌……今日主菜——黑桃6。

237 · 黑桃来了

观众期待值 +3%

当前期待值：25%

"这……"辩护律师揉了揉眼睛，有些错愕地抬头看向方立昌，怀疑这是检察官大人跟他们开的一个玩笑。可当他抬头之后，却发现方立昌的脸色比自己还要难看。

"这就是顶级菜肴？"丁老汉瞪大眼睛，抓起几张扑克牌仔细看了看，甚至还往嘴里塞了一下……然后用力"呸"了几声，"这东西也不能吃啊！"

台上——

方立昌看着那一张张黑桃6，像是联想到了什么，瞳孔微微收缩，紧接着沉声喊道："这是怎么回事？菜呢？"

"这……我们也不知道啊。"一众服务生也满脸茫然，"我们在厨房备菜的时候，

这里面还是正常的菜肴……怎么到这里就变成扑克牌了？"

"非常抱歉！我们这就去为您重做几份！"为首的服务生反应最快，第一时间道歉，然后推着这些餐车匆匆离开酒宴大厅。

众人看着那几辆远去的餐车，神情各异，窃窃私语起来——

"怎么回事？是意外吗？"

"意外？谁会把一盘扑克牌和菜弄混？而且还是那么多道菜？"

"最关键的，还是那些扑克牌的牌面……"

"黑桃6……怎么会这样？"

…………

"好了！看来是酒店的疏忽，大家不要放在心上。"方立昌感受到气氛微妙的变化，当即再度举杯说了几句，试图吸引众人的注意力。陈伶则倚靠在无人注意的酒桌旁，面无表情地配合着方立昌的话语，举杯，喝掉，放下……几分钟后，服务生推着几辆餐车，满头大汗地又走了进来。"不好意思，各位先生，这次是真的来了。"为了确保这次不出现意外，服务生们在厨房检查了一次，在大厅门口又检查了一次，绝对不会出现任何差错。他们将这几辆餐车推到舞台中央，看向方立昌。方立昌扫了眼一众餐车，嘴角挤出一抹笑容："好了，让我们再次举杯，预祝判决圆满成功。"

陈伶笑着举起酒杯，与此同时，插在口袋中的右手轻轻一晃，一块金属片悄无声息地替换了电灯的开关。"啪——"就在服务生们打开金属罩的瞬间，通明透亮的电灯瞬间短路爆炸，清脆的爆响之后，整个大厅陷入昏暗！苍白的蜡烛包围在众人周围，摇曳的烛火映照着缓缓抬起的金属罩，众人还未从电灯毁坏的错愕中回过神，有人便借着昏暗的烛火看到餐盘上的东西，瞳孔骤然收缩！

"黑桃6……还是黑桃6！！！"众人大惊失色，只见餐盘之上还是与之前一样的扑克牌，满满当当的，几乎就要溢出来！如果说第一次看见扑克牌的时候，众人还只是有些狐疑且惊惧，那么第二次揭开还是扑克牌，就彻底打碎了众人原本的侥幸，再结合突然熄灭的电灯，极度惊悚的氛围开始在顶层蔓延！

"你们是在故意要我？！"方立昌的脸色铁青，他瞪大眼睛看着几位服务生，杀意迅速蔓延。

服务生彻底傻眼了，他们像是见鬼般跟跟跄跄地向后退去，被一只不经意间伸出的脚绊倒，一屁股坐到地上："不可能……不可能啊！！我们开门之前还检查过一次！怎么又变了……有鬼？有鬼！！"

昏暗的烛火在宽阔的大厅内跳动，只能照亮这一小块区域，稍远处的一切都处于漆黑之中，仿佛隐藏着吃人的鬼怪……在这样的气氛下，所有人的心都提到了嗓子眼，一个声音颤抖着响起："是'黑桃6'……一定是他知道我们在利用他的名号，所以来找我们麻烦了！"

"他就在这里！他在报复我们！"

"我们真的引来了黄昏社的疯子？！那可是一群变态的恶魔！谁知道他会干出什么事来？！"

"我们是不是该赶紧通知执法官，让他们来抓人？"

"你疯了？我们才在法庭上指认韩蒙是'黑桃6'，他现在还被关在黑牢里！现在去通知执法官不是在打我们自己的脸吗？"

"都给我闭嘴！！"方立昌的声音瞬间压过所有人，他目光阴森地扫过整个昏暗宴会厅，"装神弄鬼……"方立昌能当上检察官，自然也是有点实力的，四阶的威压从他体内倾泻而出，将整个大厅都包裹其中……但即便如此，这里除了他们这几个参会人员，黑暗中空空如也。"没人？"方立昌眉头紧锁，"他究竟躲在哪里？"

"他……他是无形的鬼怪！"一位记者想起了刚才陈伶的描述，惊恐地开口，"他就在这里，只是我们看不见他！"

方立昌冷哼一声，正欲再说些什么，另一位记者突然抬手！"窗外……窗外有个黑影！"这句话一出，众人同时转头望去，只见那扇立于高空的巨大落地窗外，一道黑色的残影一闪而过。"想跑？"方立昌见终于找到了藏在幕后之人，眼眸中闪过一抹狠色，身形一晃急速向外追踪而去，随着那扇窗户轰然爆碎，他的身影眨眼间就消失在夜色之下。

随着方立昌的离开，呜呜作响的寒风从破窗处卷入，将昏暗的烛火尽数吹灭，宴会大厅再度陷入一片死寂。丁老汉与一众记者、律师，就这么站在黑暗与寒风中。不知过了多久，一个声音突然响起："检察官走了，这里就只剩下我们了。"

"嚓——"陈伶用火柴点亮一支苍白的蜡烛，摇晃的烛火映照着他的半张面庞，他的嘴角勾起一抹微不可察的笑意。"希望他不要出现什么意外才好……你们觉得呢？"寒风吹起众多扑克牌，无数的黑桃6在大厅内随风轻旋，像是有无数幽灵在轻舞，又像是有一只无形的大手，在操控着这里的一切……

238 · 琴声"悠扬"

陈伶的话语响起，众人心里微微一颤。原本方立昌还在的时候，这里至少还有一位执法官坐镇，虽然"执法官"的名号远没有"黄昏社"具备威慑力，但至少能给人一些安全感。现在方立昌一走，他们唯一的靠山也消失了。

"检察官大人可是四阶强者……面对'黑桃6'，应该不会出现什么意外吧？"一位记者小心翼翼地问道。

"不好说。"辩护律师若有所思，"据我所知，黄昏社成员的牌面不是按照实力强弱排序，而是按照入社的时间，牌面6不代表实力弱，恰恰相反，有可能是刚

- 167

被黄昏社吸纳不久的强者……"

"黄昏社可是被所有人类界域通缉的暴徒，哪有弱的？"

"那检察官大人……"

众人说着说着，又不吱声了，他们看着那扇寒风疯狂涌入的破窗，心中的不安越发强烈。丁老汉虽然不懂什么四阶、黄昏社，但他怕鬼，那双狭长的眼睛扫过漆黑的四周，还有那些黑暗中飞舞的扑克牌，心中直打战，缩着脖子默默退至众人身后。

"我们要不先回房间，等检察官大人回来？"辩护律师提议。众人当即点头赞同。他们径直走到大厅的大门前，辩护律师拉了一下门把手，没有拉动，微微一愣。"怎么回事？门锁住了？"

听到这句话，众人心中一惊，按理说酒宴还在进行，大厅的大门是不可能上锁的，而且在这种环境下门恰好锁死……很难不让人遐想。

"我看看。"陈伶走上前，转了几下，门锁发出轻微的咔咔声。随着他右手骤然用力，门锁被直接压开，大门应声打开一条缝隙……缝隙之后，是深渊般的漆黑。以酒宴大厅的高度，极光和月光是可以透过庞大的落地窗进来一点的，所以众人在这里还是能勉强看清周围的东西，可门后的走廊真是半点光都见不到，黑暗与死寂让人下意识地内心发怵。

见门锁被打开，众人终于可以回到自己的房间，他们微微松了口气，忍不住夸赞道："卓记者真是好大力气。"

"是啊，关键时候还得是老卓站出来。"

"差点以为是那个'黑桃'又回来了，刚才吓我一跳……"

陈伶举着一支蜡烛，摇晃的烛火将门边一角照亮，他微微一笑："我拿着蜡烛给你们开路，你们跟好我。"

"好好，没问……"

"刺啦——"众人话音未落，一只干枯苍白的手掌便从漆黑的门缝中无声而诡异地抓住陈伶的脖颈，还未等众人反应过来，他整个人都被拖出残影，瞬间消失在大门外！这一幕发生得实在太快了，最后的"题"字说出的时候，陈伶整个人都已经被拖入黑暗，凄厉的惨叫声瞬间在门后响起！紧接着，就是一连串阴森诡异的笑声、扭打挣扎声，以及骨骼被咀嚼的爆碎声……一秒之后，门缝后的漆黑走廊，再度陷入死寂。"滴答——滴答——"液体滴落的声音，持续在走廊中回响，但陈伶已经彻底没了声音，这一刻，半掩的门缝仿佛变成了一只吃人的黑色凶兽，安静而狰狞地匍匐在众人眼前。目睹了全过程的众人，吓得差点连心跳都停止了，他们惊呼疯狂往门后退去，有几人甚至因太过慌张直接摔倒在地。

与此同时，那支原本被陈伶拿在手中的蜡烛，浸润着猩红的鲜血从门缝中滚了回来……微弱的烛光映照在昏暗大门的表面，众人这才看到，那扇庞大的房门上竟然勾勒出一张黑桃6的纹路，而随着烛火被鲜血熄灭，门上的纹路也瞬息沉入黑暗。

离陈伶最近的丁老汉，整个人瘫倒在地，语无伦次地开口："鬼……门门门门后面有……鬼！！"

"是'黑桃6'！"辩护律师脸色同样苍白如纸，"他就在这里！！"

"那刚才追出去的检察官呢？他还……"

没有人回答这个问题，"黑桃6"出现在这里，说明刚才追出去的检察官要么是扑了个空，要么就是凶多吉少了……众人的心已然沉入谷底。

"嘎吱——"就在这时，突如其来的小提琴声从众人身后响起。所有人都是一愣，随后错愕地回头望去，只见被白色蜡烛包围的昏暗舞台上，一个身影正孤独地伫立在那儿，下巴轻轻夹着一把古朴的小提琴，右手提着长弓，像是一位即将开始表演的演奏家。看到那人的瞬间，众人的瞳孔不自觉地收缩，昏暗的灯光下他们看不清那人的面孔，但如今除了刚才被拖走的卓树清之外，他们在场的所有人都聚集在一起……舞台上的那人，又是谁？在一片令人窒息的死寂中，舞台上的那人嘴角微微上扬，低沉的嗓音随之响起："《G弦上的咏叹调》，献给诸位。"下一刻，长弓宛若一根优雅挥舞的指挥棒，在琴弦上熟练地飞舞着，那乐声时而仿佛暴雨骤降，时而仿佛叮咚山泉……他就像一位伟大的小提琴演奏家，在属于自己的金色大厅中激情地演奏！寒风呼啸着灌入酒宴大厅，摆在桌上的一张张新闻草稿被吹得漫天飞起，那些凭空捏造的舆论刀剑，像是无数伴舞的舞者，在他激昂的表演下狂野飞旋！

所有人都呆住了。暗哑呜咽的破锯声，在他们耳边肆意哭号，就像是有人用尖锐的指甲划过黑板，那错乱而毫无章法的弦音撕破的不仅是他们的耳膜，还有他们脆弱而恐惧的心理防线。昏暗的大厅，滴血的走廊，无数苍白烛火的环绕下，一个正在疯狂制造刺耳噪声的表演者，正在陶醉地演奏着……这极具冲击力的一幕疯狂践踏着他们的理智，一位记者惊恐地回过神来，意识到舞台上的多半就是"黑桃6"，连滚带爬地就往走廊上跑去！可他刚跑出三步，便有一阵狂风掠过众人耳畔，紧接着，是戛然而止的小提琴演奏，以及突然爆响的沉闷鼓点。

"砰——"小提琴呼啸着砸在那记者的后脑，"方立昌"微微抬起下颌，冰冷而疯狂地俯视着倒在地上的记者，嘴角不经意间上扬："禁止——中途离场。"

239·优雅，且疯狂

这突如其来的一幕，让周围的所有人大脑一片空白。自从灯光熄灭开始，眼前发生的一切都在冲击着他们的认知，以至于此刻他们的大脑基本处于宕机状态。而随着小提琴砸裂颅骨的"鼓声"伴奏响起，他们终于勉强回过神来，最原始与强烈的恐惧涌上他们的心头！

"疯子……是黄昏社的疯子！！"

"检察官已经被'黑桃6'附身了！！快跑！！"

…………

惊惧的叫声把丁老汉吓得浑身一震，他周围有好几个记者都硬着头皮爬起身，直接往大门的方向冲去，他想挪动身子，却怎么也提不起力气，一股暖流从两腿间流淌出来，他已经吓得当场失禁。也是此时，丁老汉看到那提着小提琴，宛若恶魔的身影再度消失，如鬼魅般一个个追上逃跑的众人，将他们尽数砸翻在地。接连的敲击声响起，短短数秒之内，丁老汉已经成了大厅内唯一一个还能保持清醒的人。那人缓步穿行在一条条痛苦呻吟的"蛆虫"之间，随手掀翻点满蜡烛的桌子，摇晃的火焰点燃漫天飞舞的新闻草稿，一只只以诽谤栽赃为食的火蝶顿时飞满大厅！"嘎吱——嘎吱——"那人将碎裂大半的小提琴夹在下巴处，长弓再度拉响诡异错乱的乐章，随着他每一步踏出，都有一位记者被踩中，发出尖锐痛苦的哀号。飞舞的火蝶中，原始的暴力美学在这一刻与诡异的演奏声交织，升华到极致。

半首乐曲之后，在场的所有记者都被踏伤双手，无法再提笔写出半个字，剧痛让他们尽数昏迷……在丁老汉惊恐的目光中，那优雅演奏着小提琴的身影，已然穿过大厅，来到他的面前。"嗡——"随着一根琴弦绷断发出刺耳的嗡鸣，这首诡异的曲子戛然而止！火蝶的余烬消散在血泊中，明亮的大厅再度缓缓陷入昏暗，丁老汉目睹了那张面孔逐渐沉入阴影，发出一句宛若来自幽冥的质问："……我演奏得好吗？"丁老汉半个字都说不出来，牙齿在疯狂打战，周围的人都像是被踩死了，他知道下一个肯定就是他……也许是生死关头潜能爆发，丁老汉惨叫一声，不知哪里来的力气从地上连滚带爬地起来，头也不回地就往走廊的方向冲去。

这一次，陈伶没有阻拦。他看着丁老汉离去的背影，嘴角勾起一抹戏谑的笑容，他不会这么轻易地让丁老汉解脱，因为对方还有一丝利用价值。陈伶撕下"方立昌"的脸皮，不紧不慢地穿过人群，走到大门旁拿起桌上的相机，随手对着身后的大厅与满地的黑桃6，按下快门。"咔嚓——"镁光灯的亮光爆闪，将黑暗的大厅点亮一瞬，陈伶随后将屋内所有昏迷者拖出屋外，装入用来运输菜肴的推车中，扫了眼空空荡荡的大厅，优雅而轻盈地替他们关上大门。

梅丽酒店，侧门——

一众地痞蹲守在寒风中，瑟瑟发抖。

"老大，这大半夜的把我们喊到这儿来等着，是有什么活啊？"

"是啊……这个点，狗都睡了！"

"这不是家高级酒店吗，这次咱要打的人，不会是什么大人物吧？"

…………

几个地痞一边搓着冻红的双手，一边疑惑地问道。地痞老大蹲在一块大石头上，嘴里叼着根烟，同样看着眼前黑灯瞎火的酒店直皱眉。

"老实待着就好，今天咱不打人！"

"不打人，那咱来干吗？"

地痞老大正欲说些什么，一个穿着服务生制服的身影，便推着车缓缓从侧门走出……地痞老大眨了眨眼用力看了看，发现正是那个记者林宴，整个人顿时精神起来。

"老板，我按你说的，把人都喊来了！"地痞老大走到他跟前说道。

"嗯。"陈伶淡淡开口，"把这几辆车里的人带回去，找个地方绑了，看到谁要醒了就一棍子把他砸晕，等到第二天早上七点，再把他们准时放出来，明白了吗？"地痞老大愣了一下，他这行干了这么久，还是头一次遇见这么多要求的绑架……就连释放的时间都算好了？陈伶随手从怀里掏出几张银票，递到地痞老大面前，"上次找人的报酬，和这次的报酬都在这儿，拿去吧，让手底下的人嘴巴严实点。"

地痞老大看到银票上的数额，眼睛顿时瞪得浑圆，当即开口："老……老板，这两个小活用不了这么多钱……"

"不用找了。"陈伶摆了摆手，他目光瞥向丁老汉离去的方向，双眸微微眯起。"干活吧，我还有事要处理……"他的身影逐渐消失在街道尽头。

看着陈伶离去的背影，地痞老大此刻脑子里只剩下"赚大了"这三个字。一旁的小弟走上前看到银票数额，也难以置信地瞪大了眼睛。

"老大，这老板出手也太阔绰了吧……这钱咱能要吗？"

"要！为啥不要？"

"你不是说，在江湖上混要讲诚信吗，不该多拿的不拿……"

"那是咱从别人身上讨报酬的时候，这次是老板主动多给了小费，能一样吗？"

地痞头子将银票郑重地塞入怀中，目光看向那几辆推车，上前将盖在上面的桌布拿开……看到里面挤在一起，样貌凄惨的十个身影，心头微微一跳。

"乖乖，这个老板以前是什么来路？出手怎狠呢？"一旁的小弟满脸错愕。

"不该打听的少打听。"地痞头子一巴掌抡上去，"都给老子干活！这次都给老子把事情办得漂亮点，老板说他们不能醒，那就一个都不能醒！今晚别睡了，都给老子拎着棍棒候着，看谁有醒来的迹象先来上两棍，明白吗？"

"明白！！"

240·代入你的角色

无人的夜间街道上，一个矮小黢黑的身影正在闷头狂奔，肺中呼出的雾气消散在冰冷的寒夜中。除了三区覆灭的时候，丁老汉这辈子都没这么努力地奔跑过，那双没怎么干过重活的脚此刻像是灌了铅一样，根本不听使唤。"鬼……有鬼！"丁老汉一边跑，一边虚弱无力地自言自语。他不认识极光城的路，就只能像无头苍蝇一样在巷道里钻来钻去，脑袋乱成了糨糊，也不知该往哪儿跑，只想要拼了命地逃离那只鬼，越远越好，甚至到现在他都不敢回头看一眼，生怕一回头，方立昌的脸就出现在他的身后。终于，丁老汉跑不动了。他整个人虚弱地靠着墙坐下，汗如雨下。他屏住呼吸小心翼翼地往回望了一眼，空荡的街道上没有任何人的痕迹，他总算是长舒一口气……"早知道会碰上那种邪乎玩意，打死我也不给他做什么破证了！"丁老汉暗自骂道。但当他的目光扫过周围普通矮小的居民楼，再度看到那耸立在城市中央的豪华酒店时，那双狭长的眼眸中，贪婪与渴望还是战胜了暂时的恐惧。"不过，老子还是命大的，这都活下来了……后面的福分肯定不浅哪。"

丁老汉缓缓起身，就在这时，一个穿着黑色风衣的身影掠过街道，迅速来到他的身前。"丁老汉，你怎么在这儿？他们其他人呢？"看到那张面孔的瞬间，丁老汉脸色大变，"扑通"一声又坐倒在地，脸色惨白无比！"丁老汉，你干什么？"方立昌皱眉开口，"我问你话呢！"

"你你你你……你究竟是谁？"丁老汉彻底傻了，他刚从酒店里逃出来，就又碰到这张恶魔般的面孔……眼眸中浮现出难掩的绝望之色。

方立昌见此，径直走上前，拎着他的衣领将他整个人提起来，一巴掌抽在他的脸上，发出清脆声响。"你清醒一点，我是检察官方立昌！我问你，刚才酒店里究竟发生了什么？"方立昌的语气严肃无比。

这一巴掌，把丁老汉扇得脑子清醒了一些，他呆呆地看着眼前的方立昌，突然觉得对方的语气与神情，似乎与刚才在酒店里的不太一样……眼前的这个，才比较像他记忆中的检察官大人。"你真是检察官大人？"丁老汉试探性地问道，"你已经没有被鬼附身了？"

"什么附不附身的，你在说些什么？"听到这儿，丁老汉终于肯定了自己的判断，他差点当场抱着方立昌大哭，连忙慌乱地将刚才酒店里发生的一切复述了一遍，而方立昌听着丁老汉的描述，脸色越发难看起来。"什么'黑桃6'，不过是个装神弄鬼的鼠辈罢了。"方立昌冷哼一声，"我刚才追出去找许久，也没看到他的影子，就想到估计是调虎离山……现在看来，果然如此。"

"那，那他现在……"

"放心，你跟在我身边，他不敢拿你怎么样。"

丁老汉顿时吃了颗定心丸，有这位大人在一旁护着，心中的恐惧已经消散大半。他凑在方立昌身边，脸上露出谄媚的笑容："好好，检察官大人英明神武！在您的面前，那个什么黑桃肯定连屁都不敢放一个。"

"跟我走吧，在开庭之前，我先带你去个安全的地方。"方立昌转身向巷道的尽头走去，丁老汉见此连忙跟上，生怕落下半步。两人就这么走了许久，终于来到一座废弃的仓库前，昏暗的仓库矗立在无人问津的角落，周围距离最近的街道也有好几公里，丁老汉疑惑地问道："大人，这……这就是您说的安全的地方？"刚才还住在奢华高端的梅丽酒店，现在突然又来到一座废弃仓库前……这种巨大的落差让丁老汉心中十分不满，眉头都紧紧皱在一起。

"梅丽酒店太高调了，所以会被人盯上，这里位置偏僻，绝对安全。"

"这……唉。"丁老汉纠结许久，觉得检察官大人说得也有道理，正欲应下来，便听到一阵连连的咂嘴声从旁边传来。只见昏暗死寂的荒野中，方立昌突然开始不停地动着嘴巴，就像是里面有什么东西即将爬出，舌头不断吮吸着牙缝，发出阵阵奇怪声响。"大人，您怎么了？"

"没什么……就是突然觉得嘴里有东西。"方立昌转过身，神情有些不适地开口，"你帮我看看。"

丁老汉将脸凑到方立昌的嘴前，勉强借着昏暗的月光看向其中。随着他的嘴巴不断蠕动，有什么粘在他猩红舌尖上的东西，像蛇一样突然伸了出来……那是一张黑桃6。看到这张扑克牌的瞬间，丁老汉只觉得一道雷鸣在脑海中轰然作响，他僵硬而错愕地缓缓抬头，苍白的月光下，"方立昌"的脸上逐渐勾起一抹夸张而诡异的笑容："猜猜……我是谁？"

"啊……啊啊啊啊啊啊啊！！！！"丁老汉尖叫到几乎失声，他脸上再也没有丝毫血色，这一刻他有种脑髓都被吓到沸腾翻涌的错觉……他最后的理智被一个笑容彻底击穿。丁老汉艰难地迈开哆嗦的双腿，掉头就往远处狂奔，他已经不知道自己该怎么办了，脑海中唯一的想法，就是尽可能地远离那个怪物！随着丁老汉的远去，一条无形的蟒蛇，从"方立昌"的身上滑落，灵活而敏捷地攀上丁老汉的脖颈，贪婪地吮吸起来。苍白月光下，陈伶摘下舌尖的黑桃6扑克牌，轻轻一晃就将其变回口香糖的模样，重新塞入嘴中，悠然闲适地嚼动。"奔跑吧，恐惧吧……代入属于你的角色。我们有足够的时间……一起完成这场表演。"陈伶双手插兜，嚼着口香糖，不紧不慢地继续向丁老汉逃跑的方向追去。

241 · 八成把握

"什么？人都失踪了？"私人别墅内，阎晌错愕地瞪大眼睛。

检察官方立昌站在他的面前，微微低着头，脸色十分阴郁……"我花重金聘请的十位记者，好不容易策反的辩护律师，还有千方百计才找到的唯一证人……你跟我说，他们就在你的眼皮底下失踪了？"

阎晌气得身体都在发抖，他用力将茶杯摔在桌上："方立昌！你怎么办的事？！"

方立昌张了张嘴，苦涩开口："是那个'黑桃6'……当时我追着他出去，在周围绕了一圈都没找到他的踪迹，等我赶回去的时候，大厅里已经空了……所有新闻草稿都被烧光，满地都是血和扑克牌，一定是那个'黑桃6'把他们带走了！"

一旁的眯眼男脸色也十分难看，沉声应道："会长，这次我们可能真的得罪黄昏社了……从某种意义上说，这可比得罪执法官还要严重。"

阎晌的拳头逐渐攥紧，骨节都开始发白，许久之后又缓缓松开……"黄昏社……怎么就这么巧？"阎晌到底是经商多年，早已磨炼了心性，他没有头脑发热地去报复黄昏社，因为他行走各个界域的这些年，对于黄昏社的了解十分深刻，哪怕极光城是他的主场，去招惹那群疯子也是绝对的找死行为。所以，阎晌到头来只能咬碎了牙往肚子里咽，他冷冷地看着方立昌："其他的我不想管，我只想知道，明天的法庭判决，你有多少把握？"

方立昌沉思片刻："那几个记者倒是无所谓，没了还可以再找；辩护律师我已让他提前把檀心的信件烧毁，所以他们关键的翻盘证据也没了……唯一麻烦的，就是那个丁老汉。没了丁老汉，想治韩蒙'征收保护费'和'地下交易'的罪就有些麻烦，不过就凭'黑桃6'这一项罪名，其实就足以让韩蒙被执行死刑……"

"判决的结果，我有八成把握！"方立昌笃定地回答。

听到这儿，阎晌的脸色终于缓和些许，他注视方立昌许久，无奈地摆了摆手："去吧……你最好能说到做到，别忘了，你还有东西在我这里。"

方立昌脸色微变，对着阎晌躬身行礼之后，便转身离开……

丁老汉已经彻底麻木了。他缓慢而艰难地挪动身子，走在荒野中，双眸空洞得仿佛灵魂都已出窍，整个人已经成为行尸走肉。他不敢回忆这一晚他都经历了什么，他接连遇到了三次"方立昌"，每一次的情境、语气，甚至连装扮都不一样，可对方总是在他好不容易放下戒备之心时，以各种诡异的方式击碎他得到救赎的幻想。到后面，丁老汉甚至感觉不到恐惧了，那张脸已经深深地刻在他的灵魂里，他就像是一个被人肆意玩弄操控的傀儡，理智与逻辑被折磨得彻底丧失。如果他能看穿虚无，就会发现在他的头顶上，一条粗壮硕大的"心蟒"，已经好似小山般压在他的肩膀。一夜之间，"心蟒"吞下了巨量的恐惧，导致体形都粗壮了一圈，此刻它懒洋洋地打了个哈欠，似乎已经彻底吃不下了……

与此同时，正在麻木行走的丁老汉，又看到道路的尽头，一个熟悉的身影逐渐显现。看到那张脸，丁老汉空洞的眼眸终于有了反应，他的脸上浮现出挣扎与痛苦，双腿一软直接跪倒在那人面前。"我受不了了……我真的受不了了……你杀了我吧，我求你杀了我吧……我真的已经跑不动了……"还未等那人开口，丁老汉已经两眼一翻，整个人晕倒在地。无论是身体还是精神，丁老汉都已经被折磨到极限，这一刻的昏厥，是他的大脑在保护自身的安全，也成了他目前唯一的解脱方法。

陈伶眉梢微微上扬："这就已经是极限了吗……"他摇了摇头，随手拎起死尸般的丁老汉，将其丢回废弃的仓库中，将大门从外侧锁死。处理完他之后，陈伶看了眼时间，径直往极光日报社的方向走去……是的，他到点去上班了。

当陈伶推开报社的大门，坐在工位上的文仕林就注意到了他，径直走上前来："林宴，你昨天在法庭旁听完后，去哪儿了？"

"哦，我去做了些调查。"

"关于韩蒙？"

"对。"

文仕林的脸上露出"果然如此"的表情，用力拍了拍他的肩膀："虽然不知道群星商会为什么要针对韩蒙，但这种栽赃陷害的事情，确实令人作呕……林宴，你秉持着一颗正义之心，我果然没看错你……"

陈伶从文仕林的眼中，看到了欣赏与赞扬，他甚至怀疑文仕林下一句话就是——我在你身上看到了我年轻时的影子。"文先生，有件事我确实要拜托你。"陈伶像是想起了什么，"关于群星商会器官交易的报道……"

"放心，我懂你的意思。"文仕林顶着一对硕大的黑眼圈，指了指桌边厚厚一沓稿件，"我已经准备好了。"

陈伶由衷地开口："谢谢。"至此，陈伶演出前的所有准备都已经完成，只剩下最后关键的一步……陈伶走到自己的工位上，拿起相机和笔记本，就要往外走。

文仕林见此，脸上闪过一抹诧异："你这是要去哪儿？"

陈伶回过头，推了推鼻梁上的半框眼镜："……去采访一个人。"

极光城，黑牢——

昏暗狭小的牢房内，韩蒙穿着黑色的囚服，盘膝坐在床上闭目养神。紫色的火把在走廊外无声跳动，亘古不变的死寂中，一阵突然的骚动声，从遥远之处传来……韩蒙眉头微皱，疑惑地睁开眼眸。他听到有一连串的脚步声在靠近这里。

"你只有五分钟的时间……

"我们时刻在盯着你，不要试图有多余的举动。

"中途一旦我们觉得可能造成风险，随时会叫停……进去吧。"

"嘎吱——"牢房的大门被缓缓打开，在一众执法官的警惕包围之下，一个穿着棕色大衣、戴着半框眼镜的身影安静地站在门外，缓步走入韩蒙所在的牢房。"你好，初次见面。"陈伶反手将牢房门关起来，对着韩蒙微微一笑，"我是《极光日报》的记者林宴……方便占用你一点时间吗？"

242 · 采访

韩蒙注视着那张陌生的年轻面孔，眉头越皱越紧。"记者……"韩蒙收回目光，淡淡开口，"我不记得我同意过接受采访，而且这里是关押极光城重犯的黑牢，你是怎么进来的？"

陈伶不紧不慢地搬出一张椅子坐下，从怀里掏出一支钢笔："我有绝对调查权，虽然不比你的绝对执法权威风，但有些时候还是很好用的。"

韩蒙怔了一下："我们认识吗？"

"正如刚才所说，我们是初次见面。"陈伶看了他一眼，"我们只有五分钟，如果你还想洗脱身上的栽赃，请配合我的采访，如实回答问题。"

"你怎么知道我是被栽赃的？"韩蒙反问。

陈伶眉梢一挑，轻笑道："记者的直觉？"

"……"

"那么，先从第一项指控开始。"陈伶钢笔的笔尖点在泛黄的纸页上，黑色的墨渍逐渐晕染开来，"你在三区任职执法官总长期间，是否出现过征收保护费，进行器官、毒品等非法交易的行为？"

"没有。"韩蒙毫不犹豫地否决。

"好，下一个问题……"

韩蒙愣了一下："等等，第一项指控就这么问完了？不需要更多的细节来证明吗？"

"来之前，我已经采访过三区的幸存者，所以基本的情况都已经了解。"韩蒙听到这儿，神情中闪过一抹复杂，微微点头。"第二项指控，你在三区任职期间，是否与黄昏社的成员有过接触？"陈伶的眼眸微微眯起。

韩蒙沉默许久："……有。"

"什么时候？"

"极光消失之前，三区曾经历一次灰界交汇，我追杀'灾厄'进入灰界后，遇到了一位……黄昏社成员。"韩蒙停顿片刻，"他邀请我进入黄昏社，不过我拒绝了。"

"那位黄昏社成员，是当日驾驶列车闯入极光城的'红心6'吗？"

"……是。"

"你们之间，只有这一次交集？"

韩蒙缓缓闭上眼睛："不止，他曾是我的部下，也是三区的三位执法官之一……你应该在报纸上见过他的名字。"

"异端陈伶。"听到这四个字，韩蒙张了张嘴想说些什么，最终还是没有开口。"你觉得，他混入执法体系的目的是什么？"

"我不知道。"韩蒙摇了摇头，"在三区任职期间，他没有做过任何对三区不利的事，甚至救了我和另一位执法官席仁杰的命，从'灾厄'手里救下了整个三区……除了……"

"除了什么？"

"除了，他似乎在三区居民口中的风评不太好。"韩蒙表情古怪地开口，"他们说，他是个喜欢吃人心的恶魔。"

"爱吃人心？这倒是很符合'红心6'的牌面。"

"但他没有真的吃过人心，都是一些猪心、鸡心……因为觉得吃这些上火，我甚至送了他一点茉莉花茶。"

"听你的意思，这个'红心6'似乎很正常。"陈伶的眼眸微微眯起，语气突然严肃起来，"那我是不是可以理解为，你是在刻意地替他辩解？"

这句话一出，牢房的温度顿时下降，气氛近乎凝固。

韩蒙的表情没有丝毫变化，平静开口："我只是在阐述事实。"

"黄昏社成员没有好人，这是诸多界域对它的一致看法，唯独你一直在替'红心6'辩解，这不是刻意的辩解与洗白是什么？"陈伶的目光锐利如剑，似乎要将韩蒙彻底刺穿。韩蒙沉着脸与他对视，一言不发。片刻后，陈伶神情终于缓和些许："韩蒙先生，你应该庆幸今天来采访你的是我……在来之前，我已经通过三区幸存者的陈述，对你有了一个不错的印象。但如果换成任何一个其他的记者，听到你刚才的话语，都会毫无疑问地将你与黄昏社的暴徒归结在一起……到那时，就算你说的是事实，也只会将你推入深渊……这个世道，诚实并不是一种好的品德。如果有人在法庭上询问起来，你只有跟黄昏社成员撇清关系，才是最有利的。你应该明白我的意思。"这段话，是陈伶来采访韩蒙的重要原因之一……如果想帮韩蒙逆风翻盘，首先他必须跟自己彻底划清界限，否则一旦舆论发酵，就算洗清了他身上的罪名，他依然会受到大众的指责与质疑。

"多谢关心。"韩蒙不咸不淡地回答。

"下一项指控……"陈伶随后又问了两三个问题，都是关于检察官当天对他的指控，可还没等他完成记录，一道"嘎吱"声便从身后响起。牢房被穿着黑色风衣的执法官打开，他指了指手表，冷声开口："采访的时间结束了……林记者，请吧？"陈伶见此，只能收起笔记本，缓缓从椅子上站起，转身向外走去。

"林宴先生。"韩蒙突然开口。陈伶身形一顿，在紫色火炬的光辉中回头望去。"开庭的时间，马上就要到了。"韩蒙注视着他，"你的文章，来得及写完并发表吗？"

陈伶抬起指尖推了一下半框眼镜，淡淡回答："来得及。"说完，他转身消失在走廊的尽头……昏暗的牢房中，韩蒙看着那逐渐离去的背影，眼眸微微眯起，不知在想些什么。

陈伶在众多执法官的带领下，一路通过安全检查，最终从黑牢全身而退，重新站在了阳光下。极光城的寒风吹过棕色大衣的衣摆，陈伶独自站在街边，将半框眼镜摘下收起……随后，他从怀中掏出了一沓新闻文稿，随意地扫了一眼，便径直往报社的方向走去。距离韩蒙的最终判决开庭，只剩下寥寥几个小时，但他却可以笃定一切都来得及……因为在进行这场采访之前，文章，就已经写好了。

243 · 好戏开场

清晨，赵乙从破旧的沙发上缓缓睁开眼眸。他目光扫到墙上的挂钟，缓慢而艰难地坐起，年代久远的沙发架发出嘎吱声响。当赵乙从沙发上坐直身子时，已经是满头大汗。他双手脱下上衣，走到狭长的落地镜前，镜面倒影中一道狰狞的鞭打伤口，正附在他的后背上，绽开的皮肉丝毫没有愈合的迹象，反倒是伤口周围的漆黑咒文，越发深入皮肉。赵乙伸手轻轻碰了一下，疼得直咧嘴。与此同时，玲儿脆生生的声音从门后传出："赵乙哥哥，你醒了吗？"赵乙将上衣重新套了回去，打开房门，便看到玲儿已经换好衣服站在门外，眨着眼睛望着他。

"怎么了？"赵乙的声音尽可能温和。

"赵乙哥哥，你不是说今天要去法庭旁听，得早起吗？我已经准备好了。"

"好，你等我一下，我换个衣服就来。"赵乙关上房门，迅速地换上衣服，灰色的旧棉衣套在最外侧。他正欲离开，目光瞥到桌边的一个抽屉，突然停下脚步。他眯起眼睛，眼眸中光芒闪烁，内心挣扎无比。片刻后，他还是深吸一口气，从抽屉里掏出一截东西，快速塞入棉衣的口袋中……那是一把寒芒闪烁的短刀。做完这一切之后，赵乙若无其事地推开房门，微笑着牵起玲儿的手："我们走吧。"

三区的其他居民都已经准备妥当，有人拿着横幅，有人拎着喇叭，见赵乙二人下来，便清点了一下人数，一群人乌泱泱地往法庭的方向走去。

"你们这是准备做什么？"赵乙不解地问道。

"一会儿要是那群人再诬陷韩蒙长官，我们就提着喇叭跟他们对骂！看看谁嗓门大！"

"就是，白的还能让他们说成黑的？真当我们是死人不成？"

"小乙，我们都计划好了，到时候就算被赶出去也无所谓，大家伙一个一个喊，总能有点效果……"

众人你一言我一语，赵乙的表情有些无奈。他塞在口袋里的右手触碰到一抹冰凉，目光逐渐凝重起来。他们徒步穿过一条条街道，终于来到了法庭前。他们轻车熟路地完成了登记，正欲走进旁听席，却一个接着一个地被拦了下来。"喇叭属于违禁物品，禁止携带。"执法者的一句话直接击碎了众人的幻想。

"这……这怎么能算违禁物品呢……"

"是啊，这又不伤人……我们保证不说话行不？"

"谁说这是喇叭的？这是老子的围脖！不信我戴给你看……"

执法者早就记住了这群人，任凭他们如何耍赖，都拒绝他们携带喇叭入内。众人无奈之下，只能选择妥协，将喇叭暂存在了外面。可紧接着就是严密至极的搜身，执法者从一个居民身上摸出了横幅，露出"果然如此"的表情。

"横幅也禁止入内。"

"可我们上次来没这规矩！"

"你猜这个规矩是为什么设置的？"

众人："……"

赵乙在门口看到这一幕，脸色有些难看，他没想到这次的安保如此严密，一只手紧紧握着口袋中的刀柄，沉默不语。

"小乙，你怎么了？"许崇国看到他脸色不对，走上前问道。赵乙没有说话，只是暗中掏出口袋中的一截刀柄，给许崇国看了一眼，然后迅速又塞了回去。许崇国看清那东西，脸色一变，立刻将赵乙拖到一边，压低声音问道："你带刀干吗？"

"丁老汉那个白眼狼，今天要是再在法庭上放屁，我就上去捅死他！"赵乙目光中寒芒闪烁，"没了证人，他们就没法给韩蒙定罪了……"

"荒唐！！"许崇国一把夺过他口袋中的刀，环顾一圈见四下无人，赶紧将其埋入了台阶边的花坛泥土里。

"小乙，我知道你重情义，想替三区清扫叛徒……但你要是这么做，把自己给搭进去了，玲儿怎么办？她现在可就你一个亲人了！"赵乙张了张嘴还欲说些什么，许崇国紧接着开口，"别说我们能照顾她！在那孩子心里，你已经是她不可替代的哥哥了，就跟你爹在你心中的地位一样……她已经失去奶奶了，你还想让她再经历一次那种痛苦吗？"赵乙怔住了，他沉默许久，缓缓低下头。许崇国深吸一口气，拉着赵乙就往法庭内走去，交出横幅，通过安检之后，众人的身影消失在大门口。

就在他们进去后不久，一个穿着棕色大衣的身影，不紧不慢地踏上阶梯。他径直走到做登记工作的执法者面前，脸上浮现出一抹疑惑与慌张。

"那个……"

"林记者？"执法者见过陈伶一次，看到他脸色不太好，疑惑地问道，"怎么了？"

"我刚才从你们后面经过，看到……看到好像有个人晕倒在那儿了。"

"什么？"执法者一愣，立刻带上几个同伴，往后门的方向走去，果然看到一个矮小黝黑的身影正躺在地上，不省人事。"这不是证人丁老汉吗？"一位执法者看到那张熟悉的面孔，诧异地开口。

"丁老汉？"另一位执法者脸色一喜，匆匆往一个方向跑去，片刻后，穿着黑色风衣的方立昌快步走来。

"找到他了？他在哪儿？"

"不知道怎么，就晕倒在这儿了……看着好像是饿晕了？"

"要不要送医院去看一眼？"

"没时间了，马上开庭。"方立昌确认是丁老汉，并且体征一切正常，心中顿时狂喜，这下连最后一块拼图也补齐了，这次的法庭判决，他有十成十的把握！他当即开口："他没什么大碍，给我把他弄醒，准备上庭做证！"说完，他便匆匆往内部人员进入法庭的入口走去。

法庭门口，陈伶远远地看到这一幕，嘴角微微上扬。他轻车熟路地经过安检，拿着一台相机，回到自己原本的旁听席位，周围还是那拨三区的幸存者，只是文仕林因为有别的事情要忙，暂时无法到场。随着众人全部落座，法官孤渊缓缓从入口走进来，旁听席上的陈伶轻轻推了下鼻梁上的半框眼镜，喃喃自语："好戏……开场。"

244 · 孤渊的手段

孤渊依旧穿着那身法官的服饰，平静地坐在中央的位子，随着他们逐渐落座，一个熟悉的身影跟在最后方，缓步走入法庭，正是检察官方立昌。方立昌自从两日前休庭之后，就一直藏身在梅丽酒店，从未出现在孤渊等人的视野中，此刻又突然出现，顿时吸引了一众审判官员的怪异目光。方立昌当然感觉到了这些目光，不过并未放在心上，而是看着那坐在法官席位上的苍老背影，在心中冷笑。任凭年轻时是何等天资卓越，人还是不得不服老……今天，我便要让你这老头与这守旧的法庭，颜面尽失。方立昌一边想着，一边走向检察官的位子。他余光瞥到孤渊正微微侧头看向他，不自觉地挺直背脊，看都不看孤渊一眼……既然撕破脸到这个地步，虚伪的客套就不用了。

"方立昌。"孤渊突然开口，方立昌置若罔闻，继续前行。"方立昌！"

随着孤渊拔高音量，再度喊道，方立昌这才停下身形。"法官大人，有什么事吗？"

"方立昌，你来这里做什么？"

方立昌直面孤渊的目光，不紧不慢地开口："自然是履行公平公正的职责，完成对被告韩蒙的判决……"

"这就不劳你费心了。"孤渊淡淡说道，"你没看内部职位调整公告吗？从昨天开始……你就不是检察官了。"

方立昌呆在原地："你……你说什么？"

"经过内部自查，我们发现原检察官方立昌在任期间，多次利用职位之便，恐吓、收买下级官员，达成操控法庭判决、影响量刑的违法目的……在一系列审查评估后，已经正式剥夺方立昌检察官的职位，关于方立昌的定罪量刑，择日另开庭审理……"孤渊苍老的声音缓缓在法庭内回荡。

面对这突如其来的变故，不仅是方立昌，其他来旁听的众人也有些错愕。陈伶目光扫过周围，发现不光是方立昌，还有好几个陪审团的成员也通通被换下了，取而代之的是一张张年轻而陌生的面孔。两日前在法庭上支持方立昌的那群人，全都被换走了……现在这些，估计都是孤渊一手提拔上来的心腹。这个孤渊，倒是有点意思……事情发展到这一步，陈伶当然能看出孤渊是铁了心要保韩蒙，甚至借此机会，让整个审判法庭完成一场大换血。这对陈伶与三区众幸存者而言，无疑是个意料之外的好消息。

"不……什么时候进行的审查评估？为什么没人通知我？"方立昌急了，他当即反问。

"按理说，进行内部自查与评估，当然是要通知你本人进行辩驳的……可惜，我们找不到你。"一位年轻的执法官缓缓走来，经过方立昌的身边，坐在了原本属于他的检察官位置上，微笑开口，"如果方立昌先生对这个处置存在异议，可以在之后审理法庭开庭的时候，交由您的辩护律师进行辩护。"

方立昌站在审判台下，在他的上方，是一整排庄严肃穆的黑衣执法官，在这铜墙铁壁般的压迫下，他宛若雕塑般呆呆地站在原地。

孤渊瞥了他一眼："马上就要开庭了，无关人等，请离开吧。"

几位执法者走上前，准备带着方立昌离开，却被后者直接挣脱。他死死地盯着孤渊："好……我就算不当检察官，作为上一轮的主要控告者，这一轮也该作为控告方留下……这一点，应该没问题吧？"

"没有。"孤渊点点头。

方立昌冷哼一声，挣脱了两位执法者的束缚，径直走到控告席的位子上，脸色阴沉。他当然知道这是孤渊在刻意针对他，但无论如何，他都要留在现场，只有这样他才能保证事情的发展不被孤渊彻底操控……

"咚——"随着孤渊用新木槌敲响底座，一声闷响顿时压下庭内所有窃窃私语声。"带被告韩蒙。"

穿着黑色囚衣的韩蒙，被两位执法者缓缓带出，回到他原本的被告席上。他的目光再度扫过四周，看到了旁听席上的三区众人……以及坐在最前排的陈伶。他的目光在陈伶身上停顿片刻，才转过头，看向上方的审判台。

"被告韩蒙，利用职务之便，在极光城外进行器官、毒品等地下交易，征收三区居民保护费，后加入界域最高通缉组织黄昏社，以'黑桃6'的身份与'红心6'勾结，在城内释放病毒，导致多人死亡……"一旁的方立昌，沉声将控告内容重复了一遍，"综上，由于其行为极其恶劣，知法犯法，依照极光城法律，应当判处凌迟死刑，立即执行！"

这几句话一出，旁听席上的群众顿时窃窃私语起来，时不时点头，看向韩蒙的目光中满是愤怒。孤渊对此毫不意外，只是缓缓转头，看向韩蒙身旁："辩护律师，你有什么要说的吗？"

这次的辩护律师，也是一个全新的面孔，他穿着一身笔挺的西装，对孤渊郑重点头："法官大人，对方的控告纯属无中生有……被告在三区任职期间，从未有过任何违法行为，控告方口中的器官、毒品等交易，是绝对的栽赃陷害！"

"无中生有？"方立昌冷笑，"我这里，可是有纸质的交易记录作为证据，里面记录了被告暗中进行的每一笔交易，多年来在其中谋得的利益已是天文数字……你凭什么说这是栽赃陷害？你有证据吗？"

辩护律师眉梢一挑，轻笑着开口："看来，控告方还没看过今天的《极光日报》？"

"《极光日报》？"方立昌愣了一下，眼眸中浮现出不屑，"什么时候，媒体杜撰的文章，也可以作为证据了？"

辩护律师不紧不慢地从一旁取过一沓报纸，丢到方立昌身前的地面上："你自己看看吧。"

245・指控

方立昌皱眉蹲下，将报纸捡起，首页那行显眼的硕大标题顷刻间映入眼帘——《群星之下的黑色产业链："器官交易深度调查档案"》。

在标题之下，"文仕林"三个大字唤醒了方立昌一些不太好的记忆。

"这篇文章中，同样给出了一份群星商会的器官交易记录，并列出了大量交易过程中的资料档案，甚至包括被剥夺器官者在手术现场的实拍照片……这个作者按照名单上的名字，连夜找到了几位在极光城内的受害者家属，对他们进行深度专访与案件还原，彻底挖出了器官交易的全部隐秘。"辩护律师的声音再度响起，"昨天下午，作者文仕林便将搜集到的所有证据，上交给了审判庭，经过我们的仔细核查，可以确定这份名单的真实性……在那份名单上，并没有被告的任何交易记录。既然文章上这份名单才是真实的，那控告方手中这份所谓的名单，自然就是为了栽赃被告而凭空捏造的。"

方立昌拿着报纸的双手微微颤抖，目光扫过这篇文章，上面确实有大量的交易记录切片，不过并不完全，有一部分并未展示出来……但有了整个审判庭的背书，那这份交易记录的真实性，就已经板上钉钉。方立昌当然知道手中的这份交易记录是假的，但他万万没想到，真正的交易记录居然落在了一个记者的手里，而且这份交易记录曝光的时间，又正好卡在开庭之前！这个时间未免也太巧了！"交易记录的真伪，我并不知情。"方立昌硬着头皮回答，"我只是收到一份举报……里面就有这份记录。"

"举报？谁的举报？伪造证据构陷执法官是重罪，控告方有义务告知这份证据的提供者的身份，以供后续调查。"辩护律师紧接着追问。

方立昌哑口无言。

这一连串的质问与反问，让一旁三区的众人心神大振。

"对嘛……这才是正经辩护律师的样子！"许崇国一拍大腿，神情十分激动，"我就说，假的事情真不了！"

"上次那个辩护律师太恶心了，也不知道人去哪儿了……幸好这次不是他。"

"不过这条新闻的作者文仕林，听起来好像有点耳熟……"

"是不是那天坐在这儿的记者？"

"好像是，我有点印象！"

这突如其来的反转，让旁听席上传来阵阵私语声，法官孤渊往那边看了一眼，敲了敲木槌示意肃静。陈伶安静地坐在位子上，看着方立昌吃了瘪的表情，笑而不语。看来，文仕林那边还是赶上了……

"就算器官交易的指控有差错，但其他罪名依旧成立！"方立昌咬牙开口，"被告在三区征收保护费的行为，足以证明其个人品行存在问题，否则又怎会加入黄昏社，与'红心6'配合在城内进行病毒袭击？光是这几点就能定死被告的罪名！证人丁老汉也在这里，让他出庭！他可以证明！"

孤渊的眉头微微皱起，但短暂的犹豫后，还是选择让丁老汉出场……毕竟方立昌作为控告方主动提出让证人出庭，这一点他没法拒绝。"带他上来。"

观众期待值 +5%

这句话一出，坐在旁听席上的陈伶，默默调整了一下坐姿，饶有兴致地看向审判台下。在众人的注视下，两位执法者架着丁老汉，缓慢地从门外挪动进来，丁老汉双眸空洞，脸色煞白，两只脚就像是踩在棉花上一般没有力气，只能依靠着执法者的支撑勉强前进。看到这一幕，孤渊诧异地开口："证人这是怎么回事？"

"这……"方立昌也有些纳闷，只能随便找了个理由，"也许是回忆起被告在三区的恶劣行径，这两日彻夜难眠，身体有些虚弱……"辩护律师默默翻了个白眼。

与此同时，旁听席上的三区众人脸上也浮现出怒火，他们死死盯着被抬上来的丁老汉，气不打一处来……赵乙放在膝盖上的双手更是紧紧攥拳，骨节因过度用力而苍白。

"这个狗东西，又来丢人现眼……"许崇国低声骂道。

丁老汉被抬到自己的位子上，双眸依旧无神，他僵硬而麻木地环顾四周，仿佛还没睡醒。

"证人丁老汉。"孤渊沉声开口，"你确定被告韩蒙在三区任职期间，强行征收居民保护费，并以'黑桃6'的身份与黄昏社有染吗？你确定要为自己的证词，承担起相应的法律责任吗？"

孤渊的这段话，直接将丁老汉原本的证词，与虚无的猜测捆绑起来，同时涵盖了"保护费""黑桃6""黄昏社"三个重要因素，这也是他给丁老汉设下的陷阱。一旦丁老汉无知应下，孤渊就会继续追问，他是如何知道这一切的，是否见过韩蒙与黄昏社有染的现场，并抛出一大堆细节问题，只要丁老汉的回答出现失误，就能否决掉整段证词……而如果丁老汉否认，孤渊也可以借此否定方立昌的指控，以"证据不足"为由，强行驳回关于韩蒙是黄昏社成员的指控。方立昌也是老油条，听出了孤渊这句话中的陷阱，心中顿时有些急切，他看着丁老汉的背影，在心中暗自祈祷丁老汉的回答不要出错……丁老汉呆呆地站在那儿，对孤渊的话语置若罔闻，直到听到"黑桃6"三个字，他的身体微微一颤，眼眸开始收缩。

与此同时，旁听席上的陈伶食指一勾，盘踞在丁老汉头顶的硕大"心蟒"，顿时张开巨嘴，将这段时间吞下的所有"恐惧"，尽数灌回丁老汉体内！"哗——！！"丁老汉积攒了一整夜的极致恐惧，在这一刻宛若奔涌的洪水，摧枯拉朽般冲碎了他的心神。他呆呆地站在那儿，身体触电般颤抖起来，一股热流再度从双腿间流淌出来，他整个人瘫倒在地，余光看到身后表情疑惑的方立昌，像是见鬼一般，疯狂地向远离方立昌的方向爬行！"黑桃6……黑桃6！！！"在法庭众人疑惑的目光下，丁老汉颤抖地伸出手，指向那张令他恐惧到刻在骨髓中的方立昌的面孔，惊恐地大喊："救我……法官大人救我！！这个方立昌……他是'黑桃6'！他是怪物！怪物！！！"

观众期待值 +3%

方立昌的表情骤然僵硬！

246·以彼之道，还施彼身

这一刻，整个法庭都陷入一片死寂。所有人都难以置信地看着丁老汉，又看向一脸蒙的方立昌，一时之间不知道发生了什么。法官孤渊也罕见地愣了一下，他当了这么多年的法官，经手过无数奇葩的判决，但像眼前这么诡异的情景，他还是第一次见……"丁老汉！你在放什么狗屁！"方立昌大怒，"我怎么可能是'黑桃6'？"

孤渊眼眸微眯，他的大脑飞速转动，不等方立昌继续说些什么，便朗声开口："丁老汉，你不要害怕，这里是审判法庭，出了什么事有我们保护你……你先告诉我，关于被告韩蒙征收保护费、加入黄昏社成为'黑桃6'这几项指控，是不是真的？"

"不……不是！都是假的！是方立昌给我很多钱，让我这么说的！"丁老汉颤抖着开口，"是他……一定是他不想暴露自己的身份，所以栽赃给那个什么韩蒙！

这样就没人知道他是'黑桃6'……他、他还想杀我们灭口！！你们快杀了他！快杀了他啊！！！不能让他跑了！！"丁老汉的震撼发言，直接颠覆了在场所有人的认知，就连准备冲上去给丁老汉几拳的赵乙，此刻都傻在原地，眼眸中满是茫然……

就在这时，一位执法者匆匆从远处跑来，手中拿着几张照片，在孤渊耳边说了些什么。孤渊眼眸中先是闪过一抹诧异，接着拿起照片看了一会儿，眼眸微微眯起。"诸位，就在刚刚，我们同时收到了几起相同的报案。"孤渊的声音再度响起，"几位来自不同媒体的记者，自称受到'黑桃6'的袭击，并且同时指认袭击者为原检察官——方立昌……与此同时，我们还收到一封自称为正义之友的卓姓记者来信，信件中，是几张拍摄于梅丽酒店顶层的照片，现场有大量'黑桃6'的扑克牌，与十余位遇害者……经过初步判断，这些遇害者与报案者的身份基本吻合。"这句话一出，所有人的脸色都变了，如果说丁老汉刚才的话语还能是失智后的胡言乱语，那同时有那么多人报案指认方立昌，总不可能是所有人都疯了？最关键的是，不管"黑桃6"是谁，既然对方出现在梅丽酒店，那始终被关在黑牢中的韩蒙，自然可以洗清嫌疑……也就说，方立昌对韩蒙的所有指控，都是不成立的。

方立昌听到这儿，脸上满是难以置信，不断地摇头，喃喃自语："不……这不可能！我不是什么'黑桃6'！这是纯粹的栽赃和陷害！孤渊法官……有人在诬陷我！！"

孤渊注视着近乎抓狂的方立昌，眼眸中微光闪烁……他当了这么多年执法官，自然没那么容易被外界信息误导，况且这一切证据来得太过突然与诡异，要说这背后没人暗中推波助澜，他肯定是不信的。虽然孤渊不知道暗中之人是谁，但从这一切的指向性来看，对方的目的就是栽赃方立昌，也许还顺带替韩蒙洗白……这跟孤渊目前的计划并不冲突——韩蒙必须无罪释放，而方立昌这个叛徒必须受到惩罚。短短数秒内，孤渊心中就已经有了算计，他缓缓开口："方立昌，你还有什么要说的吗？"

"我真的不是'黑桃6'！当时酒宴上看到那些牌，我就觉得有问题，然后……"方立昌愤怒地挥着双手，试着向众人还原当时的情况，就在这时，他突然觉得自己领口处的皮肤有些瘙痒，他一边说着，一边随手在那里抓了一下，有什么东西随着他的指尖，从衣领里飘落在地……看到那东西的瞬间，方立昌的声音戛然而止，那是一张"黑桃6"。

"是他！！就是他！！！他就是'黑桃6'！！！"看到这一幕，丁老汉内心最深处的恐惧被再度激活，他连滚带爬地从地上站起，疯了般向法庭外狂奔！

观众期待值 +3%

"这……这怎么可能？"方立昌只觉得一阵头皮发麻，他摸索着自己的衣领，发现原本垫在下面的领衬已经消失不见……

目睹了黑桃6的飞出，审判台上的一众执法官，脸色骤变！

孤渊脸色一沉，缓缓开口："方立昌……你还有什么可以证明自己清白的证据吗？"

"证据？我根本就不是'黑桃6'！还要什么证据？"方立昌歇斯底里地怒吼，"难道就凭几个人的几句话、几张来历不明的照片，还有一张扑克牌，就能证明我是黄昏社的人？"

"事关黄昏社，哪能搜集到那么详尽的证据？为了极光城的稳定与安全，还是尽快处死比较好。"旁听席上的许崇国，突然冷笑着开口，"这句话，不是你当时栽赃韩蒙长官的时候说的吗？怎么到你自己身上，又不行了？而且现在指向你的证据，可比指向韩蒙长官的证据多多了……"方立昌瞪大眼睛，哑口无言。

"咚——"一声槌音从孤渊身前响起，他平静开口："原检察官方立昌，疑似黄昏社'黑桃6'，目前证据确凿，先押入黑牢，进行最高级别审讯流程……"

方立昌的瞳孔骤然收缩，他像是想到了什么，整个人不断地惊恐后退："不……孤渊！你不能这么对我！我不是'黑桃6'！我真的不是'黑桃6'！"

不等方立昌再说些什么，几位高阶执法官当即出手，恐怖的威压直接将其压制在原地，防止对方暴起逃亡。

随后，在方立昌的愤怒咆哮下，他的身形逐渐消失在法庭中。

"法官大人。"辩护律师适时地抬头，"无论方立昌是否为'黑桃6'本人，我想至少可以洗脱被告的嫌疑……除此之外，我这里还有一份关键的证据，可以证明被告的清白。"

247 · 无罪

"什么证据？"

"开庭之前，我们收到了一封来自极光城执法官副总长的亲笔信，檀心长官在信中说明，被告韩蒙当日放列车进城的举动，是受他暗中示意……"

当辩护律师从包中取出信封之时，法庭内顿时响起一阵窃窃私语声。

"韩蒙开门，是受檀心长官指使的？这什么情况？"

"不知道啊……要真是这样，那这场判决压根就是一场误会？可檀心为什么不直接下令开门，而是让韩蒙以那种方式放列车进来？这说不通啊？"

"难道是有什么别的顾虑？比如执法官内部不和？"

"不管怎么说，檀心都替韩蒙开口做证了，说明他确实是无辜的……指控他是黄昏社成员，根本就是无稽之谈。"

"我之前就觉得不对劲，从床底下翻出一张扑克牌就是黄昏社成员了？那我家还有两副牌呢……那个方立昌，果然大有问题啊！"

…………

信纸被送上审判台，孤渊拆开后只是淡淡扫了一眼，便将其放在一旁。

"被告的辩驳陈述已经完毕。"辩护律师做完这一切，抬头看向审判台，"控告方已经离场，事实证明其所有指控都为蓄意栽赃……对于被告韩蒙的最终判决，请您裁定。"

孤渊坐在法官席上，缓缓翻动着手中的文件，没有第一时间回答。周围的陪审团也低声私语，像是在讨论着什么。

与此同时，一阵喧闹的骚动声从法庭大门外传来，透过玻璃窗，可以看到一个个拿着报纸的居民正聚集在外面，往里面张望着……而且随着时间的推移，外面的人越来越多，过了片刻后，不知是谁突然喊了一句："放了韩蒙！执法官韩蒙无罪！"这声音响起的瞬间，旁听席上的三区众人都愣住了，他们茫然地看向窗外，不知发生了什么。

"抵制审判内幕！抵制刻意打压！执法官韩蒙替幸存者们博得一线生机，尽忠职守！理应无罪！！"

"执法官韩蒙是条真汉子！你们要是连他都诬陷，那还是人吗？"

"我们要求将本案的所有细节全部公开！还执法官韩蒙一个清白！"

"放了韩蒙！韩蒙无罪！！"

…………

越来越多的人在外面呼喊，他们的声音穿过法庭敞开的门户，在内部不断回荡……站在被告席上的韩蒙，微微一愣，眼眸中浮现出迷茫与不解。旁听席上的许崇国像是想到了什么，弯腰在地上捡起刚才方立昌落下的报纸，头条上正是揭秘群星商会器官交易的文章，而当他将报纸向后翻到第二页，整个人愣在原地。

"这是……"

"韩蒙无罪！！"也许是被外面的声音感染，原本还因为没了横幅和喇叭而萎靡不振的三区众人，顿时像是打了鸡血一般，纷纷从旁听席上站起，双眸明亮如星！

"韩蒙无罪！！"

"韩蒙无罪！！！"

赵乙捏紧拳头，带着众人一声接着一声大喊着，就连一旁的玲儿也站起身，一只手拉着赵乙的衣角，一只手用力地跟着他们的节奏挥动，小脸上满是认真。法庭内外的喧闹，让维持秩序的执法者们一时间手忙脚乱，就连对面旁听席上的群众都开始替韩蒙呐喊起来，这么多人扰乱法庭，他们根本管不过来，场面混乱无比。在挥拳呐喊的三区众人之间，陈伶是唯一安静坐在位子上的存在，他目光扫过整个法庭，嘴角微微上扬。他轻推鼻梁上的眼镜，轻轻站起身，在满场的混乱与呐喊中，独自向法庭外走去……棕色大衣随风轻摆，像是亲手导演一场精彩演出之后，在观众热烈鼓掌中走下后台的幕后之人。这场演出已经结束，也许不会有人知道这一切的背后发生了什么，也不会有人知道真相，但陈伶不在乎……他在乎的，只有一件事——今日，胜局已定！

陈伶的脚步踏出法庭大门的一瞬间，一道清脆的槌声从身后传来。"咚——""经极光城审判法庭最终审理决定……被告韩蒙，无罪释放！"最后四个字说出的瞬间，一阵欢呼响彻法庭，在这热烈的鼓掌声中，站在被告席上的韩蒙像是感觉到了什么，微微转头看向身后……

在他身后洒满琉璃光辉的长道上，一个穿着棕色大衣的身影，回头向这里望了一眼，便转身消失在法庭门口。

"韩蒙长官真的无罪释放了！"

"我就知道，好人有好报！这下我们可以睡个好觉了！"

"一会儿出门记得把横幅和喇叭拿着，别忘了，那些玩意还值不少钱呢……"

在三区众人充满喜悦的对话中，赵乙像是想起什么，目光微微一凝。

他转身径直向法庭外走去。

"小乙，你去哪儿？"许崇国牵着玲儿，看到这一幕，疑惑问道。

"我有点事，一会儿你们先回去。"

赵乙说完，不等许崇国再开口，身形就消失在法庭大门外……

审判台上，孤渊与一众审判官员站起身，准备离开。当他的目光落在台下的韩蒙身上，还是开口："韩蒙，你可以走了。"

几位执法者拿着韩蒙的衣服与随身物品走上前，韩蒙沉默片刻，将其全部接过："多谢孤渊前辈。"

"不用谢我，我只是做了我应该做的。"孤渊淡淡回答，"不过若不是有人在暗中帮你，这次判决也不会如此顺利……从某种程度上说，你与我，都该感谢他。"话音落下，穿着黑色风衣的孤渊转身离开。

韩蒙的观察与推理能力向来不弱，就算孤渊不提示，他也早已感觉到了今日法庭上的异样，这一连串的反转与对方立昌的报复，若是没人在背后推波助澜，他肯定是不信的……但他进入极光城到现在，几乎不认识任何人，又有谁会这么帮他？

248·枪杀

韩蒙在法庭上沉思许久，最终转身向法庭外走去。刚出大门，温暖而热烈的阳光就让他有些睁不开眼。在暗无天日的黑牢里待了这么久，韩蒙的眼睛一时间无法适应阳光，他一只手遮住光线，眯着眼睛环顾四周……此刻的法庭之外，已经围了一群人，他们见穿着囚服的韩蒙走出来，爆发出热烈的掌声，似乎是在为正义与真理的胜利而欢呼。韩蒙的目光落在他们手中的报纸上，犹豫片刻后，还是开口："你好，能借我看一下吗？"

"当然没问题，韩蒙长官！"路人将报纸递给韩蒙，韩蒙翻开第一页后，目光便锁定了一行硕大的标题——《混乱时代的黑衣执法官——"罪犯"韩蒙》。

韩蒙微微一怔，目光迅速扫了一遍下面的文字，这篇文章详细地描述了他在三区任职时的事情，包括但不限于扫除地下交易，肃清三区内部执法者，孤身越阶迎战五阶"灾厄"，为了保护三区幸存者而叫板极光城，甚至挖出了他早年间处死群星商会会长的侄子，以至于被极光城不容，自我放逐到三区的事迹……在这篇文章中，还陈述了前几日方立昌对他的诬陷，以一种极为讽刺的手法，暗示法庭判决的荒谬与不公……字里行间，没有一句话是替他打抱不平，行文客观且公正，但这些话结合起来，似乎都在替他洗脱罪名。也正是这样充满了讽刺感的文章，调动了一大批民众的情绪，让他们自发地来关注这场判决，无形之中给审判法庭带来了舆论的压力。

韩蒙的眉头不自觉地皱起，这篇文章本身倒是没什么问题，一切内容都是真实的，但关键在于，它涵盖的内容太详细、太全面了……简直就像是亲身经历了一切一样。他心中的疑惑越发浓郁，他的目光落在文章前那个并不起眼的作者名字上。

"林宴……"韩蒙喃喃念叨着这个名字，"林……宴？"

寒风如刀，在赵乙的脸上冰冷划过。他低着头，身形迅速穿行在巷道中，灰色棉衣的口袋内，他的手紧紧攥着一把沾满泥土的短刀，掌心已经满是汗水。虽然韩蒙最终被无罪释放，但那个叛徒丁老汉并未被抓住，而是在惊恐中直接逃出了法庭……赵乙自然不会这么轻易地放过他，必须给他一些教训。"该死……他往哪里走了？"赵乙走到一个岔路口，无论哪个方向都没有行人的踪迹，他皱眉暗骂一声。就在赵乙纠结之时，远处的巷道深处，丁老汉惊恐的声音突然响起："'黑桃6'……他就是'黑桃6'！不要杀我……不要杀我！"赵乙的眼前一亮，立刻跟着声音追了过去。此刻的两条巷道之外，丁老汉踉踉跄跄地行走在寒风中，双手不断抓着脏乱的头发，看着眼前空无一物的空气，眼眸中是无穷无尽的惊恐。

"你是'黑桃6'……不对……他就是'黑桃6'！

"我不吃扑克牌……我真的不吃扑克牌！

"你就是'黑桃6'！你还想骗我！！方立昌！我……我……你放过我吧……我不想死啊！！

"鬼！你是鬼！！全都是鬼！！"

…………

连续两日神经的高度紧绷，加上不断的恐惧刺激，在漫长的麻木呆滞之后，海量的恐惧又一股脑地塞入脑海，彻底冲垮了他的精神……在这无声的非人折磨下，丁老汉已经彻底疯了。他失声尖叫着，漫无目的地狂奔在一条条巷道之间，像是有什么东西在追逐着他，猩红的血丝遍布眼眸。就在他即将拐过又一条巷道时，一个身影突然出现在他的身前。那是个穿着棕色大衣的年轻人，银色的半框眼镜搭在鼻梁上，细长的眼镜链在寒风中微微摆动，漠然的目光俯视着跟跄跑来的矮小身影……丁老汉一头撞在他的胸膛，像是撞上钢铁，一屁股跌倒在地。"'黑桃6'……别杀我！！别杀我！！！"丁老汉眼神空洞地看着陈伶，大声尖叫起来。

陈伶就这么安静地看着他，片刻后，手从口袋中缓缓抽出……一支漆黑冰冷的手枪，抵在丁老汉的额头。

疯癫的丁老汉，已经没有了正常人该有的反应，只是不断地重复着那句话，祈求着"黑桃6"不要杀死他，像是一只蠕动着的丑陋蛆虫。

"表演的效果很不错。"陈伶的双唇缓缓张开，"恭喜杀青。"

"砰——"火光自枪口刹那间迸发，一枚子弹瞬间洞穿丁老汉的颅骨，血色的花朵盛开在棕色的大衣表面，随着丁老汉呆滞而僵硬地瘫倒在地，一汪血泊在巷道中无声漫延。

与此同时，一个穿着灰色棉衣的身影匆匆转弯，目光扫到这里之后，整个人呆在原地。一缕青烟自漆黑的枪口飘出，在那染血的棕色大衣前，丁老汉的尸体已经躺在血泊中，五官狰狞似看见恶魔……

"你……"赵乙看向面无表情的陈伶，脸上满是惊骇之色。他万万没想到，除了自己，还有人想杀丁老汉，而且还是在光天化日下，枪杀对方？那张脸赵乙当然记得，就在几分钟前，他们还并肩坐在旁听席上，只不过那个记者林宴走得比自己更早……难道，他提前离开，就是为了来杀丁老汉？可……可他为什么要这么做？

一阵寒风袭过巷道，在血色尸体的两侧，两道身影面对着，死寂无声。陈伶也没想到，赵乙会这时候出现在这里，不过看对方的样子，他大概也能猜到赵乙的目的……这小子，杀了一次人之后，胆子倒是越来越大了。陈伶双眸微眯地扫了对方一眼，将手枪收回口袋，不紧不慢地转过岔路口，就此离开。

"你等等！"赵乙见此，立刻跨过丁老汉的尸体，匆忙跟了上去，可当他转过拐角，目光所及的范围中，却再无那记者的身影……

249·我会找到你的

"阿嚏！

"阿嚏！！

"阿阿阿嚏——！"

院落的一处房门被推开，简长生揉着发红的鼻子，表情古怪地从中走出。"奇了怪了……这两天，喷嚏怎么打个不停？"

正在院子里晒太阳的楚牧云瞥了他一眼，悠悠开口："怎么？上次的伤留下后遗症了？你躺下，我再来给你看看……"

"不！不用！"简长生猛地后退一步，"应该不是这个原因……我的伤已经好了！"

经过几天的休养，简长生身上的绷带已经拆得差不多了，在他恐怖的自愈能力下，甚至连一道疤都没有留。楚牧云的目光不断在简长生的身上流转，像是在饶有兴趣地打量一个活标本。

楚牧云的目光让简长生心里有些发毛，他正欲开口说些什么，院落的大门便被推开，一个穿着染血大衣的身影出现在两人面前。"红心，你干吗去了？"简长生看到陈伶身上的血迹，诧异地开口。

"没干吗，顺手杀了个人。"陈伶径直向房间走去，"一会儿还得上班，回来换身衣服。"

简长生错愕地看着陈伶离去的背影，回头问楚牧云："楚前辈，为什么他每天又有工作又有任务，我就啥也没有？"

正在看报的楚牧云头也不抬："他的任务是搜集情报，工作也是自己找的……你要是觉得自己有这个本事，也可以想办法去替组织搜集情报。"

简长生憋了半天，也没想出自己能怎么搜集情报，等陈伶换好衣服出来，便试探性地问道："红心，你这记者是怎么当的？能带我一个吗？"

陈伶打量了他一眼："群星商会的本部虽然没了，但会长阎晌和他的几个异乡人手下都还活着……你确定要去外面抛头露面？"

简长生顿时蔫了，挠着头，连连唏嘘叹气，一副"大丈夫空有报国之志，奈何生不逢时"的愁苦与无奈。

"小简，你已经不用出去抛头露面了……"就在这时，楚牧云突然开口。

简长生一愣："什么意思？"

楚牧云表情古怪地将手中的报纸摆在桌面上："你的大名，已经传遍整个极光城了。"

简长生茫然地拿起报纸，这是一份没什么名气的午报，但此刻午报的头版，正写着一连串加粗加黑的大字——"黄昏社成员再现极光城！黑桃6掀起血雨腥风！"看到这行字的瞬间，简长生顿时傻眼了，他连忙继续往下看，这是一篇关于梅丽酒店惨案的报道，包含一张现场拍摄的照片，照片上十余道身影倒在血泊中，堆积成山的黑桃6扑克牌，在昏暗中宛若幽灵般漫天飘舞，诡异至极。"这……这……"简长生读完整篇文章，眼眸中是深深的茫然。"是他这个'黑桃6'是假的，还是我是假的……还是你们都是假的？"简长生突然有种不真实感，他这几天分明都在养伤，没出门半步，怎么就"掀起血雨腥风"了？而且该说不说，文章里的这个诡异神秘的"黑桃6"，明显比他这个在家养伤，一天天游手好闲的冤种更像"黑桃6"……

"当然文章里的是假的。"楚牧云推了推眼镜，正色道，"我们黄昏社是正规组织，'一牌多用'这种手段，是不会用的。"

"该死，那究竟是谁打着我的旗号，在外面招摇撞骗？"简长生咬牙切齿，"别让我抓住他，否则……"一旁的陈伶低着头，眼观鼻，鼻观心，安静不语。"不过别的不说，撒扑克牌这个手法，还是挺有格调的。"简长生话锋一转，看着新闻上的照片又有些意动，"等我找时间也去买几副扑克牌，下次出任务能用得上。"

陈伶："……"

韩蒙独自走在极光城的街道上，于忙碌拥挤的人流间缓缓穿行。自从进入极光城，韩蒙就几乎一直待在黑牢里，没有落脚之地，没有熟悉之人，他行走在这座比三区大上无数倍的城市之中，心中有种淡淡的迷茫。他的目光落在不远处的白鸽广场，下意识地往那里走去。喷泉前方那原本被他震碎的长椅，已经修复如初，韩蒙独自坐在那儿，看着来往的人群，像是雕塑般沉默。也许是天气渐冷，白鸽广场上空已经见不到什么风筝，周围也没什么孩童。韩蒙静静地思考着自从进入极光城后发生的一切，而"林宴"这两个字，在他的脑海中始终挥之不去。

"是他？还是……"韩蒙拿起那张报纸，反复将第二页的报道看了数遍，随后突然站起身，往公园门口的报亭走去。"你好，我要一份报纸。"

"好嘞。"

"不是今天的。"

"啊？"报亭老板愣了一下，"那你要哪天的？"

"《极光日报》在哪里？我想先翻一下再决定。"

在报亭老板的指引下，韩蒙径直走到一沓报纸前，逐张翻阅起来，他的目光扫过一个又一个名字，最终只从中抽出了一份。

"就这个吧。"韩蒙将那份报纸拿在手中，在头版上，便是一篇重磅新闻——《一夜之间，群星商会惨遭灭门？》。这是近一年所有《极光日报》中，第一条由"林宴"主笔的新闻，韩蒙将这篇文章仔细看了一遍，最终锁定了文章的发布日期……紧接着，韩蒙又像是想起了什么，开始迅速翻阅今天的《极光日报》，尤其是那篇揭秘群星商会器官交易的文章。韩蒙的双眸微微眯起，指尖停留在首页交易记录照片的某一栏上……那里，一个模糊的名字跃入他的视野——陈宴。

三篇文章里的所有细节，在韩蒙的脑海中迅速拼接，一个答案涌上他的心头。韩蒙在报亭前沉默伫立许久，等到太阳几乎下山，才缓缓向远处走去……他随手将两份报纸塞入路边的垃圾桶，神情复杂无比。"我就知道，你没那么容易死……"黑色的执法官风衣在寒风中轻摆，韩蒙喃喃自语，"我会找到你的。"

250 · 伤

"小乙？"坐在楼梯前点着烟的许崇国，看到那穿着灰色棉衣的身影回来，当即走上前去，正色问道，"小乙，你刚才去哪儿了？"赵乙尴尬地挠了挠头，试图避开许崇国的目光。许崇国脸色微凝，他抽出赵乙的右手，一把还沾着土渣的短刀正被赵乙握在手中："你去杀丁老汉了？"

"我本来……确实是想去的……"

"然后呢？"许崇国压低了声音，"他死了？你把尸体埋哪儿了？被人看到了吗？"

"丁老汉确实死了……不过不是我杀的。"

许崇国一愣："那是执法官？"

"不是，是那个姓林的记者，我看到他在巷道里用枪杀了丁老汉。"赵乙回忆起刚才陈伶那漠然的目光，眉头不自觉地皱起，"我总感觉，这个记者不太对……"

许崇国表情顿时有些古怪："怎么又是这个林宴……"

"又？"

"就在你回来之前，韩蒙长官来过一趟了。"许崇国缓缓开口，"他问我们有没有接受过这个叫林宴的记者的采访，还问知不知道他住在哪里……可那个记者住哪里，我们怎么知道？"

"韩蒙长官也觉得他有问题？"赵乙眉头紧锁，若有所思。

"不管怎么说，韩蒙长官的事情是告一段落了……咱们也能安心生活。"许崇国拍了拍赵乙的肩膀，"下次杀人复仇这种事，就不要再做了，知道了吗？"赵乙正欲说些什么，随着许崇国的手掌拍到肩膀，脸色顿时一白，疼得直咧嘴。许崇国看到这一幕，立刻收回手掌，"你的伤口还没好？"

"……没有。"

"我之前就让你去医院看看，怎么还不去？"

赵乙张了张嘴，苦涩开口："我们才刚进极光城不久，好不容易找到份工作，薪水也就勉强够我跟玲儿生活的……哪里来的钱去医院？"

许崇国眼眸中闪过一抹无奈，随即转身回屋，片刻后，他走了出来，拿着十几枚银币塞到赵乙手里。"下次有困难，记得跟叔说。"许崇国认真地开口，"虽然叔现在也没找到工作，但从三区逃亡的时候，还是把大部分家当都带上了的……拿去看病吧，以后你挣钱了再还给叔。"

"这……"

"拿着，把身体治好了，才有力气去工作挣钱。"

说完，许崇国掉头就走，只留下赵乙独自站在原地，眼眸中满是感动。赵乙不是个喜欢磨叽的人，借了许崇国的钱之后，第一时间就去了医院，毕竟许崇国说得没错，只有治好了身体才能挣钱，现在他这手不能提、肩不能扛的，以后还怎么过日子？赵乙选择的是一家极光城内的公立医院，虽然去的人很多，且设备较为老旧，但优点是价格相对便宜。他挂上当天的最后一个号，推门进入诊室中。

"哪里不舒服？"医生合起病历本问道。

"背上有个伤，这么多天了一直没好。"

"把衣服脱了我看看。"

随着赵乙将上衣脱下，露出那深可见骨的鞭打痕迹，医生顿时瞪大了眼睛，眼眸中满是错愕。"你……"医生轻轻伸出手，碰了一下赵乙的伤口，疼得赵乙差点没当场跳起来，"你是前几天从三区过来的幸存者吧？"

"你怎么知道？"

"'灾厄'留下的伤口，我们治不了。"医生摇了摇头，开始在病历本上书写起来，"而且你的伤已经恶化到内脏，根本无法祛除……你的年纪似乎不大，应该还没结婚生孩子吧？家里的父母来了吗？我跟他们交代一下……"

赵乙呆在原地。"医生……我治不好了？"医生没有正面回答，但他的神情已经说明一切。赵乙脸色苍白无比，他好不容易借到钱，想尽快治好自己，却没想到最后只等来这个结果……他像是想起了什么，抓住最后一根救命稻草般问道："医生，你知不知道有一个姓楚的医生？我朋友说他很厉害，要不我再去问问他？"

"姓楚？你是说那位楚神医？"医生长叹一口气，"以你现在的情况，就算是那位多半也回天乏术……算了，我把他医馆的位置告诉你，你自己去碰碰运气吧。"说完，医生想了想，又从抽屉里拿出一张表格递给赵乙。

"这是什么？"

"自愿参加人体实验的报名表，如果你最后还是没有希望，也可以考虑把自己的身体上交极光城……至少你走之后，家里人还能拿到一笔非常丰厚的抚恤金。"赵乙怔怔地看着这张表格，大脑已经一片空白，将其随手塞入口袋，便僵硬地转身离开。

冰冷苍白的走廊上，一众病患排着队等待问诊，赵乙雕塑一般站在接连不断的咳嗽与呻吟声之间，不知过了多久，才缓缓低头看向手中的医馆地址……那是他人生最后的希望。

黄昏时分，陈伶推开报社的大门，准时下班。虽然规定的下班时间是这个点，但现在大部分人还在报社里加班，毕竟当下整个极光城就《极光日报》的体量最大，想在这里混得出人头地，只能彼此内卷……而陈伶，明显不会被"卷"入其中。一方面，记者身份只是他为了调查情报选择的"马甲"，他也不想混成什么高管，没必要在这里浪费太多时间；另一方面，作为任职没几天便出过两条大新闻的"新星记者"，他也有拒绝内卷的资本。不过令陈伶有些意外的是，自从韩蒙案件结束后，文仕林就没在报社里出现过，也没带他去进行什么采访调查，自己一个人不知在忙些什么。

陈伶行走在街道上，余光突然在前方看到一个熟悉的身影，眼眸微微眯起……赵乙？只见赵乙还是穿着那身灰色棉衣，手里拿着一张字条，像是在寻找着什么，不过看他的神情，似乎有些魂不守舍。陈伶思索片刻，没有就这么离开，而是远远地跟在赵乙的身后，想看看他究竟要去哪里。

251·领袖

最终，赵乙在楚牧云的医馆前停下脚步。陈伶见此，眼眸中浮现出一抹了然，他猜到赵乙是来看病的，不过按理说进入极光城也有一段时间了，为什么他到现在才来？赵乙在门口纠结片刻，还是迈进门，去找楚牧云。陈伶并没有跟上，而是安静地站在一旁的巷道中，上次他杀丁老汉的时候被赵乙撞了个正着，不是必要情况，他不想跟赵乙碰面，否则事情会很麻烦。他就这么在门口等了大概二十分钟，然后赵乙神情恍惚地从医馆走出，在门口怔了许久，才回过神来，往家的方向走去。见到这一幕，陈伶眉头微微皱起，等赵乙走远，便进入医馆中。

"你怎么来了？"正在坐诊的楚牧云看到陈伶，诧异开口。

"路上看到了熟人，顺便过来看看。"

"刚才那年轻人是你朋友吗？"楚牧云合上手中的病患资料，缓缓开口，"按理说，除非是极光城显贵，或者具备情报价值的执法官高层，否则普通人来看病是要提前预约的……不过，他提到了你的名字，所以我就直接让他进来了。"

"他的情况怎么样？"

楚牧云静静地看着陈伶："你是希望我委婉一点，还是直接一点？"

"……直接一点吧。"

"他要死了。"这四个字一出，房间顿时陷入一片死寂。

陈伶的眉头紧紧皱起。楚牧云推了推眼镜："禁忌海的高阶'灾厄'，本来就具备极强的腐蚀与毒素浸染能力，他的伤口还直接深入骨骼……在他受伤的那一瞬间，他就注定活不成了。应该说，他背着那样的伤势还能跟没事人一样行走，意志力实在惊人，不过就算这样，他的身体也已经到极限了。"

"你不是'医神道'吗？连你也没法治好？"陈伶反问。

"我是走的'医神道'，但这不代表我无所不能……比如，我就拿你的臆想疯病没办法。"楚牧云耸了耸肩，"人类，远比你想象的脆弱，不是所有人都像你和小简一样难杀的。"

陈伶陷入沉默。楚牧云是陈伶目前唯一认识的"医神道"强者，甚至能将烂成肉泥的简长生从死亡边缘拉回来，他却对赵乙的情况束手无策……这就意味着，如今的极光城，几乎没有人能救得了赵乙。

"我给他开了一些药，虽然治不好他的伤，但至少能让他在最后的这段日子里少受点苦痛。"楚牧云深深地看了陈伶一眼，"如果他是你关系不错的朋友，趁着这几天，可以去跟他告别了……"

陈伶缓缓闭上双眸："告别就算了……毕竟在他的眼里，我已经是个死人。"

陈伶对赵乙的情况，有心无力，既然最后赵乙还是走到了这一步，陈伶除了暗中给予玲儿他们一些帮助，别无他法。楚牧云微微点头，看了眼墙上的时钟，将桌上的东西收起。"走吧，今天我们得早点回去。"

"为什么？"

"灰王来信了。"楚牧云的神情逐渐严肃起来，"你和简长生，有一个重要的任务……"

极光基地——

檀心穿过昏暗的长廊，他的神情疲惫而憔悴，像是已经好几个晚上没有合眼……他连续通过四道身份核验关卡，最终进入一间封闭的地下空间。这里只有一百多平方米，几根灰色的承重柱被浇筑其中，地面与墙壁也都几乎没有装饰，若是忽略中央垂下来的一个白炽灯泡，这里跟工业毛坯房没有任何区别……当然，这只是表面上的。檀心很清楚，自己刚才走过的那四扇门，每一扇都由特殊合金打造，其厚度足以正面硬抗核爆，再加上这里处在数百米深的地下，整体结构坚固无比，就算是地表再爆发一次核战争，这里也能安然无恙。在这里，没有丝毫无用的美感，目之所及，都是最纯粹的实用与极简主义。而此刻，这间固若金汤的地下房间中，一个穿着素衣的男人，正拿着一只乒乓球拍，独自对着墙壁挥动……橙黄色的乒乓球在白炽灯光下来回弹动，刚弹了不到三下，男人手中的球拍就没跟上，乒乓球在一阵"嗒嗒"声中滚到檀心脚边。

檀心弯腰将乒乓球捡起，一阵苦笑从前方传来。

"我果然没有运动方面的天赋……在这里练了二十年，一点长进都没有。"

"您的注意力都在人类的命运与延续之上，当然不会在意这些细节。"檀心微微一笑，"您找我来是有什么事吗？领袖。"

领袖走到檀心面前，缓缓从他手中取回乒乓球："你身为这一代执法体系的副总长，有些事情，我想听听你的意见。"

"可我到底只是副总长……您有重要的事，为什么不找红袖？"

"她？"领袖轻笑道，"她可不会管这些，现在谁不知道，你檀心才是执法体系里唯一的话事人？"

"檀心不敢。"

领袖看了他一眼，拿着乒乓球缓缓转身："我听说你这几天都在基地里奔波，检查极光君的状态和基地的安全漏洞……有什么收获吗？"

檀心斟酌着开口："极光君的状态不太稳定……不过我不懂科学，数据之类的也分析不清楚。但从我的专业角度来说，基地的安保确实存在不小的隐患，尤其是最近有黄昏社暴徒混入极光城，我觉得有必要进行安保升级。"

"你代表执法官，安保的事情你看着处理就好，我想问你的是另一件事。"领袖停顿片刻，"在你眼里，极光城与极光君……哪一个更重要？"

这个问题一出，檀心的眼眸微微收缩，许久后他才开口："领袖，我不明白你的意思。"

"留给极光君的时间不多了，有些事情，我们必须尽快做出决定。"

"如果，我是说如果……如果我们要重现极光君诞生的场景，你是支持，还是反对？"

檀心的脸色骤然凝固！

252·新的任务

"老师，你的脸色怎么这么差？"极光基地的大门前，储士铎坐在驾驶位上，看到檀心脸色难看地从基地里出来，一边下车给檀心开门，一边疑惑地开口。檀心没有回答，他沉默地坐在后座上，看向极光基地的目光复杂无比。

"老师？"

"……走吧，回总部。"

"好。"储士铎感受到檀心的情绪不对，没有多问，沉默地驾驶车辆驶出基地的范围，往执法者总部靠近。檀心看着窗外不断掠过的街道与行人，不知在想些什么，突然开口："韩蒙在哪儿？"

"韩蒙？"储士铎愣了一下，"说到这个，有些事情我需要向您汇报一下……"

一阵汽车的喇叭声突然从后方响起。韩蒙回头望去，只见一辆黑色的汽车正停在白鸽广场外，暗面的车窗缓缓摇下，檀心坐在后座，正微笑着与他对视。韩蒙见此，眼眸微微眯起，起身往那里走去。"你怎么知道我在这儿？"韩蒙问。

"不知道，我只是准备回总部，恰好路过这里。"檀心指了指自己身旁的座位，"上车。"

韩蒙犹豫片刻，还是拉开车门上车。随着车辆缓缓启动，檀心的声音再度响起："听说法庭审判过程中，出了点小意外？"

"还好。"

"这件事是我的疏忽，我没想到，有些濒死的猫狗，会气急败坏地胡乱咬人。"檀心笑了笑，"不过最后的结果还是好的。"

"如果你是来跟我道歉的，那并没有必要。"

"那倒不是，我来找你是有正事。"檀心的表情逐渐严肃，"你刚从黑牢里出来，在这座城里没有落脚地，也没有什么资产，如果你无处可去，我可以给你推荐一个地方……"

"你之前说过，不会命令我去做任何事。"

"这当然不是命令，只是我的一个建议，你可以选择拒绝。"檀心停顿片刻，"我只是觉得，在那个地方，你应该能找到一些感兴趣的事情……"

"比如？"

"比如，极光城的真相，以及……执法官的隐秘。"

听到这句话，韩蒙的眉头逐渐皱起，他注视檀心许久，一字一顿地开口："你是说，极光基地？"

"没错。"

"如果我没记错的话，那是整座界域最高级别的机密区域，就算是高阶执法官也无权随意进出。"

"确实。"檀心点点头，他与韩蒙对视一眼，"那如果我说，我有办法让你进去……你去还是不去？"

院落内，简长生独自坐在池塘边，拿着一根钓竿懒洋洋地打了个哈欠。陈伶上班，楚牧云出诊，整个院落里就他一个"留守老人"，偏偏此刻的简长生正是重伤痊愈、精力充沛之时，但在这儿他除了钓鱼，体力消耗最大的也就是洗衣服了……但他堂堂黄昏社"黑桃6"，在极光城内掀起血雨腥风的恐怖存在，一天到晚就在这儿洗衣服算是怎么回事？

就在简长生唉声叹气之时，院落的大门被打开，两个身影并肩走了进来。"你们怎么一起回来了？"简长生余光看到这一幕，诧异问道。

楚牧云推了推眼镜："我们一起回来，当然是有重要的事情……"

"重要的事情？"简长生愣了一下，随后像是想到了什么，眼眸中浮现出激动之色！

"'黑桃6'，准备好迎接你的第一个任务了吗？"楚牧云嘴角微微上扬。

听到这句话，简长生差点当场哭出声，一把将手中的钓鱼竿丢到一旁，顿时觉得自己浑身充满了力量，连忙问道："是什么任务？要我杀谁？！"

"不是杀人，是潜入一个地方，调查一些事情。"

"……一个地方？"

"你们对极光基地，了解多少？"

听到"极光基地"四个字，简长生若有所思，他毕竟是从小在极光城内长大的，有些事情也听过不少："据说，三百多年前的大灾变发生之后，人类原本的秩序彻底崩塌，在大规模的灰界交汇开始后，唯有九个人类基地留存下来，经历幸存者漫长的探索之后，基地人的活动区域逐渐扩大，后来经过重建与扩张，才演变成了'界域'。从极光基地到建立极光城，再到后来划分七大区……整个极光界域，都是当年以极光基地为中心，一点点向外扩张的结果。"

"没错。"楚牧云微微点头，"极光基地，就是你们的任务目标。"

"我们去那儿做什么？"陈伶问。

"确认极光君的状态，并调查那些被秘密运入其中的炸药，都在哪里。"之前陈伶给黄昏社汇报有关"救赎之手"的消息，其中关键就是炸药的秘密运输。现在看来，黄昏社已经开始重视这个疑点，甚至主动派人前去调查。

"极光君的……状态？"陈伶从楚牧云的语气中读出了什么，"极光君怎么了？"

简长生的目光同样疑惑，似乎极光君这个名字，对他而言十分陌生。"看来你们对极光君真是一点都不了解。"楚牧云长叹一口气，"你们知道，极光界域为什么能抵挡灰界交汇吗？"

"因为极光君，他的领域压制了灰界交汇……也就是极光城上空的极光。"

"没错，但是现在，他的寿命已经走到尽头。"楚牧云抬起手，指了指头顶的天空，"你们猜，如果极光君死了，这个界域的下场会怎样？"

陈伶与简长生同时愣在原地。陈伶之前就有些疑惑，为什么极光突然退回了极光城，将七大区暴露在外，当时他与韩蒙就怀疑是极光君的状态出了问题，现在他终于知道了答案。"极光君要死了？怎么会这样？"陈伶不解地皱眉，"他不是已经活了三百多年了吗？"

"极光君归根结底，也只是人类……人类的寿命，怎么能达到三百年？"楚牧云摇了摇头，"若不是三百多年前，他自愿接受药剂注射，陷入'冬眠'，极光界域根本走不到今天……但即便如此，这也只能延缓他的衰老，人总是要死的，这是无法逃避的终点。而现在，极光城的终点也要来了……"

253·极光城的眼睛

"那极光城就一点动作都没有吗？"简长生皱眉开口，"要是极光君真的死了，极光城沦陷就是注定的，那些执法官就没什么举措吗？"

"举措？能有什么举措？"楚牧云缓缓开口，"极光城必定从很早就开始研究如何给极光君延寿，相信我，他们能做的全都做了，只不过你们都不知道……他们甚至想找方法替代极光君，庇护整个极光界域，但最终还是没有收获。"

"他们干了什么，你怎么这么清楚？黄昏社对极光城的渗透已经到这个地步了吗？"简长生不信。

"因为我亲眼见过。"

"你去过极光基地？"

"不，不是极光基地……"楚牧云深深地看了简长生一眼，"你以为人类九大界域中，生命走到尽头的……只有极光君一位吗？"

简长生愣住了，突然回想起某个关于黄昏社的、极为恶劣且惊世骇俗的传闻……"你是说……"

"有些事情，等你们亲身经历过一次之后，自然就懂了。"

陈伶看着打哑谜的两人，眉宇间满是不解，正准备开口，楚牧云再度说道："总之，你们两个是潜入极光基地的最佳人选，这次的任务很重要，且危险系数极高，你们要做好心理准备。"

"可不是说极光基地是整个界域的心脏，守卫极其森严，很难进去吗？"简长生指了指自己，"就凭我们两个6，怎么混进去？"

"'红心6'有特别的手段，可以伪装身份进入其中，但基地里关卡众多，想靠近极光君，还是没那么容易……除非，有人在基地内部接应他。"

"接应？"简长生茫然地伸出手，指着自己，"……我？"

"没错。"

"我又没有伪装的手段，怎么进基地内部？"

"你是没有伪装的手段，但你有别的方面的特长啊……"楚牧云笑眯眯地看着简长生，"我已经有一个周密的计划，只不过，需要你做出一点小小的牺牲……"

看着楚牧云的笑容，简长生突然有种不妙的预感。

混乱而狭窄的房间内，文仕林将一张照片钉在墙上，随后长叹一口气，疲惫地坐在床边。他看着对面的墙壁上，那密密麻麻交错的线条就像是蛛网，将大量杂乱无章的照片、文章与随笔记录连接在一起，一眼望去就像是进了盘丝洞……昏黄的夕阳透过窗户，照在这面令人眼花缭乱的墙上，文仕林疲惫地揉了揉眼角。他在床上休息片刻，缓缓爬起身，回到书桌边坐下。"新历 379 年 12 月 28 日……"随着他嗓音沙哑地开口，笔记本上的钢笔自动书写起来，"又是没有出门的一天……不过，我完成了所有疑似与'救赎之手'有关事件的拼图，抛去那些已经可以确认没关系的事件，最终被我筛选出来的相关事件，一共有三个。第一，副总长檀心将大当量的炸药暗中转移到极光基地。第二，从群星商会中得到的交易记录来看，曾有一部分器官被交易给名为'极光'的对象，能够让群星商会只敢留下两个字，而没有更多信息的，其实不可能是普通的商户或者个体化名……与这两个字眼有关的，无非就是'极光界域'、'极光城'、'极光基地'与'极光君'……从范围上来看，可以抛去前两者，而'极光君'本就在'极光基地'之中，所以那批器官大概率是进了极光基地……第三，是半年前追查的老人失踪案……被医生判断无法救治的病患，凭空从医院内消失，就连家属也不知情，第二天家里的户头上就多了一笔丰厚的财产……当时那个案子一直追查到执法者头上，后来官方出具了一份自愿签名的文件，是老人不想再成为家里人的负担，从而主动将自己的身体捐献给极光基地进行人体实验。炸药、器官、活人实验……这三者都与极光基地有密切的关联，那里究竟在做些什么？"

文仕林陷入沉默。他看着日落西山的窗外，那一直延伸到地平线尽头的城市建筑与行人，眼眸中浮现出坚定："这个案子牵扯太多，甚至搭上了一个阿诚……我不能把林宴也拖下水。这件事，我只能自己查。这座城里生活了太多人，他们的命运身不由己，如果极光基地要对整座城市不利，那将是毁灭性的……就算再危险，也总要有人去寻找真相……我愿意成为这座城市的眼睛。记录完毕。"

随着文仕林说完最后一句话，钢笔轻轻一晃，自动掉回纸面。文仕林深吸一口气，他迅速将门口的外套披起，戴上一顶灰色贝雷帽，将笔记本、钢笔全部塞入口袋，脖子上挂上一台相机，匆匆离开……"咔嗒——"房门在黄昏中被反锁。

夜色渐浓，街边的居民们将烛火点燃，轻轻放入灯笼，挂在门前的屋檐上，眯眼望去，好似一团团锦簇的花束。除了繁华的商业区，极光城的其他街道很少会设置路灯，在这个电力资源极其珍贵的时代，是这些挂在门口的温柔灯火，将黑暗的街道晕出片片光明，替各家的丈夫、妻子或者孩子指引着家的方向。此时，一个穿着灰色棉衣的年轻人，缓缓穿梭在温和的灯火之下，影子像是风中摇晃不定的残烛，不断地被缩短、拉长……他干裂的双唇轻启，一团白雾在夜晚的寒风中，眨眼间便零碎飘散，不知去了何处。

"面条！热气腾腾的面条嘞……小兄弟，这么晚才下班？肯定饿了吧？来碗面条暖暖胃啊！"中气十足的声音从一旁传来，一个系着围裙的中年人站在门口，一手拿着捞面的勺子，一手叉着腰，对着走过的赵乙热情开口，声音像是冬日里的烈阳，充满朝气与希望。赵乙停住了，他僵硬地转过头，看向那被灯笼照亮的面馆，神情有些恍惚。"小兄弟，你脸色怎么这么难看？"中年男人疑惑地开口，"看你的样子，才十几岁吧？怎么感觉比我这个奔五的老头还暮气沉沉……"

"……没，没有。"赵乙现在脑子里很乱，下意识地摆摆手，压根不知道自己在说什么。

"进来吃口面吧，我看你面善，给你打八折怎么样？我们家的大排面可是极光城一绝！"

赵乙深深看了眼那口煮着面条咕噜冒泡的热锅，忍不住咽了口唾沫，但指尖摸到口袋里为数不多的钱，最终还是收回目光。"谢谢，但我不饿。"

254·多谢款待

赵乙摇了摇头，身形掠过灯火通明的店门，径直扎入凛冽的寒风中。他独自在街道上穿梭许久，从吵喝不止的热闹街道，走到逐渐荒僻的西城郊区，等回到那座破旧的小楼前，黑暗中只剩下这栋楼里散发着煤油灯的光明。赵乙一步步迈上台阶，进屋后发现玲儿已经在门口的沙发上安然入睡……她的一只手还攥着小毯子，像是在等赵乙回来的时候，实在忍不住睡着了。屋里没有电灯，赵乙站在昏暗的门口，看着还在发出轻微鼾声的玲儿，被寒风冻僵的脸上勾起一抹淡淡的笑容。他轻声走入屋中，将玲儿从沙发上抱起，往卧室走去……但在这个过程中，即便玲儿的体重很轻，赵乙的背部还是传来一阵撕裂般的剧痛，让他一步没站稳，差点带着玲儿栽倒在地。好在赵乙一只手扶住墙，这才稳住身形。当他把玲儿放回小床的时候，他的额头已经满是汗水。

"该死……"赵乙咬着牙，颤颤巍巍地从口袋里摸出一颗药吞下，在门口蹲了很久，那直刺灵魂的疼痛才减轻些许。楚神医的诊断没错，赵乙已经明显感觉到，自己的各方面身体素质都在下滑……照这个速度，过不了几天，他就只能在床上瘫着等死了。朦胧的月光洒在床上，映照着玲儿沉睡的小脸，赵乙的双拳不自觉地攥起，在黑暗中宛若雕塑一动不动。不知过了多久，他从口袋中掏出一张皱皱巴巴的表格，灰暗的眼眸逐渐变为坚定。他轻轻将被子盖在玲儿的身上，摸了摸她的头，随后将房门关起，身形消失在黑暗中……赵乙刚走下楼，便看到许崇国正坐在门口抽烟。

"小乙，你什么时候回来的？"许崇国看到赵乙从屋里走出，诧异地开口。

"刚回来……"

"哦，之前不知道你什么时候回，我就把玲儿接到我们家去吃晚饭了……这个点，应该睡着了吧？"

"嗯。"

"你吃了吗？"

"……没有。"

许崇国看着赵乙有些苍白的脸庞，疑惑地开口："你这是怎么了？有心事？"

赵乙沉默片刻，嘴角挤出一抹笑容："许叔，以后玲儿，可能得麻烦您多多照顾了……"

"什么意思？"

"我找到一个不错的工作，不过那边要求比较严，是个保密单位，以后可能不会常回来。"

"保密工作？"许崇国有些惊讶地看着赵乙，"你在哪儿找到的？"

"在官方那边找的。"赵乙转移话题，"虽然累些，不过薪水很不错，我在单位里花不了就让他们送出来……玲儿年纪太小，所以收款我就用的你的名字。"

"啊？哦……没问题。"

许崇国像是想起了什么："你的病看完了？"

"看完了，医生说就是外伤，问题不大，配了点药很快能好。"

"身体好就行，赚钱怎么都能赚。"许崇国点点头，"不过你去工作，再难回来偶尔也得回来一次……玲儿正是长身体的时候，不多回来看看，到时候都认不出来了。"

赵乙怔了一下，看向自己家门的方向，微微一笑。"那我走了，许叔。"

"一路顺风。"赵乙走下楼梯，正欲继续前行，许崇国的声音再度响起。"小乙。"

"嗯？"

赵乙回过头，只见许崇国一只手夹着烟，对着他感慨地说道："你知道吗？你现在，已经像个顶天立地的大男人了……你爸要是看到你现在的样子，一定会很高兴的。"

赵乙愣住了，扯了扯嘴角，不知该哭该笑……他没有回应，只是默默地转过头，往黑暗的街道尽头走去。夜晚的寒风如刀子割过他的脸颊，孤独与悲哀将他在无人注意的角落撕成碎片。赵乙像是一步步离开族群的病狼，随着他逐渐沉入黑暗，一股火却在他的内心深处燃起。那是不甘的火，那是愤怒的火，那是一个将死者倒在黎明前的最终回响。赵乙将那份表格攥在手里，突然有种无法遏制的冲动！他加快脚步，加快，再加快！他几乎是奔跑在这寒夜里，从零星几个归家的行人身旁飞驰而过。他也不知道自己要做什么，要去哪里，他只知道那被压抑的年轻的心脏，需要一个渠道来发泄最后的情绪。不知过了多久，他喘着粗气，双手撑着膝盖站在那家面馆前。

"小兄弟，你怎么又回来了？"正准备收摊的中年男人看到赵乙，诧异地开口。

赵乙抬头看向那被灯笼照得通明透亮的店铺，恍惚中，它似乎与记忆中的早餐铺逐渐重叠……他怔怔地站在门口，过了许久才回过神来，笑着迈着大步走入其中。"老板！来碗面！"

正收摊收到一半的老板一愣："啊？唉……行，你想吃就再给你做一份，吃什么面？"

"来碗大排面！"赵乙将口袋中最后的零钱，全拍在桌上，像极了一位家财万贯的阔佬，"给我挑个最大的大排！不……要两块！！"

老板表情古怪地看了赵乙一眼，但还是熟练地开始煮面，没过多久，一碗热气腾腾的面条就递到赵乙面前，上面盖着两块大排，都有碗口那么大，筷子都几乎翻不到面条。赵乙也不管烫不烫，拿筷子夹起就往嘴里狂送，发出阵阵的刺溜声。"慢点……欸，你慢点，没人跟你抢。"老板忍不住劝道。

赵乙没有停下，他贪婪地吮吸着碗里的每一滴汤水，这是他为自己准备的最后一餐，也是他给自己年轻而鲜活的生命画下的句号……一碗面条，两块大排，赵乙觉得够了。他将一只干干净净的面碗拍回桌面，打了个长长的饱嗝，随后大声开口："老板，给我拿支笔来！"

老板虽然狐疑，但还是把自己用来记账的笔递给赵乙，后者从怀里掏出一张破破烂烂的表格，在最终的"姓名"栏上，龙飞凤舞地写下两个大字——"赵乙"。他将笔放回桌面，拿着表格大步走出店门。他站在寒风凛冽的门外，在灯笼火光与黑暗街道的边缘，微微回头……他看着这家店面，或者说是记忆中的那家早餐馆，又或是他曾经十九年的人生，喃喃说了一句："……多谢款待。"

他消失于黑暗。

255·空降的副队长

深夜，无人的巷道角落，穿着棕色大衣的陈伶正倚靠在墙壁，整个人藏在阴影中，宛若鬼魅悄然无声。他双眸微眯，目光透过树叶之间的缝隙，注视着对面街道的执法者总部。此时的执法者总部，依然灯火通明，一批穿着黑色风衣的身影聚集在总部门口，大约二十人，像是在等待着什么。"看来楚牧云的情报没错。"陈伶喃喃自语，"极光基地确实要轮换执法官了……"这一刻，他的脑海中，再度回忆起刚才楚牧云的计划——

"……就在今天，我得到公立医院那边的秘密消息，有一批执法官开始进行系统性的体检，除了常规的身体机能检测，还包括生物基因识别，这是用来辨别一个人身份的最深层次的手段，防止有'戏神道'混入其中……这是极光基地的安全防控手段之一。除此之外，他们还进行了大规模的心理筛查，尤其是情绪不稳定，或者有幽闭恐惧症的执法官，都被着重记录，应该是为了方便长期在地下进行封闭行动……通过这些细节，基本可以确定极光基地的安保人员要轮换了，而这就是我们的机会……我从医院那边弄来了他们检查时的名单与照片，你对照一下，找一个合适的目标……"

陈伶的眼眸中泛着淡淡的蓝光，即便是在昏暗的夜间，他也能看清那些聚集在一起的每一张面孔……将这些面孔与名单上的一一对照之时，陈伶的目光突然偏转，落在一道急匆匆从远处赶来的身影上。那是位年轻的男性执法官，二十二三岁，风衣的衣摆只有一道银色纹路，看模样是一位刚晋升没几年的一阶执法官。看到那张脸的瞬间，一串信息便涌现在陈伶的脑海："陈新，'修罗'路径，三年前踏上神道晋升执法官，目前处在一阶……"陈伶的眼眸微微眯起。这个执法官倒有些意思，身为"修罗"路径潜力本就不小，不过这么多年竟然还停留在一阶，某种程度上说明他的天赋低得令人发指……"就是他了。"陈伶没有丝毫犹豫。一方面，是其他执法官都已经聚集在一起，很难找机会出手；另一方面，这个执法官只有一阶，对陈伶而言很好拿捏……唯一的缺点就是，对方的阶位太低，就算进了极光基地也很难去到重要岗位，接近极光君的可能性更小。但对陈伶而言，他其实只要一个能够进入基地的身份就行，按照楚牧云的计划，只要简长生那边配合妥当，半天就能完成任务全身而退，倒也没那么注重岗位的影响。

陈伶的动作没有丝毫拖泥带水，他闪电般从昏暗的阴影中出手，扼住那一阶执法官的脖颈，将其拽入一旁的巷道中！轻微的闷哼声从巷道中传出，几分钟后，穿着黑色执法官风衣的"陈新"，缓缓从阴影中走出。在他的脚步迈出巷道的瞬间，他的神情浮现出一抹匆忙，迅速地跑到路对面的执法者总部，像是一位即将迟到的新兵。

"陈新，你怎么到现在才来？"一位三纹执法官皱眉开口，"这么多人就等你一个……这种级别的机密任务，你也敢迟到？"

陈伶满头大汗地回答："实在抱歉……跟家里人告别的时候，多花了点时间……"

"你是要整个极光城都等你一家人和和美美告别是吗？怎么不在家吃顿饭、睡个觉再来？"三纹执法官冷哼一声，"要不是体系里缺人手，你一个一纹执法官，连看一眼极光基地的资格都没有……现在有这么个机会，都不知道珍惜吗？"

陈伶支支吾吾，头是越垂越低，整个人恨不得钻到地缝里……

"吵什么。"一个声音突然从后方传来。这声音响起的瞬间，所有人都微微一震，向两侧让开一条道来，那位盯着陈伶的三纹执法官，也立刻闭上嘴巴，恭恭敬敬地退到一侧……四个穿着黑色风衣的身影，穿过人群，在门前缓缓停下脚步。

一位七纹，两位六纹，一位五纹。这是陈伶进入极光城后，第二次看到七纹执法官，第一次是审判庭上的法官"孤渊"……如果他没记错的话，七纹执法官在极光城里一共只有五位，在执法体系中地位极高。

陈伶低着头，余光继续看向其他三人，两位六纹执法官都是生面孔，而且脸色看起来似乎有些不悦，当他看到那位站在七纹执法官身旁的五纹执法官时，眼眸中闪过一抹诧异……是他？他怎么会在这儿？？

"让你们集合，吵吵闹闹的做什么？"七纹执法官冷声开口。

"琼玄大人，是这个陈新他迟到了，我是在教训他……"三纹执法官连忙开口，"这种重要的任务，还婆婆妈妈的耽误时间，属于主次不分，目无大局。"

琼玄的目光落在陈伶身上，轻飘飘地就从他身上扫过，像是忽略了一只从路边经过的蝼蚁……他余光瞥到身后的韩蒙，以及脸色难看站在更后方的两位六纹执法官，心神一动。"跟我抱怨这些是什么意思？这种小事，还用我来处理吗？"琼玄淡淡开口，"檀心长官已经下令了，不危及极光基地安危的事情，都交给韩蒙副队长处理……我这个队长，可不管这些。"

听到"韩蒙副队长"五个字，后方的两位六纹执法官脸色越发难看，其他执法官也微微一愣，诧异地看向那位与琼玄并肩而立的五纹执法官……刚才他们没注意，现在看来，这个站位本身就很耐人寻味，一位五纹执法官，竟然拥有如此高的权限，甚至连两位六纹都只能站在他身后？这个空降的"副队长"，究竟是什么来头？

256·蹲守

韩蒙静静地站在那儿，就像是没有感受到周围疑惑与灼热的目光，神情没有丝毫变化。一个五纹执法官，跨级担任如此重要任务的副队长，本身就是很容易引人眼红的事情，若是稍微有些阅历的、"懂事"的执法官，这时候就该开始谦逊了，最好再捧其他几位高阶执法官一手，来一波拉拢人心，稍微缓和一下内部关系……在众人的注视下，韩蒙却只是淡淡回答："这件事情我会处理。"两位六纹执法官顿时紧咬牙关，看向韩蒙的目光越发冰冷。

就在众人说话之际，一辆绿篷大车在总部门口缓缓停靠，这是接他们前往极光基地的车辆。琼玄见车到了，也没再多废话，毕竟他要的效果已经达到了……他摆了摆手："先上车吧。"众执法官当即上车，陈伶低头跟在队伍的最后方，在任务过程中他最好跟其他人保持距离，避免深入交谈，露出破绽。而同样被众人落在身后的，还有韩蒙。随着陈伶上车在末端的位子坐下，韩蒙最后一个上来，就这么坐在他的对面。车辆启动后有些颠簸地向前行进，空气突然陷入沉寂。"你叫陈新？"韩蒙看着他，平静开口。

"……对。"

"什么时候晋升执法官的？"

"大概三年前。"

"路径呢？"

"'修罗'。"

听到"修罗"两个字，韩蒙微微一愣，一个身影瞬间闪过他的脑海。他重新打量起眼前的年轻执法官："为什么迟到？"

"……跟家里人告别，妹妹一直缠着我不让我走，所以耽搁了一点时间……"

韩蒙点点头："你这个月的薪水没了，下不为例。"说完，韩蒙便闭上眼睛，像是开始闭目养神，不再搭理陈伶。

陈伶："……"

虽说扣的不是陈伶的薪水，但在原世界当了那么久的牛马社畜，最听不得的就是扣薪水这种话，奈何这种情况下，他也拿韩蒙没办法……不过话说回来，韩蒙前脚刚从法庭被释放，后脚就被檀心安排进了极光基地，在这之中，陈伶嗅到了一丝不一样的气息。他太了解韩蒙了，韩蒙根本不是一个愿意给人当安保人员的家伙，如果他真的这么做了，那他的目的肯定不会是钱或者地位……那他进入极光基地，目的究竟是什么？陈伶同样闭上眼睛，在心中盘算着一切，也许进入极光基地后，可以好好利用韩蒙这个变数。对于利用韩蒙，陈伶没什么负罪感，毕竟几天前韩蒙还是他亲手从法庭捞出来的……现在顺手讨点利息，不过分吧？各有打算的两个人闭着眼睛，随着车辆的颠簸，在夜色中缓缓向极光基地靠近……

"这是我在极光基地周围蹲守的第三天。"瑟瑟寒风中，文仕林整个人缩在角落，不断向被风吹得冰凉的双手哈气。随着他的低声轻语，钢笔在他脚边的笔记本上飞速书写着。

"已经踩点这么久，还是没找到混入极光基地的方法……这里的安保措施太严格了，想进去难如登天。现在我唯一能做的，就是守在附近，记录下每日进出的人员或者车辆，在无法进入基地内部的情况下，只能祈祷从这方面有所突破了。今天白天一共进入三辆车，离开也是三辆，与前两天一致，应该是基地日常的运营维护，总之到目前为止还没发现任何异常。也不知道这一切是不是徒劳……但我能做的，好像也只有这些了。"文仕林正说着，一阵轻微的嗡鸣声便从远处靠近，他眼前微微一亮，借着周围的掩体小心翼翼地伸出头，往声音传来的方向看去。"现在是凌晨一点二十分，有车来了。从外观上看，那是一辆载人的绿篷大车，目测装载量在三十人以下，从东南方向来的……"他拿起一副望远镜，"有帘子遮挡，看不清里面具体的情况，不过好像都是穿着黑色风衣的执法官。这么看，这辆车应该是从执法者总部那边来的，难道是极光基地的安保人员要轮换了？"

车辆在文仕林的注视下，停靠在基地的大门前，几位执法官从基地中走出，拿着名单走到车边逐个核验起来，像是在确认人数与身份，这个过程大约持续了十分钟，车辆才缓缓驶入基地。文仕林基本可以确定基地内的安保人员要轮换了，不过他依然没有丝毫进入其中的机会……他只能无奈地坐回地上，看来今晚依然没有收获。"嗡嗡嗡——"就在文仕林失望之际，又是一辆车从黑暗中驶来。他微微一愣，立刻爬起来举起望远镜，眉头不自觉地皱起……

"不是绿篷大车，是密封严实的未知车辆，从外观上看不出具体用途，不过也像是装着什么东西……车辆来自正北方向，正北……正北好像除了公立医院，就没什么东西了？"文仕林若有所思，"那辆车上装着的，莫非……"

"后面怎么还有辆车？"陈伶刚从车上下来，便看到后面有一辆神秘车辆紧接着进入基地，他身旁的一位执法官疑惑开口，"难道除了我们，还有别的执法官来轮换？不应该啊……"

"那个看着不像是送人的，难道是物资车？"

"如果是物资车，好像又有点小了吧？"

………………

就在众执法官窃窃私语之际，琼玄往这里扫了一眼，沉声开口："不该好奇的别好奇。"

这句话一出，众人顿时安静下来，整齐列队之后，被带领着往极光基地的内部走去。穿过三四座不大不小的仓库后，众人来到一个矮小的土堆前，他们茫然地环顾四周，似乎还在找基地的本体在哪里。就在这时，琼玄的声音再次响起："愣着干吗？进去啊。"

"进哪儿？"

琼玄伸出手，指了指黑暗中的那个土堆。众人定睛望去，这才发现那是一个半球形的人造建筑，外形像是碉堡，而此刻在碉堡的中央，一台深入地底的升降机，正安静地等待着他们。"极光基地，在下面。"

257·极光基地

众人也是第一次真正靠近极光基地，在琼玄的带领下，径直往升降机的方向走去。随着琼玄按下升降机的开关，一阵低沉的嗡鸣声从被铁丝网包裹的深邃地道内部传来，像是某种大型器械在缓缓转动，众人足足在这里等了四五十秒，一个金属平台才从地道内部升上来。令众人诧异的是，此时升降机上已经有几道人影，他们穿着清一色的白大褂，看到外面的众多执法官，只是淡淡扫了一眼，便推开金属栅门走了出去。"让路。"琼玄的声音响起。众人愣了一下，随后反应过来琼玄是在跟他们说话，立刻分开让出一条宽敞的道路，几个穿着白大褂的身影就这么平静地走过，看都没看两侧的人群一眼。

看着消失在远处的白色身影，众人的心中升起浓浓的疑惑……在极光城里，执法官的地位极高，他们生活了这么多年，向来都是别人对他们恭恭敬敬，但在这里，只是随便遇到了几个穿着白大褂的普通人，就要主动让路，哪怕是七纹执法官琼玄也一样。

"记住，在这个基地里，你们的职能只有一个……那就是安保。"琼玄的声音缓缓响起，"不该问的别问，不该好奇的别好奇，除非基地的安全受到威胁，否则不要与任何人发生冲突，明白吗？"

"明白。"众人连连点头。

在琼玄的带领下，众人踏上这台通往地底的升降机，好在升降机足够大，别说只是他们二十多个人，就算是再多一倍，都能同时站下。随着钢铁栅门逐渐闭起，升降机开始逐渐下沉，陈伶转头，目光通过栅门的间隙，看向那几位白大褂离去的方向，眼眸微微眯起……

几个穿着白大褂的身影穿过空地，来到那第二辆进入基地的车辆前。

"最近的实验体怎么这么少？"一个白大褂皱眉开口。

车门被打开，一个同样穿着白大褂的身影走下来，无奈说道："那能有什么办法……自愿捐献的人少了呗。"

"时间不多了，实验体不足，进度就会被拖慢。"

"你这话说的，好像我一天给你拉一百个人过来，你们就能有进度一样……一百个不够，五百个怎么样？"

"……我不喜欢拿这件事开玩笑。"

"好了好了，今天一次性来了两个实验体，还都是年轻人，赶紧签收吧。"

一人走到车后，将车厢的门打开，随后几道身影一起扛着两个状似棺材的长方形匣子出来，匣子正面有一个长方形的玻璃窗口，能看到里面的情况，此时一个年轻的身影正安详地躺在其中，像是陷入了沉眠。

"赵乙，十九岁，三区幸存者，在往极光城逃亡的过程中被禁忌之海的'灾厄'袭击，留下致命伤口，剩下的时间不超过一周。"一位白大褂手里拿着资料，平静开口。

"被'灾厄'袭击？是个不错的融合实验体。"

"但保质期太短了，一周很难观察出有效的结果，价值不大。"

"缩短实验之间的间隔，增加实验场次，加大剂量，只能这样了……"

白大褂点点头，走到了第二个匣子旁边。"这个呢？"

"简无病，十九岁，普通极光城居民。"

"没了？资料就这么点？"

"提交的时候就写了这么点……"

"那病症总有吧？"

"重度抑郁，重度焦虑，精神分裂，自闭症，妄想症……"

"等等！一个人身上能同时出现这么多种精神疾病？"

"是这样的，他经常幻想自己是一只会不断分裂的蘑菇，喜欢缩在奶奶的针线盒里，但是因为自己在不断分裂，每一个分裂的蘑菇又有自己的意识，所有蘑菇都在焦虑自己会不会在针线盒里被自己挤死……于是抑郁了。"

"……"

"不管怎么说，他都是精神疾病，身体完全健康，是个难得的优质实验体。"

"……行吧，把他们两个带下去。"

在几个白大褂的协作下，两个匣子被抬着向极光基地的深处靠近……

升降机在深邃的空洞中不断下行。一盏盏红色的安全指示灯每隔一段距离便会出现，在这无尽下行的空洞中，似乎是唯一用来衡量"深度"的工具。众人的面庞被红光照得忽明忽暗，他们看着脚下，神情都有些凝重。这个基地的位置，比陈伶想象的还要深，不知在地下几百米，以这个时代的科技水准，是不可能在如此深的地下建造一个庞大的基地的……不出意外的话，这个基地应该在三百多年前的大灾变之时，就已经存在。终于，随着升降机缓缓减速，他们的身形停下，栅门被琼玄随手推开，外面是一条笔直的金属封闭走廊。

"檀心说要升级安保，我还以为要来多少人，结果也就这点。"走廊的另一头，一个穿着白大褂、头发像海草般凌乱的男人，正懒洋洋地靠在墙边，"弄这么大动静，忙里忙外，屁用没有……早知道这样，不如早点睡觉滚床单来得有意义。"他一张嘴，浓郁的酒气就扑面而来，散发着宿醉之后的恶臭，让陈伶等人不自觉地皱眉。

"极光基地能承受的长期生活人数有限，给我们的名额就只有这么多。"琼玄的脸色同样有些阴沉，但声音还是尽量平和，"辛苦易博士了。"

易博士不耐烦地摆摆手："行了，别废话，跟我来吧。"话音落下，他在走廊尽头的金属门前重重拍了三下，片刻后，金属门的中央拉开一道巴掌大的缝隙。

"密码。"一个冷漠的声音从门后传来。

"5368873。"易博士顿了三秒，"红烧萝卜不吃菜。"

听到这串莫名其妙的对话，身后的众人陷入深深的茫然……唯有陈伶看着那关闭的缝隙，若有所思。短暂的停顿后，厚重的金属门发出一阵沉闷声响，从内部缓缓打开……

258·实验体

"极光基地的内部，一共有四道关卡。第一道关卡，封锁基地与外界的唯一通道，也就是升降机。基地人在未获得批准的情况下不允许擅自前往地面，除非提前得到上级批准，并获得一条三十分钟内有效的数字、文字双重密码。在这扇门边，有两人负责站岗，每个人只会被告知数字密码或者文字密码中的一个，只有密码前段与后段都与他们的密码吻合，才会打开这扇门。"琼玄见众人疑惑，便解释了一番，众人这才了然。"安保人员轮换之后，负责看守这扇门的，就是你们了……至于看守的人选，每天会随机排班，只有不确定，才是真正的安全。"

众人穿过第一道关卡，便来到了基地的第一层，电灯悬挂在走廊的顶部，将整条走廊都照得通明透亮，走廊的两侧是密密麻麻的房间，时不时有穿着白大褂的身影穿梭其中……放眼望去，至少有一百个房间。"第一层主要是战略指挥、资源存储，以及基地宿舍、食堂所在的地方，你们的日常生活基本都会在这里进行，因为住的人多，流动性强，也是你们巡逻的重点楼层，每天会有十人随机分成五组，进行不定时巡逻。"

听到这儿，有执法官不解地开口："琼玄队长，这么算咱们的人不太够啊……你说基地一共有四道关卡，每道关卡要是两个人守，那就已经八个人了，再加上这一层十个人，那最后两个人怎么分其他三层？"

"谁说四个关卡都要你们守的？"琼玄淡淡回答，"你们要轮流守的，只有第一道关卡……第二道关卡是一层通往二层的通道，是一扇特制的厚重大门，只有申请特定的钥匙才能打开，不需要人轮守……第三道关卡是一件特殊祭器，能够通过问答与测谎的方式分辨来人，避免出现换脸混入的情况，也不需要人轮守。第四道关卡，就更不用管了……那不是你们该操心的事情。除去第一道关卡的两人，剩余的十八个人分成两批，一批在一层巡逻，一批在二层巡逻……三层往下，除非特别调动，否则不需要你们介入。"

琼玄已经彻底介绍完了众人的工作，此时，陈伶对整个基地有了初步的认识。

怪不得都说极光基地是极光界域的心脏，这一层层关卡的严密程度，堪称密不透风，外人想深入其中难如登天。现在陈伶已经通过了第一道关卡，第二道关卡是钥匙，也不是没办法，但真正的挑战就是第三道关卡……这个关卡，把他克得死死的，凭他自己是绝对不可能过去的。希望简长生那边能一切顺利吧……陈伶看了眼时间，暗自想。

极光基地，三层——
模糊的意识逐渐恢复清醒，简长生缓缓睁开双眸。首先映入眼帘的，是一片雪白的天花板，与一个竖在他身边的点滴支架，一袋未知的液体正顺着针管，缓慢地注入他的体内……"编号12138醒了。"还未等简长生坐起身，一只手掌就把他按回了床上，有人打着手电筒照着他的瞳孔，紧接着握了会儿他的脉搏，再度开口，"目前生命体征一切正常，对CK-7试剂的点滴测试没有出现过敏反应。"

随着手电筒挪开，简长生才看清他身前站着一个女护士，正面无表情地摩挲着他的身体。"编号12138，或者我该叫你在外面的名字，简无病？你签署了自愿进行人体实验的协议，所以被送到这里，接下来相当长的一段时间，你都得生活在第三层……如果在这个过程中你的身体出现任何显著变化，请让我们知晓。我知道你在想什么，但你已经无法回去了，请配合我们的实验，如果到了最后那一步，我们会尽可能没有痛苦地结束你的生命。"

简长生终于彻底清醒，回想起来之前楚牧云的"计划"，顿时欲哭无泪。凭什么红心的特长就是伪装与潜伏，自己的特长就是当小白鼠？简长生自认为是个有原则与底线的人，自己卖了自己给别人当小白鼠这种事，他是绝对做不出来的，可谁让这是他进入黄昏社的第一个任务？他真不想在家里窝着当木乃伊了！而且仔细想想，这个任务除了他，还真没别人能干了……

护士说完，一个声音慢悠悠地从后面响起："你不用跟他说这么多，你忘了吗？他是个精神病……他听不懂的。"听到这儿，简长生猛地回过神，想起了楚牧云给自己的"人设"，他知道组织考验自己的时候到了。在护士的目光下，简长生整个人默默地从床上爬起，蹲着缩在床头，双手斜着抵在头顶，模仿着蘑菇头的模样，目光呆滞，一动不动……"你看，我就说他是精神病吧？"一位穿着白大褂的研究人员摊手。

护士表情古怪地看了简长生一眼，正欲离开，余光瞥到隔壁床，轻"咦"一声。"12139也要醒了……"她走到隔壁床边，熟练地来了一套与简长生一样的流程，最终的结果也都差不多，没有明显的过敏症状。"12139的时日不多了，上面要求抓紧时间做实验，你去准备一下，一会儿直接开始，药品的剂量都要双份。"

"双份？他的伤已经很重了，能扛得住吗？"

"这你就不用管了，快去吧。"

护士与研究人员转身离开，顺手将门从外面反锁，屋中顿时陷入一片死寂。

与此同时，正猫在床头装蘑菇的简长生，偷偷转头，用余光看向身旁的床位。一个跟他差不多年纪的年轻人，正仰面躺在床上，呆呆地看着头顶的天花板。不知过了多久，两行泪水从这个年轻人的眼角无声滑落……

259 · 融合实验

　　几分钟后，三个穿着白大褂的身影便推着隔壁的年轻人离开房间。简长生一直在暗中观察他们，自始至终，那年轻人都丝毫没有反抗的意思，只是静静地躺在雪白的床单上，像是准备迎接自己的死亡……随着房间门被关上，空荡的屋内只剩下他一个人。哦不，一朵蘑菇。简长生见此，直接从床上翻了下去，然而他的双脚刚碰到地面，整个人便"扑通"一声跪倒在地。深深的无力感从双腿传来，就像是有人抽走了他的力气。简长生一只手扶着床边，艰难地从地上站起，皱眉看向正在给自己输液的吊瓶。"是这东西的作用？"简长生直接将针管拔出手背。

　　他在床边深吸几口气，缓了许久之后，终于恢复了一些力气，随后小心翼翼地挪到门边，透过门上的小玻璃窗打量着外面。外面是一条白色的走廊，走廊的两侧是众多一模一样的房间，看起来也是安置实验体的地方，再远处他就看不清了……简长生抬头看了眼墙上的时钟，楚牧云的话语再度回响在耳边："……你们两个分别进入基地之后，必然会处在不同的楼层，尤其是你小简，实验体对基地而言是珍贵的材料，大概率是在三层，离极光君的位置不会太远。你可以先试着去寻找极光君，如果找到了，就可以找机会离开，前往上层让红心接应你；如果没找到，就等待时机，配合红心混入下层，让他去找极光君。相隔不同的楼层，你们又无法使用任何通信手段，基本上只能各自为战，你们唯一的沟通方式，只有'时间'。极光基地处在地下深处，没有日出日落的概念，所以到处都会有时钟，你们以两个小时为基准，尝试接头，接头地点就在实验体所在的楼层与上层的通道，一般来说，这里的防守是最严密的，单靠红心未必能通过。因为在基地里不确定性太多，如果十二个小时后，你们还没有完成任务，就放弃一切行动开始撤退……"

　　距离进入极光基地，已经过了快一个小时。再过一个小时，就到了约定的第一次碰头时间，简长生希望在此之前就能找到极光君，这么一来，他们两个小时就能完成任务全身而退。他必须开始行动了。

　　简长生小心翼翼地打开房门，贴着墙边往走廊另一边走去。他的余光瞥过两侧的房间，透过门上的玻璃窗，能看到一个个身影正躺在床上……"这些……都是什么鬼东西？"简长生看清那些身影的模样，瞳孔微微收缩。跟他们房间靠近的几个房间还好，里面床上躺的至少能看出是人，只不过他们要么手臂肿胀得像百年老树的树干，要么身上长出了诡异奇怪的触手……再往深处的几个房间，里面躺着的"东西"，已经完全没有人样了。有的是一摊黏糊糊的，像是液体又像是固体的黑色物质；有的是长着九只手的绿色生物；有的浑身爬满了神秘咒文，整个人受到的重力像是完全颠倒，呈"大"字形吸附在天花板上，宛若尸体般一动不动。这些房间的位置很深，看起来里面的实验体应该也来了很长一段时间。即便是经历过大风大浪的简长生，看到这一幕还是忍不住头皮发麻。"他们究竟在研究什么？融合者吗？可融合者不是被九大界域所通缉的'异端'吗？这些年'融合派'也像过街老鼠一样人人喊打……极光基地，竟然在暗中研究融合实验？"

简长生心中暗惊，他再往走廊内部深入，里面便是一个个实验室。充满质感的银色金属大门将实验室与走廊彻底分隔，门上贴着数个不同的辐射与生化标志，这里没有玻璃窗让简长生看到里面的模样，但是经过门口，可以听到阵阵声音从实验室内传来，时而嘶吼得撕心裂肺，时而混乱地大喊大叫，时而变成一阵阵不知道什么生物的怪异低吼……简长生越发笃定心中的判断，他没有在这里停下，而是继续向前，实验室门上的序号也随着他的深入不断减小——12号实验室、11号实验室、10号……等到简长生走到走廊的尽头，手边就是1号实验室，就在简长生疑惑极光君在哪儿的时候，一块庞大的玻璃巨幕出现在拐角之后……那是个造型好似半球的总控中心，一台台他看不懂的满是波纹的机器摆放在这里，像是在监控着什么数值。

此刻的实验室中，有两三个穿着白大褂的身影坐在那儿，有的在打瞌睡，有的在嗑瓜子。在那玻璃巨幕之外，是一片漆黑的空间，若是走到玻璃前向下俯瞰，便能看到一个庞大的休眠舱正矗立在底部，错综复杂的管道盘踞其中，最终全都接在休眠舱表面，像是一颗连接着无数血管的钢铁心脏。在那漆黑空间的墙壁上，一个猩红而硕大的数字清晰无比——"0"。

"0号实验室？"简长生眼前一亮。简长生算是看清楚了，眼前的这块玻璃巨幕之内，是悬在真正0号实验室二层的一处观察中心，在这里能通过设备监控休眠舱的状态，又能避免任何人与休眠舱直接接触。"休眠舱中的，就是极光君？"简长生若有所思，"所以极光君本体其实是在底部的四层……但科研人员只能在三层监控休眠舱，不具备靠近极光君的权限……楚前辈说要收集休眠舱中的药剂辨析成分，就得亲自靠近休眠舱才行……归根结底，还是得想办法进入四层。"简长生的目光看向观察室的对面，一条通往四层的通道就在眼前，乍一看没有任何安保或者防护措施的痕迹，平平无奇，就像是一条普通的走廊。"时间差不多了，速战速决。"简长生眼眸中浮现出坚定之色，"这次任务，我'黑桃6'必须拿下首功！"

260 · 韩蒙的潜伏

极光基地，一层——

琼玄带着众人走过宿舍与食堂之后，便缓缓开口："基本的情况，你们应该都知道了，接下来就该正式开展安保工作……人员调配由副队长韩蒙负责，每个人各司其职。记住，不要做多余的事情。"说完，琼玄便转身离开。

众执法官同时看向一旁的韩蒙，似乎在等待他的调配。韩蒙手中拿着人员名单，眼眸中一道道微光闪烁，思索片刻后，缓缓开口："按照规定，轮值人员每六小时轮换一次，第一轮由岳定远、迟士祥负责看守出入口关卡，王林祥、田跃中……"随着韩蒙念过一个又一个名字，负责出入口与一层巡逻的人选全部确定，最后便是二层的巡逻人员。"安永健、乔腾、陈新……你们负责二层的巡逻。"韩蒙收起名单，"具体的巡逻线路，一会儿我会给你们简单划分，先去宿舍放一下东西，三分钟后正式开始。"

听完人员名单，陈伶的眼眸深处闪过一抹惊喜。他被分配到了二层巡逻，这意味着在六个小时内，他可以光明正大地在二层自由行动，不需要再想办法取得通行钥匙混入二层，避免了很多风险。简单收拾了一下，陈伶便拿到钥匙通过第二道关卡，进入二层之中。这一层的整体结构与一层并没有差太多，都是由一个个独立的房间组成，通过回廊连接。陈伶穿着执法官风衣光明正大地行走其中，余光时不时地瞥向两侧的房间。虽然大部分房门都是紧闭的，但偶尔有穿着白大褂的身影进出，还是能看到屋内的情景。里面有一批批人聚集在一起，像是在实验室中忙碌着什么，一开门便能闻到一股刺鼻的异味从中钻出……陈伶嗅了嗅，眉头不自觉地皱起。"三硝基甲苯……那些被送入基地的炸药原料，都在这里？"

陈伶只是瞥了一眼，便若无其事地收回目光，继续在这一层巡逻。转了许久之后，他总算是勉强摸清了这一层的用途。这里的众多实验室，就像是一条制造炸药的流水线，一道道制取与加工的流程在这些房间中进行，彼此独立，像是一座精细而谨慎的军工厂……当成品被从最后一个房间运出之后，便有人来进行专门的安全处理，封箱之后反向往一层运输。陈伶已经将一层与二层都摸透了，他心中很清楚，一层根本就没有地方存放这些炸药，所以这些东西大概率是直接通过一层的升降机回到地表。将原料运送到极光基地，完成加工后重新送回地表……那最终这些数量恐怖的炸药，又被送往了何处？极光基地在这种关头制造炸药，究竟想做什么？

陈伶在自己的巡逻路线上不断徘徊着，心中盘算着这些炸药可能的去向。就在这时，一个熟悉的身影也跟他一样游走在二层之间，正向他迎面走来。韩蒙目光淡淡地扫过周围的实验室，眉头不自觉地皱紧，也像是在沉思。两人游走的目光同时注意到对方，身形微不可察地一顿，又佯装无事地向周围扫过。

"陈新，好好巡逻，有什么事情第一时间向我报告。"似乎察觉到气氛有些微妙，韩蒙以副队长的口吻，淡淡开口。

陈伶："……"

"是，副队长。"他硬着头皮回答。呵呵，看来你进基地的目的，也没那么单纯……陈伶暗自想。陈伶刚拐过墙角，便听到身后的韩蒙停下脚步，陈伶没有继续巡逻，而是默默地藏在墙边，静静地聆听着后方的动静。韩蒙停下脚步的位置是在二层通往三层的关卡前。韩蒙余光迅速地瞥过左右，确认无人之后，径直往三层的通道走去……他的脚掌刚踏进一步，无形的屏障便凭空显现，将其逼退至走廊。韩蒙眉头一皱，与此同时，一只幽绿色的眼瞳在通道深处睁开。

"姓名。"沙哑的声音从通道深处响起。

这就是琼玄口中的祭器？

"韩蒙。"他平静回答。

"职位。"

"极光基地安保副队长。"

"通过理由。"

"巡查三层。"

韩蒙回答完毕之后，那只幽绿色的眼瞳便死死盯着他，诡异的目光像是要洞穿其心灵……大约五秒之后，那沙哑的声音才再度响起："身份与理由正确，屏障解除。"

幽绿色的眼瞳缓缓闭起，与此同时，笼罩整条通道的屏障也随之消失……通往三层的道路，就这么展现在韩蒙的面前。目睹了全过程的陈伶，大脑飞速运转，眼看着韩蒙就要走入三层，他心一横，又佯装路过从拐角走出……"咦？韩蒙副队长，你这是在做什么？"

正准备进入三层的韩蒙，听到这声音，身体微微一震，他转头看向满脸错愕的陈伶，神情有些古怪。"巡查三层。"韩蒙镇定地回了一句。

"巡查三层？"陈伶一愣，"我们没有收到巡查三层的命令啊……"

"你们没有这个命令，这是我身为副队长的职责。"韩蒙反问，"有什么问题吗？"

"……没有。"

韩蒙看了眼这个碍事的一阶执法官，不愿在这里跟他浪费时间，在这里拖久了，另外两位巡逻的执法官又该路过了……他进入三层，本就没有和任何人汇报过，虽然以他副队长的职位确实也有资格进入三层，但这种时候突然一声不吭地下去，要是传到琼玄那儿难免会被小题大做。一个一阶执法官陈新还好说，毕竟是新人，涉世未深，随便唬一唬就过去了，要是三个巡逻的执法官都闻声而来，必然会传到琼玄的耳朵里。就在韩蒙庆幸自己将陈新这个新人糊弄过去了的时候，陈伶扭头就往一层的通道走去。

韩蒙愣了一下，下意识地感觉有些不对，回头问道："你去哪儿？"

"啊？我要去跟琼玄队长报备一下。"陈伶挠头回答，"毕竟您一个人下去，万一出了什么问题，我身为二层的巡逻安保人员，肯定是要被追责的……还是去报备一下比较稳妥。"

听到这儿，韩蒙脸色一凝，气得差点直接当场出手……要不直接把这个烦人的新人打晕算了？不行……打晕了之后，回头该怎么圆回来？韩蒙纠结许久，看向陈伶的目光有些微妙。他对陈伶招了招手。

"啊？"陈伶茫然。

"来，你过来……"

261·极光君的身份

陈伶茫然地又走了回去，像极了刚毕业的大学生进了单位之后局促的模样，眼神清澈而愚蠢。随着他与韩蒙的距离越来越近，后者伸出手，面无表情地拍了拍陈伶的肩膀。"陈新，我很看好你。"陈伶眨了眨眼。"'修罗'是条很有潜力的路径，我相信你以后的成就不止于此……"

"可是副队长，我已经被困在一阶三年了。"

"……潜龙在渊，厚积薄发。"韩蒙憋了半天，才说出这八个字。

"您究竟想说什么？"

"我打算好好培养你，你先跟着我一段时间，我教你如何发展自身潜力，等回总部之后再帮你引荐一下……你觉得怎么样？"

陈伶眼前一亮："真的吗？"

"当然。"

"谢谢副队长！"

"没事，不过你应该也看出来了，琼玄队长有意针对我，所以你如果什么事情都向他汇报，很容易被他抓到我的把柄……"

"副队长，您对我有知遇之恩，我肯定站在您这边！"陈伶笃定地回答。

韩蒙看到陈伶眼中的激动之色，微微点头，知道这事算是糊弄过去了，转身就往三层走去。陈伶毫不犹豫地紧跟在他身后。"你怎么跟过来了？"韩蒙一愣。

"不是您说，要我先跟着您吗？"

韩蒙正欲开口，便听到不远处又有脚步声传来，索性不再浪费时间，径直往通道深处走去："算了……那你跟好我，今天的事情不能告诉任何人，明白吗？"

"明白！"陈伶嘴角勾起一抹淡淡的笑意。他比韩蒙更想去三层，但他无法通过这道祭器关卡，如果按照原计划他该等简长生与他里应外合，但现在出现了变数韩蒙，就又多了一个可能性，就是跟着韩蒙一起进去……他咬定了韩蒙不愿让别人知道他去过三层的心理，抱着试一试的心态，不断地拖延时间，没想到最终还是成功混了进去，算是意外之喜。

随着他们经过通道，极光基地的第三层出现在两人眼前，虽然来往的白大褂看到他们有些诧异，但看到韩蒙胸口的副队长标志之后，又收回目光继续忙自己的事情。黑色的执法官风衣在走廊中穿行，韩蒙的余光扫到两侧的门上，透过玻璃窗看到里面的实验体，眼眸微微收缩。他的表情肉眼可见地难看起来。而这一幕也被陈伶收入眼底……陈伶在来之前，就知道极光基地在进行人体实验，所以并不诧异，可看韩蒙的表情，他似乎对此毫不知情。莫非他进入基地，就是为了调查这个？就在这时，一间实验室的大门被推开，几个穿着白大褂的身影推着一张病床，从里面走出。

"我觉得这次的剂量有些过了。"

"只是第一次实验，就产生了如此剧烈的反应，这种情况我还是第一次遇到。"

"那可是足足两倍……而且他体内本就有那些咒文，这些加起来，12139体内的实际含量已经超出警戒线了！"

"确实，按照这个含量，他甚至会不可逆地向'灾厄'转变，彻底暴走。"

"好在生命体征最后还是稳住了……"

"12139的情况太棘手，还是让易博士接手吧。"

他们一边推着病床，一边认真地交流着，根本没关注一旁经过的韩蒙、陈伶二人。而随着目光落在病床上，两人的心神都为之一颤。只见原本雪白的床单已经被染成漆黑，一个通体被神秘咒文包裹的身影正宛若尸体般躺在上面，浑身像是被水泡肿一般，看不清原本的模样，再加上背后那不断蠕动的神秘黑色液体，时而化作海草，时而化作触手，时而化作一只有三个瞳孔的眼球，看得人头皮发麻。仅是匆匆一眼，白大褂们便推着这张病床远去，只留下韩蒙与陈伶怔怔地看着那怪物远去的方向，一时之间甚至停下脚步。即便是陈伶，也是第一次看到如此诡异的东西……或者说，人？

"副队长……"陈伶忍不住开口，"极光基地，这是在做什么？"

韩蒙没有回答，执法官风衣的袖摆之下，他的双手紧紧攥起，怒火在心中熊熊燃烧。他眼眸中闪过一道寒芒，径直迈步向那几个穿着白大褂的身影走去，正当他准备将他们拦下询问之际，一声响亮的酒嗝从旁边的走廊中响起。"嗝……这不是韩蒙副队长吗？你在这儿做什么？"

韩蒙转头望去，只见易博士正拎着酒瓶，醉醺醺地看着这里，韩蒙的眉梢不自觉地挑起。"易博士。"韩蒙冷冷开口，"你最好给我一个解释。"

"解释？解释什么？"

"这些实验。"

"哦，你说这些。"易博士笑了笑，他走上前，那张满是胡楂的面庞几乎贴到韩蒙的脸上，他凝视着韩蒙的眼睛，"怎么？你是在愤怒吗？"

"你们竟然在暗中进行人类与'灾厄'的融合实验，这和被九大界域通缉的'融合派'，有什么区别？"

"区别？当然有。"易博士摊手，"'融合派'的目的是让人类与'灾厄'融合共存，通过种族进化来适应灰界的生活环境……这是会让人类基因彻底稀释崩溃，导致种族灭绝的歪门邪道。而我们做实验，只是为了保护极光界域。"

"做这些实验，来保护极光界域？"韩蒙根本不信他的鬼话，眼眸中散发出一抹杀意，"你告诉我，极光界域和'灾厄'融合有什么关系？"

"你不知道吗？"易博士提起手中的白酒瓶，往自己嘴中猛灌一口，随后带着浓浓的酒气缓慢开口，语气中充满了自嘲与讽刺，"缔造了整个极光界域的极光君……就是你口中人人喊打的融合者。"话音落下的瞬间，韩蒙与陈伶同时愣在原地。

262 · 极光君起源

"你说什么？"韩蒙回过神来，当即摇头，"这怎么可能……我知道极光君不属于任何一条神道，是独立于世间所有力量体系之外的存在，但他也绝不可能是融合者。"

"那就要看你是怎么定义融合者的了。"易博士打量了韩蒙与身后的陈伶一眼，醉醺醺地摆手，"算了……这件事在基地里不算什么隐秘，既然我们的韩蒙副队长好奇，我就来给你们这些地上的人好好上一课……跟我来吧。"他拎着酒瓶，摇摇晃晃地往走廊的另一边走去。韩蒙不知道这个醉鬼究竟在搞什么名堂，紧皱着眉头还是跟了上去，陈伶紧随其后。

"易博士好。"

"易博士晚上好。"

"易博士，12139那边需要您抽空去看一下，麻烦了。"

…………

易博士的地位在极光基地内似乎极高，穿过走廊的这段时间，但凡穿着白大褂的身影都会向他弯腰问好，一位身材高挑的女性科研人员经过时，更是直接向他抛了个媚眼。

"易博士，这是要去哪儿啊？"

"刚做完一场实验，去发泄放松一下……"易博士自然地伸出手，在女博士丰满的屁股上用力一拍，咧嘴笑道，"晚上穿套刺激的，别锁门啊。"

"死鬼。"女博士没想到他这么大胆，在别人面前就敢上手，娇嗔地瞪了他一眼，转身离开。后面的韩蒙将一切尽收眼底，眉头越皱越紧。等女博士走远，韩蒙淡淡开口："工作期间又是酗酒又是调情……你们极光基地，真是好氛围。"

"呵呵，谢谢夸奖。"

"你说极光君是融合者，那他是跟什么'灾厄'融合的？"韩蒙再度问道，"极光君可是一位九阶，他如果是融合者，那他融合的对象岂不至少是'灭世'级？"

"'灾厄'？不不不……极光君融合的，可不是'灾厄'那种东西。"易博士推开一扇处在三层最边缘的门，一条好似画展的长廊出现在陈伶二人面前，明亮

的白炽灯下，一张张相片与文稿手记被陈列在两侧，像是一座历史博物馆。陈伶的目光从墙上的照片上扫过，照片的下方是这些照片的拍摄时间，随着他们逐渐深入，这些照片的年代也越发久远……但诡异的是，随着年代越来越久远，这些照片反而更加清晰、高级。反观近两年的照片，甚至都是黑白的。在这座长廊中，时间与科技在以一种从未被设想过的形式，逆向流淌。"这里是极光基地的资料馆，不过我更愿称它为'人类灭绝博物馆'。"易博士不紧不慢地开口，"这里从极光基地的视角，记录了从大灾变之前到现在的一切……如果说从人类诞生以来的历史，是一条正方向增长的数轴，那自从这东西出现开始，这条数轴就开始向负方向倒退……而它的最终点，就是原点，即'灭绝'。"易博士的手指，在最深处的一张照片上敲了敲，随后不紧不慢地继续前行，陈伶往那儿看了一眼，照片上有一条赤色的长痕，像是划过天际的流星……这张照片是一张由天文望远镜观测拍下的彩色照片，也是最近三百年来，科技含量最高的一张照片。"而极光君的起源，也是它。"易博士缓缓停下脚步，他从墙上取下一张照片，递到韩蒙的手中。

韩蒙低头望去，照片中，是九个穿着防护服的身影，他们拿着不同的勘探仪器，站在一辆军用越野车的前方，拿着地图似乎正在比对着什么，神情严肃无比。

"这是什么？"

"大灾变前，公元 2024 年 8 月 8 日，一颗赤色的流星划过地球上空。"易博士的声音平静响起，"根据计算，那颗流星的轨道与地球存在撞击风险，所以人类高层经过决议之后，决定启用核武器干预流星轨迹……那一天，人类向流星发射了大当量的核武器，爆炸产生的冲击波使流星的轨道产生细微偏转，从而与地球错开。但与此同时，有一块流星的碎片偏离轨道，坠入大气层内。这块碎片最终落入了某个国家的领地之中，随后官方第一时间聚集了九位身为各个领域翘楚的年轻科学家，对坠落的赤星碎片进行勘探回收……"易博士停顿片刻，"但当他们开始勘探任务，十分钟后，就集体失联了。等到救援队找到他们的时候，他们九人正以九种截然不同的诡异姿态，环绕在一个空荡的陨石坑周围，就像是雕塑一样，但人已经彻底失去意识。当时方圆十公里内所有的现代设备都失效了，据说在场的救援队中，有人试图用胶片相机拍摄下这一幕，拍完回去冲洗照片的时候才发现，照片中救援队的所有人都在，唯独他们九个无法成像……只留下九团神秘的白影。"

听到这儿，韩蒙忍不住问："你是说，极光君就是这九位科学家之一？"

"没错。"易博士拿起手中的那张出发前的照片，指尖指向角落的一个高瘦男人，"他就是极光君。"

"然后呢？"

"当时这件事没有获得太多的关注，人们只以为是那块赤星碎片的特殊磁场导致设备失效，九位年轻科学家也回到各自的单位继续工作，没有察觉到身体有什么异样……但从赤星划过的那一天开始，人类科技就在一点点倒退，短短一年内便爆发世界战争。在那场席卷世界的混乱战争中，极光君被一场核爆波及，连带着周围的一整座城市化为飞灰，数千万条生命瞬间蒸发。在那场爆炸中，强烈的极光笼罩在废墟上空，三天三夜不曾消散……等到核爆的余波消散之后，一个白发身影从漫天极光中走出，也是从那时起，极光君才成为极光君……"

"所以，科技倒退很可能是那块坠落的赤星碎片造成的？"

"不好说，但现在大部分的学者认为，那颗赤星本体才是造成这一切的罪魁祸首，碎片不过是个意外……毕竟，碎片的体积连真正赤星的万分之一都不到。"

"可说了这么多，还是没说清楚为什么极光君是融合者……他当年到底融合了什么？"

易博士醉醺醺的面庞罕见地严肃起来，他看着韩蒙的眼睛，一字一顿地开口："他融合的，是他自己穷极一生钻研探索的科研推论……也就是'磁场论'。"

263·"君"

听到这个回答的瞬间，韩蒙和陈伶眼中都浮现出茫然。"融合……科研推论？"在陈伶的认知中，融合者指的是人类与"灾厄"的融合，但他万万没想到，居然还有人能和"科研推论"融合的？那不就是虚无的理论与推理吗？没有实体，如何融合？

"对了对了，就是这种表情！"易博士看到韩蒙与陈伶的脸色变化，哈哈大笑起来，"很震惊，很神奇，很难以置信，对吗？科研推论这种虚无缥缈的东西，怎么可能跟人融合？但偏偏这就是事实！极光君在大灾变前，是国内磁场领域的顶尖科学家！他在那次勘探之后，就发现自己居然可以将脑海中的磁场理论运用于现实！他可以徒手搓出极光！可以画个圈就引来千万伏特级别的电流！这也就算了，最关键的是……他竟然能通过操控磁场，跟飘零在外的孤魂野鬼交流，甚至还能操控它们！你们知道这是什么概念吗？磁场与人类灵魂的关系，只是极光君当年发过的一篇理论论文的核心论点，他虽然花了六年的时间来研究这个理论，但并没有任何实质性的进展！一个没有真实的依据，没有进行过任何实验的理论！就这么成了他的一部分！"易博士的神情越发激动，整个人都控制不住地颤抖起来，他举起白酒往嘴里猛灌几口，满脸通红地骂道，"在这个曾经的科学家面前，一切的科学理论都变得毫无意义……我们花了三百年研究极光君，到现在对他的了解还是一片空白！"

"等等！"陈伶像是意识到了什么，"你说当时一起去勘探的科学家，一共有九位……"

"没错。"易博士缓缓开口，"人类九大界域中，每一位支撑它们存在的'君'，都是当时去勘探的科学家，他们每一位都掌握了一个领域的科学概念，拥有神明般的伟力……大灾变后三百多年，还在这颗星球上苟延残喘的这几亿人，说白了，都是靠这九个人存在的。而现在……他们都要老死了。"易博士看着眼前陷入迷茫的韩蒙，嘴角不自觉地上扬，自从他将这些话宣泄而出，整个人都放松下来，醉意也消散不少。

"所以，你们就不断地进行融合实验，试图解析出极光君变成这样的原理？"韩蒙总算是明白了为什么极光基地要暗中进行融合实验。

"人类的灭绝不可逆转……现在做什么，都是徒劳的。"易博士干笑两声，拎着酒瓶走到韩蒙面前，"好了，我们正义且富有同情心的韩蒙副队长，你可以滚蛋了……三层不是你们可以随意进出的地方。还是说，你还想参观一下我们是如何进行融合实验的？"

韩蒙觉得自己的脑子有点乱，他皱眉与易博士对视片刻，还是转身向外走去："我们走吧。"

檀心口中的"极光城的真相"，他已经知道了，但他想要消化这个令人震撼的结果，还需要一段时间，他要一个人静一静。陈伶尽职尽责地扮演好"跟班新人"这个角色，跟着韩蒙转身离开。推开门后，他们又回到那条熟悉的走廊上，就在他们向二层的通道前进时，陈伶的目光飘忽起来。进入三层的机会难得，陈伶还在思考有没有可能借机进入四层，就在这时，一阵轻微的骚乱声从远处传来。几个穿着白大褂的身影推着一辆空的病床，来到三层进入四层的通道前，两个白大褂扛着一个身影正好从里面走出来……只见简长生浑身蜷缩成一团，双手斜着抵在头顶，装成蘑菇的模样，目光呆滞。他就这么一动不动地被两位白大褂拖回床上，一边拖，周围的人还在交流着："怎么回事？ 12138 怎么会跑到那儿去？"

"不知道……被那位发现的时候，他就像是蘑菇一样在地上滚，好像在找阴暗狭窄的角落？"

"也许对他而言，那个房间太大了，让蘑菇没有安全感，所以自己去找狭窄的针线盒了？"

"精神病就是麻烦，脑回路也太清奇了……"

"不过话说回来，他能自己拔掉针头，而且还能一路滚出那么远，说明身体机能确实不错……反正 12139 那边也暂时结束了，直接推到实验室里去吧。"

…………

众人一边说着，一边掉转病床的方向，径直往其中一间实验室走去。听到最后一句话，蘑菇简长生身体微不可察地一颤，眼眸中浮现出欲哭无泪的表情……随后又变回呆滞。陈伶就这么与他擦肩而过，表情有些微妙。所以，这小子是想自己偷偷溜去四层，结果被人发现了？陈伶的目光往四层的通道瞥了一眼，看起来并没有什么特别的，只是一条过道延伸向下一层，但作为拥有整个极光基地最为核心机密的楼层，陈伶不信这一道关卡会这么简单，简长生的下场就是个很好的证明。略作犹豫之后，陈伶就放弃了现在进入四层的想法。一方面是这次自己进来得光明正大，有太多人在盯着自己；另一方面是关于第四道关卡的信息太少，至少要等他与简长生接头之后，获取了更多的情报，再做决定。

两人走到通向二层的通道前，正欲迈入其中，一个同样穿着黑色执法官风衣的身影，迎面缓缓走来。"韩蒙副队长。"黑暗中，琼玄的眼眸微微眯起，"你怎么会在这里？"

264 · 好与坏

韩蒙见琼玄也出现在这儿，目光一凝，平静地回答："熟悉地形，便于巡查。"

"我应该说过，三层及以下不需要你们操心，不要做多余的事情……韩蒙副队长来三层，似乎没有向我汇报？"

韩蒙的担忧最终还是成真了，不过对现在的他而言，这已经不再重要……他来极光基地的目的，已经达到了。"没有。"韩蒙面无表情地和琼玄对视。

似乎感受到了韩蒙对自己的漠视，琼玄的脸上浮现出一抹怒意，他冷声开口："副队长韩蒙，无视纪律，擅离职守，禁足一层，停职五日……你有意见吗？"

"没有。"

陈伶眨了眨眼，突然开口："这不扣点薪水吗？"

韩蒙："？"

韩蒙回头看向陈伶，一副见了鬼的表情，即便是跟琼玄对峙他都没有如此失态过……陈伶的一句话，默默地给韩蒙后脖颈子来了一刀，让他差点破防。前几分钟还拍着胸脯说绝对是站在他这边的，现在反手就提议要扣他薪水……记仇也不是这么记的吧？琼玄眉梢一挑，诧异地看向站在韩蒙身后没什么存在感的陈伶："你又为什么在这里？"

"我……"

"是我让他跟着我的。"韩蒙不等陈伶开口，便继续说道，"他原本在巡逻，我让他跟着监督我，以免我孤身一人下到三层，被认为是另有所图。"

"对。"陈伶连连点头，"都是他逼我的。"

韩蒙："……"

韩蒙毕竟是被指派来的副队长，琼玄对他的处理也不敢太过分，但陈伶就不一样了，他只是个一阶的新人，要是琼玄认为他跟韩蒙是一起的，恐怕会被牵连……陈伶好不容易才混进极光基地，要是这就被关个禁闭或者被逐出极光基地什么的，任务就彻底凉了。现在，就是痛卖韩蒙的时候！琼玄狐疑地打量了一下

陈伶，最后还是摆摆手："回你自己的岗位去。"陈伶毫不犹豫地转身离开。韩蒙脸色铁青，也紧接着向二层走去，与此同时，琼玄的声音再度响起："韩蒙，我不管你跟檀心之间达成了什么交易，但在这里，一切都是我说了算……明白吗？"

韩蒙眼眸中微芒闪烁，他没有回应琼玄，头也不回地向昏暗的通道中走去……

一张病床被缓缓推出实验室。

"奇了怪了……药剂注射了这么久，这个 12138 怎么还没反应？"

"按理说，就算是第一次注射，这时候至少会出现肤色变化……但他身上似乎并没有出现异变的痕迹。"

"难道是药剂的量太少了？"

"不清楚，先推回去观察一段时间吧。"

…………

病床被推回原本的房间后，几个白大褂便欲转身离开，就在这时，一个白大褂像是想起了什么，从一旁掏出几条束缚带。

"你这是……"

"哎，你忘了这是个精神病？这要是不绑好，一会儿醒了又乱跑怎么办？"

"也是。"

几人齐心协力，用束缚带将简长生死死地绑在床上，确认无论怎么拉扯都纹丝不动之后，这才满意地离开。房间再度陷入一片死寂。简长生缓缓睁开眼眸。"呼……"他长舒一口气，"那群家伙究竟往我体内注射了什么东西……怎么感觉还怪舒服的？"他扭头看向旁边，隔壁的病床上，一个不成人形的黑色物体正躺在那儿，看到这一幕，简长生的眼眸微微收缩，像是吓了一跳。刚才他的邻居还是个少年，怎么一转眼，就变成这样了？

"兄弟……兄弟？"简长生试探性地开口，"你还好吗？"

那摊黑色物体看不出有任何反应，直到简长生已经放弃跟他交流的时候，一个沙哑刺耳的声音才缓缓响起："……不太好……"

"你还能说话啊？我以为你快死了。"

他发出两声苦涩的干笑："估计离死也不远了……跟现在比，也许反而死了更痛快。"

"你感觉怎么样？"

"不知道……我已经感觉不到我原本的身体了……到处都在痛……眼睛的视野也很奇怪……"简长生试着抬头往那边看了一眼，发现那人的脸已经被黑色咒文覆盖，根本看不清眼睛在哪里，心中不由得有些怜悯……他倒霉了这么久，难得看到比他更惨的人。简长生叹了口气："何必想不开，把自己送来这里呢……"

"你不也来了吗？"

"我？我可不一样。"我过会儿就走了……简长生暗自想。

赵乙停顿片刻，声音满是无奈："要是有选择，谁会愿意来这里……可惜像我们这种普通人的命，是最不值钱的。"

简长生看了眼墙上的时间，距离他进入极光基地，已经过了三小时五十分钟……刚才在实验过程中已经错过了一次接头机会，这一次绝对不能再错过了。"兄弟，帮我个忙。"

"……什么？"

"一会儿不管你看到什么，听到什么，别出声……就装没看见行吗？"距离下一次接头只剩下十分钟，意味着简长生现在必须行动起来了，而就算他的动作再隐秘，也不可能瞒过就在他身旁的赵乙……所以他才开口试探赵乙，是已经昏迷了，还是尚有意识。现在对方还醒着，那他就只能先用这种方法稳住对方了。"行。"赵乙很干脆地应了一声。他的干脆让简长生反而有些出乎意料……他忍不住问道："你就不好奇我要干吗？"

"蘑菇都会说话了，你干什么还重要吗？"赵乙干笑两声，"你混进这基地，应该是别有目的吧？"

这一句话，直接让简长生眉头皱起，他没想到隔壁床的这个年轻人，竟然就这么毫不在意地点破了自己的身份。"你就不怕我是个坏人？"

"我已经快死了……好或者坏，跟我有什么关系？你再坏无非一刀捅死我，如果是这样，或许我还得谢谢你。"赵乙停顿片刻，他的脑海中，接连浮现出陈伶在列车上化为飞灰、韩蒙在法庭上受尽千夫所指，以及自己在极光基地内受尽折磨的情景……许久后，他再度声音沙哑地开口，"更何况，这个时代什么是好，什么是坏……我已经分不清了。"

265 · 第四道关卡

简长生陷入沉默。他扭头看着隔壁床上的黑色人影，心中有种说不出来的滋味……他隐隐觉得，隔壁床的这个年轻人，似乎也不是那么简单。他正欲再说些什么，房门被再度打开。

"12139，该继续实验了。"

"等等，12139的实验不是才结束不到一个小时吗？"

"他的情况特殊，要是再不尽快实验注入更大剂量的药剂，他现在不稳定的身体随时会崩溃……这一次有易博士坐镇，应该能把他的情况稳住。"

"也许是我们上一次实验太心急了……"

"行了，先把他带走吧，易博士马上就来。"

众人一边说着，一边将赵乙推出房间。简长生顿时闭上双眸，佯装还没睡醒，

等到他们彻底离开，才露出怜悯的目光。还以为那兄弟会多待一段时间，结果连十分钟都没等到，就被拖走继续实验了……这也太没人性了。当然，这对简长生而言无疑是个好消息，这些白大褂都去进行实验，他的行动就会方便很多。简长生深吸一口气，直接狠狠一口咬在嘴唇上，猩红鲜血顿时流淌出来，一股巨力充满身体，轻而易举地就扯断了所有束缚带。他轻盈地翻落床下，通过门口的玻璃窗向周围扫了一眼，确认无人后，便将门打开一道细小的缝隙……"走你。"简长生指尖在唇间一抹，接着一滴鲜血被他轻轻弹出，身形凭空消失在原地。

"时间差不多了。"陈伶一边在二层继续巡逻，一边时刻留意着墙上的时钟，等到时间来到五十九分时，便一边警惕着四周，一边缓缓向去往三层的通道靠近。在整点的瞬间，一阵轻轻的咳嗽声从通道的另一端传来。"黑桃？"陈伶轻声开口。

"是我。"简长生的声音响起，"需要我做什么？"

"通道的中央位置，有一只对着二层的眼睛，能够辨别通过人员的身份……你从它背后解决掉它。"

简长生眼眸微微眯起，他顺着陈伶说的方位望去，果然在通道顶部发现一只神秘眼球，正对着通道的另一端，表面血肉缓慢蠕动，像是个活物。简长生不知道这东西是什么原理，也不知道拿个布或者其他什么东西将它遮住会不会有用，万一要是对方真的有自己的思想反应过来了，直接警告整个基地，那他就是纯纯的小丑……思索许久之后，简长生还是决定一劳永逸。为了保险起见，简长生紧攥双拳，重重地往自己肋骨上捶了几下，随着骨骼爆碎，他发出一阵痛苦的闷哼，鲜血从他的嘴角缓缓渗出……在"血衣"的作用下，简长生的力量极速攀升，他弹出一枚血滴瞬闪至眼球后面，然后猛地伸手抓向眼球的后方！"啪——"下一刻，那只眼球在他的掌心轰然爆碎！简长生觉得手掌心黏腻无比，像是徒手抓爆了一只鱼眼，但看到似乎并没有闹出大动静之后，还是松了口气……

"干得不错，黑桃。"陈伶见眼球被解决，便径直穿过通道。

看到眼前陌生的年轻执法官，简长生愣了一下："你……你怎么变成这样了？"随即他反应过来，"你是'戏神道'的人？"

简长生到底是在群星商会里长大的，关于其他神道的一些基本信息也有所了解，但在他的印象中，之前陈伶跟他交手的时候分明用过"血衣"……不对，这家伙的技能似乎一直怪得很。

陈伶没有回答，神秘一笑后，便径直往三层深入。"找到极光君了吗？"

"找到了，他在四层，我下不去。"

"你去过四层的关卡了？"

简长生像是想起了什么不太好的回忆，闷闷地"嗯"了一声。

"关卡什么样？"

"怎么说呢……"简长生挠了挠头，"你见过那种，进了电梯之后，搬着小板凳坐在那儿帮你按楼层的大妈吗？"

陈伶愣了一下："什么意思？四层的关卡是个大妈？"

"不……不是大妈，是个很漂亮的女人。"简长生叹了口气，"当时我从外面看这条通道好像没什么特别的，就想着先进去看看……结果刚走到通道那头，就有个红头发的女人坐在门边，好像是在看书？我当时意识到情况不对，立刻就躺下装蘑菇，一路滚到她身边，想试探一下她究竟是普通的工作人员还是别的什么……结果我滚过去之后，她一抬脚就把我踩住了！而且感觉浑身上下都动不了，像是被一整座大山压住了一样。"

听到这儿，即便是陈伶也忍不住错愕："第四层的关卡，是个人？"前面三道关卡弄得那么复杂，又是暗语又是祭器的，陈伶还以为第四道关卡会是个高级的祭器或者机关，没想到居然是个人？什么样的人，才能成为整个极光界域最机密、最重要区域的看守者？"然后呢？"

"然后那些白大褂就赶过来了啊，幸好我第一时间假装成蘑菇，没让他们起疑心……要不然，现在任务已经失败了。"

"他们对那个女人的态度怎么样？有提到什么称呼吗？"

简长生仔细想了想："态度是挺恭敬的……称呼倒是没提到，就一直说'您您您'。"

"她穿着什么衣服？"

"普通的白衬衫、西装裤，除了长得很漂亮之外也没什么特别的……要不我怎么说，她像是帮人按电梯的服务员呢？"陈伶陷入沉思。他想深入极光基地四层，找到极光君，这一道关卡是不可避免的……那他该如何通过呢？"红心，你有办法了吗？"简长生有些急切地往后面看了一眼，"这一层的关卡被我们破坏了，他们早晚会发现的……留给我们的时间不多了啊！要不我们赌一把，直接冲到那女人面前，联手把她解决了？看她的模样，也不像是很厉害的样子……"

陈伶摇了摇头，目光看向通往四层的通道，眼眸微微眯起："不……你就在三层先等着……这一关，我自己过。"

266·红发女

陈伶的指尖轻轻在下巴上一撕，身形瞬间变化。八道纹路的执法官风衣随风轻摆，一张似乎永远不会存在情绪波动的面庞，覆盖在原本的五官之上。看到这张脸的瞬间，简长生震惊得瞪大眼睛："檀心副总长？红心，你玩这么大吗？"

"在三层等我。"温润的嗓音自那张面孔之下传来，陈伶径直向第四道关卡走去，黑色的风衣随风轻摆，凌厉的气场扑面而来。既然第四道关卡是"人"，那对陈伶而言，可以操作的空间反而变大了……他要去第四层，但以琼玄的队长权限，估计也还不够格，既然如此，他索性搬出了目前执法体系里权限最高的那位！檀心作为经常活跃在各大报纸头条与广播电台的"执法代表"，他的照片陈伶已经看过无数次，再加上来之前陈伶特地去翻找过有檀心参与的电台节目的录音，即便从未正面见过他，陈伶也自信能做到完美复刻，这是他为这次任务准备的"撒手锏"之一。在极光基地，还有什么比执法官副总长檀心的面子更好使的？于是，在简长生震惊的目光中，陈伶就这么独自走进了前往四层的通道……随着他的深入，周围的灯光也逐渐昏暗。

　　简长生说得没错，这条通道确实平平无奇，没有任何机关或者祭器存在，但当陈伶经过一个拐角之后，一个身影出现在他的视野中。看到她，第一眼注意到的，就是那深红色的长发……就像是从地狱边境流淌而下的熔岩，自然地垂落在洁白的衬衫上。黑色的领带随意地扎在衬衫领口，板正的西装裤勾勒出完美的腿部线条，在这让陈伶梦回职场的"打工人穿搭"之上，是一张干净而冷漠的面孔。她很漂亮，但又有一种让人不敢亲近的距离感，像是一座不可亵渎的冰山。而此刻这座"冰山"的手中，正捧着一本已经快被翻烂的童书——《熊猫盼盼的奇妙冒险：带你走进神奇的磁场世界》。看到这一幕，陈伶的眼底闪过一抹诧异，但他的脚步没有丝毫的停顿，像是压根没看到她一般，径直往四层的大门走去……

　　"你决定好了？"就在这时，一个清冷的女声从旁传来。陈伶停下脚步。这短短的五个字，让陈伶的大脑飞速运转起来，从这句话的语气看，她与檀心是旧识，可她口中的决定是什么？接下来自己该怎么回答？她究竟是不是自己猜测的那个人？"嗯。"半秒后，陈伶淡淡回了一个字。多说多错，这对目前的陈伶而言，是最好的回复。红发女人依然捧着那本书，认真研读着，随意地翻过一页后，继续说道："走出这一步，你与整个极光城，就不能回头了。""我知道。"

　　"这些年，你身上的担子太重了。"红发女人合起书本，眼眸缓缓闭起，"如果一定要有人去做，还是让我去吧。"

　　陈伶摇了摇头："不，有些事，只能我来做。"

　　红发女人深深地看了他一眼，没有再说话，而是缓缓站起身，向着通道另一端的三层走去……陈伶余光看到这一幕，也没有多说，沉默地独自往相反方向的四层走去。等通过四层那扇大门之后，一阵冷汗渗出陈伶的后背……这就过来了？虽然只是短短几句对话，但陈伶的心神飞速消耗，而且他已经大致猜出了那女人的身份……毫不夸张地说，刚才他若是回答得有一句错误，不光是任务失败，恐怕就连黄昏社也没法轻易救下他。不过……刚才她说的那些话，是什么意思？刚才糊弄的时候，似乎一不小心让那位误解了什么……也不知道她是去干吗了，应该不会对自己的任务有什么大的影响吧？

陈伶还有些后怕地不断在心中复盘，与此同时，一个岔路口出现在他的面前。在陈伶的面前，一共有两条路。左边似乎是通往一处地下的未知空间，右边则是通往简长生看到的 0 号实验室的底层，也就是极光君所在的方向。陈伶往左边望了一眼，转头便往右侧的 0 号实验室走去，没多久，一个宽敞的空间就出现在他的眼前。那是一个遍布钢铁管道的庞大实验室，足有三层楼高，在中部的位置，有一处玻璃的观察平台，那些盘踞在周围的管道最终都连接在一个高大的休眠舱外侧，像是连接着心脏的无数血管，隐隐间能听到机器的"嘀嗒"声。陈伶的目光落在中央的休眠舱上，心神微微一震。在充满整个休眠舱的神秘液体中，一个穿着科研白大褂的白发身影，正头脚颠倒地漂浮在内，即便已经沉睡三百多年，那张面孔依旧保持着年轻的模样，仿佛有种莫名的魔力吸引着陈伶的目光。"这就是……极光君？"陈伶喃喃自语。现在的极光君，与陈伶在照片中看到的三百多年前的极光君差别太大了，除了五官依旧没有变化，其他的都是天壤之别……如果说当年还是科学家的极光君，还带着浓浓的书生气与工科人特有的"呆板的睿智"，那眼前的极光君，只剩下怜悯众生的神性与无尽的孤独。

陈伶目光扫过四周，尤其凝视了那扇用于观察的玻璃窗许久，心中已经有了初步的计划。虽然二层有一扇玻璃窗，但那只是白大褂们监察极光君的窗口，对整个实验室的观测存在死角，只要陈伶注意行动轨迹，就可以避开他们的目光……更何况，现在玻璃窗后的那群人，似乎都在睡觉和聊天，根本没有人注意这里。陈伶眼眸中闪过一道金芒，他知道自己的机会来了，身形一闪便来到极光君的休眠舱前……然而，就在他的指尖触碰到休眠舱正面的玻璃的瞬间，异变突生！漂浮在休眠舱中的极光君，突然像是感知到什么，睫毛剧烈地颤动起来！

267·眸

陈伶愣住了，他错愕地看向休眠舱内，似乎想验证自己是不是出现幻觉，但紧接着，一道清脆的声响传来！"啪——"电路瞬间跳闸，整个极光基地陷入一片漆黑！这突如其来的变故，让所有白大褂与执法官都愣住了，他们在这个基地中生活了这么多年，从未出现过断电的情况……短暂的安静后，一阵骚乱顿时开始蔓延。

"怎么回事？断电了？！"

"这可是极光基地！有好几个后备供应电源，就算一条线路断了，也不可能所有的都断电啊！"

"该死！发生了什么？"

"是我的错觉吗？断电的前一秒，我好像看到极光君的生命体征数据跳了一下……"

"等等，不要慌……有可能是突然的电压变化，对机器产生了影响……"

"极光君所处的休眠舱是独立电池供电，就算整个极光基地都没电了，它也会正常工作，不可能影响到它的。"

…………

众人一边说着，一边匆忙地站起身，来到玻璃观察室前。由于电路故障，0号实验室内的照明全部失效，如深渊般的漆黑中，唯有极光君所在的休眠舱，还散发着淡淡的蓝色光辉……在这个距离下，众人根本看不清下面的状况。陈伶站在极光君的正对面，脸色有些凝重。他不知道发生了什么，但极光基地的突然断电，必然会引发内部彻查，这就意味着三层祭器的事情很快就会暴露，到时候整个基地都会意识到这里有入侵者。留给他的时间不多了。陈伶毫不犹豫地打开休眠舱顶部的盖子，变戏法般在掌心变出一支试管，开始收集注入极光君体内的药剂样本，完成这一切后，他轻盈地落回地面。他的余光扫过休眠舱内的极光君，正欲转身离开，就在这时，淡蓝色的液体中，细密的气泡突然漂起，那头脚颠倒漂浮在休眠舱中的白发身影，双眸缓缓睁开……这一刻，陈伶周围的一切似乎都停滞了。他的视野中，只有那一双好似极光般无声闪烁的眼瞳，正在静静地凝视着他，难以言喻的神秘感冲击着他的理智，让他一时间愣愣地站在原地，忘记了要转身逃跑。陈伶下意识地眨了下眼睛，等他回过神来时，那白发身影依然闭着双眸，漂浮在休眠舱的液体中，像是睡着了般。刚才的一切，仿佛只是陈伶的一场幻觉。

陈伶的额头渗出细密的冷汗，他脸色苍白地望着那沉寂在黑暗中的休眠舱，神情惊疑不定……刚才发生的一切实在太过真实，虽然他只与极光君对视了不到一秒，对他而言却像是好几年那样漫长，而且直到现在，他也不知道刚才自己看到的，究竟是真实还是幻觉。陈伶来不及多想，他迅速向0号实验室外冲去，他先是变回了檀心的模样，准备再次路过第四道关卡回三层，却发现门口的椅子上空无一人，离开的那个红发女人似乎到现在还没回来，也不知去了哪里。陈伶暗自庆幸逃过一劫，身形一闪便回到三层，好在此时极光基地的照明尚未恢复，众人全都乱作一团，他随便变身成一个白大褂，就轻松地混入其中。就在他到处找简长生，准备带他离开基地之际，几道穿着黑色风衣的身影从二层迅速走来。

"给我搜！"琼玄冰冷的声音在通道前响起，众多执法官提着煤油灯迅速分散开，开始在三层搜索起来，陈伶见此，只能被迫停下动作。从断电开始，事情就完全出乎陈伶的意料了……在他的原计划中，他本可以悄然无声地收集完药剂标本，然后凭借"无相"退回三层，趁着执法官们没反应过来，接上简长生，凭借自己的职位之便在神不知鬼不觉中逃回地表。可这电一断，整个极光基地都警惕起来，琼玄的反应更是无比迅速，果断地开始检查极光基地内部……这个时候再想趁乱逃出基地，已经难如登天了，更何况他还要带上一个不会"无相"的简长生。

短暂思索后，陈伶就放弃了立刻逃离的想法，现在只能尽可能地隐藏好自己的身份，避过这风头之后，再找机会离开。陈伶穿过一处拐角，在无人注意之际撕下脸皮，又变回了执法官陈新的模样，开始尽职尽责地在三层搜索起来。看得出来在这种关键时期，执法官的权力还是很大的，众多白大褂此刻不敢乱动，就安静地站在原地，等待他们搜查。简长生见此，也默默地关起房门，重新爬回自己的病床上装蘑菇。

与此同时，1号实验室中——

原本明亮无比的实验室，此刻昏暗无比，紧闭的实验室大门外，能听到阵阵骚乱的脚步声走过，仿佛外面发生了什么事情。

"易博士，咱还不停下吗？"一个白大褂站在试验台边，一边擦汗一边问道。

"实验一旦开始，就不能停。"易博士拎着酒瓶，黑暗中的双眸凝视着鲜血淋漓的试验台，"这个实验体的身体已经在崩溃的边缘，要是现在停下，他就死定了……给我把煤油灯点上，继续实验。"

"可……可是机器都断电了，我们没法监控他的身体状态，这还怎么继续？"

"我说了，继续！"

"……是。"

不是所有人的心理素质都像易博士那么强大，此刻有几个白大褂已经开始手心出汗，毕竟又是停电又是骚乱的，谁也不知道现在在基地里发生了什么……煤油灯的灯火在试验台旁摇晃，昏暗的光晕映照出一个已经彻底不成人形的黑色诡异生物，随着他们的药剂逐渐推入其体内，痛苦的哀号声从那生物体内响起，令人头皮发麻。没有机器，没有灯光，没有任何外界的手段与数据辅助他们完成这场实验，对他们而言，这就像是蒙上眼睛进行一场精密至极的手术……在他们的动作中，实验台上的那黑色生物痛苦地蜷曲，哀号声也逐渐减弱，像是快要没了生息。易博士坐在一旁，猛地往嘴里灌了一口白酒，下一刻，便冰冷镇定地开口："注射三倍剂量。"

268 · 死亡？

听到这句话，其余几个白大褂手一抖。

"三倍剂量？易博士，那可是会死人的……"

"按我说的做。"易博士淡淡回答，他的声音在黑暗中宛若一盏明亮的灯火，指引着众多白大褂继续实验。没有机器辅助，意味着易博士只能靠对实验体的观察，与自身的直觉来指挥，其中有太多的不确定性，但现在除了这个方法，他们别无选择……随着三倍剂量的药剂被注入黑色生物体内，原本逐渐熄灭的生命之火，再度恢复一丝生机，但这么做的代价就是他的身体宛若气球般膨胀，短短几

秒内就变成一座黑色肉山。其他白大褂们傻眼了，他们做了这么久的实验，也没见过这种诡异的现象，就在众人不知所措之时，易博士的眉头紧紧皱起。"C-03试剂，五倍剂量。"众人已经麻木了，没有丝毫犹豫就按照易博士的指引继续操作。随着一管又一管不知名试剂被推入体内，那座肉山迅速抖动起来，接着身形又开始一点点缩小，密密麻麻的黑色咒文像是活过来般，游走在他的身体之上。

"D-12试剂，两倍剂量。"

"……"

"禁忌海'灾厄'细胞S-09药剂，十倍剂量。"

"……"

"遏制药剂B-04，十倍剂量。"

"……"

随着一个又一个指令下达，白大褂们已然满头大汗，他们看着实验台上这一团不知道是什么的物质，忍不住咽了口唾沫。

"C-10药剂……"

"易博士……"

"闭嘴！没听到我正在说话吗？"

"不是，易博士……"众人围在实验台边，昏暗的烛火光辉中，一个白大褂僵硬地抬起头，"他好像死了……"

易博士的身体微微一震。他看着实验台上那团早已一动不动的东西，无论白大褂们如何注射药剂，都毫无反应，原本的哀号声更是不知多久前就消失了……空气陷入一片死寂。"……确认死亡了吗？"易博士声音沙哑地开口。

"看起来没有任何生命体征……而且他已经这样了，我们也不知道心脏或者血管在哪里。"白大褂咽了口唾沫，"不过，从应激反应来看，他应该是死了。"

易博士没有再说话，而是坐在那儿沉默许久，然后拎着酒瓶缓缓站起身。"酒喝完了……我去换瓶新的。"易博士喃喃自语，"把他处理了吧……"易博士开门走出实验室，便看到好几位执法官穿过走廊，昏暗的基地已经混乱无比，他皱了皱眉，径直往走廊的另一边走去。此时其他白大褂都在原地不动，唯有易博士跟没事人一样在其中穿行，顿时吸引了一众执法官的注意。

"易博士，现在是非常时期，请不要随意走动。"琼玄沉声开口，"三层的祭器被人为损毁，可能有敌人混入基地中……"

"滚。"易博士拎着空酒瓶，反手甩开了琼玄拦住他的手臂，随着他开口，一股浓郁的酒气扑面而来。

琼玄不知道易博士这是抽什么风，但碍于对方的地位与科研方面的价值，也不敢动粗，只能尽可能平和地说道："易博士，现在基地断电，您一个人乱走可能会遇到危险。"

"是吗？有本事让他杀了我。"易博士丝毫不打算配合琼玄的工作，头也不回地就往自己的房间走去。众执法官面面相觑，一时之间也不知该怎么办。

琼玄纠结许久，还是没有用暴力钳制对方，而是放任其离开。"查到异样了吗？"他转头问一旁的六阶执法官。

"……没有，一到三层都搜遍了，没人死亡，没人受伤，没人失踪，也没有东西被盗走的痕迹……除了断电，好像就没有别的异常。"六阶执法官狐疑地开口。

"断电的原因呢？"

"还在查。"

"'真相之眼'被毁，必然是有人想偷偷混入下层……既然三层没有变化，那问题应该就在四层了。"琼玄的目光落在通往四层的通道上，眉头越皱越紧，"但这怎么可能呢？应该没有人能通过那位的关卡……"琼玄思索片刻，还是决定自己去一探究竟，他示意其他执法官原地待命，自己径直往通道中走去。穿过几个拐角之后，一个红发身影出现在他的眼前。"极光基地安保队长琼玄，见过总长。"琼玄恭恭敬敬地开口。

坐在门边的红发女人，不紧不慢地将书本向后翻了一页，目光清冷地落在他身上。"说。"

被那目光注视的瞬间，不知为何，琼玄觉得整条通道的温度都开始下降，一种前所未有的压迫感笼罩在他的心头。怎么回事？今天总长的心情似乎不是很好？琼玄不自觉地咽了口唾沫，斟酌着开口："因为刚才基地突然断电，加上三层的祭器被人损毁……所以我们怀疑有敌人渗透进了基地之中。我就是想来问一下总长您……四层的关卡，可有人进出过？"红发女人的眼眸微微眯起。随着她握着书本的手背上一根根青筋暴起，一抹冰寒的杀意在通道中一闪而过……琼玄的心跳都漏了一拍！在这一瞬间，他甚至怀疑眼前这位是不是下一刻就要对自己出手，把他当场格杀，那种生死一瞬的压迫感，琼玄已经不知多久没有体验过了。"总……总长？"琼玄紧张无比地开口。

通道间的压迫感骤然消散，红发女人面无表情地将书本又翻一页，仿佛刚才发生的一切都只是幻觉。她沉默许久，回答道："没有……没人来过。"

琼玄一愣，他心中虽然有疑惑，但还是恭敬点头："明白，那我继续搜查了……"

"琼玄。"红发女人突然开口。

"总长还有什么吩咐？"

"要是找到那个入侵者，当场格杀……明白吗？"

琼玄心中的疑惑越发浓郁，正欲追问，红发女人抬头又瞥了他一眼……琼玄浑身一颤，当即回答："明白，明白！"

269 · 寒

极光城，院落——

楚牧云看了眼怀表上的时间，轻轻将金属盖合上，发出一声清脆的"叮"。"已经快六个小时了……还是没有动静吗。"楚牧云喃喃自语，"看来，行动没有想象中的那么顺利。"

"行动？什么行动？"一个懒洋洋的声音从屋顶传来，楚牧云眉梢一挑，抬头望去。

楚牧云无奈地叹了口气："你每次出场，都得在屋顶上吗？"

"屋顶上视野好，如果有敌人靠近，可以第一时间知晓。"白也耸了耸肩，一对银色的蛇形耳坠轻轻摇晃，"这是我们'盗神道'的基本素养，你不会懂的。"

"篡火者那边的事情忙完了？"

"忙完了。"白也整个人躺在屋顶，有些疲惫地开口，"两个界域之间来回跑，也许这就是双重身份的代价吧……"

"那你干吗不直接离开篡火者？"

"我本来是这么打算的，但红王说我待在篡火者里能获取一线情报，这个身份很有价值……他不让我离开。"白也像是想起了什么，嘀咕一句，"是时候让红王给我涨涨薪水了，当间谍太累了。"

楚牧云："……"

"对了，你刚刚说的任务是什么？"

"你不在的这段时间，又多了个新人，现在跟'红心6'一起去极光基地了。"

"极光基地？"白也诧异地开口，"那地方就连我都进不去，他们两个新人，没问题吗？"

"怎么说呢……他们两个简直就是为潜入极光基地而生的，整个黄昏社里，也只有他们能混进去了。"

"'红心6'我可以理解，他很擅长渗透与潜伏……那个新人，难道也是'戏神道'？"

"……不是，到时候你见到就知道了。"

白也见此，也懒得再追问，而是静静地躺在屋顶，懒洋洋地打了个哈欠，似乎准备小憩一会儿。他即将闭上的双眸，突然像是察觉到了什么，再度睁开！他盯着头顶流淌不息的极光，眉头越皱越紧……"是我看错了吗？"

"什么？"

"刚才，极光好像晃动了一下……"

楚牧云一愣，立刻抬头看向上空，极光依旧安静地在天空中流淌，像是一匹随风飘舞的绚烂绸缎，笼罩在整座极光城的上空。"它好像比刚才淡了很多？"楚牧云也察觉到不对，这几日，他一直在关注着极光的变化，因为从某种程度上，它可以反映极光君的状态……但楚牧云这才一个多小时没看，色彩与厚度明显就比之前淡薄。

"那两个新人……应该没在极光基地里干什么不得了的事情吧？"白也狐疑地看向楚牧云。

楚牧云脑海中浮现出陈伶与简长生的身影，嘴角微微一抽："不好说。"

"我回极光界域的时候，特地在外面转了一圈，禁忌海的海水已经快漫延到城外，除了界域列车的轨道，其他地方几乎都被寒气冻结，留给极光城的时间确实不多了。"

"今年的极光城，确实冷得有些不同寻常。"楚牧云轻轻搓手，"明明夏天刚过，温度却已经像是到了冬天……"

"你这么有钱，为什么不把供暖打开？"

"我开了啊。"

白也瞥了他一眼，随手抛出一块石子丢向地面，石子落在满是寒霜的大地上，顷刻间就滑出数米远。"你管这叫开了？"

楚牧云怔住了，他看着不知何时已经结满寒霜的地面，喃喃自语："不可能啊……极光城是集中式供暖，一般来说是不会随意断暖气的……"

楚牧云像是想起了什么，突然起身向门外走去，他刚打开大门，便看到众多居民裹着厚厚的衣服，一边缩着脖子，一边在外面抱怨：

"怎么回事？供暖怎么没了？"

"是啊……这大冷天的，没暖气不是要人命吗？"

"不对啊，我看锅炉厂那烟烧得正旺呢，怎么咱们这儿一点暖意都没有？"

"是管道坏了？"

"我刚从城西那边回来，那儿也没暖气，就算坏一两根管道，也不该影响到整个极光城吧？"

"哎哟……赶紧把暖气恢复吧，这天没暖气可是要人命的。"

"我先去买点煤炭回去自己烧起来，孩子在屋里冻得不行了……"

"欸欸欸，等等我，我也去买点……"

…………

楚牧云见到这一幕，脸色一沉。他退回屋中，反手将大门关起，眉宇间是前所未有的凝重。

"怎么了？"白也疑惑问道。

"糟了……"楚牧云抬头看向天空，"怎么偏偏在这时候？"

"陈新，有发现什么异常吗？"

"我这边暂时没有。"

"不要放松警惕，小心死角可能藏着人。"

"是。"

陈伶穿着执法官风衣，在三层仔细地搜寻着，他一个房间接着一个房间搜过去，余光瞥到对面的房间后，顺手推开了那扇房门。屋中，是一排整齐的床铺，但绝大部分床铺上都没有人，唯有一个身影伸着双手抵在头顶，呆呆地蹲在床头，像是一朵奇怪的蘑菇。见陈伶进来，简长生眼前一亮，压低声音问道："怎么样？得手了吗？"

"得手了。"

简长生听到这三个字，总算是放下心来："那我们该怎么出去？"

"现在警戒太严，找不到合适的机会。"陈伶摇头。

"可我们再这么拖下去，迟早会暴露的啊。"简长生指了指床边的束缚带，"我带子都已经断了，一会儿白大褂再推我去做实验，我解释不清啊……"

"你不是蘑菇吗？蘑菇需要解释吗？"

…………

就在两人说话之际，几个白大褂推着一张病床，从 1 号实验室缓缓走出。

"你们这是要做什么？"一位正在搜查的执法官警惕问道。

"去处理刚才实验失败的实验体，他体内的药剂含量太多，腐烂之后会造成病菌扩散，必须尽快送到地表焚化。"一个白大褂回答。

执法官脸色微变，他将病床上的白被单掀起来扫了一眼，差点当场呕吐出来，当即对着他们摆摆手："去吧去吧……"

随着白大褂们的身影逐渐远去，门后陈伶的眼眸微微亮起。

他转头看向简长生："我有办法了……"

270 · 金蝉脱壳？

听完陈伶的话，简长生的表情有些古怪。"你确定这么做能行吗？"

"如果只有我自己，我有把握能随意出去，但你不行……要把你送出去，现在只有这个办法了。"陈伶补充了一句，"就是需要你做一些小小的牺牲。"

"……我听不得这话。算了，就按你说的办吧。"

"你自己动手还是我帮你？"

"别！我自己来吧……"

几个白大褂推着病床，经过简长生所在的房间门外，径直向二层走去。就在这时，一只手从黑暗的门缝中伸出，悄无声息地捂住走在最后的白大褂的嘴巴，闪电般将其拖入房间中！五秒后，那个白大褂推门而出，佯装站在房间前停下脚步，突然开口："等等！"

几个白大褂同时回头，疑惑地看着这个方向。由于断电，整条走廊漆黑一片，只有众人手中的煤油灯能暂时照亮一角，他们看到那白大褂提着煤油灯站在房间门口，从玻璃窗处皱着眉头看向屋内。

"怎么了？"

"12138不见了！"

"什么？"

几个白大褂一惊，立刻走到房间门口往里望去，只见昏暗的房间中，一张凌乱的病床上不知何时已经满是鲜血，其上空空荡荡，原本蹲在角落的蘑菇更是消失无踪。白大褂们立刻推门而入，众人走到病床前，错愕地看着满床的鲜血。

"这……这怎么可能呢？12138在实验过程中，不是没有出现异变吗？"

"从血迹上来看，不像是被袭击……反而像是自己溅开的？"

"会不会是跟10113一样，血肉承受不住药剂爆体了？"

"可就算是爆体，也该留下点血肉残肢吧？这里只有血啊？"

"而且当年10113是一口气注射了太多药剂，实验过程中12138的药剂量虽然也不少，但跟10113比还是差了很多……不至于爆体才对。"

…………

就在众人苦苦思索之际，一道黑影从墙角钻出，径直往停在走廊的病床摸去……"怎么回事？"一位执法官快步走来，见到满床的鲜血，眉头立刻皱起。几个白大褂立刻将事情说了一遍，执法官脸色一沉，心中开始猜疑是不是那个"入侵者"做的，于是开始召集其他附近的执法官，开始研究这一摊鲜血，毕竟这是他们目前唯一发现的异样。就在这些执法官都在对着那一摊鲜血沉思的时候，一个白大褂轻声开口："我们走吧？这里好像不需要我们。"

其他白大褂见此，也没再停留，而是继续推着停在走廊的病床，往通道走去。他们就这么推着车，一路经过三层与二层，最终回到了拥有升降机的一层，大部分的执法官都跟着琼玄去了二层和三层检查，一层除了关卡处有人守着外，基本没看见其他人。极光基地的设计确实谨慎，这台唯一与外界相连的升降机，并未使用电力驱动，而是使用蒸汽，所以即便整个基地失去电力乱作一团，它依旧能够正常运行。就在他们准备离开之际，一个声音突然响起："等一下。"众人转头望去，只见一片昏暗中，一个穿着黑色风衣的身影正拎着煤油灯，往这里缓缓走来。"你是……"

"副队长韩蒙。"韩蒙目光扫了他们一眼，淡淡开口，"你们这是去做什么？"

"去处理刚才实验失败的实验体。"为首的白大褂镇定回答，"他体内的药剂含量太多，不尽快焚化的话，会污染基地。"

实验体？韩蒙目光落在那张被单上。"打开看看。"白大褂将被单掀开一角，一大块不知为何物的黑色物体正瘫在那儿，表面漆黑的咒文扭曲流淌，分不清是液体还是固体，在造成视觉冲击的同时，一股恶臭扑面而来。韩蒙的眉头紧紧皱起："你们说……这是实验体？"

"是。"那位白大褂一边回应，一边从怀中取出一份文件，"这是相关资料，以及焚化申请证明。"

"你们……把人命当成什么了？"韩蒙并没有接过那份文件，他的眼眸中，闪过一抹怒火。他无法想象一个人要承受什么样的改造与痛苦，才会变成这副模样。就算他现在知道做这一切都是为了极光君，也无法接受眼前这个画面。

几个白大褂对视一眼，无奈回答："我们只是听命行事。"

韩蒙注视他们许久，最终还是收回目光，将那份文件接过后，众人便推着病床继续前行。韩蒙目光落在文件的第一行上，眼眸骤然收缩。"站住！"众人疑惑地停下脚步。"这个实验体……你们是从哪儿找来的？"韩蒙的声音低沉无比。

"编号12139，原名似乎叫……赵乙？"一个白大褂想了想，"是今天刚送进来的，他自己填的报名表，具体的文件上都写了……我记得他好像是从三区来的幸存者？"

这句话一出，站在最后的一个白大褂身形一震，眼眸中浮现出难掩的错愕。伪装成白大褂的陈伶，看向那摊不知名的物体，一时之间有些恍惚。那东西……是赵乙？陈伶虽然知道赵乙时日不多了，但他本以为赵乙会用最后的时间陪伴三区众人，万万没想到竟然会在这里遇到赵乙……而且这才短短几个小时，那个曾经在寒霜街横行霸道的"撒盐哥"，就变成了这副模样？看着床上那东西，他怎么也无法将它与记忆中的赵乙联系起来。韩蒙握着文件的手微微颤动，他眼眸中的怒火越烧越旺，最后直接将文件攥成团握在手里，转身就往下层的通道走去……一股威压向周围扩散，看得众多白大褂满脸茫然。

"我记得……这个韩蒙，似乎就是三区的人？"一个白大褂像是想起了什么，小心翼翼地提醒了一句。众人脸上闪过一抹了然，他们看着韩蒙离去的背影，隐约感受到一场风雨正在基地底层酝酿……

"行了，别看了……做好自己的事。"在一个白大褂的提醒下，众人才回过神来，与门口驻守的执法官核对过密码后，推着病床直接往升降机走去。

就在这时，一个白大褂突然松开手，没有进入升降机中，而是安静地站在原地。

271·回头

"翟升，你愣着干吗？"众人见他没上升降机，疑惑问道。

陈伶沉默地看着升降机上的病床，眼眸越发冰冷，他回头看了眼韩蒙离去的方向，不知在想些什么。"我肚子不舒服，去个厕所……你们先上去吧。"话音落下，他毫不犹豫地转身向下层走去。赵乙已经被医生宣判死刑，陈伶可以接受他在三区众人的照看下安详离世，如果他不愿连累三区众人而独自出走，陈伶也不介意去送他最后一程……但他以这样的面目、姿态死去，陈伶无法接受。陈伶现在还记得在寒霜街时那个苦苦哀求他给自己儿子铺好后路的老人，他答应了赵叔会照顾赵乙，但现在……陈伶的眼前再度浮现出病床上那面目全非的黑烂泥，一团怒火同样在心底开始燃烧。极光基地再怎么做人体实验，偷偷拉多少人过来，陈伶都不在乎，但他们拿赵乙当实验品，把他折磨成那副模样，陈伶不可能善罢甘休。反正现在任务已经完成，简长生也被他亲手送回地面，接下来，就是他的私人时间。

升降机带着病床上的赵乙与简长生缓缓升起，漆黑的一层再度陷入沉寂，陈伶单手插兜走向基地深处，指尖在下巴上一撕，雪白的大褂再度变成执法官风衣，他的眼眸在黑暗中冰冷如刀。

三层——
"这个实验体有问题。"
几位执法官闻声来到原本简长生的房间，看到床上的猩红血渍，眉头紧紧皱起。"虽然出血已经达到常人的致死量，但无论怎么说，尸体是不可能凭空消失的……就算是爆体，身上的衣服也会留下残渣。"
"还有，这床上的束缚带全部断裂了，正常人的力量根本达不到这种级别。"
"会不会是经受过药剂注射后，发生了变异？"
"不排除这个可能……但如果是这样，他应该早已陷入发狂暴走的状态才对，不至于像现在这样连个人影都没有。"
"你是说，是有人伪装成实验体混进基地了？"
"可能性很大。"
"……他是疯了吗？伪装成实验体的话，必然要接受融合实验，他就不怕自己直接被弄死，或者变成怪物？这风险也太大了……"
"现在不是讨论这些的时候，立刻搜查整个三层！看还有没有死角没搜到！"
众多执法官立刻分散开，到处寻找这实验体可能藏身的地点。一位执法官提着煤油灯，在房间中逛了一圈，随后缓缓趴下，借着昏暗的灯光开始检查病床底部。"这里有个人！"他余光扫到那染血的病床底部，当即大喊！他将那人从床底拖出，发现是一个被打晕的科研人员，脸色顿时一变。
"刚才有科研人员离开过基地吗？"
"有！有三四个人，就从那个1号实验室出来的，当时易博士也在……他们说那个实验体在实验过程中死了，必须立刻焚化，否则会造成细菌传播……现在应该已经上了升降机了！"

"什么？"这一下，所有执法官的脸色都变了，尤其是刚从四层关卡出来的琼玄，听到这句话，勃然大怒。"还愣着干吗？！快去追啊！"

两位六阶执法官这才回过神来，带着几位手下急速向升降机的方向冲去，从发现血迹到现在不过一分多钟，但这个时间已经足够那些人回到地表全身而退了……他们万万没想到，敌人会以这种匪夷所思的方式入侵基地，又悄无声息地离开。现在琼玄的肺都要气炸了，他这才刚到极光基地几个小时，就发生了几年都不曾出现过的基地入侵事件，最关键的是，居然还让对方大摇大摆地逃脱了……甚至到现在，他们连对方的目的是什么，是如何切断基地电力供应的都不知道！这对琼玄这位安保队长而言，无疑是绝对的耻辱！琼玄越想越气，若是真让那些人顺利逃脱，他这个安保队长必然是做不长了，甚至还要遭到檀心的处罚……现在他本就不被檀心信任，甚至空降了一个副队长来制衡自己，以那位的心机手段，只要在这事上稍做文章就能让他万劫不复。"一群废物！！"琼玄忍不住骂道，"算了……我亲自去追！"七阶的恐怖威压从琼玄的身上倾泻而出，一个庞大的狼影在他身后一闪而过，他身形化作一道闪电，顷刻间便跨过整个楼层，向升降机的方向冲去！

与此同时，煤油灯随着沉重的脚步剧烈晃动，将执法官风衣的衣摆照亮一角，韩蒙走到基地三层，脸色阴沉如水。他感受到那疾驰而来的恐怖气息，脸色顿时一变，微微侧身之后，那道闪电便擦着他的身形飞掠而过，同时琼玄的声音响起："我去追逃走的入侵者！副队长韩蒙！你维持好基地的秩序，等我回来！"

韩蒙看着那顷刻间消失无踪的身影，眼眸微微眯起……刚从一层下到二层的陈伶，也感受到那一闪而过的恐怖气息，甚至那闪电都没有等升降机，而是直接闯入了通往地表的深井之中，沿着光滑垂直的壁面，眨眼间就追了上去！陈伶的执法官衣摆被狂风吹起，他回头看到这一幕，眼眸中也闪烁着惊异的光辉。这就是七阶"天狼"的实力吗……照这个速度，似乎真的能追上简长生。陈伶构思这个撤离计划的时候，想过执法官很快就会反应过来，所以让简长生留下那么多血迹，尽可能地吸引他们的注意，从而隐藏好藏在床下的白大褂……但这些执法官到底是经验丰富，反应速度比陈伶预计的还要快。而且他也没想到，琼玄身为七阶的安保队长，竟然会亲自出手追杀"敌人"……看来他是真的动怒了。

这么看来，自己的突然折返，无疑是个非常正确的决定，现在基地里所有人都以为入侵者已经从升降机逃走了，几位高阶强者更是接连去追杀简长生，正是整个基地防卫最薄弱的时候。危险不会消失，只会转移，而现在……嗯……危险似乎都转移到了本以为已经安全了的简长生身上？希望小简没事（双手合十）。陈伶眼眸微眯，他的目光落在二层那些刚刚制作完毕，还未来得及送回地表的炸药之上……

272·质问与咆哮

"副队长，接下来怎么做？"随着琼玄几人都去追杀简长生，基地内剩余的执法官都统一接受韩蒙的调遣，他们看着那黑暗中提着煤油灯的身影，开口问道。

韩蒙沉默片刻，还是开口："现在还剩几个人？"

"除去追击入侵者的，还剩十四人。"

"来两个人跟着科研人员，先去试着恢复电力，其他人按照最开始的轮班调配，驻守各关卡与楼层。"韩蒙的声音缓缓响起，"不要掉以轻心，现在还不能保证所有入侵者都已经离开，时刻警惕四周，明白吗？"

"……是！"

执法官们立刻按照韩蒙的部署，前往各个楼层。就在这时，韩蒙像是想到什么，再度开口："那个陈新呢？"

"陈新……之前还在这里巡逻，不过从刚才开始，好像就没看到他……"

"……我知道了。"韩蒙眉头微微皱起，"易博士呢？"

"易博士？他好像刚做完那个实验，让其他人把尸体处理掉，自己先回去喝酒休息了……"

听到这句话，韩蒙眼眸中一缕杀意闪过，深吸一口气后，才勉强压抑住怒火："好，你去忙吧。"

随着众人散开，韩蒙阴冷的目光看向走廊的尽头，迈步向那里走去。跟其他科研人员不同，易博士的宿舍就在三层，据说是为了方便实验与监控实验体。韩蒙借着煤油灯的光芒穿过昏暗的廊道，在一扇门前停下脚步。他正欲抬手敲门，便听到一阵娇喘声从门后传出，随之而来的，还有易博士粗重而疯狂的喘息声。门后，正在发生着什么……听到这声音的瞬间，韩蒙的眼眸微微收缩。这一刻，一连串的画面在韩蒙的眼前闪过：那是三层房间内被折磨得不成人样的实验体们；那是易博士拎着白酒瓶，烂醉的笑意；那是盖着被单被推向焚化炉的赵乙尸体；那是做完实验后，转头就和女人调情放纵的白大褂身影……最后，他看到旁听席的第一排，那个穿着灰棉衣的少年猛地站起，猛地撑开横幅的模样：韩蒙无罪！

韩蒙心中的怒火越烧越旺，即便是以他的情绪控制力，此刻都已经近乎失控，他紧紧攥着手中被捏成团的赵乙资料，"幸存者""十九岁""进入基地五个小时后死亡"等字眼，不断刺激着他的心脏！他右拳紧攥，猛地砸向眼前的房门！

"砰——"好似炮弹在基地内轰然爆炸，破碎的木屑溅射而出！门后，赤条条的易博士正醉得满脸通红，将一位同样一丝不挂的女博士按在床上，听到突如其来的爆鸣，他们错愕地转头看向门外……一个穿着黑色风衣的身影，正站在飞扬的尘埃间，手中提着一盏煤油灯，目光冰寒彻骨！"韩蒙？！你搞什么？！"易博士眼眸中恢复一丝清醒，随后勃然大怒道。"嗖"！他只觉得眼前一晃，那黑衣身影便一把扼住他的咽喉，将其整个人从床上提起，重重地砸在墙壁之上！那位女博士顿时傻眼了，她尖叫一声，整个人都钻进被子里，像是受惊的兔子缩成一团。

"你……在干什么？"韩蒙咬着牙开口。

"老子干什么，跟你有个屁的关系？！"易博士破口大骂，"你谁啊？让你保护基地，你保护到这儿来了？扫黄也轮不到你吧？而且你情我愿的，你管得着吗？！"

"你亲手害死了一个十九岁的孩子，现在转头就来跟女人亲热，你的心里就没有一丝愧疚怜悯吗？"

"死在我手下的实验体多了去！别说十九岁，十岁的孩子我都杀过！你要替他们报仇吗？"易博士丝毫不惧韩蒙的杀意，"来啊！用你的枪崩了我的头！今天你不杀我，你就是个厌货！！"两人的咆哮顿时吸引了一大批人往这里走来，白大褂们看到浑身赤裸的易博士被韩蒙砸在墙角，顿时傻眼了。

"你以为我不敢吗？"韩蒙眸中的杀意越烧越旺，他反手从腰间拔出枪，枪口抵在易博士的脑门上，"你就是个疯子！一边喝酒一边做人体实验……在你眼里，人命压根不是人命！你把他们当什么了？给你下酒助兴的表演，还是下酒菜？！"

"我喝酒？！我喝酒怎么了？！啊？你知道我做了多少场人体实验吗？！五千四百三十二场！里面有三成的老人，三成的孩子！还有三成被家人卖了送过来等死的病秧子！我亲眼看着他们一点点变成怪物！变成疯子！然后变成不知道什么东西死在我的面前！你见过他们眼里的痛苦与绝望吗？！你听过他们死前发出的诡异的哀号吗？！你连一场完整的实验都没见过！你凭什么在这里对老子指手画脚？！五千四百三十二场实验！五千四百三十二条人命！！我花了十五年时间！我把我的一切都倾注在这里！你以为我们最后得到了什么？没有！！！我们什么都没有得到！不光是我的十五年！我的老师，我老师的老师！！还有他们的老师……我们在这暗无天日的基地里钻研了三百多年！试图找到科学倒退的原因！试图延续极光君的生命！试图给人类找到一丝前进的希望……但是没用啊！！！"易博士像是疯了般，张开双臂，在酩酊大醉下歇斯底里地怒吼着，"三百多年！！熬走了多少代人！牺牲了多少人命！我们连一丝一毫的成果都没有！哪怕是当年我们先进的仪器设备都能使用的时候，我们连极光君的一根头发丝都解析不出来……那些医疗设备！那些电子元件！那些内燃机和信号塔！还有哪怕一台最简单、最傻瓜的电子照相机，我们造出来了！但它就是用不了啊？！你以为我每天的工作是钻研科学吗？错！！我告诉你！我每天的工作，就是进行一场又一场毫无意义的实验！亲眼看着一个又一个生命死在我面前！又或者变成什么怪物被杀掉！我们知道这一切毫无意义！！但我们不能停！！因为我们停了，所有人都只能等死！你告诉我！！我除了喝酒，我还能做什么？"在易博士近乎疯狂的咆哮下，韩蒙怔在原地。

273 · 站住

易博士通红的双眸死死盯着韩蒙，空气陷入一片死寂。韩蒙握枪的手微微颤抖，直到这一刻他才知道，檀心让他进入极光基地，真正要他知道的真相是什么……是极光基地的无能，是人类至今所拥有的科学的渺小，是人类在面对真正未知灾难时的绝望。极光基地作为极光界域的心脏，在地下暗中研究了三百多年，却没有丝毫的进展，这么多年投入的资源与人力全都化作飞灰。韩蒙不懂科学，也未曾体会过科学家们在面对这场灾难时的感受，但他大致能猜到……极光界域完了。从一开始，极光界域就没有任何出路，在极光城表面的繁华与祥和之下，是一个注定走向灭绝的悲剧。而赵乙，只是在极光城无效自救的过程中，被牺牲的一粒不起眼的飞灰……他与其他五千多个实验体一样，在进入基地的那一刻，就注定了死亡的结局。

韩蒙攥着赵乙资料的手不自觉收紧，将那张纸彻底揉成坚硬的一团。他深吸一口气，缓缓将枪口从易博士的头上挪开，沉默地转身向屋外走去。易博士整个人踉跄跌倒在地，瞪着远去的韩蒙，醉醺醺地骂道："别走……你别走啊？！杀了我！！有本事用你的子弹杀了我！你不是要替那孩子报仇吗？来啊！今天你不开枪，你就是孬货！！废物！！来杀了我！！孬货！！"韩蒙就像是没听到他的声音，径直走出门外，在外面围观的众多白大褂，立刻让开了一条道……

就在这时，一声巨响从走廊的另一端传来！"轰——"刺目的火光瞬间淹没黑暗的廊道，几座实验室同时化作飞灰，与此同时，所有实验体房间的门锁都被震开，一道身影在火光中飞速闪动！众人大惊失色！

"有人把实验室炸了？"

"糟了，安置实验体的门都被打开了……"

"什么？最里面的那几个实验体房间呢？"

"好像也被打开了……该死的！那些东西不会跑出来吧？"

"入侵者不是已经逃走了吗？这些炸药是谁放的？"

…………

在白大褂们的惊呼声中，韩蒙脸色一凝，带着几位执法官迅速向火海中冲去！

与此同时，一道道诡异的身影从最深处的房屋中走出。它们有的贴在屋顶，像是蜘蛛般爬行；有的像是黏稠的液体在火焰中缓慢蠕动；有的则长着一张满是老年斑的面孔，却以巨人的姿态蹲在门前，直勾勾地盯着走廊另一边的众多白大褂……各种怪异的嘶吼声在三层回荡，像是愤怒，像是绝望，像是悲鸣。这一幕让众多白大褂的心神颤动，他们是这群东西的缔造者，很清楚它们如今的状态……被关在走廊最深处的，都是彻底丧失理智，却依旧维持着与体内"灾厄"

融合平衡的怪物！他们将这些怪物封死在最内侧的房间中，用大量的药剂令其沉睡，只有这样才能定期完成状态记录，或者进行更深层次的实验。但突如其来的爆炸直接炸开了封锁它们的囚笼，甚至将它们从沉睡中惊醒！而现在……这群已经彻底丧失理智的、疯狂的怪物，最想要杀的人会是谁？白大褂们在走廊中不断后退，眼眸中满是惶恐。韩蒙察觉到了这些暴走实验体的杀意所在，脸色越发阴沉。

"杀光它们，保护科研人员！"

"不……不能杀！这些都是珍贵的实验材料！"一个白大褂当即开口。

"让他们杀。"一个浑身赤裸的身影缓缓披上白大褂，摇摇晃晃地从破碎的房门后走出。易博士看了眼在火海中燃烧的实验室与这些扭曲的身影，脸上反而浮现出一抹轻松："你觉得这些东西还有什么实验价值？杀吧！烧吧！！最好再把那些狗屁药剂和实验设备全砸了！人体融合实验根本就没法帮我们更了解极光君，极光君的融合已经超出了科学的范畴！所有人都知道这一点，只是没有人敢戳破而已……毕竟，这是我们唯一能做的事情了。"

韩蒙看了易博士一眼，平静地重复了一遍："杀。"

十几位执法官接连冲出，各自的领域同时张开，与火焰中那些蜂拥而来的怪物厮杀在一起！爆炸声、轰鸣声与怪物的嘶吼声连绵起伏，极光基地的三层已经彻底陷入混乱。韩蒙此时并没有加入战场，而是径直往上层走去。

淡淡的烟气从管道中飘散，漆黑的廊道之中，一个身影双手插兜，平静前行。大量的高阶战斗力前去追杀简长生，三层又陷入动乱，整个极光基地的安保已经基本瘫痪，这个穿着一纹执法官风衣的身影就这么走到一层，竟然无人阻拦。作为这一切的始作俑者，陈伶现在并没有什么情绪波动，仿佛只是在公园里随便散个步。他不管什么对与错，既然赵乙是在三层被改造成怪物，并以那种形态死去的，那他索性就炸了整个三层，放出那些与赵乙一样痛苦挣扎的实验体，让它们凭自己的本能行动。说实话，陈伶并不觉得凭这些实验体，就能拿极光基地怎么样，眼下的动乱只是暂时的，最多五分钟后，这一切就会归于平静……再加上基地的构造材料极为坚硬，或许连爆炸的痕迹都不会留下。所以，他炸完实验室之后，就必须离开，否则再拖下去，他就真走不了了。他从口袋中掏出早就被"猩红戏法"换来的钥匙，打开二层的关卡大门，回到一层，径直往升降机的方向走去。

就在这时，一个淡淡的声音从后方传来："站住。"

274·再相见

简长生觉得自己快要窒息了，病床的滚轮在大地上迅速滚动，偶尔碰到一枚石子，便会"哐当"一震，那覆盖在他身上的黑色物质也随之摇晃……实验后的赵乙体重已经彻底超出了人类的范畴，即便是几个白大褂共同推车也十分勉强，这么一晃差点将压在下面的简长生肋骨碾碎。而此时，简长生偏偏还不能发出任何声音，只能死死咬着嘴唇，硬扛痛苦。红心6那家伙搞什么……把自己送上升降梯，他又去干吗了？他该不会还有秘密任务？一个又一个疑问在简长生的脑海中冒出，但此刻他已经没心思细想，他现在已经离开极光基地，是时候赶紧跑路了，否则要是跟压在自己身上的这东西一起进了焚化炉，事情可就大了。

就在简长生即将动手之际，一个轻微至极的呢喃声，从他耳畔响起。简长生愣住了。他错愕地看着压在自己身上，将他整个人都淹没其中的这团黑色物质，震惊地低语："你……你还活着？"简长生被埋在这儿，能听到的声音，必然是眼前这团东西传出的……他万万没想到，赵乙都变成这样了，居然还没死？呢喃声再度响起，像是蚊子般细小，即便简长生已经与他如此近，也只能勉强听清那声音——

"……家……"

"你说什么？"

"……家……回……家……"

"回家？"简长生怔住了。

与此同时，一阵白大褂的交谈声响起："到焚化炉了，赶紧把它丢进去烧了吧……"

"好重……一会儿咱扛得动吗？"

"扛不动就把整辆车推进去吧，反正这车上已经沾了'灾厄'细胞，不能要了。"

"行，抓紧时间吧。"

简长生知道自己不能再拖了，他用力咬破舌尖，闪电般从赵乙的身躯下钻出！此刻正推着病床的几个白大褂，只觉得眼前一花，一道身影突然从被单下钻出，沉重的拳头闪电般砸向他们的面门！"砰砰砰——"以简长生的身手，对付这些普通的科研人员根本不是什么难事，一拳一个就将他们全部放倒。简长生随意地甩了甩手腕，这才有时间环顾四周。现在他们就在基地地表的一处低矮建筑前，滚滚浓烟从烟囱中飘出，应该就是专门用来焚化失败实验体的地方。简长生掀开被单，看着赵乙不成人形的身躯，再度开口："你还好吗？"

轻微的呢喃声再度响起，就在简长生准备俯身仔细聆听的时候，几道身影从升降机的方向急速掠出，与此同时数道恐怖的威压骤然降临！"轰——"这一刻，大地似乎都震了震，其中一位穿着黑色执法官风衣的身影直接飞上天空。"发现入侵者！！"

在高空俯瞰，那位执法官瞬间就锁定了站在焚化炉前的简长生，声音宛若低沉雷鸣轰然炸响！简长生心中"咯噔"一下，来不及再跟赵乙交流，毫不犹豫地划开自己的掌心，利用"滴血陀"急速向基地外闪烁挪移！该死，这群家伙怎么来得这么快？！

在那位执法官的话音响起之后，几道恐怖的威压急速向这里飞掠，其中甚至有两道六阶的气息，吓得简长生疯狂冒汗，玩命地往远处逃窜。此时所有执法官的注意力，都在逃命的简长生身上，没有人在乎那被遗弃在焚化炉前的病床，以及上面那具不成人样的"尸体"。

与此同时，基地外——

正抱着笔记本在寒风中瑟瑟发抖的文仕林，听到基地内传来的骚动，立刻起身用望远镜观察起来。"入侵者？极光基地竟然被人入侵了？"文仕林眼眸中浮现出惊异。文仕林眼看着众多执法官追杀一个血色身影，逐渐远去，心思顿时活络起来。现在极光基地内出现入侵者，所有安保人员都被调动，正是防守最薄弱的时候，也许……这对他而言是个机会？文仕林知道留给他犹豫的时间不多了，他眼眸中光芒闪烁，半秒之后，一咬牙，他便带着相机从角落里飞奔而出！"死就死了！"文仕林在基地外蹲守了数天，早就将外围的安保布置摸透了，现在极光基地陷入混乱，也给了他可乘之机。他掏出老虎钳将基地外围的铁丝网夹开一道缺口，整个人趴在地上，像狗一样从结满寒霜的地面钻入其中，一个个执法者身影匆忙地从远处奔跑而过，文仕林就这么连滚带爬地躲藏进一座建筑中。这里似乎是一间安保人员宿舍，只不过现在并没有人，文仕林眼前一亮，直接捡起一套执法者服饰换上，然后混在人群中往升降机的方向冲去。

文仕林能感受到自己的心脏在狂跳，他干了这么多年记者，潜伏搜证这种事没少干，但他现在混进的可是极光基地！那是任何一位记者都不可能进得来的地方！文仕林尽可能地让自己恢复冷静，他按下升降机按钮，身形在漆黑的深井中不断下沉，焦急的等待中，握着相机的手已经满是汗水。随着升降机落到基地一层，文仕林警惕地往外面望了一眼，整个基地都漆黑一片，似乎已经彻底断电，升降机附近也无人看守。"极光基地的安保居然真的瘫痪了……这里究竟发生了什么？"文仕林知道这是自己的机会，他小心翼翼地从升降机中钻出，摸黑往基地深处走去……

与此同时，一层的另一边——

"站住。"这声音响起的瞬间，几个字接连从陈伶身旁飘过——

观众期待值 +4%

当前期待值 44%

陈伶现在根本没心思管期待值的变化，因为在听到这声音的瞬间，他就知道来的人是谁……他缓缓转头看向身后，"陈新"的脸上再度浮现出清澈且愚蠢的神情。"韩蒙副队长？有什么事吗？"

黑暗中，韩蒙提着一盏煤油灯，缓缓走出。他注视着那张在灯火中明暗摇晃的面孔，眼眸微微眯起："放弃吧……同样的伎俩骗不了我第二次。我是该叫你'红心6'，还是该叫你……陈伶？"

275·你要试着抓捕我吗

"红心6？"陈伶茫然开口，"副队长，你在说什么？"一个专业的戏神……不，一个专业的演员，是绝不可能轻易放弃角色的，虽然韩蒙点破他的身份确实让他心头一颤，但他没有丝毫的表情流露在外。

"一开始，其实我并没有太怀疑你。"韩蒙缓缓开口，"一个一阶的新人执法官，就算要当墙头草，也根本不敢当着一位上司的面，戳另一位上司的脊梁骨……当然，除非你是个完全不懂人情世故的愣头青，所以这时候我只是有些怀疑，没有深入思考。而在我带着你去过一次三层之后，三层就乱了，偏偏这时候你又失踪……这样我若是还不怀疑你，这么多年的执法官我就白干了。只要稍微换个思路就能发现，你答应跟着我，无非是希望利用我进入三层。而通往三层的关卡，专克拥有伪装换脸能力的神道拥有者，这也是为什么你要依靠那个混入实验体中的同伴，来破坏关卡……因为你的脸根本就是假的。很巧，我就认识一个能够换脸的人……"

陈伶无奈摊手："所以呢？你为什么觉得我就是你认识的那个人？"

"你本可以借着运输尸体的机会，跟着那个同伴一起逃出基地，但你没这么做……因为你跟我一样，也得知了赵乙的死讯。你们当时既然选择撤退，说明任务大概率已经完成，所以后来的实验室爆炸与实验体暴走，都是你在任务之外的举动。你这么做，只是为了给赵乙报仇，这就说明你跟他的关系十分密切……恐怖袭击、换脸、与三区幸存者关系密切……同时满足这几个条件的，除了你陈伶，还有谁？"韩蒙话音落下，烛光摇曳的走廊，陷入一片死寂。

陈伶看着眼前那穿着风衣的身影，一种熟悉的被洞悉感再度涌上心头……他苦笑了一声。一张轻薄的脸皮随着他的指尖划过，飘散为虚无，陈伶用回了那张属于自己的脸，一袭大红戏袍在火光中好似鲜血浸染而成。"那么，韩蒙长官。"陈伶卸下所有的伪装，淡淡开口，"你要试着抓捕我吗？"虽然韩蒙已经猜到了陈伶的身份，但当他真正看到那张熟悉的面孔时，神情还是复杂无比。

他沉默许久，没有回答陈伶的问题，而是反问："在三区的时候，你为什么要成为执法官？"

"为什么？"陈伶轻笑一声，"为了伪装我黄昏社成员的身份，为了防止你们追查到我头上，为了获得更多的情报……就这么简单。"

"江勤是你杀的吗？"

"不是。"

"席仁杰呢？"

"也不是，我放过他了。"

"你为什么要这么做？"

"我想做什么就做什么，谁规定黄昏社只能杀人放火？"陈伶嗤笑道，"不过，杀人放火的事情我做得也不少……你想知道吗？"陈伶说的是实话，他血洗了"兵道古藏"，他杀光了除席仁杰之外的所有三区执法者，他利用三区居民进入极光城，他夷平了群星商会，他栽赃陷害了一位检察官，他在光天化日下当街枪毙了一位证人，他炸毁了极光基地的实验室……这里面任何一条挑出来，都足以让陈伶被扣上"必杀"的罪名，从极光城的角度看来，他就是一个疯狂、血腥、阴险，且极难抓捕的恶劣罪犯！

韩蒙沉默注视着陈伶，许久之后，缓缓放下了手中的漆黑手枪。"……你走吧。"

"你确定不抓我吗？"陈伶挑了挑眉，对这个结果似乎并不意外，"现在放我走，以后再想抓住我……可就没那么容易了。"

"未必。"韩蒙平静开口，"我们还会再见的……只不过，不该是在执法官的黑牢里。"

陈伶见此，也不再多说，转身就往升降机的方向走去……他再不走，一会儿等琼玄他们杀回来，事情可就麻烦了。

韩蒙亲眼看着那红衣身影走上升降机，指尖在脸皮一划，又变成"陈新"的模样，似笑非笑地对他摆了摆手，身形随着升降机消失在基地之中。韩蒙转身回到三层，此时的众多执法官已经将暴走的实验体彻底击杀，正带着白大褂们清扫战场，检查哪些设备还能继续使用，不过看地上那些破碎凌乱的零件，估计是全都彻底报废了。

"副队长！有新的发现！"一位执法官激动地跑上前。

"什么？"

"我们抓到入侵者了！"

韩蒙愣了一下，随后看到另一位执法官，押送着一个身影来到面前。只见还套着执法者服饰的文仕林，脸上满是灰尘与瘀青，神情狼狈无比。即便如此，他依旧攥着一只相机，眼眸中似乎有怒火熊熊燃烧。

"刚才他就在三层的观察室那边，对着0号实验室拍照，被我们发现了。"那位执法官重复了一遍事发经过，"不过他似乎是个普通人，没怎么反抗就被放倒了……"

韩蒙皱眉看着眼前的文仕林，总觉得有些眼熟。"我是不是在哪里见过你？"韩蒙仔细思索一番，终于回忆起是在哪里见过这家伙，当时第一次开庭的时候，他就跟那个林宴坐在一起，似乎也是个记者。文仕林并不打算回答韩蒙的问题，他甚至不打算替自己辩驳两句，此刻的他，还沉浸在极光基地里的东西给他的冲击之中……"我要见檀心！！"文仕林咬着牙，一字一顿地开口。

韩蒙上下打量了他一眼，平静地对其他人说道："他应该不是这次入侵的主犯，把他带去总部吧，让那边的人审问一下。"

"是。"

文仕林就这么被执法官铐走，就连相机都被强行没收。他离开之后，众人头顶的灯光晃了晃，重新恢复明亮。

"电力恢复了。"众人终于松了口气。

借着灯光，易博士终于看清眼前的一片狼藉，醉意也消散了些许，神情复杂得不知在想些什么。就在这时，一声惊呼突然从远处传来："极光君……极光君不见了！"

276·消失的极光君

"你说什么？！"听到这句话的瞬间，易博士的酒彻底醒了，一身冷汗将他浇得透心凉，他猛地转头看向说话者的方向。韩蒙心中也猛地一颤，迅速向玻璃观察室冲去！两人来到观察室前，向下望去，只见重新恢复照明的0号实验室中并没有什么变化，设备照常运转，药剂正常注入，可唯独中央的金属休眠舱内，已经空空荡荡……"极光君呢……极光君呢？"易博士瞪大眼睛，难以置信地开口，"这怎么可能？刚才我明明确认过……"

"按照您的规定，观察室内必须时刻有人看守，就刚才实验体暴走的那一会儿我躲了一下……应该也就一分钟不到的时间，回来的时候他就不见了！"一个白大褂茫然回答。

"……该死！！"易博士双手抱着头，蹲下身，眼眸中满是痛苦。

"易博士？"韩蒙喊了他一声。

"休眠舱没有被从外部打开的痕迹……一切设备都完好如初，不可能是被人带走的……极光君……醒了。"易博士疯狂地挠着自己的头发，"断电遮掩了他的生命体征变化……我早该想到的！他已经醒了！这里刚才发生的一切，我们所说的一切，他都听到了！他知道在他沉睡的这三百年里，我们一无所获，他也知道自己的寿命将走到尽头……他对我们失望了……他走了……他放弃了极光基地。"易博士凄惨地笑了一声，脸色苍白无比。"极光君醒了……极光界域，完了。"

极光基地外，一道血影疾速掠过天空！简长生紧咬着牙，疯狂地用自己的鲜血换位挪移，试图与身后的几位执法官拉开距离，但根本毫无效果，甚至两者之间的距离还越来越近……那些动辄五六阶的执法官，可不是吃素的。

"怎么光盯着我追啊？！"

"'红心6'不会是故意的吧？

"把我丢出来当诱饵，然后自己偷偷逃走？这个混蛋……"

简长生终于反应过来了，越琢磨越觉得不对，但现在已经晚了。随着一只虚无的狼眸从天穹中睁开，一股神秘的力量瞬间锁定他的身形，他的动作肉眼可见地慢了下来！这一刻的简长生，像是被隔空套上一层层枷锁，浑身上下每一个关节都沉重无比，直挺挺地从腾跃而起的半空，重重砸落到大地之上。"砰——"简长生闷哼一声，意识都模糊起来。"怎么偏偏是'天狼'这种侧重于'狩猎'的路径……隔着这么远，就能把我变成'猎物'吗？这就是七纹执法官琼玄的实力？"简长生艰难地从地上爬起，像是一只受伤的猎物，拖着血迹艰难前行……他甚至没有跟任何人打过照面，只是被虚无中的一道目光锁定，就陷入了"流血濒死"的状态。被一位七阶的"天狼"盯上，简长生就算再能跑，也绝对无法逃脱，与被阎王锁定没有丝毫的区别。"'红心6'……我恨你！！"简长生忍不住骂道。

"吼——"话音落下之际，他身后的极光基地中，爆发出一道尖锐的狼啸，一个快到突破音障的影子瞬息掠过天际，席卷的狂风将周围的树木连根拔起！就在简长生眼眸中浮现出绝望之际，一个懒洋洋的身影从不远处传来。"哦……你就是那个新人？"简长生一愣，还未等他反应过来，身形瞬间消失在原地！一秒之后，一道黑色的残影裹挟着恐怖的风暴，来到这条街道之上，穿着七纹执法官风衣的琼玄缓缓勾勒出身形，目光扫过四周。死寂的街道之上，空荡无人，再也没有简长生的影子。

"怎么会这样？"琼玄眉头不自觉地皱起，"刚才分明已经锁定了……他是怎么逃脱的？"琼玄不死心，这毕竟是入侵了极光基地的敌人，他不可能就这么放过。他迅速在周围搜寻起来，然而即便他将整片街区翻个底朝天，也没再找到简长生的身影，他就像是凭空蒸发了一样。其他执法官也随之追来，看到就连琼玄都没能抓住对方，眼眸中都浮现出震惊。

"队长……接下来怎么办？"

琼玄此刻牙都要咬碎了，任凭他万般愤怒不甘，此刻也无处发泄，憋了半天也只说出一句："回基地！"

众人彼此对视一眼，也只能转身跟在琼玄身后。他们逐渐靠近极光基地，这时，一位穿着棕色大衣的记者，正站在基地门口，像是在拍摄什么照片。琼玄见此，原本就火大的他越发不爽，摆了摆手对身旁的执法官说道："把那个记者赶走……极光基地，也是他能拍的？"

那位执法官立刻走上前，严厉叫停了正在拍摄的记者，那戴着半框眼镜的年轻人挠着头，不好意思地说道："不好意思……我就是正好路过，听到基地里传来爆炸的动静，所以过来看看有没有新闻……"

"极光基地也是你能拍的？你是哪家的记者？"

《极光日报》，林宴。"

"赶紧走，这里不欢迎记者，否则别怪我不客气。"执法官厌烦地驱赶着陈伶，几秒后，突然像是反应过来，猛地回头，"你说什么？爆炸声？"

"对啊……就从那下面传来的，你们没听到吗？"陈伶无辜地摊手。

琼玄等人脸色顿时大变："糟了！快回基地！"

几道黑衣身影急速向基地冲去，陈伶就站在原地，微笑地看着这一幕，随后不紧不慢地抬起手中的相机，按下快门。"咔嚓——""极光基地，不过如此。"陈伶随意地将手插回口袋，就准备转身离开。然而，他刚回过头，便看到一个白衣白发的身影，正安静地站在他的身后。那是个瘦高的男人，穿着一身科研用的白大褂，一头白发披散在背后，随着那双极光般涌动变化的眼眸微微眯起，一阵风拂过他的衣摆……陈伶的身形骤然僵硬！

观众期待值 +5%

277·退化

"易博士，檀心副总长让你去一趟。"突如其来的声音，让浑浑噩噩的易博士猛地回过神。三层的玻璃观察室前，易博士已经不知在地上坐了多久。他目光从空荡的休眠舱挪开，缓缓抬起头，声音沙哑地回答："……我知道了。"

"他让您速度快点……事情紧急。"

他跌跌撞撞地从地上站起，在众人的搀扶下勉强稳住身形，向基地外走去。此刻的极光基地已经恢复原本的秩序，只不过三层的实验室已经彻底报废。易博士回到地表，一辆黑色的车已经在门口等候多时。与此同时，易博士忍不住打了个哆嗦。"好冷……地表的温度，已经降到这个地步了吗？"凛冽的寒风让易博士的大脑瞬间清醒，他意识到这温度似乎低得不同寻常，随后像是意识到了什么，皱眉看向城墙外的方向。事实证明，檀心这次确实很急，车子的速度已经提升到极限，径直往总部的方向驶去。短短十分钟，易博士就来到了檀心的办公室门口，推门而入。

"你终于来了。"檀心的声音响起，此刻的他，正站在办公室的窗边，用一壶滚烫的热水浇着被冰霜封死的玻璃，袅袅白雾蒸腾了不过数秒，便彻底消散。借着这短暂的升温，檀心用力将窗户彻底关严，看着下一刻就再度被封死的窗户，他长叹一口气。

"……嗯。"易博士低着头，闷闷地"嗯"了一声。

"极光基地的事情，我听说了。"檀心转身说道，"在你看来，极光城还剩下多少时间？"

易博士沉默片刻，缓缓开口："若是极光君还在沉睡，大概还有四十天不到的时间……但现在他醒了，各个器官就会以惊人的速度加快衰老，具体有多快，我也无法预估……但绝对不会超过三天。"

"如果找到他，有可能让他再沉睡回去吗？"

"没有。"易博士果断否决，"现在的我们，根本没有三百多年前的技术，而且就算有，以他的身体机能退化速度，也延长不了几天。"

檀心眼眸中闪过一抹复杂，他的指节轻轻叩着桌面，不知过了多久，点点头："也对，就算他今天没醒，极光城也不过是苟延残喘……现在提前醒了，反而是一件好事，省得夜长梦多。"

"所以，你同意领袖的'重现'计划了？"

檀心听到这句话，动作微微一顿，并没有正面回答，而是平静反问："你已经多少年没回过地表了？"

"十四五年吧。"

"这次上来，有觉得哪里不对吗？"

"有。"易博士瞥了眼被冰霜封锁的窗户，"地表的温度太低了……在我的记忆中，极光城从未有过这种温度，应该是因为极光衰弱，导致禁忌之海的低温侵入城内了？"

"没错。"檀心指了指桌上的温度计，"现在的室外温度，已经接近零下四十摄氏度，而且现在还在以每小时一点五摄氏度的速度下降……"

"零下四十摄氏度？这已经可以冻死人了。"易博士眉头紧锁，"这个温度下绝不能随意在室外走动，否则时间久了，人会因低温症而丧命……待在有暖气的屋里，应该没事。"

"这就是问题的所在，极光城的集中供暖系统……彻底失效了。"

"什么？"易博士的脸上满是错愕，"怎么会这样？"

檀心深吸一口气，缓缓吐出四个字："科学倒退。"

"又有东西失效了？这次失效的是什么？"

檀心拉开抽屉，将一件物品摆在桌面上，看到那东西的瞬间，易博士愣住了。"……泵？"

"准确地说，是以电力驱动的泵。"檀心指着桌上的水泵，声音凝重无比，"无数个这种东西，构成了我们的集中供暖系统，负责将各个分区的锅炉厂产出的热水加压，保证热水能通过管网覆盖到分区内的每一栋建筑内……而现在，它们全都失效了。现在锅炉厂虽然能正常地产出热水，但没有压力驱动，能够覆盖的范围极为有限，整个极光城大概有七成的地方是无法供暖的……也就是说，他们的家里与外界的温度完全一致……"

易博士咽了口唾沫，喃喃自语："泵……该死……怎么会这样……"

"易博士，你是极光城顶尖的科研人才，你有办法修好它，或者找出别的什么办法替代吗？"

"我想想……你别急！你让我想想！！"易博士双手拼命地挠头，整个人在屋中来回走动起来，眼眸中急得满是血丝，"泵的工作原理相当简单，不过是通过螺杆或叶轮给液体加压而已……那问题出在哪儿……对啊，问题究竟出在哪儿？！是电力驱动的问题？可明明电梯都可以使用，为什么挪到泵上就不能用了？这根本就不科学！又是这样……又是这样！！这是啥世道，根本不讲科学！！！"

"易博士！你冷静一下！"

"冷静……我可以冷静……我再想想……现在面临的主要问题是给水流加压，就算没有电力驱动，也可以换成别的……比如将压力换成重力循环，利用高低的位置差，让水流通过重力输送……可极光城根本就是平原，而且现在再施工临时架高也来不及了……那就换一种驱动方式？换成人力驱动？不……不行，根本没有那么多人手，能输出足以覆盖极光城的压力……蒸汽机？对！蒸汽机还可以用！我们可以把所有泵都换成蒸汽驱动！"易博士双手重重地拍在桌面上，眼眸中亮起一抹微光，"给我一个小时……不！半个小时……十五分钟！！"易博士激动地开口，"给我十五分钟！我马上就把水泵的修改图纸画出来！只要更改了它们的驱动方式，一定可以修好！"

檀心低头看了眼时间，张了张嘴想说些什么，最终还是没说出口。易博士已经来不及等他的回复，扭头就往外狂奔，这是他这么多年以来，第一次如此快速地奔跑……看着他离去的背影，檀心无奈地叹了口气。

278 · 杨宵

彻骨的寒风吹过基地门前，也吹凉了陈伶的心。该死……他怎么会在这里？眼前的这个男人，陈伶不久前才在极光基地的四层见过，绝对不可能认错。可极光君不应该还在基地里沉睡吗？他是什么时候醒的？怎么一转眼，就跟鬼一样出现在自己身后？他是冲着自己来的？可怎么会这样……难道是因为自己碰了一下玻璃？没道理啊？！无数个念头在陈伶心中急速翻涌，差点直接把他脑子干冒烟了，一个原本好好睡在休眠舱里的"古人"，一扭头就在身后直勾勾地看着自己，这根本就是恐怖片里才会出现的剧情！陈伶默默地从对面的身影上挪开目光，自然地转身，佯装不认识向远处走去。"等等。"男人的声音缓缓响起。

陈伶的脚步一顿，他茫然而错愕地回过头，环顾周围一圈，茫然地指着自己："你是在跟我说话吗？"在极光基地，陈伶是以"陈新"的身份去触碰休眠舱的，但现在他已经变回了"林宴"的模样，按理说不会被认出来才对。

"你以为换了脸，我就不认识你了？"极光君就这么看着满脸无辜的陈伶，"就算化成灰，我都能闻得到你身上的'灭世'气息。"

这句话一出，彻底击碎了陈伶最后的侥幸。他身上带着"灭世"级"灾厄"，是所有人类的敌人，无疑是站在极光君对立面的……现在极光君醒了，他陈伶在这极光城中，就是极光君最大的威胁！死亡的阴霾笼罩陈伶心头，在那双极光般涌动的眼眸中，他的一切仿佛都被看穿。

就在气氛陷入僵持之时，极光君的声音再度响起："怎么？知道怕了？"

陈伶微微一愣，他疑惑地抬头看向极光君，对方的眼眸中，闪过一抹微不可察的戏谑……不知是不是陈伶的错觉。陈伶深吸一口气，斟酌着开口："极光君……前辈。我无意惊扰您的沉睡，对极光城也没有任何敌意……我出现在这里只是意外，如果您介意，我现在就离开。"话音落下，他转身就往远处走去。

"站住。"极光君又喊住了他。

陈伶："……"

"回来。"

陈伶无奈之下，只能乖乖走回极光君身前。

极光君注视他许久，缓缓开口："带我转转吧。"

"……什么？"

"我对这个时代，还不熟悉，我需要一个向导。"

陈伶的眉头不自觉地皱紧，他疑惑地打量着极光君，在那双眼眸中，他并没有看到任何的杀意……只有宛若极光般深邃神秘的未知。"我们……认识吗？"陈伶下意识地问道。

极光君停顿片刻："不认识。"

"那……"

"我的时间不多了，而你是一只'灭世'级'灾厄'……我总得在死前，好好地盯着你，以防你对这座城市不利。"陈伶愣住了，他仔细琢磨着这句话，觉得似乎有哪里不对，但似乎又很合理……所以，自己这是被软禁了？"当然，你也可以拒绝……"极光君眼眸微眯，下一刻，一道道深蓝色的电弧在他的身边噼里啪啦地游走起来，天空中的极光倒卷，九阶的威压骤然降临！"如果是这样……我只能先杀了你，以绝后患。"

"等等！"陈伶立刻开口，"我同意！"

现在的"观众期待值"还不到50%，要是被极光君杀死，他就真的死了……而且就算期待值足够多，有两条命，在极光君的面前也根本不够杀的。极光君似乎对陈伶的反应很满意，他拍了拍白大褂的衣摆，散去周围的电弧。

"带路吧。"

"……你想去哪儿？"

"有星巴克吗？我想喝燕麦拿铁了。"

"……这地方哪儿来的星巴克，附近就只有一家本土的紫藤咖啡馆，而且难喝得很……"陈伶自然地回应了一句，随后突然愣在原地。星巴克……在这个时代，他已经很久没有听到这个牌子。陈伶想起来了，极光君本来就是大灾变前的科研人员，只不过在灾变发生后，自愿选择了沉睡……对极光君而言，他只是一觉醒来，就到了一个完全陌生的时代，就和……就和自己当初的"穿越"一样？在陈伶的认知中，极光君本身的光环实在太大，以至于他都忽略了，他与极光君本就是一个时代的人。等等，那刚才自己的回答，是不是也暴露了自己来自另一个世界的事实？

而反观极光君，对陈伶的回答似乎并没有什么反应，而是随意地说道："不管了，就去那个什么紫藤咖啡馆吧……这么久没喝，咖啡瘾都犯了。"

陈伶依旧处于头脑风暴状态，以至于走路都有些心不在焉，好在那家咖啡馆离这里并不太远，走了没几步就来到门口。陈伶伸手推门，一时之间竟然没有推开，他回过神低头望去，只见寒霜已经冻结了门边的缝隙，随着他的推动发出"咔咔"声。怎么回事？他进入基地不过六个小时，外面温度已经低到这个地步了？陈伶虽然疑惑，但也并没有放在心上，毕竟他来极光城也没多久，不知道这里的气候变化究竟怎样，只觉得可能是突然降温。用力再度一推之后，便震掉了门上的冰霜，来到咖啡馆内。"没人吗？"陈伶在屋里四下环顾一圈，没看到店员与老板，诧异开口。

"我看门口挂的还是营业的牌子。"极光君挑了挑眉毛，"不管了，先点单吧……"紧接着，他的手开始在身上摸索起来。

"……你在干吗？"陈伶问道。

"扫码点单啊。"极光君愣了一下，随后回过神来，"对了，这个时代应该没有这种东西……我手机也不在身上。"

陈伶无奈开口："这家店没人，我们换一家吧。"

"不用了，把钱留下，我可以自己泡。"说着，极光君便走到柜台之后，撸起白大褂的袖子，开始熟练地挑选起咖啡豆来。

"极光君前辈，你还会磨咖啡？"

"以前做实验的时候，单位里没有咖啡机，我们都是手磨的。"极光君停顿了片刻，"还有，不用叫我极光君前辈……叫我杨宵，或者杨博士都行。"

279·低温

陈伶看着撸起袖子在柜台前忙碌的身影，若有所思。说实话，极光君给他的感觉和想象中的完全不一样，在基地里第一次见到的时候，即便不曾睁眼，他的身上都在散发着一种难以言喻的"神性"，而现在他醒了之后，"人性"似乎又占

据了身躯。即便举手投足之间还是散发着独属于极光君的气质，但两者巧妙地结合在一起，"神性"与"人性"完美共存。

极光君回头："你想喝什么？"

"……拿铁就行。"陈伶表情古怪地回答。

"好。"

陈伶犹豫片刻，忍不住问道："极……杨博士，你离开极光基地的事，基地里的人知道吗？"

"不知道，不过现在应该知道了。"

听到这儿，陈伶已经能猜到现在基地乱成什么样了……极光君凭空消失，无论是基地还是执法者总部，估计都发了疯般开始寻他，可谁又能想到，他居然悠闲地在这里给一个"灭世"级"灾厄"泡咖啡？"你为什么要离开基地？"

"不为什么。"极光君沉默片刻，目光透过满是寒霜的窗户，看向外面，"我……只是想出来走走。"

陈伶见此，正欲开口再问些什么，极光君的脸色突然一变！"喀喀喀喀——"他猛地放下研磨器，剧烈地咳嗽起来，苍老的肺叶就像是破风箱般鼓动着，发出沙哑而虚弱的咳嗽声，在咖啡店中回荡。此刻的极光君，虽然面孔看起来还像是二十多岁的年轻人，但声音已经像是八九十岁。陈伶立刻起身，看到极光君的白发凌乱地散在肩头，随着他的剧烈咳嗽，一缕缕暗淡的鲜血，从他的指缝中流淌而出，滴滴答答落在地面……

院落——

一团篝火在院落中燃烧，熊熊烈焰驱散了些许寒冷，将霜白的院落点缀出一抹红意。楚牧云坐在篝火边，手里拿着几根柴火，时不时地丢入火焰中，发出噼里啪啦的声响。随着一道身影掠过院墙，燃烧的火焰突然随风卷动，楚牧云像是察觉到了什么，转头看向一侧，只见白也带着简长生，不知何时已经站在那里。楚牧云看到简长生，眼前微微一亮："回来了？'红心6'呢？"

简长生嘴角一抽，神情有些阴郁："……不知道。"

"不知道？你们不是一起行动的吗？"

"那家伙，好像把我给卖了……"

简长生将事情的前因后果说了一遍，楚牧云若有所思。

"'红心6'应该不是那样的人……嗯……不过确实不好说……"楚牧云叹了口气，"总之，你还不确定他有没有从基地里出来，是吗？"

"对。"

"需要我去走一趟吗？"白也靠着墙，缓缓开口。

"……不用，那小子本事不小，应该不至于出事，而且你去了万一惊动了那位，咱可没人打得过她。"

"传说中的那位'修罗'魁首？"白也想了想，"确实很棘手。"

楚牧云将手中剩余的柴火一口气全丢入火焰中，随后缓缓站起身向院落的另一边走去，将院子里的树枝一根根全部折断，原本还算美观的几棵大树，立刻只剩光秃秃的树干。

"话说，你怎么开始烧自己的树了？"

"科学退化，极光城的供暖系统失效了，想取暖，只能自己想办法……现在外面到处都是买煤炭的人，已经乱套了。反正这院子里的东西也带不走，索性烧了算了。"

"供暖失效？"简长生心中一惊，"这么冷的天没有暖气，可是会冻死人的……"

"已经有不少人冻死了，而且温度还在下降……"

楚牧云叹了口气，目光看向院墙外那座被冰雪彻底覆盖的极光城，像是回忆起了什么："又一座人间炼狱，即将诞生了。"

"降温来得太突然，而且极光明显已经开始不稳定了……"白也抬头看了眼天空，将鸭舌帽的帽檐向下按了按，看不清是什么表情，"时间快到了。"

"是啊……也该结束了。"

简长生听着两人莫名其妙的对话，忍不住开口："你们在说什么？"

"没什么，过段时间，你自然就知道了。"

"……"

简长生"喊"了一声，转身往大门外走去。

"你去哪儿？"

"出去随便转转。"简长生话音刚落，就已经推门离开。

白也转头看向楚牧云："这个时候，他在外面跑合适吗？"

"有什么不合适的。"楚牧云耸了耸肩，"他这么难杀，问题不大。"

白也："……"

简长生出门之后，一股寒风袭过，把他整个人冻得一哆嗦。"好冷……真的要死人了。"简长生默默地缩起脖子，往某个方向走去。他现在出去挨冻，当然不是单纯地闲得发慌，极光城已经乱成一团，而在这座城中还有他在乎的人，若是不过去看看，他根本不放心。然而，他刚走出几步，就看到有几个身影跌跌撞撞地向这里跑来。

"小伙子……小伙子！"

"小伙子，你家里还有炭吗？"

"你要是有炭的话，分一点给我吧……我儿子已经快冻死了！"

"还有我！先分我一点吧！我老公生着病在床上，没有东西取暖不行啊……"

"我们家里能烧的都烧完了……桌子、椅子……除了身上一件御寒的衣服，我们真的什么都没有了……"

"求求你了，我真的求求你了……炭也好，木头块也好……随便给我点什么吧！！小伙子，阿姨给你磕头了……"

这是一群上了年纪的大妈，拉住简长生的衣角，便开始苦苦哀求起来，睫毛上的水珠都被冻结成一滴滴冰粒，脸色煞白得似身下的雪地一般。简长生愣住了，他看到其中一位大妈"扑通"一声跪下来，当即开口："别……别！您要的东西我也没有……您去别处看看吧。"

听到这句话，几位大妈的脸上浮现出绝望之色，她们浑浑噩噩地转过身，没有方向般地向着远处机械地走去……"扑通——"其中一位大妈身形一晃，一头栽倒在雪地上。

280·生命的价格

简长生见此，脸色一变，迅速走上前去。他的手指摸向大妈的鼻子，还有微弱的呼吸，但体温正在缓缓下降……其他几位大妈看到这一幕，眼眸中满是麻木，她们僵硬地挪动身子，继续往其他街道走去。她们并非见死不救，只是她们压根就没有办法去救……更何况她们自身的情况，也不比倒下的大妈好到哪儿去，不知什么时候就会栽倒，而她们的家里，还有人在苦苦等待着她们。"喂……喂？"简长生试着喊了两声，倒下的大妈没有丝毫回应，依旧昏迷。简长生四下环顾一圈，再也没看到其他人影，放任她这么不管，几乎必死无疑……纠结许久后，他还是一咬牙，背起大妈回头往院落的方向走去。"嘎吱——"他重新推开了院落的大门。楚牧云和白也看到简长生突然又回来，都是一愣，看到他背上的身影之后，眼眸中浮现出疑惑之色。"你这是……"

"她要被冻死了，这不是正好有火吗？稍微让她暖暖。"简长生在篝火边将大妈放下，说话间带出阵阵冰雾。

楚牧云双眸微眯，指尖往昏睡的大妈身上一贴，便缓缓开口："是低温症，人体长时间暴露在极寒条件下，自身的温度会随之下降，甚至反而会觉得周围很热，开始主动地脱掉自己御寒的衣服，最后被彻底冻死……"

"你能治好吗？"

"……这不是治不治的问题，只要能让人体回温，自然就会好的，但若是一直无法回温……"楚牧云没有继续说下去，"对了，你从哪儿带回来的？"

"家门口。"

"你认识？"

"……不认识。"简长生微微低头，似乎是有些心虚……他知道这里毕竟是楚牧云的宅子，自己这么做，实在是有些不妥。

好在楚牧云并没有生气，而是平静地点点头："知道了。"

白也始终低着头，没有说话。

简长生在心中松了口气，正欲转身离开，楚牧云的声音再度响起："小简。"

"……嗯？"

"你知道，我们是没法救下所有人的……对吧？"

简长生沉默许久，闷闷地"嗯"了一声，便推门而出……

楚牧云看着他离去的背影，长叹一口气。

戈雅酒店——

"会长，我们的商铺已经快被来买煤炭的人挤爆了！"眯眼男跟在群星商会会长阎晌的身边，快速在灯火通明的走廊中走动，沉声开口，"现在几乎全城的人都在寻求煤炭，而我们群星商会的手上，又占据着极光城六成的煤炭储备，我们的锅炉厂现在已经被来买煤的人堵到水泄不通，排队的人已经快打起来了……接下来该怎么办？"

"科学倒退……偏偏是在这时候吗。"阎晌眼眸中寒芒闪烁，"看来，这是天不亡我群星商会！"

"您的意思是……"

"其他两家商会的会长到了吗？"

"到了，就在休息室等您。"

阎晌径直走到休息室的门口，正欲推门，突然像是想到了什么，转头对眯眼男说道："'力夫'激活了吗？"

"玉子已经去了。"

"好。"

阎晌双手推开休息室的大门。

金碧辉煌的房间中，两道身影正坐在雪白的沙发上，只穿着两件单薄的衬衣，似乎在交谈着什么，看到阎晌走进来，两人立刻起身笑迎："阎会长，现在整个极光城，就你这儿最暖和了。"

"听到您的邀请，我立刻就从商会里赶过来了，按您说的，我们仓库里的那些煤炭，都还按着呢。"

阎晌脱下身上的外套，在另一侧的沙发上坐下，不紧不慢地开口："废话就不多说了……现在极光城内的煤炭储备，我群星商会占六成，你们银月与冷泉两大商会加起来占三成，执法官占一成……二位对现在的形势，怎么看？"

两位会长若有所思地开口："供暖系统突然崩溃，意味着我们手上的煤炭成为极光城最稀缺的资源，也许……我们可以适当地抬抬价？"

"是啊，此一时彼一时嘛……做生意，讲究的就是个天时地利人和，现在正是我们发财的机会……我们过来，也是想和阎会长讨论一下，涨多少的问题……"

阎晌淡淡开口："哦？你们觉得涨多少合适？"

两位会长对视一眼，同时伸出两根手指，横竖交叉在胸前："……十倍？"

"十倍？"阎晌摇了摇头，"看来，二位的消息并不灵通啊……"

"阎会长什么意思？"

"就在几分钟前，极光基地那边传来消息，说是极光君失踪了……"

"什么？"两位会长大惊失色。

"极光君失踪，意味着极光城的毁灭进入倒计时……也意味着，现在那些抢着买我们煤炭的民众，过不了多久就会死。"阎晌指了指二人，"但是你我不一样，我们的产业遍布其他几大界域，所以得到了最后一趟界域列车的车票，我们可以全身而退……所以，这将是我们在极光界域内做的最后一笔生意。"

"那……您的意思是……什么价格比较合适？"

阎晌微微一笑，缓缓抬起五根手指。

"五十倍？"

"不，五十万倍。"

"五十万倍？"两位会长难以置信地瞪大眼睛，"目前煤炭的市场价格，大概是一铜币一千克……五十万倍，那就是五十万铜币一千克？！那已经是极光城中产家庭不吃不喝几年的收入了！"

"五十万铜币……已经够在极光城买半套房了，现在只能买一千克的煤？这……这都不够烧一天的啊？！"

即便是自认为足够黑心的两位会长，此刻都被阎晌抛出的天价惊到了，这和直接要那些居民的命有什么区别？

"煤？你们觉得，我们现在卖的是煤吗？"阎晌嗤笑一声，"我们卖的……是那群普通人的命。"

281 · 出路

"可就算我们涨到五十万，执法体系那边肯定不会答应啊？"一位会长头脑还是比较清醒的，"极光城是有市场监管的，我们的标价太离谱，他们一定会派人过来……"

"那些底层的执法者，凡是来的，给他们一人送五十千克的煤过去，他们是自己用还是加价卖都随便。执法官每多一纹多送一百千克，不用他们做什么，只要稍微拖延一下时间就好。"阎晌从口袋中掏出车票，不紧不慢地开口，"我们的列车，还有三个小时就出发了……现在这种情况，三个小时，足够我们清空所有库存。"

"可，可他们要是不收呢？"

"不收？"阎响微微一笑。"轰——"下一刻，休息室的大门突然爆碎，将两位会长吓了一跳！飞扬的尘埃之间，一个黑发女人正静静地站在门外，在她的身后，是一个通体宛若石块的高大男人，通过门框只能勉强看到他的胸口，整体的身高应该超过了三米。随着他们的出现，一道道恐怖的威压接连从眯眼男、黑发女人与石块人身上释放，将两位会长吓得脸色煞白！"我群星商会，已经受过一次重创……本来以为只能夹着尾巴灰溜溜地离开，现在上天好不容易给了我一个翻身的机会……"阎响端起茶杯，淡淡开口，"谁挡我做生意，谁就死。"

紫藤咖啡馆——

极光君咳了许久，终于缓和些许，随手拿起桌上一块被冻硬的抹布，擦拭着手上的血渍，神情疲惫无比。

"你还好吗？"陈伶忍不住问道。

极光君没有回答，只是默默将抹布丢入垃圾桶里，注意力重新回到正在冲泡的咖啡上，似乎这就是他现在唯一关心的事情。窗外偶尔传来嘈杂的喧闹厮打声，像是有人在哭泣，像是有人在悲鸣，陈伶转头望去，透过结满冰霜的玻璃窗根本看不清外面发生了什么，只知道他们似乎在争抢什么东西。而咖啡馆内，依旧安安静静，只剩下极光君冲泡的咖啡声，与从门缝钻进来的寒风的呜咽声。"你喜欢加奶多一点还是少一点？"

"……少一点吧。"

不一会儿，极光君便端着两杯咖啡，在靠窗的位子坐下。陈伶坐在他的对面，接过极光君推来的一杯拿铁，浓郁的咖啡香气钻入他的鼻腔。这一刻，他仿佛梦回大灾变前，重新坐在了高楼大厦间的咖啡馆里，看着外面来往的行人与车辆，心中泛起片刻的祥和与安宁。极光君抿了口杯中的咖啡，那张苍白的面庞终于恢复一丝生气，他嘴角微微上扬，与陈伶一样像是在怀念着什么。"虽然我感觉没过多久……但喝到这口咖啡，确实有种跨越时空的久违感。"

"三百多年的沉睡，还不久吗？"

"对外面的人而言，确实是久的；对我而言，只是睡了一觉而已。"极光君端起咖啡，正欲喝下第二口，却发现杯中的咖啡已经被冻成冰块，与杯身彻底粘连在一起。极光君的眼眸中浮现出苦涩，他无奈又不舍地将咖啡杯放下，看着结满寒霜的玻璃，轻声开口："谁知道，一觉醒来世界就变成了这副模样……而我，也快老死了。"

陈伶看着极光君那副怔怔出神的面孔，依旧保持在不到三十岁的年纪，作为一位博士，绝对算是年轻俊朗，可就是这样的一个人，在睡梦中无声无息地就错过了自己的后半生。一觉醒来，世界已然天翻地覆，自己的人生也走到尽头。

"你……结婚了吗？"

"没有。"极光君停顿片刻，"不过我有一个未婚妻，是我们单位的同事，本来我们已经在筹备婚礼了，结果……"

极光君没有再说下去，而陈伶已经大致猜到发生了什么，同样没有追问。"所以，就算你已经晋升九阶，也没法延续自己的生命吗？"

"续命？"极光君摇了摇头，"人就是人，人的寿命是有限的，就算是休眠，也并没有将我的寿命延长，它只是延缓了我衰老的速度……但我还是会有老死的那一天。"

"但极光基地的人，用了三百多年来试图给你续命。"

"……或许吧。"极光君的神情有些复杂，"事实上，极光基地的使命远不止这么点……给我续命，只是他们为了人类延续而做的尝试之一，而除此之外，他们也有过很多种尝试，比如人造极光领域，又如……再造一个极光君。他们会提取我的基因，去进行人工受孕，试图以这种形式克隆一个极光君……或者，将我的一部分细胞组织注入从别处找来的器官，试着复制一部分我的力量，等等。总之，他们能想到的方式都尝试过了。"

"他们做这些，经过你的同意了吗？"

极光君深深地看了陈伶一眼："这些方案，是我在沉睡前，和他们共同提出的……"

"……但他们还是失败了。"

"没错。"极光君叹了口气，"也许不能说完全失败，在这个过程中，他们也有一点收获，但在大局上没什么作用……他们无法解析我为什么拥有这种力量，也无法完美地复制一个能够张开领域，庇护整个极光界域的极光君……同样地，他们也无法给我续命。不过这也不能怪他们，在我沉睡前，就已经有人尝试过这些了……即便是以大灾变前的科技水准，也无法做到这一切。休眠计划就是当时我们走投无路之后，无奈的选择。我们只能祈祷时间能给我们带来奇迹，但随着时间流逝，科研水准也在不断倒退，实验难度越来越大，到头来……还是一无所获。"极光君缓缓放下咖啡，被冻结成块的咖啡杯落在桌面上，发出一声闷响，空气突然陷入沉寂。他看着朦胧的玻璃窗，突然苦笑一声，"所以，人类的出路……究竟在哪里？"

282·去杀几只畜生

"成了！！我完成了！！"易博士看着桌面上凌乱的改装图，被冻红的双手颤抖起来，他欣喜若狂地将所有改装图拿起，凌乱的发丝下是一双满是血丝的眼眸。他看了眼桌角的时间。"十三分四十五秒……我做到了！！"他哈哈大笑一声，抱着所有的改装图就往檀心的办公室冲去，浑然不顾走廊里其他行色匆匆的执法者，连推带撞地冲过人群，像是个穿着白大褂的疯子。"让开！都给老子让开！一个个都不长眼吗？都给老子让开！老子要去拯救人类了！老子等了这么多年，总算等到这一天……都给老子让开！"

"砰——"易博士一脚踹开檀心的办公室门。办公室内，檀心正脸色凝重地坐在那儿，在他的对面还站着一个人，正是易博士不久前才见过的韩蒙。韩蒙见易博士以这种方式出场，微微一愣，眼眸中浮现出疑惑。但易博士压根都没看他一眼，而是笔直地冲到檀心面前，"啪"的一声将所有改装图拍在桌面上，气喘吁吁地开口："目前供暖系统所有泵的型号改装图都在这里！不需要做什么大改，只要将原来的电机拆下，将蒸汽驱动的装置重新装上就好！"檀心看着满桌的改装图，正欲开口说些什么，易博士紧接着说道，"我知道你要说什么！时间！我们没有时间现场去造那么多的小规模蒸汽驱动装置，所以我的方案是以汽车工厂里的小型蒸汽驱动装置做替代！不需要生产！只要从工厂把那些东西拆下来，再装到泵上！唯一需要的就是一个适配的动力转换装置……我已经把它设计出来了，加工非常简单，以极光城的工业速度，最多只要三个小时就能全部做完！我计算过！用这种装置驱动的水泵，功率不会比原本的电驱动差多少！覆盖极光城九成的区域至少够用了！这只是个应急方案，等这次寒灾过去之后，我可以再做改进，让它的压力足以覆盖整座极光城！"说完最后一句话，易博士双手用力地再度在满桌的改装图上用力一拍，发出"咚"的一声。他深吸一口气，"十五分钟……老子说到做到！"

办公室陷入一片死寂。檀心看着满眼通红的易博士，眼眸中浮现出一抹愧疚，他沉默许久，还是开口："易博士……这个方案，已经没有用了。"

易博士一愣："……为什么没用了？是……是有人已经提前设计出来了？那你们已经开始加工了吗？还是说，所有泵都恢复了，不需要改装？"

"不。"檀心摇了摇头，"易博士……现在外面的温度，是零下四十一摄氏度，在没有泵驱动的情况下，没有被充分循环的水已经全部冻结成冰。早在八分钟前，大部分的供暖管道，已经被冻裂，无法使用了……"

易博士的瞳孔微微收缩，他怔怔地站在那儿，还维持着刚才拍桌子的姿势，沙哑开口："你是说……"

"就算所有的泵都重新恢复使用，供暖也无法恢复……"檀心开口安慰道，"无论如何，感谢你为极光城做的贡献。"

易博士的呼吸顿时粗重起来，他明明没有喝酒，却像是醉了一般，面孔与脖子都涨得通红，踉踉跄跄地向后退去。

"……贡献？"易博士惨笑道，"贡献？我做出什么贡献了……在极光基地也好，来到这儿也好……我什么都没有做到……我还是什么都没能改变！"易博士像是被逼到绝境的野兽，愤怒地咆哮着，他咆哮的原因不是眼前的檀心或者韩蒙，而是在绝望前无能为力的自己。他回头直接冲出了办公室，重重地将门砸得关起，不知去往何方。

檀心见此，长叹一口气。

与此同时，又一个身影推门而入。

"老师，事情出变化了。"储士铎匆匆走进来。

"哪方面？"

"煤炭！"储士铎脸色凝重无比。

"煤炭？"檀心眉头微皱，"刚才我们不是计算过吗？以如今极光城内的煤炭储备，就算是分发给民众，也足够持续供应十天……你还没下令开放供应吗？"

"开放了！"储士铎咬牙说道，"可我们开放供应的时候，三大商会那边一点动静都没有，一两煤都不往外卖，所以全城人都来我们这儿疯抢……我们虽然确实有煤炭储备，但平时都是内供，储备并不多，一个多小时就被抢完了。我们的煤发放完之后，群星商会联合银月与冷泉两大商会，就开始坐地起价，他们将煤炭的价格炒到五十万倍，现在一千克的煤炭，就需要五十万铜币！"

听到这儿，檀心的目光瞬间冷了下来，一股杀意自体内倾泻而出！

"五十万铜币？"韩蒙眉头紧紧皱起，"他们想赚钱想疯了吗？这根本就是仗着垄断煤炭，在发人命财！"

"他们把价格炒得这么高，你没派人去制止吗？"檀心冷声开口。

"已经去了两拨人跟他们交涉了，但都没有什么动静……我甚至派了一位六阶的强者，但不知他们给了什么好处，到现在他们还在安然无恙地以五十万一千克的价格卖煤炭。我正准备跟您汇报一声，然后亲自去一趟。"

檀心坐在办公桌后，眼眸越发冰冷，冷笑起来："好一个群星商会，看在之前资助的分儿上，还打算放他们一条生路……现在，就直接骑到我脖子上来了。他真的以为，我不敢杀他？"

"可是老师，现在我们的人手大部分都在搜寻极光君……阎晌的身边又有好几位雇来的其他界域的人护着，想杀他，就得临时调人。"

储士铎话音未落，一旁的韩蒙便沉默地向门外走去。

檀心见此，已经猜到了韩蒙的心思，但还是问道："你去哪儿？"

韩蒙黑色的风衣在凛冽寒风中飞舞，他一只手从腰间拔出冰冷的枪，淡淡开口："……去杀几只畜生。"

283 · 白霜

冰天雪地中，赵乙缓缓睁开双眸。首先映入眼帘的，是一只满是污垢的垃圾桶，厚厚的白霜覆盖在垃圾桶表面，仿佛连冲天的臭气都被冻结。他艰难地试着转头，一堆垃圾便丁零当啷地从他身下滚落。"这里是……哪儿？"赵乙眼前的画面逐渐清晰，一阵剧痛出现在脑海，他试着回忆刚才发生的事情……他只记得，自己被推入了实验室，然后就在强烈的痛楚中失去意识。他隐约记得自己好像做了一个很长的梦，在梦中，他站在一片镜面般波澜不惊的海面上，低头望去，深邃的海底是无数生长着咒文的诡异生物，有的像是章鱼，有的像是海草，有的像是游蛇……当他抬头望去，在那海面之上，似乎有一道道若隐若现的极光流淌。他似乎只在那里站了一瞬，但这一瞬好似万年。在那之后，他隐约听到有人在自己耳边低语，那声音太近了，近得好像就在自己身下一般。他被那声音唤醒了一会儿，恍惚中，他似乎在艰难地奔跑，好像在努力地逃离什么地方。再醒来，就在这里了。

"我……从实验室出来了？"赵乙抬起昏沉的头颅，环顾着这条无人的巷道。赵乙在捐献身体的表格上签下名字之后，就已经做好了必死的决心，没想到他不仅没有死，还机缘巧合地从实验室里逃了出来……他不知道在这个过程中发生了什么，但也许这就是属于他的奇迹。赵乙艰难地挪动身躯，从垃圾堆上缓缓站回地面，他的余光落在自己撑着地面的双手之上，整个人突然一愣。这一刻，他像是想起了什么，拼命地开始在巷道内寻找着什么。最终，他找到了一汪被冻结成冰的水洼，赵乙跌跌撞撞地来到那片水洼前，通过镜子般光滑的冰面，看到了一个似人非人的怪物的倒影……那是个难以用语言描述的生物，虽然有着人体躯干的轮廓，但肌肤几乎彻底被一道道黑色咒文覆盖，这些咒文像是活物般在他的肌肤表面游走，就连眼球中都会时不时有咒文爬过，画面诡异无比。赵乙被自己的样貌吓了一跳，他跪倒在水洼边，眼眸中满是难以置信。"怎么会这样……他们对我做了什么？"

赵乙呆呆地在原地坐了许久，也不知道该如何是好……他不知道这是暂时的，还是永远都会是这副模样……他该怎样以这样的姿态活下去？不……都已经变成这样，他还能活得下去？这看起来跟变异的怪物一样，不会明早起来就死了吧？"先找个东西挡住……"赵乙目光扫过四周，随后他又跑回了那只垃圾桶前，迅速地在其中翻找起来。

拖出一堆奇怪的垃圾之后，赵乙终于找到了一块斑驳的布匹，像是被人遗弃的毯子或者窗帘。他用这东西包住脑袋，只露出一双眼睛，这才没了刚才吓人的样子。不过即便如此，若是靠近了仔细打量，还是能看到一道道咒文从他的眼底爬过，这让他不得不眯起眼睛走路。好不容易死里逃生，赵乙可不甘心就这么死在垃圾桶边……此刻他的心中，有一种迫切的冲动。他想回家。也许是经历过炼狱的缘故，赵乙心中回家的渴望越发强烈，此刻在他的潜意识中，只有那里才是温暖且安全的……哪怕只是远远看上一眼也好。

赵乙包裹好身体，便缓慢地往三区众人居住的矮楼走去，他还无法完全适应这副身体，所以走路的步伐并不快，只能像是个康复训练中的病人，跟跄前行。可随着时间的流逝，赵乙开始逐渐掌握这副身体的力量与速度，他的动作越来越快，等他回过神来之时，身形已经好似一阵风，呼啸着卷过大地！"我这是……"赵乙感受到体内前所未有的力量，眼眸逐渐亮起！虽然外形丑了些，不过这副身体似乎也给了他超乎寻常的力量，这对他而言，绝对是个意外之喜！之前从三区逃亡的时候，赵乙就对陈伶的力量羡慕不已，他不止一次地想过，如果自己拥有力量，父亲根本就不会死，他也许能靠自己改变一切！现在，他的梦想似乎实现了？！虽然这力量来得晚些，不过他依然可以靠这力量，来守护玲儿，守护三区的众人……想到这儿，赵乙的心中便欣喜无比，就连对自身样貌的嫌弃也消散了不少。只要能拥有力量，只要能守护自己想守护的人，丑一点又怎么了？

赵乙的速度越来越快，在满是冰霜的路上拖出道道残影，没多久，就回到了那栋小楼前。他快步冲上楼梯，高声呼唤道："玲儿！许叔！！"赵乙来到自家的门前，用角落的备用钥匙打开门锁，正欲推开门，却发现整扇门都已经被冰霜冻了起来。赵乙愣了一下，他的手掌微微用力，便将门从冰中拽开，几缕碎冰散落在地。"……怎么回事？这么冷吗？"

看到门上的冰霜，赵乙就意识到现在周围的温度应该极低，只不过以如今他的这副身躯，并不会感到寒冷，甚至反而觉得这温度很清爽。不对啊……这么冷的天，为什么没有开暖气？"……玲儿？"赵乙试探性地喊了一声，空荡的屋内没有任何人影，也没有人回应。他的眉头不自觉地皱起，但仔细想了想，玲儿很有可能被许崇国喊到隔壁去住了，毕竟自己不在家，她一个小姑娘独自住一间屋子太过危险。想到这儿，赵乙立刻就来到许崇国的家门前。这一次，赵乙没有贸然开门，而是礼貌地先敲了敲。"许叔？在家吗？"

门后无人回应。不知为何，一股莫名的寒意涌上赵乙的心头，他总觉得哪里不太对……"许叔，我进来了。"赵乙手握在门把上，用力一拽，在恐怖的巨力下，被冻上的屋门硬生生被他拽开！冰窟般的寒气从屋内飘散而出，狭窄的客厅内，竟然挤满了二十多个身影，他们周围散落着厚厚的毯子与被褥，七倒八歪地围在一个早已熄灭的火盆旁，一动不动……窗外的光洒在他们的身上，仿佛镀上一层淡淡的白霜。

284·凛冬的玫瑰

赵乙站在门口，宛若雕塑。他呆滞的目光缓缓扫过房间，扫过那一张张苍白到触目惊心的面庞……他认识这些人，他们都是来自三区的幸存者，是这栋楼内相互扶持的邻居，是在异乡抱团取暖的同伴。而现在，他们都像是蒸桑拿般，脱掉了原本裹在身上的厚重被褥，彼此依偎在一起，嘴角挂着淡淡的笑容，像是安详地睡着了一般。在这安静而祥和的氛围中，赵乙干裂的双唇颤抖着轻启……"徐老板……李婶？许……许叔？"赵乙尝试着呼唤他们的名字，希望他们能睁开眼睛，像是刚刚苏醒般打个哈欠，然后笑着问自己怎么突然回来了，开始忙碌地张罗给自己的接风晚餐……晚餐也许不会特别奢华，但菜和肉应该都会有，许婶知道自己爱吃辣椒炒肉，一定会做这个菜，许叔也许会拉着自己坐在门口喝酒，问自己这段时间过得怎样……不，自己现在已经变成这副鬼样子，他们应该会吓一跳才对，然后自己就慌张地跟他们解释，他其实是赵乙……

赵乙的脑子彻底乱了。他不知道自己在想些什么，只知道自己的手脚都在不自觉地颤抖，刚才还充盈着力量的身躯像是掉入冰窟……没有人回应他。不知过了多久，赵乙才鼓起勇气，迈步走入屋中……他小心翼翼地绕开他们的手脚，指尖颤抖着开始试探他们的气息，但结果并没有出现意外。在这样低温的屋子里，只要呼吸，一定会有雾气飘散，而此刻屋里沉寂一片。他们全都被冻死了。"不……不该是这样的……"赵乙喃喃自语。他跟跄地走到距离火盆最近的地方，在那里，许崇国与他的妻子正依偎在一起，在他们的眼角，几滴泪珠宛若钻石，微微闪烁……再靠近一点的地方，是一个蜷缩成一团的小小身影。"……玲儿……玲儿？！"赵乙的声音沙哑无比，他的大脑一片空白，他疯了般将那身影抱在怀里，可怀里的却是无尽的冰冷。干哑的嘶吼声在死寂的屋内回荡，赵乙的双眸已然通红，他抱着玲儿的身体，疯了般冲出屋子，对着头顶的天空咆哮嘶吼："为什么……为什么啊？！为什么最后我活下来了……死的却是他们？！他们做错了什么？！他们九死一生才从三区逃出来！好不容易才有了新的生活！他们做错了什么？！"赵乙无力地跪倒在苍白的地面，遮掩容貌的布匹被风卷至远方，这个通体遍布着咒文的怪物，此刻像是个失去一切的孩子，在死寂冰冷的小楼前沙哑哭喊着。

与此同时，一个穿着白大褂的身影，宛若行尸走肉般从远处走来，听到这里传来的怒吼，下意识地停下脚步。易博士看到雪地中抱着女孩的赵乙，微微一愣。"是他……他竟然还活着？"易博士喃喃自语，"和禁忌海'灾厄'细胞初步融合了吗……不过没有后续的药剂稳定身体，还是迟早会崩溃死亡的……每一个都是这样……呵呵，每一个都是这样……"似乎是听到了易博士的低语，跪倒在地的赵乙猛地抬起头，那双遍布着咒文的眼瞳瞬间锁定他的身形，看清易博士的脸之后，瞳孔微微收缩！"嗖——"！！他的速度太快了，以至于易博士只觉得眼前一花，一股巨力便将其整个人拎起，重重砸落在那少女尸体旁。

"是你！！你是那个科学家！！"赵乙认出了易博士，就像是抓住了救命的稻草，他指着玲儿与身后的小楼，"你……你不是很厉害吗？你能把我救活！！你帮帮我……你帮我把他们也救回来！！他们都是好人！他们只是想好好活着的普通人！他们……他们……"赵乙的声音开始结巴，他不知道自己在说些什么，只知道不断地摇晃着易博士的肩膀。一滴滴泪水从易博士的脸颊上流淌下来，冻结成冰。

易博士怔怔地看了眼身旁被冻死的玲儿，苦涩地闭上眼睛。"……我救不了。"他低声说道。

"你说什么？！"

"我说我救不了！你听不懂吗？！"易博士脖子上一根根青筋暴起，同样怒吼着，"我救不了！我谁也救不了！你听不懂吗？！"赵乙愣住了，他颤抖着松开易博士的肩膀，整个人踉跄地跌倒在地。

就在这时，他的指尖像是触碰到了什么……在玲儿的尸体怀中，有一张被整齐折叠的字条。赵乙僵硬地拿起字条，缓缓将其展开，一连串歪歪扭扭的字体出现在他的面前，这字体的线条都是扭曲的，看起来在写这段话的时候，握笔者应该冻得发抖……

小乙哥哥，你还好吗？

许叔叔说，有什么想对你说的话，就赶紧写下来，不然一会儿可能就写不了了……但是我好冷，手都在发抖，我想暖一会儿再写……不过，许叔叔说一定要现在写，所以我的字很丑很丑，小乙哥哥你应该可以看懂吧？

小乙哥哥你什么时候能回来呀？许叔叔说你去很远的地方打工了，说你挣了很多钱，等你回来，就可以给我买新的小裙子……但我不想要新的小裙子，我不想你离我那么远……我怕你像奶奶一样，太远就再也找不到了。

今天好冷啊，许叔叔说，外面的煤炭价格被吵（涂掉）炒得太高了，他说他们在吃人，就带人去找卖煤炭的人理论，结果被打了……如果小乙哥哥在，一定能打赢他们的吧？

最后许叔叔只带了一块煤炭回来，他们说，这是许叔叔的所有积蓄换来的，我们大家都聚在一起，这样热气就不会散啦。

小乙哥哥，烧红的煤炭好漂亮，像是玫瑰花一样……

285·时代

凛冽的寒风在死寂的小楼前"呜呜"作响，如泣如诉。赵乙拿着字条的手，在控制不住地颤抖，他像是一只即将崩溃的野兽，狰狞地张开嘴巴，想要怒吼，却只能发出痛苦的"呜呜"声……他右手猛地攥拳，将全部的愤怒与绝望，用力向地上一砸！"轰——"一股肉眼可见的气浪向周围荡开，瞬间震碎了周围所有的冰霜，狰狞裂纹像是蛛网般向四面八方疯狂蔓延。赵乙深吸一口气，几种截然不同的诡异声音重叠在一起，宛若火山般震响："……这座城里，有谁在卖煤炭？！"

"三大商会。"易博士离开总部之后，就一直在路上漫无目的地游走，他看着即将暴走的赵乙，缓缓回答，"就在城市中心的世纪塔楼那边……"

赵乙跌跌撞撞地从地上爬起身，一股恐怖的威压混着凛然杀意，好似浪潮般从这只黑色怪物身上爆开！那双闪烁着诡异咒文的眼瞳，看向极光城的某个方向。"轰——"一个雷鸣般的声音炸响，他的身形拖出残影，瞬间消失在原地。冰霜的碎屑在空气中飞舞，易博士依旧像是尸体般躺在地上，对赵乙要去做什么丝毫不在乎……他微微侧头，看着倒在自己身边的玲儿，细长的睫毛都被冰雪冻结在一起。他看着这瓷娃娃般精致的女孩，眼眸中再度浮现出深深的愧疚与绝望……如果……如果他的研究能有成果，也许这一切都不会发生。极光基地三百多年的积累，才有了如今的极光界域……而一个小小的"泵"，居然就成了毁掉这个界域的最后一根稻草。人类曾引以为傲的科学，曾自认为足以统治自然的物质文明，在真正的未知前，根本不堪一击。

易博士怔怔地看着头顶的天空，在极光基地待了十几年，已经很久没有真正抬头看天了……但这一刻，他突然觉得，在地表看天与在基地看水泥板，其实并没有太大的差别。没有希望存在的空洞天空，与让人喘不过气的沉闷壁垒，又有什么区别？易博士沉默许久，突然笑了。他摸索着从腰间拔出手枪，平静而绝望地将枪口抵在自己的太阳穴上，缓缓闭上眼睛。"……这浑蛋的时代。""砰——"一声枪响，血花绽放于绝望的深渊，宛若被吞没的无数呐喊，沉寂世间。

"你们可别出事啊……

"我一个人倒霉就够了，别牵扯到我家人……"

简长生在结满冰霜的道路上飞驰，在道路的两侧，时不时就能看到被冻死或者冻晕的行人，或者是还在苦苦挣扎寻求温暖的居民。他将一切都看在眼中，心中越发担忧，只能不断地祈祷着。一阵喧闹声从不远处传来，简长生往旁边望了一眼，只见一条宽阔的大道上，密密麻麻的身影正拥挤在一起，似乎在争抢着什么。简长生原本没打算停下，但就在他即将收回目光之时，几道熟悉的身影出现在人群中。"舅舅？！"简长生眼前一亮，立刻掉转方向往人群冲去，一把抓住了在人群中拥挤的中年男人的肩膀。"舅舅，你怎么在这里？"

"小简？"舅舅回头看到简长生，也是一愣，"你也来买煤炭吗？"

"……煤炭？"

简长生抬头望去，首先映入眼帘的就是一座造型古朴大气的塔楼，这是极光城目前的最高建筑，而它下方的这条挤着无数人的道路，也是极光城最核心的几条大道之一，只不过此时已经被人堵得水泄不通……再往前一些，便是已经不再

运转的中心区锅炉厂。只见密密麻麻的人正包围在锅炉厂前，时不时传来混乱打骂声，前排的那些人手中握着银票，疯狂挥动，似乎在排队等待着买煤。也许是人聚得太多的缘故，这里的温度比其他地方略微高了一些，但即便如此，那些人的面庞也冻得通红。

"买煤炭，这么大阵仗吗？"简长生不解地开口。

"你不知道吗？现在的煤炭价格已经炒上天了……普通人家根本买不起，但为了活命，只能找人拼，一起买一起用，不过可不是所有人都会老老实实地合作，抢煤、抢钱、打人……这里已经彻底乱套了。"

"炒上天？煤炭能有多贵？"

"五十万，一千克。"

"五十万？"简长生瞪大了眼睛，"他们疯了吗？这么贵的煤炭，还真的有人肯花钱买？他们抢都抢了，为什么不直接去抢锅炉厂？"

舅舅伸出手，指了指锅炉厂的前方，众多身影围在一起，像是人墙般凝视着前来交易的每一个人，其中甚至有好几位执法官，手搭在枪柄上，神情有些不善。而在他们的身后，一个眯眼男正倚靠着墙站在锅炉厂门边，双手还沾着鲜血，一股若有若无的威压将锅炉厂前方的空地全部笼罩进去。神道拥有者？看到这一幕，简长生的眉头越皱越紧。"执法官不管吗？"

"已经来了好几拨了……但是最后都没做什么，就站在旁边看着。"舅舅叹了口气，"这群人非常狡猾，刚才有人煽动群众想一起进去抢，结果还没进门，就全被那个眯眼男震晕了，而且身上没有任何外伤，就算是想给他们定伤人罪也定不了……"简长生正欲说些什么，舅舅的身形便被周围的人挤着往前走去。"小简！你就在外面等我，听到了吗……舅舅我还有点养老钱，够买一点的，一会儿跟我回家去，千万不要在外面睡着了……"舅舅话音未落，便被人群挤到远处，周围的嘈杂声淹没了他的话语，后面的简长生根本没有听清。

简长生看着那些在时代浪潮中苦苦争渡的身影，恍惚中，他们的身上仿佛延伸出丝线，像是被人操控的傀儡般，哀求着，怒骂着，拼尽一切想要活下去，最后却被榨干所有的价值……而在那些丝线的尽头，攥着他们命运的，是他们用肉眼无法看到的，上位者的贪婪与野心。简长生的双拳不自觉地攥起，他的目光抬起，看向锅炉厂中央，那根早已不再工作的烟囱。

286 · 黑桃登场

"所有人！排好队！一个一个来！"

"我们只收银票！不收现金！五十万一千克！概不还价！"

锅炉厂的门口，几个火炉正在熊熊燃烧，它们的热量维系着周围众人的体温，一个穿着群星商会服装的光头男人正拿着卷起的纸筒，凶神恶煞地怒吼着。一个个身影排成十几条长队，低着头将自己的血汗钱递出，换来一小盆漆黑劣质的煤炭，然后便僵硬恍惚地向远处走去……这一小盆煤炭，就是他们的一生。

"买完了快点走！！磨磨蹭蹭干什么呢？！"

"就说你呢老头！！给老子滚！"

光头一脚踹在走得最慢、挡住后面其他人排队的老人身上，后者一个趔趄摔倒在地，随着"哐当"一声，他怀中的煤炭也尽数滚落。与此同时，周围虎视眈眈的众人一哄而上，抢了地上的煤炭就跑，只剩老人孤零零地倒在雪地中。"煤……我的煤……"老人颤颤巍巍地开口，他的眼眸中浮现出绝望，整个人再也没有了起来的力气，就这么安静地躺在雪地中。

"来人，把他给拖走。"光头摆了摆手，一旁的几人立刻抬着老人，往外面走去，随意地丢在不挡路的角落中，不顾其生死。简长生的舅舅就排在老人身后，见到这一幕，似乎想开口说些什么，但看到摆在自己面前的煤炭，最后还是选择沉默……

"掏个钱磨磨蹭蹭的？"一位工作人员催促道。舅舅一咬牙，还是将衣服最内侧的一张银票掏出，对方一把抓过之后，扫了眼面额，从后面随手掏出了一筐煤炭。

"拿走。"

"这位大哥……这煤好像分量不够啊？"舅舅一看那一小筐黢黑的煤炭，眉头不自觉地皱起，忍不住开口，"我给的钱，能买的应该不止这么点吧？"他算是看出来了，这锅炉厂的门口连个秤都没有，给多少煤炭完全是看这群人的心情，看着面额大就拿筐大的，面额小就拿筐小的，因为这样速度最快，效率最高。

"就是这么多。"

"我只是想要我该拿到的分量……这明显不够，不然你拿个秤试试？"

"你找事是吧？"一旁的光头男早就注意到这里的动静，恶狠狠地走过来，一把将舅舅推倒在地，"给我拖走！"

周围几人立刻一拥而上，舅舅见此，脸色顿时难看起来："你们收了我的钱，凭什么不把煤炭给我？！"

"废话真多……"光头男撸起袖子，正欲有所行动，突然有什么东西滴到了他的脸颊上。光头男怔了一下，下意识地伸手一摸，掌心是一片殷红的鲜血。"血？哪儿来的血？""嗡——"！就在这时，一道低沉的轰鸣声突然从锅炉厂内传来。听到这声音，众人都是一愣，就像是有某种庞大的东西从仓库内呼啸而出！"小心！！"眯眼男察觉到不对，当即开口。下一刻，一辆用来运输煤炭的大卡车，轰然冲破锅炉门口的关卡，直接撞飞了群星商会的几位工作人员，像是咆哮的钢铁巨兽轰鸣杀出！世纪大道上的居民们见此，也尖叫着向两侧避开，那辆卡车在冲破关卡后便开始刹车，在一阵刺耳的尖鸣中缓缓刹停在人群之中。飞扬的尘埃在空气中翻滚，惊魂未定的众人转头望去，却发现那辆卡车的驾驶舱内，一道模糊的身影瞬间消失！

"谁把车开出……"光头男人瞪大眼睛，话音未落，一道血影就瞬闪至他身前！

"是我。""嚓——"寒芒好似圆月一闪而过，光头男人的头颅被高高抛起……猩红鲜血宛若喷泉般涌出，他的神情还定格在错愕与震惊之中！这一幕发生得太快了，甚至都没人看清，那血影是如何凭空出现在光头男身边的，就一眨眼的工夫，光头男人便被一刀斩首！

"敌袭？！"倚靠在墙边的眯眼男，眸中爆发出一抹灰芒，正欲出手，那血影再度消失！眯眼男怔在原地。

"杀人了……杀人了？！"

"是谁把车开出来的？为什么车上没有人影？"

"该死，究竟发生了什么？"

亲眼看见光头被斩首，人群中出现一阵骚乱，舅舅趁机挣脱了几人的束缚，踉跄地向后退去……他的目光开始望向远处，似乎在确定小简有没有事。

与此同时，那道血色身影，再度凭空出现在卡车的车头之上。随着他的出现，众人顿时惊呼一声，恐惧地向周围退去，让出一片真空的范围。"滴答——滴答——"一滴滴鲜血顺着手臂滴落在卡车的车头之上，逐渐晕染成一片血泊，与此同时，一张满是血迹的年轻面孔出现在众人的视野中……当然，他脸上的血迹，并不是他自己的，而是刚才被斩首的光头男人的。看到那张脸的瞬间，舅舅整个人都是一愣，眼眸中浮现出难以置信之色……"小……小简？"

"你是谁？！竟然敢打扰我们群星商会做生意？"眯眼男眸中杀意闪烁，一股恐怖的气息从身上散发出来，"执法官？如果是执法官的话，我们也许可以好好聊一聊。"

"……执法官？"卡车上的血影轻笑一声，他缓缓转身，指尖从怀中取出一沓扑克牌，屈指一弹，这些扑克牌便沾染着鲜血，好似飞扬的雪花从天空飘落。眯眼男愣住了，他接住空中一张染血的扑克，像是想到了什么，瞳孔骤然收缩！简长生淡淡开口："黄昏社……'黑桃6'。"

这句话响起的瞬间，在场的所有人，心神猛地一震，尤其是群星商会的众人，看向简长生的目光中满是惊恐，像是回忆起了什么。"'黑桃6'……你就是那个'黑桃6'？！"

287·胆小鬼

这一刻，简长生整个人说不出地畅快！对了对了，他等了这么久，终于等到这一天！众人惊异的目光、恐惧的神色，还有他准备了好久的扑克牌……当他真正站在漫天飞舞的扑克牌之间时，突然有种苦难熬到头的感觉，让他觉得之前吃的一切苦都是值得的！简长生心中的满足只维持了一会儿，便被他暂时压下去……他还有更重要的事情要做。就在眯眼男惊疑不定之时，卡车上的简长生再度消失，一股寒意顿时涌上眯眼男的心头，他毫不犹豫地拔刀反身劈去！

"铛——"清脆的嗡鸣声响起，简长生与眯眼男的短刀碰撞在一起，迸溅出刺目的火花。"还以为你有多强，原来就是个四阶。"简长生嗤笑一声，"你妈没教过你，见到黄昏社要先磕头吗？废物。"

听到这句话，眯眼男怔了一下，随后胸膛一团怒火熊熊燃烧！他一刀将简长生逼退，简长生就顺着这股力道，轻飘飘地向后落去，鄙夷地看了他一眼之后，身形消失在原地。眯眼男感受着刀身传来的力道，眼眸中闪过错愕……不对劲啊……这个"黑桃6"……怎么感觉境界还不如自己？是他出现错觉了吗？此刻的眯眼男已经被简长生勾起火气，再加上对方弱，感觉只是个冒牌货，跟传闻中掀起腥风血雨的"黑桃6"完全不搭……眯眼男没怎么犹豫，便向着简长生追了过去！

"冷宇竟然去追那个黄昏社的人了？他发什么疯？"对面的酒店套房内，玉子透过玻璃看到下面的情况，眉头紧紧皱起。

阎晌的脸色同样有些难看，他犹豫片刻后，还是开口："玉子，你去帮他。"

"那你怎么办？"

"有力夫在，不会有事的。"

玉子干脆地点头："好。"

她推开窗户，身形一跃就往两人离去的方向追去……

"来了两个？"正在疯狂逃命的简长生感受到后面席卷而来的气息，心中一惊！在他的原计划中，只要引开那个眯眼男就行，可没想到突然又多出一个女人，而且从气息上来看，竟然是四阶！这怎么打？！简长生对自己现在的实力有清晰的认知，在两位四阶的围剿下，他几乎是必死无疑，只能暂时依靠"滴血陀"不断地逃窜，以此来争取时间。"该死……这下玩大了！不行，再这么下去我会被他们耗死的……可那两个黄昏社的前辈又不在，谁能来救我？"简长生苦苦思索着，就在这时，他的目光落在街道边一处无人的小摊上，此刻的摊位已经被冰霜覆盖，摊主不知去了何处，只留下一只只没卖出去的风筝，挂在金属架上，各色的丝带在寒风中无声飘舞。

看到这些风筝的瞬间，简长生突然一愣，像是想到了什么，一把抓住其中一只红色的风筝，扭头就往不远处的世纪塔楼冲去！楚牧云和白也联系不上，但还有一个人……那个人，他知道该怎么联系！

"'红心6'，这次就看你了！"简长生咬牙开口，"你要是来了，在极光基地卖我的事情一笔勾销……你要是不管我，做鬼我也不会放过你！！"简长生一头冲入世纪塔楼中，片刻之后，一只象征着希望的红色的风筝，从塔楼顶端升起，无声飞翔在空洞灰暗的天空之下。

紫藤咖啡馆。

"所以，你也觉得人类没有出路了……是吗？"陈伶问道。

"不。"极光君摇头，"路，是人走出来的。即便我们的身前荆棘丛生，也总得有人去踩着荆棘探索，或许这个过程充满绝望与痛苦，但只要我们还在前进，出路总会有的……可怕的从来就不是荆棘丛生的道路，而是没有人敢去走，如果所有人都因恐惧而放弃，那人类就真的完了。"

陈伶沉默片刻，抬头看向窗外："但不是所有人都有勇气去面对这种绝望……不是吗？"

"是的，我见过太多人因无法承受绝望，倒在黎明之前……能走到最后的其实就只有几种人，"极光君看着陈伶，"要么拥有某种绝对坚定不可动摇的信念，要么拥有强大的心理承受能力，要么拥有能够漠视一切生灵的绝对理性……"

"你是哪一种？"

"我？我哪一种都不是，我只是个被选中的幸运儿，一个敏感又懦弱的胆小鬼。"极光君眼眸中浮现出一抹苦涩，"我明知道现在外面已经乱成一团，却只敢躲在这里喝咖啡……我甚至连直面绝望的勇气都没有。"

陈伶愣住了。冰霜覆盖着玻璃，仿佛将屋内与屋外彻底隔绝，极光君安静地坐在咖啡桌对面，像是坐在实验室里对着器械发呆的、内向幽闭的年轻学者。"你……"陈伶张开嘴想说些什么。

"但，人总是要成长的不是吗？"极光君再度开口，他看着陈伶，脸上浮现出一抹笑容，"三百多年了……我也该有所长进了。"极光君缓缓起身，认真将手中咖啡已冻结成块的咖啡杯放回柜台上，当杯底与柜台触碰的瞬间，咖啡馆的大门突然自动打开，一股寒风卷入屋内，将那袭白大褂与雪白的长发吹拂而起。"你该走了。"极光君背对着陈伶，"有人在等你。"

陈伶怔住了，起身走到咖啡馆外，刚一出门，便看到远处的世纪塔楼顶端，一只红色的风筝好似正在燃烧，在凛冽的狂风中拼命地试图飞翔，似乎下一刻就要断开绳线，埋葬于天空。"你知道世纪塔楼吗？就是城里那个最高的建筑，如果我们谁要找对方，就去塔楼的楼顶放起一只红色的风筝，怎么样？"简长生的话语回荡在陈伶耳边，那是他在火葬场与简长生相遇后，为了联手对付群星商会预留的手段。

极光君从他身后走出，同样看着那只风筝："这应该是极光城最后一只风筝了……是你的朋友放的？"

"朋友？"陈伶表情有些微妙，"不……只是同伴……也不是，就是碰巧认识，然后坑了他几次……算是欠他几个人情。"

"欠了人情，可是要还的。"

"你就这么放心地让我走了？不是说要监视'灭世'级'灾厄'吗？"

"骗你的，只要你在这座城里，我就能监视得到你……我就是想找人说说话。"极光君转头对他笑了笑，"去做你该做的事……我也该去做我的事了。"

陈伶正欲转头问他要去做什么，极光君便转过身，对他摆了摆手："下次见……陈伶。"

"嗖——"细密的电弧从他身旁闪过，极光君的身形瞬间消失在原地。陈伶看着他离去的方向，眼眸微微收缩……不知过了多久，他才迷茫地呢喃着那两个字："陈……伶？"

288 · 抢

"黄昏社……黄昏社的人，怎么会出现在这儿？"酒店的豪华套房内，银月商会的会长透过玻璃看到外面的情况，脸色顿时有些担忧，他站起身在屋里来回走动起来。

一旁冷泉商会的会长同样坐立难安："阎会长，我就说这么做会出事的……执法官那边倒是小事，毕竟都是被秩序约束的人，只要加以拉拢，不至于闹得太难看……可，可黄昏社的人就是一群疯子啊！"

"是啊阎会长，这个'黑桃6'可不好惹，按理说这种级别的存在，不应该来管我们这种俗气的事情……"

"是不是你们群星商会之前冒充他那件事，让他记恨上了？这次是专门来拆台的？"

"对对对……我听说黄昏社这群疯子最记仇，估计就是冲着你们群星商会来的！"

银月商会与冷泉商会的两位会长越琢磨越觉得是这个道理，迅速将锅推到阎晌的身上，然后就开始劝阎晌及时收手，毕竟现在他们挣到的钱已经是个天文数字，三家分一分，已经够他们去别的界域站稳脚跟了。当然，因为"黑桃6"是被群星商会引来的，所以另外两家商会分的，自然得多那么一点……

"给我闭嘴！"阎晌坐在中央的欧式沙发上，冷冷地看着下面茫然慌乱的居民，一句话直接将心怀鬼胎的另外两位会长的想法堵死。"记住！你们现在能挣钱，都是因为我！"阎晌冷冷开口，"别给我要小心思，否则我让你们一个都出不了极光城！"

在阎晌的威胁之下，两位会长顿时不吭声了，他们回想起阎晌身边那群强者，只能默默地坐回原位。

"但是……我们真的还要继续卖吗？"

"为什么不卖？你知道现在我们每分钟有多少钱进账吗？'黑桃6'已经被赶走了，我们没有理由停下……继续卖！"阎晌停顿片刻，"另外，让下面把第一批资金先转移过来。"

随着身后的一位商会成员点头离开，套房再度陷入一片安静。

就在这时，银月商会的会长像是发现了什么，轻"咦"一声："等等……刚才'黑桃6'开出来的那辆车……好像不太对？"

阎晌眉梢一挑，顺着银月商会会长说的方向看去，只见在世纪大道密密麻麻的人中，一辆巨大的卡车正静静停在人群中央，此刻随着一阵微风吹过，卡车上覆盖的布匹被掀开一角。

"那是……"阎晌的眼瞳微微收缩。

"煤炭？"冷泉商会会长猛地站起，"他把煤炭从厂里偷出来了？！"

"煤炭！是煤炭！"

"满满一整车的煤炭？！天，这该有多少吨？！"

"是那个'黑桃6'开出来的……他是故意的，还是无意的？"

"管他呢！！有了这些煤炭，我们就有救了！！"

…………

在卡车上覆盖的布匹落下的瞬间，人群立刻涌动，那些因没凑到钱而被排挤在外的居民，以及正在苦苦排队等着买天价煤炭的人，此刻都蜂拥着向那辆卡车冲去！舅舅站在人群边缘，怔怔地看着那些重燃希望之火、呐喊着、狂喜着冲向卡车的身影，神情有些恍惚……一个人，一辆卡车，改写了这里所有人的命运。"小简……"舅舅喃喃自语。他没有想到，那个曾依附于群星商会，从小被欺负到大的小简，那个懂事到令人心疼的孩子，竟然发生了这么大的变化……他不知道小简究竟经历了什么，但在那个过程中，必定充满了困难与辛酸。"小简，你可不能有事啊……"

与此同时，原本还人挤人的锅炉厂门口，顿时空荡一片，正准备继续收钱的商会成员直接傻眼了。

"什么情况？"

"'黑桃6'偷煤了？"

"这还能叫偷？又是撞门又是杀人的！他这分明就是抢啊！！"

"他把煤炭都抢走了，我们还怎么卖钱？"

"快！派人过去把那辆车开回来！不能让他们再抢了！！"

三大商会的负责人一声令下，几十人立刻拎着棍棒刀枪冲向人群，一边恐吓，一边在人群中撕开一道缺口，一点点向卡车的方向挪去。然而现在围在卡车边的人实在太多了，即便他们已经全力往里挤，也很难深入，再加上现在那个眯眼男不在，没有威慑力，被逼到绝境的居民们根本不怕他们，没有煤炭，大家就得被冻死……既然横竖都是死，还怕你的棍棒刀枪吗？

就在商会众人看着煤炭被哄抢，咬牙切齿的时候，一个硕大的黑影从一旁的酒店顶层跃下，身形宛若陨石轰然向人群中央砸落！"咚——"那个身影精准地砸在卡车的车头上，恐怖的冲击波直接将站在卡车后面煤炭上的人群震翻，喷出一口鲜血栽下去。那是个三米多高的巨人，一双赤脚将坚硬的卡车车头硬生生踩成一堆碎片，崩碎的金属零件霰弹枪般向周围溅射，距离卡车最近的无辜居民直接被射中，流淌着鲜血当场倒地！这突如其来的变化，直接吓傻了来抢煤的居民，他们惊恐地站在卡车周围，脸色煞白！随着这位巨人的出现，场面立刻被控制下来，三大商会的众人脸色一喜，立刻趁机来到卡车周围，拿着棍棒刀枪指向这些居民。

"抢啊？！"

"你们不是能抢吗？有本事继续抢啊？！"

"你们抢得过他吗？！"

他们当然认识这个巨人，这是群星商会会长阎晌身边的能人之一，据说是"力神道"的强者，一拳能让大地崩裂，楼宇坍塌，浑身金刚不坏……据说哪怕一动不动，就能凭借"念力"将周围的人压成肉泥！巨人那极具压迫感的身躯，就这么站在卡车废铁之上，一双空洞的眼眸仿佛手画上去的一般，虽然呆滞没有灵性，但配合恐怖的肉身，依然足以震慑住周围所有人。在商会众人的冷笑下，周围的居民没有一个敢乱动的，可就在这时，一个身影却缓慢而不起眼地从人群中往这里挪动。那人的头上裹着布匹，根本看不清容貌，甚至没有一丝肌肤裸露在外……他从恐惧的人群中走出，站在商会众人与那个巨人的身前，安静得像是一座彻底喷发前的死寂火山。"就是你们……对吗？"

289·赵乙无罪

他的出现，顿时吸引了商会众人的目光。

"看来还有不怕死的？"

"他是瞎吗？这时候还往上凑……真是找死。"

"小子，你想怎样？"

在商会众人鄙夷的目光中，那身影缓缓抬头，一双闪烁着诡异咒文的眼瞳，暴露在众人的视野中……看到这双眼睛的瞬间，所有人都是一愣。

"我要……"那身影双唇轻启，数种截然不同的声音重叠在一起，从那游走着咒文的嘴巴中发出，像是火山喷发时震耳欲聋的轰鸣！"你！！们！！偿！！命！！"在众人错愕的目光中，那身影快到拖出残影瞬间消失，紧接着，就是一阵刺耳的爆鸣从身后传来！！他们回头望去，只见一个似人非人的怪物，已然来到那个巨人的上方，满是咒文的拳头骤然攥紧，挤压空气发出嘶鸣急速砸向巨人的身躯！"轰——"！那曾一脚踏碎卡车车头的巨人，这一刻同样像是卡车般被一拳砸入大地，肉眼可见的震荡余波像是圆环向外横扫，将商会众人震翻在地！大地在哀鸣，密密麻麻的裂纹像是蛛网向周围疯狂扩散，巨人钢铁般的身躯被硬生生砸入大地，一个深坑随之显现。狂风将怪物身上的衣服吹得猎猎作响，随着这一拳挥出，他身体表面的咒文游走速度再度加快，甚至顺着他的手臂爬出身体，蔓延到巨人的身上，并通过巨人的双脚，在破碎的大地上急速蔓延，像是某种传播极快的瘟疫。这一幕直接看傻了商会众人，他们前脚才刚说完这个巨人的恐怖，结果后脚就被不知从哪儿冒出的怪物一拳砸入大地……那怪物的力量，甚至还在巨人之上！

随着那怪物双脚触碰到地面，他的身形再度消失，像是一道包裹着咒文的鬼魅残影，眨眼间就来到其中一位商会成员的身前。"去死！"重叠的咆哮声中，怪物的双手抓住他的肩膀，手中还拿着打人棍棒的商会成员尖叫一声，正欲砸向怪物的头部，结果随着怪物的双手骤然用力，他整个人在半空中被撕成两半！猩红的鲜血像是雨点般从空中洒落，溅在周围众多商会成员的脸上，他们呆呆地看着被怪物徒手撕碎的同伴，似乎还未从这血腥的场面中回过神来。"嗖——"怪物的身形如电光闪过，眨眼间又扑到另一位卖炭的商会成员面前，一巴掌就将其头颅拍扁，红白之物当场洒了一地。

"怪物……怪物！！啊啊啊啊啊啊！！"众人终于回过神，尖叫着向周围逃窜，但在那怪物的面前，根本没有人能逃得出……惨叫与哀号声接连响起，在这血色的大雨中，一场一边倒的屠杀正在发生。"咚"！就在怪物疯狂杀戮之时，一道沉闷巨响从深坑处响起，那三米多高的巨人摇摇晃晃地站起，空洞的眼眸瞬间锁定那一拳将自己砸倒的身影。虽然他结结实实挨了怪物一拳，但身上并没有什么伤口，正如刚才那人所说，他的近身作战能力同样像个怪物。

与此同时，满是咒文的怪物似乎也察觉到了他的杀意，回头望去。"唰——"巨人与怪物同时踏碎大地，以惊人的速度冲向彼此！

"该死……这究竟是从哪儿冒出来的怪物？"

"这是只'灾厄'吧？"

"看样子还保留着一部分理智，也可能是个融合者！"

"管他是融合者还是'灾厄'，极光城里出现这种东西，执法官都不管的吗？！"一位群星商会的成员猛地转头看向锅炉厂前，"你们还在等什么？！"

站在锅炉厂门口的两位执法官脸色微变，犹豫片刻后，还是对视一眼，向着浑身咒文的怪物冲去！执法官的职责就是保护极光城的安全，无论是"灾厄"还是融合者，都是他们必须控制与肃清的目标……虽然他们是被派来监管价格的，但现在遇上"灾厄"袭击，再坐视不管，就是非常严重的渎职。就在他们即将出手之际，一道恐怖的领域威压从天而降！"咚——"两位执法官只觉得肩头一沉，双脚立刻被固定在原地，他们错愕地低头望去，只见不知何时破碎的大地已经被重组为无数锁链，将他们的身形禁锢在此！

"这是……"一位执法官喃喃自语。另一位执法官像是意识到了什么，猛地抬头看向某个方位！混乱无比的街道上，一袭黑色风衣的身影，逆着人群平静走来，刺骨的寒风吹起风衣的衣摆，五道闪烁的纹路微光闪烁。他一只手握着枪，一只手将嘴角的粗烟点燃，冉冉烟气在冰天雪地中轻吐，他的眼眸比霜雪更加冰冷。"宗罪判决。"

随着这四个字冷冷吐出，一种面临生死危机的紧张感顿时笼罩在两位执法官心头，他们惊恐地看着那走来的身影，当即开口："韩蒙……你就是韩蒙？！"

"执法官韩蒙！！你在做什么？！我们都是执法官！是同伴！那个'灾厄'才是你要对付的敌人……你对我们展开领域是什么意思？"

感受到韩蒙身上散发的杀意，两位执法官顿时慌了……他们当然知道韩蒙的事迹，这位来自极光城外的执法官，在列车进入极光城的第一天，就用蛮力压制了三位同阶执法官，在这家伙的面前，根本没有什么情面可讲，哪怕是同为执法官，他也照打不误！韩蒙看了眼疯狂屠杀群星商会的咒文怪物，脑海中，也随之回想起那个躺在病床上，仿佛死去的怪物尸体……赵乙还活着，这无疑是个让韩蒙心中宽慰的消息，他知道赵乙为什么会变成这副模样，也知道赵乙这一路走来经历了多少磨难……赵乙没有做错任何事情，他所杀之人，都是该杀的！他不杀，韩蒙也会自己来杀！于是，韩蒙摇了摇头，缓慢而坚定地说出四个字……恍惚中，与法庭上那手握横幅的少年呐喊，重叠在一起："……赵乙无罪。"

290 · 飞舞的银票

豪华套房——

"韩蒙……又是这个韩蒙？他究竟想干什么？！"阎晌看到韩蒙突然出现，还反手控制住了两位执法官，顿时大怒。不过以阎晌对韩蒙的了解，其实他已经猜到了对方的来意……他很清楚，那些手段也许可以贿赂极光城里的任何一位执法官，但唯独贿赂不了韩蒙。韩蒙出现在这里，绝对是来找三大商会麻烦的！

"不是，那个黑色的怪物又是从哪儿冒出来的？"银月商会的会长转头看向阎晌，"你不是说那个力夫很强吗？！"

"先是黄昏社，再是'灾厄'融合者，现在又来一个油盐不进的执法官韩蒙……这生意哪里还做得下去？"冷泉商会的会长叹了口气。

此时，即便是阎晌，脸色都变了。如果只是一个黄昏社的成员，那搏一搏也可以，可现在变数频出，又是煤炭被偷，又是怪物屠杀，又是韩蒙……这煤炭，估计是很难再卖下去了。阎晌的大脑飞速运转，纠结许久之后，还是一咬牙："通知司机，我们要撤了。"这句话一出，另外两位会长终于松了口气……他们早就想跑路了！

"那前面怎么办？那边可还在抢煤。"

"让他们去抢吧，一点破煤炭而已，谁在乎？"阎晌挥挥手，一旁的手下便走上前，拿着几只手拎皮箱摆在桌上。随着金属扣被打开，皮箱被撑得自动弹开，里面是塞得满满当当的银票，就在皮箱盖打开的时候都快满得溢出来了……看到这几只箱子，两位会长的眼睛顿时瞪大。这里每一张银票的面额，都在五十万以上，这么多堆在一起，就算是他们也很难算清楚有多少钱。

"第一批的钱都在这里。"阎晌冷冷地开口。幸好他刚才就下令先转移一批资金过来，否则现在外面乱成这样，再想运钱就很麻烦了……这些钱看似很多，但跟阎晌的心理预期比，还是差了不少。要是没有那些人捣乱，他能拿到的肯定会更多！

"你们一人一箱，剩下的八箱全是我的。"

"什么？"

银月商会的会长一怔，这个分配比例对他们而言实在是不合理，正欲起身再争取一些，一旁的冷泉商会会长就把他按住了。

"……好，接下来还得麻烦阎会长，护送我们离开。"

这句话一出，银月会长也冷静下来，沉默地将属于自己的箱子拿起，神情复杂地看着混乱的外界。阎晌对两人的态度十分满意，他示意手下替自己拿好箱子，缓缓说道："车已经准备好了，放心，我们走外环线，一定能准时到车站。"阎晌一边说着，一边望向窗外，他最后看了眼这条极光城内最繁华的街道，便转身离开。三位会长在手下的引领下，穿过温暖的走廊，当酒店大门被推开的瞬间，外界的凛冽寒风吹过，顿时将银月和冷泉两位会长冻得一哆嗦，手里的皮箱就掉在地上。

"太冷了……太冷了！外面的温度已经低成这样了吗？"

"赶紧走！离开这个鬼地方！"

"出了极光界域就好了……这地方真不是人待的。"

两位会长哆哆嗦嗦地用手去捡皮箱，当他们将皮箱重新拎起来的时候，突然一愣。此刻的世纪大道，还处在极度的混乱中，居民们全在争抢着煤炭，根本没人注意这个角落的情况。阎晌本来已经走出几步，见两位会长没跟上来，皱眉回头望去。

"你们磨磨蹭蹭在干什么？"

"阎……阎会长。"银月商会会长狐疑地开口，"我怎么感觉……这箱子的重量不对呢？突然一下就变轻了。"

"我的也是，刚才掉了一下，就变轻了……"另一位会长应声回答。

"放屁，你们好好拿着，怎么会变轻？"阎晌冷哼一声，正欲再说些什么，只见跟在他身边的几位手下神情一愣，也茫然地低头望向手中的皮箱。

"会长……好像真的轻了。"

阎晌眉头紧锁，心中突然有种不祥的预感，赶忙一把抢过手下的一只皮箱，就地打开！当金属扣弹起，刹那间，阎晌的瞳孔骤然收缩！刚才他们亲手放入皮箱中的银票，不知何时已经消失不见，取而代之的是一块块乌漆墨黑的煤炭……这些煤炭塞满了皮箱，阎晌沾了一手灰尘。

"这……这怎么可能？"其余几人也同时开箱，箱子里清一色都是煤炭！"啪啪啪"……清脆的鼓掌声从不远处传来，在这混乱的世纪大道上清晰无比。正在战斗中的韩蒙像是感知到了什么，突然转头看向声音传来的方向；与巨人厮杀的咒文怪物，也同时转头……只见在世纪大道的塔楼顶端，一只红色的风筝随风飘扬，一个穿着棕色大衣的身影，正随意地坐在楼顶，指尖正在把玩着一张染血的黑桃 6 扑克牌……他的身下，是一座高高堆起的银票山峰！

看到那身影的瞬间，韩蒙眼眸微微眯起。"是他……"

"是他？"咒文怪物喃喃自语。

看到自己辛辛苦苦挣来的银票，莫名其妙地出现在塔楼顶端，被人垃圾一样坐在身下，三大商会的会长顿时瞪大眼睛，眼眸中满是错愕与迷茫！

"我说这里怎么这么热闹……原来是有好戏看。"那年轻人坐在高高的银票山上，随着一阵狂风席卷，大量的银票像是蝴蝶般迎风而起，在他的周围纷飞！随着他的眼眸微眯，那漫天飞舞的银票，突然幻化成无数张红心 6，在狂啸的寒风中无序飞舞，像是笼罩在世纪大道上空的红云……然后洋洋洒洒地向下落去。他屈指一弹，手中那张染血的黑桃 6，便刀片一般呼啸破空，精准地刺入阎晌脚下的大地！"喂……我问你。你把我们黄昏社的'黑桃 6'……怎么样了？"一抹杀意在陈伶的瞳孔中凛然闪烁！

291 · 是我

观众期待值：+6%

当前期待值：53%

两行字从飞舞的银票上飘起，陈伶俯瞰着脚下混乱的世纪大道，似乎在等待一个回答。从紫藤咖啡馆离开之后，陈伶便径直往塔楼这里靠近，一路上对如今极光城的情况也了解了七七八八，而当他看到韩蒙与赵乙竟然同时出现在这里，心中还是惊讶无比。尤其是赵乙，他在极光基地就以为赵乙已经死了……但赵乙现在不仅活着，还拥有了超乎寻常的力量。对于群星商会，陈伶不会手下留情。一方面是因为他对这种发人命财的人极为鄙夷；另一方面则是因为他跟群星商会本就是仇家，上次灭了人家老巢，现在又发现阎眴自己送上门来，自然得斩草除根。所以，当他发现阎眴等人准备暗中逃离时，便第一时间出手，将他们拦了下来。

"红……'红心6'？！"看到那漫天飞舞的牌面，与那张眼熟的面孔，三大商会众人的瞳孔骤然收缩！

"这怎么可能？'红心6'不是在进城的时候就死了吗？"冷月商会会长难以置信地开口。

"他其实没死？当时火车上的自焚只是障眼法？"

"很有可能，毕竟黄昏社的人再疯，也不至于当众自杀吧？"

"那他这段时间，一直都躲在极光城里？他究竟想干什么？"

"该死，刚走一个黑桃，又来一个红心……黄昏社的人，怎么都凑到我们这里来了？"

当看到自己挣来的钱，转眼就变成几包煤炭，阎眴的眼睛顿时就红了，他死死地盯着塔楼上的那个身影，呼吸粗重无比！钱能不能拿回来先不说，他知道，今天想安全地离开这里，没这么容易了……而偏偏这个时候，原本该守在他身边的三人，都已经不在。阎眴眼眸中寒芒闪烁，他一只手抓住脖子上的灰珠项链，两根手指捏住其中一截，用力将其捏碎！

与此同时，两条街道之外的无人小楼之中——

眯眼男手握一柄长镰，猩红的鲜血从长镰的尖端不断滴落，在地面晕染出一片血泊，又顷刻间被冻结成冰块。他皱眉不断向前，像是在寻找着什么。"砰"！随着一声轻响，正在追杀简长生的眯眼男，怀中的灰珠突然爆碎！他的脸色顿时大变，当即停下身形，从怀中掏出一缕灰珠碎渣……"会长有危险？"眯眼男向着那缕灰珠碎渣逐渐飘向的方位看去，正是之前世纪大道的方向。"嗒嗒"的上楼声传来，只见玉子手握一把匕首，同样脸色阴沉地走上这一层，环顾四周之后，凝重地看向眯眼男。

"你这一层也没有？"

"没有……他又逃了，就跟泥鳅一样。"

"那就先别管他，会长那边要紧。"

听到这句话，眯眼男气得紧咬牙关，在他的脚下是一连串的血迹，按照这个出血量，只要是人类都已经该死了……但偏偏这样的血迹，几乎覆盖了整个楼层，甚至还有外面的街道！"该死……明明差点就能抓住他了。"眯眼男紧攥着镰刀柄，"明明都伤到四五处要害了！怎么还这么能跑？这家伙太难杀了……"

"他不是普通的'修罗'，正常的'血衣'技能没有这么变态的生命力。"

"我们两个四阶联手，竟然都杀不死他？"

"放弃吧，会长那边要紧。"玉子冷声开口，"要不是你非要追杀他，会长那边也不至于缺人手……"

"不应该啊，力夫不是在那儿吗？现在的极光城，应该没人能动得了会长才对。"

冷宇摇了摇头，还是放弃了继续追杀的念头，跟玉子二人急速往世纪大道的方向冲去！

几乎同时。一滴鲜血缓缓渗出天花板，滴落在已经冻结的血泊之上。天花板上方的夹层中，一个浑身是血、奄奄一息的身影，终于长舒一口气……"活下来了……不过，他们明明差点就抓住我了……为什么在这时候离开？"简长生像是想到了什么，眼眸中微光闪烁。等恢复一些体力之后，他咬着牙艰难站起，跟跄着向天台走去。"那家伙，难道真的来了？"简长生踏上天台的瞬间，便看到远处的街道上空，那漫天飞舞的红心6，以及高高坐在风筝下的身影，瞳孔骤然收缩。他独自在天台，怔怔地看着那身影许久，苦涩地笑了一声："凭什么又比我帅？"

世纪大道——

随着阎晌捏碎那颗珠子，他的神情终于镇定些许，但下一刻，那个身影便轻飘飘地落在他的身前。

"我在问你话……你听不见吗？"陈伶淡淡开口。见"红心6"突然来到他们身前，银月、冷泉两位会长都吓了一跳，惊恐地往后退去。负责保护他们的手下当即冲上前，从怀中掏出枪支对着那身影连射！"砰砰砰砰——"陈伶身形一晃，便轻松躲过所有子弹，一柄短刀落入他的掌间，他只是轻轻向前一踏，身形便如同魅影闪过众人。他站在阎晌的身前，目光冰冷地望着他："'黑桃6'在哪儿？"

"噗！"下一刻，所有他掠过的手下身上同时爆出一团血光，直挺挺地倒在地面。

阎晌脸色苍白地咽了口唾沫："他走了……"

陈伶点点头："哦。"

阎晌见陈伶没有继续追问的意思，茫然开口："你……你不问问他去哪儿了吗？"

"他去哪儿跟我有什么关系？只要别死在这儿就行。"陈伶嘴角勾起一抹淡淡的微笑，"比起他，我还是更在意你的死活……你要是不死，从今往后，我心难安啊……"

阎晌愣住了，他从陈伶的笑容中，似乎读出了一丝不一样的意味……"你、你什么意思？"

"啊？你不知道吗？"陈伶摊手，他缓缓凑到阎晌的耳边，轻笑着说道，"你的老巢是我毁的，你的儿子是我杀的，你的秘密也是我曝光的……惊不惊喜？"

阎晌的瞳孔骤然收缩！"你……？是你？"

"还有一个东西，你见了应该会感兴趣……"陈伶将手伸入口袋，等再抽出时，指尖已经多了一枚红色的戒指……那是在"兵道古藏"时，从阎喜才的身上取下的。

看到这枚戒指的瞬间，阎晌的脸上再也没有一丝血色，他踉跄着往后倒去，看向陈伶的目光中充满了惊恐与愤怒！"杀喜才的也是你？！一切都是你？！"

"是我，是我！都是我……"陈伶将戴着戒指的手，缓缓刺入一旁的尸体中，尸体顿时肉眼可见地干瘪下来。陈伶脸上的笑容依旧灿烂："还有……杀你的，也会是我。"

292·三人

阎晌的脸色煞白，他从商这么多年，不是没被人威胁过，但从没有一个和眼前的这个年轻人一样，让他有种发自内心的胆寒！眼前的"红心6"毁掉了他的一切……但偏偏，他此刻生不起丝毫的恨意，因为惊惧已经彻底占据了他的心神。阎晌紧咬牙关，尽可能地让自己维持理智，然后毫不犹豫地掉头就跑。

陈伶站在原地，微笑地看着这一幕，缓缓抬起指尖。"揉。"阎晌心神一震，他来不及多想，一把扯住身边吓傻的冷泉商会会长，就将其挡在自己身前！此刻的冷泉商会会长还处在发蒙的状态，被阎晌一扯，直接踉跄地往前绊了一下，恰好挡住阎晌的身形，下一刻整个人就像是被无形的旋涡撕扯，脖子"咔嚓"一声被拧成诡异的弧度，瞬间没了呼吸。随着冷泉商会的会长的尸体倒地，一旁的银月商会的会长也傻眼了，这一切发生得太快，哪怕是富甲一方的他们，此刻生命也脆弱得和那些被冻死的居民没什么区别……

与此同时，陈伶平静地从他身旁经过，指尖随意一挥。"你挡路了。""砰——"话音落下，虚无中一股扭力直接拍在银月商会的会长的身上，他整个人像是苍蝇般被砸入一旁的墙壁之中，猩红的鲜血顿时浸染墙面，浑身的骨头都被碾得粉碎。瞬杀两位会长，陈伶的神情没有丝毫变化，他的目光始终都在那仓皇逃跑的身影之上……染血的鞋底踏过一具具尸体，宛若死神行走世间。阎晌的余光看到身后的场景，一颗心脏疯狂跳动，他见陈伶再度抬手，咬牙又在身上摸索起来。"我可不是那两个废物……想杀我？没那么容易！"阎晌的手握住一块怀表，用力朝着身后的方向一掷，随着陈伶的"揉"声再度响起，那块怀表便在空气中爆碎！丝丝缕缕的诡异灰气在虚无中蔓延，表盘上的时针、分针与秒针就像是活过来一般，化作三道呼啸的银色闪电，直逼陈伶面门！陈伶眉头一皱，身形急速向旁闪避，秒针几乎是擦着他的脸颊飞掠而过，轰然砸入身后的豪华酒店之中！一道银色光芒闪过，整栋十几层高的酒店，轰然坍塌！

"祭器？"陈伶感受到那三根指针上散发的恐怖气息，脸色微变，知道自己不能硬碰。随着眼瞳中一抹蓝色闪过，剩下的时针与分针的轨迹顿时暴露在他的视野之中。"轰轰——"两道爆鸣声从陈伶身旁传出，飞扬的尘埃遮蔽天日，等到陈伶避开三针，走出尘埃之后，发现阎晌已经趁机逃出数百米远，而且似乎还在准备掏东西。

与此同时，两个身影从远处疾驰而来！

"会长？"眯眼男手握长镰，看到一片狼藉的战场，以及狼狈逃窜的阎晌的身影，顿时大惊。

阎晌看到两人回来，脸上的惊慌终于缓和些许，伸入怀中的手暂且掏出，指着身后的陈伶恶狠狠地开口："给我拦住他！！"

得到命令之后，眯眼男与玉子立刻掉转方向，并肩拦在陈伶追杀阎晌的道路上，两个四阶的领域同时张开！陈伶的眼眸中闪过一丝寒意，那两个身影宛若铜墙铁壁般将他与阎晌隔开，阻止自己继续靠近对方……就在这时，一个气息更加恐怖的领域瞬间将三人都笼罩其中！繁复的纹路在地表蔓延，一个穿着黑色风衣的身影缓步走来，在陈伶的身旁停下身形。他转头看了陈伶一眼："我说过，我们还会再见的。"

"真巧。"陈伶看向一旁被韩蒙格杀的两位执法官，"你居然真的杀了他们……不怕再上一次法庭吗？"

"畜生而已，杀就杀了，真要再上一次法庭也无所谓……"韩蒙停顿片刻，再度开口，"下次捞我的时候，动静小点。"

陈伶表情古怪地看着他："你是怎么发现的？"

"第一，我得罪群星商会，被排挤到三区的事情没告诉过任何人，就算是那群西城的幸存者也不知道，但记者林宴写出来了；第二，这个林宴第一次发表文章的时间，正好是你进入极光城之后；第三，记者林宴调查的群星商会，恰好又有涉及二区的器官交易……名单里面还有陈宴的名字。这么多线索都指向你，若是我还猜不到，这执法官也不用当了。"

就在两人说话之际，数道声音重叠的怒吼从不远处传来，紧接着就是一阵大地轰鸣！"咚——"一个巨影像是炮弹般从两人身旁呼啸掠过，卷起的狂风将他们的衣角吹得翻飞，在那巨影飞掠的轨迹上，眯眼男与玉子脸色一变，同时向两侧闪避。随着一阵轰鸣掠过他们身前，那巨影轰然砸入一栋建筑中，恐怖的冲击力将整座建筑都当场撞塌！

"力夫？？"眯眼男看到废墟中被打飞的巨影，脸色大变。

"他竟然被打飞了？"

他们猛地回头，看向力夫飞来的方向，翻卷的尘埃中，一个浑身遍布咒文的怪物，咳嗽着一步步走到陈伶的另一边。

"喀喀喀喀……陈伶！我就知道你还活着！"惊喜的声音从怪物喉中传出，虽然很难分辨，但是陈伶还是从中听到了一丝赵乙的声音。

"赵乙？你感觉怎么样？"

"说不上来……感觉很有力气，但是又很累……好像有种身体不属于自己的感觉。"赵乙摇了摇头，不愿在这个话题上浪费时间，"陈伶……玲儿他们……都死了。"

"什么？"陈伶一愣。

"都死了……三区的所有人都死了。"赵乙苦涩地开口，那双咒文闪烁的眼眸中，浮现出痛彻心扉的恨意，"许叔没买到煤炭，他们都被冻死了……要是我能回来得再及时一点，也许……"

韩蒙怔怔地站在那儿，他的脑海中，再度浮现出法庭上那些举着横幅的身影，眼眸中的怒火熊熊燃起，胸膛剧烈起伏！

293·信任

其他幸存者都死了，这意味着，他们三个就是三区最后的幸存者……这座城市不会记得三区的风曾吹来过这里，只有他们三个，会记得那些默默被冻死在霜雪中的可怜人。他们，也是唯一能替那些人复仇的人。陈伶沉默许久，不知该如何安慰赵乙，只能沙哑而阴冷地开口："人死不能复生……那就，拉更多人给他们陪葬。"一股仿佛来自幽冥的彻骨寒风袭过世纪大道，将三大商会的众人吹得心头一颤，他们惊恐地看着并肩站在远处的三个身影，那里仿佛有一团炽热凶猛的烈火正在熊熊燃烧。

"喂喂喂……执法官，黄昏社，还有一个不知道是什么东西的怪物？这是什么组合？"

眯眼男也是第一次看到如此诡异的情景，心中有些打鼓。玉子握着匕首，掌心也渗出汗水，迅速被冻结成冰霜，她警惕无比地看着那三人，压低声音开口："不能跟他们硬碰硬……只要给会长拖延时间就好，列车很快就要开了。"

"……希望我们能坚持到那时候吧。"

两人正欲有所行动，一串咒文便闪过赵乙的眼瞳，他怒吼一声，身形宛若炮弹般弹射而出，裹挟着恐怖的力量砸向他们的面门！眯眼男深吸一口气，手中的长镰用力向身旁的建筑一划，高大宏伟的楼房瞬间被切割成无数沉重的砖块，随着他指尖一抬，这些砖块便迅速组合成一只遮天蔽日的巨手，轰然砸向飞射而来的赵乙！"兵神道"，"万御"路径。"咚——"重达百吨的巨手拍落，将世纪大道砸出夸张的蛛网裂纹，也将那黑色怪物挤压入其中。短暂的停顿之后，一声更加巨大的爆鸣从地底响起，巨手被从中央凿开一个大洞，密密麻麻的咒文立刻疯狂地向周围蔓延，赵乙的身形从中勾勒而出……就在此时，玉子的身影凭空闪现到他的身后，寒芒闪烁的匕首以惊人的速度撕裂空气，刺向他的后脑勺！"审判。"随着两个字淡淡吐出，玉子的瞳孔骤然收缩，她的身形再度向后退去，堪堪避开一束分解万物的枪击。短短数秒之内，两人的拦截就出现了缺口，韩蒙面无表情地放下手中的枪，缕缕青烟从枪口飘出……

"去吧。"

"什么？"陈伶问。

"路，替你打开了。"韩蒙平静开口，"我们会解决这里的所有人，阎晌的命就交给你了，不能让他就这么离开极光城……他的身上有太多祭器，你应该能处理。"

陈伶转头与他对视一眼："你就这么相信我？"

"大名鼎鼎的黄昏社'红心6'，杀人可不会失手。"韩蒙停顿片刻，"我认识的执法官陈伶，也不会放过一个吃人血馒头的畜生。"

陈伶怔了一下，随后无奈一笑，目光看向阎晌离去的方向："阎晌，逃不出极光城。"

陈伶眼眸中寒芒闪烁，已然有了计划，转身便往某个方向走去。

执法者总部——

"老师，你要的人带过来了。"储士铎走到办公室门口，轻轻敲门。

檀心的目光望着窗外："带他进来。"随着办公室的大门被打开，几位执法者带着一个狼狈的身影来到房间外，正是之前在极光基地被逮捕的文仕林。"你就是文仕林？"檀心挥手示意押送的执法者可以退下，"久仰大名。"

随着其他执法者的离开，文仕林终于腾出手，简单整理了一下自己的衣着，沉声开口："您可是副社长，我就是个普通的记者，'久仰'两个字我可担不起。"

"普通？"檀心轻笑一声，"哪个普通的记者，能调查到极光基地里？"

文仕林没有回答檀心的话，而是直勾勾地盯着他："你们究竟瞒着极光城的民众，干了多少事？"

"很多。"檀心淡淡开口，"你不是都在基地亲眼看到了吗？人体实验，为极光君续命，还有……"

"我说的不是这些！"文仕林的眼眸中寒芒闪烁，"极光君的寿命将尽，我早就猜到了，你们进行人体实验也在我意料之中……但你告诉我，基地二层的那些炸药，是用来做什么的？我在二层找到了你们消耗材料的清单，如果上面的消耗份额属实，那你们已经制造的炸药足够毁灭极光城三次……那么大当量的炸药，你们在基地中加工后，全部送回了地表，你们究竟要做什么？"文仕林的关注点，与陈伶和其他人完全不同，他敏锐的记者直觉告诉他，基地中最危险的不是人体实验，也不是失踪的极光君……而是在二层经过加工，却又不知所终的炸药。

"和'救赎之手'计划有关，对吗？"

檀心静静看着文仕林："你……想知道吗？"这句话一出，文仕林怔了一下："什么意思？你能告诉我？"在文仕林的认知中，"救赎之手"可是整个极光城的最高机密，哪怕是执法者高层也就那么一两个人知道……而现在檀心轻飘飘的话语，就像是只要他问，就能回答一样。"我可以告诉你，不仅如此，你还可以记录下来，写一篇文章。"檀心一边说着，一边从抽屉里取出笔和笔记本，摆在文仕林的面前。文仕林看着这两件东西，似乎还有些没反应过来，这两件东西都是他的，只不过被抓的时候，就被没收了……现在檀心竟然还给了他？"为什么？"文仕林眼眸中满是不解。

"低温与风雪摧毁了我们的通信系统，我们与其他界域彻底失联了……但有些事情，有些话，我还是想传递出去。"檀心从怀中掏出一张车票，递到文仕林面前，"这是最后一班界域列车的车票。只要你答应我，用你的文字将一切记录下来，送到其他界域之中，我就将所有的计划都告诉你。"

文仕林怔怔地看着那张递来的车票，与檀心严肃而认真的眼神，沉默许久之后，他重重点头："好，我答应你。"

294·慢性死亡

"呼……

"呼……喀喀……

"该死……这天怎么这么冷？"

霜雪覆盖的道路上，一个穿着厚实裘衣的身影正咬牙奔跑着，蒸腾的白雾从嘴角飘出，片刻间便凝结成细微的冰晶……阎晌不知道自己已经跑了多远，总之他回头望去，已经看不到世纪大道上的混乱场面，也没有人追杀过来，这让他忍不住松了口气。自从一手建立群星商会，他就再也没有如此剧烈地运动过，只是短短几分钟的奔跑，就像是抽空了身体一样。"那群没眼力见的废物……就不知道把车往前面开点吗？"阎晌本可以在大赚一笔之后，气定神闲地坐上汽车，径直驶往界域列车的车站，世纪大道距离那里并不远，几分钟就能赶到，可偏偏现在这几分钟的距离，在他眼中却无比漫长。就在阎晌暗骂"红心6"与那群不中用的手下时，一辆汽车从拐角处缓缓驶来。看到那辆车的车牌，阎晌的眼前突然一亮，立刻加快脚步往车边跑去……那是他们商会的车！见阎晌跑过来，车辆也识相地停下，随着阎晌拉开车门坐进去，他的身子终于温暖了一些。

"会长，刚才世纪大道上人有点多，我来晚了。"司机抱歉地开口。

"不晚！你来得正好！"阎晌整个人瘫在后排的座椅上，吭哧吭哧地喘着粗气，"快……快开车！"

"好的会长。"随着车辆缓缓发动，阎晌看到窗外不断后退的街道，心神大悦，他总算不用自己跑到车站，外面的温度低成那样，就算他跑过去，估计也只剩半条命了。"奇怪……去车站是这个方向吗？"阎晌看到车辆缓缓拐弯，驶入一条偏僻的道路，眼眸中浮现出一抹疑惑。

"会长，主路那边到处都是人，地上还有被冻死的人，已经开不过去了。"

阎晌微微点头，正欲放松地闭上眼睛，突然想到了什么："不对啊……你刚才一直跟我待在一起，你怎么就知道那条路走不了？"

司机一只手握着方向盘，转头看向后排座位，轻笑了一声："你猜？"一张人皮面具从司机的脸上飘落，与此同时，一个枪口已然对准后排惊恐的阎晌，扣动扳机！"砰——""审判"之力从枪口迸发而出，像是一颗能够分解一切的无声子弹，眨眼间便射向阎晌的眉心，阎晌脸色顿时大变！就在这时，阎晌的贴身口袋突然传来一阵爆碎声，一道青光凭空绽放，与解构子弹轰然对撞在一起，眨眼间将其硬生生抹消在空中。红心6？！借着这一瞬间的空当，阎晌惊恐地打开车门，也不管此刻车子还在行驶，全力跳下！他整个人就像是皮球般在地上滚了数圈，泥污与积雪瞬间覆盖昂贵的裘皮大衣表面，阎晌觉得自己就跟散架了一样……但现在已经管不了这么多了，他狼狈地从地上爬起，跌跌撞撞往远处逃亡！

陈伶坐在车内，不紧不慢地将车刹停，透过后视镜看向那慌不择路的身影，嘴角微微上扬。"祭器多是吧……我倒要看看，你能救自己几次？"

荒凉的道路上，寒风凛冽呼啸。由于附近没什么人家，没有建筑物遮挡，这里的温度甚至比城中心还要低，阎晌的睫毛与嘴唇都快被冻住了，他强忍着脸上的刺痛，拼了命地迈步前行。打死他也没想到，那个"红心6"竟然追过来了，而且还用这种形式来折磨他……说实话，要是"红心6"真跟他正面对决，阎晌反而不怕，只要他一口气丢出三四件祭器，就算杀不死"红心6"也能拖他个几分钟，但偏偏对方就是不按常理出牌，这种意想不到的刺杀，让他根本不知道危机会从哪里来，自然就无法做出应对。

阎晌在路上狂奔了不到两分钟，整个人已经被冻得走不动路了，他觉得自己的呼吸都开始微弱，脚步越发沉重，仿佛过不了多久就要彻底倒下……他知道自己必须想办法取暖了。就在这时，他看到道路的拐角处，有一家人正围在一盆燃烧的煤炭周围，火红的煤炭在寒冬中散发着最后的光与热，像是一轮微缩的太阳。阎晌的眼睛顿时直了，他跟跄地往那个方向走去，双腿一软直接跪倒在了火炉旁边。

看到有人突然出现，一家人都吓了一跳，惊疑不定地望着他，不知在想些什么。"让我暖一会儿……让我暖一会儿！就一会儿！"阎晌颤颤巍巍地从手上取下一只翡翠戒指，放在火炉边，"这东西你们拿去，送给你们了。"

为首的男人愣了一下，摇了摇头，将翡翠戒指又还给了阎晌。"不用，反正就是多一个位置……这煤炭是用我们一家的积蓄换来的，要是能多一个人获救，这钱花得也更值得。"

"是啊，我们刚救了一个叔叔，也没要他钱。"一旁的小孩说道。

阎晌愣了一下："刚才这条路上，还有别人来过？"

"对啊，他就坐你对面呢。"

阎晌顺着小孩指的方向看去，只见火炉的对面，一个穿着棕色大衣的身影正坐在那儿，微笑地看着他……"又见面了，阎会长。"

下一刻，一支枪缓缓抬起。"砰——"阎晌尖叫一声，这次他的身上再也没有青色的光辉绽放，肩头瞬间被开了一个大洞，仰面摔倒在地上。是他！！又是他！！与此同时，阎晌另一只手迅速伸入口袋，不知捏碎了什么东西，紧接着周围的空间骤然一滞，陈伶等人全部被定格。剧痛从阎晌的肩膀传来，让他脸色苍白无比，他一边哀号着一边从地上爬起身，跌跌撞撞地向远处走去……此刻的他，根本没有丝毫反抗的心思，只想着拼命远离这个"红心6"，恐惧已经彻底占据他的心神。也许是天气太冷，阎晌的肩膀很快便没了知觉，他走过那个拐角，重新回到市区，周围燃烧的火炉与取暖的居民顿时多了起来。阎晌已经不敢再停下脚步取暖，而是咬牙往车站的方向走去……他知道，他离车站已经很近了。

295·正义的铁拳

就在他步履蹒跚前行之时，一道道目光从周围的居民楼内望了下来，表情有些奇怪。就在阎晌不解之时，楼上一个声音突然响起——

"是他！他就是群星商会的会长阎晌！"

"他就是卖天价煤炭的混蛋！"

这两声一出，周围居民楼内的所有人，都拎着棍棒砍刀快步向他包围，投来无比愤怒的目光，短短十几秒就将整条街道围得水泄不通，而且随着越来越多的呐喊声响起，还有更多人赶来。阎晌看到这一幕，顿时傻眼了，他这些年根本就没怎么在外面露过面，而且现在身上脏成这样，也不该有人能认出来才对……就在这时，阎晌突然觉得众人目光看向的位置有些奇怪，愣了一下之后，立刻脱下裘皮大衣望去。只见裘皮大衣的背后，不知何时已经被人用猩红鲜血写下几个大字——"我是阎晌"！

阎晌："？"

"就是他！！想卖给我们五十万铜币一千克的煤炭！就是这个畜生！"

"是他让人在世纪大道上打我爸的！我爸的腿就是被他打断的！"

"要不是有人把卡车开出来，抢到了煤炭，我们已经被冻死了……"

"这个发人命财的狗东西……干他！！！"

…………

此起彼伏的怒吼从周围传来，这群人双眸通红一片，就像是疯了一样涌上前将他淹没，手里的各种家伙雨点般砸向阎晌！阎晌惊恐地被迫弯下腰，坚硬的棍棒一下下砸得他后背剧痛，时不时钻出的刀子更是深深没入他的躯体，在无数愤怒的谩骂声中，本就被冻到意识模糊的他，眼前的画面更是被鲜血浸染。不……不行……他知道再这么下去，用不了多久他就会被活生生打死！阎晌的手死死握着最后一件祭器，那是一只小巧的罗盘，罗盘的表面附着血管与黑色的肉块，随着他指尖拨动指针，下一刻他的身形就凭空消失！棍棒用力砸下，却并没有碰到阎晌的身体，众人愣愣地看着眼前空无一物的地面，一时间有些茫然。

"那是……空间移动？"站在远处看到这一幕的陈伶，眼眸微微眯起。阎晌的祭器之多，种类之丰富，可谓让陈伶大开眼界……但从阎晌宁可受伤，也要拖到现在才使用这件祭器来看，他的存货应该是见底了。陈伶冷哼一声，身形在霜雪中飞掠而出。

"活下来了……我活下来了！！"浑身是血的阎晌，站在界域列车的车站外，激动得双手都忍不住颤抖。这一路的生死危机，让阎晌有种从地狱中走过一遭的感觉，当他真正来到这座车站时，顿时有种劫后余生的庆幸！"什么'红心6'，什么黄昏社……我阎晌白手起家一路走到今天，能就这么轻易地死在这里？！"阎晌忍不住大笑一声，却牵扯到身上的伤口，剧烈的疼痛让他五官都扭曲起来。"那群贱民竟然敢打我……贱民永远都是贱民！老子就要坐车去南方了，你们就给老子在这儿等死吧！一群又穷又废的家伙，真是活该被冻死。"阎晌一边忍痛谩骂，一边摇摇晃晃地踏上车站的阶梯。

就在他即将步入站台的瞬间，一个声音突然从身后传来。"喂。"阎晌一怔，还未等他回过头，一只拳头就重重地砸在他的后脑勺，将其打翻在地！这一拳打得阎晌眼前发黑，他闷哼着试着从地上爬起，在他的身后，一个脖子上挂着相机，手中拿着纸、笔的身影，正低头冷冷地看着他。"是你……你这种垃圾，也配坐上这趟列车？"那身影右拳紧握，"砰"的一声又给了阎晌一拳！坚硬的拳头打得阎晌再度倒地，一颗染血的牙齿被从口中打出，他茫然地看着眼前的身影："你……你是谁？"

"我叫文仕林，是个记者。"那身影缓缓将脖子上的相机，与手中的纸、笔摘下放在一旁，缓步走来，"你可能不认识我，不过，对于你阎晌会长……我可没少了解。"

听到"文仕林"三个字，阎晌顿时觉得有些耳熟，但又想不起来是在哪里听过……不等他再说些什么，又是一记"正义的铁拳"砸在他的脸颊！"砰——"这一拳的力道，比刚才的两拳都大，直接打崩了阎晌半边的牙齿，让他眼冒金星。

"'正义的铁拳'或许会迟到，但永远不会缺席。"文仕林甩了甩打得生疼的手，沉声开口，"既然我的新闻没能干掉你……那我就现在干掉你！"文仕林低吼一声，再度向阎晌挥拳，就在拳风呼啸而至的瞬间，阎晌猛地掏出一支枪，枪口直指文仕林的额头！文仕林的拳头顿时停顿在半空。

"搞了半天，还以为你又是那个'红心6'变的，结果是个真记者？"阎晌吐出嘴里的鲜血与碎牙，艰难地爬起身，"枪对'红心6'没用，还对付不了你一个贱民？"

阎晌恶狠狠地开口，就在他即将扣动扳机的瞬间，他的眼前骤然一花！下一刻，他手中的枪，已经变成了一块煤炭。阎晌错愕地看着手里的一角煤炭，像是想到了什么，眼眸中浮现出深深的恐惧……与最后的绝望。他知道，那个男人又来了……

　　观众期待值 +3%
　　当前期待值：64%

文仕林茫然地看着这一幕，不明白发生了什么，就在这时，他听到一阵脚步声从身后传来。一个穿着棕色风衣的身影，缓步走上车站的台阶，他随意地把玩着那支黑色的枪，眼眸中闪烁着戏谑与冰冷的杀意。"是你……又是你！！"阎晌歇斯底里地怒吼，"你为什么一定要杀我？！你已经毁了我的一切！放了我又能怎样？我发誓我这辈子都不会跟你作对行不行……何必赶尽杀绝？！"在接二连三的折磨下，阎晌的心理防线已经彻底崩溃了，陈伶一次又一次地给他希望，再一次一次地亲手将他推入深渊……这种折磨对他而言，无异于凌迟酷刑！

那身影嗤笑一声，漆黑的枪口抬起，对准阎晌绝望的眼瞳："你这种货色……也配做我的对手？""砰砰砰——"枪响接连回荡在文仕林的耳边，在他的见证下，阎晌的血溅洒在车站的台阶之上。

296·落马

看到这一幕，文仕林的神情微变。即便他已经是个见过风浪的资深记者，看到人头在他的眼前爆开，视觉冲击还是让他有些不适……他的喉结上下滚动，尽可能地让自己移开目光。

"林宴……"看到身旁的年轻人，文仕林一怔，随后神情有些复杂。

"好久不见，文先生。"陈伶收起枪，微微一笑。

陈伶过来的时候看到文仕林在这里，已经变回了林宴的容貌，虽然现在他的身份暴不暴露已经无所谓了，但他知道文仕林是个好记者，如果非必要，并不想吓到对方……维系之前的关系，是最佳的选择。

"你怎么在这里？你也拿到车票了？"

"车票？"陈伶摇了摇头，"我没有那种东西……我就是追杀他过来的。"

此刻的陈伶，已经做好了被文仕林追问的准备：为什么要追杀阎晌？为什么阎晌会被折磨成这副模样？为什么刚才的枪会变成煤炭？但出乎意料的是，文仕林并未追问，而是眨着眼睛看了他许久……像是在等待着什么。

"怎么了？"感觉到文仕林目光有些奇怪，陈伶问道。

"这次，不收走我的疑惑了吗？"

陈伶愣在原地。"你……"

"很意外？"文仕林嘴角微微上扬，"再怎么说我也当了那么多年的记者，虽然在识人方面偶尔会出差错，但也不是傻子……在这方面，你要学的东西还多着呢，新人。"

陈伶万万没想到，文仕林竟然能看破他的"心蟒"，直到如今他都没觉得自己的伪装有什么问题……他不由得疑惑问道："你是怎么发现的？"

文仕林挥了挥手中的笔记本："我每天都有记日记的习惯，只要回家稍微回顾一下今天发生的事情，就会察觉到不对。第一次我只是有些奇怪，觉得是自己当时太累……但第二次的时候，我就回过神来了。这个漏洞还是挺关键的，下次对别人用的时候，记得谨慎点。"

陈伶这才意识到问题出在哪里。他的"心蟒"只能暂时偷走某种情绪，他就算当时能偷走疑惑，不让文仕林觉得哪里不对，但只要对方回家之后稍微回想，就能重新回忆起之前疑惑的点……他没有办法靠这个能力让某人始终信任他，除非他一直和对方待在一起。这是陈伶从未设想过的漏洞，最重要的是……在陈伶那个时代，压根就没什么人喜欢记日记啊？

"既然如此，你为什么不揭穿我？"

"一开始我确实有些恐惧，你这么大费周章地接近我，究竟是想干什么……但其实仔细想想，你从未对我不利，而且你做的所有事情确实都是正义的，最关键的是你的眼神……"文仕林指了指陈伶，"我当记者这么多年，见了太多的受害者，你悼念弟弟时眼里的悲伤与愤怒，做不了假。"

陈伶双眸复杂地看着文仕林，许久之后，无奈地笑了笑："所以，你知道我是谁了？"

文仕林摇了摇头："我不想知道。"

以文仕林的调查能力，只要他想，追查出陈伶的真实身份并不难……但他根本没想去查，在他的眼里，陈伶只是个想替弟弟复仇的后辈，就这么简单。"……谢谢。"陈伶由衷地开口。

"对了。"文仕林转头看向他，"你刚才说，你没有车票？"

他将手伸入怀中，取出一张车票，递到陈伶的面前："这个你拿去。"

"这是……跨界域列车的车票？"

"对，这是最后一班列车，也是最后的逃生希望，普通人甚至都不知道这班列车的存在……坐上它，你就能安全抵达南方。"文仕林的目光，扫过被冰封的死寂城市，苦涩开口，"那里，就不会这么冷了。"陈伶看着眼前的车票，心中有些疑惑，按理说这种跨越界域的列车，每一个位子都是提前计划好的，能坐上这辆列车的都是达官显贵……文仕林只是个记者，而且还是得罪人最多的那种，从哪里来的这张车票？"这张车票，是檀心给我的。"文仕林似乎看穿了陈伶的想法，解释道，"他让我把一些东西送出去，作为交换，他将所有计划都告诉我了。"

"你见过檀心了？"

"嗯。"文仕林点点头，"说实话，我承认之前对他有些偏见……不过现在看来，他确实配得上执法官副总长的位置。"

"车票我就不用了，我在这座城里，还有事情没做完。"陈伶停顿片刻，指了指文仕林手中的笔记本，"不过……我能看看那个吗？"黄昏社的其他人还在极光城，陈伶自然不可能一个人坐车先走，相对而言，他还是对极光城接下来发生的事情更感兴趣。

"……你确定吗？"文仕林眉头紧锁，"再不走，可就来不及了。"

"嗯。"

文仕林见此，也不再劝，长叹一口气后将手中的笔记本递给陈伶。陈伶将笔记本打开，前面厚厚一大半都是文仕林的日记，他迅速翻动到最后几页……

"这是……"陈伶喃喃自语。

世纪大道——

寒风掠过空旷的道路，冰寒中带着浓郁的血腥味，此刻的世纪大道，人已经基本空了，卡车上的煤炭都被居民们拿走，地上只剩下一具具尸体，与沾满人血污垢的银票。两个身影静静地站在肃杀死寂的道路中央，黑色的风衣与灰色棉衣随风飘舞。赵乙一脚踩碎眯眼男的头颅，咒文闪烁的眼瞳像是察觉到了什么，看向道路的另一端。"有人来了。"他重叠的声音响起，"是敌人吗？"

韩蒙看向那辆逐渐靠近的汽车，眼眸微微眯起。"……不，是来找我的。"

297 · "重现"

"砰——"韩蒙坐上汽车的后排座椅，用力关上车门。

"有活口吗？"檀心目光透过窗外，扫过满地的尸体。

"凡是参与卖炭的，一个没活。"

"阎晌呢？"

"不知道。"韩蒙顿了顿，"不过，他也活不了。"

檀心眉梢微挑，没有追问，而是看向那独自离开的灰色棉衣身影："他是谁？"

韩蒙沉默许久："他只是一个无辜的孩子。"如今的赵乙，到底算是个融合者，也是执法官们肃清的目标……韩蒙加重了"无辜"二字，就是想让檀心放过他。

檀心目光从赵乙的背影上收回，淡淡开口："开车吧。"

随着车辆向前移动，韩蒙的心终于放了下来。

"在极光基地，感觉怎么样？"

听到檀心的话语，韩蒙陷入沉默，他脑海中闪过那些因人体实验而面目全非的身影与易博士歇斯底里的怒吼，许久之后才缓缓开口："我……看到了绝望。"

"绝望。"檀心点点头，目光看向窗外鳞次栉比的建筑，"我们从未拥有过真正的和平与安稳，只是极光下的炊烟与风筝，让我们忘记了这个世界原本的模样……现在，极光消逝，这场美梦也该醒了。"

"极光城……真的没救了吗？"韩蒙的眉头紧锁。

"有，也没有。"在韩蒙疑惑的目光中，檀心再度开口，"大灾变初期，一枚核弹曾袭击过这片大地，上千万的生命化为乌有，他们的灵魂被一个新生的磁场捕获，化作极光融入其中……它们造就了一位空前强大的君王，一位极光之下的守护神。"

"你是说，极光君的诞生？"

"没错。"

"这和拯救极光城，有什么关系？"韩蒙皱眉，"拯救极光城的方法，不应该是给极光君续命吗？"

"以我们如今的科技手段，根本不可能给他续命……能给他续命的，只有他自己。"

"什么意思？"

檀心沉默片刻，缓缓吐出四个字："九阶之上。"

韩蒙愣了一下："九阶之上？十阶？真的有可能吗？"

"不知道……古往今来，从未有人踏出过那一步，但假设那一阶真的存在，它就是这个界域最后的希望。"

"但现在极光君已经要老死了……他该怎么踏入九阶之上？"

"我刚才已经说过了。"

韩蒙第一时间没听懂檀心的意思，但下一刻他就反应了过来："极光君诞生……别告诉我，你们打算牺牲极光城里的三百万民众，让他们的灵魂再融入极光君体内？"

"上千万的灵魂，造就了一位九阶的极光君，再来三百万的灵魂……或许，有一丝叩开那扇门的可能。"

"你们疯了吗？！"向来沉着镇定的韩蒙，此刻脸色也变了，"所以基地里的那些炸药，就是用来炸毁极光城的？但这么做有什么意义？你们杀了极光城内的所有人，就算救了极光君，极光界域也不复存在了！"

檀心摇了摇头："你错了，只要极光君活着，极光界域就会存在……也许三百年后，有一座新的城市会在这片废墟之上建立，也许会有新的七大区或者九大区……只要极光永不消逝，极光城就会永恒。如今的极光城，就是这么来的。"

韩蒙怔住了，他侧身坐在后排的座椅上，两侧的街道在他身旁后退……不知过了多久，他再度摇头："可九阶之上是否存在都不确定，牺牲这三百万人能不能让极光君踏出那一步也不确定……你们凭什么认为这么做能成功？"

"极光基地计算过，这个计划成功实施的概率，不到 0.001%。"

"那你们还……"

"在渺茫的可能中寻求出路，这就是人类。"

韩蒙张了张嘴，却又不知该如何反驳，他沉默地坐回自己的位置，宛若雕塑般一动不动。"……所以，这就是'救赎之手'计划？"

"不。"檀心摇头，"这个计划的名字，叫'重现'……重现极光诞生之日，放弃人性与道德，赌上三百万生灵换极光君一线生机……这是目前极光基地所坚持的计划。"

韩蒙愣了一下："那'救赎之手'，又是什么？"

檀心转头看向韩蒙，嘴角浮现出一抹淡淡的笑意："你，听过唱片吗？"

汽车在极光基地的升降机前缓缓停下。檀心开门下车，黑色的风衣衣摆上，八道银色的纹路无声闪烁。他整理了一下衣领，目光平静地看向通往地底的深邃通道。"你就在这里等我。"韩蒙听到这句话，没有跟上前，而是安静地站在汽车旁等待。

檀心走到升降机中，按下按钮，身形缓缓往地下深处沉去……

"檀心副总长。"

"副总长好。"

升降机的金属门打开，一旁守卫的执法官看到他从中走出，立刻恭敬地开口。核对完密令之后，他便通过一层层关卡，径直往基地的最深处走去……最终，他来到了通往四层的最后一道关卡。门旁，一个穿着白衬衫、打着领带的红发女人缓缓抬头，看到檀心走来，眼眸微微眯起。"你这是什么眼神？"檀心被她盯得有些别扭，疑惑开口。

"……没什么。"红发女人合上手中的书本，"就是想确认一下，是不是你本人。"

檀心想起了三层被破坏的祭器，若有所思："'红心6'来过了？他还变成了我的样子？"

"……"

"你不会真的被他骗过去了吧？"

"……"

檀心嘴角控制不住地上扬，原本还凝重阴沉的面孔，浮现出一缕轻松："你们'修罗'路径的，都这么神经大条吗？"

"檀心，注意你对待上司的语气和态度。"红发女人冷冷开口。

"十分抱歉，尊敬的红袖总长。"

红发女人看了他一眼，眼眸中的怒意逐渐消散，取而代之的，是一种复杂的情绪："你真的想好了？"

"嗯。"

"……好。"红发女人点点头，缓缓从座位上站起，径直向通道外走，到檀心身边，停下脚步，"你去吧……剩下的，交给我。"

298 · 背叛

檀心深深望了她一眼，没有再多说，而是径直往四层走去。与此同时，红发女人走向通道外，往上层走去，两人的身形彼此错开。檀心来到四层的路口，他看了眼早已空无一物的右侧，那是 0 号实验室的所在地……然后，他转身向左侧走去。穿过一条通往地底的幽暗道路之后，檀心最终站在一扇厚重的金属门前，输入一串密令，推门走入其中。门后是一片封闭的地下空间，毫无装饰的灰色承重柱矗立其中，在这简陋的毛坯房间内，一个身影正拿着乒乓球拍，对着墙面不断击打着。"领袖。"檀心平静开口。

"你来了？"领袖看了他一眼，就是这短暂的分神，乒乓球拍错过了弹起的乒乓球，后者叮叮当当地落在地面。"外面的事情，我已经知道了。"领袖一边捡球，一边缓缓开口，"寒灾导致极光城内损失惨重，一些灵魂已经从身体中飘出，逐渐消散了……可供极光君吸收的灵魂数量正在锐减，'重现'计划必须尽快启动，否则成功率只会更低。"

"今天来，就是找您商议这件事的。"

"哦？"

檀心深吸一口气："我不同意'重现'计划。"

领袖的动作微微一顿，他略显诧异地看着檀心，声音依旧平和："为什么？"

"输了就是输了。"檀心沉声开口，"这三百多年，极光基地几乎没有取得任何成果，'重现'计划的提出，也没有任何成功的可能……我们没能为人类找到出路，也没能维系住极光界域，我们是失败的。"

"所以呢？"

"失败，就该及时止损。我认为'重现'计划毫无实行的必要，它不过是极光基地为了掩饰自身失败的一块遮羞布罢了。"

领袖注视他许久，长叹一口气："所以，你还是没有放弃'救赎之手'计划。"

"至少，它能让极光城的三百多万人'活着'，极光界域不会彻底消失……我们做不到的事情也许其他界域能做到，如果他们找到了挽回一切的办法，至少极光城还有重现的可能……但如果现在执行'重现'计划失败，我们就什么都没了。"

领袖没有回答，他沉默地走到房间的墙边，看着那用彩色粉笔画上去的窗外雪景，缓缓开口："檀心，你还记得……当年我是怎么教你的吗？"

"人类命运，永远凌驾于一切个人利益之上。"

"当年的那批孩子里，你的性格最果决、最坚毅……所有人都认为你是最佳的种子，但我心里很清楚，你的内心比所有人都柔软。"领袖回头看向他，"我本以为你长大后当上这个副总长，能有所长进，现在看来……你还是跟小时候一样。你太感情用事了。"

"我从未感情用事，我知道我在做什么……是你无法接受极光基地的失败，是你的方法偏激了。"

"极光君意味着什么，你应该比我清楚，只有他活着极光界域才有重现的可能，我们才能继续研究他，从他身上找到人类翻盘的希望……他所代表的，就是人类的未来！站在人类的立场上，只要能让他活下去，无论牺牲多少人都是值得的，哪怕成功的概率再渺茫……你却想牺牲极光君？"

"我们花了三百年都没有从他身上得到任何成果，就算再给三百年，甚至三千年！等科技回到石器时代，难道我们就能有收获了吗？不，我们什么都收获不到！"檀心深吸一口气，一字一顿地开口，"极光君不是人类的未来，所有人类才是。"

领袖望着檀心，檀心也毫不畏惧地望着他，空气突然陷入一片死寂。"看来，我们的理念出现了冲突。"领袖缓缓开口，"不过你应该知道，我才是代表极光基地，掌舵人类命运的那个人……你檀心身为基地外派到地表的秩序维护者，按照极光基地初始001号条款，并没有参与涉及人类命运最终决策的资格。"

"我知道。"

"那么……我以极光基地唯一领袖的身份，否决'救赎之手'计划。"檀心静静地看着他，似乎对这个结果并不意外……他眼眸深处闪过一抹复杂之后，一只手从风衣中缓缓抬起。一个漆黑的枪口，对准了领袖的眉心。"那么……我，背叛极光基地。""砰——"面对曾一手培养他长大的领袖，檀心没有丝毫犹豫地扣动扳机，一束火光迸溅，子弹瞬间便洞穿领袖的眉心！领袖怔怔地看着他，似乎没有意料到檀心会背叛极光基地，踉跄地撞到身后墙壁上，缓缓瘫下……最终倒在了那扇粉笔画出的窗户之前。猩红的鲜血在灰白色的地面流淌，漫延到檀心的脚下，几乎同时，一声轻响从灯泡内传来！

"啪——"极光基地的电路再度瘫痪，房间陷入一片黑暗死寂。檀心看着倒在黑暗中的领袖身影，有些不忍地闭上眼眸，一秒后便缓缓睁开，重新恢复了冷静与理智，转身向上层走去。就在他离开半分钟后，这间封闭房间的角落，一扇与墙壁完全融为一体的门，被缓缓推开……在极光基地内，没有人知道，在领袖房间内，竟然还藏着一间暗室，与一个不知在其中生活了多少年的苍老身影。那身影蓬头垢面，头发杂乱无比。他面无表情地看了眼檀心离去的方向，甚至都没有低头看那具"领袖"的尸体，便转身回到狭窄暗室中……暗室中，只有三件物品：马桶、床，与一根最古老的传声铜管。

那身影走到传声铜管前，揭开生锈的盖子，平静到没有一丝波动的声音响起："执法官副总长檀心，违反 001 号条款，背叛极光基地，列为界域第一通缉目标……全员无论手段、不限代价将其格杀，三小时内夺回'重现'计划炸药引爆器，凡有私放者，与之同罪。"

299·唱片

随着电路瘫痪，极光基地再度陷入黑暗，好在有过一次经验之后，这次他们并未太过混乱，接连的脚步声与嘈杂声从远处响起，像是在警惕着敌人。檀心满脸疲惫地回到四层的通道中，一个红发身影已经在静静地等他。

"杀了？"

"……嗯。"

红袖往四层看了一眼："杀领袖，应该没这么简单。"

"我知道。"檀心点头，"但应该多少能拖延一点时间……而且，我拿到了这个。"檀心从口袋中掏出一个拇指大小的瓶子，瓶中装着一条造型怪异的微型舌头……像是某种祭器。"这三百多年来，极光基地对极光君做的所有检测记录、研究过程、实验成果，都在这件祭器里……它复刻了极光君的一切细节，是这么多年所有人努力的结晶，虽然它最终并没能成功，但至少可以给其他界域一些参考。"檀心郑重无比地将这件东西递到红袖的手里。"总之，它若是出现什么差错，极光界域的这三百年都将化为乌有……现在就交给你了。"

"你想让我送到其他界域手里？"

"对。"檀心笑了笑，"你可是我们极光城的战斗力天花板，是天下'修罗'的魁首……这颗星球上，应该没几个人能从你手里抢东西，哪怕界域列车炸了，你都能毫发无损地将它带出去……这东西交给你，我最放心。"

红袖将瓶子郑重地收起："你真不打算走了？"

"不走了，我的车票都送人了。"檀心停顿片刻，"你也不用劝我……从我下令放弃七大区的那一刻，就做好了面对这一天的准备。总得有人为这一切负责，不是吗？"

红袖深深地看了檀心一眼，没有再劝，而是平静点头："我知道了。"

"……我该离开基地了。"檀心伸出一只手，停顿在空中，看着红袖微微一笑，"很高兴与您共事，红袖长官。"

红袖同样伸出手与他握住，认真回答："……我也是。"

檀心收回手，头也不回地往基地上层走去。随着他的风衣隐没在黑暗中，红袖无奈地长叹一口气……

"你，听过唱片吗？"韩蒙倚靠在寒风凛冽的车边，看着头顶稀薄到几乎消失的极光，耳边再度回响起檀心的话语。"当唱针在唱片表面的细微沟壑上摩擦，震动会将早就镌刻好的歌声转化为电信号……那段歌声可能来自几年前、几十年前，它记录着过去某个时间段的喜怒哀乐，并永远保存，直到有人将它放在唱片机上，那段过往便将重现世间。我想将极光城，刻录成一张唱片。我们研究极光君，研究了三百多年，这期间虽然没有什么太大的收获，但多少也是发现了一些现象……极光君周围的磁场，能够兼容人类死后的灵魂，这也就意味着人类的灵魂，本质上也只是某种特殊的磁场……至少在极光君的领域中是这样。那从理论上来说，只要将极光君的磁场增幅，我们就能加工人类的灵魂，将它们像歌声一样，以某种特殊的频率镌刻在天空之上。用灵魂替代声音，用天空替代唱片，用极光君的特殊磁场替代唱针……即便实体的极光城毁灭，我们也能将一切复刻在天空，保留至少三百年的时间。如果在这三百年内，有人破解了赤色流星的秘密，或者成为第二位极光君，就能重新读取这张唱片。届时，极光城也将重现，城内的三百万生灵也将有获救的可能。我知道这听起来很离谱，但这确实是我与易博士能想到的最后的方法了，而且它的成功率足足有60%……就凭现在的人类无法挽救极光城，所以，我们只能寄希望于未来，也许在将来的某一天，极光城会迎来救赎。这个计划……就是'救赎之手'。"

韩蒙长叹一口气。当得知"救赎之手"计划的时候，韩蒙第一次感受到来自内心深处的震撼。将极光城变成"唱片"，这是他从未设想过的可能，但仔细想来……这也许是极光城唯一的出路。即便极光界域消失，人类依旧剩下七个界域，也许这七个界域最终能有所突破呢？再怎么说，这个成功概率也比"重现"计划的0.001%高多了。

就在韩蒙还沉浸在檀心带给他的震撼之时，一个身影已经从升降机中缓缓升起。檀心的身后，不知何时已经背上了一只黑匣，他径直走到韩蒙的身前，在这个距离下，韩蒙甚至能看清他脸颊残余的血渍……檀心下去杀人了？他杀的是谁？"韩蒙，你现在还有最后一次反悔的机会。"檀心平静地看着他，"告诉我，你的选择。"

韩蒙沉默片刻："我认可你的计划。"

得到这个回答，檀心的嘴角微微上扬："很好，那接下来我交代你的每一句话

你都要听好了……因为从现在开始，我们的对手就是整个执法体系。"

"你说。"韩蒙对此并没有什么反应，因为自始至终，他就未曾与执法体系亲近过。檀心的嘴唇开合，将自己的计划全盘托出，韩蒙沉思许久，微微点头。"我明白了。"

"好……那现在，去做你该做的事。"

"你呢？"

檀心拍了拍风衣衣摆的飞雪，背着黑匣，独自往寒风的深处前行："我去找到极光君……然后，杀死他。"

"用磁场，刻录灵魂唱片？"陈伶看完关于"救赎之手"计划的叙述，眼眸中浮现出错愕。

"很令人吃惊，对吗？我听到的时候也是这个反应。"文仕林叹了口气，"在很早之前，檀心就开始筹备这个计划，甚至让极光基地在暗地里造了一台磁极增幅控制器……不过是否有效还不好说。"

"不管是否有效，都得以极光君自身的磁场为基础吧？"

"没错，而极光君的磁场，本质上来说……就是他的灵魂。"

300 · 聆听苦难

陈伶陷入沉默。他的脑海中，再度浮现出那个白衣白发的身影……虽然他与极光君只相处了不到半小时，但对方给他留下的印象太深刻了。在这样一个陌生而绝望的时代，能够遇到可以和自己同频交流的人，本身就是难能可贵的。"不过，檀心想以极光君的灵魂作为驱动，恐怕没那么容易。"文仕林再度开口，"檀心只是八阶，而极光君则是九阶……他几乎没有胜算。"但他想了想，又补充一句，"也不好说，极光君的寿命已经到头了，实力肯定不如以前……"

陈伶回想起极光君的身影，皱眉正欲说些什么，一道刺耳的警报声突然回响在极光城的上空。"嗡——嗡——嗡——"这声音打断了陈伶的思路，回荡在城市的每一个角落。与此同时，那些分散在各处的黑衣执法官，像是收到了什么消息，立刻在城内搜寻起来。"看来，他已经开始动手了……"

西城，小楼——

"嗯，嗯……我在听。"

"……"

"原来是这样，怪不得你们都在一起……你们的关系一定很好吧？"

"……"

"三区啊？不好意思，因为我也是刚睡醒……三区是什么地方，能跟我讲讲吗？"

"……"

"极光界域里，还有地方生活得这么辛苦吗？你们到极光城里一定很不容易吧？"

"……"

风雪在雪白的窗外呜呜作响，被冰封的尸骸无声地倒在房间各处，那一张张苍白的面孔彼此依偎。在门口，一个白衣白发的身影正坐在椅子上，认真地聆听着。极光君轻轻抱着玲儿的尸体，时不时地点头，目光复杂无比。"陈伶啊……我也认识他，虽然看起来不近人情，但其实人是好的……他其实没有死，你们知道吗？他刚才去替你们报仇了。"

"……"

"还有那个孩子……叫……叫赵乙是吗？放心吧，他也活着，我在基地门口把他救下来了。"

"……"

"不，不用谢我……我其实什么也没做。反倒是我需要道歉……如果我能维持极光不散，这一切都不会发生。"

"……"

"和灵魂交谈吗？我不觉得我很厉害。"极光君一只手抚摸着玲儿被冻硬的头发，缓缓闭上双眸，"我其实不太擅长和别人交谈，以前我都是在实验室里和仪器打交道……当我获得这个能力之后，我更是没有睡过一天好觉。我能听见死在战争中的痛苦灵魂在哀号，我能听见它们在绝望中呼唤着爱人的名字，我能听见它们哭泣着诉说自己这辈子做过的好事，然后质问上天为什么要它们经历这些苦难……它们的痛苦，它们的不甘，它们的哀求，它们的怨气，始终都在我的耳边回荡……所以，我总是自己躲起来，试图逃避这些声音。"极光君像是回忆起了什么，无奈地笑了笑，"但就算我躲起来，苦难依然在那儿，只是我蒙住耳朵听不见罢了……但这一次，我不想再躲了。"极光君缓缓抬头，目光透过霜白的玻璃，望向外面这座死寂冰冷的城市。"这座城因我而起，因我而灭，至少……我要听见它的声音。"

"呜呜呜——"窗外寒风呼啸，发出低沉嗡鸣，如泣如诉。

"总之，很高兴认识各位。"极光君回头看向屋内，"感谢你们没有咒骂我，袭击我，而是在这里安静地和我说了一会儿话……诸位，请登天吧。"

随着极光君话音落下，他眼瞳中流转的极光越发璀璨，一阵虚无的磁场之风从屋内卷起，淡薄而变幻的微光，开始在空气中蔓延……那是极光，从满屋尸体内飘出的极光。这些极光脱离尸骸的囚笼，在极光君的目送下透过屋顶升上天空，像是缥缈的轻纱，无声消失在天空之上。最后一缕微光从玲儿体内飘出，轻轻摇晃着，像是在对着极光君挥手告别。"再见，小妹妹。"极光君伸出手，摸了摸玲儿尸体的头。

随着屋内再度陷入死寂，白衣白发的身影缓缓转身，独自向街道走去。

"好冷……好冷！谁能来救救我？"

"妈妈……妈妈怎么还没回来啊？我好冷……"

"妈妈去买煤炭了，应该很快就能回来，我们再等一等。"

"为什么，为什么！！这点煤炭怎么一下就烧完了？我……我还不想死啊！"

"老天爷！我这是作了什么孽？为什么你要把我们一家活生生冻死啊……啊？！"

"活人！路上还有活人！！他凭什么没被冻死？！去死去死去死……"

…………

此起彼伏的声音钻入极光君的脑海。他的目光扫过周围，看到有一对兄妹被冻死在家中，已然没了气息；看到一个母亲抱着空无一物的煤炭盆倒在家门之外；看到一家五口围在熄灭的火炉边被冻成雕塑；看到早早被冻死在路边的乞丐，恶狠狠地瞪着眼前的一切……极光君行走在冰天雪地之中，白色大褂在凛冽寒风中飞舞，那双极光涌动的充满神性的眼眸中，满是怜悯与悲哀……他在感受这座城市的苦难。他余光扫过街角，神情微微动容，弯腰从一处被遗弃的角落里，抱出一具冰冷的尚在襁褓中的婴儿尸体。"乖……乖……不哭了。"极光君抚摸着死寂无声的婴儿脸颊，轻声呢喃。

此刻极光城内的幸存者，都在家中依靠煤炭苦苦支撑，街道上根本看不见行人，那一袭白衣就这么淹没在呼啸的风雪中，脸颊滑落的泪水，也被顷刻冻结成冰。随着他的前行，一道道淡薄的极光，从冰冷的尸体中飘出，它们的存在太过缥缈，以至于几乎没有任何一双肉眼能够看见。极光君抱着襁褓中的婴儿，走了许久，直到风雪中，一个背着黑匣的黑色身影，从远处勾勒而出。极光君缓缓停下脚步。

301·"救赎之手"

"呜呜——"风雪掠过那一黑一白两个身影，世界仿佛都停滞了。

"极光君，杨宵。"檀心行走在被霜雪覆盖的街道上，双眸凝视着对面的白衣男子，神情漠然而坚定。极光君静静地看着身着一袭黑色风衣的檀心走过来，将怀中的襁褓轻放在一旁，拍了拍身上的碎雪："我认得那件风衣，当年建立极光基地的时候，是我设计的执法官服饰……你，是这一代的总长？"

"我是谁，并不重要。"檀心的黑色风衣在风中狂舞，他摘下身后的黑匣，按下按钮，一台像是鸟笼又像是护臂的钢铁仪器，便被他卡在右臂之上，丝丝缕缕的电光在其上闪烁。他淡淡开口："我曾是执法官檀心，但为了人类命运的延续，我可以是任何人……包括，杀你的人。"檀心的气息节节攀升，八阶的恐怖威压骤然降临，满地的霜雪都被他的脚步震开，像是无形的圆环向周围扩散……

"反转法拉第笼？"看到檀心手臂上的装置，极光君眼眸中浮现出诧异，"不对……只是造型相似，原理完全不一样，还具备修正磁场的效用吗……"极光君身为磁场领域的顶级科学家，一眼就看出了这个装置的用途，也猜到了檀心要杀他的用意。"构思与设计都不错，这个时代，居然还有这种人才。"极光君有些惋惜，"要是有机会能见一见就好了……"

"你见过的。"檀心平静说道，"他姓易。"

"原来是他……"极光君想到了自己刚苏醒时，看到的那个疯疯癫癫的科学家，"这个装置，他起名字了吗？"

檀心停顿片刻："'救赎之手'。"

极光君怔了一下，许久后，神情复杂地点头："……好名字。"

"我不认为献祭这三百万灵魂，就能让你踏入九阶之上……所以，我选择救赎极光城。"檀心眼眸微微眯起，向来看似平和儒雅的他，此刻却将执法官副总长的威严与霸气尽数释放，"我知道你是九阶，若是全盛时期，我必输无疑，但现在……我想试试。"

"你是对的。"极光君看了眼上空消逝的极光，"我能感受到那道门槛，第十道台阶，不是靠灵魂数量就能堆上去的……哪怕是将九大界域所有灵魂全部献祭，也几乎没有可能。"

"所以……"

"但这并不代表，我会配合你。"还未等檀心说完，极光君便淡淡开口，他的身形踏出一步，伴随着细密的电弧瞬间消失在原地，檀心的瞳孔都未来得及收缩，白衣的衣角已经拂过他的脸颊……极光君单手插兜，从他身旁擦肩而过。他的另一只手，轻拍檀心的肩膀。"咚——"无数的运动电荷在极光君掌心磁场的作用下，顷刻间爆发出恐怖的动能，一道闪烁着等离子体束流的光柱瞬间从极光城内爆发，轰鸣伴随着恐怖的大地震颤，横扫整座城市！这一刻，所有散布在城市各处的执法官，皆脸色剧变，猛地转头看向这个方位。

"这……这是……"琼玄喃喃自语。

漫天尘埃飞扬，遍布裂纹的大地沟壑之中，一个黑衣身影狼狈地站在其中。

极光君缓缓收回抬在半空的手掌，看了檀心一眼，继续沿着街道，向前走去："我还有我的事要做……如果你想要我的灵魂，就靠本事来拿吧。"

檀心站在废墟中，粗重地呼吸着，那件执法官风衣已经支离破碎……他本以为极光君已濒死，自己或许有一战之力，但对方只用了一招，就险些将他重创。檀心保护着怀中的"救赎之手"，声音沙哑地开口："你要去做什么？"

"出城。"

"出城？"檀心像是想到了什么，"你要杀入禁忌之海？"

如今的极光城外，已经彻底与灰界交汇，而地球上与极光界域对应的灰界的位置，正是禁忌之海的领域……极光城如今的低温，也是因禁忌之海的海风所致。极光君要出城，意味着从踏出城门的那一刻，就进入了禁忌之海内，到时必然会引发大量的"灾厄"围攻！"这个时代，人类虽然式微，但也不是任'灾厄'蹂躏的对象。"极光君抬头，看了眼城外呼啸的海浪与咒文，眼眸微眯，"它们想吃下极光城，我也要让它们付出代价……"

"但你现在的身体状况……"檀心眉头紧锁。

"我已经在实验室里无声无息地死过一次。"极光君头也不回地继续向前，"这一次……我想死在战场上，而不是城内。"

檀心怔怔地看着极光君离去的背影，那袭白衣逐渐消失在道路的尽头，而更远处，则是极光城的城门……与极度冰寒的灰界禁忌之海。这一刻，极光君刚才的话语，再度回荡在他的耳边。"我还有我的事要做……如果你想要我的灵魂，就靠本事来拿吧。"檀心看着"救赎之手"，沉默地站在原地……他已经明白极光君的意思了。他极光君可以死，但不该死在城里，更不该死在同为人类的檀心手里……如果想要他的灵魂，就等他战死之后，凭本事自己去取回来。檀心的拳头不自觉地攥紧，又无奈松开，直到这时，他才真正体会到"极光君"三个字的重量……他面对极光君离去的方向，喃喃自语："恭送……极光君。"

似乎是听到了檀心的声音，那袭白衣身影微微回头，然后继续向前……惨死之人的灵魂在他的耳畔回荡，淡淡的极光在荒芜中飘向天空，极光君行走在城市的边缘，最终在冰封的庞大城门前，停下脚步。门外，寒风呼啸，宛若雷鸣。

302 · 极光君之威

极光城外——

几乎没有厚度的海水，附着在荒芜大地的每一个角落，像是一汪不存在于这个维度的海洋，冰寒彻骨的风掠过海面，宛若无数不可见的死神利爪，刮向那座矗立在淡薄极光下的庞大城池。一个个流淌着咒文的影子，在海面倒影中游走，它们诡异的眼瞳注视着冰封的极光城，沙哑的私语声呢喃响起。

"极光……即将消逝……"

"阻隔灰界的……力量……在衰弱……我嗅到了……死亡……与绝望……"

"北方……将属于……禁忌之海……"

"吞噬……城市……让禁忌之花……绽放于人类肉体……赐予灵魂……永恒的绝望……"

呜咽的寒风在海面席卷，海面倒影之下，一个个身影已经等候多时，它们不断地向城墙的方向靠近，好似觊觎濒死猎物的豺狼，无声而狡黠地迈出步伐，一点点向其靠近，只等待它断气的瞬间，便会撕裂其咽喉，吞噬其血肉，大快朵颐！密密麻麻的咒文攀上城墙，就在它们即将有所行动的瞬间，一道璀璨的等离子光束从城门之后轰然爆出！"轰——"那是一道太阳般耀眼的光辉，在它扫射的路径之上，一切分子结构轰然坍塌，短短半秒，就将禁忌之海烫出一道巨大到夸张的裂口，无数"灾厄"在其中瞬间蒸腾，消融无踪！这突如其来的变故，让潜藏在海面之下的身影们惊骇无比，深邃的眼瞳中浮现出惊恐！

等离子束流在半空中逐渐消散，灼热而扭曲的空气之中，一个穿着科研白大褂的身影，从城墙的空洞后缓缓走出。他单手插兜，极光涌动的眼瞳平静扫过眼前破碎的海面倒影。下一刻，他右手三指抬起，在虚无中轻轻一旋！"雷。""刺啦——"吐出这个字的瞬间，密密麻麻的雷电从天穹砸落，将海面映照成刺目的苍白！那是数以千万计的雷光，每一道雷光都精准地击落在攀上城墙的一串咒文上，将其硬生生击碎成虚无。这些雷光源源不断地覆盖在城墙表面，像是天神暴怒降下的雷池，冲刷着禁忌污秽伸向人类的肮脏之手。在这宛若神迹的雷霆之前，海面下的众多影子惊惧无比，它们纷纷向后方退去散开，就像是池塘里被惊扰的鱼群，清出一块半圆形的真空区域。

极光君的目光并未在这些虾兵蟹将身上停留，他一步步踏在空气中，身形宛若神明般平稳屹立于高空……然后俯瞰海面。他看到在海面的尽头，有几道庞大的阴影，正悄无声息地匍匐于海底，像是在刻意隐匿等待着什么。"我知道你们听得懂。"极光君屹立于极光与雷霆之上，淡淡开口，"禁忌之海的'灭世'……在哪里？"话音落下，远处海面下的那道巨影，依旧毫无动静，宛若海底山岩般一动不动。那些高阶的"灾厄"只要有点眼力见，都能看出现在的极光君已经是强弩之末，野兽在濒死之际最为凶残，与他硬碰硬绝对不是一个最佳的选择。现在它们要做的，就是尽可能地拖延时间，等到极光君彻底燃烧完最后的生命之火，再征服极光城就如同探囊取物。

极光君见此，双眸微眯……他右手缓缓抬起，在虚无中握住。"既然不愿意出来，我就看看，你能忍到什么时候。"话音落下的瞬间，一道道粒子乱流在他掌间汇聚，地球的磁场正被极光君抽离，细碎的金属矿渣交织成密集线条，像是无数根钢丝聚集在他掌间，不断地压缩、汇聚、坍塌……地球的磁场以极光君为中心破开，史无前例的太阳风暴在极光城上空搅动，混乱暴动的粒子像是被烧沸的开水，将光谱都搅动得错乱扭曲！

此刻在极光城内抬头望去，便能看到数十支通天彻地的粒子圣枪，高高倒悬在天穹之上，散发着无尽的光与热，其中任何一支圣枪所散发的毁灭气息，都足以覆灭大半座极光城！在这世界末日般的景象面前，极光城内的所有执法官，都感受到一种令人窒息的压迫感……檀心也不例外。

"这就是……极光君的力量？"檀心喃喃自语。如果说之前的那一掌，只是浇灭了檀心与他对战的自信，那如今的画面，则彻底让檀心意识到自己与极光君之间，根本就是天壤之别……哪怕只相隔一阶，但就是将十个檀心绑在一起，也不是一位濒死的极光君的对手。

随着极光君虚握的手掌向下一挥，数十支粒子圣枪宛若流星向海面砸落，下一刻，数十道球形爆炸像是小型太阳般从远处亮起！"轰轰轰轰——"灼热的飓风从城墙外卷入城内，将周围一切吹得翻飞，他勉强站稳身形，眼瞳中倒映着那些璀璨烈阳，眼眸中浮现出苦涩。"……我真是疯了。"他暗骂一句。

就在这时，他像是察觉到了什么，转头看向身后。狂风涌动的街道上，十余个穿着黑色风衣的身影，正在向这里包围，那一双双眼眸注视着废墟中狼狈的檀心，目光有些复杂……看到这些人，檀心的神情逐渐冰冷，他面无表情地回过身来。"檀心长官……跟我们走吧。"为首的琼玄缓缓开口，"领袖下了命令，别让我们难做。"

琼玄的身边，还有三位七纹执法官，当今极光城内的五位七纹执法官，已经有四位都聚集在这里，他们身后跟着的，也都是六纹、五纹级别的执法官，这些身着黑色风衣的人站在一起，宛若一道不可逾越的铜墙铁壁。执法体系中的顶级战斗力，几乎全部聚集在此，而他们的目标只有一个……杀死原执法官副总长——檀心！檀心的目光扫过众人，声音平静地响起："怎么还差一个？"

"孤渊老了，老人总是爱被一些情谊和道德框住……他不愿意面对你，也不愿杀你，自然就不会来。"琼玄打量着浑身是伤、狼狈无比的檀心，不紧不慢地继续说道，"没想到曾在极光城里呼风唤雨的檀心长官，今天竟然沦落成这副模样……真是可悲。"

"可悲？"檀心轻笑一声，将"救赎之手"重新装入黑匣中，拍了拍手上的尘土，"我是赢不了极光君，但你们又是哪里来的自信……觉得自己有可能战胜我？"

303·檀心的路径

"这就是极光君的力量吗……"陈伶看着远处城外轰鸣的爆炸，与扰乱整个极光城的粒子乱流，眼眸中浮现出震惊。这是他第一次见到九阶出手，也是第一次直观地感受到，九阶究竟意味着什么……怪不得九阶的"灾厄"被称为"灭世"，别说"灾厄"了，哪怕是人类，举手投足间也能毁天灭地。随着那些粒子圣枪砸落，几声惊天动地的怒吼从禁忌之海的深处响起，紧接着，就是一阵阵更加尖锐的爆鸣，与闪烁不停的雷光。

极光城外，已然战至天昏地暗！与此同时，一道轰鸣声也从城内传来，浓厚的尘烟从某方位飘起……随着一个无形领域扫过大地，陈伶只觉得身体一震，仿佛有什么东西被抽干一般，前所未有的空虚感涌上心头。"这是……"他错愕地看着自己的双手，眼眸中是深深的不解。愣了几秒之后，他才反应过来……他的技能，他的精神力，此刻都像是被什么东西封锁住了一般，再也无法调动分毫。

"执法官那边也打起来了。"一旁的文仕林猜到了动乱的来源，"檀心出手了，不知道他的敌人有多少……刚才的动静那么大，应该大半个执法体系都去了吧？"

"刚才的那是什么？檀心的能力？"

"什么东西？"

"神道，好像被暂时封印了？"

"我没有那种东西，自然也感受不到……"文仕林沉思片刻，"不过，关于檀心的神道路径，我倒是有所耳闻。"陈伶疑惑地看着他。"檀心也是'兵神道'的拥有者，不过自从他当上副总长后，从未在众人面前出手过。据说，他的路径非常稀有与特殊，从古至今，踏上这条路径的人不超过五个，而且这个时代，他应该是唯一踏上这条路径的人……从踏上这条路径开始，他就是孤独且唯一的魁首。"

"从古至今，都不超过五个？"陈伶眉头微皱，"为什么这么稀少？"

"踏上哪一条路径，取决于个人的性格、精神与思想……归根结底，就是与这条路径契合的人，实在太少了。"

文仕林越说，陈伶便越好奇，他继续问道："所以，那是什么路径？"

文仕林停顿片刻，缓缓开口："传闻，那条路径名为……'止戈'。"

半分钟前——

"我是赢不了极光君，但你们又是哪里来的自信……觉得自己有可能战胜我？"随着檀心这句话一出，众人的脸色都有些难看，他们虽然人多，但檀心毕竟是八阶，是曾经的执法官副总长，要说他们加起来能不能是檀心的对手，他们心里也没数。

"他妄图击杀极光君，已经受了重伤，早就是强弩之末了。"琼玄冷声开口，"而且据说，这家伙的路径是'兵神道'中战斗力最弱的，没有任何攻击力……他必然不会是我们的对手！"没有任何攻击力的路径？听到这句话，那些五阶、六阶的执法官，眼眸中浮现出诧异……要知道，"兵神道"本就是最擅长杀伐的神道，而这样的神道中，竟然还有没有攻击力的路径？这就像是狼群中混入了一只雪白的绵羊一样怪异。"都给我上！"琼玄一声令下，七阶的"天狼"气息尽数爆发，一个令人胆寒的领域向周围扩散，与此同时，其他执法官也纷纷张开领域！十余个充满杀伐气息的领域在霜雪上张开，此刻的街道，已经宛若修罗炼狱！

檀心破碎的风衣被十余道领域气息吹得翻飞，他平静地望着这一幕，缓缓抬起脚，向前踏出半步。"止戈。"一个宛若秋风般清冷的领域，无声地拂过极光城，与那些满是杀伐之气的领域相比，这领域温和到简直无法察觉出它的存在……徐徐微风扫过之后，十余个杀气四溢的领域，就像是被风吹散的落叶堆，轻飘飘地消散在半空。足以将整个极光城搅得天翻地覆的杀气，就这么被轻易地化解了……只在弹指一挥间。

"怎么回事？"

"我的精神力，我的神道……怎么都没有反应？"

"该死，发生了什么？！"

呜咽的寒风掠过十余位执法官的脸颊，他们感受到自身体内的变化，先是愣了一下，随后眼眸中浮现出震惊与不解！四位七纹执法官，同样茫然地看着自己的双手……对他们而言，自身的路径技能就像是常年藏身于体内的兵戈，而在这一刻，他们的兵戈就像是被强行封禁，空荡的体内没有丝毫精神力的存在，与普通人没有任何区别。"'止戈'……这就是传闻中的'止戈'？"琼玄终于参透了这两个字的含义，错愕地喃喃自语。

与此同时，两条街道外的高楼之上，同样穿着七纹执法官风衣的孤渊，神情复杂地看着这个方向，苍白的发丝在风中飞舞……他的脑海中，仿佛又回忆起十几年前自己亲眼看到檀心路径时的震撼。孤渊到底是执法体系中的老人，成为七纹的时候，年少的檀心还未曾晋升副总长。他曾与当时的檀心交过一次手，而那次交手的过程让孤渊到现在还难以忘却。孤渊摸了摸脸颊下的那颗断牙，无奈地长叹一口气："真是……一群蠢货。"

"咚——"檀心将黑匣放在街边，双手脱下执法官风衣，解开里面保暖的衬衫的纽扣，将衬衫随手丢在霜雪覆盖的大地之上……在这零下四十多摄氏度的低温中，檀心脱去所有上衣，那看似毫无肌肉的衣衫之下，是一具完美到好似被雕刻出的身躯，匀称的肌肉分布在身体各处，随着他的一举一动，彰显出夸张的力量感！那是不知锻炼了多少个日夜，挥洒过多少汗水，才能练就的完美战斗机器！檀心面无表情地甩了甩手，发出噼里啪啦的骨骼碰撞声，缓步向众人走去："你们……一起上吧。"

304·舞台与演出

琼玄彻底傻眼了。他千算万算，也没想到围剿檀心，会变成一场原始到极点的贴身肉搏……他们虽然是七纹执法官，拥有毁天灭地的力量，但只要被封了神道路径，就算彻底哑火了。谁又能想到，这天下竟然还有"止戈"这种奇葩到极点的路径？一步踏出，众生平等！最关键的是……他上次锻炼身体，练习格斗，那都是刚当上执法者时候的事情，距离现在少说也有二三十年，毕竟到了六阶、七阶这个层次，谁还会指望肌肉在战斗中发挥作用？还未等他回神，檀心的身形便微微下弓……随着双腿肌肉力量爆发，强悍的力量直接让其从地面弹射而出，以惊人的速度掠至琼玄的身前！"呼——"琼玄只觉得眼前一花，下意识地想避开，但一只铁一般的拳头已经呼啸着砸在他的脸上！这一拳，直接将他像沙袋般从地面撞飞，满嘴的断牙夹杂着鲜血从嘴里喷出，他一头摔在满是霜雪的大地上，绵软无力地翻滚两圈，两眼一翻就晕了过去。

檀心保持着弓步冲拳的姿态，停顿在原地，扎实的步伐像是深深刺入大地，身形宛若山岳般不可撼动。他淡淡往琼玄那儿瞥了一眼："一个。"一拳，解决一位七纹执法官。周围的执法官彻底傻了，他们终于回过神来，试图从腰间掏枪，但他们只是刚刚伸手，檀心就宛若野兽般撞入人群，开始一场原始而一边倒的"屠杀"！檀心的拳风在寒风中呼啸，那些身影一个接着一个倒在他的拳下。

与此同时，极光城的高墙之外，一个宛若神明的白衣身影，同样在禁忌之海的上空大开杀戒！两人背对着背，隔着一堵矗立在霜雪中的高墙，在各自的战场上奋勇搏杀……他们的背后是人类，他们的面前，是荆棘丛生的绝望未来。

"咔嚓——"相机的快门声从旁响起，文仕林放下手中的相机，他已经将这一幕永恒地镌刻在胶卷之上，即便相隔这么远，画幅中也许只有两个模糊的影子与错乱的光影，他还是将胶卷从中取出，看着脚下厚厚的冰雪，神情复杂地开口："林宴……"

"嗯？"

"你说，我该将它藏进多深的冰雪，才能让这片大地永远记住极光城的模样？"陈伶怔住了，他不知道该怎么去回答文仕林的问题……或者说，这根本就不是一个问题，而是文仕林对于极光城的不舍与惋惜。"我当了那么多年记者，见过太多人性的黑暗，我经常会觉得人类的自私与愚蠢不可救药……就算这座城市已经危在旦夕，还是会有人为了私心去发人命财，会有争抢、嫉妒、怨恨，他们会仇视一切过得比自己好的人……明明这个时代的人类已经够绝望、够难了，他们还是会将矛头指向自己人，在无尽的内斗中满足自己的私欲，发泄怨恨……哪怕是我，有时候也会悲观地想……那就这样吧，一切都毁灭吧，人类这种生物或许根本不配延续下去……"陈伶的脑海中，顿时回忆起三区尸横遍野的车站、极光城混乱的世纪大道……他能明白文仕林的意思。"那现在呢？"陈伶问。

文仕林无奈地笑了笑，他停顿片刻后，看着手中的胶卷再度开口："现在，我看到了不一样的东西，或者说……我换了一个角度。在每一桩丧尽天良的器官交易背后，都有一群为了追回孩子下落，愿意奉献一切的父母；在每一块天价煤炭之后，都有愿意将毕生积蓄换来的温暖，分享给其他人的善良民众；就算是极光城的内斗，就算是'重现'与'救赎之手'的对抗，他们的本意也都是为了人类文明的延续，只不过选择的道路并不相同……其实美好的东西一直都在，只不过我们被黑暗与绝望蒙住了眼睛，就像是极光城的风筝始终都翱翔在天空，但又有几个人，会抬头注意到它？"陈伶怔了一下，他顺着文仕林的目光看去，就在檀心与众多执法官大战的街道上空，一只红色的风筝，依旧在凛冽的寒风中无声飘扬。"这个时代，人命低贱如尘埃，但这个时代，人类璀璨如星辰。人的内斗与私心始终都存在，但也总有人，在为了人类整体的延续而拼尽一切……"文仕林看着远处那两道在冰寒中拼死战斗的身影，长叹一口气，"只可惜，他们的努力……时常无人在意。"

在文仕林话音落下的瞬间，陈伶的身体微微一震！他像是感知到了什么，猛地抬头望向天空。与此同时，他周围的一切如同潮水般退去，车站、阶梯、文仕林……一切的一切都在被黑暗吞噬，一片漆黑的夜空笼罩在他的头顶！此刻的他……正在沉入另一个空间。一条血色的神道在他的脚下延伸，凝结成一级级通往天穹的台阶，而在那神道的尽头，一颗璀璨的星辰正在无声闪烁。无数双猩红的眼瞳在道路两侧睁开，沉默地注视着陈伶，他穿着一件大红戏袍，站在第二级台阶上，不知不觉间已经走完了这级台阶的大半……

"我……又回来了。"陈伶喃喃自语。他回头望去，只见在自己来时的道路上，一行细小的文字还镌刻在第二级台阶的前段，只不过文字表面已经画上一道横线，意味着那场演出已经完成。陈伶重新将头转回来，凝视着眼前的道路，此刻的他已经站在第二级台阶的边缘，若是再向前迈进一步，便能踏上第三级台阶！而在他的脚下，同样有一行小字，清晰可见。那是他在晋升三阶之前的最后一场演出，他有预感，一旦完成这场演出，他将真正迈入三阶的阶位。陈伶深吸一口气，目光落在那行小字之上……

在无人问津的舞台上，完成一次掌声雷动的落幕。

陈伶愣在原地。

305·迎接"救赎"

陈伶已经完成的三场演出，每一场的要求他都能看懂……但这一次的演出条件，真的让他有些迷茫。在无人问津的舞台上，完成一次掌声雷动的落幕？既然是"无人问津"的舞台，又怎么能做到"掌声雷动"？这不是彼此矛盾吗？陈伶眉头紧锁，不断地重复着这一句话，试图从中找到灵感，但苦苦思索许久，还是没有收获。就在这时，远处传来的天崩地裂声，打断了他的思考，周围的一切如同潮水般退去，他又回到了车站前的台阶之上，仿佛刚才的一切不过是出神时的幻觉。"咚——"极光城外，一道通天彻地的粒子光束从大地迸发，笔直地破开天穹，仿佛一直要耸入太空；密密麻麻的"灾厄"尸体从海面漂起，像是彻底摆脱重力，雨点般向天空飘去；在数道恐怖气息的对撞之下，极光城上空稀薄至极的极光微微一晃，开始以肉眼可见的速度淡化消失……看到这一幕，文仕林脸色微变，缓缓闭上眼睛。"看来，极光君已经到极限了……"

　　太阳风暴席卷的海面上，无数刺目的光辉在空中闪烁，此刻若是在海面上抬头望去，便会看到此刻的天穹中，仿佛已经悬挂了十二个太阳，在散发着无尽的光与热。而在十二烈阳之下，一个穿着白大褂的身影脚踏虚无，冷冷地看着远处那几个崩溃消融的巨影……"我杀了你四只八阶，七只七阶，竟然还沉得住气。"极光君沉声开口，"不愧是禁忌之海，就连里面的'灾厄'，都是一群缩头乌龟……"极光君踏着虚无缓步前行，每当他向前走出一步，海底的"灾厄"都疯了般向后退开，腾出一片圆形真空区域，不敢靠近分毫。极光君抬起手掌，还欲继续做些什么，脸色突然一变。"喀喀喀喀喀……"他一只手捂住嘴巴，剧烈地咳嗽起来，猩红的鲜血顺着手臂染红白衣，他的脸上已经没有丝毫血色。

　　随着他开始咳嗽，悬挂在天穹上的十二烈阳，也迅速暗淡溃散，只留下一个雾蒙蒙的太阳，还在无声地照耀着大地，却没有丝毫热量传递出来。看到这一幕，躲藏在海底的黑影们，眼瞳都闪烁起微光，它们开始试探性地往极光君的方向靠近。极光君缓缓放下手掌，眼眸骤然瞪向海底，它们立刻又失了魂般退开，继续暗中观察，似乎在等待极光君丧失反抗能力，然后一举反击。谁说"灾厄"没脑子的？这群生活在海底的禁忌"灾厄"，分明就是一群狡猾到极致的豺狼！

　　极光君苍白的面孔扫过四周，在无数电弧的威慑下，暂时没有一只"灾厄"敢上前，不过远处藏在海底的剩余几个巨影，似乎已经蠢蠢欲动了……极光君回头望去，此刻的他距离极光城，已经有很长一段距离，他在禁忌之海太深入了。他涌动着微弱极光的眼瞳微微眯起，转身往极光城的方向走去。就在他转身的瞬间，那几只刚才还被他暴打的八阶"灾厄"，突然从海底暴起，一窝蜂地向他冲来，密密麻麻的咒文包裹着它们的身躯，瞬闪至极光君的上空！极光君冷哼一声，他的手掌再度虚握，一个离子束交织成的圆环在他周身闪烁，下一刻，数道亿万伏特级别的电流从天穹砸落，好似雷神之锤精准地砸在暴起的"灾厄"身上，整片天空瞬间化为雷霆之海！在这突如其来的雷霆之下，几只"灾厄"感受到恐怖的毁灭之力，挣扎着从中逃窜而出，它们本以为回头的极光君已经油尽灯枯，没想到竟然还能随手打出如此恐怖的攻击！极光君根本就是在"钓鱼"！就在它们疯狂逃窜之际，极光君一步踏出，身形急速向极光城的方向飞掠！

　　"喀喀喀喀喀……"剧烈的咳嗽声再度响起，这次比刚才的还要严重，极光君周身的磁场开始崩溃消散，就连眼瞳中的极光都如同即将燃尽的烛火，随时可能熄灭。刚才的那一击，是他为了掩盖自身情况的虚晃一枪，雷霆消散之后，他便真的要到极限了……这一刻，始终躲藏在海底的大量"灾厄"，终于反应过来，它们也不顾自身的阶位有没有可能杀死极光君，都像是嗅到了血腥味的鲨鱼，疯狂地往极光君的方向靠近！原本还龟缩怕死的它们，现在就像是不要命般，密密麻麻的咒文与"灾厄"咆哮声，顷刻间覆盖整片海域！极光君已经无力维持飞行，整个人跟跄着落回地面，无尽的"灾厄"在他的身后疯狂靠近，他一步步迈出染血的脚印，身形似乎随时有可能倒下，就连眼前逐渐靠近的极光城都模糊起来。他知道，他快死了。这惊天动地的一战，已经燃尽了他体内最后的生命力，这也是他第一次毫无保留地释放出自己的力量，就像是磨砺了三百多年的绚烂花火，终于在璀璨绽放之后，迎来星火将熄的落幕。但此刻，极光君的心中没有丝毫的悲伤或是不甘，恰恰相反，他觉得前所未有地畅快！这对他，对极光君而言，或许是最圆满的收尾。

但现在……他还有一件事没做完。极光君看着那堵高耸的极光城墙，深吸一口气……他用尽最后的力气，声音宛若雷鸣炸响！"檀心！！！"极光城内的檀心，猛地回头！此刻的檀心已经几乎干掉了所有来追杀他的执法官，所有人都被他打得满地找牙，骨骼崩碎，就算还剩下一两个，也哆哆嗦嗦地躲在一旁，根本不敢靠近檀心半分。听到极光君的声音，檀心直接放弃了追杀剩下的两人，拎起"救赎之手"，闪电般向城门外冲去！他知道，迎接"救赎"的时刻……来了。

306·西装与见证

院落——

楚牧云拿起手中被冻成冰棍的树枝，在地上轻敲了敲。"啪嗒——"树枝断成三截，带着冰碴掉入火盆，最后一缕余烬也熄灭了。空荡的院落陷入冰冷的死寂，原本还能勉强取暖的火盆，此刻也被寒霜冻结，呜咽的风声伴随着轰鸣，在院墙外回响……

"极光消失了。"白也轻轻抬头，鸭舌帽下的双眸看向天空，那里已然空无一物。

"嗯。"

"她还活着吗？"

楚牧云的手指，轻轻搭在火炉旁的妇女脖子上，冰冷的皮肤表面早已没有任何温度存在……在禁忌之海吹来的寒潮下，即便靠着火炉，她最终还是被冻死了。"……死了。"楚牧云的声音似乎没有任何情绪。

白也叹了口气，缓缓站起身，银色的蛇形耳坠轻微摇晃，他转头看向门外。"时候到了，走吧。"

"我去换件衣服。"楚牧云转身回屋。

半分钟后，楚牧云回到院落中，此刻的他已经脱下了那身千年不变的毛呢大衣与马甲，取而代之的，是一套庄严肃穆的黑色西装……他轻轻抚平黑色领带上的褶皱，踏着一双黑色皮鞋，这身打扮在这冰冷的寒风中显得尤为单薄。他庄重地从桌下取出一张黑色的扑克，放入左胸口的隐藏式口袋中，只留下一个字母的高度在外面，远远望去，像是与西装彻底融为一体。在那张扑克的左上角，也是唯一露出西装口袋的部分，是一个白色的"7"。

"你呢？你不换吗？"楚牧云看向白也。白也微微一笑，他随手打了个响指，身上的衣服自动替换成同样的黑色西装，在他的胸口，同样有一张黑色的扑克牌。只不过，角落是一个白色字体的"Q"。白也扯了扯黑色领带，将其归正到合适的位置，淡淡开口："走吧。"凛冽的寒风将西装外套的衣角吹起，黑色外套、黑色领带、黑色皮鞋……他们站在被冰封的院落门前，神情严肃而凝重，像是即将去参加一场葬礼。楚牧云推开院落的大门，正欲走出，便看到一个熟悉的身影正缓步向这里走来。

"楚前辈，白也前辈？"简长生看到一身黑的二人，眼眸中浮现出茫然，"你们……这是要去参加谁的葬礼？"

"你终于回来了，我们正打算去找你。"楚牧云让开一条路，指了指某间屋子，"你的衣服已经准备好了，去换上吧。"

"衣服？"简长生越发迷茫，"跟你们一样吗？这个天就穿这么点……会被冻死吧？"

"少废话，快去换上。"

"哦……"简长生虽然摸不着头脑，但还是老老实实地回屋换衣服，片刻后穿着同款黑西装从中走出，只不过手里拿着条领带，似乎并不会打。楚牧云走到他的面前，接过领带，开始一丝不苟地替他打起来。"楚前辈，我们这是要去做什么？"简长生忍不住问道。

楚牧云轻轻将领带拉好，叠入西装之下，他缓缓转头看向这座死寂无声的城市，神情复杂地开口："……去见证一个界域的消亡。"

极光城外——

一个黑色身影如电般从破碎的城门飞掠而出！他毫不犹豫地冲出极光城，撞入禁忌之海的区域，笔直地朝着逐渐被"灾厄"包围的那袭白衣狂奔！一只只奇形怪状的"灾厄"从镜面般的海水里跳出，试图阻拦他的身影，但檀心的目光自始至终都没从极光君身上移开，他深吸一口气，飞奔的脚掌用力踏在海面！"给我滚！！"无形的领域再度张开，这一刹那，遍布海面的禁忌咒文，就像是遭遇到一股强横的排斥之力，硬生生被消融磨灭，那些冲向他的"灾厄"身影也骤然一顿，绵软无力地栽入海水之中。在檀心的"止戈"之下，竟然连"灾厄"都被影响，他就像是一块抹消一切的橡皮，从极光城内硬生生擦出一条真空之路！距离他数百米处，极光君身形一晃，无力地半跪在海面上，剧烈地咳嗽起来，每一声咳嗽都带出大片猩红的鲜血，他的气息也越发虚弱急促。

"他……快死了……"

"他杀了……太多位……大人……杀了他……复仇……"

"让禁忌之花……盛开在……他的尸体之上……"

沙哑的呢喃如同海啸，在极光君的周围嗡鸣作响，那些流淌着黑色咒文的身影疯了般扑向极光君，似乎准备就这么将他撕成碎片！极光君半跪在地，此刻的他已经无力再移动，他逐渐灰暗的眼眸望向那自极光城杀来的黑衣身影，深吸一口气，眼眸深处再度暴起一抹金芒！"杀我……你们还不配！""轰！"千万道雷霆再度坠落，宛若雷池将极光君与身后的"灾厄"分割，闪烁的雷光映照在那张苍白的脸颊上，这是他最后能争取到的时间。终于，他看到那袭黑衣卷至他的身前！"极光君。"檀心浑身是血地开口，"……我来了。"他打开黑匣，戴起"救赎之手"，细密的电弧在其表面缠绕，发出低沉的嗡鸣声。极光君半跪在雷池前，苍白的嘴唇勾起一抹笑意："……来得正好。"

檀心将"救赎之手"抬起，对准了极光君的心脏，可就在这时，他看到极光君的眼睛，动作又有些迟疑了……"怎么？你不是要杀了我，夺走我的灵魂吗？"极光君平静开口，"还不动手……你在等什么？"

"你……"檀心的脑海中，再度回忆起刚才极光君孤身闯入禁忌之海的身影，眼眸中浮现出愧疚与不忍，"你还有什么想说的吗？"

极光君笑了，身后回响着"灾厄"们疯狂的嘶吼与雷霆愤怒的咆哮，他缓缓抬起手掌，抓住"救赎之手"，然后……用力刺入自己的胸膛！猩红的鲜血浸染大地，他的灵魂化作磁场，在这一刻疯狂地灌入"救赎之手"中，绚烂而刺目的极光好似盛大的烟火，将他与檀心的身形逐渐淹没其中……与此同时，极光君的呢喃，从光中响起："极光，永不消逝。"

307·美

"嗡——"一个无形的磁场瞬间从城外张开，像是飓风横扫极光城！陈伶感受到一股灼热扫过脸颊，紧接着，就是更加严酷的冰寒……笼罩在城市上空的极光彻底消失，来自禁忌之海的寒风，全面吹入极光城。"……下雪了？"文仕林喃喃自语。陈伶抬头望去，只见本该流淌着极光的天空，此刻却被雪花遮蔽，在寒风中缓缓飘落……与平日里棱角分明的雪花不同，这些雪花的表面像是变幻莫测的粒子团，每分每秒的形态都不相同。更为奇怪的是，这些雪花……是黑色的。陈伶抬起手，接住一片黑色雪花，从中他感受到了一股熟悉的气息。这一刻，陈伶仿佛又回到了紫藤咖啡馆，寒霜覆盖着身旁的落地玻璃，他的对面，极光君正不紧不慢地端起一盏冒着热气的咖啡，对着他微微一笑。"……是极光君。"陈伶抬头看向天空，"极光君的灵魂化作大雪，覆盖了极光城。"

随着这些雪花纷纷扬扬地从天空落下，死寂的冰寒城市中，一缕缕淡薄的极光从地面飘起，与降落的雪花向着相反的方向，缓慢而悠扬地升上天空。黑雪在落下，极光在升起。陈伶怔怔地看着这一幕，他知道，落下的是极光君的灵魂，而升起的……是极光城三百万居民的救赎。"嗡——"一阵轰鸣从身后传来，陈伶回头望去，只见那列停靠在站台的界域列车正在鸣笛，蒸汽从漆黑的烟囱中缓缓升起，列车的表面已经结上一层寒冰。随着极光消失，禁忌之海的寒潮彻底涌入城内，此刻的温度再度骤降，界域列车若是不走，可能就再也走不了了。

"文先生，你……"陈伶回头正欲跟文仕林说些什么，突然一愣。只见文仕林的睫毛上，已经挂满冰晶，他的脸上苍白如纸，只有淡淡的热气还在从鼻中飘出……即便如此，那双眼睛依旧痴痴地看着黑雪与极光，仿佛根本没听到身后的列车鸣笛。陈伶眉头紧锁，他推了推文仕林，后者的衣服表面落下细碎的冰碴。"文先生，你该走了。"陈伶郑重地开口。

文仕林到底是普通人，不像陈伶有"血衣"护体，在这样骤降的低温下根本生存不了多久，若是再不上车，就要被活生生冻死了。直到此时，文仕林才回过神来，他哆哆嗦嗦地从台阶上站起，看向列车的目光有些复杂。"你也该走了。"文仕林的余光落在街道上。

陈伶愣了一下，他回头望去，只见在黑雪无声飘落的街道尽头，三个身影撑着黑伞，缓步向这里走来……他们穿着肃穆的黑色西装，踩着黑色皮鞋，狂风将他们的衣角吹起，在他们的胸口处，黑色的扑克牌各自露出一角白色字——6、7、Q。这是……也许是檀心与极光君的战斗太过震撼，以至于所有人都快忘了，这座城中还有黄昏社的存在……他们始终安静地蛰伏在这座城里，静看一切发生，直到此时才有所行动。但陈伶不明白，黄昏社这个时候出动，是想做什么？

三人来到车站的台阶之前，楚牧云轻轻抬起黑色伞檐，他的面孔在飞雪下清冷得宛若冰山。"'红心6'。"他淡淡开口，"该走了。"

听到"红心6"三个字，文仕林像是想到了什么，眼眸中闪过一抹惊讶，他转头看着陈伶，神情复杂无比……

陈伶知道，自己自由行动的时间结束了，他与文仕林对视，微微一笑："很高兴与您共事，文先生。"

"……我也是。"文仕林挥了挥手中的笔记本，在笔记本的角落，已经写上了一行歪歪扭扭的字，看起来像是在天寒地冻中写的，每一道笔画都在颤抖——调查记者：文仕林，林宴。《极光日报》，将永远铭记你的名字……你是位出色的记者，林宴。"

陈伶看到那行字，嘴角微微上扬，他看了眼站台上的列车："也许未来在其他界域，我们还有机会再见，到时候，希望可以重新认识一次……以我真正的名字。"

"嗯。"

陈伶对着文仕林摆了摆手，径直向台阶前的那三个身影走去……他的身形跟随着三个黑衣身影，逐渐消失在大雪纷飞的道路尽头。文仕林独自站在站台上，并未转身上车，而是弯腰在阎昀的尸体上摸了一会儿，取出第二张车票攥在手中。

他走下台阶，径直向对面的巷道走去。黑雪飘落的巷道之中，一位妇女正抱着孩子，蜷缩在一盆早已熄灭的火焰之前，一直在偷偷看着文仕林的她，看文仕林径直往这里走来，立刻畏畏缩缩地低下头，不敢与他对视。"我记得你。"文仕林平静开口，"你是器官交易的受害者家属……几天前，我来采访过的。你还记得我吗？"

"记……记得……"妇女的声音沙哑无比，在寒风中听不太清。

文仕林的目光落在她的怀中，一个七八岁的孩子正被裹得严严实实，只露出一张小脸在外面，但此刻这张脸上泛着不自然的潮红，呼吸也越发微弱。"……他快死了。"文仕林再度开口。妇女的身体猛地一震，她抱着孩子的双手越发用力，像是想将他融到自己的身体里……但即便如此，她自己的身体，也在逐渐失去知觉。就在这时，两张车票递到她的面前。"带他走吧。"文仕林说，"离开这里，带他去温暖的地方……另外，帮我把这个，送到下一个界域的官方手里。"

妇女呆呆地看着文仕林手中的车票，似乎还没反应过来，但随着车站内的汽笛声再度响起，她才跟跄地站起身……难以置信地看着文仕林。"恩公，您不走吗？"

"我不走了……我要在这里看着这座城，直到最后一刻。"

妇女还欲说些什么，文仕林便将笔记本与车票塞到她怀里："快走吧，再不走，列车就要开走了……"

妇女见此，整个人都感动得颤抖起来，她抱着孩子当场跪倒在地，对着文仕林连磕三个响头，然后千般感谢之后，匆匆往车站的方向跑去。随着列车的汽笛嗡鸣，钢铁车轮缓缓碾碎轨道上的寒霜，在宛若雷鸣的低沉"哐当"声中，喷吐着蒸腾白汽，向界域之外驶去……文仕林沉默地看着这一幕，神情终于放松下来，无奈地笑了笑。他不是檀心，也不是极光君，他只是一个普通人……他能为极光界域，能为人类延续而做的，也只有这件事了。漫天黑雪从空中无声落下，文仕林一步步重新走回车站的台阶之上，他在最高的台阶上坐下，在这里，他能看到大半个极光城……他像是一个即将入睡的婴孩，缓缓靠在被冻结成冰的栏杆之上，怔怔地看着眼前的城市。他看到极光在无声地流淌，重新回归天际，这座曾繁华热闹了数百年的城市，就像是睡着般安静。"咔嚓——"文仕林最后一次按下快门，永恒地记录下这个画面。他握着相机的手无力垂下，在这静谧与安详之中，他的身形逐渐被冻结成冰。"真美啊……"

308 · 见证黄昏

"我们……这是去哪儿？"黑色的雪花点缀在陈伶的肩头，他接过白也递过来的一柄黑伞，疑惑问道。

"去见证一个界域的消亡。"不等楚牧云开口，一旁的简长生便抢着回答了这个问题，"刚才他们是这么跟我说的……还非得要我换衣服，弄得神神秘秘的。"

"见证消亡？"陈伶心中的疑惑越发浓郁。

"你觉得，我们像是要去做什么？"楚牧云问。

陈伶打量了他们几眼，犹豫片刻，还是试探性地开口："像去参加葬礼……"

"没错。"

"真是去葬礼上啊？"简长生眉头紧锁，"可谁的葬礼，需要黄昏社来……"

简长生话说到一半，像是想起了什么，嘴巴逐渐张大……

楚牧云伸出手，指了指脚下的大地："我们，为界域举办葬礼。"

听到这几个字，陈伶与简长生的脸上都浮现出震惊！

"所以传闻中的事情是假的？"简长生瞪大眼睛，"外面都说，黄昏社毁灭了若水界域，杀了界域内四百多万人，还盗走了若水君的尸体……"

白也忍不住轻笑出声。

"黄昏社的实力确实不弱，但不代表，可以随意毁灭界域。"楚牧云瞥了他一眼，"不过，盗走若水君的尸体确实是真的……"

"那不叫盗走。"白也摇头，"那叫殓尸，厚葬。"

"……所以，黄昏社的真正目标，其实是九君的尸体？"陈伶瞬间就抓住了关键。

"黄昏社的终极目标是什么，你们还记得吗？"

"逆转时代，重启世界。"陈伶与简长生同时回答。

"对……而想要重启世界，九君是必不可少的一环，他们的身体里，有至关重要的东西。"楚牧云认真地说道，"只有将他们体内的那种成分回收，才能做到'重启'。"

听到这儿，陈伶脑海中顿时回想起，在极光基地时听闻的秘密……在大灾变前，九君就是在追踪赤星碎片的途中，疑似吸收了碎片中的能量，才成为之后的"九君"。莫非黄昏社所说的"成分"，就是他们体内的赤星碎片？

"回收……九君？"简长生蒙了。九君可是九大界域的根，任何一位出了问题，都代表着一整个界域的灭亡，黄昏社竟然要回收九君，那岂不是彻底站在了九大界域的对立面？怪不得他们被称为疯子，被列为人类最高级别通缉对象……这根本就是这个时代的人类公敌！

"不过，通常情况下我们不会用武力回收，因为那通常意味着与一整个界域为敌。"白也适时地开口解释，"一般我们都是像这次一样，在得知某位君即将去世之后，提前进入界域做准备，等待消亡的到来。"

"那传闻中那个被毁的界域……"

"若水界域的毁灭，源于他们底层人民的反抗，与高层间的内斗，那个界域的规则秩序可没有极光界域这么完善，说是动乱黑暗的蛮荒之地也不为过……当然，最关键的，还是若水君之死，导致大规模灰界交汇。"楚牧云淡淡回答，"最后，那些人甚至开始分抢若水君的尸体，黄昏社自然不能坐视不管……杀了点人之后，就被扣上了毁灭界域的帽子。"

白也耸了耸肩："你知道的，界域的高层为了否认自身的失职，并隐瞒九君将死的消息，就喜欢把锅甩出去……黄昏社作为他们的宿敌，自然是背锅的最佳人选。

"当然，正常情况下，黄昏社是不会参与界域内斗的，对我们而言，他们争斗也好，团结也罢，都毫无意义。"

"说白了，我们只是一支专业的殡葬团队……"楚牧云停顿片刻，"我们送葬界域，我们入殓九君；我们见证众生的黄昏，我们追寻人类的黎明。其他的……一概不管。"

听到这儿，陈伶总算是明白了这究竟是怎么回事……所以说，黄昏社本质上根本不是什么邪恶组织，应该算是秉持着"重启"理念的中立社团，只不过因为理念与九大界域冲突，加上行事风格容易被人误会，就被扣上了一顶"人类公敌"的帽子。

"所以，这次就只有我们四个人，给极光界域送葬吗？"简长生问道。

楚牧云撑着黑伞，平静摇头："自然不是。"

楚牧云话音刚落，古老而低沉的钟鸣，便从城市的另一边悠然响起！"铛——铛——铛——"极光城的钟楼之上，一个穿着西装的身影，正用被冰霜冻结的圆木，一下又一下敲着钟体，细碎的冰碴从巨钟表面散落，低沉钟鸣好似城市的哀歌，在黑色的大雪间回响，一个个零星散落在极光城各处的身影，缓缓抬头看向这里。无论他们之前以何种身份、何种方式潜藏在极光城中，这一刻都一丝不苟地换上黑色西装，打着黑伞，迈入死寂冰寒的街道之上。他们，来迎接这个界域的黄昏。

"换上衣服吧，'红心6'。"楚牧云看着陈伶，从口袋中掏出一张黑色的扑克牌，递到他的手中，"我没有给你定制衣服，毕竟这对你来说没有意义……不过这张专为葬礼准备的扑克，你应该用得上。"陈伶接过扑克，刚一入手，便感受到它材质的不同。这根本不像是外面小店里卖的廉价纸扑克，反而像是极为轻薄的金属材质，黑曜石般漆黑的表面深沉而肃穆，在它的左上与右下角，分别刻着一个白色的"6"，下方便是颗白色的心。"这张扑克是特制的，只有在重大场合才会使用……现在，是时候了。"

陈伶看着手中的扑克，平静点头，黑色的雪花轻盈地飘落在他的肩头，他的右手抬起，在自己的下巴上用力一撕！脸皮之下，还是一张同样的脸皮，但他身上原本的服饰已经骤然一变，变成了同样的黑色西装、领带与皮鞋，款式大小贴合他的身体，勾勒出他修长匀称的身形。陈伶将那张扑克放入胸前的口袋，露出角落的白色"6"字，在大雪中，他缓缓撑起手里的黑伞……"走吧。"

309·安魂谣

"爸爸……小简哥哥……什么时候来啊？"狭窄的房间内，厚厚的被子已经将所有窗户与门缝堵死，三个身影围在一盆即将熄灭的炭火前，睫毛与发梢都挂满寒霜。

"……外面已经冻成那样了，小简他可能……"一旁的舅妈说到一半，沉默地摇了摇头。舅舅颤抖着呼出一口白气，看向那扇紧闭大门的目光满是担忧与苦涩。他的脑海中，再度浮现出世纪大道上，那站在飞舞扑克牌间的身影……他虽然已经知道简长生如今身份不一般，但想到外面那冻死人的天气，还是不免为这个外甥感到担心。"铛——铛——铛——"嗡鸣的钟声从外面响起，三人颤抖着往被堵死的窗户外望去。

"现在外面……应该已经没有活人了吧？"舅妈缩成一团，喃喃自语，"那……是谁在敲钟？"

"会不会是执法官哥哥们出手了？"男孩眼中浮现出希冀的光辉。

舅舅没有回答，他在心中纠结许久，还是缓缓起身……

"你去哪儿？"

"我出去看看。"

"外面这么冷，你……"

"你们在屋里好好待着，别出去，明白吗？"

舅舅打开卧室门走到客厅，反手将卧室门关起，然后再小心翼翼地将大门推开一角，防止寒风吹到卧室，等他身形走入街道之中，极寒的低温骤然降临。他看到漫天飞舞的黑色雪花，与从地面升起的极光，愣愣地站在原地，眼眸中满是震撼与不解。等到寒风如刀般割过脸颊，他才回过神来，咬着牙一步步往钟楼的方向走去……如今能在极光城里敲钟的，应该只有那些人了，小简应该也在其中。但他刚走了两步，一股更加冰寒的寒潮便从城墙外卷入，仿佛幽冥吹来的死亡之风，将天空都染上一层冷调的深蓝。舅舅瞳孔骤然收缩，仿佛心脏都停滞了，双腿一软便栽倒在雪地之中——-79℃。在这样的低温下，他的意识开始逐渐模糊，生命正在一点点被寒潮抽离，像是冰窟寒风中摇曳的一盏残火，轻轻一吹，就只

剩下点点余烬迅速暗淡……就在他即将闭上双眸的瞬间，四个黑色身影，从街道的尽头缓缓走来。

"……舅舅？"简长生看到那人，瞳孔微微收缩，他立刻跑上前触碰舅舅的鼻息，却发现已经只有细微的出气……"小……简……"蚊蚋般细小的声音传出，舅舅的心脏彻底停止跳动。呜咽的寒风在耳畔回响，简长生呆呆地蹲在那儿，宛若雕塑般一动不动。他从未想过，人类的生命竟然如此脆弱，哪怕只是一阵从禁忌之海吹来的轻飘飘的海风，也足以吹倒任何一个家庭的顶梁柱……"舅舅……舅舅？！"简长生猛地将他抱起，手中的黑伞掉落在雪地里，随着寒风轻轻翻滚到一双黑色皮鞋旁。

陈伶三人撑着伞，站在不远处，神情复杂地看着跪在舅舅面前的简长生，少年的嘶吼声在死寂街道上回响。"这是你们第一次经历界域葬礼……但不会是最后一次。"楚牧云缓缓开口，"这个时代，人类的脆弱远超你们的想象，即便是黄昏社也没法救下每一个人，所以，我们不建议与普通人产生太多的交集。这也是为什么，通常黄昏社只招收疯狂或是冷血的新人……因为只有不轻易共情的人，才能在一次又一次的见证中，保持理智与清醒。否则……一次又一次的绝望与痛苦，会将你们拖入深渊。"

简长生的双拳紧紧攥起，他抱着舅舅的尸体，泪水已然在脸颊凝结成冰……黑色的雪花飘落在尸体的肩头，淡淡的极光好似风筝，从他的体内飘摇而起，缓慢地向着极光涌动的天空升去。这一刻，简长生仿佛看到在极光中，有一个模糊的身影在向自己挥手，他呆呆地跪在那儿，眼眸已然通红一片。

与此同时，距离这里数条街道之外，一位同样穿着西装的年轻女子，双唇轻启，空灵清澈的女声以某种韵律，回荡在死寂的天穹之下——

> 我看见天空在哭泣
> 我听闻有你的声音
> 我嗅到思念在荆棘中盛开
> 我从日落的方向走来
> …………

听到这声音的瞬间，陈伶微微一愣。像是诗歌，像是歌谣，宛若水晶般空灵的女声，清晰而悠扬地回荡在城市的每一个角落……这声音像是有某种特殊的魔力，那些飘舞升上天空的极光，像是被无形之手安抚，静谧而安详。如果极光君在这里，就会发现，原本嘈杂混乱的灵魂怒吼已经彻底消失，取而代之的，是睡梦般的平静。就连此刻跪倒在地的简长生，心中的痛苦都减弱些许，他擦去眼角的泪珠，茫然地看向声音传来的方向。

"这是……"陈伶疑惑开口。

"是《安魂谣》。"楚牧云眼神复杂地看向声音传来的方向，"这是界域葬礼中必不可少的环节，由那位吟诵的《安魂谣》，可以抚慰在灾难中死去的灵魂怨念，让其安眠。"

"这三百万人死得太苦了，若是没有《安魂谣》，就算被镌刻在天空，大部分也只会被定格在痛苦与绝望之中……这算是我们黄昏社的独门绝学了，可惜至今只有四个人会。"

楚牧云长叹一口气，便不再开口。

白也也缓缓闭上眼睛，像是在认真地聆听。

那空灵女声继续唱道——

> 大地和玫红是你的温床
> 霜雪与残阳是你的浓妆
> 我会把希望织成飞舞的木棉花
> 直到岩石铭记花香
> …………

简长生听着歌谣，缓缓站起身。他弯腰将脚下的黑伞捡起，撑开，缓缓盖在那具冰冷尸体之上……像是在替那身影抵挡最后的风雪。与此同时，在舅舅走出的那间房屋之中，一对母子也在寒潮之下，永远地闭上眼眸。简长生闭上双眸，在心中祷告着什么。越来越多的极光在这歌谣中，无声地飞上天空，原本已经彻底消散的极光，竟然再度汇集，青色与红色的光芒像是河流般在城市上空流淌，绚烂独美。

> 哭泣的人儿啊
> 请你轻轻闭上双眼
> 待到黄昏落幕在至暗的时代
> 我将应许你朝霞与蓝天
> …………

310 · "K"

随着歌谣声音落下，极光已然汇聚成海。楚牧云看着红眼走来的简长生，知道他已经与家人告别完了，便缓缓转头看向远方。"……他们来了。"道路的尽头，两个同样穿着黑色西装的身影，正在向这里靠近……他们打着黑伞，看不清容貌，但在他们胸口的扑克牌面，却能看到一角——8、10。

"咦？这次竟然有四个人？""8"诧异地开口。

陈伶眉梢一挑，试着去看清"8"的脸，毕竟这个声音听起来似乎十分年轻，甚至可以说是……稚嫩？

"是多了'6'字两位新人吧？""10"一眼就看到陈伶胸口的扑克，平静回答。

随着两人走近，陈伶终于看清了他们的容貌，"10"是个中年男人，看起来稳重深沉，只不过仅凭数字无法判断花色……但一旁的"8"，着实让陈伶有些惊讶了。

"你……你是个小孩儿啊？"简长生看到"8"那张稚嫩的少年面孔，忍不住瞪大眼睛，看脸也就十五六岁的样子？甚至比简长生还要小几岁。

"8"的脸瞬间沉了下来，他翻了个白眼："……怎么说话呢？知不知道怎么尊敬前辈？"

简长生立刻闭嘴了，他狐疑地打量着这个男孩，怎么看都跟"前辈"两个字搭不上边，但他到底是个新人，此刻还是规规矩矩地站在后面最好。

就在几人说话之际，又有两个身影从左侧的街道走来，他们看到站在楚牧云旁边的两位新人，眼前也是一亮。

"这就是两位新人'6'吧？""9"有些好奇，"哪位是红心？"

"……我。"陈伶应了一声。

"9"立刻走上前，握着他的手晃了晃："我还是第一次摸到'灭世'的手……你下次发疯的时候，可不准杀我。"

陈伶："？"

"这位想必就是大名鼎鼎的'黑桃6'了？""9"转身又握住了简长生的手，"我看过报纸，你小子出场很有排面啊……下次记得教教我。"

简长生："……"

"行了，安静点吧。"楚牧云看到"9"这副疯疯癫癫的模样，忍不住开口。

"哟，碎尸楚也在呢？好久不见了哈……"

"……"

"那位来了。"

不知是谁说了一句，众人立刻安静下来。他们同时看向某个方向，只见在道路的尽头，一个黑衣女子正缓步穿过飞雪，向这里走来……她的胸口，一个白色的字清晰可见——K。

陈伶看到她胸口的扑克牌，眼眸微微收缩……黄昏社的牌面是按加入的顺序排列，而K则是除了大小王之外最大的牌，也就是说，这个女人的地位仅在红王与灰王之下？她就是刚才吟诵《安魂谣》的人？随着K撑伞走来，刚才还在聊天的众人，已经恭恭敬敬地站在原地，一言不发，她的目光逐渐扫过众人，最终停留在陈伶的身上。她就这么静静地看了陈伶许久，才缓慢挪开目光。"在极光界域的人，都到齐了？"

"是的，除了那些有事抽不开身的，或者离极光界域太远的，其他能来的社员都在这儿了。"白也的声音罕见地严肃起来，这里除了K之外，就属他的牌面最大。

女人点点头，转身向城墙的方向走去。"那边出了点问题……我们抓紧时间吧。"

"是。"

在女人的带领下，其他人撑着伞，纷纷往同一个方向走去。

"我们这是去哪儿？"简长生走在后面，小声地问楚牧云。

楚牧云看了眼城墙的方向："回收极光君。"

"轰——"惊天动地的爆鸣从禁忌之海传来，密密麻麻的咒文身影宛若浪潮，向着某个方向包围！檀心一只手抓着"救赎之手"，身背极光君的尸身，朝着城墙的方向急速奔跑着，黑色的执法官风衣在寒潮中狂舞！沙哑怪异的嘶吼从四面八方传来，檀心每迈出一步，都有大量的"灾厄"围堵在他的面前，他不得不全力张开"止戈"，将那些身影的力量剥夺，镇压到海面之下。他的身形在禁忌之海上硬生生杀出一条道路！就在他距离极光城越来越近之时，禁忌之海深处，那几个始终隐藏的庞大巨影动了，它们掀起铺天盖地的巨浪，顷刻间遮蔽天空，往檀心的位置砸去！"咚——"两只八阶的"灾厄"陨石般撞在檀心的周围，翻滚的气浪向四面八方扩散，檀心眼瞳微微收缩，险之又险地避开它们的攻击，向城门处继续冲刺。即便他的领域能够压制两只"灾厄"，但他身上还背着极光君，根本无法正面作战，只能想办法尽可能快地脱离战场。

"该死……之前都躲着极光君，现在他一死，都按捺不住了吗？"汗水自檀心的额角滑落，迅速被冻结成冰，他那散发着青色微光的眼瞳迅速扫过四周，身形鬼魅般在"灾厄"群中辗转腾挪，但与此同时，他的体力也在急速消耗。"止戈"到底不是一条擅长攻击的路径，在两只八阶封死道路的情况下，他想闯过去并不简单，更何况此刻在禁忌之海的后方，还有几个巨影在迅速靠近。

就在檀心体力即将耗尽之际，一道宛若钟鸣的沉闷巨响，从城门处响起！"铛——"这一刻，周围"灾厄"的动作全部慢了下来，一道黑色的残影流星般划过天空，精准地斩在其中一只八阶"灾厄"的肩膀，轻轻松松地将其斩落……直到黑色残影连续斩碎数道"灾厄"身影，刺入檀心身前的大地，他才看清那是什么东西。那是一张黑色的梅花K。檀心一边奔跑，一边像是想到了什么，猛地抬头看向城门的方向！黑色的雪花在废墟中纷飞，九个穿着黑色西装的身影，撑着黑伞，从城内缓缓走来……

311 · 回收

观众期待值 +5%

当前期待值：68%

看到这些身影的瞬间，檀心的脸色难看起来。"黄昏社……"檀心身为执法官副总长，关于黄昏社自然是了解的，此刻看到这些人出现在这里，大致已经猜到了他们的目的……若是全盛时期，檀心还有底气与他们一战。但现在他在禁忌之海遭到围攻，身体早已濒临极限，黄昏社又恰好现在出现，无疑是前有狼后有虎的最坏局面！他背着极光君的尸身，眼眸中浮现出难掩的无奈与绝望。"哞——"一声低沉轰鸣自身后传来，两只八阶"灾厄"已然逼近他的身后！就在这时，穿着西装的"梅花K"，已经宛若鬼魅般穿过禁忌之海，脚步像是没有重量地踏在他身旁的海面，极寒的海风吹过黑伞下的长发，露出一张清冷的面容。隐约之间，檀心甚至能看到一缕缕神秘纹路，在她的面孔下若隐若现。女人的声音平静响起："收起'止戈'。"檀心的眼瞳微微收缩，他不知道"梅花K"为什么要救自己，但感受到身后传来的两道恐怖气息，还是果断地收起了领域。

没有了"止戈"的压制，周围的"灾厄"顿时冲破檀心的防线，尤其是那两只等候多时的八阶，此刻的力量已然提升至巅峰，裹挟着恐怖的咒文海浪，化作千万只遮天巨手，从天穹横压而下。"梅花K"的手在虚无中一握，一柄暗红色的修长斩马刀，凭空出现在她的掌间，刀身搅动空气引发的恐怖气旋，将西装的衣摆吹得猎猎作响！她冷哼一声，手握斩马刀，身形化作一道残影笔直地冲向两只八阶"灾厄"！"轰——"雷鸣般的巨响回荡在海面，一道暗红色的斩痕如同贯穿天地一般，瞬间劈开遮天蔽日的海浪巨手，翻涌的咒文骤然定格，随后硬生生被撕开一条真空路径！那身影已然提刀，宛若山岳般横拦于禁忌之海前！细密的碎雨溅落海面，檀心看到这一幕，眉头越皱越紧……他能清晰地感受到，那个手握斩马刀的高挑身影的气息，竟然已是八阶的顶峰！

"檀心副总长。"白也的声音从前方传来，八个西装革履的身影撑着伞，平静地让开一条通往城门的道路，"……请吧？"

碎雨漫天，砸在黑伞上发出滴滴答答的声响，他们似乎丝毫不担心"梅花K"的处境，只是平静地看着檀心与他背上的极光君，像是前来吊唁的葬礼宾客。檀心犹豫片刻后，还是向前迈出脚步。他一步步穿过排成两列的黄昏社众人，莫名地有种庄重肃穆的感觉，他就这么在众人的瞩目下穿过禁忌之海，回到极光城内，衣衫与发根都被海水打湿。"大地作棺。"不知是谁轻声开口。"10"弯下腰，用手在脚下的废墟上轻轻一拍，极光城的一角土地就像是纸片一样被折叠起来，眨眼间就化作一口厚实深沉的黑棺；他指节微屈，在黑棺的各个连接点用关节敲击，每敲一下，便有一根细长坚固的铆钉砸入其中，将其彻底固定。"天空作盖。"他伸手向天空一抓，天空的一角被他摘落，像是玩具般在他手中被揉捏变形，几秒后就化作流淌着淡淡极光的棺盖，被他戳在大地之上。这神奇的一幕落在陈伶眼中，让他忍不住心生诧异，他还是第一次看到这种制棺方式，天空与大地在他的手中竟然如同玩物，也不知道这个"10"究竟是哪条神道路径的拥有者。

檀心同样疑惑地看着，不知道这群人在唱哪一出。就在他怔怔出神之际，突然觉得背后一轻。檀心回头望去，只见原本还被自己背在背上的极光君，竟然凭空消失，与此同时远处的八个西装身影中，一个戴着鸭舌帽的身影，缓缓将极光君的尸身放入刚打好的棺材之中。"你们……"檀心脸色顿时一沉。

"檀心长官。"楚牧云撑伞走到他的面前，平静开口，"你身为执法官副总长，应该听过关于我们的事情……由我们厚葬极光君，总比让他碎尸于禁忌之海要好。在这方面……我们是专业的。"听到这句话，檀心陷入沉默，回头看向极光城外混乱的禁忌之海，最终还是没有阻拦。

"'梅花8'。"白也回头看向站在另一边的男孩。男孩从地上捡起一根枯树枝，缓步走到棺材边，树枝在他的手中轻盈舞动，像是画笔在虚无中勾勒。随着他寥寥几笔，极光君浑身的鲜血都被擦去，胸口被"救赎之手"破开的大洞也修复如初，凌乱湿润的衣衫被一丝不苟地穿好，整洁如新……就连苍白无比的面孔，都恢复了健康血色，就像是睡着了一样。铸棺、入棺、遗容整理，整套流程行云流水，一气呵成。做完这一切之后，白也将指尖按在极光君的胸口，一种好似数据线般的东西凭空出现，接口插入极光君的胸膛，而数据线的另一端，诡异地延伸至虚无……不知通往何处。当数据线接入极光君体内的瞬间，插口上的红色信号灯开始闪烁，仿佛有什么东西正在无线传输。

与此同时，一股灼热感从陈伶的胸口传出。他微微一愣，将手伸到热量传来的地方，发现那枚红王给他的疑似U盘的神秘装置，竟然开始发烫！那根数据线连接的……莫非就是这东西？如果陈伶没猜错的话，那根数据线的作用应该就是楚牧云口中的"回收"，可他怎么也没想到，回收九君体内的赤星成分，竟然是用如此现代化的形式……这算什么？将赤星成分变成数据流，传输进存档的U盘之中？至少陈伶还能看得出一点门道，但一旁的简长生，就彻底蒙了。他压根就看不懂那数据线是干吗用的，就连檀心也是如此。正当他皱眉准备询问的时候，数据线插口上的红色信号灯已然熄灭，说明回收彻底完成。白也将数据线摘下，对着"10"微微点头。"盖棺吧。"

312 · 禁忌之花

"咚"。流淌着极光的棺盖，被缓缓推动闭合。在众人撑伞注视下，极光君的身形被逐渐遮蔽，直至棺盖与棺材彻底严丝合缝……他已永恒地沉眠于其中。随着一道血色的斩痕划过天际，翻腾的禁忌之海陷入短暂的沉寂，就连始终发出怪异嘶鸣的众多"灾厄"，这一刻都安静了下来，仿佛外面的世界已经静止一般。陈伶不知道外面发生了什么，当他转头望去，只看到那手握斩马刀的长发身影，正缓步向这里走来。猩红的鲜血顺着刀锋滴落在地，"梅花K"身上的西装却没有沾上丝毫污秽，依旧笔挺肃穆。她从地上捡起黑伞，淡淡开口："怎么样？"

"回收完成。"楚牧云回答。

"那就走吧。""梅花K"回头看了眼城外，"它们快突破进来了。"

"是。"

"10"将极光君的黑棺背起，众人没有丝毫的留恋，转身便往城市的另一边走去……

就在这时，浑身是血的檀心站在黑色大雪中，突然开口："等等。"九柄黑伞停下脚步。"你们明明已经在极光城里埋伏了这么多人手……为什么不像若水界域一样，直接杀入极光基地，夺走极光君？"檀心看着"梅花K"，声音有些沙哑，"你们明明有能力混入极光基地，趁机杀死还未苏醒的极光君，应该不是什么难事。"

"梅花K"撑着伞，并没有回头，只是在雪中平静地回答："我们虽然追求'重启'，但这并不代表，我们否定其他人对人类未来的探索与尝试。"

"极光界域，不是若水界域。即便陷入绝境，你们依旧没有放弃，在不同的道路追寻其他的可能，所以……我们尊重极光城的选择。"话音落下，她再也没有丝毫的停留，径直往前走去。

九个执伞的身影，逐渐消失在黑色风雪的尽头。

檀心沉默地看着他们离去的身影，并未阻拦。许久后，他无奈地苦笑一声，缓缓倚靠着废墟坐下。就在这时，他像是察觉到了什么，手掌从地面轻轻抬起……湿润的掌心之下，是一片逐渐从城外漫延进来的，几乎没有厚度的海水。禁忌之海……入侵了。

"海水溢进城市了。"陈伶穿过街道，发现脚下已经被薄薄的水面覆盖，眉头不自觉地皱起。

"这是必然的。"楚牧云推了推眼镜，"随着极光城与灰界交汇，这座空荡的城市就会成为禁忌之海的领地，人类没法在灰界中长期生存，但这对其中的'灾厄'而言，却是自由的温床……"

"为什么极光君不试着屠灭禁忌之海？如果在三百多年前，部分热武器还能使用，极光君也还在全盛时期的时候，就对禁忌之海主动出击，应该还是有些胜算的吧？这么一来，就算极光君寿命耗尽，也没人能伤到极光城。"

楚牧云摇了摇头："首先，就算是极光君的全盛时期，也是没法屠灭禁忌之海的……如今我们看到的禁忌之海，只不过是趁着灰界交汇来到地球的一小部分，真正的禁忌之海中生活的'灾厄'，可是数以百万计的。而且禁忌之海中也有一只'灭世'级'灾厄'，虽然同为九阶，但在灰界中作战，人类九阶想战胜'灭世'几乎是不可能的事情……换句话说，在它们的领地上，它们就是无敌的。其次，就算真的屠尽禁忌之海，极光城也没法幸存……一个界域毁灭的根本原因，是灰界交汇，而不是'灾厄'入侵。"

陈伶不解："有什么区别吗？"

"灰界与地球是两个完全不同的世界，地球上的一切物质或者生物，在灰界中都没法长期存在。哪怕极光界域周围没有任何'灾厄'，只要暴露在灰界中，里面的人就会逐渐被污染，出现器官衰竭、精神失常，乃至生长出'灾厄'的器官，最终暴毙的情况……物品也是一样，这也是为什么，在灰界的有些地方能找到'祭器'，祭器本身就是长期暴露在灰界条件下，偶然诞生一些奇怪特性的物品。至于'灾厄'，你可以理解为灰界的原住民，就算杀死所有原住民，也无法阻止两个世界的交汇重叠。"

所以问题的根本，在于灰界，而不在于"灾厄"吗……陈伶若有所思地点点头。若是对手是"灾厄"，那还好说，毕竟是看得见摸得着的东西，但如果是灰界就完全不一样了，一个完全不知为何会与地球交汇的未知世界，除非破解两者交汇的根本原因，使两者分离，否则就算用核弹天天"洗地"都没用。看不见的，才是最可怕的。

就在两人说话之际，零星几串咒文从脚下的海面漂入城内，像是嗅到了血腥味的鱼群，钻入两侧街道上被冻死的尸体之内。紧接着，那些尸体像是重新活过来一般，诡异地颤抖起来，他们的眼球被咒文占据，仿佛有什么东西在其下孕育生长……"噗——"直到发出一声轻响，他们的眼球全部爆开，两朵血红的妖艳花朵，从他们的眼眶内徐徐盛开。陈伶怔在原地。"这是……"

"禁忌之花。"楚牧云回答，"是禁忌之海'灾厄'用来繁衍的方式，它们会将自身的种子植入血肉，一点点将其吃空，直到'灾厄'的幼崽吞噬足够的能量，便会从中破膛而出……"

"一座留存三百万尸体的城市废墟，对它们而言是绝佳的温床，看来禁忌之海的'灾厄'数量，要迎来一次爆炸性增长了。"背着黑棺的"10"长叹一口气。

陈伶的眉头逐渐皱紧，因为他看到有好几串咒文，往三区幸存者们住的小楼去了……他们的遗体，也会成为孕育"灾厄"的温床？"既然如此，为什么不直

接毁掉它们？"

"你是说这些尸体？这座城里有三百多万人，而且分布极广，就算我们有心想毁尸也来不及。"白也摇头，"而且'梅花K'的能力快支撑不住了，很快海量的'灾厄'就会破城而入，到时候我们就将寸步难行。总之，不是我们不想阻止，而是做不到。除非……"

"除非什么？"

"除非，有人能在一瞬间，毁掉这三百万人的尸体。"

陈伶突然停下脚步。

313 · 留下

在无人问津的舞台上，完成一次掌声雷动的落幕。

陈伶像是想到了什么，转头看向这座被冰封的死寂城市，与它上空不断涌动的漫天极光……那是被镌刻在天空之上的极光城众人的灵魂，在俯瞰大地。无人问津……掌声雷动……落幕……落幕？一个念头瞬间闪过陈伶的脑海，他的双眸逐渐亮起！

"'红心6'，你怎么了？"见陈伶突然停下脚步，走在前面的几位黄昏社社员纷纷回头望去，他们看着那独自站在黑雪中的身影，眼眸中满是疑惑。

"各位前辈，你们先走吧。"陈伶抬头看了眼漫天极光，"我……还有事要做。"

众人都是一愣，错愕地开口："你要自己一个人留下？"

"不是吧？一会儿禁忌之海的'灾厄'可就要破城了，有什么事比命都重要吗？"

"你现在只是二阶，还不是那些'灾厄'的对手……它们进城之后，你再想出去，可比登天还难。"

即便是这些脑回路不同于常人的黄昏社成员，此刻也没法理解陈伶的操作，在他们眼中陈伶不过是二阶，还不够禁忌之海中随便一个'灾厄'一巴掌拍的，这时候留下和找死无异。反倒是"9"耸了耸肩，摊手说道："我说你们慌什么……'红心6'留下来，该害怕的是禁忌之海吧？"

众人反应过来，表情微妙地看着陈伶，突然觉得"9"说得很有道理……这小子可是个"灭世"啊？他要真暴走了，恐怕整片禁忌之海都得遭殃！

"'红心6'，你确定吗？"只有楚牧云依旧皱着眉头，"你这次留下，就真是孤立无援了……没有人能来救你。"

楚牧云是亲眼见过陈伶暴走的，他知道这件事情没有其他人想的那样简单，"灭世"的力量如果控制不好，陈伶也会死亡。

陈伶平静地点头："我确定。"

无人问津的舞台，掌声雷动的落幕……这个世界上，也许只有现在的极光城能满足这个条件，换句话说，他若是错过这次机会，就再也没有晋升三阶的机会。与其自断晋升之路，再也无法回到原本的时代，不如在这里赌上性命拼一把！好消息是，他现在已经有68%的观众期待值，再努努力，就能多出一条命……他也不是完全没有胜算。楚牧云还欲劝说什么，一个清冷的女声便从最前方传来："让他留下。"几人纷纷转头望去，只见"梅花K"独自撑着伞站在前方，注视着队伍末尾的陈伶，纷扬的黑色雪花撒在大地间，他们的目光碰撞在一起，"想做什么就去做。"她再度开口，"我们会在城外等你十分钟……十分钟后，无论结果如何，都不会再等了。"

陈伶怔了一下，本想让其他人先走，没想到"梅花K"竟然还愿意等自己……要知道，一会儿爆发的，可是禁忌之海的"灾厄"浪潮，就算是在城外也难免被波及。

陈伶也不再浪费时间，当即点头："多谢各位前辈！"他转头便往刚刚走过的道路，急速飞掠回去！

"啧……这一届的新人，果然不简单啊。"看着他离去的背影，有人忍不住感慨，"二阶就敢硬刚禁忌之海，这可比'红心9'还疯。"

"喂，说他就说他，提我干吗？""9"不乐意了，"我是正经人好吗？"

"……对对对，你是正经人。"

"快走吧快走吧……不然一会儿灾厄咬屁股喽！"

八个身影最后看了眼陈伶离去的方向，径直往城外走去。

陈伶快步穿行在大雪纷飞的街道，路边被冻死的尸骨，已经有三分之一都被侵占，不只是眼眶、鼻孔、双耳，甚至连肌肤表面都开始生长出诡异的血色花束。那些游走在海面的咒文，像是疯了般在寻找肉身，只不过由于数量不多，还没有进入各个建筑内，所以受害者还是少数。话说回来……那个"梅花K"，是怎么将禁忌之海的"灾厄"拖住这么久的？这个疑惑闪过陈伶的脑海，他一边往某个方向奔跑，一边跳跃上周围的建筑高处，目光往城墙外望去……他的瞳孔微微收缩，只见在城墙之外，一道暗红色的斩痕贯穿天空，在斩痕的下方，一道道暗红的微光垂落，像是一块巨大无比的红色帷幕被拉起，将极光城与禁忌之海的"灾厄"分隔开。而此刻，密密麻麻的身影正从另一侧撞击这块红色帷幕，幕布的表面时不时印出不同的"灾厄"躯体，甚至还有巨大的怪异手印。随着这些东西疯狂撞击，帷幕的表面也开始出现裂纹……她用一块帷幕，就将城市与"灾厄"分隔开了？这个"梅花K"，究竟是什么人？

陈伶心神震撼，但脚下的步伐没有丝毫停顿，他十秒内就穿过街道，来到了那扇破碎城门的废墟前！浑身是血的檀心正独自坐在废墟中，望着头顶涌动的极光，不知在想些什么。他看到陈伶往这里靠近，眼眸中也浮现出疑惑……"是你？"檀心眉头微皱，"你怎么又回来了？"

时间紧迫，陈伶没工夫跟他解释，开门见山地问道："'重现'计划的炸药引爆器给我。"

听到这句话，檀心微微一愣："你想做什么？"

"禁忌之海的'灾厄'就快攻进来了，你觉得那些游离在天空的灵魂，希望看到自己的肉身被当作养料，孕育出数百万只'灾厄'怪物吗？"陈伶抬手指了指漫天极光。

檀心怔住了，他打量陈伶片刻，缓缓又靠回墙壁之上。"你……打算炸平极光城？"

"对。"

"引爆器不在我身上。"檀心摇头。

"不在你身上？"陈伶愣住了，"不是你将它拿走的吗？"

"是我拿的，不过我当时正在被执法官围剿，还要正面迎战极光君，自然不可能把它放在身上……一旦他们将引爆器从我身上偷走，计划就彻底失败了。"

"那引爆器在哪儿？"

檀心沉默片刻，缓缓吐出两个字："韩蒙。"

314·"灾厄"入城

"刺啦——"火柴末端划过粗糙的砂纸，一缕火苗自寒风中艰难燃起，一只手将火苗举至粗烟之前，还未等热量点燃烟头，一阵轻微的霜雪之风便将其吹灭，袅袅烟气飘过韩蒙的面前，手中的粗烟依旧坚硬冰冷。韩蒙叼着烟，在漫天黑雪中沉默许久，最终还是无奈地摇了摇头。他迈步继续向前走去。刚才还传递出战斗余波的极光城，此刻已经彻底陷入死寂，这座被霜雪冰封的城市中，仿佛只剩下他一个人，被遗弃在无人问津的废墟之间。为了保证"救赎之手"计划顺利进行，他与檀心分头行动，檀心来替他吸引火力，而他则负责保证炸药引爆器不会落入其他人手中……没有人会想到，孤身背叛极光基地的檀心，会如此放心地将关键的引爆器交给刚进极光城的韩蒙保管。事实证明，檀心的计划是正确的，在动乱期间没有任何人注意韩蒙，直到"救赎之手"顺利实施，他依旧完好地保护着引爆器，存活到最后。几分钟前，韩蒙便看到几乎所有还没被冻死的高阶执法官，都开始撤离极光城，那块阻挡禁忌之海的神秘帷幕替他们争取了足够的时间，以他们的实力，还是有很大可能性活下来的。

"呼……"刺骨的寒冷侵蚀着韩蒙的每一寸肌肤，仿佛冻结了灵魂，他长叹一口气，瞬间冰结的水汽将双唇都冻成紫色。"审判"到底是防御力薄弱的路径，没有什么增强生命力或者异常抗性的技能，长期暴露在极寒低温下，韩蒙的身体已经快被冻僵了。但即便如此，他还是维持身体以一定频率迈动步伐，否则状况只会越来越糟。纷扬的雪花从天空飘落，世界安静到只剩下韩蒙粗重的呼吸声，直到他的脚掌踩到一汪稀薄的海水，荡起阵阵涟漪。"滋——"紧接着，一声轻响从旁传来。韩蒙顺着声音传来的方向望去，只见街边一具被冻死的孩童尸骨，眼眶中突然钻出一对诡异红花，像是一双妖艳惊悚的眼瞳，正直勾勾地看着他。在那红花的花瓣间，能隐约看到有咒文在缓慢爬行，蚕食着头颅中的血肉与脑髓。

"这是……"韩蒙的眉头紧紧皱起。越来越多的轻响从周围响起，韩蒙这才发现，不知何时已经有大量的咒文涌入城内，疯狂寻找着人类的尸体，一朵朵诡异红花在死寂中无声绽放。韩蒙像是想到了什么，脸色肉眼可见地难看起来。"审判。"随着韩蒙抬起枪口，"审判庭"骤然降临这条街道，在他扣动扳机的瞬间，街道各处的数十具尸骨，同时崩解为虚无，连带着妖艳的禁忌之花也消失不见。但下一刻，又有大量的咒文从远处源源不断地涌来，与此同时，阵阵愤怒的低吼声从城门外响起。韩蒙眉头越皱越紧，意识到这样根本来不及，目光最终落在了怀中的引爆器上……"没想到，这东西还能用上。"

韩蒙喃喃自语，握着引爆器，转头看向极光城最高的塔楼，在那座塔楼的顶端，一只红色的风筝迎风飞舞。随着灰界逐渐交汇，大量的空洞在天空之上显现，像是被人用烟头烫出的密集缺口，无尽的灰色从空洞中蔓延，密密麻麻的飞行"灾厄"从中挤出，封锁了整片天空。"轰——"几乎同时，一声轰鸣巨响从城外响起，紧接着那些原本像是被蒙住的巨兽咆哮，骤然清晰起来！谢幕的红帘最终还是被撕碎，早已等候多时的无数"灾厄"，疯狂地从禁忌之海冲入极光城内，像是无数演员冲上空荡的舞台，即将开始它们最后的狂欢！而此时，大部分的"灾厄"都笔直地朝着韩蒙冲来！

也许是韩蒙刚才一口气杀了几十只幼崽的缘故，"灾厄"心中对他的仇恨已然被拉满，远远望去，像是一片咆哮的浪潮正在包围过来。韩蒙的心已然沉至谷底，但他知道自己已经退无可退，他一只手握着枪，执法官风衣在寒风中狂舞，迎着扑面而来的"灾厄"浪潮，孤独而决然地向那座耸立的塔楼冲去！天空已经被大量"灾厄"封锁，而且阶位都不比他低，所以韩蒙果断地放弃腾空，而是借助极光城复杂的地势贴地飞行，一眨眼便掠过数百米！"咚——"一条好似海草的咒文触手，突然自海面倒影中探出，闪电般鞭打在韩蒙前进的方向，随着一道黑色闪电伴随咒文轰然砸落，那道黑色执法官身影猝不及防地被抽飞！韩蒙猛地喷出一口鲜血，身形如炮弹般被抽入极光基地，接连撞断两面墙体，这才勉强停下身形，风衣的背面已经被撕开一道狰狞缺口！"该死……"韩蒙踉跄地站起身，只见一只好似章鱼的庞然大物正从海面中缓缓升起，成千上万条触手在空气中蠕动，几乎彻底封死了他的去路。如果陈伶在这儿，一眼就能认出，这便是灭绝了凛冬港的那只七阶"灾厄"。而此刻包围韩蒙的，可不止这一只"灾厄"。四五只电光缭绕的飞鱼在韩蒙上空盘旋，每一只都有五阶的气息，它们像是发现了食物的猎手，猩红的眼瞳正警惕地盯着下方的韩蒙，似乎随时准备俯冲将其叼走。

韩蒙身旁的基地仓库被轰然撞倒，漫天尘埃之下，一个三十多米高的咒文巨人轮廓被缓慢勾勒而出，它抓起地面的仓库碎片，将其在手中诡异地扭成一根长棍，对着韩蒙发出震耳欲聋的愤怒咆哮！"吼——"除此之外，越来越多的"灾厄"闯入极光城，包围在韩蒙身边，其中甚至有数只六阶，五阶的数量更多……它们如同天罗地网一般封死所有去路，虎视眈眈地望着眼前浑身是伤的黑衣人类。

315 · 闭嘴

"喀喀喀……"韩蒙抹去嘴角的鲜血，目光扫过四周，破损的风衣已经染上斑驳血色。但随着天空中的灰意逐渐弥漫，除去黑白灰之外的颜色都被抹消，韩蒙只觉得眼前一晃，一时之间已经分不清地上的是自己的血，还是天空中飘落的雪花。在这片灰色的世界中，一只只仿佛黑白影片中才存在的怪物，宛若高大城墙环绕在他的周围，飘零的大雪像是模糊的噪点，在这压抑的世界中无声闪烁。这不是韩蒙第一次见到灰界，即便濒临绝境，他的神情也依旧镇定。他知道自己多半是逃不过这一劫了，既然如此，只能拼死一搏，至少多拉几只"灾厄"一起死。他先是确认了一下枪的状况，随后紧握着枪柄，警惕地看着每一只包围过来的"灾厄"……

"滋——滋——"皮鞋踩在积雪上的沙沙脚步声，打破了这令人窒息的死寂。就在这时，周围的"灾厄"像是察觉到了什么，突然整齐地转头看向某个方位……韩蒙见此，也下意识地转头望去。噪点般的黑色大雪，在死寂世界中无声飘落，一个身影撑着黑伞，从无人问津的霜雪小道走来。黑色的伞檐遮住他半边面孔，韩蒙只能看清他身上的肃穆西装，随着他的靠近，周围的"灾厄"们蠢蠢欲动，似乎正在判断那个人类有没有威胁性，时刻准备将其一起碎尸万段！独属于禁忌之海的国度，怎能允许有人类活着存在其中？

正当"灾厄"的低吼逐渐响起之时，那撑伞走来的身影，缓缓抬起一只手，摸向自己的下巴……"刺啦——"当他撕下脸皮的瞬间，一抹刺目猩红取代西装，飘舞在凛冽寒风之中！那是一件大红的戏袍，它的颜色就像是某种凶兽的獠牙，将这个灰色的死寂世界撕开一角，它的鲜艳与招摇，似乎在警告所有靠近它的生灵……危险！危险！！这一刻，所有禁忌之海的"灾厄"都愣住了，它们下意识地后退，为那缓步走来的猩红身影，让开一条道……那身影就这么平静地穿过"灾厄"的包围，在韩蒙的身前停下脚步。

黑色的伞檐缓缓抬起一角："看来，我来得正好。"

韩蒙看到伞下陈伶的面孔，微微一怔，神情有些复杂："你怎么还在这儿？黄昏社的人，不是都已经走了吗？"

"我还有点事要做。"

"什么事？"

"吼——"陈伶正欲说些什么，那个手握长棍的庞大巨人，看周围"灾厄"对陈伶都没反应，愣是眼球一瞪，愤怒地对着陈伶再度怒吼！恐怖的威压随着它的咆哮宛若狂风骤临，一股海草腐烂的恶臭从它的口中喷涌而出，这只巨人"灾厄"对陈伶露出獠牙！这一声咆哮，把周围的其他"灾厄"都看傻了，它们还未来得及有什么动作，陈伶握伞的手掌骤然攥紧！"闭嘴！"陈伶的双瞳在伞檐下收缩，他疯狂地瞪着巨人，愤怒的咆哮宛若雷鸣！下一刻，密密麻麻的红色眼瞳从虚无中睁开，将陈伶的眼瞳也染上一丝红意，像是无数狰狞的怪物在戏谑地凝视着巨人，一缕恐怖至极的气息，从这目光中奔涌而出！！这两个字瞬间压下了巨人的怒吼，无形的气浪以陈伶为中心疯狂扩散，所有"灾厄"的眼眸中都浮现出惊恐！

观众期待值 +3%

巨人呆住了，它茫然地攥着长棍，被那一闪而过的众多眼眸吓得退了半步……与此同时，数十根咒文海草急速捆绑上它的身体，将它整个人按倒在地，大地发出一阵轰鸣！那只更加庞大的七阶海草"灾厄"，死死地摁着巨人，看向它的目光仿佛在说：找死啊？！你惹他干吗？

在凛冬海的时候，这只七阶"灾厄"已经吃过亏了，它深知陈伶体内的"灾厄"有多恐怖，根本不敢惹他分毫……偏偏这傻大个看不懂局势，硬着头皮就知道莽，差点把它的魂都吓掉。而一旁的韩蒙，同样也被刚才陈伶无意散发的气势震慑，他怔怔地看着眼前的红衣人，像是想到了什么……"'灭世'……"韩蒙喃喃自语。这一刻，韩蒙终于将一切都联系起来……他的记忆再度回到那个雨夜，他在三区的乱葬岗检测到"灭世"级别"灾厄"的波动。当时他以为是"灾厄"指针出了故障，但现在看来，并非如此……那个雨夜里，三区真的爬出了一只"灭世"！而且那只"灭世"，其实一直就在自己的眼前。

陈伶没听到韩蒙的呢喃，他从巨人的身上收回目光，身后的无数眼瞳也随之消失……仿佛刚才出现的一切，不过是幻觉。"我说到哪儿了？"陈伶回过神问。

韩蒙眼神复杂地看着他，沉默许久之后还是开口："说到……你为什么留下。"

"哦，我打算炸了极光城。"陈伶直接问道，"引爆器在你那儿，对吗？"

韩蒙一怔，他这才知道陈伶跟自己想到一块儿去了："对……不过，想一口气引爆全城所有区域的炸药，就必须在足够高的地方引爆，否则信号无法完全覆盖。"

"足够高的地方吗……"陈伶看向远方，灰色天空之下，一座飞扬着风筝的塔楼正矗立在不远处，不过此时的极光城到处都是"灾厄"，就连塔楼的外表面，都趴着好几只鲇鱼一样的怪物。"我去就行，你把引爆器给我。"陈伶伸出手。

韩蒙看了眼手中的引爆器，短暂地犹豫后，摇了摇头："不，我去。现在极光城里的炸药储备太多，一旦引爆，就不可能有人幸存。极光城已经消失了，我是这座城里最后一位执法官，这本就该是我的使命。至于你……你不属于这里，不是吗？"

陈伶的眉梢微微上扬："你打算跟这座城里的'灾厄'同归于尽？"韩蒙没有回答，他只是沉默地望着头顶的极光，但他的眼神已经说明了一切……他与檀心一样，自从决定执行"救赎之手"计划，就没打算活着离开。"我觉得不妥。"陈伶摇头，"你还是把引爆器给我吧。"

"陈伶，你不用劝了，我心意已决。"

"……我认真的。"

"我也是。"

见韩蒙丝毫不动摇，陈伶就这么注视了他许久，无奈地长叹一口气……

316 · 红色风筝

"那就，别怪我了。"下一刻，韩蒙突然觉得手中一轻，茫然地低头望去，发现原本被他攥在手里的引爆器，不知何时已经变成了一块黑黢黢的煤炭。

"你……？！"韩蒙反应极快，下一刻便抬枪指向陈伶，可枪还没等举起来，就同样变成了一块煤炭。与此同时，陈伶也抬枪指向他……"谁说，同样的招数不会起效两次？"陈伶轻笑一声。"砰砰——"两声枪响，陈伶的子弹分别射入韩蒙的膝盖！韩蒙没想到，陈伶居然真的会对他出手，这两枪精准地击中了他的膝盖，他整个人不自觉地向下跪去，已经丧失了自由行走的能力……随着陈伶第三声枪声响起，解构的子弹呼啸着掠过韩蒙耳畔，将他身后的升降机中央破开一个大洞！下一刻，陈伶的鞋底重重踹在他的胸口！一股巨力从陈伶脚上传来，失去重心的韩蒙整个人下意识后仰，径直跌入洞中……在洞口之下，便是直通极光基地的垂直深渊。韩蒙的身影坠入深洞，天空在他的视野中迅速退去，在他错愕的目光中，那个站在洞口边的红衣身影，嘴角微微上扬……

　　　　观众期待值 +3%
　　　　当前期待值：74%

"轰——"升降机被一团迸发的火光笼罩，地表的岩石结构轰然坍塌，极光基地与外界的唯一通道被炸毁，将地上与地下彻底封死！

地表——

　　陈伶一只手握着引爆器，另一只手缓缓将手枪收起，长叹一口气："好不容易才有一次演出机会，非要跟我抢……何必呢？"

　　陈伶最后看了眼升降机，转身往远处走去。随着大红戏袍的靠近，包围的众多"灾厄"彼此对视一眼，还是给他让开了一条道，陈伶看都没看它们一眼，重新撑起黑伞，面无表情地沿着街道前行……这些"灾厄"不知道陈伶要做什么，只是本能地畏惧那一抹大红，越是低阶的"灾厄"越是如此。但这并不代表，他能在禁忌之海中肆意妄为。陈伶能感受到，在街道的尽头，在那堵破碎的城墙之外，在另一个维度的海底深渊，一道目光正洞穿无尽的虚无，无声地凝望着自己……它并非在惧怕，而是在疑惑，在审视，在猜疑。陈伶知道，这道目光的主人，就是禁忌之海的那只"灭世"。同样不惧怕他的，还有几只屹立在远处的八阶，它们宛若山岳般伫立在城墙外，似乎是怕自己庞大的身躯进入其中，会不小心踩死尚在襁褓中的幼崽，当然更重要的，是它们在等待那只"灭世"的命令。陈伶出现在这里，就相当于一位超级大国的国家元首，突然出现在另一个超级大国的领地，两者都拥有能够毁灭对方的武器，不过在弄清楚他为什么会出现在这之前，没人敢轻举妄动……这种危险且微妙的氛围，正是陈伶想要的。

　　他当然没法解放真正的"嘲"，只能扯着这张大旗，为自己争取一些行动的时间。他不能露怯，也不能表现出丝毫的弱势，只有扮演好"嘲"这个角色，才能保证自身的安全……这正是陈伶最擅长的。陈伶穿过街道，径直走向塔楼，但在那只覆灭了凛冬港的七阶"灾厄"前，他还是被迫停下脚步。"……滚开！"他沉声开口。这只"灾厄"的身形太大了，若是绕着走，不仅浪费时间，而且容易让其他"灾厄"起疑……所以，陈伶选择硬刚。大红戏袍在寒风中狂舞，在陈伶冰冷而极具威慑的目光下，那只七阶"灾厄"还是乖乖地挪开庞大身躯，给陈伶让开一条笔直通往塔楼的道路。

　　与此同时，其他盘踞在这条道路后方的"灾厄"，也纷纷退避，看向陈伶的目光满是忌惮与惊惧。陈伶面无表情地撑着伞，继续前行。他的鞋底踩在冰冷的霜雪上，发出"嘎吱"声响，道路的两侧除了被"灾厄"压塌的楼房废墟，就是遍地的被种满禁忌之花的尸体……他们倒在街道两侧，或者是自家的客厅与卧室，三三两两地依偎在一起，眼睛与嘴巴里盛开着妖艳的红花，肌肤之下一枚枚咒文涌动，肉体以肉眼可见的速度干瘪。他甚至从窗户的倒影中，看到那栋矮小的楼中，二十多个熟悉的身影身上盛开着红花，哪怕是年纪尚小的孩子也不例外。陈伶听到了，他听到"灾厄"的幼崽在众人的尸骸内狂欢，那是啃食骨骼的声音，那是吸食血肉的声音，若非那躯壳中早已没有灵魂，恐怕就连灵魂都要成为它们的养料……几天前还热闹非凡的极光城，此刻已经成为"灾厄"们的温床。恐怕用不了多久，这些尸体就会被彻底吸干，丑陋的怪物将从他们的体内破出，成为下一个界域的死敌。

陈伶在高大的塔楼前停下脚步。他抬头望向天空，漫天的极光正在疯狂涌动，像是无数个无助的身影在愤怒嘶吼，只可惜他们的呐喊无法转化为声音，他们的身形也只能被定格在天空之上。"我听见了……"陈伶看着漫天极光，喃喃自语，"我会给予你们永恒的安宁。"

他看了眼时间，迈步拾级而上。看着他攀登塔楼，那些匍匐在外壁上的"灾厄"似乎也十分疑惑，它们不知道陈伶想做什么，但与此同时，禁忌之海深处的那个存在，似乎感知到了某种异样，阵阵波纹开始在薄薄的海面上荡漾！"嗡——"低沉的嗡鸣响彻海面，这一刻，所有"灾厄"都猛地望向攀登塔楼的陈伶，疯了般向其奔涌而去！咒文巨人踉跄起身，猛地怒吼一声，拔起插在地上的长棍，横冲直撞地冲向塔楼；灭绝凛冬港的七阶"灾厄"，延伸出无数海草铺天盖地涌出；那几只留候在城外的八阶"灾厄"，更像是疯了般，发出阵阵嘶鸣冲入城内！他们似乎知道了陈伶打算做什么。附着在塔楼外壁的鲇鱼"灾厄"骤然用力，直接将楼面震成粉末，陈伶感受到脚下的台阶不稳，便掏枪毫不犹豫地对着自己的胆、脾、肺连开三枪！！"砰砰砰"！无限接近死亡，给他带来了爆炸性的力量，他双脚用力一跃，整个人如同红色的流星升上天空！

"现在才反应过来？"陈伶被鲜血染红的嘴角勾起，看着满城疯狂的"灾厄"，咧嘴一笑，"晚了……"密密麻麻的"灾厄"扑入塔楼，像是堆叠而起的黑色巨手，向不断冲入云霄的陈伶抓去，就在即将触碰到陈伶身体的瞬间，那穿着大红戏袍的身影，用力张开双臂！这一刻的陈伶，仿佛化作一只飞上云霄的红色风筝，即将拥抱极光！"都给我看好了……这一次，由我来带给你们救赎。"随着陈伶按下手中的按钮，数十轮刺目的烈阳瞬间从脚下的大地爆开，灼热的光辉汇聚成海，将整座城市笼罩其中！

317 · 爆炸

"终于结束了吗……"看到炽热的火柱从远处的大地上迸发，倚靠在城门废墟中的檀心，如释重负地闭上眼眸。就在这时，一个身影在他身旁轻轻坐下。檀心听到动静，猛地睁开眼眸，自始至终他都没察觉到有人靠近自己……而且现在的极光城，哪里还有什么活人？当他看到身旁那随风飘舞的红发，整个人突然愣在原地。

"你……你不是坐车走了吗？"檀心瞪大眼睛。

"哦，我跳车了。"红袖随意地坐在废墟里，淡淡开口。

"你疯了？！"

"我说走，只是给你一点心理安慰……你真觉得我会让手下在这里等死，自己当逃兵？"

"那你留下，不是等着跟我一起被炸死吗？"

"我可是'修罗'魁首，核武器都杀不死我，这点爆炸问题不大。"

"那就算这样……你没了列车，怎么从禁忌之海出去？"

"不是你说的吗？就算没有列车，我也可以杀穿禁忌之海。"

"你……"檀心瞪着红袖，一时间哑口无言。

"放心，我不会有事的。"红袖拍了拍檀心的肩膀，她看着檀心的眼睛，沉默片刻后，认真开口，"我……总得来送你一程。"

"轰——轰——轰"！随着各个区域的炸药被引爆，连环爆炸距离城门越来越近，炽热的火焰倒映在红袖的双眸中，檀心一时之间不知该说些什么。最终，他苦涩地摇了摇头，还是闭目倚靠在断墙边。"……随你吧，谁能奈何得了你啊？"

红袖看到他无可奈何的样子，嘴角勾起一抹淡淡的笑意，她也闭眼倚靠在断墙边，任凭那足以毁灭一切的爆炸逐渐逼近……灼热的风掠过二人，黑色的执法官风衣随风摇摆。红袖一只手按住耳边飞舞的红色鬓发，闭着眼睛，在轰鸣声中轻轻说道："……檀心。"

"嗯？"

"我会带着极光城的意志，找到解救你们的方法的……"

"我知道，你是极光城的执法官总长嘛。"檀心依旧闭着眼睛。

"当然这个原因也很重要……"

"那还有别的原因？"

"有啊，你猜？"

"我有什么好猜……"

檀心话音未落，温润的双唇便突然含住他的嘴巴，他错愕地睁开眼睛，便看到火红的长发在灼热风暴中飞舞，一双晶莹的眼眸正近在咫尺地望着他，泪水从眼角无声滚落……"轰——"城市最边缘的炸药轰然爆开，刺目的烈阳将整片废墟笼罩其中，檀心的双手轻轻环绕在那身影的背上，似乎想要将其搂入怀中……下一刻，火焰的光芒便将二人的身形彻底吞没。数十个爆炸点都被引爆，整座极光城化作火海，在这璀璨的光芒中无数的"灾厄"被燃烧成灰，巨兽的愤怒嘶吼仿佛要撕裂天空，但即便如此，也还是被震耳欲聋的轰鸣掩盖。

城外——

看到刺目的火光冲天而起，几位黄昏社成员的脸上都浮现出震惊。

"我去！""红心9"感受到这扑面而来的热浪，难以置信地瞪大眼睛，"这就是'红心6'的实力吗？"

"……这应该是极光基地预先备好的炸药。"楚牧云推了推眼镜，"虽然原本是用来做什么的还不清楚，但现在也算是做了桩好事……至少，替人类削减了百万'灾厄'的压力吧。"

"'红心6'闷声干大事啊？这小子有点本事。"

"10"微微点头，眼眸中浮现出一抹佩服与赞扬："虽然外表看不出来，但从这件事可以看出，'红心6'还是挺热心肠的。"

"热心肠？是啊，确实挺热心肠。""红心9"摊手，"热成这样，估计都要焦了。"

"……"

"欸，你们谁看到那位了？"

"不知道啊……说起来，刚爆炸的时候，那位好像就不见了……"

"莫非……"黄昏社众人面面相觑。

　　灼热的火焰逐渐散尽，露出满目疮痍的大地的模样。飞扬的尘埃与余烬之间，一具血肉模糊的骨架正在以惊人的速度复原，白骨生肉，肉生皮肤，短短数秒之内，一个红发身影便恢复了原本的模样。红袖还是保持着爆炸时的动作，双手环抱着虚无，在她的臂弯之间，尘埃与灰土正随着火焰余烬，无声卷上天空。她还活着，但他……已经死了，就在眼前。呜咽的寒风如泣如诉，她独自跪坐在废墟中许久，沉默地缓缓站起身……在她的胸口，一个封存着舌头的透明吊坠，正无声闪烁着光辉。她眼眸中倒映着漫天流淌的青色与蓝色的极光，如火般的红发随风飞舞，最终，她只平静而决然地说出两个字："……等我。"她转身向废墟之外走去。然而，她刚走出几步，突然微微一顿，像是察觉到了什么，皱眉看向极光城残骸的深处……

　　灰色的极光城内，即便绝大部分"灾厄"都被这恐怖爆炸变成飞灰，依然有几只庞然大物幸存下来，它们愤怒地咆哮着，拖着残破的身躯似乎在城内搜寻着什么。"扑通——"塔楼的废墟之中，一只套着大红戏服的手，突然从废弃砖块中伸出。紧接着，一个身影缓缓从尘埃中坐直，像是被牵上丝线的木偶，以一种难以理解的姿势诡异地站起，浑身的每一个关节都在发出噼里啪啦的声响。即便经历了如此恐怖的爆炸，他身上的戏袍依然一尘不染，新得像是刚被织出来一样！虽然只发出了细微的声响，但这在死气沉沉的废墟中，却也足够引人注意，那些幸存的庞然大物猛地看向这个方位，发现那唯一的大红之后，暴怒的咆哮宛若雷鸣！！陈伶的这一炸，不仅炸死了数以百万计的"灾厄"幼崽，还炸死了大量的低阶"灾厄"，可以说是结下了血海深仇，今天它们不杀了陈伶，根本难解心头之恨！

　　就在众多"灾厄"疯了般冲向这里时，那穿着大红戏袍的身影动了，他的脖子缓缓扭动，直到面孔转到背面，直勾勾地看着虚无，他的眼瞳空洞好似深渊……

318·失控

极光之海在天空中剧烈涌动，像是灵魂在光中雀跃，它们的鼓掌没有声音，却在另一个世界宛若雷鸣。那道伫立于废墟之上的红衣身影，此刻正安静地站在那儿，像是舞台上谢幕的戏子，正在享受掌声……随着众多"灾厄"的接近，他的享受戛然而止。他的头扭转一百八十度，在背后看着来势汹汹的"灾厄"，突然张开嘴巴，口舌绽雷："呔！！！"这一个音节顷刻间横扫整片废墟，陈伶的声音仿佛有某种魔力，叩击着所有人与"灾厄"的灵魂……与此同时，那双空洞的眼瞳中，独属于观众的猩红再度亮起！众多"灾厄"顿住了，因为这一次，它们切切实实地感受到陈伶身上散发的"灭世"气息，那是甚至比禁忌之海深处的存在还要恐怖的气息，在那人类的躯壳之下，潜藏着一只狰狞而神秘的猩红怪物……

在那双眼睛的轻轻一瞥之下，"灾厄"们心中原本燃烧的怒火，骤然熄灭，一种难以言喻的恐惧感占据灵魂！它们立在废墟各处，回头看向禁忌之海的深处，一时之间不知如何是好。但此时，禁忌之海的深处也沉默了。"啪——"一声清脆的掌鸣打破沉闷死寂，只见那穿着大红戏袍的身影，突然双手举过头顶一拍，然后跨开双腿下蹲，以一种极为怪异的姿态对着众多"灾厄"，用力勾了勾手……"哇呀呀呀呀呀呀！"尖锐而毫无含义的声响从他的喉中响起，像是一位戏台上的老将军，正在瞪眼对着敌人，一边走位一边发出怒吼。

在这声音的震慑下，几只"灾厄"顿时吓得不轻，心中的恐惧越发浓郁，它们甚至能清晰地感受到那猩红怪物正在散发杀意……那令人战栗的声音，是对它们的挑衅与蔑视。它们一步步地后退着，不敢靠近那红衣身影分毫，而诡异的一切才刚刚开始，一抹抹夸张而鲜艳的色彩在陈伶眼神空洞的脸上闪烁，交织成气质截然不同的纹路，"生""旦""净""末""丑"五张花脸疯狂闪动，他的气息也一变再变，他的嘴角在这个过程中一直诡异地上扬……

"这是……"远处的废墟中，"梅花K"看到这一幕，瞳孔微微收缩。还未等众人看清陈伶最后一张脸是什么，他的双手便猛地遮住自己的面孔，那错乱与诡异感也戛然而止。呜咽的风声拂过死寂的废墟，他就像是一尊红色的雕塑，在那儿伫立了数十秒。在众人与"灾厄"心跳近乎停滞的等待中，他动了。他猛地张开双臂！一张黑色的面孔暴露在空气中！那是一张漆黑好似深渊的脸，脸皮与五官仿佛都被吞没，在那张面孔的眼睛位置，一对猩红的眼瞳诡异地睁开，下方红色弯月般的嘴巴勾起夸张的笑容，一直笑得咧到耳根的位置……阴森，戏谑，令人头皮发麻。那是"观众"的脸。

"梅花K"的脸色顿时难看无比，眉头紧紧拧在一起，不知在想些什么……而

其他的"灾厄",更是吓得不轻,一道波纹自禁忌之海的深处传来,废墟中的几只"灾厄"像是得到某种命令,立刻掉头离开,一直退至城墙之外。

那身影动了,他顶着一张戏谑的黑色笑脸,穿着大红戏袍,以某种节奏的步伐翩跹向前,他宽大的大红袖摆在风中舞动,随着黑色的雪花纷扬落在他的肩头,他的身体仿佛没有丝毫重量,像是这灰色世界中的红蝶,在无人的街道废墟中独自飞舞。他的脚尖点过一片片焦黑,像是蜻蜓点过水中落叶,那是每一具在爆炸中被烧成灰烬的尸体原本所在的位置。他在亡魂间起舞。

> 我……看见天空在哭泣

声音从陈伶的喉间响起,带着某种韵律,回荡在废墟之上的天空。这简单的八个字,却让"梅花K"瞳孔骤缩,她错愕地看着那无声起舞的红衣,眼眸中满是难以置信!

> 我听闻有你的声音
> 我嗅到思念在荆棘中盛开
> 我从日落的方向走来
> …………

接连四句响起,这一下,就连极光城外的黄昏社众人,脸色都变了。

"《安魂谣》?""10"猛地转头看向城市废墟,"是谁在唱《安魂谣》?"

"是个男人的声音……不是那位?"

"世界上能唱《安魂谣》的,应该只有那四位……可其他几位都不在极光界域,也不是那位唱的……那还能是谁?"

"这个世界上,还有第五个人能唱《安魂谣》?"

"等等,这声音……怎么听着有点耳熟?"

楚牧云与白也看向城市废墟的方向,像是想到了什么,瞳孔不自觉地收缩……

> 大地和玫红是你的温床
> 霜雪与残阳是你的浓妆
> 我会把希望织成飞舞的木棉花
> 直到岩石铭记花香
> 哭泣的人儿啊
> 请你轻轻闭上双眼
> 待到黄昏落幕在至暗的时代

红衣随着歌谣之声，孤独地在亡魂间起舞，一步便能跨出近百米。他游走在死寂冰封的废墟之上，丝毫没有在意别人的目光，像是一位沉浸在舞台表演中的戏中人。当歌谣的最后一句落下，他像是失去了所有力气，黑色的笑脸逐渐褪去，整个人从一处百余米高的高耸断墙顶端，一头栽向焦黑的大地……就在他额头即将撞上大地的瞬间，一双手臂稳稳地接住了他的身体。"梅花 K"看着彻底昏迷的陈伶，眼眸中闪过纠结与复杂，沉默许久后，还是摇了摇头，带着他径直往城外走去。

"你真要救他？"一个声音从身后响起。"梅花 K"停下脚步，在身后的废墟上，一个红发女人正静静地望着她。"如果我是你，我会现在就杀了他……他体内的东西绝对不简单，不光对人类有威胁，对你们黄昏社也同样如此。"红袖沉声再度开口。

319 · 愿极光，永不消逝

梅花 K 回眸一瞥："师父时常说，深入认识一个人，不能只看他说什么，长什么样，而是要看他做什么……如果不是他，现在在极光城已经成为'灾厄'的温床。你连他是什么样的人都不清楚，凭什么觉得一定会对人类产生威胁？"红袖微微一怔，看着昏睡的陈伶陷入沉默。"还有，""梅花 K"淡淡说道，"黄昏社的事情，还轮不到外人来指手画脚。""梅花 K"头也不回地离开，肃穆的黑色西装消失在废墟的尽头。

红袖站在原地，抬起头最后看了眼青色与蓝色的极光之海，似乎要将其永远地铭记在心里，随后转身向相反的方向走去……

另一边，极光城废墟之间，一具浑身焦黑的躯体宛若尸体般倒在大地，极寒的霜雪覆盖着他的身体，他已经没了气息。但随着那仿佛没有厚度的海水在城内漫延，缓缓浸过他的身下，一串串黑色咒文在其肌肤表面重新活了过来，他身上的霜雪开始融化，细微的呼吸在严寒中重现。

"我……这是……在哪儿……"赵乙的意识已经模糊，他半睡半醒间将双眸睁开一条缝。咒文从他的眼球上掠过，他只看到焦黑的大地尽头，有两个身影向这里缓步走来，赵乙看不清他们的脸，甚至已经失去了思考能力，觉得身体前所未有地沉重。

一只陌生的手掌托起他的脑袋，下一刻，手电筒般明亮的光束从模糊黑暗中亮起，像是有人在检查他的眼睛。

"这个融合程度……是自然融合？不对……嗅不到'灾厄'的血腥味，似乎是人工融合……"

"极光基地，难道也突破了人工融合的实验瓶颈了？"

"极光基地对于融合的研究，应该远没有我们完善才对，而且如果他们真的掌握了人工融合，也不至于沦落到这个地步……我看，这小子应该就是个意外。"

"最关键的是，我居然闻不出来他融合的是哪种'灾厄'……似乎禁忌之海的每种'灾厄'都沾点？这算什么？串儿也不能串成这样吧？"

"居然能扛住这种程度的融合，还没有出现精神错乱，他的意志力还是顶尖的。"

"本来只是想来收集一些'灾厄'尸体带回去研究，没想到有意外之喜……把他带回去吧，是个不错的苗子，有成为'圣使徒'的潜力。"

"好重……这家伙体形看着不大，怎么重成这样？"

"都说了极光基地的融合技术太落后，容易导致融合畸变，带回去给他注射几支新药剂，再教会他掌控自身力量，早晚能恢复的……咦，他好像要醒了？"

赵乙觉得自己被人扛在肩膀上，不断颠簸，恍惚之间，睁开了一只眼睛。有人拍了拍他的肩膀，咧嘴笑道："小同志……欢迎加入光荣的进化。"

…………

极光城废墟，地下——

韩蒙咬着绷带，将膝盖上处理完的伤口一点点缠好，长叹一口气。随着地表的设施被全部炸平，极光基地也失去了绝大部分的电力供应，黑暗的走廊中死寂一片，仿佛只剩下韩蒙一人在此，他倚靠在墙边，看着被碎石块封死的升降井，眼眸中满是复杂。"咚——咚——咚——"轻微的声响从走廊的另一边传来，韩蒙微微一愣，皱眉望去。煤油灯的火光驱散走廊尽头的黑暗，一个身影拄着拐杖，提着煤油灯，缓慢地向这里走来。那是个蓬头垢面的老人，浑身散发着年迈的暮气，唯有那双眼睛依旧深邃神秘，似乎闪烁着人类命运的星光……他在韩蒙身旁站定，缓慢地弯腰，将手中的煤油灯放在地上。"……我以为，这座基地里已经没有人了。"韩蒙沉声开口。

"顶尖的科研学者，已经坐上界域列车离开了，其他人我也放回了地表，不出意外的话，现在都变成了极光……"老人的声音平静无比，"现在，这座基地里只有我一个。"

"是吗？那你认输认得挺快。"

"事实如此。"老人摇头，"红袖与檀心同时背叛，就算极光城所有执法官加起来，都不会是他们的对手……既然如此，尽可能地保留科研人才，才是对人类最有利的决定。"

"那你为什么不去地表？化作极光，至少还有回来的机会。"

老人没有立刻回答，他双手拄着拐杖，沉默地站在煤油灯的光晕之外，许久后才开口："我……自小就在这座基地长大，三十岁之前，我做梦都想去地表看一看……到了四五十岁，我对地表的一切已经不再好奇，后来在暗室里又生活了三十年……八十岁的我，已经没有踏上地表的勇气了。我这一生都献给了极光基地，就算是死，也该死在这里。"韩蒙怔怔地看着他，一时之间不知该说些什么。竟然真的有人会在这座狭小的地下基地生活一辈子？韩蒙不敢想象他这一生是怎么熬过来的，又是什么，一路支撑他走到今天。"不用这么看着我。"老人闭上双眸，"只有封闭在地下，看不到地上的辉煌，才能彻底摒弃情感与人性……几十万人，几百万人，在我这里只是一个数字，只有将一切都简化、量化，才能像机器一样时刻做出对人类最有利的决定。极光基地的每一代领袖，都是这么过来的。"韩蒙沉默了，将目光从老人的身上收回，对这个发起"重现"计划的领袖，他其实本身也没什么敌意，更何况，极光界域这几百年的繁荣，本就是靠一位位像他一样的领袖建立起来的。韩蒙径直向那口被碎石封死的升降井走去。"你要做什么？"老人问。

"回地表。"韩蒙捏碎了手中的煤炭，伸手向远处一招，一把手枪自动从仓库飞入他的掌间，"我还能战斗。"

老人摇了摇头："炸药已经引爆，极光城早已沦为废墟……该走的都走了，现在上面只有'灾厄'，以你五阶的实力只是去送死。"

"那也总比在这里等死好。"

"极光界域已经消失了，世界上还剩下的执法官寥寥无几……你是要毫无意义地战死在灰界，还是等某一天到来，成为庇护人类的执法官？"

韩蒙停下了脚步："你什么意思？"

老人伸出手，指了指脚下的基地："虽然极光城没了，但极光基地里，还有足以供应数百人生活百年的物资……你可以留下，直到有一天你的实力足以让你在灰界中行走到下一个界域，再离开。"韩蒙听到这句话，眼眸中亮起一抹微光，似乎在认真思考着这个问题。"当然……"老人笑了笑，"你还能陪我这个将死的老头，偶尔聊聊天，我也是知道不少关于赤星的隐秘的……我在暗室中躲藏了三十年，已经很久没这样跟人说过话了。"

沉思许久，韩蒙最后又看了被封死的升降井一眼，像是下定了决心，深吸一口气……"好。"他点头，"我会凭我自己的力量，走到下一个界域……那一天，不会太晚。"

"轰隆——"冰寒的灰色世界中，一辆通体镌刻着神秘符文的列车，呼啸着掠过禁忌之海的海面。随着列车与铁轨表面的古老文字闪烁，没有任何一只"灾厄"向这里靠近，蒸腾的烟气从车头飘出，它承载着极光城最后的火苗，笔直地冲向下一个界域的方向。此刻的列车车厢内，死一般地沉寂。无论是极光城的顶级科研学者，还是各方政要，都沉默地望着窗外那逐渐远去的死寂废墟，心中五味杂陈……他们是这个界域的幸存者，也是目睹了它消亡的见证者。当极光消散，他们才真正意识到，任何界域中的和平与繁荣，只不过是短暂的假象……极光界域不是第一个毁灭的，也不会是最后一个，就算他们逃过了这一劫，那下一次呢？在这灰色的枯寂世界中，人类的未来，究竟在何方？

在这样压抑沉寂的氛围中，一位坐在靠窗位子的妇女，安静地翻开手中的笔记本。笔记本的前面，是一位记者的日常记录与遇见的各种案件的分析，后面则是大篇幅的对于某个计划的阐述。当她翻开最后一页，那是一段类似于内心独白的文字——

是的，我不知道人类能在这场灾难中走多远，但我相信，我们永远不会停下脚步……

极光城是失败的，但也是成功的，我们的灵魂将会成为极光，永远停留在极光界域的上空，而我们为人类做出的三百年努力，将会成为"人类延续"这场宏大接力中的火炬，点亮前方的道路……

现在，我们将火炬传递下去……

下一个界域，下下一个界域……只要列车还在蒸汽中轰鸣，只要太阳还会从东方升起，只要孩童们手中的风筝还会飞翔在天空……终有一天，我们将熬过寒冬。

最后……愿极光，永不消逝。

《我不是戏神．卷一：戏中人》完。

《我不是戏神．卷二：绘朱颜》敬请期待。

　　好好好。历时三个多月，总算把新书第一卷写完了……现在，我无比怀念开书前那段不用码字的时光，只恨《斩神》完结后为什么只休息三个月，感觉一眨眼又回到了每天苦苦更新的打工生活……嗯，主要是，写《我不是戏神》（以下简称《戏神》）真的很费心。《戏神》是三九的第三本书，也是耗费心神最多的一本，它彻底走出了原本《复刻镜》和《斩神》的舒适区，打开了全新题材的大门……说人话就是，换题材了，换风格了。

　　《复刻镜》和《斩神》都是走爱国方向的热血幻想小说，也是三九写得最轻车熟路的题材，开书前已经有无数人劝过我，好不容易写出了《斩神》这种有点成绩的书，干吗要换题材？最好写个《斩神2》，或者将同一种题材风格延续下去，有原本的粉丝基础在，至少不会扑，坚持一种风格发扬光大……老实说，我确实也认真地考虑过，换题材累人不说，还容易流失老读者，毕竟人家可能就是喜欢看原本的题材，换个题材就不喜欢了。尤其是对于粉丝量相对大一点的作者，老读者特别多，可能因为题材不同，或者养书，随便翻两页就不看了，会让书的数据变得非常难看……就算有新的读者进来，也很难再拉回去。但三九纠结之后，还是选择了新题材……主要原因在于，原本的题材连写两本，有点腻了……不知道大家会不会看腻，但三九确实有种疲劳感，就是无法再从这个题材中找到新鲜感和激情，感觉再写也只是依葫芦画瓢，需要换个题材，换个口味……毕竟，如果失去了对写作的激情，写出来的东西也不会太好，与其如此，不如放手一搏！于是，在重燃的写作激情之下，《戏神》的框架在半天内就被构思了出来。

　　科学倒退的废土题材（或许也不能称为废土？）＋戏院舞台与观众金手指（罕见）＋画风偏反派的主角势力（性格迥异的中立角色.jpg）＋偏向民国的时代背景（暂时）……这些乱七八糟的元素组合在一起，就构成了《戏神》的基本框架，在思想内核上也进行了更新。

如果说《复刻镜》和《斩神》，是以爱国主义为核心的热血战斗题材，以人与神明的矛盾为核心冲突的直白设定，那《戏神》的内核就更加内敛……它不像前两者那样一眼就能看出来，感受到其中的热血。《戏神》的核心，就像是在波澜不惊的湖面之下，隐藏着波涛汹涌的风暴，它是一种暗劲，只有深入地看到后面，才能体会到这种暗劲的来源……那是绝望时代中渺小人类与未知和命运的艰难对抗，大致是这样，总觉得很难用文字完整地表达出来。但我想看完了第一卷，大家应该多少能感受到一些……它比前两者更隐晦，却更具力量感，更宏大，更悲壮。但这也意味着……它的阅读门槛更高了。这对一位作者而言，其实并不是什么好事，因为这意味着会流失相当一部分的读者，但也没有办法……三九能做的，就是尽可能让故事更有意思，让原本看不下去的人，能再深入地看一些……仅此而已。

在开这本书之前，三九就已经做好扑街的准备了，又是换题材，又是加门槛的……心情还是比较压抑。总之就想着，扑了就扑了吧，那我也认了……用第一卷结尾的那句话说——

在无人问津的舞台上，完成一场掌声雷动的落幕。

不过三九并不后悔，因为到目前为止，已经有很多读者表示很喜欢，而且好评如潮……这也许是抚慰我提心吊胆的内心最好的良药（段评也是每天都在看的），也给了三九继续写下去的信心。归根结底，感谢各位一直支持三九的兄弟姐妹（双手合十）！第一卷虽然结束，但世界观才刚刚展开，而且主线其实也才展露一角……后面的故事，会更加精彩！

第一卷总结就先到这儿，咱们下一卷再会！

《绘朱颜》节选

　　那是一座山。一座自平地骤然拔起的、锋利而孤独的山。周围的地貌平整无比，就连土丘都没几个，因此这座孤山的出现就尤为惹眼，它的身上看不到一丝植被，只有各种奇形怪状的石块耸立其上，与周围的环境格格不入。"梅花K"在山前停下脚步。

　　"这里……就是'戏道古藏'？"陈伶看着眼前光秃秃的山峰，总觉得与想象中的"戏道古藏"不太一样。

　　"不，这是丑峰，你可以理解为'戏道古藏'的'门'。""梅花K"平静开口，"任何人想要进入'戏道古藏'，都要翻过这座山峰，老五就在这里。"

　　"老五……"

　　"戏道古藏"里一共有五位师兄弟，这个老五应该就是最小的那位，不过镇守"戏道古藏"大门这么重要的任务，居然只交给最小的师弟吗？陈伶心中有些疑惑。

　　"等会儿上去，就能见到他了，虽然样貌有些……但本性纯良。"

　　"他没有和其他人一起去巡演吗？"

　　"老五有先天缺陷，不会开口说话，而且有镇守'戏道古藏'这么重要的任务，几乎从未离开过这里。"

　　陈伶若有所思地点点头。他跟在"梅花K"身后，沿着山路向上攀登，由于没有经历过人为开发，基本是极为陡峭的险路，好在以如今陈伶的身手，登个山还是小菜一碟。大约十分钟，两人便抵达了丑峰的峰顶。与在山下看到的一样，山顶也没有任何植被存在，光秃秃的岩石之间，只有一座破烂简陋的石屋矗立在那儿。此刻一个矮小的身影正坐在门口的石地上，面前摆着十几颗弹珠般大小的石子，他一只手撑着大脑袋，一只手抛着手中的石子，像是在认真地思索着什么。似乎听到有脚步声传来，他的身体微微一震，疑惑地转头望去……

　　"老五。"迎面走来的"梅花K"脸上罕见地浮现出一抹淡淡的微笑。看到

"梅花K"，他乌黑的眼睛就像是宝石般亮了起来，直到这时，陈伶才看清他的模样。他的个子很矮，和一般的小孩差不多高，年纪却不小，远远望去像是一个缩小了的小老头，或者说是侏儒，皱皱巴巴、几乎快缩到一起的五官给人一种莫名的惊悚感……在他的鼻子上，有一片白灰，几乎盖住了他半张脸，让原本丑陋怪异的脸多出一分滑稽。看到这张脸的瞬间，陈伶就猜到了他的身份——丑角。

这个造型实在太经典了，尤其是那一抹白灰，直接将丑角与其他四张脸谱鲜明地区分开来，简单，却又最引人注目。看到"梅花K"走来，丑角几乎是从地上兴奋得蹦了起来，他一只手拿着石子，一只手指着满地的小碎石，咿咿呀呀地对她说些什么，似乎想拉着她一起过去。"梅花K"就这么微笑地看着他，轻声道："老五，这次我是带人回来的。"

丑角怔了一下，半张脸疑惑地从"梅花K"的腰部探出，看向她身后的陈伶。陈伶礼貌地微微一笑。一阵寒风掠过光秃秃的丑峰，将满地的碎石吹得翻滚起来。下一刻，丑角的脸色就变了。他脸上所有的滑稽与笑容全部消失，那双小小的眼睛像是针孔般锁定陈伶，这一刻就连那抹白灰，都无法掩盖他身上的阴森诡异……他就这么盯着陈伶，像是阴暗丑峰上寄居的阴森小鬼。陈伶明显感觉到一股寒意锁定自己，眉头一皱，正欲开口说些什么，一股恐怖的威压好似地狱的恶鬼，从那矮小丑陋的身影中倾泻而出！

"老五？！""梅花K"感受到丑角身上的气息变化，眼眸中浮现出惊愕！原本还拉扯着她衣角的丑角，瞬间消失。陈伶只觉得眼前一花，整座丑峰似乎都活了过来，在这只剩黑、白、灰三色的世界中，山峰、石块、石屋，乃至站在石屋前的"梅花K"，都水波般扭曲摇晃，时而放大凸起，时而缩小深凹，就像是置身于哈哈镜中的世界。陈伶已经察觉到不对，但还未等他有所反应，这令人眼花缭乱的世界就让他的眼皮前所未有地沉重，连思维都近乎停滞！而在这扭曲的世界中，唯有一个身影，不受干扰地平静前行。矮小的丑角行走在凹凸变换的地面，小小的眼瞳凝视着陈伶，毫不掩饰恐怖杀意，他身后的"梅花K"以极为缓慢的速度转身，伸手似乎想拉住他，却只抓了个空。"噗——"一股痛感让陈伶从混沌的意识中惊醒。哈哈镜般的世界轰然爆碎，丑角那张诡异滑稽的面孔几乎贴到了他的脸颊，陈伶怔怔地低头望去，一只手已经洞穿了自己的胸膛，从后背贯穿而出，猩红的鲜血从那只小手的指尖滴落，下一刻又被用力抽出！陈伶猛地喷出一口鲜血，身形不断向后退去，看向丑角的目光中满是惊骇与愤怒！他想杀我？！陈伶的后背已经被冷汗与鲜血浸透了，他万万没想到，这个丑角会突然对自己出手，若非自己没有心脏，恐怕这一击就直接让他毙命了！可是为什么？自己分明没有惹过他，也没有任何预兆……他为什么要杀自己？！丑角还是站在那儿，右手已经满是鲜血，那双黑黝黝的小眼睛疑惑地看着手掌，连在一起的眉头不自觉地皱起……他再度冷冷地看向逃过一劫的陈伶。

　　观众期待值 +3%

　　该死！他还想动手！陈伶毫不犹豫地向后退去，猩红的戏袍在"血衣"加持下，几乎拖出残影向山下掠去！这个丑角看起来滑稽丑陋，但气息恐怖至极，几乎超过了他见过的除极光君之外的所有人，刚才自己死里逃生，是因为他压根就没有心脏，下一次就没那么幸运了。丑角双眸微眯，正欲追上前，一个身影便猛地拦在他的前方！

　　"老五！你做什么？！""梅花K"沉声喝道！丑角怔了一下，双目中的凶光收敛些许，抬手指着陈伶离去的方向，咿咿呀呀地比画着什么。"他是师父新收的弟子，也是你的师弟！当时师父说这件事的时候，你没听吗？！""梅花K"的眼眸中罕见地浮现出愤怒，丑角突然对陈伶出手，还差点杀了他，这让她无法接受。丑角双手更拼命地比画起来，咿咿呀呀的声音拔高不少，像是在焦急地解释，但根本传递不出任何有效信息。"梅花K"眉头越皱越紧。丑角见陈伶已经逃到半山腰，一咬牙，索性直接推开了"梅花K"向下冲去！"老五？！""梅花K"双瞳微微收缩，纠结片刻后，伸手从虚无中握住一柄斩马刀，炮弹般追着向山下冲去，一个个脸谱妆容在她的脸颊浮现！

　　"咿哈哈哈！"陈伶刚冲出一段，便听到一阵大笑从身旁传来，余光瞥向一旁之后，整个人愣在原地。刚才发笑的是一块石头，一块躺在他下山道路上的，普普通通的石头……只不过此刻石头的表面，多了一层白灰，像是丑角脸上的妆容。陈伶眼瞳微微收缩，知道这多半又是丑角的力量，直接绕过它继续前行。

　　"咿哈哈哈哈！"

　　"咿哈哈哈哈哈哈哈！！"

　　"咿哈哈哈哈哈……"

　　连绵不绝的大笑声从四面八方传来，短短数秒之后，陈伶周围的一切都像是活过来一般，石阶、土壤，甚至是山下一晃而过的"灾厄"，都染上了一层滑稽的石灰，像是变成了无数张丑角的脸，对着陈伶哄堂大笑。

　　"咿哈哈……"

　　陈伶下意识地笑了两声，便猛地捂住自己的嘴巴！该死，这究竟是什么能力？！一阵狂风掠过陈伶的身后，生死危机的压迫感瞬间涌上心头，就在他的眼瞳骤然收缩之际，一声沉闷的巨响从身后传来！"铛——"一柄斩马刀横在陈伶身后，拦住了丑角伸出的手掌！两者相撞的余波横扫而出，山间碎石如雨点般被震得叮咚滚落，陈伶回头望去，只见身着旗袍的"梅花K"正持刀伫立在台阶之上，面若白玉，柳叶般的双眉竖起，杏红的眼妆之下，是一双凌厉而极具压迫感的眼瞳！丑角的手与斩马刀撞在一起，疼得直咧嘴，放在嘴边用力地吹了吹，目光越过眼前的"梅花K"，再度锁定陈伶的身影。看到这目光，陈伶心中再度一沉！糟了……这是跟我杠上了？！

"老五？！"见丑角依然"贼心不死"，"梅花K"当即伸出手掌，抓向对方的衣领。但丑角此刻看都没看她一眼，灵活的一个狗打滚，缩成一团从"梅花K"手下钻了过去，他的动作实在太灵活，让"梅花K"再度抓了个空。

"咿哈哈哈哈哈……"丑角一边笑着，一边抱团直接滚下台阶，速度奇快无比。"梅花K"手背的青筋一根根暴起，她猛地攥紧手中的斩马刀刀柄，气息节节攀升，像是动了真怒！她一步踏出，双唇轻启，气息在胸腔中共鸣交叠，下一刻，尖锐霸道的戏腔宛若炸雷般在天穹下作响！"番王小丑何足论，我一刀能挡百万兵！"①她手中的斩马刀呼啸着掷出！在斩马刀脱手的瞬间，音爆便自刀尾炸响，无形的气浪化作圆环凭空荡开，随着刀锋劈开虚无，一匹匹大红的幕布从中钻出！在灰界中，幕布的颜色呈现出一种诡异的黑，它们像是活过来般，环绕着斩马刀笔直刺向丑角，刀锋未至，幕布先达！抱团滚下山路的丑角像是察觉到危机，突然探出一只短脚，在某块台阶上用力一踏，整个人"噌"的一下腾跃而起，精准地避开一块游蛇般的幕布！

"咿哈哈哈哈哈！"半空中，丑角飘飘忽忽地张开四肢，像是个飞在天上的"大"字，沾着白灰的面孔上，那双黝黑细小的眼睛滴溜溜一转，便锁定了近在咫尺的红衣陈伶！紧接着，上百块大红幕布从四面八方涌来！丑角脚尖在虚无中轻点，矮小的身体灵活到不可思议，他就像是一位杂技演员，凌空飞舞着避开所有幕布的追击，硬生生从绝对的封锁中闯出了一条出路！这一幕也落在陈伶的眼中，即便他拥有"秘瞳"，竟然也没法跟上丑角的动作。他在刀锋上跳舞！那矮小的身影，冲破漫天幕布的封锁，笔直地朝陈伶坠落而来，即便陈伶已经被开了胸腔，在"血衣"的加持下也没法与之竞速……丑角就像是"敏捷"点满的怪物，一张白灰面孔在陈伶的视野中急速放大！

"老五！！住手！！""梅花K"的怒斥从远处传来。陈伶的余光可以看到，漫天幕布在向自己卷来，而在它们之前，一只手掌缓缓探出，只差分毫便要抓住自己的头颅！陈伶想动，却已经来不及了，他的动作在丑角的速度面前几乎是停滞的。就在这时，几块幕布死死地缠上丑角的脚踝，硬生生将其拽停在半空。丑角的芝麻小眼已经瞪到最大，大概变成了珍珠大小，那张近在咫尺的白灰小脸，像是一个形象的"囧"字……他的手指在陈伶鼻尖轻轻擦过。陈伶险之又险地再

---

① 化用京剧《穆桂英挂帅》——"番王小丑何足论，我一剑能挡百万兵。"

次从他手中脱身，全速奔袭下，眨眼间就拉开数百米的距离。

"轰——"斩马刀从天而降，连带着丑角的身形被砸入山体，漫天烟尘翻卷而出！陈伶后背惊出一身冷汗，他此刻已经离开丑峰，双脚重新落在灰界的大地之上，这才回头望去。此刻的丑峰，就像是地震般剧烈震颤着，像是有人在其中激烈地交手，丑角的身形刚从烟尘中蹦出，准备继续追杀陈伶，就被紧随而来的斩马刀砸回山体！"梅花K"愠怒的声音从山上响起："老五不知道发了什么疯……我没法拖住他太久！陈伶，你先走！去找师父！！只有师父能镇得住他！他们就在红尘界域里，如果当年你真的见过我们，师父应该能感应到你身上的标记！他们会来找你的！"

"乌拉！！"丑角张牙舞爪地冲出幕布的封锁，却被"梅花K"一脚压制。"快走！！"

陈伶见此，知道这里是不能待了，他现在的观众期待值根本不足以重生，要是丑角真的挣脱"梅花K"的束缚将他击杀，那就糟了……更何况，丑角是"戏道古藏"的守门人，他不同意自己进入"古藏"，就算"梅花K"赢了也没办法，只能在丑峰干等，能够破解局面的，也就只有那位神秘的师父了。陈伶想通之后，转身就往来时的方向飞奔，一袭红衣在贫瘠大地上闪过，丑峰在他的身后急速倒退。

以陈伶现在的速度，一分多钟之后，丑峰就已经不见踪影了。"该死……他究竟为什么要杀我？"陈伶根本想不通，他目前见到的"戏道古藏"中的人，无论是末角还是"梅花K"，性格都很不错，只有丑角上来就要置他于死地……是自己哪里得罪他了？还是因为别的什么？陈伶一边思索着，脚步一边渐渐放缓，身体也越来越重。

观众期待值 +1%

"……嗯？"陈伶觉得自己有些不对劲，疑惑地低头望去。不知何时，他的双腿已经无力维持之前的奔跑速度，"血衣"给他带来的加持彻底消失，就连胸口空洞伤口的缓慢愈合都停止了……

观众期待值 +1%

"不对劲……我这是……"陈伶喃喃自语，还未等他说完，嘴巴突然自动张开！"咿哈哈哈！！"大笑一声后，陈伶猛地捂住自己的嘴巴，眼眸中浮现出错愕。他猛地环顾四周，并没有发现丑角的踪迹，这么短的时间，他应该还被"梅花K"压制于丑峰……可自己这是？陈伶的额头渗出细密的汗水，他觉得自己的状态越来越奇怪，精神力仿佛干涸一般，"血衣"也没有任何回应，他跌跌撞撞地行走在贫瘠的大地上，身子越来越沉，就好像……有什么东西在逐渐抽干他的身体。与此同时，他的脸逐渐火热起来，仿佛有什么东西要生长出来！

观众期待值 +1%

看到大地上连续勾勒出几行字，陈伶顿时觉得不妙，仿佛能看到一双双猩红的眼瞳在虚无中，戏谑地注视着自己。"该死……我究竟怎么了？我……咿哈哈哈……是丑角……哈哈……的手段？"陈伶觉得鼻子越来越烫，随着精神力与体力透支，他的意识也模糊起来……就在这时，他看到前方的黑色大地上，有一片水洼。他咬牙坚持着向那里走去，口干舌燥的他渴望喝水，但他好不容易来到那汪水洼前，正准备捧起水喝一口，整个人突然愣在原地。波光粼粼的水面之上，倒映着陈伶苍白的面孔，而此刻在他的鼻尖，不知何时多了一抹白灰……"咿哈哈哈……"陈伶死死地捂住嘴巴，眼眸中满是错愕！他半跪在水面前，微风拂过，水面搅碎他的五官，他像是一位穿着红衣的"丑角"。

观众期待值 +5%

这抹白灰……是什么时候沾上的？陈伶的脑海中，突然回忆起刚才丑角擦过自己鼻尖的手指，应该就是在那时，他在自己的体内留下了什么手段？！他立刻将双手伸入水洼，从中掬起一捧清水，扑在脸上，试着洗掉那抹白灰。但无论他如何努力，那抹白灰就像是长在鼻尖上一样，没有丝毫的褪色，而且随着陈伶体力与精神力的疯狂消耗，那抹白灰还在逐渐变大……他越来越像一位"丑角"了。陈伶眉头紧锁，用力用清水洗了几次无果后，索性将手伸向下巴，抓住脸皮用力一撕！"刺啦——"随着一张带着白灰的脸皮飘落，脸皮之下，是另一张鼻尖点着白灰的脸皮……陈伶眉头越皱越紧，他疯狂地撕下面孔，更换面孔，可无论他变成谁，那点白灰就像是一个如蛆附骨的记号，根本无法摆脱，直到陈伶又撕下一张脸皮之后，他的指尖只能触碰到一抹光滑。他没法再动用"无相"了。不仅是"无相"，连"猩红戏法""审判庭"也得不到回应。随着精神力被抽空，鼻子上的白灰成形，他的技能竟然也被封锁，彻底变成了一个普通人。即便他已经离开了丑峰，丑角的力量依然在发挥作用，也许这白灰就是一个追踪的标记，只要丑角从"梅花K"手中脱困，还能找到自己？

"该死……哈哈哈哈……"陈伶踉跄地从地上站起，撑着虚弱的双腿，一点点向那片苍白的花丛走去。他知道自己快要到极限了，但无论如何，也不能在灰界里失去意识，谁知道自己晕倒后会不会有大胆的"灾厄"过来啃一口，或者被挣脱出来的丑角追上？可……红尘界域究竟在哪里？陈伶艰难地步入花丛，却怎么也找不到进入界域的路，正如"梅花K"所说……红尘界域，不是想进就能进的。他的视野中的画面逐渐拉丝，像是被抽帧的黑白电影，意识也逐渐模糊起来。微风拂过，花海无声翻涌，一抹红衣在其中艰难地行走着，像是迷路在荼蘼花丛的失乡者，他的脚步越来越沉，最终一个踉跄，栽倒在花海之中。"……红尘……"他干裂的双唇轻启，彻底失去意识。

灰色的世界陷入死寂，只余苍白花束随风摇曳，一抹猩红点缀在白色花浪中，像是一位孤独的殉道者。"呼——"随着一阵清风拂过，花束间零碎的花瓣被卷上天空，一个身影悄然无声地出现在红衣的身边，站在摇曳的花丛与飞卷的花瓣里，像是鬼魅。那身影看着陈伶，眼眸中闪过一抹复杂……一声无奈的叹息响起，随风舞动的白大褂衣角，轻轻拂过红衣，下一刻陈伶的身形便消失无踪。灰色的世界，重归死寂。

"咦？"红尘界域，某个荒僻小镇内，一个穿着戏袍的身影缓缓抬起头，看向某个方向。日暮的夕阳逐渐沉入大地，杂草丛生的荒野之间，一座尚未建成的简陋戏台孤独矗立，此刻在戏台旁边，几个身影正抱着木头和锤子，满头大汗地忙碌着。他们穿着演出的服装，对着戏台敲敲打打，似乎在测试它能不能承受住人在上面走，衣服和脸上都沾满灰尘，时不时地说笑着，将目光看向远方。在日落的方向，能看到一片翠绿的树林，与远处升起袅袅炊烟的人家。片刻后，其中一人走到那戏袍身影旁，沉默片刻："师父，挪下屁股，您坐在我们的木板上了。"

"非也。"那戏袍身影依旧坐在那儿，悠悠开口，"为师坐的不是木板，而是戏台。"

"……师父，它现在是木板，明天才是戏台。"

"为师是不会走下戏台的。"

那人顿了顿，转身搬来一张小板凳："师父，坐这儿吧。"

"哈哈，乖徒儿，还是你最贴心。"

"您不是说不会走下戏台吗？"

"哼，为师在哪儿，哪儿便是戏台。"

那身影不紧不慢地从木板上挪开屁股，坐在小板凳上，整个人放松地倚靠在椅背，在黄昏中轻轻摇着蒲扇，目光凝视着某个方向。

"师父，您在看什么？"

"看人。"

"谁？"

"老六。"

"小师弟？"

听到这两个字，几人眼前都是一亮，立刻放下手中的活儿围上来："小师弟到红尘界域了？我们什么时候去接他？"

"哼，平日怎么不见你们对为师这么上心？"那身影晃蒲扇的频率加快些许，"现在听到老六来了，一个个都眼睛放光？"

"师父您这话说的……我们平时对您还不够上心吗？"

"老三做的饭，不都是按您的口味调的？"

"您的衣服，不都是老二给织的？"

"还有……"

"行了行了，我知道你们想去找他……不过，现在还不是时候。"

"为什么？"

"我怎么教你们的？"那身影指了指即将建成的简陋戏台，"戏台子都搭起来了，不演完，想跑到哪儿去？"

众人顿时有些落寞，但随即说道："不过我们一共就演三场，三天就能演完了吧？到时候总可以去了？"

"但是，二师姐不是去极光界域了吗？他们没一起回来？"

"红尘界域里的镇子那么多，小师弟在哪个镇上？"

戏袍身影摇着蒲扇，悠悠开口："你们尽管演好这几场戏，其他的，为师自有安排……要是让为师看到这几日你们演得心不在焉，回去之后，有你们苦吃。"

几人无奈对视一眼，知道是说不动他了，最终还是走回未建成的戏台边，继续修补起来。随着他们的离开，日暮的黄昏之中，只剩那一个身影坐在那儿，影子被夕阳逐渐拉长……他嘴角的笑意逐渐退去，望向远处的双眸中，目光深邃如渊。"你……究竟是谁？"

淅淅沥沥的小雨在小河河面荡起阵阵涟漪，宛若清脆的银铃，叮当作响。湿润的青石板路上，一个身影推着木车，车轮碾过石板缝隙间的青苔，时不时地颠簸摇晃，一袭青衣在朦胧细雨中推车悠悠前行。

> 一马离了西凉界
> 不由人一阵阵泪洒胸怀
> 青是山绿是水花花世界
> 薛平贵好一似孤雁归来……

青衣的唱声回响在烟雨巷道之间，清澈嘹亮，婉转悠扬……他仰着头，任凭雨水从颈间滚落，却丝毫不避，似乎整个人都已经沉浸在唱词之中，双眸明亮如星。

与此同时，那堆满柴火的木车上，一个红衣身影睫毛微颤，缓慢地睁开双眼。陈伶醒了。率先映入他眼帘的，是罩着淡淡雨云的青色天空，细密如针的雨水打在他的脸上，带来丝丝凉意，两侧是不断后退的白墙灰瓦，与岸边随风轻舞的青葱翠柳。这里是……哪儿？看到这个画面，陈伶恍惚间以为穿越回现代的某个江南水乡了，但随着意识逐渐恢复清醒，他想起来自己刚才还在灰界的苍白花丛中。这里是红尘界域？他是怎么进来的？陈伶心中满是茫然，揉着脑袋，缓缓从柴火堆中坐起身，一用力还是能感到体内的虚弱。

"咦？你醒了？"一个声音从旁传来，"不好意思啊，本来我是想背你的，但是因为我还得拉柴火，所以就只能委屈你躺在上面了……"

陈伶转头，说话的是个穿着青色长褂的年轻人，此刻正推着木车，满脸抱歉地看着自己。"你是……"

年轻人扬了扬头，含笑说道："小生李青山，不知兄弟是哪家戏团的角儿？"

"角儿？我不是什么角儿。"

"兄弟说笑了，你的妆容，分明就是丑角儿嘛！看你的装扮，红衣丑角儿……嗯……奇怪，这是哪个戏本的角色？"李青山仔细打量着陈伶，眉宇间浮现出疑惑。

陈伶一愣，像是想起了什么，立刻从木车上下来，往一旁的小河边跑去。"兄弟？兄弟！"李青山的喊声从后方传来，陈伶已经快步踏上平日洗衣用的小石墩，低头向河水中望去，大红戏袍的衣角漂在水面，一张熟悉的沾着白灰的脸，清晰地倒映在水面上。该死……这东西竟然还在？陈伶的脸色瞬间难看起来，他再度感知体内，无论是精神力还是技能，此刻都被这抹白灰封印，体内空空荡荡。"兄弟，你现在还不能乱跑，我看你是低血糖了，否则也不会晕倒在后山……"李青山匆匆从后面追来，好心地扶住陈伶，"你看看，你脸色多难看！"

陈伶眉头紧锁，他回头问道："这是什么地方？"

"啊？这里是柳镇。"

"红尘界域吗？"

李青山愣了一下："不然呢？"陈伶的猜测没错，他环顾四周，这座小镇与他和"梅花K"出发时的小镇不一样，按照"梅花K"所说，这样的镇子在红尘界域里有上百个……这么大的地方，他该上哪儿去找师父和其他人？"兄弟，我看你是饿糊涂了。"李青山看陈伶脸色苍白，忍不住开口，"这样，你先跟我回去吃点东西，先把血糖提上来再说……来，我扶你起来。"

陈伶没有让李青山扶，自己便站了起来，注视李青山片刻，点点头："好，那就多谢了。"他孤身一人，初次来到红尘界域，对这里的一切都不熟悉，如果能从这个原住民口中打听到一些消息，就省得他再往别的地方跑。当然更重要的是……他确实饿。白灰吞掉了精神力，也将他的体力抽干，此刻的陈伶正处在饥肠辘辘的状态，现在四肢无力恐怕也是这个原因。李青山重新推起木车，一边前行，一边问道："兄弟，你还没说你叫什么。"

陈伶摸了摸这张脸，沉吟片刻后，还是开口："林宴。"

由于"无相"被封印，此刻的他没法换成林宴的脸，好在这里毕竟是红尘界域，根本没人认得他，所以用哪张脸应该问题不大。

"林宴。"李青山喃喃念叨了两遍，"你是哪个戏团的？"

"什么是戏团？"

"戏团你都不知道？"李青山诧异地看向他。

"我老家位置比较偏远，没听说过这些……"

"怪不得，所以你的丑角儿也是自学的？那就跟我一样了。"李青山耐心地解释道，"红尘主城，你总知道吧？"

主城……也就是类似于极光城的地方？

陈伶微微点头："听过，但不了解。"

"红尘主城，可是九大界域里最繁华、最绚烂的城市！那里遍地都是黄金，到处都是天王巨星，里面随便走出一个歌手或者明星，去到其他界域都是能够造成轰动的存在……你知道田颖君吗？就是那个唱《繁星》的巨星，她前几天在南海界域办了场演唱会，还没开始，现场就激动得晕倒了上百人！其中也不乏名角，比如陈贤贵老师，我是从小听他的戏曲长大的。"李青山的双眸明亮无比，"总而言之，最具备世界影响力的人，基本都在那里……金票与彩缎永远在红尘中飞舞，二十四小时都有人笙歌喝彩，那里从来都不缺财富与追捧，那是人类艺术与财富的中心！"陈伶的眉头越皱越紧，他没法想象李青山描绘的红尘主城，究竟是什么样子……毕竟听起来，实在是纸醉金迷，和极光城完全是天差地别。

"好像有点跑题了。"李青山也意识到自己越说越激动，轻咳两声后，继续说道，"总之，红尘主城的娱乐财团，为了不断制造吸引流量与人气的'明星'，也会派人到城外的小镇去寻找合适的苗子。久而久之，他们索性就在小镇中搭建了本地戏团，一方面是运作小镇的娱乐产业，另一方面也是为了给红尘主城提供新鲜血液……但凡有点本事的，想从事这个行业的年轻人，基本都会加入戏团。万一要是成了名，钱与势也会随之而来，到时候不光是自己，全家都能跟着翻身！要是运气再好些进了红尘主城，成了主城乃至人类界域的巨星，那可是世世代代都跟着沾光的！"

陈伶沉默了。"滴答——滴答——"江南的雨不冷，落在陈伶大红的戏袍上，也落在泥泞的青石板路表面……蒸腾的水汽在地面晕染成雾，陈伶静静地看着自泥泞中升起的雾气，仿佛看到了人间的滚滚红尘。

图书在版编目（CIP）数据

我不是戏神 . 2，极光君 / 三九音域著 . -- 贵阳：
贵州人民出版社，2025. 1（2025. 5 重印）.
ISBN 978-7-221-18774-1

Ⅰ . I247.5

中国国家版本馆 CIP 数据核字第 20247KX105 号

WO BU SHI XI SHEN. ER: JI GUANG JUN

我不是戏神 .2：极光君

三九音域　著

出 版 人	朱文迅
策划编辑	卷月亮
责任编辑	徐楚韵
装帧设计	Laberay 淮
责任印制	蔡继磊

出版发行	贵州出版集团　贵州人民出版社
地　　址	贵阳市观山湖区中天会展城会展东路 SOHO 公寓 A 座
印　　刷	河北鹏润印刷有限公司
版　　次	2025 年 1 月第 1 版
印　　次	2025 年 5 月第 8 次印刷
开　　本	700 毫米 ×980 毫米　1/16
印　　张	22.5　4 面彩插
字　　数	459 千字
书　　号	ISBN 978-7-221-18774-1
定　　价	52.80 元

番茄
FANQIE

让 好 故 事 影 响 更 多 人

总顾问：戴一波

总监制：孙　毅

营销发行支持：侯庆恩

番茄小说　　抖音　　今日头条　　西瓜视频